古典文獻研究輯刊

三 編

潘美月・杜潔祥 主編

第 2 冊

《太平廣記》引書考

盧 錦 堂 著

國家圖書館出版品預行編目資料

《太平廣記》引書考／盧錦堂著 — 初版 — 台北縣永和市：花
木蘭文化出版社，2006〔民95〕

序 6+ 目 12+340 面；19×26 公分
（古典文獻研究輯刊 三編；第 2 冊）
ISBN：978-986-7128-42-3（精裝）
ISBN：986-7128-42-7（精裝）
1. 太平廣記－研究與考訂
857.2   95015432

ISBN 986712842-7

9 789867 128423

古典文獻研究輯刊   ISBN：978-986-7128-42-3
三 編 第 二 冊   ISBN：986-7128-42-7

《太平廣記》引書考

作　　者　盧錦堂
主　　編　潘美月　杜潔祥
企劃出版　北京大學文化資源研究中心
出　　版　花木蘭文化出版社
發 行 所　花木蘭文化出版社
發 行 人　高小娟
聯絡地址　台北縣永和市中正路五九五號七樓之三
　　　　　電話：02-2923-1455／傳眞：02-2923-1452
電子信箱　sut81518@ms59.hinet.net
初　　版　2006 年 9 月
定　　價　三編 30 冊（精裝）新台幣 46,500 元

《太平廣記》引書考

盧錦堂　著

作者簡介

姓名：盧錦堂

籍貫：廣東省順德縣人。僑居澳門。民國 56 年負笈來臺

出生日期：民國 37 年 5 月 4 日

學歷：國立政治大學中國文學系學士、國立政治大學中國文學研究所碩士、國立政治大學中國
　　　文學研究所博士班畢業並獲教育部頒國家文學博士學位。

經歷：國立中央圖書館編輯
　　　奉派參加中國圖書館學會「古籍鑑定與維護研習會」（民國 75 年）
　　　國家圖書館編審兼代特藏組主任
　　　國家圖書館編審兼漢學研究中心資料組組長
　　　國家圖書館編審兼漢學研究中心副主任
　　　民國 95 年 4 月自公職退休

現職：國立臺北大學中國古典文獻學研究所兼任副教授

著作：近撰論文有〈從國家圖書館所藏兩種宋元版佛經試探目鑑古籍版本的關鍵〉、〈抗戰時期
　　　香港方面暨馮平山圖書館參與國立中央圖書館搶救我國東南淪陷區善本古籍初探〉、〈善
　　　本藏書題識一類文字的建構話語初探〉、〈記雷峰塔出土《寶篋印經》〉等多篇，並於《全
　　　國新書資訊月刊》闢有「古籍版本鑑賞」專欄。

提　要

　　古籍流傳迄今，散亡者多，汲古雅士，莫不興歎。若《太平廣記》者，宋太宗敕修之書也，其於稗官野史徵引浩博，不特久佚者賴以存其鱗爪，即今傳而非完帙者亦可據以增補，堪稱古今說部之淵藪，無怪乎後之輯收唐以前小說者，多取資於是，其有功於來學，信不可滅。

　　本論文首為所據《廣記》諸本簡介（附述未見諸本）。蓋《廣記》久經傳鈔，今所見諸本皆不免訛誤，吾人據以研究，不可不先審辨。或謂《廣記》鏤版雖早，言者以為非學者所急，收墨版藏太清樓，故民間率爾繕寫，流傳未廣。宋本《廣記》，天壤間恐無一存者，惟宋人著述頗有引及唐人小說之類，當時所見或屬原書，未必出自《廣記》，要亦可與之互校，庶幾可藉以認知宋人所見《廣記》之一斑。

　　其次即為引書考正文。大抵分所引書為兩大類，即「見於歷代書志著錄者」與「未見於歷代書志著錄者」，又各包括「卷首所列引用書目有者」、「卷首所列引用書目無者」兩子目。而於各書，首考其撰人里籍及生平大略；次據歷代書志明其版本之流傳，或就現存諸本予以簡介；再次，諸本《廣記》所注出處或他書所引有異者 辨其是非 此亦本論文最為著力處；末則略記各書內容，間評其得失。

　　結論部分針對《廣記》引書作綜合分析，除指出「卷首所列引用書目與卷內所引不符」外，復檢討其他如「引書名稱雜亂不統一」、「捨早出而引晚出之書」、「濫注出處而未能徵實」、「複出或文異而事同之篇章不尠」、「不注出處篇章頗多」、「任意竄改原文」諸失，最後重為《廣記》引書求出一較前賢所作為有據之統計數字，即約 418 種。

　　末又有「太平廣記》卷首所列引用書目」、「《太平廣記》未注出處條目表」、「《太平廣記》有目無文條目表」三附錄，並殿以「參考書目及論文篇目」、「書名索引」，便於學者檢索利用。

目
錄

貳、《太平廣記》引書之未見於歷代書志著錄者
一、卷首所列引用書目有者

論文大綱〔代序〕

本文所據《太平廣記》諸本簡介

　　《太平廣記》五百卷目錄十卷，宋太宗於太平興國二年三月十七日，詔儒臣纂修，與《太平御覽》同時，纂者亦略相同，而《廣記》於翌年八月十三日書成進呈，較《御覽》爲先。今據明談愷刻本《廣記》卷首所附李昉等進書表結銜題名後書云：「八月二十五日奉敕送史館，六年正月奉旨雕印板。」雖非進書表文，要爲實錄；可見《廣記》成書後，兩年餘即行雕板。然《玉海》卷五四云：「《廣記》鏤板頒天下，言者以爲非學者所急，收墨板藏太清樓。」是《廣記》雕板固早，似猶未即印行也。北宋末，蔡蕃嘗節《太平廣記》故事成《鹿革事類》，復節其詩文成《鹿革文類》；據此，謂《廣記》在北宋末已流傳即可，謂蔡氏所取爲刻本則未必是，蓋當時無妨以鈔本相傳也。又，清孫潛嘗以舊鈔宋本校正明談愷刻本；所謂舊鈔宋本，今不詳流落何方，試就國立臺灣大學圖書館所藏談刻之孫氏校語觀之，舊鈔本遇「構」、「搆」字，皆書作「御名」（按高宗名構），可證南宋高宗時有傳本，唯亦未敢遽定爲刻本。所可知者，清陳鱣嘗據宋板爲吳騫所藏許刻手校一過（見《藏園群書題記·初集》卷四〈校宋本《太平廣記》跋〉），依此，則宋代誠有刻本行世，惜其板未傳，今僅就陳氏校語（汪紹楹點校本引之）略知一二而已，無由詳其刊行年月。迨明、清以來，有談愷、許自昌、黃晟等先後校刻之本，始使是書印行漸廣。

　　茲略記所見諸本於後：

1　明談愷刊本

　　甲、國家圖書館所藏刊本（存四百九十三卷，六十冊）

　　乙、國立臺灣大學圖書館所藏清孫潛校本（存四百八十六卷，四十八冊）

　　丙、民國二十三年北平文友堂影印本（六十冊，所據底本非前二者）

民國五十九年臺北藝文印書館嘗據以影印（附嚴一萍先生《太平廣記校勘記》）。

上列三種，其卷二六一至二六四，或闕佚，或屬鈔補者。又其板各嘗經剜改，故此三者之空闕或墨等處互有異同。

丁、前北平圖書館所藏刊本（四十八冊）

上列一種，其卷二六一至二六四不闕，爲補刊。

戊、中央研究院歷史語言研究所傅斯年圖書館所藏刊本（五十二冊）

上列一種，其卷二六一至二六四亦爲補刊，但卷二六九與上述諸本異；且卷二六五、二七〇各有二卷，後一卷二六五、二七〇與上述諸本復有所不同。

2　明活字本

前北平圖書館、國家圖書館俱有藏本；前者存四百九十六卷（缺卷二六一至二六四），四十冊；後者五百卷，四十八冊，其中卷二六一至二六四乃鈔補者。除鈔補者外，二本之字體、行款、板式及內容均無異。

3　明萬曆間許自昌刊本

甲、國家圖書館藏本之一（四十冊）

乙、國家圖書館藏本之二（五十二冊）

丙、國立故宮博物院圖書館藏本（二十四冊）

上列三種，其板各嘗經剜改，故三者之空闕或墨等處互有異同。

4　清黃晟巾箱本

甲、國立臺灣大學圖書館所藏清乾隆二十年槐蔭草堂刊巾箱本（六十四冊）
　　　民國六十二年臺北新興書局嘗據以影印。

乙、國立臺灣大學文學院聯合圖書室所藏清嘉慶元年重刊槐蔭草堂巾箱本（三十冊）

丙、中央研究院歷史語言研究所傅斯年圖書館所藏清道光二十六年三讓睦記刊巾箱本（四十冊）

上列三種，其最後一種之文字稍有異於前二者之處。

5　清《四庫全書》本

國立故宮博物院藏文淵閣本，五百卷，七十八冊。又，國家圖書館藏文瀾閣本，存三卷，一冊。

6　民國《筆記小說大觀》本

中央研究院歷史語言研究所傅斯年圖書館、國立臺灣大學文學院聯合圖書室俱藏民國上海進步書局石印本。又，臺北新興書局於民國五十一年據民國上海文明書局石印本影印，收入其《筆記小說大觀續編》中，復於同年抽出單行，其字體、

行款、板式及文字與進步書局本大致相同。案郭伯恭云所見文明書局本印行於民國十一年。

7 民國上海掃葉山房石印本

國立中央圖書館臺灣分館藏民國十五年石印本，國立政治大學圖書館藏民國十九年石印本，其字體、行款及文字大致相同。民國四十七年臺北新興書局嘗據以翻印。

8 民國汪紹楹點校本

民國四十八年北京中華書局排印出版；民國六十三年臺南平平出版社據以影印發行；民國六十五年、六十七年，臺北古新書局、臺北文史哲出版社亦分別先後影印出版。

　　本文所據者，復有節本二種：

（1）明馮夢龍《太平廣記鈔》（八十卷，四十冊）

（2）清張澍《太平廣記鈔》（在《張介侯所著書》中，不分卷，一冊）

　　〔總述〕上述諸本中，清孫潛手校談刻所據校者為舊鈔宋本，堪稱善者；中央研究院歷史語言研究所所藏談刻，其卷二六五、二六九、二七〇與今所見其他談刻，文字頗多不同，亦足資校勘。再者，近人汪紹楹點校本，嘗參校明沈氏野竹齋鈔本、清陳鱣校本；又，明馮夢龍所選《太平廣記鈔》，今世罕見，俱不失其參考價值。至若藝文印書館影印本，影白談刻，且較易得見，故本文以之為考證《廣記》引書之底本。

　　此外，今所可知者，又有清陳鱣校宋本、傅增湘過錄陳鱣校語本、明沈與文野竹齋鈔本、江蘇省立國學圖書館藏本、北京圖書館藏本以及日本諸文庫藏本等，皆未見，附記之於末。

引書考正文

　　本文分《廣記》引書為四項，隸屬兩大類，即：

壹　《太平廣記》引書之見於歷代書志著錄者：

　　　一　卷首所列引用書目有者

　　　二　卷首所列引用書目無者

貳　《太平廣記》引書之未見於歷代書志著錄者：

　　　一　卷首所列引用書目有者

　　　二　卷首所列引用書目無者

　　且爲便於編制，各項引書依《四庫全書總目》所分部類順序彙列。然某書屬某部某類，諸家書志實有出入；況《廣記》引書，以小說居多，雖引及其他，要亦取其近乎小說性質之條文，似不必拘泥於部類之區分。是以某部某類引書之前，不復明標部類名稱。

　　本文於《廣記》引書，首考其撰者里籍、生平大略。其次，據歷代書志，明其卷本之存佚。再次，諸本《廣記》所注出處有異者，辨其是非。其末就前人所已言者，略記各書內容，並評其得失，間亦附以己見；然如經書、正史、先秦諸子、諸名家別集之著者以及脫佚太甚，其全貌不可覩者，則略之。

　　今所見《廣記》諸本，所註出處往往互有異同，其中有可與引書之傳本比照說明之者，復有可與相關類書所引比照說明之者；即若諸本所註出處俱同，然徵諸引書傳本或相關類書所引則異，本文於此等處尤勉力焉。茲略舉例說明之：

1. 卷一一二釋智興，談刻（據藝文印書館影印本。下同）注「出《異苑》」，明鈔本、孫潛校本作「出《高僧傳》」。岑仲勉以爲智興乃大業中人，敬叔之書何緣記及隋事？今考其文，大致與《法苑珠林》卷四四所記智興事同，蓋輯自《法苑珠林》者，既落去「珠林」字，因訛「法」爲「異」云云（見其所撰〈跋歷史語言研究所所藏明末談刻及道光三讓本太平廣記〉一文）。查《珠林》是條注「出《唐高僧傳》」；今本《續高僧傳》卷三九（據臺灣印經處印本）有之。

2. 卷二三八薛氏子，談刻注「出《唐國史》」，明鈔本作「出《唐史外補》」。查見於今本《唐闕史》卷下。

3. 卷二九一伍子胥，談刻闕出處，黃刻作「出《錢唐志》」。查見於今本《錄異記》卷七，黃刻所註出處，豈因文中言及錢塘潮而臆補者歟？

4. 卷三○七永清縣廟，談刻注「出《集異記》」，明鈔本作「出《錄異記》」。查見於今本《錄異記》卷四。

5. 卷三七七孫迴璞，所見諸本俱注「出《冥祥記》」。查是條所記乃唐事，而今本《冥報記》卷中（據涵芬樓秘笈本）有之。

6. 卷四九九衲衣道人，談刻注「出《國語》」，明鈔本、陳校本作「出《因話錄》」。查見於今本《因話錄》卷五。

以上就引書傳本比照說明之。

7. 卷二五元柳二公，諸本俱注「出《續仙傳》」。查今本《續仙傳》無是條，而《類說》卷三二（據藝文印書館影印本）所錄《傳奇》則有其事，較可信。

8. 卷二二五七寶鏡臺，諸本俱注「出《皇覽》」。查《御覽》卷七一七引此，題出《三國典略》。就文中言及北齊沙門靈昭觀之，則其年代與《三國典略》所記事迹合，

《廣記》誤也。

9. 卷四一四飲菊潭水，諸本俱注「出《十洲記》」。查是條記荊州事，不應屬《十洲記》；而《御覽》卷六三引及此，作《荊州記》，是也。

10. 卷四三七楊生，談刻注「出《紀聞》」，明鈔本、陳校本作「出《續搜神記》」。查《御覽》卷九〇五引及此，題作《續搜神記》，而今本《搜神後記》卷九（據《學津討原》本）有之。

以上就相關類書所引比照說明之。

至若《廣記》所題書名，其中有不能無疑者：

如引《劉氏小說》四條，似屬《殷芸小說》，其內容固無不合。蓋衢本《讀書志》著錄《殷芸小說》曰：「述秦漢以來雜事。予家本題曰劉餗，李淑以爲非。」又，《書錄解題》著錄殷氏書曰：「《邯鄲書目》云或題劉餗，非也。今此書首題秦漢魏晉宋諸帝，注云齊（宜作「梁」）殷芸撰，非劉餗明矣。」豈《廣記》所引，或即誤題劉餗撰之本，故稱《劉氏小說》歟？

又如《祥異記》四條；其中卷一〇九釋慧進，《法苑珠林》卷一一四（據一百二十卷本。下同）引之，出《冥祥記》；卷一三一元稚宗，《法苑珠林》卷八〇亦引出《冥祥記》；卷三四二趙叔牙、周濟川二條，俱記唐貞元時事——前者，明鈔本作「出《集異記》」；後者作「出《廣異記》」——因疑所謂《祥異記》本無其書，而近人周氏自《廣記》輯入其《古小說鉤沈》中，以之屬六朝小說，恐非。

此外，於所引諸書撰者生平及其卷本存佚等，間有參考時儒之近著者。如《炙轂子》一書，唐王叡所撰也，或以爲其人始末未詳。查《廣記》卷四二四濛陽湫，明鈔本注「出《北夢瑣言》」，其中云「新繁人王睿，乃博物者，多所辨正」，似指王叡，蓋叡書固多載事物起源。又，杜光庭《神仙感遇傳》卷一即嘗記及其人事蹟，曰：

> 進士王叡，漁經獵史之事也，孜孜矻矻，窮古人之所未窮，得先儒之所未得，著《炙轂子》三十（「十」字疑衍）卷，六經得失，史冊差謬，未有不針其膏而藥其肓者（此從《歷世真仙體道通鑑》），所著有二鍾之篇、釋喻之說，則古人高識洞（「洞」字從《歷世真仙體道通鑑》；《道藏》本《神仙感遇傳》誤作「酒」）鑒之士，有所不逮焉。嗜酒自娛，不拘於俗，酣暢之外，必切磋義府，研覈詞樞，亦猶劉闕之詬誶古人矣。然其咀吸風露，呼嚼嵐霞，因而成疹，積年苦冷而莫能愈。游宴（《歷世真仙體道通鑑》作「燕」）中，道逢櫻杖檟笠者，鶴貌高古，異諸其儕，名曰希道，笑謂之曰：少年有三感（《歷世真仙體道通鑑》作「惑」）之累耶？何苦（「苦」字從《歷世真仙體道通鑑》；《道藏》

—5—

本《神仙感遇傳》誤作「若」）瘠若斯？辭以不然。道曰：疾可愈也，余雖釋悟，有鑪鼎之功（自「辭以不然」至此，《歷世真仙體道通鑑》作「叡語其故，希道曰：予有爐鼎之功」），何疾之不除也。叡委質以師之，齋于漳水之濱，三日而授其訣……。乃隱晦自處，佯狂混時，年八十矣，殞於彭山道中，識者瘞之。無幾，又在成都市，常寓止樂溫縣，時摰獸結尾，爲害尤甚，叡醉宿草莽，露身林間，無所憚焉。

此不可多得之資料，王師夢鷗先生即嘗撰文詳言之。

結　論

傳本《廣記》卷首所列引用書目，姑不論其眞僞，但其於《廣記》引書遺漏頗多，則爲事實。然宋本不傳，未得其眞，本文姑就考證所得，重爲引書總數作一估計：

引書之見於歷代書志著錄而引用書目復有者，凡二百五十五種。

引書之見於歷代書志著錄而引用書目無者，凡四十八種。

引書之未見於歷代書志著錄而引用書目有者，凡五十七種。

引書之未見於歷代書志著錄而引用書目無者，凡五十八種。

合計四百一十八種。

此外，《廣記》引書尚有「引書名稱雜亂不統一」、「捨早出而引晚出之書」、「濫注出處而未能徵實」、「複出或文異而事同之篇章不尟」、「不注出處篇章頗多」、「任意竄改原文」諸失，然瑕不掩瑜，未可輕之。

《廣記》卷帙浩繁，爲便於研究，誠有編印引得之必要。哈佛燕京學社即首先出版《太平廣記篇目及引書引得》，鄧嗣禹爲之序，序中言及《廣記》編纂經過，引書種數、版本優劣等，語頗簡要。其後，郭伯恭撰《宋四大書考》，有關《廣記》部分幾全襲自鄧說。再者，如葉慶炳先生所撰〈有關太平廣記的幾個問題〉、〈太平廣記引書引得補正〉、〈太平廣記引用經史兩部書籍考釋〉諸文，又如周次吉先生所編《太平廣記人名書名索引》，皆補正鄧說，各有創獲。然諸家論著，或限於篇幅，而於《廣記》引書未能詳考，因思以繼之。本博士學位論文撰成於民國七十年，今荷蒙潘教授美月與杜教授潔祥之厚愛，編入此刊，予以付梓，謹略作文字修正，至若時彥論著，未暇遍及。其間疏失，所在難免，尚望博雅匡我不逮。

民國九十五年九月盧錦堂識

凡 例

（一）本文，首爲所據《廣記》諸本簡介（附述未見諸本）；蓋《廣記》久經傳鈔，今所見諸本皆不免訛誤，吾人據以研究，實不可不先審辨。其次即爲正文，計分《廣記》引書爲見於歷代書志著錄與未見於歷代書志著錄兩大類，各大類內又分卷首所列引用書目有者與卷首所列引用書目無者，予以考證，並檢討其引書之得失，爲作結論。末有附錄三篇：一、《太平廣記》所列引用書目；二、《太平廣記》未注出處條目表；三、《太平廣記》有目無文條目表，並殿以參考書目及論文篇目、書名索引。

（二）本文所據《廣記》，以藝文印書館影印本爲底本，並參校以談愷刻本、活字本、許自昌刻本、黃晟刻本、《四庫全書》本、《筆記小說大觀》本、上海掃葉山房石印本及近人汪紹楹點校本等。詳「本文據《太平廣記》諸本簡介」。

（三）本文就《廣記》引書，各爲之編號，分條考辨，然有下列情況之一者除外：

　1. 書名雖見於今本《廣記》卷首所列引用書目，惟查今本《廣記》內，未嘗有注出此等書之條文者，如：《史記》、《史雋》、《年號歷》、《齊紀》、《燉煌新錄》、《翰林故事》、《夢系》、《笑苑》、《說林》、《妖怪錄》、《應驗記》、《錄異誡》、《還魂記》、《金剛經》、《觀音經》等十五種。

　2. 其書成於《廣記》之後，可知爲後人妄增者，如：《新唐書》、《吳興掌故集》、《海錄（通行本廣記作「陸」）碎事》、《唐語林》等四種。

　3. 不論其書名見於歷代書志及卷首所列引用書目有無其名，《廣記》注出某書之全部條文，經查明確屬他書者，如所引《晉史》全部條文，實出《晉書》；又如所引《皇覽》全部條文，實出唐丘悅之《三國典略》等是。

　4. 《廣記》所注出處，經查明係史書之篇題，如：《賀若弼傳》，確指《北史》之〈賀若弼傳〉；《吳志》，確指《三國志》之〈吳書〉，則不用〈賀若弼傳〉或〈吳志〉之名，而併入《北史》或《三國志》中。

　5. 同書異名，而《廣記》所注出處兼用之者，則僅取其一。如《尚書故實》，又

—1—

名《尚書談錄》，皆見於《廣記》所注出處，茲用《尚書故實》爲題，而於題下括號內注云又名《尚書談錄》。

（四）《廣記》所注出處，如《孝子傳》，名雖爲一，而查其條文，實括蕭廣濟、宋（宗）躬等不同撰人之《孝子傳》，則冠以撰人名而各爲之分條。且以卷首所列引用書目雖列《孝子傳》之名，而未明言屬何人所撰，姑率視諸《孝子傳》爲見於卷首所列引用書目。至若范曄《後漢書》、謝承《後漢書》，皆見引於《廣記》，而卷首所列引用書目明有「范曄《後漢書》」一名，則視「謝承《後漢書》」爲不見於卷首引用書目。

（五）如凡例（一）所言，本編於《廣記》引書分作四項，隸屬兩大類，所引書大抵依《四庫全書總目》順序彙列。某書屬某部某類，諸家書志實有出入，且《廣記》引書，以小說居多，雖引及其他，要亦取其近乎小說性質之條文，似不必拘泥於部類之區分。是以，某部某類引書之前，不復明標部類名稱。

（六）各書成書年代可考見者，大抵依其成書年代爲序；其成書年代不可考見者，以撰者年代爲序——若撰者年代僅約略可知，則按書名首字筆畫之多寡，由少而多，順序置於同代而撰者事蹟可考見者之末——其成書年代、撰者年代，俱難考者，亦悉依書名首字筆畫之多寡爲序，置於各部類之末。但史部諸書，其全書所述事蹟年代可確知者，則參照之以爲序。又，若甲、乙二書同爲《廣記》所引，而乙書疑爲甲書，則置乙書於甲書之後。此外，圖經置於地理類之末；小說之單篇或疑爲單篇別行者，置於小說類之末。

（七）本文於《廣記》引書，首考其撰者里籍、生平大略。其次，據歷代書志，明其卷帙之存佚；然如經書、正史、先秦諸子三類之著名者，其傳本既眾，前人復言之甚詳，則不贅述。再次，倘諸本《廣記》所注出處有異者，則辨其是非。此外，各條之末大抵敘述各書之內容及其得失；然如經書、正史、先秦諸子、別集之著名者，以及脫佚太甚，其全貌不可睹者，則略之。

（八）本文於《廣記》引書，大抵依所注出處爲題，其有異名者，則於題下括號內說明之。又《廣記》誤題者，則用原書名，而於題下插號內說明《廣記》之誤。

（九）以上爲本文編例之大凡也，而瑣細之特例，則於文內言之，此不贅舉。

本文所據《太平廣記》諸本簡介

　　有宋一代，太宗詔修《太平御覽》、《太平廣記》及《文苑英華》，又，眞宗詔修《冊府元龜》，皆卷帙繁重之作，後人合稱爲「宋彙部四大書」。此四大書之編纂，近人聶崇岐《太平御覽引得・序》、郭伯恭《宋四大書考》皆稱其要不過在於表揚帝王一己右文令名。考《宋史・文苑傳》敘曰：「藝祖（此指宋太祖）革命，首用文吏，而奪武臣之權，宋之尙文，端本乎此。太宗、眞宗，其在藩邸，已有好學之名；及其即位，彌文日增。」右文之說，可謂有據。又，有者以爲太宗敕修諸書，或含有政治背景，其說始於王明清，所撰《揮麈後錄》卷一云：「太平興國中，諸降王死，其舊臣或宣怨言，太宗盡收用之，置之館閣，使修群書，如《冊府元龜》（太宗實未敕修是書，王氏誤記）、《文苑英華》、《太平廣記》之類；廣其卷帙，厚其廩祿贍給，以役其心。多卒老於文字之間云。」其後，如明談愷刻本《太平廣記》卷首按語即採此說。近人聶、郭二氏則斥王氏之非，略稱《御覽》與《廣記》同時開始，其時所謂諸降王者，僅（後蜀）孟昶、（南漢）劉鋹、（南唐）李煜等三人。昶卒於太祖朝，與太宗無涉。鋹卒於下詔修書之後，且其遺臣亦無側身於館閣者，與王氏所云因降王死而用群臣修書之言，全不相符。煜之卒已在《廣記》將成之際，而其故吏如湯悅諸人，歸宋入仕，又多在太祖朝，不必待太宗即位，再事攏絡。且若張洎之徒，於仕宋之後，對李煜並無故主之情，更何必另因翰墨之任以安其心云云，惟衡以帝王常情，若謂太宗修書僅爲獲右文令主之名，而全無涉於政治，似未必然。

　　《太平廣記》者，宋太宗於太平興國二年三月十七日詔儒臣纂修，與《太平御覽》同時〔註1〕，且其纂者亦大抵同《御覽》〔註2〕。據李昉等《太平廣記表》末所

〔註1〕見《玉海》卷五四引《實錄》及《會要》。

〔註2〕《玉海》卷五四引《實錄》，言及《太平御覽》之纂修者，初爲李昉、扈蒙、李穆、湯悅、徐鉉、張洎、李克勤、宋白、陳鄂、徐用賓、吳淑、舒雅、呂文仲、阮思道等十四人；又引《會要》，云其後克勤、用賓、思道改他官，續命王克貞、董淳、趙

　　列，當時預其事者爲：

　　　　將仕郎守少府監丞吳淑

　　　　朝請大夫太子中贊善柱國賜紫金魚袋陳鄂

　　　　中大夫太子左贊善直史館趙鄰幾

　　　　朝奉郎太子中允賜紫金魚袋董淳

　　　　朝奉大夫太子中允賜紫金魚袋王克貞

　　　　朝奉大夫太子中允賜紫金魚袋張洎

　　　　承奉郎左拾遺直史館宋白

　　　　通奉大夫行太子率更令上柱國賜紫金魚袋徐鉉

　　　　金紫光祿大夫上柱國陳縣男食邑三百戶湯悅

　　　　朝散大夫充史館修撰上柱國賜紫金魚袋李穆

　　　　翰林院學士朝奉大夫中書舍人賜紫金魚袋扈蒙

　　　　翰林院學士中順大夫戶部尚書知制誥上柱國隴西縣開國男食邑三百戶賜紫金魚
　　　　袋李昉等十三人〔註3〕。

　　　　鄰幾預焉。是《御覽》纂修者，前後凡十七人，而其中十三人又嘗參預《廣記》之
　　編纂。
〔註3〕茲依《太平廣記》表上之排名先後，略述諸人事蹟如下：
　　　　呂文仲，字子臧，歙州新安人。南唐進士。入宋，歷少府監丞。以文史字學爲
　　太宗所知。眞宗景德四年，官刑部侍郎，充集賢院學士。未幾，卒。有集十卷。《宋
　　史》卷二九六有傳。
　　　　吳淑，字正儀，潤州丹陽人。幼俊爽，爲韓熙載所器重。南唐平，歸宋，以近
　　臣薦，試學士院，授大理評事。太宗至道二年，遷職方員外郎。眞宗咸平五年卒，
　　年五十六。嘗作《事類賦》百篇，其後分注成三十卷。又撰《江淮異人錄》三卷、《秘
　　閣閒談》五卷等。《宋史》卷四四一有傳。
　　　　陳鄂，始末未詳。所可知者，其於太平興國二年六月，嘗詳定《玉篇》、《切韻》。
　　見《續資治通鑑長編》卷一八、《玉海》卷四五。
　　　　趙鄰幾，字亞之，鄆州須城人。周顯德二年舉進士。宋太宗太平興國初，直史
　　館。四年，遷左補闕，知制誥，數月卒，年五十九。所著有《文集》三十四卷、《會
　　昌以來日曆》二十六卷、《鯢子》一卷、《六帝年略》一卷、《史氏懋官志》五卷等。
　　《宋史》卷四三九有傳。
　　　　董淳，籍貫未詳。太宗時爲工部員外郎，直史館，奉詔撰《孟昶紀事》。《宋史》
　　卷四三九〈鄭起傳〉附其事。
　　　　王克貞，字守節，廬陵人。舉南唐進士。累官至中書舍人、樞密副使。歸宋，
　　自太子中允歷戶部、兵部二員外郎、禮部、戶部二郎中，典漢、滑、襄、梓四州事。
　　端拱二年卒，年六十。詳徐鉉《徐公文集》卷二九〈大宋故尚書戶部郎中王君墓誌
　　銘〉。
　　　　張洎，字師（或作「思」）黯，一字偕仁，滁州全椒人。南唐時舉進士，知制誥。
　　歸宋，累官給事中，參知政事。太宗至道二年率，年六十四。所著有《賈氏談錄》

其中，李昉除爲監修外，尙兼司總纂之職。《楓窗小牘》卷上云：「太宗命儒臣輯《太平廣記》時，徐鉉實與編纂。《稽神錄》，鉉所著也，每欲採擷，不敢自專，輒示宋白使問李昉。昉曰：徐率更以博信天下，乃不自信而取信于宋拾遺乎？詎有率更言無稽者，中採無疑也。于是此錄遂得見收。」此固以李氏位在諸人上，遇疑必請示之，亦可見其操有總裁之權衡。至若進書表首列呂文仲、吳淑，蓋以二人於《廣記》盡力甚多，《宋史》記載預修《廣記》諸儒事蹟，僅於呂、吳二傳言明其人預修《廣記》，即可爲證。

《玉海》卷五四引《會要》云：「（太平興國）三年八月書成，號曰《太平廣記》。」而其下則注云：「二年三月戊寅（十七日）所集，八年十二月庚子（十九日）成書。」依《玉海》所注，《廣記》之成書，似亦與《御覽》同時〔註4〕，然證諸談刻本卷首所附進書表，則以《會要》之言爲近是。

李昉等〈進太平廣記表〉曰：

> 臣昉等言，臣先奉敕撰集《太平廣記》五百卷者：伏以六籍既分，九流並起，皆得聖人之道，以盡萬物之情，足以啓迪聰明，鑒照今古。伏惟皇帝陛下體周聖啓，德邁文思，博綜群言，不遺眾善；以爲編帙既廣，觀

一卷、《文集》五十卷。《宋史》卷二六七有傳。

宋白，字太素，又字素臣，大名人。宋太祖建隆二年，登進士第，授著作佐郎。太宗擢爲左拾遺，權知兗州。劉繼元降，白獻《平晉頌》，太宗獎諭，還京，遂除中書舍人，賜金紫。眞宗時，仕終吏部尚書，大中祥符五年卒，年七十七。所著有《集》百卷。《宋史》卷四三九有傳。

徐鉉，字鼎臣，廣陵人。隨李煜歸宋，累官散騎常侍。太宗淳化初，坐累，謫靖難行軍司馬。卒，年七十六。其著作傳於世者有《稽神錄》六卷、《集》三十卷等。《宋史》卷四四一有傳。

湯悅，本姓殷，名崇義，陳州西華人。仕南唐。入宋，避宣祖廟諱，易姓名曰湯悅。太宗嘗敕撰《江南錄》十卷。吳任臣《十國春秋》卷二八有傳。

李穆，字孟雍，開封陽武人。周顯德初，以進士爲右拾遺。宋初，拜左拾遺，知制誥。太宗太平興國八年知開封府，又擢拜左諫議大夫，參知政事。九年卒，年五十七。《宋史》卷二六三有傳。

扈蒙，字日用，幽州安次人。晉天福中進士，仕周爲右拾遺，直史館，知制誥。宋初，由中書舍人遷翰林學士，後充史館修撰。太宗雍熙三年被疾，以工部尚書致仕。未幾，卒，年七十二。所著有《鼇山集》二十卷。《宋史》卷二六九有傳。

李昉，字明遠，深州饒陽人。漢乾祐舉進士。仕漢、周，歸宋。太宗太平興國八年，拜同中書門下平章事。端拱初，罷爲右僕射。淳化二年，復相；四年，又罷。至道二年卒，年七十二。有《文集》五十卷。《宋史》卷二六五有傳。

〔註4〕《玉海》卷五四引《實錄》，謂《太平御覽》成於太平興國八年十二月庚子云云，然聶崇岐《太平御覽引得·序》及郭伯恭《宋四大書考》則疑其書成似在太平興國七年。

覽既周，故使采摭菁英，裁成類例。惟茲重事，宜屬通儒，臣等謬以諛聞，幸廁清賞，猥奉修文之寄，曾無敘事之能，退省疏蕪，惟增靦冒。其書五百卷，並目錄十卷，共五百十卷。謹詣東上閣門奉表上進以聞。冒瀆天聰。臣昉等誠惶誠恐頓首頓首謹言。太平興國三年八月十三日

觀於此，可知《廣記》進呈，較《御覽》為先。蓋以《御覽》所收，範圍極廣，而《廣記》所採，止限稗野雜史，故易於蕆事。宋代學者如晁公武，謂其與《太平御覽》同上（見《郡齋讀書志·小說類》），又如鄭樵，謂《廣記》為《太平御覽》別出之書，專記異事（見《通志·校讎略》〈泛釋無義論〉一篇），殆均非碻論〔註5〕。

《廣記》分別部類之法，李昉等〈進書表〉未明言。《玉海》卷五四引《會要》，於「詔昉等取野史小說集為五百卷」句下注曰：「五十五部，天部至百卉。」按《玉海》所注，乃《御覽》分類，非《廣記》也。《廣記》實分九十二大類，首曰神仙，末曰雜錄，諸大類中偶又分若干目，總約一百四十餘細目。其中〈神仙〉、〈女仙〉、〈異僧〉、〈報應〉、〈徵應〉、〈定數〉、〈神〉、〈鬼〉、〈再生〉、〈草木〉、〈畜獸〉十一類之份量較多（參見郭伯恭《四大書考》之〈廣記部類卷次表〉）。又，每一類文字，大致依所記年代先後排列〔註6〕，篇後各註明出處。茲就所見《廣記》諸本觀之，其中有一事而重出者，如卷一六四崔仁師與卷一七四崔仁師，所記事同，前者入名賢類，後者則入俊辯類；又如卷二七六賈弼與卷三六○賈弼之，所記事亦同，前者入夢類，後者則入妖怪類，可見體例之未周，以及編次之倉促。此外，同卷篇章之編次，雜亂無章，大抵有三：同一篇目而括有數條文字，或分段而加「又」字以別之，或分段而省卻「又」字，甚或既不分段，亦不別之以「又」字，殊不一致，一也；類目、篇目間有相混現象，二也；同一篇目下，引自同一書之各條文字，不採「並出」之注法，惟於相鄰篇目之各條文字採用此法，三也〔註7〕。至若引書方面，尤多欠妥處，詳後。

《廣記》成書後兩年餘即行雕板，談刻卷首所附李昉等太平興國三年八月十三日進書表結銜題名後書「八月二十五日奉敕送史館，六年正月奉聖旨雕印板」，要為實錄。《玉海》卷五四引《會要》，亦稱「六年詔令鏤板」，復注之云：「《廣記》鏤板頒天下，言者以為非學者所急，收墨板藏太清樓。」是《廣記》雕板雖早，似猶未

〔註5〕《通志·藝文略·類書類》「《太平廣記》五百卷」下注云：「李昉編《御覽》之外，採其異而為《廣記》。」斯言則較妥。

〔註6〕此說，吾友王國良於「《太平廣記》概述」一文（冠於文史哲出版社影印之汪氏點校本《太平廣記》書前）已言之。

〔註7〕其例參見葉慶炳先生所撰〈有關太平廣記的幾個問題〉一文。

即印行也。北宋末，蔡蕃〔註8〕嘗節《太平廣記》故事成《鹿革事類》，復節其詩文成《鹿革文類》，皆三十卷〔註9〕，此事固可爲《廣記》在北宋末已流傳之證，惟未敢斷定蔡氏所據必爲刻本，蓋當時無妨以鈔本相傳也。明馮夢龍《太平廣記鈔·小引》即稱《廣記》墨板既置於閣，民間家藏，率多繕寫，以故流傳未廣云云，可謂有見。

　　所可知者，清孫潛嘗據舊鈔宋本校正談刻；陳鱣復據宋板校正許刻，然此舊鈔宋本及宋板今俱不悉流落何方。陳氏校語，就近人汪氏點校本所徵引者觀之，寥寥無幾，故吾人於其所據以校正之宋板刊行年月及內容，未得其詳。至若孫潛所校談刻，現藏國立臺灣大學圖書館，試觀其中朱校，得知舊鈔宋本遇「構」、「搆」字，皆書作「御名」，復按《墨莊漫錄》卷二稱「建炎改元多，予閒居揚州里廬，因閱《太平廣記》」云云，則所謂舊鈔宋本誠出南宋高宗時傳本，然未敢遽定所傳必爲刻本。今人錢鍾書《管錐編》曰：

　　　　所覩宋人著述，唯吳曾《能改齋漫錄》徵引此書以爲考訂之資，既多且確。卷帙繁重，即有翻印，行布亦必不便。故博覽如洪适，《盤州文集》卷四〈還李舉之《太平廣記》〉云：「稗官九百起虞初，過眼寧論所失巫。午睡黑甜君所賜，持還深愧一瓻無！」（錢氏自注：「所失巫」出范寧〈穀梁集解序〉）具徵手一編者尚勿克家有其籍。洪适弟邁，愈號淹貫，其《夷堅三志辛·自序》謂古今神奇之事有甚同者，舉所記孫斯文夢中換頭事（錢氏自注：亦見邁同時人郭象《睽車志》卷五，「斯」作「思」），因言比讀《太平御覽》所編《幽明錄》載貫弼事相同，《幽明錄》今無傳於世，故備引之云云。實則《廣記》卷二七六賈弼、卷三六〇賈弼之均引《幽明錄》，已重見疊出，而邁未省。又張元濟《夷堅志再補》有鼠怪、道人符誅蟒精二事，云出《稗史彙編》，實則二事與《廣記》卷四四〇王周南、四五八選仙場字句幾全同。《直齋書錄解題》卷一一記「妄人多取《廣記》中舊事，改竄以投（洪邁）」；此兩事竟直錄原文，苟《稗史彙編》非誤繫主名，則《廣記》於邁，亦如南華之爲僻書也。陸游《老學菴筆記》卷七考「冬住」俗語，嘗援據《廣記》卷三四〇盧頊傳；姜特立《梅山續稿》卷七繭菴、卷一一放翁示雷字詩，皆附陸氏來書，陸「寄題繭菴」七古後有自註兩條發明詩中典故，其　即引《太平廣記》，《劍南詩稿》中削去，夫衆歷

〔註8〕蕃，世界書局印行之《歷代人物年里通譜》引劉跂《朝請郎致仕蔡君墓誌銘》，云其字晉如，南陽人。生於宋英宗治平元年，卒於徽宗政和元年。
〔註9〕見《郡齋讀書志》卷一三（廣文書局印本）。

須註，又見其書尚堪爲摭華炫博之資焉。羅燁《醉翁談錄》甲集卷一小說開闢條謂說話人取材《廣記》，然斯書千百事中數說以成公案話本，耳熟而口膾炙者，未必及十一，因而遽測宋末《廣記》廣傳，猶未許在。

據此，終有宋一代，《廣記》流傳似不甚盛。

宋本《廣記》既極罕見，天壤間恐無一存者，而宋人著述，頗有引及唐人小說之類，雖當時所見或屬原書，未必出自《廣記》，要亦可與之互校，庶幾可藉以認知宋人所見《廣記》。如王師夢鷗所撰《唐人小說研究》一、二、三、四集，即嘗以《類說》、《紺珠集》、《海錄碎事》、《姬侍類偶》、《南部新書》、《侯鯖錄》、《醉翁談錄》、《雲笈七籤》、《歷世眞仙體道通錄》、《容齋隨筆》、《夢溪筆談》、《東坡全集》、《詩話總龜》、《唐詩紀事》、《苕溪漁隱叢話》、《後村詩話》等校正今本《廣記》所引唐人小說。茲復有可注意者，宋左圭所編《百川學海》，收有《書斷列傳》一種，不著撰人，查其內容，實出自《廣記》「書」類四卷（卷二〇六至二〇九）；通行本《廣記》，此四卷頗有闕訛，而《百川學海》，今有陶氏涉園影宋咸淳左氏原刻傳世，所收《書斷列傳》，其文字大抵同於孫潛校本《廣記》之「書」類四卷，可資以訂正通行本《廣記》。況左圭爲南宋人，吾人正可藉其所輯《書斷列傳》，得見宋板《廣記》之一斑。

錢鍾書《管錐編》曰：

> 下迄有明，郎瑛《七修類稿》卷一九記張錫作文，用事杜撰，人有質者，輒曰出《太平廣記》，蓋其書世所罕也。周嬰《巵林》卷六引陳耀文「正楊」，譏楊愼師張故智，意謂《廣記》繁多，人難徧閱，故每借以欺人。嘉靖重刻以後，仍有風影之談。………明末凌濛初《二刻拍案驚奇》卷三七記人議論《太平廣記》曰：「上自神祇仙子，下及昆蟲草木，無不受了淫褻污沾。」則夜航船中大膽亂道。《豆棚閒話》第一則總評：「《太平廣記》云婦人屬金，金剋木，故男受制於女。」亦出嚮壁虛造。蓋書即易得多有，而人之不知爲知者故常不乏爾。

可知《廣記》在明初，其名雖多爲人所知，然能睹其書者似亦不甚眾；其後，談愷刻本出，始漸流行，惟尚不乏借以欺人者，足見其仍非一般人所熟見。查今所見談本，於李昉等進書表後有嘉靖丙寅（四十五年）談氏案語，而陸楫嘗輯《古今說海》，《四庫提要》謂其作於嘉靖甲辰（二十三年），實在談刻《廣記》之先。《古今說海》所收，每多唐人小說，其僅見於《廣記》者，復與談刻之文字有所不同，殆陸氏別有所本歟？

有明一代，其著者，除談愷外，許自昌復刻《廣記》；又有活字本，亦出談刻。

至清，黃晟刊行巾箱本，其後坊間頗有據之翻印者。及今，且有點校本行世。近人鄧嗣禹《太平廣記引得・序》稱所見各本實無一盡善；各有錯字，一也；總目卷目與書中題目或次序不符，或字體各別，二也云云，今所得見者，雖較鄧氏所見略多一二，要之，亦無完本。

余既有志於《廣記》引書之研究，乃勉力於諸本之訪求，期能於參訂互校中，知所取舍。茲略述所見《廣記》諸本如下：

一、明談愷刊本
甲、國家圖書館所藏者

存四百九十三卷、目錄十卷。六十冊。每半葉十二行，行二十二字。案缺卷二六一至二六四。又缺卷二八五至二八七，另取卷一八五至一八七充之，而俱以墨筆改「一」爲「二」字。

書前有李昉等進書表，表末有明嘉靖丙寅（四十五年）正月上元日談愷案語，其次爲引用書目。正文卷二六五首有隆慶元年秋七月朔日談氏識語；卷二七○首亦有談氏識語，但不署年月。

目錄首卷首葉分行署「宋翰林學士中順大夫戶部尚書上柱國賜紫金魚袋李昉等編／明資善大夫都察院右都御史談愷校刊／姚安府知府秦汴、德州知州強仕、石東山人唐詩同校」。又，目錄中，「第二百六十一」、「第二百六十二」、「第二百六十三」、「第二百六十四」卷次下注「闕」字；「第二百六十五」卷次下，原亦注「闕」字，不知何時，已遭挖去。查正文中，卷二六一至二六四全缺，而卷二六五僅闕部份條文。再者，卷二六九、二七○亦有闕文。此外，卷三四一至三四五乃鈔補者。又，其他各卷間有闕葉，如卷一四○闕第二葉、一七四闕第三葉、二○五闕首葉、二二七闕末葉、三七五闕末葉、三九一闕首葉、四○三闕末葉、四一七闕首葉。

書中鈐有「莊圃收藏」印。按莊圃，張乃熊字也。乃熊，浙江吳興人，寓居上海。鈞衡之子。既分得適園所儲，復廣事徵訪，尤重黃丕烈跋本。抗戰期間，所藏散出，多歸國立中央圖書館（即國家圖書館前身）。著有《莊圃善本書目》〔註10〕。

乙、國立臺灣大學圖書館所藏經清孫潛手校者

存四百八十六卷、目錄十卷。四十八冊。每半葉十二行，行二十二字。案自卷四八七至五○○皆闕也。又，就清孫潛所鈐印記起迄觀之，得悉現有第二十六至三十冊，原爲六冊，而改裝爲五冊。

〔註10〕參見廣文書局印行之《書目三編敍錄》等。

書前有進書表，表末有明嘉靖四十五年談氏案語，其次為引用書目；正文卷二六五、二七〇首俱有談氏識語，同（甲）本。

目錄首卷署名亦同（甲）文。又，目錄中「第二百六十一」、「第二百六十二」、「第二百六十三」、「第二百六十四」、「第二百六十五」卷次下皆注「闕」字。查正文中，卷二六一至二六四原係鈔補（案其上有清孫潛校語，既稱所據校之抄本缺此四卷云云，而又有朱校，未明所從出）；卷二六五僅闕部份條文。再者，卷二六九、二七〇亦有闕文。此外，第十四冊全冊（卷一一五至一二四）、第十九冊全冊（卷一六五至一七四）、第二十冊全冊（卷一七五至一八一）、第二十四冊全冊（卷二一一至二二〇）、第二十五冊部份（卷二三一至二三二）、第三十一冊全冊（卷三〇一至三一〇。此冊乃鈔配）、第四十二冊全冊（卷四一四至四二四）、第四十三冊全冊（卷四二五至四三六）等，其天地短，紙質薄，復無孫潛所鈐印；偶有朱校，亦與其他各冊朱校之筆跡不符，知在孫潛之後配補者。

《國立臺灣大學圖書館善本書目》題是本手校者為「朱世祥」，《國立臺灣大學中文系藏書目錄初編》則題為「陳世祥」；前者所謂「朱世祥」實「陳世祥」之誤，蓋陳世祥別號菣園，而是本卷四七九朱筆跋語曰：「戊申三月六日勘至此，是日陸大勑先借去《水經注》校正本」〔註11〕，末署名「菣園」。查是本有「孫潛之印」、「潛夫」二印記多處，此外，《胡適手稿》第四集卷一載孫潛校《水經注》之跋語，與是本卷四七九跋語所記事實相符，則手校者當為孫潛。潛，字潛夫，一字節庵，又字知節君、菣園。吳人。約生於明萬曆四十年，卒於清康熙十七年。康熙六年十一月十八日始校《水經注》，七年正月三十日校畢，隨後，即續校《太平廣記》〔註12〕。

是本孫氏校語，嘗稱抄本云云，又於談刻之「構」、「搆」二字，俱改書「御名」，要之，孫氏所據校者為舊鈔宋本，而此舊鈔宋本則出自南宋高宗時傳本可知。至若此舊鈔宋本之來歷，孫氏於卷三八八末葉記云：「已上二卷係世學樓抄入。」由是可知孫氏所據舊鈔宋本原係世學樓舊藏。世學樓者，明會稽鈕緯藏書之所。《披垣人鑑》卷一四稱鈕緯字仲文，號石谿，浙江會稽人。嘉靖二十年進士。二十四年十二月由祁門知縣選禮科給事中。二十九年陞江西僉事。尋以事降常熟縣丞，歷山東僉事。以憂歸云云。再者，明徐材編《畏齋薛先生（名甲）藝文類稿》卷七〈贈鈕石谿守太平序〉曰：「去年春，寇圍江陰，臺符檄侯助防守。」案《明史‧王鈇傳》云倭寇

〔註11〕陸勑（一作「勑」）先，號貽典，別號覯庵，常熟人。生於明萬曆四十五年。見馮武〈壽陸覯庵五十〉、葉德輝《書林清話》「明以來之鈔本」、嚴一萍先生《太平廣記校勘記‧序》。

〔註12〕以上參見清趙一清《水經注釋》卷首、《胡適手稿》第四集卷一〈孫潛校《水經注》的跋語〉、嚴一萍先生《太平廣記校勘記‧序》。

犯江陰，事在嘉靖三十四年，是鈕氏於嘉靖三十五年遷守太平。此外，孫氏批語言及此舊鈔宋本嘗經鈔補事者尚有二條：卷二六五首葉批云：「此一卷，宋刻亦缺，抄本取時本補入者也。」又，卷三七七李彊友條批云：「此下抄本皆世學樓，與刻本全同，蓋非舊本也。」所謂「時本」、「刻本」，嚴一萍先生云當指談刻或許刻，然談刻序於嘉靖四十五年，時距鈕氏離常熟已十年，許刻尤晚，則據談刻或許刻補入者當非緯也，豈其本於展轉流傳之際，爲他人補入者歟（見《太平廣記校勘記・序》）？再者，前述卷三七七孫氏批語既稱此世學樓所藏抄本非復舊本面目，則其本原非鈕氏所抄可知。

孫氏所據舊鈔宋本，今未悉流落何方，僅就此談刻本之孫氏校語觀之，其佳處實不可勝紀；爰舉其犖犖大者，以見一斑：

據卷二六五、三七七、三八八諸卷眉批（見前引），足證南宋刻本已有闕佚，而非傳本偶失。又談刻於卷一四〇及一四一皆不言有闕，吾人觀孫氏校語，始知所據舊鈔宋本卷一四〇闕後半（案舊鈔宋本此卷卷末尚有十四目，唯無其文。參見附錄三）、卷一四一全缺，而談氏以卷一四二前半充一四一，析一卷爲二，復於卷一四〇削去缺文之目，蓋欲泯滅其跡。凡此種種，可見《廣記》原本幾經傳鈔，至南宋已非舊觀。此其一也。

卷三一五狄仁傑檄條之孫氏眉批云：「此條抄本缺。」惟談刻是條不缺，末注「出《吳興掌故集》」。考《吳興掌故集》乃明徐獻忠所撰，《廣記》編者不及見之。由孫氏校語推之，可證談刻有宋以後著述闌入者，皆後人所補，其人或即談氏。此其二也。

查如卷一〇，此舊鈔宋本有陳永伯一條，而談刻總目有其目，卷內則目、文皆缺；其他談刻有目無文，而此舊鈔本有其文者，參見附錄三。又如卷二四五東方朔條，此舊鈔宋本補三百餘字；卷二四七石動䇲條補六百餘字；其他缺文，補足者所在多有。此其三也。

此舊鈔宋本又可訂補談刻引書之出處。談刻引書未注出處，而此舊鈔本注之者，參見附錄二。至若訂正談刻引書出處之誤者，詳後之引書考，茲不贅舉。總之，其裨益斠讎，居功至偉。此其四也。

是本鈐有「孫潛之印」白文章、「潛夫」白文章多處。又，卷二八八首葉欄外，有「長樂」朱文章、「馮舒之印」白文章及「癸巳人」朱文章各一。案馮舒，字己蒼，號默庵，又號癸巳老人。常熟人。復京之子。生於明萬曆二十一年。性嗜書帙。清

順治五年爲邑令瞿四達所殺〔註13〕。舒卒後，其書散出，是本即爲孫氏所得。此外，是本目錄首葉有「龔藹人收藏畫書印」白文章。又，書中嘗夾附一紙，上有李石、龔藹人二人所書題識，云：「此冊癸亥揚州破書肆中購獲即日識之。李石（印記）。同治癸酉冬閩縣龔藹人購此書於濟南未知爲何人用朱筆點竄多訛此書之累也。」而今所見第十四、十九諸冊之配補、校勘及第二十六至三十冊之改裝，恐即出于李石手。又據龔藹人題識，得悉是本繼李石之後，爲龔氏所得。龔氏烏石山房藏書，今歸於國立臺灣大學圖書館。

丙、民國二十三年北平文友堂影印者

國立臺灣大學文學院聯合圖書室、國立臺灣師範大學圖書館、私立東海大學圖書館俱藏。

五百卷、目錄十卷。六十冊。每半葉十二行，行二十二字。

書前有進書表，表末有明嘉靖四十五年談氏案語，其次爲引用書目；正文卷二六五、二七〇首俱有談氏識語，同（甲）本。

目錄首卷署名亦同（甲）本。又，目錄中，「第二百六十一」、「第二百六十二」、「第二百六十三」、「第二百六十四」、「第二百六十五」卷次下皆注有「闕」字。查正文中，卷二六一至二六四原亦闕，但有鈔補，且其文字與（乙）本及（乙）本之朱筆校語皆互有異同；卷二六五僅闕部份條文。再者，卷二六九、二七〇亦有闕文。

是本所據以影印之底本原鈐有「明善堂覽書畫印記」、「安樂堂藏書記」二章，知爲清怡府藏書，疑即傅增湘《雙鑑樓善本書目》卷三所著錄之本，蓋行款、鈔補情況及藏書家印記俱同故也。

民國五十九年臺北藝文印書館嘗據北平文友堂影印本影印，並附嚴一萍先生校勘記。

上列三者，其中卷二六一至二六四，或闕佚，或屬鈔補者；又卷二六五、二七〇首俱有談氏識語。此外，如卷九焦先條「□□野火」句，（乙）本如是，（甲）、（丙）二本則「□□」作「彼遭」；又如卷一六張老條「令□男義方訪之」句，（甲）、（乙）兩本皆如是，（丙）本則「□」作「其」；又如卷三三九潯陽李生條「又不□退」句，（甲）、（乙）兩本皆如是，（丙）本則「□」作「得」。豈其板嘗經剜改，故有異歟？

丁、前北平圖書館所藏而現由國立故宮博物院保管者

五百卷、目錄存九卷。四十八冊。每半葉十二行，行二十二字。案缺目錄卷五（卷二三一至二七〇目錄）。

〔註13〕參見《清史列傳》卷七〇、嚴一萍先生《太平廣記校勘記·序》等。

書前有進書表，表末有明嘉靖四十五年談氏案語，其次爲引用書目；正文卷二六五、二七○首俱有談氏識語，同（甲）本。

目錄首卷署名亦同（甲）本。所可注意者，是本卷二六一至二六四非鈔補，且字數、行款與其他各卷同，唯字體稍廣潤，似出後人補刊；又，此四卷之文字與上述有鈔補諸本互有異同。至若卷二六五、二六九、二七○，其情形同上述諸本。

是本進書表首葉鈐有「董康」朱文印。案康，字綏金，一字授經，又號誦芬室主人，江蘇武進人。弱冠，舉光緒十四年孝廉，十六年成三甲進士，籤分刑部。民國初，歷任司法編查會副會長、大理院院長、財政總長諸職。嘗至巴黎參觀法國國家圖書館所藏敦煌石室資料。又曾赴日本，與彼邦學者多有往來，並參觀各大公私藏書機構。其後，七七變起，華北淪陷，董氏被羅致，出任僞職。抗戰勝利後，病死獄中。著有《書舶庸談》〔註14〕。

上列一種談刻，其卷二六一至二六四不缺，且非鈔補，似爲後人補刊者。

戊、中央研究院歷史語言研究所傅斯年圖書館所藏者

五百卷、目錄十卷。五十二冊。每半葉十二行，行二十二字。

書前有進書表，表末有明嘉靖四十五年談氏案語，其次爲引用書目；正文卷二六五、二七○首俱有談氏識語，同（甲）本。

目錄首卷署名及目錄中「第二百六十一」、「第二百六十二」、「第二百六十三」、「第二百六十四」、「第二百六十五」卷次下皆注「闕」字，與（甲）、（乙）、（丙）諸本同。查正文中，卷二六一至二六四非鈔補，與（丁）本同，而異於（甲）、（乙）、（丙）諸本。此外，卷二六五、二七○皆各有二；前一卷二六五、二七○同於上述諸本；而後一卷二六五、二七○與上述諸本相較，其文字多所不同，引書出處幾不闕，復無闕文，且卷首不見有談氏識語。又，卷二六九無闕文，與上述諸本亦異。茲有可注意者，是本所有之另一卷二七○，其中若干條文，非僅異於上述諸種談氏刊本，且與明許自昌刊本、明活字本、清黃晟巾箱本以及汪紹楹點校本所引明鈔本、清陳鱣校本等復有所不同，如鄭神佐女〔註15〕、盧夫人〔註16〕、符鳳妻〔註17〕、呂

〔註14〕參見臺北世界書局出版之《書舶庸談》書末沈雲龍跋。

〔註15〕其文曰：「大中年，兗州鄭神佐女，許嫁官健卒李玄慶。未及適李氏，而其父赴慶州戰亡，女乃自誓不嫁，而尋父屍與母合葬，盧於墓側。出《北夢瑣言》」

〔註16〕其文曰：「唐左僕射房玄齡少時，盧夫人質性端雅，姿神令淑，抗節高厲，貞操逸群。齡當病甚，乃囑之曰：吾多不救，卿年少，不可守志，善事後人。盧氏泣曰：婦人無再見（醮），豈宜若此！遂入帳中，剜一目睛以示齡。齡後寵之彌厚也。出《朝野僉載》」

〔註17〕其文曰：「符鳳妻，字玉英，有節操，美而豔。以事徙儋州。至南海，逢獠賊所劫，

榮〔註18〕、封景文〔註19〕諸條是也。又，卷二六九陳延美條〔註20〕，亦不見於上述諸種談氏刊本及許自昌刊本、明活字本、黃晟巾箱本、汪氏點校本所引明鈔本、陳鱣校本等。

　　書中鈐有「明善堂覽書畫印記」白文章，知爲清怡府藏書。

鳳死之。妻被脅爲非禮。英曰：今遭不幸，非敢惜身；以一婦人奉拾餘男子，君焉用？請推一長者爲匹，兒之願也。賊然之。英曰：容待粧飾訖，引就船中，不亦善乎？有頃，盛裝束罷，立於船頭，謂諸賊曰：不謂今朝奄逢倉卒，寧爲玉碎，不爲瓦全。言訖，投於海。群賊驚，救之，不獲。出《朝野僉載》」

〔註18〕其文曰：「烈女呂榮，吳郡許昇妻也。昇爲賊所殺，遂欲干犧，榮秉節不聽，遂見殺。是日雷雨晦冥，賊懼，叩頭謝屍，葬之。後刺史增其冢於嘉興郭里，名曰義父（婦）坂。出《文樞鏡要》」

〔註19〕其文曰：「渤海封夫人，諱詢（絢），字景文，吏部侍郎敖之孫也。夫人美容質，善草隸，攻文章，適秘書省校書郎殷保晦。黃巢犯京，保晦被俘，夫人將見辱，乃正色拒之。賊脅之，不從；說之，不可，竟斃於刃下。晦歸，見之，一慟而卒。出《三水小牘》」

〔註20〕其文曰：「有陳延美者，世傳殺人，人莫有知者。清泰朝，僑居鄴下御河之東，僦大第而處。少年聰明，衣著甚侈，薰泡蘭麝，韉馬華麗；其居第內外張陳如公侯之家。妻妾三兩人，皆端嚴婉淑；有妹曰李郎婦，甚有顏色——生一子，未晬歲，十指皆跰——俱善音律；延美亦能絃管。常乘馬引一僕於街市，或登樓，或密室狎遊，所接者皆是膏梁子弟，曲盡譚笑章程。或引朋儕至家，則異禮延接。出妻與妹，令按絲吹竹以極其歡，容（客）則戀戀而不能已也。時劉延皓帥鄴，偶失一都將，訪之經時，卒無影響，責其所由甚急。陳密攜家南渡，諸（詣）大梁高頭街僦宅而居，復華飾出入。未涉旬，因送客出封丘門，餞賓之次，鄴之捕逐者擒之于座，泊（泊）繫于黃砂以訊之。具通除勤鄴中都將外，經手者近百人。居高頭宅未三日，陳不在家，偶有盲僧丐食于門，其妹怒其狨，使我不利市，召入，勤之，瘞于臥床之下。及敗，官中使人斸出之。荷至鄴下，搜其舊居，果於床下及屋內積疊瘞屍，更無容針之所，以至鄰家屋下皆被傍探爲穴，藏屍于內。每客坐要殺者，令啜湯一椀，便瞢然無所。或用繩縊，或行鐵鏈，然後截割盤屈之，占地甚少。蓋陳、李與僕者一人、妹及妻等爭下手屠割，如是年月極深。今偶記得者，試略言之：先有二人貨絲者，相見於塼門之下，誘之曰：吾家織錦，甚要此絲，固不爭價矣。遂俱引至家，雙斃而沒其貨。又曾於內黃納一風聲人，尋亦斃於此屋之下。又有持缽僧一人，誘入而死之。又於趙家果園見一貧官人，有破囊劣驢，繫四胯銅帶，哀而誘之至家，亦斃于此屋。又有二軍人，言往定州去，亦不廣有緡囊。遂命入酒肆飲之，告曰：某有親情在彼，欲達一緘。數內請一人回至其家。書至，則點湯一甌，啜呷未已，繩篝已在項矣。未及剉截之間，其伴呼于門外，急以布幕蓋屍于墻下，令李郎出應之曰：修書未了，且屈入來。陳執鐵鏈於扉下侯之。後腳纔踰門限，應鏈而殞于地。後款曲剉斮而瘞之。其膏梁子弟及富商之子，死者甚眾，不二記之。泊令所由發掘之，則積屍不知其數。有母在河東，密差人就擒之。老嫗聞之愕然，嗟歎曰：吾養此子大不肖，渠父殺數千人，舉世莫能有知者，竟伏枕而終。此不肖子殺幾箇人，便至敗露。遂搜索其家，見大甕內鹽泡人腿數隻，嫗恒啗之。囚至鄴下，見其子，不顧而唾之。自言其向來所殺不知其數，此敗偶然耳。時盛夏，一家並釘于衙門外。旬日而殂。出《王氏見聞》」

上列一種談刻，其卷二六一至二六四同（丁）本，但其卷二六九之文字則與（丁）本及上述其他諸本異，且卷二六五、二七〇各有二卷，後一卷二六五、二七〇之文字與上述諸本多所不同，未詳所從出。

〔總　述〕

談愷，字守敬，號十山，無錫人。嘉靖五年進士，授戶部主事。嘗榷稅河西，通商抑豪，及建白利漕，聲大起，轉員外，巡通州倉，尋陞郎中，凡守度支者八年。後出為山東副使，五遷復授四川副使。以參政晉右轄，乃拜右副都御史，進兵部右侍郎，兼都御史。移鎮兩廣，力疏乞歸。享年六十有六〔註21〕。

進書表末談氏案云：「近得《太平廣記》觀之，傳寫已久，亥豕魯魚，甚至不能以句。因與二三知己──秦次山、強綺塍、唐石東──互相校讎。寒暑再更，字義稍定，尚有闕文闕卷，以俟海內藏書之家慨然嘉惠，補成全書，庶幾博物洽聞之士，得少裨益焉。」查其本，如卷六〇樊夫人條「為結構」之「構」、卷三一〇王錡條「群小所構」之「構」、卷三一三張懷武條「一隙大構」及「無構難矣」之「構」，皆作「御名」二字，則知談氏所據者，蓋與南宋高宗時傳本有相當關係。

卷二六五談氏識云：「余聞藏書家有宋刻，蓋闕七卷云。其三卷，余攷之得十之七，已付之梓；其四卷，僅十之二三，博洽君子其明以語我，庶幾為全書云。」又，卷二七〇識云：「此卷宋板原闕，予攷家藏諸書，得十一人補之，其餘闕文尚俟他日。」就上述所見談刊本觀之，其中卷二六五僅得「劉祥」至「高逢休」十五事，而闕「汲師」以下六事；卷二六九僅得「胡元禮」至「李紳」九事，而闕「胡湘」以下五事；卷二七〇僅得「洗氏」至「高彥昭女」十一事，而闕「李誕女」以下七事，與談愷識語大抵相符。又，談氏所補此三卷俱不注出處，蓋「談氏主旨只求補其事實，彼固知《廣記》原本未必──或且並非──根據彼所根據之書，故特缺其出處以別於《廣記》原文」（近人岑仲勉語，見其〈跋歷史語言研究所所藏明末談刻及道光三讓本太平廣記〉一文）歟？

所可注意者，卷二六五談氏識語謂「其四卷僅十之二三」云云，是其所刻以卷二六一至二六四可補者寡，姑仍缺之，以俟高明。今所見（甲）本即闕此四卷，（乙）、（丙）二本原亦缺之，但有後人所鈔補者；而（乙）、（丙）二本所有此四卷之鈔補者，與（丁）、（戊）兩本似有相當關係。

所見（丁）、（戊）兩本談刻，卷二六一至二六四不缺，且非鈔補者。論夫此四

〔註21〕參見明過庭訓《本朝分省人物考》卷二三（明刻本）、《無錫金匱縣志》卷一六（清光緒辛巳本）、鄧嗣禹《太平廣記引得‧序》。

卷之來源，有當注意者兩事：倘此為據別書意補者，則補文之中，不應有許多缺字，此其一；其出處只應或有或缺，不應半缺，此其二。唯觀此四卷，其文不缺及出處具者，共四十九條，占十分之六強，與談氏云「其四卷僅十之二三」不相應；況其缺文字數，至為參差；又，李秀才條出處僅注「出新」兩字，劉子振條祇注「出」字。若此之類，皆視他三卷（二六五、二六九、二七○）由談氏據別書意補者夐乎不侔，豈此四卷乃後人據宋刻殘本補刊歟？當日或有應談氏「博洽君子其明以語我」之請而助成全書者（以上，岑仲勉嘗言之，見其所撰〈跋歷史語言研究所所藏明末談刻及道光三讓本太平廣記〉一文）。至若（乙）、（丙）二本此四卷之鈔補者，其文字與（丁）、（戊）二本所有者頗不同，其為同源異流乎？未敢遽定。

近人汪紹楹嘗點校《廣記》，自謂所見談刻有三：其中卷二六一至二六四闕，而於卷二六五、二七○兩卷有談氏隆慶元年識語，如今所見（甲）本者，汪氏假定為後印本；卷二六一至二六四不闕，如今所見（丁）本者，汪氏假定為最後印本；復有一種，則是卷二六一至二六四俱闕，而於卷二六五、二七○兩卷又無談氏隆慶元年識語，卷二六五、二七○又異於上述二種者，汪氏假定為初印本，為此間所未見。試就點校本校語觀之，其有可注意者：汪氏所謂初印本之卷二六五內容大抵與今所見（戊）本之後一卷二六五同，但文字稍異，此其一；汪氏初謂初印本之卷二七○，其中「鄭神佐女」、「盧夫人」、「符鳳妻」、「呂榮」、「封景文」諸條文字與今所見（戊）本之後一卷二七○大異，此其二。今所見（戊）本之後一卷二六五、二七○亦無隆慶元年識語，其內容又與通行談刻異，唯未詳所出，前已言之，若吾人謂其出自初印本，則汪氏所見者當何所屬？若汪氏所見，果為初印本，則（戊）本之後一卷二六五、二七○又當出自何本？是汪氏所謂，仍不能無疑也。總言之，談刻雖不無訛漏，然其後許自昌刻本、黃晟刻本等要皆本之。

二、明活字本

所見有前北平圖書館所藏而現由國立故宮博物院保管者。存四百九十六卷、目錄十卷。四十冊。書前之李昉等進書表、表末之明嘉靖四十五年談愷案語以及其後之引用書目、目錄，皆每半葉十一行，行二十二字；正文則每半葉或十一行，或十二行，行皆二十二字。又，正文中，卷二六五、二七○俱有談愷識語，同今所見談本。目錄首葉有談愷等署名，亦同今所見談本。再者，目錄中，「第二百六十一」、「第二百六十二」、「第二百六十三」、「第二百六十四」、「第二百六十五」卷次下注「闕」字；查正文中，卷二六一至二六四缺，而卷二六五僅闕部份條文。此外，卷二六九、二七○復有闕文。書中鈐有「朱彝尊印」白文方章、「竹垞」朱文方章、「何焯之印」

朱文方章、「屺瞻」朱文方章、「眞州吳氏有福讀書堂藏書」朱文方章、「島原祕藏」朱文長章。案朱彝尊，字錫鬯，號竹垞，又號醧舫，清浙江秀水人。少博極群書，客遊南北，所至以搜剔金石爲事。康熙中舉鴻博，授檢討，與修明史；後入直內廷，引疾罷歸，四十八年卒，年八十一。著有《曝書亭全集》，復輯《經義考》、《明詩綜》、《詞綜》等〔註22〕。何焯，字屺瞻，晚號茶仙；先世曾以義門封，學者稱義門先生。清江蘇長洲人。康熙中以拔貢生值南書房，賜舉人，復賜進士；官編修，直武英殿修書；六十一年卒，年六十二。著有《義門讀書記》〔註23〕。

又，國家圖書館亦藏明活字本。五百卷、目錄十卷。四十八冊。其中，卷二六一至二六四乃鈔補者（其中卷二六一首葉首行署「天都黃晟曉峰氏校刊」，知出自清黃晟巾箱本）；此外，卷一八九至一九三、三二三至三二八、三六一至三六四、四三二至四三六亦屬鈔補者。除鈔補者外，其字體、行款、板式及內容與前北平圖書館藏本同。書中鈐有「常熟翁斌孫藏」朱文長章、「翁斌孫印」白文方章。

總言之，明活字本大抵同於今所見談刻之（甲）、（乙）、（丙）三本，但字跡模糊，幾不能卒讀，且出處遺漏甚多。再者，明馮夢龍《太平廣記鈔·小引》曰：「至皇明文治大興，博雅輩出，稗官野史悉傳梨登架，而此書獨未授梓，間有印本，好事者用閩中活板，以故挂漏差錯往往有之；萬曆間，茂苑許氏始營剞劂。」其列活字本於萬曆間許刻之前，則活字本之付印早於許刻明矣。

三、明萬曆間〔註24〕許自昌刊本

甲、國家圖書館藏本之一

五百卷、目錄十卷。四十冊。每半葉十二行，行二十四字。

書前有李昉等進書表，表末有明嘉靖四十五年談愷案語，其次爲引用書目。

目錄首葉有談愷等署名，同今所見談愷刊本。又，目錄中，「第二百六十一」、「第二百六十二」、「第二百六十三」、「第二百六十四」、「第二百六十五」卷次下注有「闕」字，亦同談愷刊本，但正文中，此五卷存。正文除每冊首卷外，其餘各卷首葉皆署「明長洲許自昌玄祐甫校」。案正文每冊首卷首葉當亦有許校字樣，不知爲何人挖去，而貼以襯紙。

〔註22〕參見清楊謙《朱竹垞年譜》、清朱文藻《朱竹垞年譜》、《碑傳集》卷四五、《清史列傳》卷七一、《國朝耆獻類徵》卷一一八、《國朝先正事略》卷三九等。

〔註23〕參見清全祖望〈翰林院編修長洲何公墓誌銘〉及《碑傳集》卷四七、楊立誠等編《中國藏書家考略》諸書。

〔註24〕今所見許刻不署刊行年月，唯查明馮夢龍《太平廣記鈔》（明天啓六年刊本）之小引有「萬曆間茂苑許氏始營剞劂」一語，知其本約刻於萬曆間。

書中鈐有「張季子金石圖書印」朱文長章、「梅湖散人」白文方章、「南通圖書館圖書記」朱文長章等。

乙、國家圖書館藏本之二

五百卷、目錄十卷。五十二冊。每半葉十二行，行二十四字。

書前有李昉等進書表，表末有明嘉靖四十五年談愷案語，其次為引用書目。

目錄首葉有談愷等署名，同今所見談愷刊本。又，目錄中，「第二百六十一」、「第二百六十二」、「第二百六十三」、「第二百六十四」、「第二百六十五」卷次下注有「闕」字，亦同談愷刊本，但正文中，則存此五卷文字。正文每卷首葉皆署「明長洲許自昌玄祐甫校」。

書中鈐有「山中道純之印」白文方章、「子厚氏」白文方章、「蟠桃院」朱文長章、「山中氏圖書記」朱文長章。又，引用書目首葉獨鈐有「季振宜印」朱文方章。季振宜，字詵兮，號滄葦，清揚州泰興人。順治進士。官至御史。家本豪富，江南故家書多歸之。著有《季滄葦書目》、《靜思堂詩集》等〔註25〕。

丙、國立故宮博物院圖書館藏本

五百卷、目錄十卷。二十四冊。每半葉十二行，行二十四字。

扉葉刻「吳郡重校／霏玉軒藏板／太平廣記」，其欄外復刻小字「閶書林葉敬池發行」。

書前有李昉等進書表，表末有明嘉靖四十五年談愷案語，其次為引用書目。其中，引用書目有墨校。此外，引用書目後補釘二葉，上以墨筆鈔有「《太平廣記》引用書目補」，但不完全，復有訛謬。為作補目者即收藏此本之楊守敬；楊氏所撰《日本訪書志》卷八亦附此文。

目錄首葉有談愷等署名，同今所見談愷刊本。又，目錄中，「第二百六十一」、「第二百六十二」、「第二百六十三」、「第二百六十四」、「第二百六十五」卷次下注有「闕」字，亦同談愷刊本，但正文中，則存此五卷文字。正文每卷首葉皆署「明長洲許自昌玄祐甫校」。

書中鈐有「宜都楊氏藏書記」白文方章、「稽古館藏」朱文長章、「文化乙丑」白文方章、「飛有閣藏書印」白文方章。案是本著錄於楊守敬之《日本訪書志》卷八，知為楊氏藏書。守敬，字惺吾，自號鄰蘇老人，湖北宜都人。清道光十九年生。同治元年舉人。光緒六年隨何如璋使日本，搜羅古籍，載歸。民國四年卒，年七十七。著有《日本訪書志》、《留真譜》、《漢唐經籍存佚考》、《水經注疏》、《歷代地理沿革

〔註25〕參見《國朝耆獻類徵》卷一三三、楊立誠等編《中國藏書家考略》諸書。

圖》諸書。守敬卒後，其藏書鬻諸政府，日久頗多散佚，現故宮博物院圖書館所藏觀海堂舊本，即其餘也〔註26〕。

上列諸許氏刊本有可注意者，如卷二○二沈約條「□閱篇章」句，（甲）、（乙）本如是，（丙）本則「□」作「檢」；又如卷二二九李夫人條「□□辛過李夫人」句，（甲）、（乙）本如是，（丙）本則「□□辛」作「□□□」；又如卷二七五李福女奴條注「出《泉子》」，（甲）、（乙）本如是，（丙）本則「泉」作「集」；又如卷四一五陸敬叔條注「出《搜神記》」，（甲）本如是，（乙）、（丙）本則於其下復有「再見《嶺南異物志》」七字，豈其板嘗經剜改，故有異歟？

〔總　述〕

許自昌，字玄祐，籍長洲。官中書舍人。構梅花墅，聚書連屋。著有《樗齋漫稿》十二卷、《樗齋詩鈔》四卷、《捧腹編》十卷、《水滸記傳奇》等。所刻書則除《廣記》外，尚有《分類補注李太白詩》、《李杜合刻》等。昌子元溥，字孟宏，生於明崇禎三年，由此可略知自昌所處年代〔註27〕。案鄧嗣禹《太平廣記引得·序》曰：「考談愷生平，屢列宦途，其刊書也，蓋出於宦後餘興；自昌工詩文傳奇，好藏書刊書，其刻《太平廣記》，蓋出於個人嗜向。」其說或然。

今所見許刻，於書前李昉等進書表末俱有嘉靖四十五年談愷案語，則源出談刻可知。許氏於全書之校閱，有較談氏審慎者，試觀其注明複出或文異而事同之篇章，可見一斑。茲略舉之如下：

卷五九西河少女	與七卷伯山甫傳同	卷六○麻姑	與七卷王遠傳同
卷七六安祿山術士	與十九卷李林甫傳同	卷七七葉法善	前半與二十六卷同
卷一八九郭齊宗	與一百六十四卷員半仙傳略同	卷二一八孫思邈	與前二十一卷記事同
卷二三一曹王皋	與二百五卷記事同	卷二三六玄宗	與二百二十七卷華清池略同
卷二四六王琳	與二百三十四卷組表同	卷二五○顧況	與一百七十卷記事同
卷二五一楊玄翼	與一百八十三卷鄭昌圖事同	卷二五一裴慶餘	與二百卷李蔚事同
卷二五六鄭薰	與一百八十二卷顧標事同	卷二五九成敬奇	與二百三十九卷記事同

〔註26〕參見楊立誠等編《中國藏書家考略》、廣文書局印行之《書目五編敘錄》。
〔註27〕參見明陳繼儒《晚香堂集》卷四〈許秘書園記〉、《吳縣志》卷五七、六七、七九（民國重修本）、王國維《曲錄》卷四、鄧嗣禹《太平廣記引得·序》。

卷二六五許敬宗	已見二百四十九卷本傳	卷二六六姚嚴傑	已見二百卷本傳
卷二六九蕭穎士	已見二百四十四卷本傳	卷二七二王導妻	已見二百四十六卷
卷二七四武延嗣	已見二百六十七卷	卷二七八豆盧署	已見一百五十一卷
卷二七八盧貞猶子	已見一百三十六卷	卷二七八宋言	已見一百五十六卷
卷二七九蕭吉	與二百七十六卷孫氏事同	卷三六〇富陽王氏	已見三百二十三卷
卷三七五河間女子	已見一百六十一卷	卷四〇一唐玄宗	已見三百九十六卷
卷四六七齊澣	已見四百二十卷		

然許氏亦不無疏忽之處；如卷三六〇郭仲產，談刻注「出《述異記》」，許刻則誤「述」為「遠」；又如卷三七〇王屋薪者，談刻注「出《瀟湘錄》」，許刻竟闕出處；又如卷三七五河間女子，許刻誤「間」為「見」，可知談、許二刻固優劣互見。

此外，復有可注意者：許刻卷二六一至二六四，其文字大抵與孫潛手校談刻之鈔補者同，然彼鈔補者出于此歟？抑此出於彼鈔補者歟？則未可遽定。再者，許刻卷二六五、二六九、二七〇，與前述國家圖書館、臺灣大學、故宮等所藏談刻異，而大抵同於中央研究院所藏談刻之後一卷二六五、二六九、二七〇，即各條幾皆注出處，且罕有闕文；唯卷二六九無李紳、陳延美二條；卷二七〇既有注出處之洗氏條、竇烈女條，復有闕出處之洗氏條、竇烈女條（改題為奉天竇氏二女）。案許氏於卷二七〇卷首注云：「此卷宋板原闕，舊刊復贅一卷，今訂取其一，倘有謬鹫，不妨更駁。」（國家圖書館所藏四十冊本挖去「舊刊復贅一卷，今訂取其一」諸字）豈其與中研院所藏談刻（卷二七〇亦贅一卷）有相當關聯歟？

四、清黃晟刊巾箱本

甲、國立臺灣大學圖書館所藏清乾隆二十年槐蔭草堂刊巾箱本

五百卷、目錄十卷。六十四冊。每半葉十二行，行二十二字。

扉葉刻「天都黃曉峰校刊／太平廣記／槐蔭草堂藏板」，其欄外上方復橫刻「乾隆乙亥年夏月」。案乙亥即乾隆二十年。

書前有末署「乾隆十八年歲次癸酉秋八月天都黃晟曉峰氏校刊於槐蔭草堂」之《重刻太平廣記·序》、李昉等進書表，表末有明嘉靖四十五年談愷案語，其次為引用書目；正文卷二七〇有談愷識語。

目錄首葉有談愷等署名，同今所見談愷刊本，但目錄中，「第二百六十一」、「第

二百六十二」、「第二百六十三」、「第二百六十四」、「第二百六十五」卷次下不注「闕」字，與今所見談愷刊本異。正文中，每卷首葉署「天都黃晟曉峰氏校刊」。

是本每冊封面鈐「無礙盫」朱文長章。

民國六十二年臺北新興書局嘗據臺大所藏清乾隆二十年刊本影印。

乙、國立臺灣大學文學院聯合圖書室所藏清嘉慶元年重刊槐蔭草堂巾箱本

五百卷、目錄十卷。三十冊。每半葉十二行，行二十二字。

扉葉刻「天都黃曉峰校刊／太平廣記／槐蔭草堂藏板」，其欄外上方復橫刻「嘉慶元年重鐫」。

書前有清乾隆十八年黃晟序、李昉等進書表，表末有明嘉靖四十五年談愷案語，其次爲引用書目；正文卷二七〇有談愷識語，俱同（甲）本。

目錄葉情形復同（甲）本。正文中，每卷首葉亦署「天都黃晟曉峰氏校刊」。

書中鈐有「龔藹人收藏書畫印」白文章。

丙、中央研究院歷史語言研究所傅斯年圖書館所藏清道光二十五年三讓睦記刊巾箱本

五百卷、目錄十卷。四十冊。每半葉十二行，行二十二字。

扉葉刻「道光丙午年重鐫／太平廣記／三讓睦記藏板」。案丙午即道光二十六年。

書前有清乾隆十八年黃晟序、李昉等進書表，表末有明嘉靖四十五年談愷案語，其次爲引用書目；正文卷二七〇有談愷識語，俱同（甲）本。

目錄葉情形復同（甲）本。正文中，每卷首葉亦署「天都黃晟曉峰氏校刊」。

上列三者，其中（丙）本之空白或墨等較多，其文字亦有與（甲）、（乙）本稍異者，如卷一四六宇文融「及蘇」句，（甲）、（乙）本如此，（丙）本則作「及冥」。

〔總 述〕

黃晟，清京師人。所可知者，其人除刊行《廣記》外，復於乾隆十八年校刊《水經注》；書首有歐陽玄、黃省曾、王世懋、朱謀埠及李長庚五序〔註28〕。

黃氏《自序》云：「夫載籍之夥，漢唐而後聿推北宋，太平興國時，敕置崇文院，積書八萬卷有奇，尋命儒臣纂修編輯，自經、史、子、集以及百家之言，博觀約取，集成千卷，賜名曰《太平御覽》；又以《道藏》、《釋藏》、野史稗官之類，廣採兼收，集爲五百卷，賜名曰《太平廣記》，詔鋟板頒行。言者謂《廣記》非後學典要，束板藏太清樓，故後世《御覽》盛行，而《廣記》之流傳獨鮮。迨至有明中葉，十山談

〔註28〕見鄭德坤《水經注引書考》一書所附《水經注板本考》。

（原作「譚」，誤）氏得其抄本，始梓行之。長洲許氏重刊於後，海內好古敏求者胥快覩之矣。竊究斯編，其徵事也博，其取類也廣；內之可以參性命之精，外之可以通術數之用；遠之可以周應世之務，近之可以供吟咏之資，洵哉說部之弁冕也。茲以卷帙浩繁，便於廣廈細旃，不便於奚囊行笈，因爲校讎翻刻，而易以袖珍窄本。至於闕文闕卷，悉仍其舊。」可知其刊行梗概。

　　黃刻卷二六一至二六四不闕，與前述談刻中（甲）本異，且其文字與前述談刻（乙）、（丙）本之鈔配者、（丁）、（戊）本之補刊者以及許刻亦互有不同。至若卷二六五、二六九、二七○各條多注有出處，復無闕文，與許刻近，其文字亦然；尤以卷二七○寶烈女條凡二見，其中一條改題爲奉天竇氏二女。所可注意者，黃刻於今所見談、許二刻闕文闕字實多補之，然與清孫潛據舊鈔宋本所作校語（見臺大圖書館所藏談刻）相較，每有不同，如：

卷五二陳　復休　《仙傳拾遺》

　　談刻：「中和□年，大駕還京。」

　　黃刻：「光啓元年，大駕還京。」

　　孫校：「中和五年，大駕還京。」

卷一七八　過堂　《摭言》

　　談刻：「先於光範門裏東□供帳。」

　　黃刻：「先於光範門裏東具供帳。」

　　孫校：「先於光範門裏東廊供帳。」

卷二二六　郭況　《拾遺錄》

　　談刻：「里語曰洛陽多錢，郭氏□□□□□富難匹。」

　　黃刻：「里語曰洛陽多錢，郭氏萬千，都城之富難匹。」

　　孫校：「里語曰洛陽多錢，郭氏富難匹。」

卷二八六　張和　《酉陽雜俎》

　　談刻：「命酌。進妓交鬟撩鬢，縹然神仙□□□□□□□□□□□□□□□□□□□□□□□□□□□豪家子不識。」

　　黃刻：「命酌。進妓交鬟撩鬢，縹然神仙，乃爲舞迴風，歌落葉之曲。復有一姝淡粧素服，亦殊色也，進奉巨觴，豪家子不識。」

　　孫校：「命酌。進妓交鬟撩鬢，縹然神仙，其舞杯閃毬，悉心而多思。有金器，容數升，雲擎鯨口，鈿以珠粒，豪家子不識。」

卷三七八　干慶　《幽明錄》

談刻：「干侯算未窮，我爲試□命。」

黃刻：「干侯算未窮，我爲試其命。」

孫校：「干侯算未窮，我試爲請命。」

卷三九七　射的山　《洽聞記》

談刻：「孔□會稽記云………。」

黃刻：「孔靈符會稽記云………。」

孫校：「孔曄會稽記云………。」

卷四六二　鵂鶹目夜明　《嶺表錄異》

談刻：「亦名夜遊女，□與嬰兒作祟。」

黃刻：「亦名夜行遊女，與嬰兒作祟。」

孫校：「亦名夜遊女，好與嬰兒作祟。」

卷四七九　蚓瘡　《稽神錄》

談刻：「舉身皆癢，□須得長指爪者搔之。」

黃刻：「舉身皆癢，須得長指爪者搔之。」

孫校：「舉身皆癢，恒須得長指爪者搔之。」

五、清《四庫全書》本

國立故宮博物院圖書館藏文淵閣本。五百卷。七十八冊。首有清乾隆四十四年二月四庫館臣所進提要。

又，國家圖書館藏文瀾閣本。存三卷。一冊。案所存三卷即卷三三七至三三九。

就文淵閣本觀之，其文字與黃刻近。所可注意者，如卷一七三東方朔條注「出《小說》」；卷一九九李商隱條注「出《北夢瑣言》」；卷二四五東方朔條注「出本傳」；卷四六○劉聿條注「出《玉堂閒話》」；卷四六一元道康條注「出《紀聞》」；卷四六一張顥條注「出《酉陽雜俎》」；卷四九九李師望條注「出《紀聞》」，今所見談刻、許刻、黃刻等俱無出處。

六、民國《筆記小說大觀》石印本

中央研究院歷史語言研究所傅斯年圖書館、國立臺灣大學文學院聯合圖書室俱藏有民國上海進步書局石印本。五百卷。四十冊；每冊有目錄。書前有提要、清乾隆十八年黃晟序。

此外，民國五十一年臺北新興書局據民國上海文明書局石印本影印，收入其《筆記小說大觀》續編中；同年，該局復又抽出單行，其字體、行款、板式及內容皆與

上海進步書局本大致相同。案郭氏《宋四大書考》云所見文明書局石印本印行於民國十一年。

總言之，《筆記小說大觀本》源出清黃晟刊巾箱本，文字無甚異處。

七、民國上海掃葉山房石印本

國立中央圖書館臺灣分館藏民國十五年石印本。五百卷。四十冊；每冊有目錄。書前有民國十二年掃葉山房主人席氏序、清乾隆十八年黃晟序、李昉等進書表，表末有明嘉靖四十五年談愷案語、總目，其次爲引用書目、冊數備覽。

又，國立政治大學圖書館藏民國十九年石印本。五百卷。原四十冊，改裝爲二十冊；每冊有目錄。其字體、行款、板式及內容大致同前本。

此外，民國四十七年臺北新興書局嘗據掃葉山房石印本翻印出版。

席氏序稱自乾隆間袖珍本出，頗能風行一時。近日版片漫漶，存書亦日減少。本號覓得初印善本，因重繕校印行云云，則其本源出黃刻。唯卷二六一闕王智興、韋氏子二條，卷二六二闕崔育、宇文翃二條；又卷四五二李甚一條嘗經省略，且闕出處。諸如此類，可謂劣矣。

八、民國汪紹楹點校本

民國四十八年北平中華書局排印出版。五百卷。目錄十卷。書前有汪氏點校說明、李昉等進書表，表末有明嘉靖四十五年談愷案語，其次爲引用書目。

民國六十三年，臺南平平出版社，嘗據中華書局本影印發行；民國六十五年、六十七年，臺北古新書局、臺北文史哲出版社亦分別先後影印出版。其中前二者書前增附楊家駱先生〈點校《太平廣記》五百十卷新增補正引書總目〉一文，後者則冠以王國良〈《太平廣記》概述〉一文。

總言之，汪氏點校本乃以談刻爲底本，並參校清陳鱣校宋本、明沈氏野竹齋鈔本、許刻及黃刻；其中陳鱣校宋本、沈氏鈔本，俱此間所罕見，吾人賴汪氏所引，乃得見其一斑。再者，汪氏稱所見談刻有三；其中卷二六一至卷二六四闕，卷二六五、二七○首俱無談氏隆慶元年識語者，假定爲初印本云云，雖不無可疑（詳前談刻總述），然不失爲可讀之良本。

本文所據者，復有節本二種：

一、明馮夢龍《太平廣記鈔》

明馮夢龍選。夢龍，字猶龍，一字子猶，又字耳猶，別署曰龍子猶；所居曰墨

憨齋，復因以爲號。長洲人也；以長洲本自吳縣分出，世遂多以之爲吳縣人。萬曆二年生。崇禎三年，選爲貢生；七年，以歲貢選授壽寧縣知縣。南明唐王隆武元年（即清順治二年），因憂國而卒，年七十三。夢龍一生以著述爲業，尤致力於小說、戲曲之推廣〔註29〕。

是書有明天啓六年刊本，國家圖書館藏。

八十卷。四十冊。正文每半葉十行，行二十二字。

書前有天啓六年九月重陽日李長庚序、馮夢龍自撰小引、總目。正文每卷首葉署「古吳馮夢龍評纂」。

馮氏小引稱自少涉獵《廣記》，輒喜其博奧，厭其蕪穢，爲之去同存異，芟繁就簡，類可並者並之，事可合者合之，前後宜更置者更置之。大約削簡什三，減句字復什二，所留纔半，定爲八十卷云云，今以是鈔與《廣記》原書相校，其刪簡字句、合併事類諸情形，一如小引所言。唯原書分類稱「類」，此稱「部」，各部次第復與原書不一致；又，原書出處附篇末，此移於卷首；再者，是鈔每篇幾皆有眉批、夾批，編末有評語，或爲考據，或發議論，皆異於原書者。

此外，小引中，言及所見《廣記》，僅稱活字本、許自昌刊本而不稱談愷刊本；各篇文字亦大抵與許刻近，似以許刻爲底本，然間亦有異文可資校勘者。至若各篇出處，復有與今所見諸本俱異者，如卷一五孫敬德（原書在卷一一一）出《冥報錄》；卷一九僧普滿（原書在卷一四〇）出《廣古今五行記》；卷二四王元景（原書在卷一七三）出《世說》；卷三二李光弼（原書在卷一八九）出本傳；同卷麥鐵杖（原書在一九一）出《談藪》，是也，惟未詳所據，恐其中或有涉原書上下條出處而致誤者。

〔註29〕參見胡萬川兄之《馮夢龍生平及其對小說之貢獻》論文。

茲附錄馮鈔各部次第如后（各部上之中式數字表馮鈔卷次；而括號內阿拉伯數字表相當於《廣記》原書卷次）：

（一）～（九）仙部（1～70）

（十）道術部（71～80）

（十一）幻術部（284～287）

（十二）異人部（81～86）

（十三）～（十四）異僧部（87～98）

（十五）釋證部附崇經像（99～116）

（十六）報恩部（117～118）

（十七）～（十八）冤報部（119～134）

（十九）徵應部（135～144、161～163）

（二十）～（二十一）定數部（146～160）

（二十二）名賢部、高逸部、廉儉部、器量部（164、165、176、177、202）

（二十三）精察部（171～172）

（二十四）俊辨部、幼敏部（173～175）

（二十五）文章部附武臣有文、才名部附憐才（198～202）

（二十六）博物部、好尚部（197、201）

（二十七）知人部、交友部（169、170、235）

（二十八）義氣部（166～168）

（二十九）俠客部（193～196）

（三十）貢舉部、氏族部（178～184）

（三十一）詮選部、職官部（185～187）

（三十二）將帥部、驍勇部（189～192）

（三十三）褊急部、酷暴部（244、267～269）

（三十四）權倖部、諂佞部（188、239～241）

（三十五）奢侈部、貪部付治生、吝部（165、236、237、243）

（三十六）謬誤部、遺忘部、嗤鄙部（242、258～262）

（三十七）輕薄部、嘲笑部（253～257、265～266）

（三十八）恢諧部（245～252）

（三十九）譎智部、詭詐部、無賴部（238、263、264）

（四十）妖妄部、巫部（283、288～290）

（四十一）算術部、卜筮部（215～217）

（四十二）醫部附異疾（218～220）

（四十三）相部、相笏部附相宅（221～224）

（四十四）婦人部（270～273）

（四十五）僕妾部（275）

（四十六）酒食部附酒量、食量（233～234）

（四十七）樂部附歌、樂器（203～205）

（四十八）書部（206～209）

（四十九）畫部（210～214）

（五十）伎巧部（225～228）

（五十一）夢部（276～282）

（五十二）～（五十四）神部附淫祠（291～315）

（五十五）靈異部（374）

（五十六）～（五十九）鬼部（316～355）

（六十）神魂部、塚墓部、銘記部（358、389～392）

（六十一）再生部附悟再生（375～388）

（六十二）天地部（393～399）

（六十三）寶部、珍玩部附異物（229～232、400～405）

（六十四）花木部（406～414）

（六十五）禽鳥部（460～463）

（六十六）獸部（426～455）

（六十七）昆蟲部（456～459、473～479）

（六十八）～（六十九）龍部（418～424）

（七十）水族部（464～472）

（七十一）夜叉部（356～357）

（七十二）～（七十八）妖怪部（359～373）

（七十九）蠻夷部（480～483）

（八十）雜志部（484～500）

二、清張澍《太平廣記鈔》

清張澍鈔。澍，字伯瀹，一字時霖，自號介侯，又號介白，武威人。嘉慶四年進士，官至玉屏》知縣。道光二十七年病卒於西安城中，年六十七〔註30〕。

是本見於《張介侯所著書》（國家圖書館藏）中。稿本。不分卷。一冊。封面署「嘉慶二十三年七月初一日立」。

所錄約一百三十餘條，大抵取自原書〈異人〉、〈異僧〉、〈釋證〉、〈報應〉、〈徵應〉、〈定數〉、〈氣義〉、〈知人〉、〈精察〉、〈俊辯〉、〈貢舉〉、〈銓選〉、〈職官〉、〈權倖〉、〈將帥〉、〈驍勇〉諸類篇章。其文字與傳本《廣記》幾同，罕校勘之功，蓋其志不在此也。

附：未見諸本記略

一、清陳鱣所見宋板

清嘉慶中，陳鱣嘗依宋板為吳騫所得許刻手校一過，是謂校宋本，騫並作跋以記其事。惟鱣校後，未著一語，騫跋於書之出自誰氏，其行款若何，卷帙有無闕佚，亦不詳言。傅增湘就校宋本考之，云如第三卷漢武帝內傳，增刪改訂至二百餘字，然往往有歷十數卷不見校正一字者，似鱣所依宋板亦非完帙。但進書表曾鉤勒行格，知為二十六行，行二十字；目錄各卷偶有參差，子目標題次第，略與今本違異，尚藉以窺測宋板面目耳。詳傅增湘《藏園群書題記·初集》卷四〈校宋本《太平廣記》跋述〉。

案陳鱣，字仲魚，號簡莊，一號河莊，清海寧人。嘉慶元年舉孝廉方正，三年中式舉人；二十二年卒，年六十五。鱣好藏書，與同里吳騫、黃丕烈等互相傳鈔，校勘精審。著有《論語古訓》、《經籍跋文》等〔註31〕。

二、清陳鱣校宋本

清吳騫藏許刻，卷首有郁逢慶遇叔圖記，知為郁氏舊物。其後，陳鱣依宋板為騫手校於此許刻上，近人傅增湘遂稱之為校宋本，其《藏園群書題跋記·初集》卷四並錄〈吳氏嘉慶十八年立春日跋語〉。惟吳氏祇見原刻目錄首葉沿襲談愷刊本之銜，而未見各卷增題許氏校一行，因以為談刻，誤矣。

案郁逢慶，字遇叔，嘉興人，性喜收藏書畫，明崇禎中嘗手輯名人法書，撰《書畫題跋記》止續各十二卷，吳騫謂可與汪氏《珊瑚網》、孫氏《庚子銷夏記》相頡頏，

〔註30〕參見清錢儀吉《張介侯墓誌》、《續碑傳集》卷七七。
〔註31〕參見《清史列傳》卷六九、《碑傳集補集》卷四八、《國朝耆獻類徵》卷四三九、楊立誠等編《中國藏書家考略》、廣文書局印行之《書目三編敘錄》。

惜未刊行〔註32〕。又，吳騫，字槎客，祖籍休寧，流寓海寧尖山之陽，曰新倉里。貢生。藏書不下五萬卷，築拜經樓藏之，晨夕展誦。清嘉慶十八年卒，年八十一。著有《拜經堂詩文集》、《拜經堂藏書記》等，復刻《拜經樓叢書》〔註33〕。

三、近人傅增湘過錄陳鱣校語並吳騫跋語本

原陳鱣校宋本，民國三年流出於滬市利川書屋，時傅增湘諧價未成，後爲上海王培孫所得；七年，浼袁觀瀾假閱，攜之至都，遂手錄於其所藏許刻上，即此本。見《藏園群書題跋記·初集》卷四〈校宋本《太平廣記》跋述〉。

是本，《北京圖書館善本書目》（民國四十八年中華書局出版。民國六十七年成文出版社有影印本，在《書目類編》中）著錄之，云一百冊。又，汪紹楹《太平廣記》點校本嘗引所錄陳氏校語。

案傅增湘，字沅叔，號藏園，四川江安人。清光緒四年生；三十四年成進士。嘗爲袁世凱秘書。民國初，歷任日本留學生監督、教育總長、故宮博物院院長等職。其藏書之所曰雙鑑樓，所儲甚富，上海涵芬樓輯印《四部叢刊》，其底本即多取自雙鑑樓者〔註34〕。

四、清孫潛所見舊鈔宋本

清孫潛嘗依此手校於其所藏談刻上，詳前。

五、明沈與文野竹齋鈔本

近人汪紹楹點校本嘗據以作校，就汪氏所校觀之，其文字約與清孫潛校本近，可補正談刻者亦不少，豈其所據底本早於談愷刊本歟？

案沈與文，字辨之，明吳縣人。《士禮居藏書題跋記》〈跋邵氏聞見錄〉稱吳中杉瀆橋，嘉靖時有沈與文，頗蓄書。又，《鐵琴銅劍樓書目·記純全集》云沈辨之鈔本，每葉欄外右角有「吳縣野竹家沈辨之製」九字〔註35〕。

六、近人汪紹楹所稱明談刻初印本

近人汪紹楹嘗點校《廣記》，稱所見談刻有三；其中卷二六一至二六四闕，卷二六五、二七〇首無隆慶元年識語者，假定爲初印本云云，姑存其目。詳前之談刻總述。

七、江蘇省立國學圖書館所藏明談愷刊本

〔註32〕見傅增湘《藏園群書題記·初集》卷四所錄清陳鱣校宋本《廣記》之吳騫跋語。
〔註33〕見楊立誠等編《中國藏書家考略》。
〔註34〕見廣文書局印行之《書目叢編敍錄》。
〔註35〕見《藏書紀事詩》卷三、楊立誠等編《中國藏書家考略》。

　　見《江蘇省立國學圖書館圖書總目》卷二四。六十二冊。《總目》云：「有別下齋藏書之印一印。丁書。」知爲蔣光煦舊物，而丁丙繼有之。又，丁丙《善本書室藏書志》卷二一亦著錄其目。

　　是本未詳與今所見諸談刻有何異同。

　　案蔣光煦，字日甫，一字愛荀，號生沐，一號放庵。清海寧諸生。聚古籍十萬卷。與秀水李富孫、嘉興錢泰吉等遊；同邑管庭芬亦曾館於愼習堂，爲校行別下齋諸書。咸豐十年卒，年四十八。所著有《別下齋書畫錄》、《別下齋書目》、《斠補隅錄》等，而所刊《別下齋叢書》、《涉聞梓舊》，世稱善本〔註36〕。又，丁丙，字嘉魚，別字松生，晚年自號松存，清浙江錢塘人，與兄申有雙丁之稱。同治間，浙撫左宗棠委辦杭州經太平軍亂後地方應爲之事，薦授江蘇知縣，不赴。光緒二十五年卒，年六十八。丁氏家多善本，其藏書之所曰八千卷樓、後八千卷樓、小八千卷樓。光緒五年，浙撫譚鍾麟重修文瀾閣，踰年閣成，奉遣書歸閣，其毀失者，丁氏以家藏本悉爲補錄，朝廷嘉之。後丁氏經商失敗，適端方督兩江，遂盡購其書，置於江南圖書館，即後之江蘇省立國學圖書館。丁氏著有《九思居經說》、《說文部目詳考》、《二十四史刻本同異考》、《庚辛泣杭錄》等，復輯《武林掌故叢編》、《武林往哲遺著》諸書〔註37〕。

八、北京圖書館所藏明談愷刊本

　　見《北京圖書館善本書目》卷五。原爲邢之襄藏書。存三百九十六卷（即卷一○一至一○五、一一一至一二五、一三一至二六○、二六五至五○○以及目錄十卷）。四十冊。

　　是本未詳與今所見諸談刻有何異同。

九、日本靜嘉堂文庫所藏明談愷刊本

　　見《靜嘉堂文庫漢籍分類目錄》。八十冊。內有補寫。

　　是本未詳與今所見諸談刻有何異同。

十、日本成簣堂所藏明談愷刊本

　　見《成簣堂善本書目》。存四百四十卷（即缺卷一至三九、三九○至四○○、四七一至四八○）。

　　是本未詳與今所見諸談刻有何異同。

十一、日本東方文化學院京都研究所所藏明談愷刊本

　　見《東方文化學院京都研究所漢籍書目》。六十四冊。

〔註36〕見廣文書局印行之《書目叢編敘錄》。
〔註37〕見楊立誠等編《中國藏書家考略》、廣文書局印行之《書目叢編敘錄》。

是本未詳與今所見諸談刻有何異同。

十二、明嘉靖常州府刊本

見明周弘祖《古今書刻》上編。王國良〈太平廣記概述〉一文（冠文史哲出版社影印之汪氏點校本書前）疑所謂常州府刊本即指談刻而言，蓋談氏原籍常州無錫，以都察院右都御史致任，故云爾。

十三、北京人文科學研究所所藏明許自昌刊本之一

見《北京人文科學研究所藏書目錄·子部·叢書類》。六十冊。內有鈔配一冊。

是本未詳與今所見許刻有何異同。

十四、北京人文科學研究所所藏明許自昌刊本之二

見《北京人文科學研究所藏書目錄·子部·說叢類》。五十六冊。

是本未詳與今所見許刻有何異同。

十五、日本內閣文庫所藏明許自昌刊本之一

見《內閣文庫漢籍分類目錄》。五十冊。

是本未詳與今所見許刻有何異同。

十六、日本內閣文庫所藏明許自昌刊本之二

見《內閣文庫漢籍分類目錄》。五十冊（又一種）。

是本未詳與今所見許刻有何異同。

十七、日本內閣文庫所藏明許自昌刊本之三

見《內閣文庫漢籍分類目錄》。五十二冊。

是本未詳與今所見許刻有何異同。

十八、日本內閣文庫所藏明許自昌刊本之四

見《內閣文庫漢籍分類目錄》。四十冊。

是本未詳與今所見許刻有何異同。

十九、清嘉慶十一年姑蘇聚文堂重刊黃晟巾箱本

見日本《東方文化學院京都研究所漢籍書目》。六十四冊。

二十、近人鄧嗣禹所稱民國十二年上海掃葉山房石印本

近人鄧嗣禹《太平廣記引得·序》稱其嘗見民國十二年印行之掃葉山房本，其中無出處者，多明清人著述，而卷三四四至三五六（即第二十八冊）全屬杜撰。

以上於未見諸本，僅就所知者記其梗概而已，至若網羅遺佚，俟諸來日。

壹、《太平廣記》引書之見於
歷代書志著錄者

一、卷首所列引用書目有者

1. 《春秋說題辭》（《廣記》原作《說題辭》）

撰者未詳。此《春秋緯》也。或云孔子作七經緯，然其文辭淺俗，顛倒舛謬，不類聖人之旨〔註1〕。又《春秋緯》有注，諸書所引多出宋衷、宋均〔註2〕；衷一作忠，字仲子，後漢南陽章陵人，劉表據荊州，辟為五業從事〔註3〕，其《春秋緯注》，李善嘗引之〔註4〕。均，鄭玄弟子，魏博士〔註5〕，餘未詳，其《春秋緯注》，如清馬國翰所輯《春秋緯》即嘗錄之。

《隋書·經籍志》（以下簡稱《隋志》）〈讖緯類〉著錄《春秋緯》三十卷，宋均注，亡。《唐書·經籍志》（以下簡稱《唐志》）為三十八卷，《新唐書·藝文志》（以下簡稱《新唐志》）同。又《日本國見在書目》著錄四十卷〔註6〕。此外，宋衷《春秋緯注》，清顧櫰三、侯康諸家各著錄於其《補後漢書·藝文志》中，卷數未詳〔註7〕。此二宋《春秋緯注》見於《書志》著錄之大略也。案《隋志》云有七經緯三十

〔註1〕見《隋書·經籍志》一。
〔註2〕見清侯康《補後漢書藝文志·春秋運斗樞注》之案語。
〔註3〕參見《後漢書·劉表傳》、《三國志·許靖傳》、《隋書·經籍志》一《宋忠注周易十卷》以及清嚴可均《全後漢文》卷八六小傳等。
〔註4〕見清馬國翰《春秋緯》輯本。
〔註5〕見《隋書·經籍志》一《詩緯十八卷》及姚振宗《隋書經籍志考證》。
〔註6〕清姚振宗《三國藝文志》、侯康《補三國藝文志》亦著錄之。後者並據《後漢書·樊英傳注》列其篇名。
〔註7〕侯氏補志於宋衷《春秋緯注》下列〈元命苞〉、〈保乾圖〉、〈說題辭〉三篇名。

六篇，而《後漢書・樊英傳注》所舉七緯止於三十五〔註8〕，若非有闕，則疑屬湊合；再者，《後漢書・魏朗傳注》云孔子作《春秋緯》十二篇，〈樊英傳注〉則列舉十三篇，彼此不合，「蓋殘闕之餘，約略記載，皆非漢時之舊矣」〔註9〕，則〈說題辭〉屬緯書舊篇與否，亦可疑也。原帙已佚。張宗祥校本《說郛》（以下簡稱《說郛》。卷二古典錄略）錄有其條文。此外，今傳者，大抵有《重編說郛》（弓第五）本以及《墨海金壺》、《守山閣叢書》之明孫瑴《古微書》輯本、《青照堂叢書次編》之清劉學寵輯本、《山右叢書初編》之清喬松年輯本、《七緯》之清趙在翰輯本、《黃氏逸書考》之清黃奭輯本、《玉函山房輯佚書》之清馬國翰輯本、《玉函山房輯佚書續編》之清王仁俊輯本等〔註10〕。就馬氏輯本觀之，所輯大抵取自《詩正義》、《禮記正義》、《春秋公羊傳疏》、《爾雅疏》、《說文》、《廣韻注》、陸佃《埤雅》、《史記索隱》、《水經注》、《開元占經》、《藝文類聚》、《北堂書鈔》、《初學記》、《白孔六帖》、《太平御覽》、《太平廣記》、《文選注》諸書。

　　《廣記》引此者，有卷一四一孔子一條，此條亦見收於馬氏輯本；《文選・司馬紹統贈山濤詩注》引此，於「魯端門」下有「作法」二字，馬氏據捕之。

　　孫瑴釋《說題辭》云：「此譔書者統諸緯之義而釋其文也。」然其詞涉詭奇，似無關乎聖人之旨。

2. 《說文》

　　後漢・許慎撰。慎，字叔重，汝南人。少博學經籍，時人為之語曰：「五經無雙許叔重。」詳《後漢書・儒林傳》。

　　《隋志・小學類》著錄十五卷；兩《唐志》、《宋史藝文志》（以下簡稱《宋志》）同。《崇文總目》著錄李陽冰《刊定說文》二十卷，並徐鉉等校本《說文解字》十五卷；《通志藝文略》（以下簡稱《通志略》）同。《郡齋讀書志》（以下簡稱《讀書志》）三十卷（此據廣文書局印本。《四部叢刊本》作十五卷）；《直齋書錄解題》（以下簡稱《書錄解題》）、《文獻通考》經籍考（以下簡稱《通考》）同。《遂初堂書目》著錄

〔註8〕其注云：「七緯者，易緯稽覽圖、乾鑿度、坤靈圖、通卦驗、是類謀、辨終備也；書緯璇璣鈐、考靈耀、刑德放、帝命驗、運期授也；詩緯推度災、記曆樞（《隋志》作汜曆樞）、含神霧（一作務）也；禮緯含文嘉、稽命徵、斗威儀也；樂緯動聲儀、稽耀嘉、汁（一作叶）圖徵也；孝經緯授神契、鉤命決也；春秋緯演孔圖、元命包、文燿鉤、運斗樞、感精符、合誠圖、考異郵、保乾圖、漢含孳、佑（一作佐）助期、握誠圖、潛潭巴、《說題辭》也。」侯康《補三國藝文志》列舉《春秋緯》篇名，有命曆序而無握誠圖。

〔註9〕清姚振宗語，見《漢書藝文志拾補》。

〔註10〕見《叢書子目類編》頁二五四。

舊監本許氏《說文》、徐鍇《說文》二名。《四庫全書總目》（以下簡稱《四庫總目》）著錄三十卷，云：「凡十四篇，合目錄一篇爲十五篇。」蓋以十五篇分上下故也。

　　《廣記》卷四六一知太歲一條注「出《說文》」。案其中「《博物志》云」「《淮南子》曰」諸句不見於今本許書〔註11〕，而晉張華《博物志》益遠在許書之後，許氏豈能引及之！其中確屬《說文》者，僅首句而已〔註12〕，《廣記》總注「出《說文》」，誤也。疑此或取自類書。

3.《漢書》

　　後漢・班固撰。固，字孟堅，扶風安陵人。永平中召詣校書部，除蘭臺令史，遷爲郎。永元初，大將軍竇憲出塞，以爲中護軍行中郎將事。及憲敗，坐下獄死。年六十一。詳《後漢書》本傳。

　　《隋志・正史類》著錄一百十五卷；《新唐志》、《通志略》同。《唐志》除一百十五卷本外，尚著錄顏師古注一百二十卷。《崇文總目》著錄一百卷；《讀書志》、《書錄解題》、《宋志》同。《遂初堂書目》著錄川本、吉州本、越州本、湖北本。《通考》作一卷（新興書局本），疑字有脫訛。《四庫總目》著錄內府刊本一百二十卷，《提要》謂固自言紀、表、志、傳，凡百篇，篇即卷也。《隋志》作一百十五卷，今本作一百二十卷，皆以卷帙太重，故析爲子卷云云，則知諸家著錄之所以異耳。

　　《廣記》卷二〇三蔡邕，注「出《漢書》」，其中實脫一「後」字。又卷二四五東方朔，原無注出處，文淵閣《四庫全書》本作「出本傳」，查此條文字正見於《漢書・東方朔傳》；惟孫潛校本，此條無「朔中之，臣榜百」句下至末之文，間脫十數行，又於「皆此類也，上嘗使諸數家射」之下多一大段文字，而其中又有殘闕者，似別有所本。茲以卷首所列引用書目有《漢書》之名，姑仍之。

4. 范曄《後漢書》（《廣記》或作《東漢書》）

　　宋・范曄撰。曄，字蔚宗，順陽人。博涉經史，善爲文章，不得志，乃刪眾家《後漢書》成一家之作。元嘉二十二年，與孔熙先等謀立彭城王義康，事泄，棄市，時年四十八。詳《宋書》本傳、《南史・范泰附傳》。

　　《隋志・正史類》著錄范書九十七卷；《通志略》同。兩《唐志》皆作九十二卷。《崇文總目》、《讀書志》、《書錄解題》、《通考》、《宋志》俱作九十卷，與今本合；

〔註11〕「《博物志》云」諸句見《博物志》（臺灣中華書局印本）卷二，云：「鵲巢門户背太歲，得非才智也。」「《淮南子》曰」諸句見《淮南鴻烈集解》（臺灣商務印書館印本）〈人間訓〉，云：「夫鵲先識歲之多風也，去高木而巢扶枝。」《廣記》所引文字皆稍異。
〔註12〕見《說文》第四篇上「爲」字釋語。

其不同者，或以中有子卷多出，今本非有闕佚也〔註 13〕。《遂初堂書目》著錄川本《後漢書》、越本《後漢書》，不注撰人、卷數。《四庫總目》著錄內府刊本一百二十卷，《提要》云其八志，凡三十卷，出司馬彪手者，並云：「今於此三十卷，並題司馬彪名，庶以袪流俗之譌。」〔註 14〕

《廣記》所引范書：卷七六楊由、卷二二五張衡者，皆注「出《後漢書》」，未冠撰人姓名；卷二一〇趙岐、注「出范曄《東漢書》」，以上三條，與今本范書文字間有不同。又卷二四五袁次陽，注「出本傳」，今查亦見於范書〔註 15〕。又，卷二三五禰衡，原注「出本傳」，孫潛校本作「出《禰衡列傳》」，今查范書本傳，文字與《廣記》所引不同，而《殷芸小說》（新興書局《筆記小說大觀》十九編）引《禰衡列傳》一條，文字與《廣記》所載者相近，然則所謂《禰衡列傳》者，疑出於顧櫰三《後漢書・藝文補志》所列不著撰人之《禰衡別傳》，而非范書之文也。又卷二〇三蔡邕，原注「出《漢書》」，明鈔本作「出華嶠《漢書》」，孫校本作「出華嶠《漢書》」，今查范書有其事。又卷二四五邊韶，原無注出處，明鈔本作「出《啓顏錄》」，今查范書有之。卷二七〇呂榮，原無注出處，疑談氏據范書〈列女傳〉所載補入〔註 16〕；又史語所所藏談本此卷有附葉，其呂榮一條文字較簡，題「出《文樞鏡要》」；許本此條文字則較詳，末亦注「出《文樞鏡要》」。

5.《三國志》

晉・陳壽撰。壽，字承祚，巴西安漢人。仕蜀爲觀閣令史，入晉，舉孝廉，除著作佐郎，出補陽平令，除著作郎，領本郡中正。元康七年卒，年六十五。詳《晉書》本傳。

《隋志・正史類》著錄六十五卷，並云《敘錄》一卷。《唐志》著錄〈正史類〉《魏國志》三十卷、〈僞國史類〉《蜀國志》十五卷、《吳國志》二十一卷。《新唐志・正史類》著錄《魏國志》三十卷、《蜀國志》十五卷、《吳國志》二十一卷；《通志略》

〔註 13〕參閱王先謙《後漢書集解述略》。

〔註 14〕范氏所撰，本紀十卷，列傳八十卷，其〈獄中與諸甥姪書〉（見收於嚴氏《全宋文》卷一五）嘗云欲徧作諸志，前漢所有者，悉令備，意復未果。《四庫全書總目》云：據陳振孫《書錄解題》，乃宋乾興初判國子監孫奭建議校勘以昭所注司馬彪《續漢書志》與范書合爲一編，或謂唐以前已併八志入范書，似未確也。而余嘉錫於其《四庫提要辨證》卷三則云：案《梁書・劉昭傳》，不言曾注司馬彪志，豈非即在集注范曄書一百八十卷內乎！至宋時，昭所注范書紀傳遂佚，而志則藉此倖存，孫奭遂建議以昭所注志，與范書合爲一編。昭所注志與章懷紀傳各爲一書，至此始合；若夫司馬彪志之與范書，則當劉昭作注之時，合併固已久矣。

〔註 15〕後者見其《列女傳》之〈袁隗妻〉。

〔註 16〕《廣記》卷二七〇卷首談氏識語稱宋板原闕，嘗據諸書補入十一人云云。

同。《崇文總目·正史類》、《讀書志》、《書錄解題》、《通考》、《宋志》、《四庫總目》俱六十五卷。《遂初堂書目·正史類》著錄川本《三國志》、舊杭本《三國志》。

　　《廣記》所引，卷二四五伊籍，注「出《三國志》」，查出卷三八〈蜀書〉本傳。又卷七六管輅、卷二七六周宣，卷三五九應璩，皆注「出《魏志》」，查見〈方伎傳〉。又卷二九三王表，原注「出《吳志》」，明鈔本注「出《異志》」，今見卷四七〈吳書·孫權傳〉。又卷二四五張裕，今所見本闕出處，查《三國志》卷四二〈蜀書·周群傳〉所載與此同；《廣記》此條，首闕五字，黃刻補作「蜀先主初與」，《三國志》本作「初、先主與」。

6.《吳書》

　　三國吳·韋昭奉敕撰。昭，字弘嗣，吳郡雲陽人。少好學，能屬文，歷遷太子中庶子。孫皓嗣位，封高陵亭侯，遷中書僕射，職省為侍中，常領左國史。鳳皇二年，忤旨，下獄誅。詳《三國志》本傳（陳壽避司馬昭諱，追改韋昭為韋曜）。

　　《隋志·正史類》著錄二十五卷下云本五十五卷，梁有，今殘缺。《唐志·偽國史類》、《新唐志·正史類》、《通志略·正史類》，俱著錄五十五卷。又《遂初堂書目·雜史類》著錄《姬吳書》一名，未詳即此否。原書已佚。清王仁俊有《吳書抄》輯本一卷〔註17〕，不著撰人，未見。裴松之《三國志注》徵引頗多。

　　卷首書目有《吳書》一名。今所見《廣記》內無注「出《吳書》」者，然查《廣記》卷一二六程普，今所見諸本無注出處，《三國志》卷五五程普傳裴注所引《吳書》有之，文字稍異。

　　考《史通·古今正史》，稱吳大帝之季年，始命太史令丁孚、郎中項峻撰《吳書》，孚、峻俱非史才，其文不足紀錄。至少帝時，更敕韋昭等訪求往事，相與記述云云，是此書撰述之由也。昭書名吳，自以吳為主，裴松之注所引，稱魏為帝，堅、策、權、皓稱名，《文選注》、《後漢書注》皆然。疑稱名非昭原本，說具姚氏《考證》。又，《吳書》非現存正史，故列之於《三國志》後。

7. 房玄齡等《晉書》

　　唐·房玄齡等奉敕撰。玄齡，兩《唐書》皆有傳。

　　《唐志·正史類》著錄一百三十卷；《新唐志》、《崇文總目》、《通志略》、《讀書志》、《書錄解題》、《通考》、《宋志》、《四庫總目》同。《遂初堂書目》著錄舊杭本《晉書》、川本《晉書》，不著撰人、卷數。

　　《廣記》注「出《晉書》」者，凡七條；除卷二三四范汪外，餘皆見於今本房玄

〔註17〕見《叢書子目類編》頁二七八。

齡之《晉書》，范汪條，或出自《隋志》所著錄臧榮緒諸家《晉書》之一亦未可知，姑入撰者未詳之《晉書》。此外，卷二四六蔡謨注「出《晉史》」，今查《晉書》王導傳有之；《晉史》一名未見著錄，姑入于此〔註18〕。

8. 王隱《晉書》

晉·王隱撰。隱，字處叔，陳郡陳人。父銓，每私錄晉事及功臣行狀，未就而卒。隱受父遺業，西都舊事，多所諳究。太興初，典章稍備，乃召隱及郭璞俱爲著作郎，令撰《晉史》。時著作郎虞預私撰《晉書》，而生長東南，不知中朝事，數訪於隱，並借隱所著書竊寫之。後隱見黜歸于家，復依征西庾亮于武昌，供其紙筆，書乃得成。年七十餘卒。詳《晉書》本傳。

《隋志·正史類》著錄八十六卷，並云：「本九十三卷，今殘缺。」兩《唐志》俱著錄八十九卷。《通志略》著錄九十三卷。原書已佚。今傳者約有《黃氏逸書考》之清黃奭輯本、《史學叢書》之清湯球九家舊《晉書》輯本、《玉函山房輯佚書補編》之清王仁俊輯本、《輯佚叢刊》之陶棟輯本等〔註19〕。又清畢沅有《晉書地道記》輯本。就黃、湯二家輯本觀之，所輯大抵取自劉昭注、《三國志注》、《水經注》、《世說注》、《文選注》、《太平寰宇記》、《藝文類聚》、《北堂書鈔》、《初學記》、《事類賦注》、《太平御覽》、《太平廣記》諸書。

《廣記》卷三一九蘇昭、夏侯愷二條，俱注「出王隱《晉書》」，今所見黃、湯二家輯本亦載之；查《御覽》卷八八三引蘇韶條，題出《晉書》，未冠王隱之名，其文字可與《廣記》所引互校；又《御覽》卷三七三、五五四、八一七所引，則係約舉之詞。

王書之內容，就湯氏輯本言之，約分〈諸帝本紀〉、〈地道記〉、〈禮樂記〉、〈輿服記〉、〈石瑞記〉、〈瑞異記〉（存疑）、〈刑法記〉、〈后妃〉、〈列傳〉（包括〈寒儁傳〉、〈處士傳〉、〈逸民傳〉、〈方技傳〉、〈列女傳〉）諸目。唐貞觀中詔修《晉書》之文，云：「處叔不預於中興」；而黃奭於其輯本蘇韶條下注云：「此與夏侯愷一條，事既恍惚，語復拖沓，宜《晉書》棄而不錄也。」查《史通·書事篇》已云：「王隱、何法盛之徒所撰《晉史》，乃專訪州閭細事，委巷瑣言，聚而編之，目爲鬼神傳錄，其事非要，其言不經，異乎三史之所書，五經之所載也。」又，王隱《晉書》、撰者未詳之《晉書》及何法盛《晉中興書》，非現存之正史，故列於唐房玄齡等奉敕撰之《晉書》後。

〔註18〕《太平御覽》亦嘗引《晉史》，而查有與《舊五代史》同者，如卷八四〇所引，見於《舊五代史·晉高祖紀》；卷九一七所引，見《舊五代史·朱漢賓傳》；卷九六五所引，見〈李郁傳〉等是也。乃以《舊五代史》爲《晉史》；此「晉」爲五代之「晉」。

〔註19〕見《叢書子目類編》頁二七九。

9. 《晉書》

撰者未詳。疑爲晉王隱、虞預、朱鳳、劉宋謝靈運、齊臧榮緒或梁蕭子雲諸人之一，姑略記諸人事迹於後：隱，見前。預，字叔寧，會稽餘姚人。初爲縣功曹，諸葛恢、庾亮等薦其才行。晉大興中遷秘書丞、著作郎。蘇峻平，爵平康縣侯，官終散騎常侍。詳《晉書》本傳。鳳，晉陵人，華譚嘗薦爲著作佐郎。見《晉書·華譚傳》。靈運，小名客兒，陳郡陽夏人。襲封康樂公，咸稱謝康樂。宋少帝時，出爲永嘉太守。文帝即位，徵爲秘書監，遷侍中，多稱疾不朝，尋引病東歸。後徙廣州，有言其謀叛者，奏收之，棄市；時元嘉十年，年四十九。詳《宋書》及《南史》本傳。榮緒，東莞莒人。幼孤，躬灌園以供祭祀。隱居京口教授，齊高帝爲揚州刺史時，徵爲主簿，不至。常以宣尼生庚子日，陳五經拜之。永明六年卒，年七十四。詳《南齊書》及《南史》本傳。子雲，字景喬，南蘭陵人。齊建武四年，封新浦縣侯。梁受禪，例降爵爲子。仕至國子祭酒。太清中，侯景寇逼，逃民間，餓死於顯靈寺僧房，年六十三。詳《梁書·蕭子恪附傳》及《南史·豫章文獻王嶷附傳》。

《晉書》一名之見於書志著錄者，除王隱、房玄齡之《晉書》外，如隋、唐《志·正史類》所著錄，尚有虞預、朱鳳、謝靈運、臧榮緒、蕭子雲諸家《晉書》，原書皆佚。今傳者，約有《史學叢書》之清湯球九家舊《晉書》輯本等。

《廣記》卷二三四范汪，注「出《晉書》」，未詳屬何家，存疑可也。

10. 《晉中興書》（《廣記》或作《中興書》）

劉宋·何法盛撰。法盛，籍貫未詳，嘗爲相東太守〔註20〕。高平郗紹作《晉中興書》，數以示法盛，法盛有意圖之，謂紹曰：「卿名位貴達，不復俟此延譽，我寒士，無聞於時，如袁宏、干寶之徒，賴有著述，流聲於後，宜以爲惠。」紹不與。至書成，在齋內廚中。法盛詣紹，紹不在，直入竊書。紹還，失之，無復兼本，於是遂行何書〔註21〕。

《隋志·正史類》著錄七十八卷；《通志略》同。兩《唐志》則爲八十卷，或分卷有異故也。原書已佚。今傳者有《重編說郛》（弓第五十九）本以及《黃氏逸書考》之清黃奭輯本、《史學叢書》之清湯球九家舊《晉書》輯本、《玉函山房輯佚書補編》之清王仁俊輯本、《輯佚叢刊》之陶棟輯本等〔註22〕。就黃、湯二家輯本觀之，所輯大抵取自《世說注》、《文選注》、《藝文類聚》、《北堂書鈔》、《初學記》、《太平御覽》、《太平廣記》諸書。

〔註20〕見《隋書·經籍志》二《晉中興書》七十八卷。
〔註21〕見《南史·徐廣傳》。
〔註22〕見《叢書子目類編》頁二七九。

　　《廣記》引卷二九四王猛、四五六顏含兩條；前者注「出《中興書》」，後者原注「出■《中興書》」，而孫潛校本、文淵閣四庫本「■」作「晉」。湯二家輯本俱載之；而王猛一條，尚見引於《類聚》卷四七、《初學記》卷一八、《御覽》卷二〇九、四八四、八八一等；顏含一條，《御覽》卷四一六所引較詳〔註23〕，可以之校補。

　　唐貞觀中詔修《晉書》之文，云法盛書「莫通乎創叢」，蓋以其僅及東晉事故也。

11. 沈約《宋書》

　　梁・沈約奉敕撰。約，字休文，吳興武康人。仕宋及齊，累官司徒長史，梁武帝受禪，為尚書僕射，遷尚書令。天盛十二年卒，年七十三。諡曰隱侯。詳《梁書》、《南史》本傳。

　　《隋志・正史類》著錄一百卷；《兩唐志》、《崇文總目》、《通志略》、《讀書志》、《書錄解題》、《通考》、《宋志》、《四庫總目》同。《遂初堂書目》無注卷數。案約表上其書，謂「本紀列傳繕寫已畢，合〈志表〉七十卷，臣今謹奏呈，所撰諸志，須成續上」。王鳴盛《十七史商榷》卷五十三云：「據其上書表，則〈紀〉、〈傳〉先成，〈志〉係續上。今約書《紀》十卷、〈傳〉六十卷，適合七十卷之數，外有〈志〉三十卷而無表，與《梁書》本傳所云《宋書》百卷適合，則上書表中「志表」二字乃衍文也。」余嘉錫亦以為上書表既云「合〈志表〉七十卷，今謹奏呈」，則〈志〉〈表〉即在七十卷中，已奏呈矣，又云「諸志須成續上」，文義甚為不詞；且若果合〈紀〉、〈傳〉、〈志〉、〈表〉纔七十卷，何以《梁書》、《隋志》、《史通》皆云《宋書》百卷？然則「志表」二字為淺人妄增，明矣。《四庫提要》稱此書至北宋已多散失，《崇文總目》謂闕〈趙倫之傳〉一卷，陳振孫《書錄解題》謂獨闕〈到彥之傳〉。今本卷四十六有趙倫之、王懿、張劭傳，惟彥之傳獨闕，與陳振孫所見本同，蓋宋初已闕此一卷，後人雜取《高氏小史》及《南史》以補之云云，查此書經後人補綴者，不獨趙倫之等一卷已也；如孫彪《宋書考論》引《藝文類聚》二條、《太平御覽》八條，以與今本相校，不惟文字有異同，且往往溢出今本之外；此外，如《御覽》卷五一一引《宋書》曰「朱脩之，義陽人，加建武將軍」，今本不載其為此官；卷二八七引《宋書》宗愨征林邑圍區粟城云云凡三百二十五字，今本敘此事前後僅百餘字。又考《溫國文正公文集》卷六十二〈與劉道原書〉：「今國家雖校定摹印正史，校得絕不精，只如沈約敘傳，差卻數板亦不寤，其他可知也。」則嘉祐初刻即已殘缺不完，致深為司馬光所不滿。詳《四庫提要辨證》卷三。

〔註23〕《御覽》四一六引云：「顏含字弘都，琅邪人。含次嫂樊氏老而失明，含奉養必束帶躬親嘗省。嫂病，須得蚺蛇膽為藥，而求不能得。平晝獨坐，有一童子持一青囊授含，含開視，乃蛇膽也。童子逡巡出戶，化成青鴻飛去。得膽藥成，嫂病即愈。」

　　《廣記》卷二三四宋明帝、三六〇蕭思話，皆注「出《宋書》」。前者未見於今本約書，後者見今本約書本傳，文字稍異。

12. 《宋書》

　　撰者未詳。疑爲劉宋徐爰、齊孫嚴或梁沈約諸人之一，姑略記諸人事迹於後。爰，字長玉，南琅邪開陽人。累官游擊將軍，兼尚書左丞。宋明帝即位，徙交州。後聽還，除中散大夫。元徽三年卒，年八十二。詳《宋書》、《南史》本傳。嚴，籍貫未詳，《隋志》載其嘗爲冠軍錄事參軍。約，見前沈約《宋書》條。

　　《宋書》一名之見於書志著錄者，除沈約書外，如隋、唐《志·正史類》所著錄，尚有徐爰、孫嚴二家《宋書》，其撰成在沈約書前，原書皆佚。除《廣記》外，如《御覽》嘗徵引之。

　　《廣記》注「出《宋書》」者二條；其一查見沈約書；而卷二三四宋明帝，則未見於今本殘缺不完之沈約書，亦未詳他家《宋書》有此條文字與否，存疑可也。

13. 《後魏書》（傳本多題《魏書》）

　　北齊·魏收奉敕撰。收，字伯起，小字佛助，鉅鹿下曲陽人、嘗仕魏。齊受禪，除中書令，封富平縣子。天統初，除左光祿大夫、齊州刺史，進尚書右僕射，特進。武平三年卒。贈司空、尚書左僕射，謚文貞。詳《北齊書》、《北史》本傳。

　　是書之著錄，自《隋志》以下，至宋官私書目，均作一百三十卷，然宋刻本實作一百十四卷，蓋除其子卷不數故也，其後刻本皆承之。《直齋書錄解題》卷四云：「今紀闕二卷，傳闕二十二卷，又三卷不全，志闕天象二卷。」查現行本爲宋劉恕等所校定，其目錄注「闕」字者，與《書錄解題》合，且於亡逸不完者，各疏於逐篇之末。茲有可注意者，《太平御覽·皇王部》所載《後魏書·帝紀》多取魏收書，而芟其字句重複，間有可補今本不足處；如太宗紀，其《御覽》有而今本無者頗有之，非第繁簡有殊，乃至文義亦異，蓋《御覽》所引者，收之本文也。詳《四庫提要辨證》卷三。

　　《廣記》卷三六〇段暉，注「出魏收《後魏書》」；查見段承根傳。《廣記》所引，文字較簡。

14. 《南史》

　　唐·李延壽撰。延壽，本隴西著姓，世居相州。貞觀中累補太子典膳丞、崇賢館學士，歷遷符璽郎，兼修國史。尋卒。詳兩《唐書·令狐德棻附傳》。

　　《兩唐志·正史類》、《崇文總目·雜史類》、《通志略·正史類》、《讀書志·雜史類》、《書錄解題·別史類》、《通考·正史類》、《宋志·別史類》、《四庫總目·正

史類》，皆著錄八十卷。《遂初堂書目·正史類》著錄舊本《南史》。

《廣記》注「出《南史》」者，凡十條；其中卷二四六周顗條未詳出於《南史》與否；而同卷孫盛條，《晉書斠注》卷八二引《南史》，有與之同者，惟未見於今本《南史》；今查《世說新語》，《廣記》所引周顗、孫盛二事，分別見於其言語第二、文學第四（據楊勇校箋本）中，文字與《廣記》所引幾全同；依此，《廣記》所注出處，又似有可疑者也。此外，卷二〇〇曹景宗，注「出《曹景宗傳》」，而《南史》本傳文字近於此，則所謂《曹景宗傳》，似指《南史》本傳而言〔註24〕。

15. 《北史》

唐·李延壽撰。延壽，見前《南史》條。

《兩唐志·正史類》、《崇文總目·雜史類》、《通志略·正史類》、《讀書志·雜史類》、《宋志·別史類》、《四庫總目·正史類》，皆著錄一百卷。《遂初堂書目·正史類》著錄舊本《北史》。《書錄解題·別史類》、《通考·正史類》作八十卷，疑涉《南史》而誤。《四庫總目·提要》稱此書僅麥鐵杖傳有闕文，荀濟傳脫去數行，其餘皆卷帙整齊，始末完具云云，余嘉錫則不以爲然。蓋元大德本《北史》麥鐵杖傳於「惜其勇捷，誠而釋之」之下，「陳亡後，徙居清流縣」之上，有空格五，故殿本《北史》乃於「誠而釋之」之下注云：「闕五字。」考南監本並無空格，亦無此注，《隋書》卷六十四及《通志》卷一百六十四麥鐵杖傳亦皆不空闕；則《北史》此傳是否果有闕文，抑刻本之誤，莫能明也。惟荀濟傳實有脫文耳。又，《北史》之殘闕，固不僅此，如〈煬帝紀〉則全篇俱闕，魏孝文六子傳、李崇傳、魏收傳，所脫亦無慮數百字；其他小小脫誤，經諸家校出者，尤不勝枚舉。是今之《北史》已非完書，特其殘闕尚不至如魏齊周三書之甚耳，《提要》乃謂其「卷帙整齊、始末完具」，實未細審也。詳《四庫提要辨證》卷四。

《廣記》注「出《北史》」者，凡五條。此外，卷二〇〇賀若弼，注「出《賀若弼傳》」，查《北史》卷六十八，文字有與《廣記》所引相符者，則此條亦似爲《北史》之文〔註25〕。又卷二七〇冼氏無注出處（此條汪氏所謂談氏初印本，文字較略，注出《嶺表錄異》），疑爲談氏據《北史·列女傳》補入者〔註26〕。

16. 《唐書》（即《舊唐書》）

五代後晉·劉昫等奉敕撰。昫，新舊《五代史》皆有傳。然薛、歐二史劉昫傳，

〔註24〕《梁書·曹景宗傳》則無賦詩事。
〔註25〕《隋書·賀若弼傳》亦載此事，惟《廣記》所引，較近於《北史》。
〔註26〕《廣記》卷二七〇，談愷識語云「宋板原闕，予攷家藏諸書得十一人補之。」（十一人，自冼氏至高彥昭女）。

俱不載其有功於《唐書》之處，但書其官銜監修國史而已，蓋昫爲相時，《唐書》適訖功，遂由昫表上，其實非昫所修也。今據薛、歐二史及《五代會要》諸書考之，晉天福五年詔張昭遠等同修《唐史》，宰臣趙瑩監修，故瑩本傳謂《唐書》二百卷，瑩首有力焉。以上說見趙翼《廿二史劄記》卷一六。瑩、字元輝，華陰人。高祖建號，授翰林學士承旨、金紫光祿大夫、戶部侍郎，知太原府事，尋遷門下侍郎同平章事，監修國史。車駕入洛，使持聘謝契丹；及還，加光祿大夫，兼吏部尙書，判戶部。以疾卒。年六十。詳新舊《五代史》本傳。

　　《崇文總目・正史類》著錄二百卷，《通志略》、《讀書志》、《書錄解題》、《通考》、《宋志》、《四庫總目》俱同。《遂初堂書目》著錄舊杭本《舊唐書》、川本小字《舊唐書》、川本大字《舊唐書》。

　　《廣記》注「出《唐書》」者，卷二三九蘇循一條是也；案兩《唐書》蘇循無傳，《五代史・蘇循傳》亦無《廣記》所載事；又《廣記》此條，明鈔本、孫潛校本注「出《北夢瑣言》」，惟查今本《瑣言》及繆氏所輯佚文皆無之，存疑。此外，《廣記》卷二七〇鄒待徵妻條，無出處，就其文字觀之，疑爲談氏據《新唐書・列女傳》及李華〈哀節婦賦〉補入，然《新唐書》之成在《廣記》後；今查《舊唐書》亦載其事〔註27〕，謂其爲《廣記》所取，較近乎事實；同卷竇烈女條，亦無出處（此條汪氏所謂談愷初印本、許刻本，文字與談本異，出處皆題《樊川集》），就其文字觀之，似爲談氏據《舊唐書・列女傳》補入者；又同卷鄭神佐女，亦闕出處，就其文字觀之，復似爲談氏依《舊唐書・列女傳》所補者，惟談氏誤將〈列女傳〉一卷後之贊語併入此條文中。

17. 《後漢紀》（《廣記》原作《張璠漢記》）

　　晉・張璠撰。璠，考《經典釋文・序錄》謂其乃「安定人，東晉秘書郎，參著作。」又吳承仕《序錄疏證》曰：「張璠事迹無考，唯《魏志》三〈少帝紀〉注云：張璠，晉之令史，撰《後漢紀》，雖似未成，辭藻可觀。《史通》曰：荀悅、張璠，丘明之黨。是晉代文儒兼該經史者也。」

　　《隋志・古史類》、《兩唐志・編年類》、《通志略》，俱著錄三十卷。原書已佚。今傳者，約有七家《後漢書》之清汪文臺輯本、《黃氏逸書考》之清黃奭輯本〔註28〕、

〔註27〕《舊唐書・列女傳》云：「鄒待徵妻薄氏。待徵，大曆中爲常州江陰縣尉，其妻爲海賊所掠。薄氏守節，出待徵官告於懷中，託付村人，使謂待徵曰：義不受辱。乃投江而死。賊退潮落，待徵於江岸得妻屍焉。江左文士，多著節婦文以紀之。」
〔註28〕見《叢書子目類編》頁二八七。

《後漢書補逸》之清姚之駰輯本〔註29〕等。就黃氏輯本觀之，所輯大抵取自《三國志注》、《藝文類聚》、《北堂書鈔》、《初學記》、《太平御覽》諸書。

《廣記》卷四三九都末注「出《張璠漢記》」，「漢」上脫一「後」字，卷首書目亦然；此條，見輯於黃氏書中，唯其注此條輯自《藝文類聚》卷九四、《太平御覽》卷九〇三，而未言及《廣記》亦引，宜補上。

袁宏《後漢紀・自序》云：「經營八年，疲而不能定，頗有傳者，始見張璠所撰書，其言漢末之事差詳，故復探而益之。」是張氏書似有可取者。

18. 《晉陽秋》（原名《晉春秋》）

晉・孫盛撰。盛，字安國，太原中都人。起家佐著作郎，陶侃、庾亮、桓溫之在荊州，並引參軍事，累遷秘書監，加給事中。卒。年七十二。桓溫嘗見其所著書，怒，諸子因潛改之，書遂兩存。詳《晉書》本傳。

《隋志・古史類》著錄三十二卷；《通志略・編年類》同。《新唐志・編年類》二（疑爲「三」之誤）十二卷。《遂初堂書目・編年類》僅著錄書名。《宋志・編年類》三十卷。考《太平寰宇記》河東道、河南道、江南東道諸卷內有引稱孫盛《晉春秋》若干條，黃奭皆採入其《晉陽秋》輯本中，且《廣記》所引《晉春秋》一條，亦在內，注云：「孫氏書亦有引作《晉春秋》者。」《宋書・州郡志》一於「富陽令漢舊縣本曰富春」條下云：「晉簡文鄭太后諱春，孝武改曰富陽。」此可爲《晉春秋》乃盛書原名之旁證，近人金靜庵即有此說〔註30〕。原書已佚。《說郛》（見卷二古典錄略，題「《晉春秋》」）錄有其條文。此外，今傳者約有《重編說郛》（弓第五十九。題晉庾翼撰，誤）本以及《黃氏逸書考》之清黃奭輯本、《史學叢書》之清湯球輯本、《玉函山房輯佚書補編》之清王仁俊輯本等〔註31〕。就黃、湯二家輯本觀之，所輯大抵取自《三國志注》、《世說注》、《文選注》、《藝文類聚》、《北堂書鈔》、《太平御覽》、《太平寰宇記》諸書。

《廣記》卷二二五區純，注「出《晉陽秋》」，今所見黃、湯二家輯本皆有之，乃取自《御覽》卷七五二，文字較詳〔註32〕。此外，《廣記》卷二四六習鑿齒，注

〔註29〕見《書目答問補正》卷二及金靜庵《中國史學史》第四章（國史研究室編印）。
〔註30〕見金靜庵《中國史學史》第四章之〈《晉史》著作表〉。
〔註31〕見《叢書子目類編》頁二八七。
〔註32〕《太平御覽》卷七五二引《晉陽秋》曰：「衡陽區紙（此字汪氏點校本如此，該依卷九一一作「純」）者甚有巧思，造作木室，作一婦人居其中；人扣其戶，婦人開戶而出，當戶再拜，還入戶內閉戶。又作鼠市於中，而四方丈餘，四門，門中有一木人；縱四五鼠，欲出門，木人輒椎木掩之，門門如此，鼠不得出。又作指南車及木奴令舂穀作米。中宗聞其巧，詔補尚方左校。」又卷九一一引晉陽春秋，文字與《廣記》同。

「出《晉春秋》」，黃奭以孫氏書亦有引作《晉春秋》者，故採入其孫盛《晉陽秋》輯本內〔註33〕。查習鑿齒條，記符堅攻克襄陽事，時在晉孝武帝太元四年。而《隋志》云孫氏書事訖哀帝，似不宜有孝武帝事，則此條《廣記》所題《晉春秋》，非指孫氏書可知也。

　　《文心雕龍・史傳篇》曰：「陽秋魏略之屬，江表吳錄之類，或激抗難徵，或疏闊寡要。」又曰：「孫盛陽秋，以約舉為能。」其說或有由焉。此外，《史通・採撰篇》曰：「安國之述陽秋也，梁益舊事，訪諸故老；夫以芻蕘鄙說，刊為竹帛正言，而輒欲與五經方駕，三志競爽，斯亦難矣。」

19. 《晉春秋》

　　撰者未詳。據書志所載，劉宋檀道鸞有《晉春秋》（《新唐志》），隋杜延業〔註34〕有《晉春秋》（《四部叢刊》本《郡齋讀書志・附志》）；《廣記》所引《晉春秋》，或即二者之一，或另有他書，存疑。姑略記上二書作者事迹於後。道鸞，字萬安，金鄉人。位國子博士，永嘉太守。詳《南史・檀超附傳》。延業，秘書省正字〔註35〕，餘未詳。

　　檀氏書二十卷，《隋志・古史類》題作《續晉陽秋》，《舊唐志・編年類》則作《晉陽秋》，脫「續」字，《通志略》題同《隋志》；檀氏《晉春秋》一名之見於書志著錄者，似僅《新唐志》而已。杜氏書亦二十卷，兩《唐志・編年類》、《通考》、《宋志》俱稱《晉春秋略》，杜氏《晉春秋》一名之見於書志著錄者，似僅《讀書志・附志》而已，《遂初堂書目・編年類》僅有《晉春秋》之名，未冠撰者。檀、杜二氏之原書皆亡佚。檀氏《續晉陽秋》，今傳者約有《重編說郛》（弓第五十九）本以及《黃氏逸書考》之清黃奭輯本、《史學叢書》之清湯球輯本等〔註36〕。諸輯本所輯大抵取自《開元占經》、《世說注》、《文選注》、《北堂書鈔》、《初學記》、《太平御覽》諸書。杜氏《晉春秋》，所見有《史學叢書》之清湯球輯本，大抵取自《太平御覽》諸書。以上二書，其一或即《廣記》所引之《晉春秋》，或皆不然，姑略述以備考。

〔註33〕《御覽》卷五八八、六三三，各有一條引《晉春秋》者，黃奭亦採入其《晉陽秋》輯
　　　　本中；於前一條注云：「此或是習鑿齒《漢晉春秋》。」於末一條注云：「春與陽通，
　　　　故入孫盛書。又唐藝文志有檀道鸞《晉春秋》。」故其於《漢晉春秋》輯本同時輯入
　　　　《御覽》卷五八八該條，復於《續晉陽秋》輯本同時輯入《御覽》卷六三三該條（檀
　　　　道鸞書又名《續晉陽秋》也。
〔註34〕杜延業，《直齋書錄解題》以為唐人，并云：「《館閣書目》作杜光業。」
〔註35〕見《郡齋讀書志》（四部叢刊本）、《直齋書錄解題》。
〔註36〕見《叢書子目類編》頁二八七至二八八。

《廣記》卷二四六習鑿齒，注「出《晉春秋》」。查習鑿齒本人有《漢晉春秋》，《隋志·古史》云其紀事訖於愍帝，《廣記》此條則記苻堅克襄陽後事，非出自《漢晉春秋》也。又孫盛《晉陽秋》，或云原名《晉春秋》，然《廣記》此條亦非出自該書，前已言之矣。檀氏《續晉陽秋》，《御覽》卷三七二引其事有與《廣記》同者，文字則稍異〔註37〕，或《御覽》編者嘗為之刪改歟？此外，杜氏《晉春秋略》，湯球據《通鑑考異》題作《晉春秋》，並以《廣記》所引屬之。今疑《通鑑考異》所題杜延業《晉春秋》，疑脫一「略」字，《四部叢刊》本《郡齋讀書志·附志》亦然；蓋《直齋書錄解題》謂「以《三十國春秋》刪輯」云云，是其書名該有「略」字。且湯球取《廣記》所引入杜氏書，並無旁證，不免有武斷之嫌，總上言之，《廣記》此條未能確證出自何書，或出處有所訛脫，亦未可知。姑存其名。

20. 《齊春秋》

梁·吳均撰。均，字叔庠，吳興故鄣人。天監初，柳惲為吳興刺史，辟為郡主簿。仕至奉朝請。詳《梁書》、《南史》本傳。

《隋志·編年類》、《新唐志》，皆著錄三十卷。《唐志》著錄三卷，疑誤。《史通·外篇》云：「梁時奉朝請吳均請撰齊史，乞給起居注並群臣行狀。有詔齊氏故事布在流俗，聞見既多，可自搜訪也。均遂撰《齊春秋》三十篇，其書稱梁帝為齊明佐命，帝惡其實，詔燔之，然其私本竟能與蕭氏所撰並傳於後。」是其進呈本雖燔，私本尚存也，惜今已亡。查《太平御覽》有題吳均《齊春秋》者十餘條，題《齊春秋》者亦十餘。又《說郛》（卷二古典錄略）、《重編說郛》（弓第五十九）等嘗錄有其條文。

《廣記》卷三七四渝州蓮花，注「出吳均《齊春秋》」，《法苑珠林》卷二二所載與《廣記》同，末亦注「見吳均《齊春秋》」。查此條首言渝州相思寺北石山佛跡及唐貞觀二十年寺側泉內出蓮華事，非出自吳均書，而末言天子并出錦事，則見《重編說郛》本《齊春秋》。《廣記》此條或取自《珠林》，而非直接得自吳均書。《珠林》，唐釋道世撰，記及唐時事。

《史通·摹擬篇》曰如公羊傳屢云何以書？記某事也；吳均《齊春秋》每書災變，亦曰何以書？記異也。夫事無他議，言從己出，輒自問而自答者，豈是敘事之理者邪云云，是於其敘事有所不滿也。

〔註37〕《御覽》卷三七二引《續晉陽秋》曰：「習鑿齒以腳病廢於里巷，苻堅滅樊鄧，素聞其名，與釋道安俱舉而致焉。與語大悅。以其寒疾，裁堪半丁，與諸鎮書曰：晉氏平吳，利在二陸，今破漢南，得士一人半耳。」

21. **《唐曆》**（「曆」一作「歷」）

　　唐・柳芳撰。芳，字仲敷，蒲州河東人。開元進士，直史館。上元中，坐事徙黔中，時高力士亦貶巫州，因從力士質開元天寶禁中事，倣編年法，撰《唐曆》。終集賢殿學士。詳《新唐書》本傳。

　　《新唐志・編年類》、《崇文總目》、《通志略》、《讀書志》、《書錄解題》、《通考》、《宋志》，俱著錄四十卷。《遂初堂書目》不著卷數。查《通考》有說，謂芳始為此書，未成而先傳，故世多異本。又《資治通鑑》往往以《唐曆》辨證牴牾，見於《考異》者無慮百十餘，而所見諸本多無之，其脫亡又不止此也云云，今並不傳。

　　《廣記》引此書，有卷三九○女媧墓一條。《新唐書・柳芳傳》稱其書「頗有異聞」，此即其異聞歟？

　　《讀書志》云有者或譏《唐曆》「不立褒貶義例而詳於制度」，然歐陽修、宋祁修唐紀志及傳，司馬公修《資治通鑑》掇取幾盡〔註38〕，是其頗有可取者也。

22. **《唐統紀》**（又名《大唐統紀》）

　　唐・陳嶽撰。嶽，嘗為江南西道觀察判官〔註39〕，餘未詳。

　　《新唐志・編年類》、《崇文總目》、《通志略》、《宋志》，俱著錄一百卷；《書錄解題》、《通考》，則著錄四十卷，題作《大唐統紀》，《書錄解題》並云：「今止武后如意，非全書也。」現並不傳。除《廣記》外，如《通鑑考異》，亦嘗徵引之。

　　《廣記》引此書，有卷三○八鄭嵎一條，記穆宗事，似出自完全之本。

　　《玉海》卷四七引《中興書目》，謂此書起武德，盡長慶，用春秋例，間著論云。

23. **《唐年補錄》**

　　五代後周・賈緯撰。緯，真定獲鹿人。唐末舉進士不第，唐天成中辟趙州軍事判官，長於史學。晉天福中入為監察御史，改太常博士，又監修國史。漢乾佑中，與王伸等同修漢高祖實錄，成，求遷官不得。周太祖即位，改給事中，後出為平盧軍行軍司馬，卒。詳新舊《五代史》本傳。

　　《崇文總目・實錄類》著錄六十五卷，後注云「闕」。《通志略・編年類》、《書錄解題》、《通考》與《崇文總目》同。原書已佚。《重編說郛》（弓第四十二）本錄有其條文，出自《廣記》，其中一條《廣記》注「出《唐年小錄》」。

　　《廣記》原注「出《唐年補錄》」者，凡四條；其中卷二二三駱山人，許刻注「出《唐年譜錄》」，「譜」字誤，而《類說》引《北夢瑣言》有此事，惟查今所見《北夢

〔註38〕見《文獻通考・經籍考》引李燾說。
〔註39〕見《直齋書錄解題》、《玉海》卷四七。

瑣言》無此。此外，卷一二三胡澂，原注「出《補錄經（疑爲「紀」之誤）傳》」，《文淵閣四庫全書》本則作「出《唐年補錄》」，存疑。又卷一三八王智興注「出《唐年補錄紀傳》」，「紀傳」或其分題。

《舊五代史》賈緯傳稱：「緯屬文之外，勤於撰述，以唐代諸帝實錄，自武宗以下闕而不紀，乃採掇近代傳聞之事及諸家小說，第其年月，編爲《唐年補錄》，凡六十五卷。」今考《廣記》所引，卷七三崔玄亮記太和中事，則是在武宗前。陳振孫嘗評是書曰：「雖論次多缺誤，而事迹粗存，亦有補於史氏。」

〔附錄〕《補錄紀傳》（「紀」或作「記」。疑即《唐年補錄》，故附于是處。然此書名宜入本編貳之（一），故是處不予以編號，而于貳之（一）處復引其名，且予以編號，考證則詳於此）

撰者未詳。

未見書志著錄。

《廣記》引及此者，凡九條；其中卷一五六李德裕，所記與卷九八引出《宣室志》之李德裕條同，但較簡；又其中卷一二三胡澂，原注「出《補錄經傳》」，「經」字疑誤；又卷一三八李逢吉，原注「出《補錄記》傳集」，「集」字疑衍，《文淵閣四庫全書》本則作「出《補錄紀傳》」；又卷一五五李固言，注「出《蒲錄記傳》」，「蒲」字疑誤。《補錄紀傳》或即《唐年補錄》，「補錄」乃《唐年補錄》之簡稱，「紀傳」乃其分題，且《廣記》所引皆記中晚唐事，與《唐年補錄》相近，姑附於《唐年補錄》後，存疑可也。

〔附錄〕《傳記補錄》（疑即《唐年補錄》，故附于是處。然此書名宜入本編（貳）之（二），故是處不予以編號，而于（貳）之（二）處復引其名，且予以編號，考證則詳於此）

撰者未詳。

未見書志著錄。

《廣記》卷一一六唐武宗，注「出《傳神錄》」〔註40〕，同卷王義逸，注「出《傳記附錄》」，而明鈔本皆注「出《傳記補錄》」；《傳記補錄》、《傳記附錄》、《傳神錄》三名皆不見公私書志著錄，竊意以爲《廣記》此二條之故事年代與性質相近，似可視爲出自同書，今從明鈔本。惟明鈔本此注亦疑有誤；蓋所記皆會昌時事，疑即《唐年補錄》。《傳記補錄》或爲「《補錄紀傳》」一名之誤倒，「補錄」爲《唐年補錄》之簡稱，而「紀傳」又爲其分題也，見前說。姑亦附於《唐年補錄》後，存疑可也。

24. 《唐年小錄》（疑即《唐年補錄》之訛）

〔註40〕《文淵閣四庫全書》本此條題「出《稽神錄》」。查《稽神錄》乃宋徐鉉撰，所記多五代事，今傳本無《廣記》是條，或係《四庫全書》本鈔者臆改。

疑《廣記》所引，為賈緯《唐年補錄》。緯，見前《唐年補錄》條。

《唐年補錄》之見於《書志》著錄者，詳前條。查《新唐志·故事類》著錄《唐馬總唐年小錄》八卷；《崇文總目·職官類》、《通志略·故事類》、《書錄解題·傳記類》、《通考·雜史類》俱同。《宋志·傳記類》則作六卷。《遂初堂書目·雜史類》僅著錄《唐年小錄》之名。原書已佚。疑《廣記》所引，與之無涉。

《廣記》卷首引用書目有「《唐年小錄》」之名，本文注「出《唐年小錄》」者，僅卷三九五王忠政一條。《廣記》所引有云「開成（原作「城」，據孫潛校本改）中，曾死十二日，卻活」，開成乃文宗年號，而據《唐書》，馬總卒於穆宗長慶三年，則此條文字似非出自馬氏書。查五代賈緯撰《唐年補錄》，《廣記》所引俱記中晚唐事，因疑王忠政條實出《唐年補錄》，而《廣記》誤注。又查《重編說郛》（弓第四十二）錄《唐年補錄》，署馬總撰，所收二條，其一見於《廣記》所引《唐年補錄》，其一即王忠政條，惟《重編說郛》晚出，恐有舛訛，故不敢遽信，姑附於《唐年補錄》後，存疑可也。

25. 《建康實錄》

唐·許嵩撰。嵩自署曰高陽許嵩，高陽，蓋其郡望，其始末不可考〔註41〕。

《新唐志·雜史類》、《崇文總目·雜史類》、《通志略·編年類》、《讀書志·實錄類》、《書錄解題·雜史類》、《通考·起居注類》、《宋志·別史類》、《四庫總目·別史類》，俱著錄二十卷。今傳者有臺灣商務印書館《四庫全書珍本》六集本。

《廣記》引此書凡二條；卷七六介象，見於許書卷二吳太祖下，乃取自《吳錄》一書，今據《四庫珍本》，文字與《廣記》所引頗有不同〔註42〕，若非《廣記》編者嘗加刪改，即《廣記》所見許書與今本異；又卷一八五蔡廓，見於許書卷一一宋廢帝榮陽王，與《四庫珍本》文字亦頗異〔註43〕。

許書載吳、晉、宋、齊、梁、陳六朝都建康者，《四庫總目提要》評曰：「其間如晉以前諸臣事實，皆用實錄之體，附載於薨卒條下，而宋以後復沿本史之例，各為立傳，為例未免不純。又往往一事而重複牴牾，至於名號稱謂，略似《世說新語》，

〔註41〕見《四庫全書總目提要》。

〔註42〕《建康實錄》卷二葉二一（臺灣商務印書館印本）引《吳錄》，其中云：「初在武昌日徵方士會稽介象者，帝為立第給御帳，號為介君。帝每從學匿形法，前後前言皆驗。帝曾問象，鱠魚何者為上？象曰鯔，帝曰海中魚不可卒得，且言近者，象曰易得，因掘地灌水，其中釣之，得鯔以為鱠。」

〔註43〕《建康實錄》卷一一葉三九（臺灣商務印書館印本）云：「己未詔徵豫章太守蔡廓為吏部尚書。廓至，謂尚書隆曰：選皆出我乎？隆言執政徐羨之云黃門以下專以委蔡，以上眾干也。廓曰：我不能為徐干木署紙尾。遂不就。」

隨意標目，漫無一定。」復曰：「然引據廣博，多出正史之外；唐以來，考六朝遺事者，多援以爲徵。」可見其優劣。

26. 《史系》

撰者未詳。《宋志》不著撰人。《通志略》著錄是書，稱其所記乃自會昌至光啓時事云云。會昌爲唐武宗年號，光啓爲唐僖宗年號，因疑其書爲唐末或五代人所撰。案錢氏《崇文總目輯釋》云是賈緯撰，豈錢氏涉《宋志》「賈緯備史」而誤歟？

《崇文總目・雜史類》、《通志略・正史類》、《宋志・別史類》，俱著錄二十卷。原書久佚。除《廣記》外，如《御覽》，亦嘗徵引之，或題「《史系》曰」、「《史係》曰」。今所知者，《玉函山房輯佚書補編》有清王仁俊輯本〔註44〕，未詳即此否。

《廣記》引此書，凡二條；其中卷一九七沈約「又」條，其事並見引於《太平御覽》卷七八〇。

《廣記》所引二條，記南、北朝事，其中沈約條，末有「語在江右（一本作「左」）雜事」句，可爲是書取自舊籍之證。

27. 《古文瑣語》（又名《汲冢瑣語》）

撰者不詳。案《晉書・束晳傳》竹書敘目有《瑣語》十一篇，則似始出於晉世。

《隋志・雜史類》著錄四卷；兩《唐志・雜史類》、《通志略・經部・逸書類》，俱與《隋志》同。原書已佚。今傳者，約有《玉函山房輯佚書》之清馬國翰輯本、《玉函山房輯佚書續編》之清王仁俊輯本，復有題作《汲冢瑣語》之清洪頤煊《經典集林》輯本等〔註45〕。就馬、洪二家輯本觀之，所輯大抵取自《藝文類聚》、《北堂書鈔》、《事類賦》、《太平御覽》、《太平廣記》諸書。

《廣記》注「出《古文瑣語》」者，有卷二九一晉平公一條；此條見收於馬氏輯本，《太平御覽》卷四〇亦嘗徵引之。

《古文瑣語》，《隋志》云汲冢書也。馬國翰曰：「書中如仲壬崩，伊尹放太甲而自立四年，與《尚書》《孟子》皆牴牾不合；然其記周晉齊宋佚事，有足備史攷者，亦未可盡以荒誕概之也。」

28. 《世語》（即《魏晉世語》，又名《魏晉代語》、《魏晉俗語》。《廣記》原作《郭頌世語》，「頌」字爲「頒」字之訛）

晉・郭頒撰。「頒」一作「班」〔註46〕，嘗爲襄陽令〔註47〕。餘未詳。

〔註44〕見《叢書子目類編》頁四四二。
〔註45〕見《叢書子目類編》頁二七七。
〔註46〕見錢大昕《三國志考異》。

《隋志‧雜史類》、兩《唐志》，俱著錄十卷。《舊唐志》題作《魏晉代語》，避唐「世」字諱〔註48〕；《新唐志》作《魏晉代說》，「說」字誤。原書已佚。除《廣記》外，如《三國志‧魏書注》、《水經注》、《通鑑考異》、《世說注》、《初學記》（引作《魏晉俗語》，亦避「世」字諱）、《太平御覽》，亦嘗徵引之。又《重編說郛》（弓第五十九）、《五朝小說》等錄有其條文。

《廣記》卷一三九王琬，原注「出《郭頒世語》」，明鈔本「頌」作「頒」，是；此條，《御覽》卷九〇四亦載之，惟節錄過簡；《重編說郛》本、《五朝小說》本則未見。

裴松之注《三國志‧魏書》三‧〈少帝紀〉，引《世說》「大將軍奉天子征儉，至項，儉既破，天子先還」條，並謂檢諸書都無此事。案《魏晉世語》，蹇乏全無宮商，最為鄙劣，以時有異事，故頗行於世。干寶、孫盛等多采其言以為《晉書》，其中虛錯如此者，往往而有之云云，是有所不滿也。而《世說‧方正注》曰：「郭頒，西晉人，時世相近，為《晉魏世語》，事多詳覈。」則有所稱許。

29. 《三國典略》

唐‧丘悅撰。悅，河南陸渾人。睿宗在藩嘗器重之。嘗為汾州司戶參軍〔註49〕，官至岐王傅。開元初卒。詳《唐書‧員半千附傳》。

《新唐志‧雜史類》、《崇文總目‧編年類》，俱著錄三十卷。《通志略‧編年類》、《通考》、《宋志》，則著錄二十卷。《遂初堂書目‧雜史類》僅錄其書名。考《崇文總目》曰：「今卷多遺，自二十一以下卷闕。」則《宋志》等所著錄之二十卷，乃不全者也。原書已佚。除《廣記》外，《通鑑考異》、《太平御覽》嘗徵引之。又《重編說郛》（弓第五十九）、《五朝小說》嘗錄有《魚豢三國典略》；其中諸葛恪、甘寧二條，其人屬三國，非南北朝，或為魚氏書外，餘皆述南北朝時事，乃丘氏書也。查魚豢所撰，《隋志》作《典略》，《新唐志》作《魏略》，諸家著錄無名以《三國典略》者，而《太平御覽》徵引，亦或作《典略》，或作《魏略》；《重編說郛》、《五朝小說》似誤混魚、丘二氏所撰為一也。

《廣記》注「出《三國典略》」者，凡六條。此外，卷二二五水芝欹器，原闕出處，明鈔本、孫潛校本則作「出《三國典略》」。又同卷七寶鏡臺，注「出《皇覽》」，而《太平御覽》卷七一七引此，題為《三國典略》，考文內之靈昭，乃北齊沙門（據《廣記》同卷僧靈昭），其年代與《三國典略》所述者合，《廣記》之出處誤也。又

〔註47〕見《隋書‧經籍志注》。
〔註48〕見清姚振宗《隋書經籍志考證》。
〔註49〕見《崇文總目》。

疑卷二二五僧靈昭，無注出處，此條與七寶鏡臺並列，且同屬靈昭事，或亦爲《三國典略》之文，待考。

是書內容，據《崇文總目》所謂「以關中、鄴都、江南爲三國。起西魏、終後周，而東包魏、北齊，南總梁、陳」云云，可見一斑。

30. 《大業拾遺》（又名《大業雜記》）

唐・杜寶撰。寶，嘗爲著作郎〔註50〕，餘未詳。又《廣記》於所引《大業拾遺》中，或雜引僞託顏師古所撰書之文。

　　《崇文總目・雜史類》著錄十卷，《通志略》著錄一卷。查《新唐志・雜史類》、《通志略・雜史類》、《讀書志》、《書錄解題》、《通考》、《宋志・傳記類》皆著錄《大業雜記》一書，亦十卷，杜寶撰，《遂初堂書目・雜史類》僅著錄《大業雜記》之名。其與《大業拾遺》爲同書而異名者，蓋陳振孫引《大業雜記》之序，曰：「貞觀修史，未盡實錄，故爲此書，以彌縫闕漏。」〔註51〕既屬「彌縫闕漏」，則其書又名《拾遺》，固宜也。且就《廣記》所引《大業拾遺》言之，其條文有他書徵引，題出《大業雜記》，又有見於今傳本《大業雜記》中者〔註52〕，可謂明證。惟《通志略》既著錄《大業拾遺》一卷，又著錄《大業雜記》十卷，卷數不同，未詳其所以。此外，《廣記》所引《大業拾遺》，其條文疑雜引顏師古所撰書之條文。案《宋志・傳記類》著錄題顏師古撰之《大業拾遺》一卷。《讀書志》作《南部烟花錄》，並云一名《大業拾遺記》。《四庫全書・小說類存目》著錄《大業拾遺記》二卷，並云一名《南部烟花錄》。又《崇文總目・雜史類》、《通志略・雜史類》著錄《大業拾遺錄》一卷，不著撰人。杜氏《大業拾遺》、《大業雜記》原書皆佚。杜氏《拾遺》，除《廣記》外，如《御覽》，亦嘗徵引之。《重編說郛》（弓第五十九）錄有其條文，題《大業拾遺錄》，首條見於《御覽》卷九六一所引杜寶《大業拾遺錄》，餘未詳所出。《大業雜記》、《通鑑考異》徵引頗多，《類說》（藝文印書館影印本卷四）、《紺珠集》（卷八）、《續談助》（卷四）等亦嘗錄之。此外，今傳者尚有《重編說郛》（弓第一百十）本、《五朝小說》本、《指海》本等，皆一卷，前二者俱誤題撰人爲劉義慶。所謂顏氏書，《類說》（藝文印書館影印本卷六）、《紺珠集》（卷五），錄其條文，題作《南部烟花記》〔註

〔註50〕見《直齋書錄解題》。

〔註51〕見《直齋書錄解題》。

〔註52〕《太平御覽》卷九七七崑崙紫瓜事，題「杜寶《大業拾遺錄》曰」，見於《指海》之《大業雜記》輯本中，或亦可爲同書異名之證。

〔註53〕《類說》之《南部烟花記》，其明刊本無注撰人，舊鈔本則注云：「又名《大業拾遺記》，顏師古以舊《南部烟花記》重集。」（據藝文印書館印本）；《紺珠集》，則題撰人爲煬帝。《類說》引十二條，其中金蓮玉膾、閃電窗，分盃法三條，《廣記》引出

53〕，《重編說郛》（弓第一百十）本題作《大業拾遺記》，《歷代小史》本題作《隋遺錄》，皆一卷，蓋自《百川學海》二卷本（題《隋遺錄》）出，而脫其篇後跋文。此外，《重編說郛》（弓第六十六）、《五朝小說》、《唐代叢書》等收《南部烟花記》一書，題馮贄撰，凡三十五則，其中有見於上述所謂顏氏書者，亦有見於《廣記》所引《大業拾遺》者〔註54〕，餘多未詳所出。《四庫總目·小說家類存目提要》，嘗據前人所說及書中疏謬處，以爲所謂顏氏書，乃後人僞撰而託名顏氏者也。

《廣記》注「出《大業拾遺》」者，凡十二條；其中卷二三四吳饌，《御覽》卷八六二引之；同卷吳饌「又」條，《御覽》卷九三七、九四三引之；卷四一〇仲思棗，《御覽》卷九六五引之；卷四一三樓闕芝，《御覽》卷九八六引之，皆題「杜寶《大業拾遺錄》」，可證出自杜書；又卷二二六水飾圖經、卷四一三樓闕芝，《類說》、《紺珠集》所錄《大業雜記》皆有之，後條，《御覽》亦引，題「杜寶《大業拾遺》」，據此，庶幾可證《大業雜記》爲杜寶《大業拾遺》之異名同書；又卷七六篝禪師、卷二二六觀文殿、卷二三四吳饌「又」條，《類說》所錄《南部烟花記》皆有之，然文字較略；且卷二三四吳饌「又」條，《御覽》卷九三七引之，題「杜寶《大業拾遺》」，豈其事爲杜書及所謂顏氏書所共有歟？再者，吳饌「又」條，汪氏點校本《廣記》據所見談刻，注「出《大業拾遺記》」，此《大業拾遺記》或指杜書而誤衍「記」字，或指又名《大業拾遺記》之所謂顏氏書亦未可知；則《廣記》於所引杜氏書中，或雜引所謂顏氏書條文，存疑可也。此外，卷四一一崑崙紫瓜，注「出《述異錄》」，查《御覽》卷九七七引及是事，作「杜寶《大業拾遺錄》」，《廣記》所注誤也。

〔附錄〕《大業拾遺記》（疑即《大業拾遺》之訛，故附於是處，然此書名本身宜入本編（壹）之（二），故是處不予以編號，而于（壹）之（二）處復引其名，且予以編號，考證則詳于此）

撰者未詳。此處所引，或出自杜寶所撰，或出自僞託顏師古所撰。寶，見前《大業拾遺》條。

《遂初堂書目·雜史類》著錄《大業拾遺記》一名，無撰者名及卷數。《讀書志·雜史類》著錄題顏師古撰之《南部烟花錄》，并云一名《大業拾遺記》。又《廣記》注「出《大業拾遺》」之條文，其中有可證爲杜寶書者，因疑此《大業拾遺記》之「記」字或誤衍，而指杜氏《大業拾遺》。

《廣記》注「出《大業拾遺記》」者，僅卷二七九蕭吉一條。又，卷二二六水飾

《大業拾遺》；文章總集一條，未見於諸顏氏書輯本中。《紺珠集》引十條，皆見於《百川學海》、《歷代小史》等之顏氏書輯本中。

〔註54〕如金薑玉膾條，見《廣記》卷二三四吳饌「又」條；五方香床條，見《廣記》卷二二六觀文殿條；此二條，《廣記》皆題《大業拾遺》。

圖經、觀文殿、卷二三四吳饌及其「又」條、卷三七四釣臺石、卷四一三樓闕芝、卷四一八蔡玉、卷四六三瑞鳥，原注「出《大業拾遺》」，而汪氏點校本據所見談刻，作「出《大業拾遺記》」。此外，卷九一法喜，原注「出《拾遺記》」，查不見於今本《王子年拾遺記》，而明鈔本作「出《大業拾遺記》」。以上俱未詳出杜書或所謂顏書。姑附于《大業拾遺》後，存疑可也。

31. 《渚宮舊事》（一名《渚宮故事》）

　　唐・余知古撰。知古，其銜稱將仕郎守太子校書，籍貫則未詳。《新唐志》載此書，注曰文宗時人；又載《漢上題襟集》十卷，注曰段成式、溫庭筠、余知古，則與段、溫二人同時倡和；此書皆記楚事，其為遊漢上時所作，更無疑義〔註 55〕。

　　《新唐志・地理類》、《崇文總目》、《通志略》、《讀書志》、《宋志》，俱著錄十卷，以上除《讀書志》題作《舊事》外，餘皆作《故事》。《書錄解題・傳記類》著錄五卷，並云：「本十卷，今止晉代，闕後五卷。」《通考》據陳氏書著錄《渚宮故事》五卷入傳記類，復據晁氏書著錄《渚宮舊事》十卷入地理類。《四庫總目・雜史類》著錄五卷，並《補遺》一卷。案《四庫總目提要》稱此書，至陳振孫《書錄解題》所言已與今本同，則後五卷當佚於南宋之末云云，余氏《辨證》復據王象之《輿地紀勝》卷六五〈江陵府碑記門・渚宮故事〉條所謂：「李淑《邯鄲志》載《渚宮舊事》十卷，唐余知古撰，自鬻熊至唐江陵君臣人物事迹，史子傳記所載者，悉纂次之。今第有五卷云」而曰：「象之與陳振孫正同時人，可以互證；《輿地紀勝》，《四庫》未收，故提要不能引用也。象之所見，既只五卷，則亦當止於晉代，而〈江陵府景物門〉萍實及一柱觀兩條下引《渚宮故事》，乃皆劉宋之事，蓋亦自他書轉引。」是書今傳者有《重編說郛》（弓第十七）本（一卷）、《四庫全書》本、《墨海金壺》本、《吉石盦叢書》本、《平津館叢書》本（以上五卷）等〔註 56〕。查其中《重編說郛》本多晉以後事，疑從類書雜抄而成。《四庫全書》本據《廣記》、《御覽》及《重編說郛》別輯為《補遺》，凡十九條，其一屬晉事，入卷五，餘十八條為一卷，乃晉以後事也；《平津館叢書》又有孫星衍《補遺》，較《四庫全書》本多甄法崇一條，取自《廣記》卷三二三；此外，《黃氏逸書考》有黃奭《補遺》，同孫氏，亦二十條。

　　《廣記》注「出《渚宮舊事》」者，凡十二條；其中除卷二四六羅友見於今五卷本之卷五外，餘十一條俱未見於五卷本；此十一條，屬晉事者一，晉後事者十，可

〔註 55〕見《四庫全書總目・史部雜史類・渚宮舊事提要》。
〔註 56〕見《叢書子目類編》頁五四六。

補五卷本之不足，故諸家《補遺》取之。又注「出《渚宮故事》」者，凡八條；其中屬晉事而見於今五卷本者五條：即卷二二八桓玄、卷三六○庾翼、卷四三四青牛、桓冲、卷四四七習鑿齒；餘三條則爲諸家《補遺》所取。此外，注「出《渚宮舊記》」者一條，即卷四一八劉甲，宋事也，《補遺》收之。又卷九九阿育王像，注「出《渚宮遺事》」，見余氏書卷五。

余氏書載荆楚事，本自鬻熊至唐末，今雖不全，惟「引據多後人未見之書，可以證經考史」〔註57〕，似未可忽之也。

32. 《貞陵十七事》（《廣記》原作《貞陵十七史》，或作《眞陵十七事》。卷首引用書目作《眞陵十七史》。即《貞陵遺事》，又名《大中遺事》）

唐·令狐澄撰。澄，敦煌人。宣宗宰相綯之從子〔註58〕。進士及第，累辟使府。詳《舊唐書·令狐楚附傳》〔註59〕。

《新唐志·雜史類》、《崇文總目·雜史類》、《通志略·雜史類》、《書錄解題·雜史類》、《通考·傳記類》，俱二卷；其中除《崇文總目》，因避仁宗諱而改《貞陵遺事》之「貞」爲「正」外，餘俱題《貞陵遺事》。《遂初堂書目·雜史類》不著錄卷數。《宋志·故事類》著錄一卷。原書已佚。今查《類說》（藝文印書館影印本卷二一）節錄「《大中遺事》、《柳玭續事》附」共六則；題《大中遺事》者，蓋避仁宗諱而以唐宣宗大中年號代「貞陵」二字；其中除「芳醪」條，由《廣記》諸書所引，可證爲令狐書外，餘五則則不易分辨孰屬令狐書，孰屬續書。又《紺珠集》（卷一○）節錄「《大中遺事》、《新羅國記》、《柳玭續十四事》附」共十條，除第一骨、望德寺塔動、花郎三條爲新羅國記文，甌水爲酒（即《類說》芳醪）條爲貞陵遺事文外，餘六條（其中五條同《類說》）亦不易分辨究屬何書。《說郛》（卷七四）所錄，乃出自《紺珠集》，而附載他書之文，則未標明，失之矣。《重編說郛》（弓第四十九）錄此書，復雜有他書所記〔註60〕。此外，如《通鑑考異》，亦嘗徵引是書之文，《考異》所引李德裕與行冊禮（見世界書局《新校資治通鑑注》頁八○二三）、除韋澳爲京兆尹（見上書頁八○五九）、伶人祝漢貞流天德軍（見上書頁八○六三）諸事，有未見錄於上述《類說》諸書者。

〔註57〕孫星衍語。見《平津館叢書》校補《渚宮舊事·序》。

〔註58〕新《舊唐書》皆云澄，緘之子；《新唐書》〈宰相世系表〉及〈藝文志〉，則云綯之子。岑仲勉《補唐代翰林兩記》主前說，姑從之。

〔註59〕《新唐書·藝文志注》云澄乃「綯子也。乾符中書舍人」。岑仲勉以《新唐志》誤澄爲綯子，疑並誤將渙之歷官移於澄下，姑從岑氏說。

〔註60〕《重編說郛》所錄，其中陳商立、令狐綯、馮涓、盧攜、王助五條，查乃《北夢瑣言》之文；首二條見卷一，第三條見卷三，末二條見卷五。餘與《說郛》同。

　　《廣記》引此書，凡三條，或注「出《貞陵十七史》」，或注「出《眞陵十七事》」，引用書目則作《眞陵十七史》。案「貞陵」，宣宗之葬所，又《書錄解題》著錄《貞陵遺事》，并云「所記十七事」，則《廣記》所題宜作《貞陵十七事》，且從陳振孫語，可知《貞陵十七事》即《貞陵遺事》也。《廣記》所引，其中卷一三六唐宣宗，《類說》、《紺珠集》所錄《大中遺事》有之，但經刪節；《通鑑考異》引《貞陵遺事》有此條（見世界書局《新校資治通鑑注》頁八〇二二），文字詳略相近，惟《廣記》「上喜，獨自負，舉一甌」句，《考異》作「上獨喜自負，一舉盡甌」，可互校。

　　就今見者言之，令狐書，所載大抵爲宣宗逸事，然如《廣記》卷一三六唐宣宗，《通鑑》即譏爲「鄙妄無稽」，而不取以入史。

33. 《妖亂志》（即《廣陵妖亂志》）

　　《新唐志》、崇文總目》等題撰者爲郭廷誨，《直齋書錄解題》作鄭延晦，《通考》則爲鄭廷誨，《通鑑考異》又引《妖亂志》，冠郭延誨之名（世界書局本《資治通鑑》頁八二一一）。查《全唐文》卷八四四錄有郭廷誨之文，其小傳並謂廷誨，崇韜（代州雁門人）子，崇韜被誅，廷誨隨父死於蜀云云。又，「鄭廷晦」、「鄭廷誨」、「郭延誨」三名無考，疑是「郭廷誨」之訛。此外，《唐代叢書》、《說庫》等所錄《廣陵妖亂志》，題唐羅隱撰，未詳何據。

　　《新唐志・雜史類》、《崇文總目・雜史類》、《通志略・雜史類》、《書錄解題・雜史類》、《通考・傳記類》、《宋志・傳記類》，俱著錄三卷，《遂初堂書目・雜史類》不著卷數；其中如《宋志》、《遂初堂書目》，題作《妖亂志》。原書已佚。今傳者，約有《虞初志》本、《合刻三志》本、《唐人說薈》本、《唐代叢書》本、《說庫》本（以上題羅隱撰）、《重編說郛》（弓第四十四）本、《五朝小說》本（以上題鄭廷誨撰）等，皆一卷。又《藕香零拾》本並有逸文〔註61〕。就所見《說薈》、《叢書》、《說庫》、《重編說郛》、《五朝小說》五本觀之，所錄四條，皆見於《廣記》，似自其中輯出者。

　　《廣記》注「出《妖亂志》」凡七條。案引用書目列《妖亂志》之名二，似爲一書而誤重其名；且觀諸公私書志，宋以前書之名《妖亂志》者，似只《廣陵妖亂志》一書而已。然故宮藏許刻本於書目後者之《妖亂志》下墨筆注云：「重。當是《淮海亂離志》四卷。蕭大圓。」今考《隋志・古史類》著錄蕭世怡《淮海亂離志》四卷，注云：「敘梁末侯景之亂。」又《新唐志・雜史類》所著錄者，題撰人爲蕭大圓，列於李仁實《通曆》七卷、裴矩《隋開業平陳記》十二卷之前，則撰者明非唐人。《廣

〔註61〕見《叢書子目類編》頁二九八。

記》所引《妖亂志》，其中如卷一四五、二八三有記及高駢事者，高駢乃僖宗時人，其事自非唐以前人撰之《淮海亂離志》所能及載者，上述許刻之墨筆注語恐誤。此外，卷二七〇周迪妻，疑爲談氏所補，然該本此條無注出處，而史語所所藏談本此卷附卷及許本，其文字異〔註62〕，並注「出《妖亂志》」，或有所據歟？

是書，《書錄解題》稱其「言高駢、呂用之、畢師鐸事」。今就《廣記》所引觀之，其中頗不乏異聞。

34. 《會稽錄》（即《乾寧會稽錄》）

撰者未詳。

《新唐志·雜史類》著錄《乾寧會稽錄》一卷；《宋志·傳記類》題作《乾明會稽錄》，而於「明」下注云：「一作寧」。《崇文總目·雜史類》、《通志略·雜史類》題作《會稽錄》，亦皆一卷。原書已佚。除《廣記》外，如《通鑑考異》，嘗引之。

《廣記》卷一六三草重生，卷二九〇董昌，俱注「出《會稽錄》」；後一條見於今本《稽神錄》卷一。

《新唐志》著錄《乾寧會稽錄》，并注云「董昌事」。而《廣記》所引《會稽錄》正皆述董昌事迹。《廣記》所引，有與他書異者，如言昌以二月二日僭號，取卯月卯日也云云，《實錄》、《長曆》皆云「二月己丑朔」。

35. 《三輔決錄》

後漢·趙岐撰。岐、初名嘉，字臺卿，後改名，字邠卿，長陵人。仕州郡，以廉直疾惡見憚。永興初，辟司空掾，爲皮氏長。嘗與從兄襲得罪中常侍唐衡兄玹，遂避禍變姓名，賣餅北海市中。後諸唐死滅，乃出。靈帝時，徵岐拜議郎。其後擢太常。建安六年卒，年九十餘。詳《後漢書》本傳。

《隋志·雜傳類》著錄七卷；《唐志·雜傳類》、《通志略·傳記類》同。《新唐志·雜傳記類》作十卷。原書已佚。《說郛》（卷三）錄有其條文。此外，今傳者尚有《重編說郛》（弓第五十九）本、《五朝小說》本以及《二酉堂叢書》之清張澍輯本、《黃氏逸書考》之清黃奭輯本、《十種古逸書》之清茆泮林輯本等〔註63〕。就張氏輯本觀之，所輯大抵取自《漢書注》、《後漢書注》、《三國志注》、《高士傳》、《藝

〔註62〕史語所所藏談刻卷二七〇附葉及許刻本同卷之周迪妻云：「有豫章民周迪，貨利於廣陵，其妻偕焉。遇師鐸之亂，不能去。至是，迪饑將絕，妻曰：兵荒若是，必不相全，君親老家遠，不可與妾俱死，願見鬻於屠民，則君歸裝濟矣。迪從之，以所得之半賂守者求去：守者詰之，迪以實對，群輩不信，遂與迪往其處驗焉。至則見首已在於肉案，聚觀者莫不歎異，競以金帛遺之。迪收其餘骸，負之而歸。」
〔註63〕見《叢書子目類編》頁三八八。

—53—

文類聚》、《北堂書鈔》、《初學記》、《太平御覽》、《太平廣記》諸書；張氏輯本並括晉摯虞注亦錄之。

《廣記》引此書，有卷二九一何比干一條；如張氏輯本，即據以錄之，並自《御覽》輯此條之摯虞注。

《後漢書》本傳引《決錄·序》，其中謂三輔者，本雍州之地，世世徙公卿吏二千石及高貲，皆以陪諸陵。余以不才，生於西土，耳能聽而聞故老之言，目能視而見衣冠之疇，心能識而觀其賢愚。常以玄冬，夢黃髮之士與余寤言，言必有中，命操筆者書之。近從建武以來，暨于斯今，其人既亡，行乃可書，玉石朱紫，由此定矣，故謂之「決錄」矣云云，作書之由可略而知之。

36. 《東方朔傳》（《廣記》或作《朔別傳》）

撰者未詳。

《隋志·雜傳類》著錄八卷；《唐志·雜傳類》、《新唐志·雜傳記類》、《通志·傳記類》同。姚氏《考證》謂《史記·滑稽列傳》附載褚少孫所補六事，中有東方朔事，與《漢書》互有同異，似即本於此，然則此傳豈猶是前漢所傳，爲褚少孫所見者歟云云，存疑可也。原書已佚。除《廣記》外，《水經注》、《世說注》、《文選注》、《藝文類聚》、《太平御覽》等亦嘗徵引之。又《重編說郛》（弓第一百十一）、《五朝小說》有《東方朔傳》，乃錄自《廣記》，而題撰人爲郭憲，未詳所據，似屬依託。

《廣記》注「出《東方朔傳》」者，有卷一七四東方朔二條。又卷六東方朔注「出《洞冥記》及《朔別傳》」。案《世說注》、《太平御覽》諸書亦分題《東方朔傳》、《東方朔別傳》，姚氏《考證》合而論之，以爲一，姑從之。

《漢書·東方朔傳》云：「凡劉向所錄朔書具是矣，世所傳他事皆非也。」顏師古注曰：「謂如《東方朔別傳》及俗用五行時日之書，皆非實事也。」清章宗源《隋志考證》云：「《藝文類聚》諸書引《朔別傳》，皆奇言譎語。」然又云：「《文選·報任少卿書注》引朔對武帝刑不上大夫之言，最爲莊論。《太平御覽》〈兵部〉引朔上書，〈人事部〉朔形容公孫丞相倪大夫等語，與《漢書》本傳同。《世說·規箴篇注》引朔南陽步廣里人，本傳稱平原厭次人，此可考異。」

37. 蔡邕列傳

撰者未詳。

清侯康、顧櫰三諸家《補後漢書藝文志》〈雜傳〉或〈別傳類〉皆見著錄，然卷數未詳。原書已佚。除《廣記》外，如《後漢書注》、《北堂書鈔》、《廣博物志》，亦嘗徵引之。

《廣記》注「出《邕別傳》」者，有卷一六四蔡邕「又」條。

38. 《樊英別傳》

撰者未詳。

侯、顧諸家之《補後漢書藝文志》〈雜傳〉或〈別傳類〉皆見著錄，然卷數未詳。原書已佚。除《廣記》外，如《世說注》、《藝文類聚》、《太平御覽》，亦嘗徵引之。

《廣記》引此書，凡二條：其中卷七六樊英，注「出《英別傳》」；又卷一六一樊英，原注「出《英烈傳》」，黃本題「出《英列傳》」，「烈」或「列」乃「別」之訛。此二條文字大同小異。《世說・文學注》引《樊英別傳》，亦有與《廣記》同者，而「蜀岷山崩，母崩，子故鳴」句，《世說注》引作「蜀嵋山崩，山於銅為母，母崩子鳴」，似可據以校補。

《世說・文學注》引《東方朔傳》曰：「漢武皇帝時，未央宮前殿鐘，無故自鳴，三日三夜不止。詔問太史待詔王朔，朔言恐有兵氣，更問東方朔，朔曰：臣聞銅者山之子，山者銅之母；以陰陽氣類言之，子母相感，山恐有崩弛者，故鐘先鳴。易曰鳴鶴在陰，其子和之，精之至也。其應在後五日內。居三日，南郡太守上書言山崩，延袤二十餘里。」又《廣記》卷一九七引《小說》曰：「魏時，殿前鐘忽大鳴，震駭省署。（張）華曰：比蜀銅山崩，故鐘鳴應之也。蜀尋上事，果云銅山崩。」皆與《廣記》所引《英別傳》事略同，唯人異時異矣。

39. 《汝南先賢傳》（又名《汝南先賢行狀》）

三國魏・周斐撰。斐，字、里未詳。嘗為汝南中正〔註64〕，仕至永寧少府〔註65〕。

《隋志・雜傳類》著錄五卷；《新唐志・雜傳記類》、《通志略・傳記類》同。《唐志・雜傳類》則作三卷。原書已佚。除《廣記》外，《水經注》、《世說注》、《藝文類聚》、《太平御覽》等亦嘗徵引之。又《說郛》（卷七諸傳摘玄）錄有其條文。此外，今傳者尚有《重編說郛》（弓第五十八）本、《五朝小說》本以及《玉函山房輯佚書補編》之清王仁俊輯本〔註66〕。案章氏《隋書經籍志考證》曰：「諸書所引皆稱傳，唯《御覽・人事部》引胡定在喪雪覆其屋事作《行狀》。」則是書或名《汝南先賢行狀》。

《廣記》引此書，凡二條：即卷一六一陳寔、卷一七一袁安。就所見《重編說

〔註64〕見《續談助》所錄《殷芸小說》，其中引許劭別（原作列）傳一條，首云「汝南中正周裴表稱許劭」，姚氏《隋書經籍志考證》、余嘉錫《殷芸小說輯證》，皆謂「裴」當作「斐」。

〔註65〕見《世說・品藻注》引《王隱晉書》。

〔註66〕見《叢書子目類編》頁三九○。

郛》本、《五朝小說》本言之，無陳寔條，是其輯尚有未周也。

《汝南先賢傳》所述，如周乘之器識（《世說·賞譽注》）、闞敞之貞廉（《藝文》卷六六）、黃浮李宣之公正（《御覽》卷二六八、二六九）、陳華王恢之義烈（《御覽》卷二六八、四二一）、李鴻李先殷煇之孝友（《御覽》卷四一四）、郭亮之幼慧（《御覽》卷三八五）、薛勤之知人（《御覽》卷四四四），史傳皆佚其事，且有不知姓名者，胥賴此書以傳。惟載及侯瑾（《藝文》卷八〇）、葛玄（《藝文》卷九六）、胡定（《御覽》卷四二六）、劉巴（《御覽》卷四五七）諸人事，皆非汝南，侯康疑引書者輾轉傳訛也，詳侯康《補三國藝文志》；姚氏《考證》亦有提及。

40. 《會稽先賢傳》

三國吳·謝承撰。承，字偉平，會稽山陰人，孫權謝夫人之弟。拜五官郎中，遷長沙東部都尉、武陵太守〔註67〕。

《隋志·雜傳類》著錄七卷；《新唐志·雜傳記類》、《通志略·傳記類》同。《唐志·雜傳類》則作五卷。《遂初堂書目》僅錄其名。原書已佚。除《廣記》外，如《初學記》、《太平御覽》，亦嘗徵引之。又今傳者有《重編說郛》（弓第五十八）本、《五朝小說》本以及近人周氏《會稽郡故書雜集》輯本等〔註68〕。

《廣記》卷一一八孔愉、卷一六一陳業，皆引自是書；此二條俱見《重編說郛》、《五朝小說》等所錄。

是書所記，凡闞澤、沈勳、茅開、淳于長（「長」下當有「通」字）、陳業、董昆、嚴遵諸人，事多史傳之佚文。嚴遵二條足補《後漢書》本傳之闕，陳業二條足以證《吳志·虞翻傳注》。故侯康云：「吉光片羽，皆可寶也。」

41. 《列女傳》

撰者未詳。《廣記》所引，非劉向書，或出晉·皇甫謐所撰。謐，字士安，幼名靜，安定朝那人。累徵，並不應。太康三年卒，年六十八。詳《晉書》本傳。

《隋志·雜傳類》著錄皇甫謐之《列女傳》六卷；《唐志·雜傳類》、《新唐志·雜傳記類》同。案諸家《列女傳》，除劉、皇甫二氏所撰外，尚有趙母所注七卷、高氏所撰八卷、劉歆所撰《傳頌》一卷、曹植所撰《傳頌》一卷、繆襲所撰《傳讚》一卷、項原所撰《後傳》十卷、綦母邃所撰七卷等，見於《隋志》。原書皆佚。就皇甫書言之，如《藝文類聚》、《初學記》、《太平御覽》，亦嘗徵引之。又今傳者，有《綠

〔註67〕詳《吳志·妃嬪傳》、《會稽典錄》。
〔註68〕見《叢書子目類編》頁三八九。

窗女史》本、《重編說郛》（弓第五十八）本、《五朝小說》本等〔註69〕；以後二者所錄言之，大都見於劉向《列女傳》，非盡皇甫之文，而僅題皇甫謐撰，失之矣。

《廣記》卷三九三李叔卿，注「出《列女傳》」，所述乃漢事，不見於今本劉向書。查《太平御覽》卷一三亦引此條，文字稍異，題「《列女後傳》曰」，《御覽》引皇甫書，有題「皇甫謐《列女傳》」、「皇甫謐《列女後傳》」者，其所引《列女後傳》，冠以撰人名者，僅皇甫氏而已，則其卷一三所引《列女後傳》，或指皇甫書歟？若然，《廣記》之李叔卿條，亦可能出自皇甫氏《列女傳》。姑存疑以待考。

42. 《益部耆舊傳》

晉・陳壽撰。壽，見前《三國志》條。《隋志》著錄此書，署陳長壽撰，姚氏《考證》云即陳壽也；嘉興沈濤《銅熨斗齋隨筆》以爲漢人陳術（字申伯）所撰，姚氏斥其非是。

《隋志・雜傳類》著錄十四卷，《唐志・雜傳類》、《新唐志・雜傳記類》、《通志略・傳記類》同。原書已佚。除《廣記》外，《三國志注》、《初學記》、《太平御覽》等亦嘗徵引之。又《說郛》（卷七諸傳摘玄）、《重編說郛》（弓第五十八）、《五朝小說》等錄有其條文，此外，今所可知者，尚有《玉函山房輯佚書補編》之清王仁俊輯本等〔註70〕，諸本皆訛「部」爲「都」。

《廣記》卷一七一嚴遵、卷四六二楊宣，皆引此書而訛「部」作「都」；所見《重編說郛》、《五朝小說》，俱未收錄此二條。

《華陽國志・後賢志》稱自建武後，有作《巴蜀耆舊傳》者，壽以爲不足經遠，乃并巴漢撰爲《益部耆舊傳》，武帝善之云云。同書〈序志〉又論及壽《傳》，以爲「始漢及魏，煥乎可觀」，可從而略知此書梗概。

43. 長沙耆舊傳（書志著錄作《長沙耆舊傳讚》。《廣記》原作《長沙傳》）

晉・劉彧撰。彧，始末未詳，《隋志》署臨川王郎中，姚氏《考證》云：「《晉書・簡文三子傳》：臨川獻王郁年十七而薨，久之，追諡獻。世子孝武寧初追封郡王，以武陵威王曾孫寶爲嗣。寶入宋，降爲西豐侯。寶在晉爲臨川郡王，凡四十有七年。劉彧爲其國郎中，在斯時也。」彧然。

《隋志・雜傳類》著錄劉彧《長沙耆（此字原脫）舊傳讚》三卷。《舊唐志・雜傳類》作《長沙舊邦傳讚》，亦三卷。《新唐志・雜傳記類》作四卷，書名同《舊唐志》。劉彧所撰書，原帙已佚。如《水經注》、《藝文類聚》、《初學記》、《太平御覽》，

〔註69〕見《叢書子目類編》頁四三七。
〔註70〕見《叢書子目類編》頁三九一。

嘗徵引之，皆題《長沙耆舊傳》。此外，今傳者尚有《說郛》（卷七諸傳摘玄）本、《重編說郛》（弓第五十八）本以及《麓山精舍叢書》之清陳運溶輯本等，亦題《長沙耆舊傳》。

《廣記》注「出《長沙傳》」者，僅一條：即卷一六一呂虔。查《御覽》卷一一引《長沙耆舊傳》一條，曰：「文度，字仲儒，爲郡功曹吏。時霖雨廢人業，太守憂悒，召度補戶曹。度奉教齋戒，在社三日。夜夢白頭翁謂曰：爾來何遲？翌旦，度具白所夢於太守，曰昔禹夢青繡文衣男子，稱蒼水使者，禹知水脉當通（「通」字據《藝文類聚》卷二補）。若據此夢，將其比也。明日果大霽。」《廣記》是條則曰：「魏長沙郡久雨，太守呂虔令戶曹掾齋戒，在社三日三夜。祈晴。夢見白頭翁曰：汝來遲，明日當霽。果然。」二者所引事同，唯因各自節錄，故文字詳略不同。至若《廣記》「太守呂虔令戶曹掾齋戒」句，宜依《御覽》，改作「太守令戶曹掾呂虔齋戒」。總之，《御覽》與《廣記》同時編纂，編纂者亦同，而是條既皆見引於《廣記》及《御覽》，則知《廣記》所引《長沙傳》，即《御覽》之《長沙耆舊傳》。

44. 蕭廣濟《孝子傳》

晉·蕭廣濟撰。廣濟，籍貫未詳，嘗爲輔國將軍〔註71〕。

《隋志·雜傳類》、《唐志·雜傳類》、《新唐志·雜傳記類》、《通志略·傳記類》，俱著錄十五卷。原書已佚。今傳者，約有《十種古逸書》之清茆泮林輯本、《黃氏逸書考》之清黃奭輯本、《漢孳室遺著》之清陶方琦輯本等〔註72〕。就茆氏輯本觀之，所輯大抵取自《世說注》、《藝文類聚》、《北堂書鈔》、《初學記》、《太平御覽》諸書。

《廣記》卷一六一三州人，注「出《孝子傳》」，未冠著者名。卷首引用書目亦然。考《御覽》卷六一引此事，題「蕭廣濟《孝子傳》曰」，姑以《廣記》所引，亦歸屬蕭書。《御覽》所引，「晉三州人」句下多「各一州人，皆孤單煢獨。三人闇會樹下息，因相訪問，老者曰：寧可合爲斷金之業耶？二人曰諾」等三十餘字，似可據以補入《廣記》所引。《御覽》此條，正見輯於所見茆泮林、黃奭二家之蕭廣濟《孝子傳》輯本中。

45. 宋（宗）躬《孝子傳》

南朝·宋躬（《隋志》如是。「宋」，兩《唐志》作「宗」）撰。考《南齊書·孔稚圭傳》稱永明中，世祖留心法令，詔獄官詳正舊注，使兼監臣宋躬、兼平臣王植等抄撰同異云云，又《南史·袁彖傳》有江陵令宗躬，而《隋志·別集類》有《齊

〔註71〕見《隋書·經籍志注》。
〔註72〕見《叢書子目類編》頁四四二。

平西諮議宗躬集》十三卷。疑以上所記，與此《孝子傳》者同爲一人。

《隋志・雜傳類》、《新唐志・雜傳記類》俱著錄二十卷。《舊唐志・雜傳類》著錄十卷。原書已佚。今傳者，有《十種古逸書》之清茆泮林輯本、《玉函山房輯佚書續編》之清王仁俊輯本等〔註73〕。就茆氏輯本觀之，所輯大抵取自《藝文類聚》、《初學記》、《太平御覽》諸書。

《廣記》卷一六二陳遺、王虛之二條，皆注「出《孝子傳》」，未署撰者名。卷首引用書目亦然。查陳遺條，《法苑珠林》卷六二（據一百二十卷本）、《御覽》卷四一一亦有之，文字有與《廣記》異者〔註74〕；王虛之條，《法苑珠林》卷六二（據一百二十卷本）、《藝文類聚》卷八六、《御覽》卷四一一、九六六亦有之，文字復有異於《廣記》者〔註75〕；皆引作宋躬《孝子傳》。姑從《法苑珠林》、《太平御覽》諸書，以《廣記》此二條歸入宋（宗）書。所見茆氏輯本，錄此二條，乃輯自《御覽》。

46. 《孝子傳》

撰者未詳。除蕭廣濟、宋（宗）躬外，最早見於史志著錄者，如劉宋王韶之、師覺授、鄭緝之等，亦撰有《孝子傳》，《廣記》是處所引，未審出自誰家。姑略記諸人事迹於後。廣濟、躬，已見前。韶之，詳後之《始興記》條。覺授、名昺，覺授，其字也，南陽涅陽人。宋臨川王義慶辟爲州祭酒主簿，並不就，乃表薦之，會卒，詳《南史本傳》、《宋書》〈宗室・臨川王義慶傳〉及唐林寶〈開元姓纂・師氏狀〉。緝之，《隋志》云其嘗爲宋員外郎。

約言之，《孝子傳》之最早見於《隋志》著錄者，除蕭、宋（宗）二家外，尚有王韶之、師覺授、鄭緝之及不著撰人之《孝子傳》。原書皆已佚。今傳者有輯本，詳前蕭廣濟撰之《孝子傳》條。

《廣記》卷一三七應樞，注「出《孝子傳》」。查今所見清茆泮林、黃奭諸家《孝

〔註73〕見《叢書子目類編》頁四四三。

〔註74〕《太平御覽》卷四一一引宋躬《孝子傳》曰：「陳遺，吳郡人。少爲郡吏，母好鐺底燋飯，遺在役常帶一囊，每煮食，輒錄其燋以貽母。後孫恩亂，聚得數升，常帶自隨，及逃竄，多有餓死，遺食此得活。母晝夜泣涕，目爲失明，耳無所聞；遺還，入戶再拜，號咽，母豁然有聞見。」文字有與《廣記》異者，或各嘗改而錄之，故也。

〔註75〕《太平御覽》卷四一一引宋躬《孝子傳》曰：「王靈（《廣記》作虛，是）之（《法苑珠林》此下多「廬陵西昌人」）年十三喪父（《法苑珠林》此句作「年十三喪母，三十喪父」），二十年鹽醋不入口。被病著床，忽有一人來問疾，謂之曰：食橘當差。俄而不見之。庭中橘樹（《法苑珠林》此句上有「又所住屋夜有光」七字），隆冬乃有三實，食之，病尋愈，咸以至孝所感。」文字亦有與《廣記》異者，或各嘗改而錄之，故也。

子傳》輯本皆無是條；而唐、宋類書，如《北堂書鈔》卷八七、《初學記》卷一三、《太平御覽》卷五三二、《類說》卷七引此，俱作出《搜神記》，今所見後人編輯之二十卷本《搜神記》卷九有之，又《御覽》卷八一〇所引，則作出《後漢書》，惟此《後漢書》，未審屬何家。再者，「應樞」一名，上述諸類書皆作「應嫗」，「生四子」句，《御覽》所引作「生四子而寡」。案《廣記》所引與《北堂書鈔》、《初學記》、《太平御覽》、《類說》等所注出處，未詳孰是，姑仍存此撰者未詳之《孝子傳》一目附於蕭、宋（宗）二氏書後。

47.《妬記》

南朝·虞通之撰。通之，會稽餘姚人。善言易，至步兵校尉。詳《南史》丘巨源附傳（巨源，南齊人）。又《宋書》〈后妃·孝武王皇后傳〉稱其嘗為明帝近臣。

《隋志·雜傳類》著錄二卷；《新唐志·雜傳記類》、《通志略·傳記類》同。原書已佚。《書錄解題·小說家類》著錄王績《補妬記》八卷，謂其因古有《妬記》，今不傳，故補之；其書中亦採《妬記》云云〔註76〕。除《廣記》外，如《世說注》、《藝文類聚》、《太平御覽》，亦嘗徵引之。又《古小說勾沈》有近人周氏輯本。

《廣記》引此書，有卷二七二王導妻一條；查《世說·輕詆篇注》引《妬記》此條較詳〔註77〕。

《宋書》〈后妃·孝武王皇后傳〉稱父偃，偃子藻尚太祖第六女臨川長公主，公主性妬，而藻別愛左右人。前廢帝景和中，主讒之於廢帝，藻坐下獄死，主與王氏離婚。宋氏諸主莫不嚴妬，太宗每疾之；湖陽令袁滔妻以妬忌，賜死，使近臣虞通之撰《妬婦記》云云，是其撰述之由。

〔註76〕《四庫全書總目·雜家類存目》八《補妬記》，提要以為「振孫既云古《妬記》不傳，而書中又有採自《妬記》者，不知何據，殆於類書剽取之」。案《補妬記》，舊本題曰京兆王績編，不著年代，總目云其書自一卷至六卷紀商周迄五季妬婦之事，第七卷曰雜妬，事涉神怪，第八卷曰總敘，乃雜說文章。其中第七卷內宋仁宗尚楊二美人，乃註云見《宋史》，則明人已有所附益。

〔註77〕《世說·輕詆注》引《妬記》曰：「丞相曹夫人，惟甚忌，禁制丞相不得有侍御，乃至左右小人，亦被檢簡，時有妍妙，皆加誚責。王公不能久堪，乃密營別館，眾妾羅列，兒女成行。後元會日，夫人於青疎臺中，望見兩三兒騎手，皆端正可念；夫人遙見，甚憐愛之。語婢：汝出問，是誰兒？給使不達旨，乃答云是第四五等諸郎。曹氏聞，驚愕大恚；命車駕，將黃門及婢二十人，人持食刀，自出尋討。王公亦遽命駕，飛轡出門，猶患牛遲，乃以左手攀車闌，右手捉麈尾，以柄助御者打牛，狼狽奔馳，劣得先至。蔡司徒聞而笑之，乃故詣王公，謂曰：朝廷欲加公九錫，公知不？王謂信然，自敘謙志。蔡曰：不聞餘物，唯聞有短轅犢車，長柄麈尾。王大愧。後貶蔡曰：昔吾與安期、千里共在洛水集處，不聞天下有蔡克兒。正忿蔡前戲言耳。」

48. 《孝德傳》

梁・元帝撰。元帝，姓蕭，諱繹，字世誠，小字七符，南蘭陵人。初封湘東王。侯景既廢簡文帝，又廢豫章王而自立，帝命王僧辯平景，遂即位於江陵。在位三年，為西魏所敗，遇害。謚孝元，廟號世祖。詳《梁書》本紀。

《隋志・雜傳類》、《兩唐志》、《通志略》，俱著錄三十卷。原書已佚。除《廣記》外，如《藝文類聚》、《太平御覽》，亦嘗徵引之。又其可知者，《玉函山房輯佚書續編》有清王仁俊輯《孝德傳序》一卷〔註78〕。

《廣記》引此書，有卷二九二陽雍一條；查《搜神記》卷一一有此事，似為梁元帝書此條所本。又《廣記》卷四陽翁伯，注「出《仙傳拾遺》」，事亦同此，但文字不同。

《金樓子・著書篇》稱《孝德傳》三袟三十卷，金樓合眾家《孝子傳》成此，序曰夫天經地義，聖人不加，原始要終，莫踰孝道，能使甘泉自湧，鄰火不焚，地出黃金，天降神女，感通之至，良有可稱云云，則其撰述之旨可知。《藝文類聚・人部》引梁元帝《孝德傳》，有〈皇王篇贊〉、〈天性篇贊〉，從而得悉其篇名一斑，且每篇皆有贊也。

49. 《河洛記》（即《河洛行年記》。又名《劉氏行年記》、《行在河洛記》）

唐・劉仁軌撰。仁軌，字正則，汴州尉氏人。貞觀中，累遷給事中，後出為青州刺史。高宗時，累功封樂城縣男，復進爵為公，拜尚書左僕射，知政事。武后時，陳漢呂氏禍敗事，以規后，后璽書慰勉。改文昌左相卒。開元中，追謚文獻。詳兩《唐書》本傳。

《河洛記》一名未見書志著錄。除《廣記》外，如《御覽》、《通鑑考異》，小嘗徵引之；前者不著撰人，後者作劉仁軌《河洛記》。又《類說》錄有其條文，明刊本不著撰人，舊鈔本則題唐劉仁貴撰。查《新唐志・雜史類》著錄劉仁軌《劉氏行年記》二十卷；《通志略・雜史類》作十卷。又《讀書志・編年類》著錄劉仁軌《河洛行年記》十卷；《通考・編年類》、《宋志・傳記類》同。又《遂初堂書目・雜史類》著錄《河洛紀》，不著撰人名及卷數。又《書錄解題・雜史類》著錄劉仁軌《行在河洛記》十卷。原書已佚。除劉仁軌《河洛記》外，《通鑑考異》所引書，亦有名劉仁軌《河洛行年記》者。就《通鑑》所引觀之，《河洛記》乃劉仁軌所撰；又《考異》既引劉仁軌《河洛記》，復引劉仁軌《河洛行年記》，二者之撰人同，則知《河洛記》即《河洛行年記》之省稱，況《廣記》所引《河洛記》一條，記李密事，又《御覽》

〔註78〕見《叢書子目類編》頁四四三。

所引《河洛記》二條，記動植物，皆與諸書志所稱仁軌書之內容相符。

《廣記》注「出《河洛記》」者，僅一條，即卷二〇〇李密。查是條未見引於上述《通鑑考異》、《太平御覽》、《類說》三書，似可補其不足。又《廣記》卷首〈引用書目〉著錄《河洛記》之名二，蓋重出也。

據《讀書志》、《書錄解題》所載，劉仁軌書記唐初李密、王世充事，起大業十三年二月，迄武德四年七月秦王擒竇建德。末二卷，則記隋都城、宮殿、園囿。《宋志》以之入傳記，未嘗不可。

50. 《梁四公記》

《直齋書錄解題》曰：「張說撰。按《館閣書目》稱梁載言纂。唐志作盧詵注（今本《新唐志》無「注」字），云一作梁載言。《邯鄲書目》云載言得之臨淄田通，又云別本題張說，或為盧詵。今按此書卷末所云田通事迹信然，而首題張說，不可曉也。」又《宋志》題梁載言撰。《通考》題張說撰。《崇文總目》、《遂初堂書目》不著撰人名。案依陳振孫言，題梁載言者似有據，但疑梁氏乃改編舊聞而非創撰；題盧詵、張說者，未詳所本，姑存疑。詵，生平未詳。說，字道濟，又字說之，洛陽人。武后策賢良方正，說所對第一。累官中書令，封燕國公，卒諡文貞，詳兩《唐書》本傳。載言，博州聊城人，歷鳳閣舍人，專知制誥，中宗時為懷州刺史，詳《唐書·劉憲附傳》；又《書錄解題》云載言，上元二年進士。

《新唐志·雜傳記類》、《崇文總目·傳記類》、《書錄解題》、《通考》、《宋志》，俱著錄一卷。《遂初堂書目·雜傳類》無著卷數。原書已佚。除《廣記》外，如《太平御覽》，亦嘗徵引之。又有誤題梁沈約撰之《合刻三志》本、題張說撰之《重編說郛》本（弓第一百十三）等〔註79〕。

《廣記》注「出《梁四公記》」者，凡三條；其中卷八一梁四公，見輯於《重編說郛》本；卷四一八震澤洞，《古今說海》題《震澤龍女傳》，並署薛瑩撰，未知何據，惟其文字有與《廣記》相異者，可互校之：如《廣記》「有長城乃仰公眳誤墮洞中」，《說海》作「有漁人茅公眵偶墮洞中」；《廣記》「忽彷彿說得歸路，尋出之。為吳郡守時，乃具事聞梁武帝」，《說海》作「忽髣髴記得歸路，得去，為吳郡守具言其事，事聞梁武帝」；《廣記》「有舊如鐵鼻」，《說海》作「有臼（明鈔本《廣記》同）如鐵鼻」等是也。

陳振孫評此書，謂所記誕妄而四公名姓尤怪異無稽，不足深辨云云。

51. 《張氏家傳》（《廣記》原作《張氏傳》）

〔註79〕見《叢書子目類編》頁一〇九七。

撰者未詳。查書志著錄張大（《唐志》作「太」）素《燉煌張氏家傳》、張茂樞《河東張氏家傳》，二者之一或即《廣記》所引，或另有他書，存疑。姑略記上二書撰者事蹟於後。大素，魏州繁水人。龍朔中，歷東臺舍人，兼修國史。卒於懷州長史。詳《唐書·張公謹附傳》。茂樞，弘靖孫〔註80〕，蒲州猗氏人。餘未詳。

《燉煌家傳》，《唐志·雜譜牒類》、《新唐志·雜傳記類》、《通志略·傳記類》，俱著錄二十卷。《河東家傳》，《新唐志·雜傳記類》、《通志略·傳記類》、《宋志》（題《張氏家傳》），俱著錄三卷。原書皆已佚。《太平御覽》引《張氏家傳》文字一條，未詳其出《燉煌家傳》抑爲《河東家傳》，《廣記》所引亦然。

《廣記》卷一一一張達，注「出《張氏傳》」。案《御覽》與《廣記》同時編纂，且編纂者都同一人，《御覽》有《張氏家傳》，則《廣記》所引，脫一「家」字可知。

就《廣記》、《御覽》所引觀之，或言誦經而得脫罪，或言飛禽報恩，皆涉怪異。

52. 《投荒雜錄》（又名《投荒錄》）

唐·房千里撰。千里，字鵠舉，大和進士。官博士，嘗貶端州，終於高州刺史〔註81〕。

《新唐志·雜傳記類》、《通志略·地理類》、《宋志·傳記類》，俱著錄一卷。《遂初堂書目·地理類》著錄唐房千里《投荒雜錄》而無著錄卷數。原書已佚。除《廣記》外，如《太平御覽》，亦嘗徵引之，題《投荒錄》。又《重編說郛》（弓第二十三）所錄，有《廣記》、《御覽》所無者，如壽安土棺條，今見於《唐闕史》卷下。

《廣記》引此書，或注「出《投荒雜錄》」，或注「出《投荒錄》」，凡十六條。此外，卷二六九胡澴、韋公幹二條，文原闕，汪氏所謂談氏初印本、許刻本、黃本則有之，注「出《投荒雜錄》」，或非《廣記》原有，存疑。

53. 《閩川名士傳》

唐·黃璞撰。璞，字德溫（《新唐志》云字紹山），侯官人，後徙莆田。大順進士，官至崇文館校書郎。黃巢入閩，以璞儒者，戒毋毀其居〔註82〕。《讀書志》（《四部叢刊》本）云一本作皇甫璞撰，疑非是。

《新唐志·雜傳記類》、《通志略·傳記類》、《書錄解題》、《宋志》，俱著錄一卷；

〔註80〕見《新唐書·藝文志注》。案張弘靖、字元理，蒲州猗氏人。長慶初，爲幽州、盧龍等軍節度使。軍士謀作亂，詔貶吉州刺史，遷太子少師，卒。詳《唐書·張延賞附傳》、《新唐書·張嘉貞附傳》。

〔註81〕見《唐詩紀事》卷五一；紀事又載其妾別戀及許渾寄詩事，事出《雲溪友議》上。

〔註82〕詳《尚友錄》卷一〇。

其中《宋志》題《閩中名士傳》。《讀書志·傳記類》著錄三卷（據《四部叢刊》本。廣文書局印本云二卷），《通考》同。原書已佚。除《廣記》外，如《太平御覽》，亦嘗徵引之，凡二條，其一題《閩川名士傳》，另一題《閩中名士傳》；而前者，《廣記》未引。又《重編說郛》（弓第五十八）錄三條，大抵取自《廣記》、《御覽》。

《廣記》引此書，或注「出《閩川名士傳》」，或注「出《閩川名仕傳》」，或注「出《閩川士傳》」，凡五條；其中卷四九四薛令之，《御覽》卷九二三亦有其事，題《閩中名士傳》，文字稍有不同〔註 83〕。此外，卷二六五陳通方，原無注出處，汪氏所謂談氏初印本、許刻本、黃刻本，所引文異，而注「出《閩川名士傳》」（黃刻本「名」作「多」），未知《廣記》原本何如？存疑。

據《讀書志》，《書錄解題》所云，是書乃記唐神龍以來閩人知名於世者，凡五十四人，效《楚國先賢傳》為之。

54. 《越絕書》

撰者未詳。是書〈本事篇〉稱：「或以為子貢所作」，「一說蓋是子胥所作也」。《崇文總目》、《通志略》、《通考》說同。《隋志》、兩《唐志》，並云「子貢撰」。《宋志》無冠撰人名，而下注云：「或云子貢所作。」余嘉錫云：「以其陳成恆篇記子貢一出，亂齊破吳興晉彊越，故或以為子貢所作；以其有子胥水戰兵法及吳楚之事，故一說蓋是子胥所作。」《讀書志·附志》、《書錄解題》已疑其非是。《四庫全書總目提要》據書末敘外傳記之隱語，以為乃後漢會稽袁康所作，同郡吳平所定〔註 84〕，且云：「王充《論衡·按書篇》曰：東番鄒伯奇、臨淮袁太伯、袁文術，會稽吳君高、周長生之輩，位雖不至公卿，誠能知之囊橐，文雅之英雄也；觀伯奇之元思、太伯之易童（疑作「章」）句、文術之箴銘、君高之越紐錄、長生之洞歷，劉子政、揚子雲不能過也。所謂吳君高，殆即平字，所謂越紐錄，殆即此書歟？」余嘉錫撰《四庫提要辨證》，以為袁康、吳平輩，特為作外傳，而非輯錄《越絕》之人；〈本事篇〉云：「問曰《越絕》誰所作，吳越賢者也。」是古之《越絕》，雖袁康、吳平輩，已

〔註 83〕《太平御覽》卷九二三引《閩中名士傳》曰：「薛令之，唐開元中為左補闕，兼太子侍講。時東宮官冷落久次難進，令之題詩云：明月夜團團，照見先生盤，盤中何所有，首蓿長闌干；飯澀匙難綰，羹稀筯易寬，只可謀朝夕，那能度歲寒。明皇因幸春宮，見之不悅，命筆酬之曰：啄木嘴距長，鳳凰毛羽短，既嫌松桂寒，任逐桑榆暖。令之遂投簪謝爵，徒步東還。」

〔註 84〕《四庫全書總目提要》稱：書中吳地傳稱勾踐徙瑯琊到建武二十八年，凡五百六十七年，則後漢初人也。書末敘外傳記以廋詞隱其姓名；其云「以去為姓，得衣乃成」，是袁字也；「厥名有米，覆之以庚」，是康字也；「禹來東征，死葬其疆」，是會稽人也。又云「文詞屬定，自于邦賢，以口為姓，承之以天」，是吳字也；「楚相屈原，與之同名」，是平字也。然則此書為會稽袁康所作，同郡吳平所定也云云。

不能確指其人。《書錄解題》曰：「蓋戰國後人所爲，而漢人又附益之耳。」斯言得之矣。

《隋志‧雜史類》著錄《越絕記》十六卷；兩《唐志》、《通志略》、《書錄解題》，卷數俱同《隋志》而題《越絕書》。《崇文總目‧雜史類》著錄十五卷；《讀書志‧附志》、《通考‧雜史類》、《宋志‧霸史類》、《四庫總目‧載記類》，俱同，題《越絕書》。《遂初堂書目‧雜史類》僅著錄《越絕書外傳》之名。今本每卷只題越絕第幾，並無「記」或「書」字。書志或作十六卷，或作十五卷者，宋趙希弁謂析出十五卷首卷本事一篇，此其爲十六卷歟云云，存疑。查《崇文總目》曰：「舊有內紀八，外傳十七，今文題闕舛，纔二十篇。」據是，則此書在北宋初已佚五篇，而今本只十九篇，較之《崇文總目》所云二十篇者，又佚其一；今本內經二、內傳四、外傳十三，亦與總目所記不合，疑古無所謂內傳，而總目「紀」乃「經」字之誤。是書末篇稱始於太伯，次荊平，次吳人，次計倪，次請糴，次九術，次兵法，終於陳恆云云，即內經八篇之目，今本惟計倪、九術兩篇尙稱內經，荊平王、吳人、請糴、陳成恆四篇，則改經作傳，太伯一篇當即今之吳地，則易名而並改爲外傳矣，至兵法一篇，今已亡失。再者，今本次序與末篇所言不相應，疑後人竄定。《四庫》著錄之本，提要云乃大德丙午紹興路所刊，大德丙午乃元成宗之十年，試就南宋淳祐年間趙希弁所撰《讀書志‧附志》之言觀之，趙氏錄十五卷諸篇次序同今本，亦十九篇，則《越絕書》最遲至南宋時，其內容、篇次已類似《四庫總目》著錄本。今《越絕書》之易見者，約有《古今逸史》本、《廣漢魏叢書》本、《四庫全書》本、《增訂漢魏叢書》本、《四部叢刊》本等。此外，《小萬卷樓叢書》本覆刻元刊，並附清錢培名《札記》一卷，就諸本校正舛誤，其中且自《史記索隱》、《史記正義》、《後漢書注》、《水經注》、《吳地記》、《太平寰宇記》、《文選注》、《北堂書鈔》、《太平御覽》、《太平廣記》諸書輯取佚文二十餘條。又可知者，《經籍佚文》有清王仁俊所輯佚文一卷〔註85〕。

《廣記》引此書，凡二條；卷二七六吳夫差，見於今本《越絕書》卷十，《廣記》文字簡略，蓋刪節者也；卷四七三揖怒蛙，不見於今本，蓋佚文也，錢培名所輯佚文有之。

是書記吳越事，而言及秦漢，蓋有後人附益之文。《四庫提要》云其文縱橫曼衍，與《吳越春秋》相類，而博麗奧衍則過之。余嘉錫以爲其中或有輯自兵技巧與雜家之子胥書以及兵家大夫種、范蠡二家書，蓋「原係兵家之書」，說詳《提要辨證》。

〔註85〕見《叢書子目類編》頁三五五。

55. 《華陽國志》

晉‧常璩撰。璩、字道將，江原人，李勢時官至散騎常侍，勸勢降桓溫，溫以為參軍〔註86〕。

《隋志‧霸史類》著錄十二卷；《通志略‧霸史類》、《讀書志‧僞史類》、《通考》，俱同《隋志》；其中《通考》並注曰：「一云二十。」《唐志‧僞國史類》三卷。《新唐志‧僞史類》十三卷。《崇文總目‧僞史類》十五卷。《遂初堂書目‧僞史類》則僅著錄書名。《書錄解題‧雜史類》二十卷。《宋志‧別史類》十卷，又〈霸史類〉十二卷。《四庫總目‧載記類》十二卷《附錄》一卷。依是書〈序志〉，述分十二，則原帙或為十二卷，書志著錄有非十二卷者，疑係傳寫之誤，抑編次之異歟？今傳者，大抵為十二卷本，如《古今逸史》本、《函海》本、《四部叢刊》本等。《古今逸史》本，前有元豐戊申秋日呂大防序，卷九末有〈附記〉（《四庫提要》以為乃宋李垕所附，王謨則以為乃明蜀人張佳允），其卷十較《函海》本、《四部叢刊》本闕蜀郡士女以下至犍為士女，並闕漢中士女、梓潼人士諸人讚詞；而卷十二末多張佳允所輯江原常氏士女，《四庫》著錄本即據以為附錄。《函海》本，藝文印書館《百部叢書集成》收之，謂其據宋本重刊，又以各本校注於每字以下。前有嘉泰甲子李垕序，云呂刻刓缺，嘗博訪善本以證其誤。卷九末附記與《古今逸史》本同。《四部叢刊》本，係影印明錢叔寶手鈔本，其卷十分作上、中、下；昌師彼得先生謂書中遇宋諱缺筆，蓋出宋刻，最善〔註87〕。以上諸本卷九〈附記〉稱〈李勢志〉傳寫脫漏，因本諸〈通鑑〉所述，參以載記，續成以補其闕云云。則是書又於殘闕之餘，為之補綴竄易，非盡璩之舊矣。此外，其可知者，《經籍佚文》有清王仁俊輯佚文一卷《補遺》一卷，《武陵山人遺書》有清顧觀光《校勘記》一卷〔註88〕。

《廣記》引此書凡四條；卷一三五蜀李雄、卷三五九武都女、卷四五六蜀五丁，俱注「出《華陽國志》」；考蜀李雄事見是書〈巴志〉，惟如《廣記》文中之「賓國」、「賓城」，是書今本作「實國」、「實城」（據《函海》本，以下同）；武都女事見是書〈蜀志〉，惟如《廣記》文中之「蓋女（明鈔本《廣記》作「山」）精也」，是書今本作「蓋山精也」，「今成都北商（明鈔本《廣記》作「角」）」，作「今成都北角」；蜀五丁事亦見是書〈蜀志〉，惟如《廣記》所引「周顯王三十二年，蜀使使朝秦」、「壓殺五丁及秦五女」、「蜀王痛復」、「為望婦候」，是書今本分別作「周顯王二十二年，蜀侯使朝秦」、「壓殺五人及秦五女並將從」、「蜀王痛傷」、「為望婦堆」；卷四二六白虎，

〔註86〕見《晉書‧桓溫傳》、《四庫總目‧史部‧載記類‧華陽國志提要》。
〔註87〕見《說郛考》一文。
〔註88〕見《叢書子目類編》頁五五六。

《廣記》注「出《華陽洞志》」，亦見於是書〈巴志〉，惟如《廣記》所引「十妻不井」、「秦犯夷，輸黃金一兩」，是書今本分別作「十妻不筭」、「秦犯夷，輸黃龍一雙」。

《華陽國志》，記巴蜀地理、風俗、人物，以及公孫氏、李氏、劉氏等事迹，其末卷〈序志〉云：「肇自開闢，終乎永和三年。」王謨嘗論及此書，以爲道將援經據典，辨析群言，以壹之乎中和，而文之以雅馴，惜乎偏方短祚，無以展其著作之才。

56. 《趙書》

燕‧田融撰。融，嘗爲太傅長史〔註89〕，餘未詳。

《隋志‧霸史類》著錄《趙書》十卷，並注云：「一曰《二石集》。」《唐志‧僞國史類》著錄《趙石記》二十卷，又《二石記》二十卷，俱田融撰；《新唐志‧僞史類》同。疑兩《唐志》之《趙石記》、《二石記》，同爲一書而重複。《通志略‧霸史類》著錄《趙書》二十卷，並注云：「一曰《趙石記》，一曰《二石集》。」原書已佚。今傳者，有《史學叢書》之清湯球《三十國春秋》輯本，所輯大抵取自《開元占經》、《世說注》、《藝文類聚》、《北堂書鈔》、《太平御覽》、《太平廣記》諸書。

《廣記》卷二七六後趙宣咸一條，注「出《趙書》」。查湯氏輯本即據以錄入。

57. 《十六國春秋》

後魏‧崔鴻撰。鴻，字彥鸞，東清河鄃人。初爲尚書都兵郎中，後遷中散大夫，以本官修輯國史。孝昌初，拜給事黃門侍郎、齊州大中正。尋卒。詳《魏書》及《北史‧崔光附傳》。

《隋志‧霸史類》著錄崔鴻《十六國春秋》一百卷，又《纂錄》十卷，不題撰人。兩《唐志‧僞史類》俱著錄一百二十卷；《通志略‧霸史類》同兩《唐志》。《遂初堂書目‧僞史類》僅著錄書名。此外，《崇文總目‧雜史類》著錄《十六國春秋略》二卷，不題撰人；《通志略‧霸史類》同。余嘉錫據《北史》鴻本傳云：「又別作《序例》一卷、《年表》一卷，凡一百二卷。」而以爲鴻書本百卷，《序例》、《年表》別行，《隋志》著錄者是也，合之則爲一百二卷，新舊《唐志》著錄者是也（新舊《唐志》原作一百二十卷，「十」字疑誤衍）。其說或然。原書已佚。今傳者有《四庫總目》著錄之百卷本、十六卷本。百卷本，《四庫提要》云是明嘉興屠喬孫等聯綴古書而成。考其以晉宋之號繫年，雖與《史通》所記合〔註90〕，而無贊無序，則與《魏書》不合〔註

〔註89〕見《隋書‧經籍志》。
〔註90〕《史通‧探賾篇》曰：「觀鴻之紀綱，皆以晉爲主，亦猶班書之載吳項必繫漢年，陳志之述孫劉皆宗魏世。」
〔註91〕《魏書‧崔光傳》記鴻子子元奏其父書曰：「臣亡考鴻，刊著趙、燕、秦、夏、涼、蜀等遺載，爲之贊序，褒貶評論。」

91〉，作僞之迹略見。余氏《辨證》因《玉海》卷四一引《國史志》云：「鴻書世有二十餘卷，舊志乃五十卷，蓋獻書者妄分篇第。」故曰：「然則司馬溫公《通鑑》所引《十六國春秋》，蓋即此二十餘卷之本，故晁說之述司馬公休（溫公子司馬康）語，以爲非其全書〔註92〕。夫宋人《國史志》中明云止二十餘卷，則明末安得復有百卷之完書，此最爲佳證。」十六卷本，《提要》題《別本十六國春秋》，謂載何鏜《漢魏叢書》中，其出在屠喬孫本之前，十六國各爲一錄，惟列僭僞之主五十八人，其諸臣皆不爲立傳，全爲載記之體，而不以晉宋紀年，與《史通》所說迥異；然考《崇文總目》有《十六國春秋略》，《通鑑考異》所引書亦有《十六國春秋鈔》之名，則或屬後人節錄鴻書，亦未可定也云云，余氏辨證則直謂爲明人抄撮群書。存疑。崔氏原書既佚，乃有欲自唐宋類書中探其一斑者，其可知者，約有《經籍佚文》之清王仁俊佚文一卷、《史學叢書》之清湯球《十六國春秋輯補》一百卷、《年表》一卷及《十六國春秋纂錄校本》十卷附《校勘記》一卷等〔註93〕。就湯氏二輯觀之，其《輯補》一百卷，以所謂《纂錄》爲底本，而補以《晉書》及《廣韻》、《通典》、《開元占經》、《藝文類聚》、《北堂書鈔》、《初學記》、《太平御覽》、《通鑑考異》諸書所引。其《纂錄校本》十卷，湯氏以何鏜《漢魏叢書》所刊與《崇文總目》之《十六國春秋略》、《考異》之《十六國春秋鈔》皆出自《隋志》著錄之《纂錄》，故據何鏜《漢魏叢書》所刊簡本及北齊《修文殿御覽·偏霸部》所載，互相校讎，欲以見《隋志》著錄中《纂錄》原書之一斑。湯氏二輯，彙輯諸書所引之功固有，而強自編定，皆不免有所偏失。

　　《廣記》卷二三四苻堅，注「出《前秦錄》」；查今之百卷本、十六卷本《十六國春秋》未見是條，而《初學記》卷二六有之，題「崔鴻《前秦錄》」，則《廣記》所引，當出崔氏《十六國春秋》可知。此外，卷二七六王穆，注「出《前涼錄》」；查今之百卷本、十六卷本《十六國春秋》未見是條，但其非崔氏原書，不足據之以爲崔氏原書必無是條；又查《晉書·郭瑀傳》，記王穆一事甚詳〔註94〕，或於崔氏書有所取歟？

〔註92〕余嘉錫《辨證》引晁說之《嵩山集》卷一五〈答貫子莊書〉云：「說之累年來嘗欲求崔鴻《十六國春秋》、蕭方等《三十國春秋》，勤未之得。司馬公休言，溫公所考《十六國春秋》，亦非崔鴻之全書。」
〔註93〕見《叢書子目類編》頁三五六。
〔註94〕《晉書·隱逸郭瑀傳》曰：「及苻氏之末，略陽王穆起兵酒泉。………穆惑於讒間，西伐索嘏，瑀諫曰：昔漢定天下，然後誅功臣，今事業未建而誅之，立見麋鹿游於此庭矣。穆不從。瑀出城大哭，舉手謝城曰：吾不復見汝矣。還而引被覆面，不與人言，不食七日，輿疾而歸，旦夕祈死。夜夢乘青龍上天，至屋而止，寤而歎曰：龍飛在今，今止於屋，屋之爲字，尸下至也，龍飛至尸，吾其死也。古之君子不卒內寢，況吾正士乎？遂還酒泉南山赤崖閣，飲氣而卒。」

崔鴻見晉魏前史皆成一家，無所措意，以劉淵、石勒、慕容儁、苻健、慕容䶮、姚萇、慕容德、赫連屈子、張軌、李雄、呂光、乞伏國仁、禿髮烏孤、李暠、沮渠蒙遜、馮跋等並因世故跨僭一方，各有國書，未有統一，乃撰爲是書，劉知幾稱其能「考覈眾家，辨其同異，除煩補缺，錯綜綱紀〔註95〕」，是崔氏書之所以總其成者也。至若屠喬孫所託而傳於今者，《提要》云其「皆聯綴古書，非由杜撰；考十六國之事者，固宜以是編爲總匯焉。」

58. 《山海經》

舊或以爲夏禹及益所記。漢劉歆〈校上《山海經》奏〉稱：「禹別九州，任土作貢；而益等類物善惡，著《山海經》。」又王充《論衡‧別通篇》謂禹、益並治洪水。禹主治水，益主記異物；海外山表，無遠不至，以所聞見，作《山海經》云，乃是說之所本。《四庫提要》曰：「觀書中載夏后啓、周文王及秦漢長沙、象郡、餘暨、下雋諸地名，斷不作於三代以上，殆周秦間人所述，而後來好異者又附益之歟？」查宋時尤袤跋《山海經》，已疑爲先秦古書。近者，如張心澂《僞書通考》所引，衛聚賢以爲墨子之徒所作，日人小川琢治以爲作者乃東周人。又王師夢鷗先生則以爲鄒衍之徒承襲其說而撰就者。

劉歆〈校上《山海經》奏〉稱：「所校《山海經》凡三十二篇，今定爲一十八篇。」《漢志‧形法類》著錄十三篇。《隋志‧地理類》、《讀書志‧地理類》、《書錄解題‧地理類》、《通考‧地理類》、《四庫總目‧小說類》亦著錄十八卷，或題《郭璞注》，或題《郭璞傳》，其中《讀書志》又云大禹製。《通志略》著錄二十三卷，又十八卷。《遂初堂書目》著錄秘閣本《山海經》、池州本《山海經》之名。此外，《玉海》卷一五引《中興書目》稱《山海經》十八卷、晉郭璞傳，凡二十三篇，每卷有讚。以上書志著錄，其卷數、篇數之所以異，如清畢沅〈《山海經》新校正篇目考〉、郝懿行〈《山海經箋疏》敘〉，嘗說之矣，今人衛聚賢且以爲流傳諸篇中有出於僞造者；皆似難於論定，茲不贅引。又王師夢鷗先生嘗謂《山海經》原僅有五藏山經與海外經，海內經與大荒經則爲《山海經》之另一板本，說詳所撰《鄒衍遺說考》。再者，舊或云《山海經》本因圖而作，然其所謂古圖，今無可考。晉陶潛詩嘗云「流觀山海圖」，又郭璞注《山海經》，中有稱圖亦作牛形云云，且撰《山海經圖讚》；則晉時有《山海經》圖，庶幾可信，惟晉人所見圖亡佚久矣，即如《郭璞圖讚》，見於《秘冊彙函》、《百子全書》、《藝海珠塵》、《指海》、《觀古堂彙刻書》、《抱經堂叢書》、郝懿行《山海經箋疏》等所收錄，亦已不全。今《山海經》之易見者，約有《道藏》

〔註95〕見《史通‧正史篇》。

本、《四庫全書》本、《百子全書》本、《四部叢刊》本、《經訓堂叢書》之清畢沅新校正本等，皆十八卷。再者，《四部備要》有清郝懿行之《山海經箋疏》十八卷，所附《訂譌》一卷，除自經文及郭注中得知其有佚文外，並自《論衡》、《玉篇》、《廣韻》、《文選注》、《藝文類聚》、《北堂書鈔》、《初學記》、《歲華紀麗》、《太平御覽》、李肇《國史補》、李珣《海藥本草》諸書輯錄佚文。又，清王仁俊亦輯有佚文。此外，今人袁珂有校注，頗精。

　　《廣記》卷一九七劉向，注「出《山海經》」，查見今本《山海經》卷一一〈海內西經〉，《廣記》所引括經文及郭注，其「在關提西北」句，今本《山海經》作「在開題西北」。此外，《廣記》卷三九九帝神女，闕出處，查見於今本《山海經》卷五〈中山經〉，《廣記》所引亦包括經文及郭注，其「塚在縣北一百六十里青草山」十二字，今本《山海經》無之。

　　《四庫提要》稱是書道里山川，率難考據，案以耳目所及，百不一真，核實定名，則小說之最古者爾云云，余嘉錫不以為然，且謂是書道里山川之所以率難考據，蓋其時治之者未精耳。又王師夢鷗先生以為《山海經》前身，當是鄒衍之方輿紀要。茲姑從舊例，以為地理之書。

59. 《陳留風俗傳》

　　後漢‧圈稱撰。稱，字幼舉〔註96〕，楚鬻熊之後。官議郎，疑後漢末嘗仕陳留〔註97〕。《隋志‧地理類》著錄三卷；《唐志‧地理類》、《新唐志‧雜傳記類》、又〈地理類〉、《通志略‧地理類》，俱著錄三卷。原書已佚。除《廣記》外，《太平寰宇記》、《藝文類聚》、《北堂書鈔》、《初學記》、《太平御覽》等亦嘗徵引之。又《說郛》（卷七諸傳摘玄）錄有其條文。上外，今傳者尚有《重編說郛》（弓第六十二。誤題晉江微撰）本以及《玉函山房輯佚書補編》有清王仁俊輯本〔註98〕。據姚氏《隋書經籍志考證》，謂前世著錄家有自此書分出陳留耆舊傳二卷入雜傳（如《隋志》），則題圈稱撰之《耆舊傳》與《風俗傳》原為一書。

　　《廣記》卷四五六昭靈夫人一條，注「出《陳留風俗傳》」；《說郛》、《重編說郛》所錄，皆有此條。

60. 楊孚《異物志》

　　後漢‧楊孚撰。案姚氏考證引明區大任《百越先賢志》云孚，字孝元，南海人，

〔註96〕《元和姓纂》載後漢末有圈稱，字幼舉，撰《陳留風俗傳》。《廣韻注》同。
〔註97〕以上參見《二酉堂叢書》之《風俗通‧姓氏篇》輯本、姚振宗《隋書經籍志考證》諸書。
〔註98〕見《叢書子目類編》頁五四四。

章帝朝舉賢良對策，上第，拜議郎，後爲臨海太守。曾釗《楊議郎著書輯本‧跋》
稱楊孚爲漢章帝時議郎，而臨海置於吳太平二年，又《續漢五行志》注引楊孚《董
卓傳》，據此，則議郎歷漢末，至吳時尚存云云。查《隋志》僅注云：「後漢議郎」，
未確指何帝；又章帝至董卓伏誅之後，已百餘年，區《志》、曾《跋》所云，似有可
疑，姑存錄之以待考。

　　《隋志‧地理類》著錄《異物志》一卷，又《交州異物志》一卷，俱楊孚撰。
兩《唐志》，《交州異物志》亦一卷。此外，《水經注》引楊氏《南裔異物志》、《藝文
類聚》引楊孝先（「元」之譌）《交趾異物志》、《初學記》引楊孚《臨海水土記》（《隋
志》、兩《唐志》著錄沈瑩《臨海水土物志》，與此或別爲一書，或《初學記》所引，
撰者名誤，亦未可知），未知與史志所著錄之楊氏書爲同一書否，存疑。楊氏《異物
志》原書已佚。《嶺南遺書》有清曾釗之《楊議郎著書輯本》，內括《異物志》、《交
州異物志》、《南裔異物志》及《臨海水土記》，所輯大抵取自《後漢書注》、《水經注》、
《黃泰泉廣東志》、《廣韻》、《陸佃埤雅》、《文選注》、《北堂書鈔》、《初學記》、《太
平御覽》諸書所引而又明標楊氏名字者。曾釗復據《太平寰宇記》、黃泰泉《廣東志》、
《齊民要術》、《初學記》、《事類賦》、《太平御覽》諸書僅引稱《異物志》而無冠撰
者名者，別輯爲《異物志》輯本，並疑皆爲楊氏書。

　　《廣記》卷四六四鯪魚，注「出《異物志》」，未冠撰者名。查此條文字亦見於
《太平御覽》卷九四七，題作楊孚《異物志》，曾氏即據《御覽》輯入《楊議郎著書》
中。此外，《廣記》注「出《異物志》」者，復有若干條，撰者未詳，又有注「出郭
氏《異物志》」及他書徵引，知爲曹叔雅書者，另各爲之分條於後考之。

　　明區大任《百越先賢志》稱南海屬交阯部，刺史競事珍獻，孚乃枚舉物性靈悟，
指爲異品，以諷切之云云。區《志》所載未必俱爲實事，說已見上，姑錄之以備一說。

61. 《異物志》

　　撰者未詳。疑爲楊孚、萬震、朱應、沈瑩、曹叔雅或郭氏諸人之一。姑略記諸
人事迹於後。孚、叔雅、郭氏另詳其所撰《異物志》條中。震，《隋志》署爲「吳丹
陽太守」，餘未詳。應，字建安，吳孫權時宣化從事，嘗通海南諸國。詳《梁書》〈劉
沓傳〉、〈諸夷傳〉。瑩，籍貫未詳，嘗爲丹陽太守，天紀四年，與丞相張悌同殉國難。
詳《吳志‧孫皓傳注》。

　　《異物志》一名之見於書志著錄，除楊孚書外，如《隋志‧地理類》，尚著錄萬
震《南州異物志》、朱應扶《南異物志》、沈瑩《臨海水土異物志》及不詳撰人之《涼
州異物志》。楊孚及他種《異物志》，原書已佚。今所可知者，除清曾釗所輯《楊議

郎書》外，《說郛》（卷六廣知）錄撰人未詳之《異物志》，又《輯佚叢刊》有陶棟之
《異物志輯本》三卷，亦未詳撰人〔註99〕，未悉與《廣記》所引相關否。

　　《廣記》卷四三四牛鬥、四三九月氏稍割、四六六行海人，皆注「出《異物志》」；
查牛鬥條，《御覽》卷八九九引之，作《博物志》，今見於《士禮居叢書》本《博物
志》卷九；行海人條，《御覽》卷九四二引之，作《嶺南異物志》；月氏稍割條，則
未詳出何家《異物志》；茲以楊孚書名「《異物志》」，見於史志著錄，且《廣記》所
引《異物志》有可證出自楊孚書者，姑列此撰者未詳之《異物志》於楊孚《異物志》
後，存疑可也。

62. 《湘中記》（又名《湘中山水記》）

　　晉・羅含撰。含，字君章，桂陽耒陽人。弱冠，州官三辟不就，後為州主簿，
桓溫極重其才。累遷廷尉、長沙相，致仕卒。詳《晉書》本傳。

　　《崇文總目・地理類》、《通志略》、《宋志》皆著錄《湘中記》一卷，無著撰人
名。又《崇文總目・地理類》著錄羅含《湘中山水記》三卷；《書錄解題》、《通考》、
《宋志》亦著錄之，卷數同《崇文總目》，并云是羅含撰、盧拯（《書錄解題》作「極」，
似誤）注。《通志略》則作《湘中山水記》一卷，盧拯撰（「撰」字恐誤）。《遂初堂
書目》未著錄卷數。又《通志略》著錄羅含《湘川記》一卷。諸《書志》著錄，或
三卷，或一卷，若非字訛，疑為分卷有異故也。查《書錄解題》「《湘中山水記》三
卷」下注云：「其書頗及隋唐以後事，則亦後人附益也。」而《廣記》卷二九四孫盛，
注「出《湘中記》」，其中正有「開皇九年廢，今尚有白槎村在」語，則《廣記》所
引，即陳振孫所見《湘中山水記》，其題《湘中記》者，《湘中山水記》之簡稱也。
羅氏原書已佚，其見於諸書徵引，如《水經注》作羅君章《湘中記》或羅含《湘中
記》，又如《續漢郡國志注》、《類聚》、《初學記》、《御覽》等引《湘中記》，無著撰
人名。此外，今傳者有《重編說郛》（弓第六十一）本、《五朝小說》本以及《麓山
精舍叢書》之清陳運溶輯本、《玉函山房輯佚書補編》之清王仁俊輯本等〔註100〕。
又《說郛》（卷四墨娥漫錄）五條，不著撰人名。

　　《廣記》卷二九四孫盛、卷二九五王僧虔、卷四三四金牛首則，俱注「出《湘中
記》」；《重編說郛》本、《五朝小說》本，未見有此三條。又《廣記》卷三九九湘水，
注「出羅含《湘川記》」；《御覽》卷六五引及此事，題「《湘中記》曰」，文字較詳〔註

〔註99〕見《叢書子目類編》頁五六一。
〔註100〕見《叢書子目類編》頁五四七。
〔註101〕《太平御覽》卷六五引《湘中記》曰：「湘水至清，雖深五六丈，見底了了然，石子
　　　　如樗蒲矣，五色鮮明，白沙如雪，赤岸如朝霞，綠竹生焉，上葉甚密，下疎遼，常

101〕；《重編說郛》本、《五朝小說》本之《湘中記》亦有之；案《廣記》卷首書目有「《湘中記》」而無「《湘川記》」，則此羅含《湘川記》即《湘中記》之訛也。

63. 《潯陽記》

晉・張僧監（《廣記》「監」作「鑒」，茲從《南史・張孝秀傳》）撰。僧監，南陽宛人，父須無徙潯陽，世爲江州別駕從事〔註 102〕。

《新唐志・地理類》著錄張僧監《潯陽記》二卷；《通志略》同。原書已佚。除《廣記》外，如《文選注》、《初學記》等引之，著撰者名，又如《世說注》、《太平御覽》等引《潯陽記》，不著撰者名。此外，《說郛》（卷四墨娥漫錄）錄《潯陽記》，不著撰者名。《重編說郛》（弓第六十一）所錄，則署晉張僧鑒。

《廣記》卷一六三孫權，注「出張僧鑒《潯陽記》」，《重編說郛》亦錄之，末多「井甚深，大江有風浪，此井輒動，土人呼爲浪井」十數字；此事復見引於《御覽》卷一八九，文字與《廣記》、《說郛》互有異同〔註 103〕。又《廣記》卷四二五尋陽橋，注「出《潯陽記》」，《重編說郛》亦見錄。

64. 劉欣期《交州記》

晉・劉欣期撰。欣期，或作歆期〔註 104〕，始末未詳。清曾釗輯《交州記》，以書中記封溪，晉志屬武平郡，《宋志》無，則欣期爲晉時人；姑從之。

清丁國鈞、文廷式諸家《補晉書藝文志》，皆著錄之，然不詳其卷數。原書已佚。今傳者有《重編說郛》（弓第六十一）本以及《嶺南遺書》之清曾釗輯本。查前者所收，其中鱟灸一條，未詳所從出；後者凡二卷，首卷乃群書所引而明稱劉欣期名者，末卷則群書所引而未冠撰者名者；所取群書大抵包括劉昭《續漢志注》、《水經注》、《太平寰宇記》、黃泰泉《廣東志》、《齊民要術》、《大觀本草》、《藝文類聚》、《初學記》、《事類賦》、《太平御覽》等。

《廣記》原注「出《交州記》」者，凡二條；卷四四三科藤，孫潛校本作「出劉欣期《交州記》」；卷四六四鮫魚，《初學記》卷三〇亦引及，明云劉氏書。

如有風氣。」

〔註 102〕參見《南史・隱逸張孝秀傳》、文廷式《補晉書藝文志》錄《永樂大典》卷六三三九引《江州志》語。據〈張孝秀傳〉，僧監乃其祖，而孝秀卒於梁普通三年，往上逆推，則僧監約生當晉世。

〔註 103〕《太平御覽》卷一八九引《潯陽記》曰：「盆城，漢灌嬰所築。孫權經此城，自立標井，令人掘得井銘，曰潁陰侯所開，三百年當塞，不滿百年，爲當運者所開。權忻以爲瑞井。江中風浪，井水輒動。」

〔註 104〕見《左傳・宣公二年正義》。

〔附錄〕《交州志》（疑即劉欣期《交州記》，故附于是處，然此書名本身宜入本編（貳）之（二），故是處不予以編號，而于（貳）之（二）處復引其名，且予以編號，考證則詳於此）

撰者未詳。

《交州志》一名，未見書志著錄。

《廣記》卷四三四牛第二則，注「出《交州志》」，疑亦出劉欣期書，惟不見他書徵引及此，復未見錄於曾氏輯本；且據《初學記》卷六所引，有劉澄之《交州記》，《太平寰宇記》卷一五七，有姚文咸《交州記》，此外，如楊孚《交州異物志》等，似與《交州志》一名相涉，故不敢武斷卷四三四所引即出劉氏書，姑附於此，存疑可也。

65. 《三秦記》

辛氏撰。辛氏，名字、里籍、事跡均未詳，其書著錄於清人《補晉書藝文志》，疑爲晉人。

清秦榮光《補晉書藝文志·地理類》著錄之，卷數未詳。原書已佚。今傳者，有《重編說郛》（弓第六十一）本以及《二酉堂叢書》之清張澍輯本、《經籍佚文》之清王仁俊所輯佚文等〔註105〕。又《說郛》（卷四墨娥漫錄）錄《三秦記》一條，無署撰人名。就張氏輯本觀之，所輯大抵取自《史記正義》、劉昭《續漢書注》、《後漢書注》、《水經注》、《括地志》、宋敏求《長安志》、《元和郡縣志》、《太平寰宇記》、《藝文類聚》、《北堂書鈔》、《初學記》、《太平御覽》、《太平廣記》、《玉海》諸書。

《廣記》注「出《三秦記》」者，凡三條；卷一一八漢武帝及卷二七六漢武帝，所述事同，惟後者文字較簡，而《御覽》卷三九九、九三六引辛氏《三秦記》，卷四七九引《三秦記》，事與《廣記》此二條所記者同，但文字詳略互有不同〔註106〕；又卷四六六龍門，張氏輯本即據以收錄。

《通典·州郡門》注稱辛氏三秦之類，皆自述鄉國靈怪云云，則可略見其著述之旨。

66. 《三齊記》（又名《三齊略記》。《廣記》或作《三齊要略》）

撰者未詳。或以爲李胐（《崇文總目》、《通志略》），或以爲張胐（《遂初堂書目》），

〔註105〕見《叢書子目類編》頁五二八。

〔註106〕《太平御覽》卷三九九引辛氏《三秦記》曰：「昆明池，漢武停舡立之，習水戰也。中有靈沼神池，云堯時治水訖，停舡。池通白鹿源。人釣魚於此，綸絕而去，夢於漢武，求去其鉤。明日，帝戲於池，見大魚啣索，帝曰：豈非昔時所夢也？取而去其鉤，放之。」又卷四七九引《三秦記》曰：「白鹿原人釣魚於原，綸絕而去，夢於漢武，求去其鉤。明日，戲於池，見大白魚啣索，帝曰：豈非昨所夢？取而去之。間三日，帝復遊池濱，得明珠一雙，武帝曰：豈非昔魚之報？」又卷九三六所引，文字較簡，姑不錄。

未知何者爲是。清文廷式《補晉書藝文志》著錄《三齊略記》（即《三齊記》，說見後），不著撰者名。疑爲晉人。

　　《崇文總目・地理類》（據廣文書局輯釋本）著錄李胐《三齊記》一卷；《通志略》同。《遂初堂書目》僅著錄張胐《三齊記》之名，不著卷數。查《宋志・地理類》著錄張胐《齊記》一卷，疑即《遂初堂書目》所記而脫「三」字。原書已佚。除《廣記》外，如梁《殷芸小說》（余嘉錫輯本）、《續漢郡國志注》、《後漢書注》、《水經注》、《藝文類聚》、《北堂書鈔》、《太平御覽》，亦嘗徵引之；或題《三齊記》、或題《三齊略記》。此外，今傳者尚有《重編說郛》（弓第六十一）本、《五朝小說》本以及《玉函山房輯佚書補編》之清王仁俊輯本、《馭淡盧叢藁》之葉昌熾輯本，皆題《三齊略記》，晉伏琛撰。云伏琛撰者，似誤以伏琛之《齊記》〔註107〕爲《三齊記》。《說郛》（卷四墨娥漫錄）亦題《三齊略記》，但無著錄撰者名。又今所可知者，《經籍佚文》有《三齊記》佚文〔註108〕。

　　《廣記》卷四〇八書帶草，注「出《三齊記》」，查《御覽》卷四二亦引此事，題「《三齊略記》曰」，文字稍異於《廣記》〔註109〕；再者，《御覽》卷九九四引《三齊略記》，事復同，文字大抵近於《廣記》；《御覽》所引，事既同於《廣記》，則《三齊略記》即《三齊記》可知。又《廣記》卷二九一秦始皇，注「出《三齊要略》」；查《說郛》卷二五《殷芸小說》引《三齊要略》，與《廣記》同；又《御覽》卷五一、卷七五〇、卷八八二，皆引之，或題《三齊略記》，或題《三齊記略》，事亦與《廣記》所引同；而《廣記》所引「僅得登岸」句下，可依《御覽》卷八八二補「腳畫者溺於海死」七字。

67.《扶南記》

　　竺枝撰。枝，或作芝。事跡未詳。清人《補晉書藝文志》著錄其書。疑爲晉人。

　　清秦榮光《補晉書藝文志・地理類》著錄《竺枝扶南記》，卷數未詳。原書已佚。除《廣記》外，如《水經注》（戴震校本引作《竺枝扶南記》）、《太平御覽》（引作《竺枝扶南記》），嘗徵引之。又今傳者，有《麓山精舍叢書》之清陳運溶輯本〔註110〕、岑仲勉《中外史地考證》之《輯略》。

〔註107〕伏琛《齊記》，正史史志及諸家書目未見著錄，清儒所補《晉書藝文志》則有之，卷數未詳。《水經注》、《太平寰宇記》、《初學記》、《太平御覽》諸書嘗徵引之。
〔註108〕見《叢書子目類編》頁五三二。
〔註109〕《太平御覽》卷四二引《三齊略記》曰：「鄭玄刊注詩善，棲黌。今山有古井不竭，猶生細草，葉形似韭，俗稱鄭公書帶。」
〔註110〕見《叢書子目類編》頁六二一。

《廣記》注「出《扶南記》」者，凡二條；其中卷四○六酒樹，《御覽》卷七八八引《竺芝扶南記》，亦有是事，惟無「《博物志》：酒樹出典遜國，名椒酒」十二字。

68. 《南康記》

鄧德明撰。德明，始末未詳。案《太平寰宇記》作劉德明、通典注作劉嗣之，未詳其所據，姑從《水經注》等書所引作鄧德明。清人《補晉書藝文志》著錄其書，疑是晉人。

清秦榮光《補晉書藝文志·地理類》著錄是書，卷數未詳。原書已佚。除《廣記》外，如《漢書注》、《後漢書注》、《水經注》、《藝文類聚》、《初學記》、《太平御覽》，亦嘗徵引之。又《重編說郛》（弓第六十一）收錄晉鄧德明《南康記》，《說郛》（卷四墨娥漫錄）所錄則不署撰人名。

《廣記》卷三九八三石，注「出鄧德明《南康記》」。又卷三二四山都，注「出《南廣記》」，「廣」為「康」之誤；考《御覽》卷八八四亦引之，分作三則，「山都形如崑崙人」及「木客頭面語聲亦不全異人」事，皆題「鄧德明《南康記》曰」，而「南康有神名曰山都」事，則題「《述異記》曰」；《廣記》所引，文內記「南康有神名曰山都」事，亦稱「《述異記》曰」，文末又總注「出南廣（依《御覽》宜正之為「康」字）記」，即以「《述異記》曰」云云者乃《南康記》引文。案《述異記》一書出在晉後，若《南康記》為晉人所撰，則無從引及，《廣記》誤也，宜別出一條，末注「出《述異記》」。

69. 《始興記》（《廣記》原作《玉歆始興記》，「玉歆」字訛）

劉宋·王韶之撰。韶之，字休泰，臨沂人。始撰《晉安帝陽秋》，及成，時人謂宜居史職，即除著作佐郎。武帝時，遷黃門侍郎。少帝即位，出為吳郡太守，徙吳興卒。詳《宋書》、《南史》本傳。案諸書徵引《始興記》，有作王歆之者，曾釗云：「考《宋書》王歆之列〈循吏傳〉，不稱其著述，《御覽》〈經史圖書綱目〉，王歆之《南康記》、王韶之《始興記》，分載甚明，則「歆」當為「韶」之譌文無疑。」

王韶之《始興記》，隋唐宋史志及諸家書目皆不著錄；《隋志》載《王韶之集》二十四卷、《新唐志》二十卷，或《記》在其中。查清秦榮光《補晉書藝文志·地理類》著錄之，未詳卷數。原書已佚。今傳者有《重編說郛》（弓第六十一。題撰人為晉王韶）本以及《嶺南遺書》之清曾釗輯本、《玉函山房輯佚書補編》之清王仁俊輯本等〔註111〕。又《說郛》（卷四墨娥漫錄）錄《始興記》，無撰人名。就曾氏輯本觀之，所輯大抵取自《水經注》、《太平寰宇記》、《文選注》、《藝文類聚》、《初學記》、

《太平御覽》、《太平廣記》諸書。

《廣記》卷三九八石女，注「出《玉歆始興記》」，「玉歆」字誤。考《藝文類聚》卷六引王書是條，文字詳略與《廣記》不同〔註112〕。

曾釗云：「始興郡，吳立屬廣州，晉成帝度荊州，宋元嘉二十九年又度廣州，三十年度湘州，明帝太豫元年改廣興。韶之卒於元嘉十二年，其時尚屬荊州，領曲江、桂陽、陽山、湞陽、含洭、始興、中宿七縣。元嘉初，徐豁為始興太守，有政聲；韶之未嘗至始興，或即從徐豁討問故事，筆為此記歟？」其說或然。

70. 雷次宗《豫章記》（卷首引用書目作《豫章古今記》）

劉宋・雷次宗撰。次宗，字仲倫，豫章南昌人。少入廬山，事沙門釋慧遠。元嘉中，徵至京師，開館於雞籠山。久之還廬山，後又徵詣都，為築室於鍾山。卒。詳《宋書》、《南史》本傳。

《隋志・地理類》著錄雷次宗《豫章記》一卷；《新唐志》同。《崇文總目・傳記類》著錄題作《豫章古今誌》，三卷，亦雷次宗撰。宋《秘書省續編到四庫闕書目》（以下簡稱《秘書續目》）著錄《豫章古今誌》，二卷，并注「闕」字，不著撰人。《通志略・地理類》著錄雷次宗《豫章記》一卷，又著錄雷次宗《豫章記》三卷。《遂初堂書目・地理類》著錄《豫章古今記》、《豫章古今志》二名。《宋志》著錄雷次宗《豫章古今記》三卷。《四庫總目・地理類存目》六著錄《豫章今古記》一卷，天一閣藏本，不著撰人名，其提要曰：「考《隋書・經籍志》有雷次宗《豫章記》一卷，宋王象之《輿地碑記目》又云：次宗作《豫章古今志》。是編首引次宗語，末云次宗於元嘉六年撰《豫章記》，則必非雷書；觀所紀至唐而止，有皇唐、大唐之語，似為唐人之作矣。」《說郛》卷五一、《重編說郛》号第六十七所錄《豫章古今記》大抵同此《四庫》著錄本，《重編說郛》題雷次宗撰，恐非是。考《宋志》等著錄之雷氏書三卷本，卷帙增於隋唐，似非雷氏書舊本。《崇文總目・地理類》著錄徐廙撰《豫章記》三卷，徐氏生平不詳，疑宋代書志所載《豫章古今記》三卷本及《說郛》卷五一所錄、《四庫總目》所著錄之本，即其所撰而佚其名，遂託之雷次宗，亦未可知。雷氏原書已佚。除《廣記》外，如《晉書・張華傳》、《太平寰宇記》、《文選注》、《藝文類聚》、《太平御覽》，亦嘗徵引之，此外，今傳者，尚有《玉函山房輯佚書》之清王仁俊輯本、《敭淡廬叢藳》之葉昌熾輯本等〔註113〕，皆題《豫章記》。

〔註112〕《藝文類聚》卷六引作：「中宿縣有貞女峽，峽西岸水際有石如人，形狀似女子，是曰貞女。父老相傳秦世有女數人取螺於此，遇風雨，晝昏，而一女化為此石。」
〔註113〕見《叢書子目類編》頁五五〇。

　　《廣記》卷首引用書目列《豫章古今記》，雷氏書，舊志有作《豫章古今記》者，姑入之於「見於卷首引用書目者」。《廣記》卷四五六吳猛，注「出《豫章記》」，查《御覽》卷八八六引此事，文字大抵相同，題「雷次宗《豫章記》曰」，則知爲雷氏書之條文。又《廣記》卷三九八青石，注「出《豫章記》」而所記乃唐顯慶四年事，或與《四庫總目》著錄本同源，非雷氏原文可知，另列撰者未詳之《豫章記》一條於後。此外，卷八一幸靈、三一七沈季，注「出《豫章記》」，卷二九三石人神，注「出《豫章古今記》」，皆未詳出雷氏書與否。要之，《廣記》所引，較可認爲雷氏書之文者，一條而已。

71. 《南越志》

　　劉宋・沈懷遠撰。懷遠，吳興武康人。爲始興王濬征北長流參軍，坐事徙廣州，前廢帝時，還爲武康令。詳《宋書》及《南史》〈沈懷文附傳〉。

　　《隋志・雜史類》著錄沈氏《南越志》八卷。《唐志・地理類》著錄沈懷遠《南越志》五卷；《新唐志》同。《崇文總目・地理類》著錄七卷；《書錄解題》、《通考》同。《通志略》〈雜史類〉著錄同《隋志》，又〈地理類〉著錄同兩《唐志》。至若《遂初堂書目・地理類》著錄唐沈懷遠《南越志》、宋沈德遠《南越志》二名，或皆爲宋沈懷遠《南越志》之訛，而其一重出歟？原書已佚。除《廣記》外，如《水經注》、《太平寰宇記》、《文選注》、《太平御覽》，亦嘗徵引之。《說郛》（卷六廣知）錄《南越志》，不著撰人名。又今傳者有《重編說郛》（弓第六十一）本、《五朝小說》本以及《玉函山房輯佚書補編》之清王仁俊輯本、《殷淡廬叢薁》之葉昌熾輯本，再者，《經籍佚文》有佚文〔註114〕。此外，據姚振宗《隋書經籍志考證》，章宗源嘗從《水經注》等書寫出二百許事，其後，嚴可均復輯二卷。

　　《廣記》注「出《南越志》」者，六條；其中卷四八二交趾、南越二條，《類說》舊鈔本引之，併作一條。注「出南越記」者，一條。今所見《重編說郛》、《五朝小說》輯本，皆未輯錄《廣記》所引者，則其輯似有未備。

　　《玉海》引《中興書目》曰：「沈懷遠載三代至晉，南越疆域事跡。」然今見諸書所徵引，類多記異物，其及疆域事跡者較少。

72. 盛弘之《荊州記》

　　劉宋・盛弘之撰。弘之，籍貫未詳。嘗爲臨川王侍郎〔註115〕。

　　《隋志・地理類》著錄三卷；《通志略》同。原書已佚。除《廣記》外，如《史

〔註114〕見《叢書子目類編》頁五五二。
〔註115〕見《隋書・經籍志注》。

記正義》、《水經注》、《文選注》、《藝文類聚》、《初學記》、《太平御覽》，亦嘗徵引之。此外，今傳者，尚有《重編說郛》（弓第六十一）本、《五朝小說》本以及《麓山精舍叢書》之清陳運溶輯本（附《集證》）、《玉函山房輯佚書補編》之清王仁俊輯本、《殷淡廬叢藁》之葉昌熾輯本、《箋經室叢書》之曹元忠輯本〔註116〕等。又《紺珠集》（卷七）、《說郛》（卷四墨娥漫錄及卷七三）所錄則未署撰者名。

　　《廣記》卷三七四耒陽水，注「出盛弘之《荊州記》」；查《御覽》卷六九引盛弘之《荊州記》，亦記此事。又卷三九八目巖，注「出《荊州記》」，不冠撰人名，但查《御覽》卷五四引此事，即題盛弘之《荊州記》。

　　通典州郡門序稱如盛弘之《荊州記》一類皆自述鄉國靈怪，人賢物盛，參以他書，則多紕謬云云。

73. 《荊州記》（疑即盛弘之《荊州記》）

　　疑指劉宋·盛弘之所撰者。弘之，詳前條。

　　盛氏《荊州記》之見於書志著錄者，詳前條。

　　《廣記》卷三八九閭丘南陽，注「出《荊州記》」，不冠撰者名。查卷首引用書目僅列「盛弘之《荊州記》」一名，則是條或出自盛氏書，然《荊州記》之見於著錄者，非止盛氏一家，姑列於盛弘之《荊州記》後，存疑可也。

74. 《南雍州記》

　　撰者未詳。據史志著錄，鮑至、鮑堅、郭仲彥皆有書名《南雍州記》。鮑至，東海人。梁簡帝為晉安郡王時，至為高齋學士〔註117〕。鮑堅，始末未詳，姚振宗疑即鮑至。郭仲彥，或即郭仲產，劉宋時人，為南郡王從事，後同義宣之謀，被誅〔註118〕。又《重編說郛》錄晉王韶《南雍州記》，王韶或即指王韶之而脫「之」字，韶之，見前《始興記》條。《廣記》所引《南雍州記》，未詳撰人為鮑至歟？郭仲產歟？王韶之歟？抑另有他人歟？姑略記諸人事迹如上。

　　《隋志·地理類》著錄鮑至《南雍州記》六卷。《唐志》著錄郭仲彥《南雍州記》三卷。《新唐志》著錄鮑堅《南雍州記》三卷；《通志略》同《新唐志》。《廣記》所引，未詳出何書。上述諸家《南雍州記》，原書皆佚。惟《重編說郛》（弓第六十一）錄晉王韶之（原脫「之」字）《南雍州記》，未詳所出，復無《廣記》所引《南雍州記》條文。

〔註116〕見《叢書子目類編》頁五四五。
〔註117〕參見《南史》〈鮑泉傳〉、〈庾肩吾傳〉、《梁書》〈簡文帝本紀〉。
〔註118〕見唐余知古《渚宮舊事》。

《廣記》注「出《南雍州記》」者，凡二條：即卷二七〇衛敬瑜妻（據許刻本。談本此條文字與許刻本稍異，且無注出處）、卷四六九蕭縢。

75. 《玄中記》

撰者未詳。疑爲江左或南朝人。姑附於此。羅苹注《路史》稱《玄中記》狗封氏事與《山海經注》同，知爲景純（郭璞）云云，然於他書無可據，且書志著錄，不著撰人。《廣記》所引，有冠以「郭氏」者，或亦影射景純歟？

《崇文總目・地理類》著錄一卷，注「闕」字。《通志略》亦一卷。原書已佚。《說郛》（卷四）錄有其條文。此外，今傳者尚有《重編說郛》（弓第六十）本以及《玉函山房輯佚書》之清馬國翰輯本、《十種古逸書》之清茆泮林輯本、《黃氏逸書考》之清黃奭輯本、《觀古堂所著書》之葉德輝輯本、《古小說鉤沈》之周氏輯本等〔註119〕。就諸家輯本觀之，所輯大抵取自《史記索隱》、《路史注》、《水經注》、《荊楚歲時記》、《齊民要術》、《文選注》、《酉陽雜俎》、《封氏聞見記》、《藝文類聚》、《北堂書鈔》、《白帖》、《初學記》、《太平御覽》、《錦繡萬花谷》諸書。

《廣記》卷三九九柴都，注「出《郭氏玄中記》」，《書鈔》卷一五二有之，《御覽》卷一四引作《郭氏玄中記》，卷七〇引作《玄中記》；其中《御覽》卷七〇所引，「柴都」作「柴渚」。又《廣記》注「出《玄中記》」者三條；卷四四七說狐，《初學記》卷二九、《御覽》卷九〇九引之，文字稍異〔註120〕；卷四五六崑崙西北山，《類聚》卷九六有之，《御覽》卷三八亦引，誤題「玄元記」，且「崑崙西北山」作「崑崙西南山」；卷四六四東海大魚，《御覽》卷九三六引之。此外，《廣記》卷四五六蛇丘，注「出《方中記》」，《類聚》卷九六引《玄中記》有之，則知《廣記》是條出處中之「方」爲「玄」字之訛。

76. 《林邑記》（史志著錄作《林邑國記》）

撰者未詳。是書，《水經注》嘗引之，疑爲南朝人所撰。

《隋志・地理類》著錄《林邑國記》一卷，無撰人名；《兩唐志》同。原書已佚。除《廣記》外，如《水經注》、《御覽》，亦嘗徵引之；《水經注》引作《林邑記》，《御覽》引作《林邑記》或《林邑國記》。又，《重編說郛》（弓第六十一）錄有其條文。

《廣記》卷二七六范邁，注「出《林邑記》」；《御覽》卷三九八引及此，較詳。

77. 酈道元注《水經》

〔註119〕見《叢書子目類編》頁一〇八五。
〔註120〕《太平御覽》卷九〇九引《玄中記》曰：「五十歲之狐爲淫婦（《初學記》卷二九作「千歲之狐爲淫婦」），百歲狐爲美女，又爲巫神。」

相傳漢‧桑欽撰《水經》〔註121〕。至後魏，酈道元爲之注。道元，字善長，范陽人。太和中，刺東荊州，爲政威猛。後爲關右大使，雍州刺史蕭寶夤叛，道元被執，罵賊而死。詳《魏書‧酷吏傳》、《北史‧酈範附傳》。

《隋志‧地理類》著錄郭璞《水經注》三卷（姚氏《考證》曰此實爲桑欽書，不知何人取郭氏《山海經注》移而爲《水經》之注）、酈道元《水經注》四十卷。《唐志》著錄郭璞撰《水經》二卷（姚氏《考證》曰二卷、三卷，皆桑氏之卷第也）、酈道元《水經注》四十卷。《新唐志》著錄桑欽《水經》三卷，并注曰：「一作郭璞撰。」又酈道元《水經注》四十卷。《崇文總目》著錄《水經》四十卷，桑欽撰。《通志略》著錄《水經》三卷，漢桑欽撰，《郭璞注》；又四十卷，酈道玄注。《讀書志》（據廣文書局印本）著錄四十卷，漢桑欽撰，後魏酈道元注。《遂初堂書目》不著卷數。《書錄解題》著錄《水經》三卷、《水經注》四十卷，桑欽撰，酈道元注。《宋志》著錄桑欽《水經》四十卷，酈道元注。《四庫總目》著錄酈道元《水經注》四十卷，提要云：「今惟道元所注存。《崇文總目》稱其中已佚五卷，故《元和郡縣志》、《太平寰宇記》所引濾沱水、洛水、涇水，皆不見於今書。然今書仍作四十卷，蓋宋人重刊，分析以足原數也。」題桑氏《水經》，今傳者，有《廣漢魏叢書》、《重編說郛》（弓第一百八）、《五朝小說》、《增訂漢魏叢書》等本，皆二卷〔註122〕。至若酈道元《水經注》板本，鄭德坤《水經注引書考》附錄〈《水經注》板本考〉，言之甚詳，茲不贅述。其較易見者，有清戴震校刊本、趙一清校釋本、王先謙合校本等，其中戴、趙二本，雷同之處頗多，論者嘗有爭辯，可參閱鄭德坤書附錄〈《水經注》趙戴公案之判決〉一文。此外，今所可知者，《經籍佚文》有清王仁俊所輯佚文，《抱經堂叢書》有清盧文弨《水經序補逸》〔註123〕。

《廣記》注「出《水經注》」者僅卷四一八曹鳳一條，查見《水經注》卷三〈河水〉。此外，注「出水經」者十條；其中除卷三九九陸鴻漸外，餘亦見於今本酈道

〔註121〕《直齋書錄解題》著錄《水經》、《水經注》，云：「桑欽不知何人。邯鄲書目以爲漢人，晁公武曰成帝時人。當有所據。」《隋書經籍志考證》引《漢書》儒林傳：孔氏有古文尚書，孔安國以今文字讀之，并述其傳人云云，姚氏按云：「欽蓋爲孔氏第六傳弟子，王莽時與其師塗惲並貴顯，晁氏以爲成帝時人，亦相去不甚遠。」又《通典》以書中所載地名，有東漢順帝更名者，知《水經》出順帝以後。至若《四庫提要》，從戴震言，則不主撰人爲桑欽之說，而曰：「觀其涪水條中，稱廣漢已爲廣魏，則決非漢時。鍾水條中，稱晉寧仍曰魏寧，則未及晉代。推尋文句，大抵三國時人。」余嘉錫斥之曰：「其說未有確據，徒以一二地名之疑似，遽翻前人之存案，未可從也。」

〔註122〕見《叢書子目類編》頁五七七。

〔註123〕同上。

元《水經注》；卷二八四徐登，見《水經注》（戴震校本。下同）卷四〇〈漸江水〉，而今本《搜神記》（世界書局印本）卷二亦有是事，酈氏或據《搜神記》錄之歟？卷二九一竹王，見《水經注》卷三六〈溫水〉；卷二九四封驅之，見《水經注》卷三八〈溱水〉，《水經注》是條引及《始興記》等，其中《廣記》首句「始興林水源裏有石室」，《水經注》作「王歆之《始興記》曰，林水源裏有石室」；卷三一六鮮于冀，見《水經注》卷九〈淇水〉；卷三八九丁姬，見《水經注》卷七〈濟水〉，其中《廣記》「將有群燕數千」，《水經注》作「時有群燕數千」；同卷吳綱，見於《水經注》卷三八〈湘水〉，《水經注》是條引自郭頒《世語》；卷三九一謝靈運，見《水經注》卷四〇〈漸江水〉；卷三九七大翮山，見《水經注》卷一三〈灅水〉，《水經注》是條引及《魏土地記》，其中《廣記》首句「上郡人王次仲」，依《水經注》，「上郡」宜作「上谷郡」，又《廣記》「北水熱甚諸湯，療病者，要須別消息用之」，《水經注》作「此水炎熱，倍甚諸湯，下足便爛人體，療疾者，要須別引消息用之」；卷三九九神牛泉，亦見《水經注》卷一三〈灅水〉，《水經注》此條引及《魏土地記》。至若《廣記》卷三九九陸鴻漸，注「出《水經》」，查屬出於唐張又新《煎茶水記》，詳後之張又新《水經》條。

鄭德坤《水經注引書考·序》稱《水經》為〈河渠〉〈溝洫〉後專言水道之書，綜述禹域諸水之名稱、經流、分合、原委，而讀者病其簡略。酈道元乃博采地記故書以注之，模山範水，溯流窮源，訪迹尋圖，雜以仙佛神怪，遂集斯學之大成。引書之富，凡達四百三十餘種，不惟久佚古籍，賴以保存，而其間繁富之史料，尤堪珍異，足與裴松之之注《三國志》、劉孝標之注《世說》，並稱鼎足而無愧焉云云，可謂推崇備至。

78. 《洛陽伽藍記》

後魏·楊衒之撰。衒之，北平人。永安年中，為奉朝請〔註124〕。又嘗官秘書監〔註125〕、鄴都期城郡守〔註126〕、撫軍府司馬〔註127〕。案衒之姓氏，記載頗歧。《隋志》、《景德傳燈錄》卷三等作楊姓。《廣弘明集》、兩《唐志》等作陽姓。《史通·補注篇》、《讀書志》等作羊姓。周延年《洛陽伽藍記》注（民國二十六年刊）據《魏書》、《北史》〈陽尼及從孫固傳〉考陽氏為北平無終人，文學世家，與衒之身世似相當；又考《魏書》載固有子三人，長休之，次銓之，惟闕其一，《北史》載固子五人，

〔註124〕見徐高阮《重刊洛陽伽藍記》卷一末〈附注〉。
〔註125〕見《廣弘明集》卷六。
〔註126〕見《法苑珠林·傳記篇·雜集部》。
〔註127〕見《洛陽伽藍記》原序之題署。

長休之，有弟琳之、俊之，又闕其二，若固果有子五人，已得其四，疑銜之或即可補第五人，然則其姓爲陽；惟亦難定論耳〔註128〕，姑志於此。

　　《隋志‧地理類》著錄五卷；《唐志‧地理類》、《新唐志‧釋氏類》、《通志略‧釋家類》、《書錄解題‧地理類》、《四庫總目‧地理類》，皆同《隋志》。《讀書志》（廣文書局印本）〈地理類〉、《通考》、《宋志》則作三卷，或所見本分卷異歟？《遂初堂書目‧地理類》僅著錄《洛陽伽藍記》之名。昔劉知幾《史通‧補注篇》云此記「定彼榛楛，列爲子註」，是此書本有註，《四庫提要》曰：「世所行本皆無之，不知何時佚脫。」而顧廣圻《思適齋集》卷一四跋稱此書原用大小字分別書之，今一概連寫，是混注入正文也，意欲如全謝山治《水經注》之例，改定一本而未得施功云云，顧氏之書雖未成，其後吳若準卒用顧氏例，分析正文與註〔註129〕，然其所定，正文寥寥，似銜之作註而非作記。又近人唐晏所定，雖正文較繁，然敍事稍詳，即悉入注，亦似未妥，故今人徐高阮復重別文註，詳其《重刊洛陽伽藍記》〈附錄：《洛陽伽藍記》補注體例辨〉；該書且附錄陳寅恪之〈讀《洛陽伽藍記》書後〉，言及此記正文子注之問題。今銜之書之易見者，約有《津逮秘書》本、《玉簡齋叢書》本、廣文書局之清吳若準《集證》本（民國四十九年元月據清道光十三年吳氏校刻本影印發行）、《龍谿精舍叢書》之唐晏《鉤沈》本、徐高阮重刊本（民國四十九年八月中央研究院歷史語言研究所發行）等。

　　《廣記》注「出《洛陽伽藍記》」或「出《伽藍記》」，又卷九九惠凝一條注「出《洛陽記》」，合計二十五條，皆見於今本《洛陽伽藍記》。此外，卷九〇釋寶誌，注「出《高僧傳》及《洛陽伽藍記》」。又卷一二七元徽，原注「出《廣古今五行記》」，明鈔本、孫潛校本作「出《伽藍記》及《還冤記》」，查全義皆見於《洛陽伽藍記》（徐高阮重刊本。下同，并簡稱原書）卷四宣忠寺，但文字較詳；卷三七五崔涵，原注「出塔寺」，明鈔本作「出《伽藍記》」，查見於原書卷三菩提寺。再者，廣所引與原書相較，有文字不同而可互校者：如《廣記》卷九九惠凝，「凝」，原書卷二崇眞寺作「嶷」；又「貪心既起」，原書作「貪心即起,既懷貪心」（明鈔本、陳校本、孫潛校本《廣記》與此同）。《廣記》卷二九二洛子淵，「洛」，原書卷三大統寺作「駱」。《廣記》卷三二七邢鸞，「鸞」，原書卷一修梵寺作「巒」。《廣記》卷四一八宋雲，其「至積雪山」，原書卷五洛陽城東北作「至不可依山，其處甚寒，多夏積雪」；又

〔註128〕徐高阮校勘記嘗引及此說，復申言之。鄭因百先生亦撰文論及，見所著〈《洛陽伽藍記》的幾個問題〉，載民國四十六年六月十八日臺北《中央日報》〈學人周刊〉。
〔註129〕余嘉錫《辨證》云：「顧氏嘗語朱紫貴使將綱目子注重爲分晰。朱氏爲之未成。吳氏爲朱氏之甥，亦治此書，定本遂出。事見朱氏序中。知其即用顧氏義例也。」

「昔三百商人止宿池側」，原書作「昔有五百商人止宿池側」。《廣記》卷四九三李延褒，其末「促共歸之，苟無所資，隨即舍去，言囂薄之甚也」，原書卷二秦太上君寺末無此十數字，而另有百餘字，爲《廣記》所無。

魏自太和十七年作都洛陽，一時篤崇佛法，刹廟甲於天下，及永熙之亂，城郭邱墟，武帝五年，衒之行役洛陽，感念廢興，因掇拾舊聞，追敘故蹟，以成是書。其文穠麗秀逸，煩而不厭，可與《水經注》肩隨，其兼敘爾朱榮等變亂之事，委曲詳盡，多足與史傳參證。至若宣明誅死，尸行百餘步；趙逸長壽，目見十六君（以上卷二）；孫巖之妻，人忽化狐；梁氏之夫，鬼能乘馬（以上卷四），皆廣聚異聞，用資談助，文則頗近乎小說，事不盡涉夫伽藍；如是之倫，蓋本在子注之中，故不妨著書之體，此所以子玄（劉如幾）雖譏其璅雜，不能不服其該博也。說見《四庫提要》及《辨證》。《廣弘明集》卷六云衒之「見寺宇壯麗，捐費金碧，王公相競，侵漁百姓，乃撰《洛陽伽藍記》，言不恤眾庶也」。則其作意似爲排斥僧徒，故余嘉錫謂其生平必不信佛也。

79. 《周地圖記》

撰者未詳。王謨輯本題爲北周人。

《隋志‧地理類》著錄一百九卷；《通志略》同。又《唐志》著錄《周地圖》九十卷，《新唐志》著錄《周地圖》一百三十卷；《通志略》同《新唐志》。兩《唐志》所載與《隋志》所載，未詳爲同一書否。原書已佚。除《廣記》外，如《後漢書注》、《元和郡縣志》、《太平寰宇記》、《文選注》、《太平御覽》，嘗徵引之。又今所可知者，《重訂漢唐地理書鈔》（鈔本、嘉慶本）有清王謨輯本〔註130〕。

《廣記》注「出《周地圖記》」者，僅卷三九八人石一條。

80. 《兩京新記》

唐‧韋述撰。述，萬年人。年少舉進士，爲考功郎宋之間所器，累官集賢學士、工部侍郎，封方城縣侯。典掌圖書四十年，任史官二十年。安祿山之亂，抱國史藏南山，身陷賊，汙僞官。賊平，流渝州，爲刺史所困，不食死。詳兩《唐書》本傳。

《新唐志‧地理類》著錄五卷；《崇文總目‧傳記類》（原作「西京新記」，「西」字涉其上「《西京雜記》」而訛）、《通志略‧地理類》、《宋志‧地理類》同。《遂初堂書目‧地理類》僅著錄《兩京新記》之名。《酉陽雜俎續集》、《太平御覽》嘗略采此書條文。朱彝尊〈書熙寧長安志後〉稱《東西京記》世無全書云云，則彝尊所見已非完本矣。今所存者，僅原書第三卷殘卷，岑仲勉嘗撰《《兩京新記》卷三殘卷復原》

〔註130〕見《叢書子目類編》頁五一〇。

一文論及之，載《史語所集刊》第九本。《新記》卷三殘卷，今所可知者，如《佚存叢書》、《粵雅堂叢書》、《正覺樓叢刻》等皆有之；又《玉函山房輯佚書補編》有清王仁俊輯本，《南菁札記》有曹元忠輯本〔註131〕。

　　《廣記》注「出《兩京新記》」者，僅卷二五〇尚書郎一條，未見於現存殘卷中，岑仲勉疑是記長安皇城尚書省之文。此外，《廣記》注引《兩京記》者七條，《兩京記》未見著錄，岑仲勉疑《廣記》所引《兩京記》即《兩京新記》之省；其中卷三二八沙門英禪師，見韋《記》卷三布政坊下，《廣記》所引，似有刪節；又卷三七九法慶，見韋《記》卷三凝觀寺，殘卷訛泐最多，《廣記》所引，可補正之；此二條云出《兩京新記》，最具確證；餘五條，因韋《記》不全，無從查對，然岑氏以為屬韋《記》，不可謂之無理，姑從岑氏說；此五條，其中卷九二萬迴（注「出《談賓錄》及《兩京記》」），中有「太平公主為造宅於己宅之右」句，查《高僧傳》卷一八萬迴傳云：「太平公主為造宅於懷遠坊中。」因而推之，韋《記》卷三懷遠坊下似有萬迴宅一事；卷一八七祕書省，岑氏以為是記長安皇城秘書省之文；卷三二七史萬歲，首標「長安待賢坊隋北（「左」之訛）領軍大將軍史萬歲宅」云云，岑氏以為是韋《記》卷三待賢坊下佚文，《長安志》待賢坊下正云：「隋又有左鎮軍大將軍史萬歲宅。」卷三九一豐都冢，岑氏以為是韋《記》之〈東京記〉內文；唯卷四一八梁武后，地在金陵，與唐東西兩京無涉，必非出韋書。至若卷二二六楊務廉，原注「出《朝野僉載》」，孫潛校本作「出《兩京記》」，查今本《朝野僉載》無是事，而韋《記》又不全，亦未詳其見載與否。又《廣記》注「出《西京記》」者四條。查《隋志・地理類》著錄《西京記》三卷，未著撰者名。《兩唐志》、《通志略》則題薛冥撰。章宗源、姚振宗二人考證《周書・薛寘傳》云寘撰《西京記》三卷，因疑薛冥乃薛寘之訛。但《廣記》所引《西京記》，實記隋唐事，而寘卒於周，不徒不能說唐事，即隋文遷都，亦非所及見，可證《廣記》此四條題「出《西京記》」之文，非指薛書而言。岑仲勉疑即「《兩京新記》」之訛；其中卷九五法通，見於韋記卷三懿德寺，文字稍異；又卷四九五鄒鳳熾首則，見韋《記》卷三懷德坊，殘卷之「鄭鳳熾」，《廣記》引作「鄒鳳熾」，而殘卷之缺字，可依《廣記》校補之；此二條，云出《兩京新記》，最具確證，宜歸入韋氏書；餘二條，因韋《記》不全，無從查對，然岑氏以為屬韋記，不可謂之無理，姑從岑氏說；此二條，其中卷九七秀禪師，岑氏以為是韋《記》之〈東京記〉內文；卷一三五隋文帝，《御覽》卷一五六引作《兩京記》，岑氏以為是韋《記》之〈西京記〉內文。

〔註131〕見《叢書子目類編》頁五二九。

81. 《襄沔記》

唐‧吳從政撰。從政，始末未詳，僅知其爲景龍中人，自號樓閑子〔註132〕。

《新唐志‧地理類》著錄三卷；《崇文總目》、《通志略》、《書錄解題》、《通考》同。《宋志》亦三卷，題作《襄沔雜記》。原書已佚。除《廣記》外，如《御覽》、《一統志》、《格致鏡源》，亦嘗徵引之。此外，今傳有《重訂漢唐地理書鈔》之清王謨輯本。

《廣記》卷四七二興業寺，注「出《襄沔記》」。此外，卷二九六蘇嶺廟，原注「出《襄陽記》」，孫潛校本作「出《襄沔記》」；查《書錄解題》云《襄沔記》嘗刪取習鑿齒《襄陽耆舊傳》、郭仲產《襄陽記》，而《廣記》是條，其中引及「習氏記」、「郭仲（原訛作「重」）產記」，與《書錄解題》所言相符，則知乃出自吳從政書。

陳振孫云從政「刪宗懍《荊楚歲時記》、盛宏之《荊州記》、鄒閎甫《楚國先賢傳》、習鑿齒《襄陽耆舊傳》、郭仲產《襄陽記》、鮑堅《南雍州記》，集成此書。其紀襄漢事迹詳矣」。

82. 《顧渚山記》

唐‧陸羽撰。羽，字鴻漸，一名疾，字季疵。竟陵人。不知所生，或言僧得諸水濱，既長，以易自筮，得蹇之漸，曰鴻漸於陸，其羽可用爲儀，乃以陸爲氏，名而字之。上元初，隱居苕溪，自稱桑苧翁，又號竟陵子。久之，詔拜太子文學，徙太常寺太祝，不就，杜門著書。貞元末卒。詳《新唐書》本傳。

《秘書續目‧地理類》著錄一卷；《通志略》、《書錄解題》、《通考》、《宋志》俱同。《讀書志‧農家類》作二卷。原書已佚。

《廣記》引此書者，凡四條：即卷四一二獲神茗、饗茗獲報、卷四五六綠蛇、卷四六三報春鳥。

晁公武云：「羽與皎然、朱放輩論茶，以顧渚爲第一。」就《廣記》所引是書觀之，大抵涉及顧渚茶事。晁氏又云：「顧渚山在湖州，吳王夫差顧望欲以爲都，故以名山。」

83. 《太原事跡》（又名《太原事跡記》。《廣記》或作《太原事跡雜記》）

唐‧李璋撰。《新唐書‧李絳傳》附記李璋，疑即此人；璋，字重禮，系本贊皇。大中初，擢進士第，辟盧鈞太原幕府，遷監察御史，進起居郎。咸通中，累官尚書右丞、湖南宣歙觀察史。又《書錄解題》著錄《晉陽事迹雜記》，署「唐河東節度使李璋纂」，疑亦即此李璋。

《新唐書・地理類》著錄《太原事迹記》十四卷；《通志略》同。《崇文總目・傳記類》作《太原事跡》；《宋志・地理類》題同。又《宋志・傳記類》題《太原事蹟雜記》，十三卷。原書已佚。

《廣記》注「出《太原事蹟》」者，有卷一三七武士彟一條。注「出《太原事跡雜記》」者，計卷一六三唐高祖、太行山二條。此外，注「出《太原故事》」者，有卷二一八徐之才一條；「《太原故事》」未見著錄，即《太原事跡》而字訛耳。

84. 《桂林風土記》

唐・莫休符撰。休符，籍貫未詳。嘗官融州刺史，權知春州〔註133〕。其記撰於光化二年，則昭宗時也。

《新唐志・地理類》著錄三卷；《崇文總目》、《通志略》同。《書錄解題》一卷；《通考》、《宋志》、《四庫總目》同。今傳者，約有《四庫全書》本、《學海類編》本等，皆一卷，非完書矣。又除《廣記》外，如《御覽》亦嘗徵引之，其中多今本所無者〔註134〕。

《廣記》引此書者，凡四條，皆見於今所見一卷本中；卷九五道林，見今本莫《記》「菩提寺道林和尚」條，《廣記》「薛甲」一名，今本莫《記》作「薛公元」；卷三五一蘇太玄，原誤注「出《佳林風土記》」，見今本莫《記》「徐氏還魂」條；卷三七〇石從武，見今本莫《記》「石氏射樟木燈檠崇」條，《廣記》所引較簡；卷三八九陳思膺，見今本莫《記》「桂林陳都督」條；《廣記》「陳思膺」之「膺」，莫《記》作「應」；又《廣記》「福州龍平人也」之「福」，莫《記》作「富」；且此條文字，《廣記》所引較簡。

朱彝尊跋是書稱中載張岊、盧順之、張叢、元晦、路單、韋瓘、歐陽膾、李渤諸人詩，向未著於錄，亟當發其幽光云云，又《四庫提要》曰：「今觀諸詩外，尚有楊尚書、陸宏休二首，亦唐代軼篇，爲他書所未載。今《全唐詩》採錄諸篇，即據此本，則其可資考證者，又不止於譜民風，記土產矣。」

85. 《成都記》

唐・盧求撰。求，范陽人。李翱之壻，僖宗宰相盧携之父也。寶曆初登進士第。嘗爲西川節度使白敏中從事，位終郡守〔註135〕。

〔註133〕同上書。
〔註134〕《太平御覽》卷四九引《桂林風土記》，凡六條。其中灕山一條，與今本互有不同。獨秀山條，與今本亦互異。至若百丈山、隱山、南溪山、龍蟠山四條文字則爲今本所無。
〔註135〕參見《唐摭言》卷八、《唐書・盧携傳》、《新唐書・藝文志注》。

《新唐志・地理類》著錄五卷；《崇文總目》、《通志略》、《宋志》俱同。《遂初堂書目》列《成都志》一名，未知即此否。原書已佚。除《廣記》外，如《御覽》，亦嘗徵引之。

《廣記》卷九八惠寬，卷二九一李冰，皆注「出《成都記》」。

86. 《十道記》

撰者未詳。《崇文總目》、《通志略》著錄《十道記》一卷，不著撰者名。《宋志》著錄趙珣《十道記》一卷，未知與《崇文總目》、《通志略》所著錄者爲同一書否；珣，宋雄州歸信人。年十六，仁宗召試便殿，後與夏人交戰，被擒，卒於賊中，詳《宋史・趙振附傳》；據《宋史》，知珣於仁宗朝前後在世，其書似不可能爲《廣記》編者所取。又《新唐志》諸書著錄梁載言《十道志》，載言，見前《梁四公記》條。再者，《重編說郛》錄《十道志》，署李吉甫撰，王仁俊《玉函山房輯佚書補編》輯賈耽《十道記》；惟據《新唐志・地理類》，李吉甫所撰名《元和郡縣圖誌》、《十道圖》，據《宋志・地理類》，賈耽所撰名《貞元十道錄》。姑略述其生平以備考。吉甫，字弘憲，唐趙郡人。年二十七爲太常博士，憲宗即位，擢爲中書侍郎平章事，元和九年卒。詳《唐書》本傳、《新唐書・李栖筠附傳》。耽，字敦詩，唐滄州南皮人。自大曆至貞元，三爲節鎮，貞元九年徵爲右僕射，同中書門下平章事，順宗即位，知政事如故，耽自居相位，凡十三年，常檢身屬行以律人，永貞元年卒。詳兩《唐書》本傳。

《崇文總目・地理類》、《通志略》，俱著錄《十道記》一卷，撰者不詳。《宋志・地理類》著錄趙珣《十道記》，亦一卷，其與上二書志所著錄之《十道記》爲同一書否，未詳；且如上所述，《廣記》所取《十道記》即趙書之可能性，尚待商榷。查《新唐志・地理類》著錄梁載言《十道志》十六卷；《通志略》同。《崇文總目》、《讀書志》、《通考》，則作十三卷。而《宋志・地理類》著錄梁載言《十道四蕃志》十五卷，《秘書續目》、《通志略》作三卷，《書錄解題》作十卷，未知與梁氏《十道志》之關係如何。《崇文總目》、《通志略》、《宋志》所載《十道記》一卷，原書已佚，梁氏原書亦佚。《御覽》引有梁氏《十道志》，又引《十道志》、《十道記》、《十道錄》，未詳何屬。今所可知者，梁氏書有清王仁俊《經籍佚文》輯本、清王謨《重訂漢唐地理書鈔》（鈔本、嘉慶本）輯本等〔註136〕，皆未見，無從得知其即《廣記》所引者與否。此外，《重編說郛》（弓第六十）錄李吉甫《十道志》，《玉函山房輯佚書補編》輯賈耽《十道記》〔註137〕。以上諸書，其中或有與《廣記》所引相關者，存疑可也。

〔註136〕見《叢書子目類編》頁五一一。
〔註137〕同上。

《廣記》注「出《十道記》」者，凡七條：即卷二三三若下酒、二九四湛滿、三九七嵩梁山、贛臺、四〇七楓鬼、四一四餌松蘗、四三四金牛末則，皆未見於《御覽》所徵引之梁氏《十道志》、《十道志》、《十道記》及《十道錄》。

晁公武嘗論及梁載言《十道志》，稱其「所載頗詳博，其書多稱咸通中沿革，載言蓋唐末人也」。案《唐書・劉憲傳》附，載言，中宗時為懷州刺史，所著有《十道志》，則晁氏云其為唐末人，似誤；若非晁氏所見《十道志》之撰者梁載言，另有他人，則是書中之所以「多稱咸通中沿革」者，或雜有後人附益之文，或晁氏所見，題梁載言撰者誤歟？就《廣記》所引觀之，未見提及十道沿革之文，又無旁證，故《廣記》所引《十道記》，非必梁氏書也，晁氏論梁氏書之語，亦非必指《廣記》所引者，姑錄之以俟考。

87. 《南海異事》

撰者未詳。

《宋志・地理類》著錄五卷。原書已佚。

《廣記》注「出《南海異事》」者，凡四條：即卷四八三縛婦民、南海人（含三條）。

88. 《蜀記》

撰者未詳。《宋志》著錄《蜀記》之名二，一不著撰人，一著鄭暐撰。暐，生平不詳，僅知其為唐人。

《宋志・傳記類》著錄《蜀記》一卷，撰人未詳，又著錄鄭暐《蜀記》三卷；此二書，其為同一書而兩見與否，未審也。《崇文總目・傳記類》著錄鄭暐《蜀記》亦作三卷。《遂初堂書目・偽史類》著錄《蜀記》一名。《書錄解題》著錄鄭暐《蜀記》，作二卷；《通考》同。撰人不詳之《蜀記》及鄭氏之記，原書皆已佚。除《廣記》外，如《御覽》，亦嘗引及《蜀記》，但《廣記》與《御覽》所引，未審即上述《蜀記》否，存疑可也。

《廣記》卷三七四鱉靈、卷四六七法聚寺僧，皆注「出《蜀記》」。

陳振孫論及鄭暐《蜀記》，謂其雜記蜀事、人物、古跡、寺觀之屬云云，《廣記》所引《蜀記》，與陳氏所言鄭書內容似相符合，但無明證矣。

89. 《豫章記》（卷首引用書目作《豫章古今記》）

撰者未詳。大抵為唐人。案《崇文總目》著錄徐廞《豫章記》，徐氏生平未詳，似為中唐人，是處《廣記》所引，疑即廞書。

《崇文總目・地理類》著錄徐廞《豫章記》三卷，《秘書續目・小說類》著錄《豫

章古今誌》二卷，不著撰人，又《四庫總目・地理類存目》六著錄《豫章今古記》一卷，不著撰人，提要稱其有皇唐、大唐之語，似爲唐人之作云云。以上諸書，疑與是處《廣記》所引有關。今所可知者，《說郛》（卷五一）、《重編說郛》（弓第六十七）所錄《豫章古今記》大抵同《四庫》著錄本；《重編說郛》題雷次宗撰，恐非是。而《四庫》著錄本似即自《說郛》本抄出而有所脫佚。

《廣記》卷首引用書目列《豫章古今記》，就舊志言之，雷次宗書有作此名者，而是處《廣記》所引《豫章記》一條記唐事，依《四庫存目》之著錄，傳有《豫章今古記》一種，似爲唐人之作，別於雷氏書；或與是處《廣記》所引者同。則此後人所撰之《豫章記》，似亦名《豫章古今記》，姑仍入於「見於卷首引用書目者」。《廣記》卷三九八青石，注「出《豫章記》」，而所記乃唐顯慶四年事，顯非雷氏書。此外，卷二九三石人神，注「出《豫章古今記》」，又卷八一幸靈、卷三一七沈李，注「出《豫章記》」。以上皆未冠撰者名，又未詳他書徵引作雷次宗書否，或出自唐人（徐虔？）之作也，存疑。參前之雷次宗《豫章記》。

90. 《御史臺記》

唐・韓琬撰。琬，字茂貞，鄧州南陽人。少崖檢，擢第，又舉文藝優良、賢良方正，拜監察御史。景雲中，上書言時政，不報，出監河北軍，兼按察史。開元中，遷殿中侍御史，坐事貶官，卒。詳《新唐書・韓思彥附傳》。

韓琬《御史臺記》，《新唐志・職官類》著錄十二卷；《崇文總目・職官類》、《通志略・職官類》、《讀書志（廣文書局印本）・職官類》、《書錄解題・職官類》、《通考・職官類》、《宋志・故事類》，俱同《新唐志》。又《遂初堂書目・職官類》有《唐御史臺記》之著錄，不著撰人、卷數。韓氏原書已佚。除《廣記》外，如《御覽》，亦嘗引及《御史臺記》，但不冠撰者名。又《類說》（卷六）、《紺珠集》（卷七）、《重編說郛》（弓第五十一）錄有《御史臺記》之條文，其中，《紺珠集》、《重編說郛》未署撰人名，《類說》（舊鈔本）署宋馮潔己撰；據《讀書志・職官類》所載，馮書記自宋太祖建隆之元，迄於嘉祐之末，而其中五墨三仍、百官本草、御史本草三條，見於《廣記》所引《御史臺記》，乃記唐事者，則署馮潔己撰者誤。再者，《類說》與《紺珠集》中南床、六道二條，《廣記》所引似未及。此外，今所可知者，清王仁俊《經籍佚文》輯有韓琬《御史臺記》佚文〔註138〕。

《廣記》原注「出《御史臺記》」或誤作「出《御史臺》」者，凡五十二條；其中卷二五五傅巖，明活字本作「出《朝野僉載》」，查今本《朝野僉載》無之；卷二

〔註138〕見《叢書子目類編》頁四七〇。

五八侯思正,《類說》所錄《朝野僉載》有之,題作「縮蔥侍郎」,查今本《朝野僉載》亦無。此外,卷二四三嚴昇期,原注「出《朝野僉載》」,明鈔本作「出《御史臺記》」,查今本《朝野僉載》卷三(新興書局《筆記小說大觀》四編印本)有之;卷二五五侯味虛,原注「出《朝野僉載》」,明鈔本作「出《御史臺記》」,查今本《朝野僉載》亦無。又卷二六五汲師,文原闕,汪氏所謂談氏初印本、許刻本有之,注「出《御史臺記》」;卷四九四房光庭,原闕出處,陳校本作「出《御史臺記》」,文淵閣《四庫》本則作「出《紀聞》」,牛肅原書不傳,今見之《紀聞》(國家圖書館所藏鈔本)大抵從《廣記》輯出,無此條。又《廣記》所引,頗有脫訛,如卷二一六吳少微,《唐詩紀事》卷六嘗記是事,可據以補正之。

陳振孫論及韓琬《御史臺記》,稱其「自唐初迄開元五年,御史姓名行事及官制沿革皆詳著之。第八卷為琬著傳,九卷以後為右臺;右臺創於武后,廢於中宗,歲月蓋不久也。末有《雜說》五十七條」云云,其內容可見一斑,《廣記》所引《御史臺記》,大抵與之合,如陳振孫云韓《記》「第八卷為琬著傳」,《廣記》卷二五九韓琬,似即言琬自身所見事,但改為第三人稱耳。

91. 《唐會要》(又名《續唐會要》。《廣記》或作《唐續會要》)

宋・王溥撰。溥,字齊物,并州祁人。漢乾祐中登進士第一。周廣順初,拜端明殿學士,恭帝嗣位,官右僕射。入宋,仍故官,進司空,同平章事,監修國史,加太子太師,封祁國公。詳《宋史》本傳。

《崇文總目・類書類》著錄百卷、《通志略・起居注類》、《讀書志・後志・類書類》、《書錄解題・典故類》、《通考・故事類》、《宋志・類事類》(題《續唐會要》)、《四庫總目・政書類》,亦百卷。《遂初堂書目・類書類》僅著錄《唐會要》之名。《四庫總目》所著錄者,為浙江汪啓淑家藏本,其提要云:「今僅傳鈔本,脫誤頗多。八卷題曰郊議,而所載乃南唐事,九卷題曰雜郊議,而所載乃唐初奏疏,皆與目錄不相應,七卷、十卷亦多錯入他文,蓋原書殘闕而後人妄撦竄入,以盈卷帙。又一別本,所闕四卷亦同,而有補亡四卷,採撦諸書(如兩《唐書》、《通典》、《文獻通考》、《大唐新語》、《冊府元龜》、《文苑英華》)所載唐事,依原目編類,雖未必合溥之舊本,而宏綱細目,約略粗具,猶可以見其大凡,今據以錄入,仍各註補字於標目之下,以示區別焉。」則知今所見之王氏書,嘗經撦補,非盡舊本也,其易見者,約有《四庫全書》本、《武英殿聚珍版書》本、世界書局鉛印本等。

《廣記》注「出《唐會要》」或「《會要》」者,凡三十條;除卷一六九唐太宗、王珪二條,未詳見於今本王書何卷外,餘分別見於王書卷七四、七五兩卷中;《廣記》

所引，有與今本王書稍異者：如卷一八五唐皎，其「有一信都人」至末一段，爲今本王書所無，似可據補。此外，卷一八六楊國忠，注「出《唐續會要》」，今查見王書卷七四，則所謂《唐續會要》者，亦指王書，如《宋志》稱王書爲《續唐會要》。又卷一八五三人優劣，闕出處；其同卷鄰近諸條，皆注「出《唐會要》」，且就其所述觀之，似亦出自王書，但未審出自王書何卷。

初，唐蘇冕嘗次高祖至德宗九朝之事，爲《會要》四十卷，宣宗大中七年，又詔楊紹復等次德宗以來事爲《續會要》四十卷，以崔鉉監修。惟宣宗以後記載尙闕，溥因復採宣宗至唐末事續之，建隆二年正月上之。詳《書錄解題》、《四庫提要》。《四庫提要》又稱王溥《唐會要》「於唐代沿革損益之制，極其詳核。官號內有識量、忠諫、舉賢、委任、崇奬諸條，亦頗載事蹟。其細瑣典故，不能概以定目者，則別爲雜錄，附於各條之後，又間載蘇冕駁議，義例該備，有裨考證」。

92. 《賈子》（又名《新書》）

傳爲漢・賈誼撰。誼，洛陽人。文帝初，召爲博士，遷大中大夫。後爲大臣所忌，出爲長沙王太傅；歲餘，帝復徵見，拜爲梁懷王太傅。卒，年三十三。詳《史記》、《漢書》本傳。案陳振孫云《賈子》一書多錄《漢書》語，其非《漢書》所有者，輒淺駁不足觀；《四庫提要》從而附和之，謂其書乃取本傳所載，割裂顚倒。余嘉錫不以爲然，其言略謂：班固於誼本傳，錄其〈治安策〉，先言「其大略」云云，夫曰「大略」，則原書固當更詳於此矣。蓋凡載於《漢書》者，乃擷其精華，且刪併之跡顯然。又《賈子》自南宋已苦無善本，傳寫脫誤，語句多不可解，偶一涉觀，覺其皆不如見於《漢書》者之善，亦固其所。然唐皮日休《文藪》卷三〈悼賈篇〉云讀賈誼《新書》，見「其詞隱而麗，其藻傷而雅」；陳振孫詆爲淺駁，而日休愛其雅麗，見仁見智，夫何常之有？惟書中連語、雜事諸篇，皆不必賈子手著，或出於後學纂集者歟？說詳《四庫提要辨證》。

《漢書藝文志》（以下簡稱《漢志》）〈儒家類〉著錄《賈誼》五十八篇。《隋志・儒家類》著錄《賈子》十卷、《錄》一卷。《唐志・儒家類》著錄《賈子》九卷。《新唐志・儒家類》著錄《新書》十卷〔註139〕；《讀書志・儒家類》、《通考・

〔註139〕《崇文總目》云隋唐《志》皆九卷。案今《唐志》固作九卷，然《隋志》、《新唐志》皆作十卷。《崇文總目》成於《新唐書》之前，則《總目》所引《唐志》，自指《舊唐志》言之，舊《志》作九卷，新《志》不妨自作十卷。至若《隋志》，高似孫《子略目》及《玉海》卷五五引之，均作《賈子》十卷、《錄》一卷，是南宋人所見《隋志》已同今本，非如《四庫提要》所謂「校刊隋唐《書》者，未見《崇文總目》，反據今本追改之」也；《總目》多疏略，不可據之以駁《隋志》。梁庾仲容《子鈔》，有賈誼《新書》九卷，是此書自唐以前，已有九卷、十卷兩本之不同，新舊《志》

儒家類》、《宋志・雜家類》、《四庫總目・儒家類》俱同《新唐志》。《崇文總目・儒家類》著錄《賈子》十九卷（據廣文書局輯釋本。「十」字疑衍），並云別本或爲十卷。《通志略・儒家類》著錄《賈子》十卷；《書錄解題》同《通志略》。《遂初堂書目・儒家類》著錄賈誼《新書》無卷數。查《崇文總目》云：「本七十二篇，劉向刪定爲五十八篇。」此北宋時所見本也，其五十八篇篇目則未詳。至南宋時，《賈子》自有三本。一則合〈過秦〉中下二篇爲一，而以《漢書》本傳爲第五十八，王應麟所見及建本是也。一則〈過秦〉分上中下，仍爲五十八篇，雖附本傳，而不入篇數（袁本《讀書志》云「五十八篇。或取《漢書》誼傳附於後。」則本傳本不當入篇數），潭本是也。一則首〈過秦〉，末〈弔湘賦〉，以本傳爲卷十一，陳振孫所見本是也。三本之中，惟陳本今不傳；餘二本，盧文弨嘗據之以校明刻，其〈問孝〉及〈禮容語上〉二篇，皆有目無文。明刻之篇題大抵從建本，唯其中如正德長沙刊本，其卷七〈諭誠篇〉於「我故國士報之」下缺二十餘字，誤接〈退讓篇〉「使者曰否」云云，而缺其篇題及篇首三百餘字，「使」字上又衍「大」字，則是文字有所闕誤也。上述之宋潭本篇數，已與《漢志》相合，雖闕〈問孝〉及〈禮容語上〉二篇，而篇目具全，似是五十八篇之舊，然《漢書・陳涉傳贊》應劭注云：「賈生書有〈過秦〉二篇，言秦之過。」則潭本分三篇者非是，較《漢志》尚少其一；考《漢書》誼傳載其〈治安策〉，余嘉錫疑是所闕之一篇〔註140〕。今賈誼書之易見者，有《抱經堂叢書》之清盧文弨校本、《四部叢刊》之上海商務印書館縮印江南圖書館藏明正德長沙刊本等。此外，劉師培不滿盧校多以己意損益之詞，乃著《賈子新書斠補》（見《劉申叔先生遺書》），以爲南宋以前故本今不克睹，而唐宋類書所引，足徵建、潭二本之訛，即據之以互勘，且自《類聚》、《初學記》、《御覽》諸書輯得佚文四條，不可謂無功焉。

　　《廣記》注「出《賈子》」者，僅卷一一七孫叔敖條，見於《四部叢刊》本《新書》卷六〈春秋篇〉。

　　賈誼書分事勢、連語、雜事三類。凡屬於事勢者，皆爲文帝陳政事，而〈過秦〉尤爲以後諸篇之綱領。至於連語諸篇，則不盡以告君，其雜事諸篇，似爲平日所稱述誦說者。

各據所見錄之耳。說詳《四庫提要辨證》。
〔註140〕《漢書・賈誼傳》，載誼之〈治安策〉，自「夫爲天子十有餘也」起，至「此時務也」止，乃賈誼書〈保傅篇〉文，亦見《大戴禮》。其後自「凡人之智能見已然」起，至「人主胡不引殷周秦事以觀之也」止，今在《大戴禮》〈禮察篇〉；余氏疑爲賈誼書中之一篇，亦〈保傅〉之類耳。

93. 《說苑》（舊或稱《新苑》）

漢·劉向編撰。向，字子政，初名更生，豐人。歷官中壘校尉。卒，年七十二。詳《漢書本傳》、《歷代人物年里通譜》（世界書局印本），又錢穆撰《劉向歆父子年譜》（見《古史辨》第五冊），可參閱之。案《說苑》一書，舊題劉向撰，而余嘉錫、羅根澤、張心澂諸家據本傳「採傳記行事，著《新序》、《說苑》」及《說苑》敘錄語，以爲非其所自作，乃增補舊書者〔註141〕，心澂且曰：「按《漢志》云某某所序，即今所謂某某編輯；如《說苑》，有由向增入者，可云某某編撰。」姑從之。

《說苑》劉向〈敘錄〉曰：「凡二十篇。」《漢志·儒家類》著錄劉向所序六十七篇，並注曰：「《新序》、《說苑》、《世說》、《列女傳頌圖》也。」未單言《說苑》篇數。《隋志·儒家類》著錄二十卷；《通志略·儒家類》、《讀書志·儒家類》、《書錄解題·儒家類》、《通考·儒家類》、《宋志·雜家類》、《四庫總目·儒家類》俱同。兩《唐志》皆作三十卷，或轉寫之訛。《崇文總目·儒家類》著錄五卷。《遂初堂書目·儒家類》未著錄卷數。考《崇文總目》云：「今存者五卷。」曾鞏〈《說苑》序〉云：「從士大夫間得之者十有五篇（卷），與舊爲二十篇（卷）。」未知即當時篇章否？《郡齋讀書志》稱劉向《說苑》以君道、臣術、建本、立節、貴德、復恩、政理、尊賢、正諫、法誡、善說、奉使、權謀、至公、指武、談叢、雜言、辨物、修文爲目。陽嘉四年上之，闕第二十卷（袁本作第十三卷）。曾子固所得之二十篇，止是析十九卷作〈修文〉上下篇耳云云，今本第十〈法誡篇〉作〈敬慎〉，而〈修文篇〉後有〈反質篇〉。陸游《渭南文集》記李德芻之言，謂得高麗所進本補成完書〔註142〕，則宋時已有此本，晁公武偶未見也。今《說苑》之易見者，約有臺灣商務印書館《四部叢刊》之縮印平湖葛氏傳樸堂藏明鈔本、臺灣藝文印書館《漢魏叢書》之楊以滇刊本等。又前賢斠理《說苑》者有盧文弨《群書拾補》、俞樾《諸子平議補錄》及孫詒讓《札迻》，此外，今可知者，《經籍佚文》有清王仁俊輯佚文一卷〔註143〕。再者，近人劉文典著《說苑》斠補，創獲良多，今復有金嘉錫之《說苑補正》、左松超之《說苑集證》，乃於古注、類書詳加檢覈，前者並附錄佚文六則，取自《史記正義》、《文選注》、《北堂書鈔》、《太平廣記》、《事文類聚》諸書。

《廣記》卷一三七呂望，注「出《說苑》」。卷二一○敬君，注「出劉向《說苑》」。以上皆不見於今本。

〔註141〕詳余嘉錫〈《新序》辨證〉、羅根澤〈《新序》《說苑》《列女傳》不作始於劉向考〉（見《古史辨》第四冊）及張心澂《僞書通考》之〈《新序》考〉、〈《說苑》考〉。
〔註142〕見陸游《渭南文集》卷二七〈跋《說苑》〉一文。
〔註143〕見《叢書子目類編》頁七一四。

《漢書》向本傳曰：「採傳記行事，著《新序》、《說苑》。」又向《說苑·敍錄》曰：「護左都水使者光祿大夫臣向言：所校中書《說苑·雜事》及臣向書，民間書，誣校讎，其事類眾多，章句相溷，或上下謬亂，難分別次序，除去與《新序》復重者，其餘者淺薄不中義理，別集以為百家後，今以類相從，一一條別篇目，更以造新事，十萬言以上，凡二十篇，七百八十四章，號曰《新苑》，皆可觀。」夫謂之採傳記行事，則非其所自作，謂為校中書《說苑·雜事》，則當時本有《說苑》之書，向就其舊有，增造新事，以為《新苑》耳。考今《說苑》亦二十篇，且自《漢志》以來所載有《說苑》，無《新苑》，今之所謂《說苑》，蓋即劉向增補之《新苑》。試就今本觀之，是書實博採傳記百家之言，而取材自《晏子春秋》、《荀子》、《呂氏春秋》、《淮南子》者尤多，詳左松超《說苑集證》；再者如《漢志》《河間獻王》八篇，《隋志》已不著錄，而是書載四條，「古籍散佚，多賴此以存」，《四庫提要》已言之矣。

94. 《典論》

三國·魏文帝撰。文帝，姓曹，諱丕，字子桓，沛國譙人。武帝長子。建安二十五年正月嗣魏王位，改建安為延康，十一月受禪，改元黃初，在位七年。諡曰文皇帝。詳《三國志、魏書本紀》。所撰《典論》，據《三國志·魏文本紀注》引《魏書》稱帝初在東宮，疫癘大起，時人彫傷，帝深感歎，與大理王朗書，嘗言及此。故論撰所著《典論》云云，則其成書時間，至少可從三方面加以測定，一是在其初為太子時，二是在王朗為大理時，三是疫癘數起，士人凋落之後，復參以《三國志》〈魏武本紀〉、〈王朗傳〉等，知當在建安二十二年十月之前。

《隋志·儒家類》著錄五卷；兩《唐志》、《通志略》同。查《三國志·魏文本紀注》引《吳曆》曰：「帝以素書所著《典論》及詩賦餉孫權，又以紙寫一通與張昭。」是注又見於同書〈孫權傳〉，附於吳黃武元年，亦即魏黃初三年，如或此注具有指示時間之意義，則《典論》編成後不久，其書嘗傳布及於江表，而所謂素書與紙本，可視為最早見於記載之《典論》抄本。復又《隋志·小學類》著錄《一字石經典論》一卷。查《三國志·魏書齊王芳紀注》引《搜神記》曰：「及明帝立，詔三公曰：先帝昔著《典論》，不朽之格言，其刊石於廟門之外及太學，與石經並，以永示來世。」則是刊石始於明帝。又裴松之曰：「昔從征西至洛陽，歷觀舊物，見《典論》石在太學者尚存。」而《御覽》卷五八九引《西征記》曰：「有魏文《典論》立碑，今四存二敗」可知《隋志》所載一卷，自是不全之碑。嚴可均因云唐時石本亡，至宋而寫本亦亡，世所習見僅裴松之《注》之〈帝自敍〉及《文選》之〈論文〉而已，可均友孫馮翼亦嘗云雖李昉等引於《御覽》，而晁公武、

陳振孫皆未言及，則知《御覽》所載，資於修文殿本，非親見《典論》原書，未得謂宋代尚存也。嚴、孫二氏之說或然。《典論》原書已佚。今傳者，約有《問經堂叢書》之清孫馮翼輯本、《全上古三代秦漢三國六朝文》之清嚴可均輯本、《黃氏逸書考》之清黃奭輯本等。就諸家輯本觀之，所輯大抵取自《三國志注》、《博物志》、《搜神記》、《文選》及注、《群書治要》、《意林》、《藝文類聚》、《北堂書鈔》、《初學記》、《文帖》、《太平御覽》諸書。

《廣記》卷二二九劉表，注「出魏文《典論》」；查《意林》、《初學記》卷三、《御覽》卷四九七皆引之，并見於輯本。

是書之今傳者，其中〈論文〉一篇，別具卓見，最為後世所稱引。

95. 《太公金匱》

傳為周・呂望撰。望，本姓姜，呂，其氏也，尚父，其字也，太公，齊人追號之也〔註144〕。或云東海上人〔註145〕，就其封地為說；或云河內汲人〔註146〕，蓋從其居地而言。為文王師，武王嗣位，助周滅殷，封於營丘，夾輔成王，得行征伐。卒。百有餘年。詳《史記・齊太公世家》；又今復有阮廷卓《先秦諸子考佚》論文，其相關考證，可參閱之。考《漢志》太公二百三十七篇，班固自注云：「或有近世又以為太公術者所增加也。」余嘉錫〈六韜辨證〉因云：「是太公之書有後人增加之文，班固已明言之。班云近世，則增加之文，或出於西漢，其間有避正殿之語，將軍之號，固不足怪，特是六弢豹韜之名，見於《莊子》、《淮南》，則是戰國秦漢之間本有其書，漢人僅有所附益，而非純出於偽造。周秦諸子，類非一人之手筆，此乃古書之通例。」此雖就六韜為說，然亦可為太公全書立論也。《後漢袁紹傳注》、《文選・陳琳為袁紹檄豫州注》引《金匱》一條，其中「天道無親，常與善人」語出《老子》七十九章，若此之類，似為後人所附益，則太公果有《金匱》，今所見者已失其本來面目矣。

《漢志・道家類》著錄太公二百三十七篇——謀八十一篇，言七十一篇，兵八十五篇。查沈欽韓《漢書疏證》以謀者即太公之陰謀，言者即太公之金匱，兵者即太公兵法也，而余嘉錫〈六韜辨證〉則稱太公之六韜、陰謀、金匱等，皆兵八十五篇中之子目；沈、余二氏於《金匱》之屬言，屬兵，各自有說，莫審其是非，然其為二百三十七篇中書，則可無疑也。《隋志・兵家類》著錄《太公金匱》二卷，《唐

〔註144〕此從崔述《豐鎬考信錄》卷八。《漢書藝文志・道家》著錄《太公》二百三十七篇，班固自注即稱呂望。

〔註145〕見《史記・齊太公世家》。

〔註146〕見《呂氏春秋・首時注》、《淮南子・氾論注》等。

志》、《通志略》同。《新唐志》作《金匱》，亦二卷。《崇文總目》、《讀書志》、《遂初堂書目》、《書錄解題》、《宋志》等未著錄是書，而阮廷卓以《玉海》之引《金匱》，皆標明據《選注》等例，證是書於南宋之後，塙然不傳矣〔註147〕。今傳者，約有《經典集林》之清洪頤煊輯本，《全上古三代秦漢三國六朝文》之清嚴可均輯本，又今有《先秦諸子考佚》之阮廷卓輯本等。就阮廷卓輯本觀之，所輯大抵取自《史記正義》、《後漢書注》、《路史》、《太平寰宇記》、《開元占經》、《意林》、《群書治要》、《北堂書鈔》、《藝文類聚》、《初學記》、《事類賦注》、《太平御覽》、《太平廣記》、《錦繡萬花谷》、《事文類聚》、《玉海》、《古微書》、《群書類編故事》、《永樂大典》、《天中記》、《廣博物志》、《文選注》、《藝苑厄言》諸書，其中有前人所未輯者。

《廣記》卷二九一四海神，注「出《太公金匱》」；查《北堂書鈔》卷一四四、一五二、《藝文類聚》卷二、《太平御覽》卷一二、八五九、八八二等亦引之，並見於輯本。

96. 《管子》（《廣記》原作《管仲子》。茲從卷首引用書目及傳本）

傳爲春秋・管仲撰。仲，名夷吾，一作敬仲，潁上人。相桓公，稱仲父，富國強兵，通貨積財，九合諸侯，一匡天下。詳《史記》本傳。查《四庫提要》曰：「劉恕《通鑑外紀》引《傅子》曰：管仲之書，過半是後之好事者所加，乃說管仲死後事，〈輕重篇〉尤復鄙俗。葉適《水心集》亦曰：《管子》非一人之筆，亦非一時之書，以其言毛嬙西施、吳王好劍推之，當是春秋末年。今考其文大抵後人附會，多於仲之本書。」其說或然。胡適、羅根澤諸人嘗論及是書之可疑處，詳參《偽書通考》。

《漢志・道家類》著錄《管子》八十六篇。《隋志・法家類》著錄十九卷；《新唐志》同，《新唐志》又著錄《尹知章注》三十卷。《唐志》著錄十八卷。《讀書志》（衢本）著錄二十四卷（袁本作十八卷）；《書錄解題》、《通考》、《宋志》、《四庫總目》同。《崇文總目》著錄十八卷，劉向錄校，又著錄十九卷，唐國子博士尹知章注。《通志略》著錄十八卷，劉向錄校，又十九卷，尹知章注，又二十卷，房玄齡撰（疑作二十四卷，房玄齡注）。《遂初堂書目・雜家類》未著錄卷數。案所謂房玄齡注者，《讀書志》以爲恐非玄齡，或云知章也。《四庫提要》曰：「考《唐書・藝文志》，玄齡注《管子》不著錄，而所載有尹知章注《管子》三十卷，則知章本未託名，殆後人以知章人微，玄齡名重，改題以炫俗耳。」至若尹注三十卷，《崇文總目》作十九卷，並云：「按吳兢《書目》，凡三十卷，今存十九卷，自〈形勢解篇〉而下十一卷亡。」《管子》原書三八九篇、太中大夫卜圭書二十七篇、臣富參書四十一篇、射聲

〔註147〕詳阮廷卓《先秦諸子考佚》之〈太公遺書考佚〉。

校尉立書十一篇，太史書九十六篇，凡中外書五六四篇以校，除復重者，定著八十六篇，語見劉向《敘錄》。《四庫提要》曰：「晁公武《讀書志》曰劉向所校本八十六篇，今亡十篇。考李善注〈陸機猛虎行〉曰：江邃《文釋》引《管子》云：夫士懷耿介之心，不蔭惡木之枝，惡木尚能恥之，況與惡人同處。今檢《管子》近亡數篇，恐是亡篇之內而邃見之。則唐初已非完本矣。」查今見《管子》所亡十篇，乃謀失、王言、正言、言昭、修身、問霸、牧民解、問乘馬、輕重丙及輕重庚，又封禪一篇，原亡，今本以司馬遷封禪書所載《管子》言以補之。《四庫提要》又曰：「明梅士享所刊又復顛倒其篇次，如以〈牧民解〉附〈牧民篇〉下，〈形勢解〉附〈形勢篇〉下之類，不一而足，彌為竄亂失真。此本為萬曆壬午趙用賢所刊，稱由宋本翻雕，前有紹興己未張嶸後跋云舛脫甚眾，頗為是正，用賢序又云正其脫誤者逾三萬言。則屢經點竄，已非劉向所校之舊，然終愈於他氏所妄更者，在近代猶善本也。」

卷首引用書目作《管子》。《廣記》卷二九一齊桓公「又」條，注「出《管仲子》」；查見今本《管子》卷一六〈小問篇〉，文字較簡。

97. 《洞林》（又名《易洞林》、《周易洞林》、《周易洞林解》。卷首引用書目作《洞林記》）

晉·郭璞撰。璞，字景純，河東聞善人。惠、懷間避亂過江。明帝初，王敦起為記室參軍，以阻謀逆，被斬。敦平，追贈弘農太守。詳《晉書》本傳。

《隋志·五行類》著錄三卷，題作《易洞林》。唐志題作《周易洞林解》；《新唐志》同。《崇文總目·卜筮類》題作《洞林》。《通志略·五行類》題《周易洞林》。原書已佚。今傳者，約有《漢魏遺書鈔》之清王謨輯本、《青照堂叢書》之清劉學寵輯本、《玉函山房輯佚書》之清馬國翰輯本、《黃氏逸書考》之清黃奭輯本等〔註148〕。就馬、黃二家輯本觀之，所輯大抵取自胡一桂《易學啟蒙翼傳外篇》、《晉書·郭璞傳》、《北堂書鈔》、《藝文類聚》、《初學記》、《事類賦注》、《太平御覽》、《太平廣記》、《說郛》諸書。

《廣記》卷首引用書目作《洞林記》。《廣記》卷二一六柳林祖，注「出《洞林》」；卷一三五晉元帝，注「出《洞林記》」；以上皆見今輯本中；柳林祖條，《御覽》卷九一一亦引之，題作《洞林》，文字有所不同〔註149〕。此外，《廣記》卷二一六郭璞，

〔註148〕見《叢書子目類編》頁八九六。
〔註149〕《太平御覽》卷九一一引《洞林》曰：「鄉里人柳休祖，婦病鼠瘻，積年不差，及困垂命，令兒來從吾乞卦，得頤之復，案卦應得人師姓石者而治之，當以鼠出而愈者也。休祖兒歸，有一賤家奴姓石，自言由來能治此病，且灸其三處而止，歸尋差。有一老鼠，色正蒼黃，逕就其前，跧跧伏而不動，呼狗嚙殺之，鼠頭上有灸處。病

注「出《搜神記》」，今查見《搜神記》卷三（世界書局新校本），而馬、黃諸家以爲
《搜神記》此條即取自《洞林》，故輯入其《洞林》輯本中。

98. 《廣古今五行記》

　　唐·竇維鎏撰。《唐書·竇德明傳》附記竇維鎏，疑即此人。維鎏，外戚也。時
宗族咸以外戚崇飾輿馬，維鎏獨清儉自守，中書令張說、黃門侍郎盧藏用、給事中
裴子餘皆與之親善，官至水部郎中。卒。

　　《唐志·五行類》著錄三十卷；《崇文總目》、《通志略》、《讀書志》、《宋志》俱
同。《宋志》又著錄竇塗《廣古今陽復五行記》三十卷，疑即是書，而《宋志》重出
之。原書已佚。除《廣記》外，如《御覽》，亦嘗徵引之。

　　《廣記》注「出《廣古今五行記》」者，凡一百二十九條。此外，卷一一六崿州
縣令，原注「出《冥祥記》」，明鈔本作「出《廣古今五行記》」；考《廣記》是條記
唐貞觀中事，非《冥祥記》之文可知。又《廣記》注「出《廣五行記》」者，有卷二
二〇絳州僧一條。《廣五行記》一名未見書志著錄，卷首引用書目亦無，蓋即《廣古
今五行記》也；查如《太平御覽》卷九三七引《廣五行記》一條，《廣記》卷一四三
路敬淳引之，作「出《廣古今五行記》」，庶幾可證。

〔附錄〕《五行記》 （疑即《廣古今五行記》，故附于是處，然此書名本身宜入本編（壹）之（二），故
是處不予以編號，而于（壹）之（二）復引其名，且予以編號，考證則詳於此）

　　《廣記》所引疑即竇維鎏《廣古今五行記》。維鎏，見前條。

　　《廣古今五行記》之見於書志著錄者詳前條。查有隋蕭吉《五行記》，《唐志·
五行類》、《新唐志·五行類》皆著錄之，五卷。又《宋志·五行類》著錄蕭吉《五
行大義》，亦五卷，未詳即蕭吉《五行記》否。查《知不足齋叢書》、《佚存叢書》及
《常州先哲遺書》所收蕭吉《五行大義》，與《廣記》所引《五行記》無涉。此外，
《新唐志·五行》著錄濮陽夏《樵子五行志》五卷、《宋志》、《崇文總目》同。原書
已佚，未詳與《廣記》所引有關否。《御覽》有《五行志》、《五行記》，未冠撰人名，
中無《廣記》所引。

　　《廣記》原注「出《五行記》」者，凡二十八條；其中如卷三二七樊孝謙，孫潛
校本作「出《廣古今五行記》」；又卷三五九裴楷，《御覽》卷九四一引《廣五行記》
有是條；卷四四二費秘，《御覽》卷九一二引《廣五行記》亦有之。而《廣五行記》
即《廣古今五行記》，前已證之矣；自上述所舉考之，疑《廣記》所引《五行記》亦
即《廣古今五行記》，惟其全部條文中，尚有多條無由可證，且書志著錄，如隋蕭吉
有《五行記》，《御覽》又引未冠撰者名之《五行記》、《五行志》，則除《廣古今五行

　　便差。」

記》外,《廣記》所引《五行記》,或雜有他書之文亦未可知,《五行記》原未見於《廣記》卷首引用書目,姑附於《廣古今五行記》後,存疑可也。

99. 《夢書》

撰者未詳。案《新唐志》等著錄唐‧盧重元(「元」,《宋志》作「玄」)《夢書》。重元,開元時人〔註150〕。餘未詳;又《隋志》著錄不題撰人之《夢書》;皆未知與《廣記》所引相關否。

盧重元《夢書》,《新唐志‧五行類》著錄四卷;《崇文總目》、《宋志》同。《通志略》題作《占夢書》。再者,《隋志‧五行類》著錄《夢書》十卷,不題撰人。原書亦佚。考《御覽》徵引周宣《夢書》,周宣《夢書》始著錄於《隋志‧五行類》,周宣,三國魏人也。而《廣記》所引起苻堅事,可知與周宣書無涉。《御覽》又引《夢書》,不題撰人,其中無《廣記》所引者。此外,今傳者尚有《重編說郛》(号第一百九)本、《五朝小說》本以及《龍谿精舍》之清王照圓輯本、《經典集林》之清洪頤煊輯本等〔註151〕,皆不題撰人名,又其條文內容大抵與《御覽》之《夢書》同,亦未收《廣記》所引。

《廣記》卷二七六苻堅,注「出《夢書》」,未冠撰者名,又無可核證,不詳屬何人書,蓋書名《夢書》者不限於一。查《異苑》卷七記是事,文字較詳〔註152〕。

100. 《夢雋》

唐‧柳璨撰。璨,字炤之,河東人,昭宗時擢翰林學士。崔胤沒,以諫議大夫同中書門下平章事。朱全忠圖篡弒,璨厚結之。全忠後疑璨有貳,流璨崖州,尋斬之。詳兩《唐書》本傳。

《新唐志‧五行類》著錄一卷;《崇文總目》、《通志略》、《宋志》俱同。原書已佚。《玉函山房輯佚書》有清馬國翰輯本,所輯皆取自《廣記》。

《廣記》注「出《夢雋》」者,凡八條;其中卷二七六商仲堪,《晉書》殷仲堪傳、《搜神後記》卷六及《異苑》卷七,皆有其事,文字稍異〔註153〕。

〔註150〕見《新唐志‧五行》「盧重元《夢書》四卷」下注。
〔註151〕見《叢書子目類編》頁九○六。
〔註152〕《異苑》卷七曰:「苻堅將欲南師也,夢葵生城內,明以夢婦,婦曰:若征軍遠行,難為將也。堅又夢地東南傾,復以問,云江左不可平也,君無南行,必敗之家也。堅不從,卒以敗。」(據新興書局《筆記小說大觀十編》本)
〔註153〕如《搜神後記》卷六所載較詳,曰:「荊州刺史殷仲堪,布衣時,在丹徒。忽夢見一人自說:己是上虞人,死亡浮喪,飄流江中,明日當至。君有濟物之仁,豈能見移著高燥處,則恩及枯骨矣。殷明日與諸人共江上看,果見一棺逐水流下,飄飄至殷坐處。令人牽取,題如所夢,即移著岡上,酹以酒飯。是夕,又夢此人來謝恩。」

101. 《筆陣圖》

劉宋・羊欣撰。欣，字敬元，泰山南城人。少靜默，泛覽經籍，尤長隸書。父不疑為烏程令，欣時年十二，王獻之為吳興太守，甚知憂之。文帝以為新安太守，稱病免歸，除中散大夫。元嘉十九年卒，年七十三。詳《宋書》、《南史》本傳。

清秦榮光《補晉書藝文志・藝術類》據《玉海》卷四五著錄《羊欣筆陣圖》，卷數未詳。原書已佚。

《廣記》卷二〇六蕭何、鍾繇首則、卷二〇七王羲之首則，皆注「出《羊欣筆陣圖》」。

102. 《名書錄》（即古來能書人名）

《廣記》所引，即劉宋羊欣所撰，南齊・王僧虔所錄之古來能書人名〔註 154〕。欣，見前《筆陣圖》條。僧虔，琅邪臨沂人。宋文帝時，除秘書郎、太子舍人，累遷至尚書令。齊受命，轉侍中。永明三年卒。贈司空，諡曰簡穆。詳《南齊書》本傳、《南史・王曇首附傳》。

《名書錄》一名未見書志著錄。《秘書續目・小學類》著錄王僧虔《古來能書人名》一卷，《通志略》同。又《宋志・小學類》著錄王僧虔《評書》，亦一卷，未知即古來能書人名否。王僧虔書，如張彥遠《法書要錄》（卷九）、《重編說郛》（弓第八十七。題作「能書錄」）、《全上古三代秦漢三國六朝文》（《全齊文》卷八題〈條疏古來能書人名啟〉)，均嘗錄其文。

《廣記》卷首引用書目著錄《王僧虔名書錄》。其內文注「出《王僧虔名書錄》」者，有卷二〇九程邈已下、鄲鄲淳已下兩條；同卷姜詡已下一條，原注「出《名書錄》」，孫潛校本作「出《王僧虔名書錄》」；皆查見於《法書要錄》卷一之齊王僧虔錄宋羊欣采古來能書人名中；《重編說郛》等亦有之。《廣記》所謂《王僧虔名書錄》，即王僧虔所錄古來能書人名也。

103. 《圖書會粹》

南齊・王僧虔撰。僧虔，見前《名書錄》條。

《宋志・小學類》著錄六卷。又《通志略・小學類》亦著錄六卷（此據新興書局影印殿本《通志》。一本作十卷，疑誤），無著撰人名，或亦即王僧虔之書。原書已佚。

（據《學津討原》本）

〔註 154〕《法書要錄》卷一《錄宋羊欣古來能書人名》，注云：「齊王僧虔錄」。其首云：「臣僧虔昨奉敕，須古來能書人名。臣所知局狹，不辨廣悉，輒條疏上呈羊欣所撰，錄一卷。尋案未得，續更呈聞。謹啟。」

—101—

《廣記》注「出《圖書會粹》」者，有卷二○七王羲之「又」、王獻之「又」，凡二條。

104. 《畫品》

南齊・謝赫撰。赫，籍貫、生平未詳。善畫。姚最《續畫品》稱其寫貌人物，不俟對看，所須一覽便工，操筆點刷研精，意在切似，目想毫髮，皆無遺失，麗服靚妝，隨時變改，直眉曲鬢，與世事新，別體細微，多自赫始。張彥遠《名畫記》又稱其有安期先生圖傳於代。

謝赫《畫品》一名，未見著錄。《秘書續目・藝術類》、《通志略・藝術類》、《宋志・雜藝術類》俱著錄謝赫《古今畫品》一卷。又《讀書志・雜藝術類》謝赫《古畫品錄》一卷；《通考・雜藝類》、《四庫總目・藝術類》同。蓋《畫品》與《古今畫品》、《古畫品錄》為同書而異名。今謝赫書之易見者，有《津逮秘書》本、《四庫全書》本、《美術叢書三集》本等，皆作《古畫品錄》。

《廣記》卷二一一袁蒨，注「出《謝赫畫品》」；查今本《古畫品錄》第二品列袁蒨，但無《廣記》是條文字，疑《古畫品錄》傳本有闕佚故也。

是書等差畫家優劣，意頗矜慎。

105. 《書評》（又名《古今書評》）

梁・袁昂撰。昂，字千里，陳郡陽夏人。仕齊為吳興太守。梁師起，昂拒境不受命，建康平，始至京師，武帝不之問。天監二年遷侍中，後徵為吏部尚書，尋遷尚書令。大通中位司空。大同六年卒，年八十，諡曰穆正。詳《梁書》本傳、《南史・袁湛附傳》。

《書錄解題・雜藝類》著錄一卷；《通志略・小學類》同。袁氏《書評》一書，今傳者有《法書要錄》（卷二）所錄、以及《重編說郛》（弓第八十六）本、《百川學海》本、《天都閣藏書》本等，其中《法書要錄》所錄及《天都閣藏書》本題作《古今書評》。

《廣記》注「出袁昂《書評》」者，有卷二○六張芝第二則、師宜官第二則、鍾繇第三則，凡三條，皆在今所見袁昂《書評》內。又卷二○六蔡邕末則、李斯末則，原注「出袁昂《書評》並出《書斷》」或「出《書評》並出《書斷》」；今查蔡邕末則，見於袁昂《書評》，而不見於《書斷》，孫潛校本正依所據，刪卻「並出書斷」四字；又查李斯末則，自首句至「大篆入妙」句止，在今所見《書斷》內，末十字則為《書評》之文而不見於《書斷》；孫潛校本正於「大篆入妙」下補「出《書斷》」三字，並刪卻條末原注「並出《書斷》」四字。

106. 《書斷》

唐・張懷瓘撰。懷瓘，或云本名懷素〔註155〕。海陵人。似嘗以率府兵曹入為待詔，開元中遷供奉，後為鄂州司馬〔註156〕。

《新唐志・小學類》著錄三卷；《崇文總目・小學類》（題《書斷論》）、《通志略・小學類》、《書錄解題・雜藝類》、《宋志・小學類》、《四庫總目・藝術類》俱同。《遂初堂書目・雜藝類》不著撰人名及卷數。《書斷》，張彥遠《法書要錄》（卷七、八、九）嘗錄之，三卷。今傳者，有《四庫全書》本，同《法書要錄》。此外，宋左圭《百川學海》（陶氏影宋刻），收《書斷列傳》一書，四卷；其後，如《說郛》（卷九二）所錄以及《重編說郛》（弓第八十七）本、《格致叢書》本、《天都閣藏書》本等，或題《書斷列傳》，或題《書斷》，皆出自《百川學海》本。查《百川學海》之《書斷列傳》，實錄自《廣記》卷二〇六至二〇九有關「書」之四卷，知非懷瓘所撰者明矣。又《百川學海》之《書斷列傳》，原未著撰人，而後之鈔錄者，其中如重編《說郛》本，則題作《書斷》，且署張懷瓘撰，誤也。案《宋志・小學》著錄《書斷例傳》五卷，不題撰人，疑「例」為「列」之訛，或即《百川學海》所收《書斷列傳》而卷數異歟？若然，則《書斷列傳》，自是一書。再者，《書斷列傳》既錄自《廣記》，則據今傳之陶氏影宋刻《百川學海》本，可約略得窺宋人所見《廣記》一斑，且以之校通行《廣記》，多能補其訛闕，故於此附言之。

《廣記》注「出《書斷》」者，凡三十六條，皆見於《法書要錄》所錄《書斷》，而文字有所差異；其中卷二〇七王脩（《法書要錄》所錄作「王珍」）、韋昶二條，《廣記》所引較詳，餘則大抵較《法書要錄》所錄為簡。此外，卷二〇六李斯末則，原注「出《書評》並出《書斷》」，詳《書評》條；又同卷蔡邕末則，注「出袁昂《書評》並出《書斷》」，查不見於《書斷》，亦詳《書評》條；同卷蔡邕首則，原注「出羊欣《筆法》」，查自首句至「女琰甚賢，亦工書」止，見於《法書要錄》所錄《書

〔註155〕 宋翟耆年《籀史》云：「懷瓘本名懷素。開元二十二年，勅改名懷瓘。」

〔註156〕 《四庫提要》云：「是書（《書斷》）《唐書・藝文志》著錄，稱懷瓘為開元中翰林供奉。竇蒙《述書賦》注則云：懷瓘，海陵人，鄂州司馬。與志不同，然《述書賦》張懷瓌條下又注云：懷瓌，懷瓘弟，盛王府司馬。兄弟並翰林待詔。則與志合。蓋嘗為鄂州司馬，終於翰林供奉，二書各舉其一官爾。」余嘉錫《提要辨證》斥之，曰：「《述書賦》尚有一條，云張兵曹粗習翫之利，注云：率府兵曹鄂州長史張懷瓘撰十體《書斷》上中下。在提要所引兩條之前。然云鄂州長史，與後作鄂州司馬者又不同（原注三唐制諸州有長史，又有司馬，非一官），未詳其故。《提要》謂新志題翰林供奉，《述書賦》題鄂州司馬，為各舉一官。愚案，唐之翰林待詔、翰林學士，無定員，皆以他官入院，班次各視本官，新書百官志、唐六典諸書言之頗詳。懷瓘蓋以率府兵曹入為待詔，遷供奉耳，鄂州司馬當在其後。」今姑從余氏之說。

斷》，孫潛校本即於「亦工書」下增注「出《書斷》」三字。再者，卷二○七戴安道
康昕，原闕出處，明鈔本、孫潛校本作「出《書斷》」，查《法書要錄》所錄《書斷》
無此條，而《歷代名畫記》卷五有之。

　　是書所錄皆古今書體及能書人名。上卷列十體，各述其源流，中、下二卷分書
法家爲神、妙、能三等。《四庫提要》稱其紀述頗詳，評論亦允。

107. 《法書要錄》（又名《法帖要錄》）

　　唐・張彥遠編撰。彥遠，字愛賓，蒲州猗氏人。高祖嘉貞，曾祖延賞，祖弘靖，
父文規，皆善書。宣宗大中初，由左補闕爲主客員外郎，尋轉祠部，五年奉詔修《續
唐書》，疑其以本官兼史館修撰也。懿宗咸通初，出爲舒州刺史，久之，復入爲兵部
員外郎。僖宗乾符二年，累遷至大理卿。卒，年約六十餘〔註157〕。

　　《新唐志・小學類》著錄十卷；《崇文總目・小學類》、《通志略・小學類》、《書
錄解題・雜藝類》、《通考・小學類》、《宋志・小學類》、《四庫總目・藝術類》同；
其中《書錄解題》、《通考》題作《法帖要錄》。《遂初堂書目・雜藝類》，無著撰人名
及卷數。今《法書要錄》之易見者，有《津逮秘書》本、《學津討原》本、《四庫全
書》本等。

　　《廣記》注「出《法書要錄》」者，凡五條；卷二○七王羲之「又」二、同卷僧
智永「又」末則、卷二○八購（孫潛校本作「賺」）蘭亭序，皆見於《法書要錄》卷
三〈唐何延之蘭亭記〉；卷二○七王獻之「又」二，見於《法書要錄》卷四〈唐張懷
瓘二王等書錄〉；同卷王融，見於《法書要錄》卷二〈梁庾元威論書〉。此外，卷二
○六韋誕末則，注「出《書法錄》」，今查見於《法書要錄》卷一〈南齊王僧虔論書〉，
則《書法錄》乃《法書要錄》之訛。

　　是編集古人論書之語，起於東漢，迄於元和，皆具錄原文。其書採摭繁富，漢
以來佚文緒論多賴以存，即庾肩吾《書品》，李嗣真《後書品》、張懷瓘《書斷》、竇
蒙《述書賦》，各有別本者，實亦於此書錄出。末爲《右軍書記》一卷，凡王羲之帖
四百六十五，附王獻之帖十七，皆具爲釋文，其沾漑於書家者非淺矣。

108. 《名畫記》（即《歷代名畫記》）

　　唐・張彥遠編撰。彥遠，見前《法書要錄》條。

　　《新唐志・雜藝術類》著錄張彥遠《歷代名畫記》十卷；《崇文總目・藝術類》、
《通志略・藝術類》、《書錄解題・雜藝類》、《通考・雜藝類》、《宋志・雜藝術類》、
《四庫總目・藝術類》同。考《讀書志》不載是記，而有《名畫獵精》六卷，晁氏

〔註157〕詳《四庫提要辨證》卷一四。

云唐張彥遠纂，記歷代畫工名姓，自史皇以降至唐朝，及論畫法，並裝褫標軸之式，鑒別閱玩之方。今以其說，校之是書，所謂歷代畫工名姓云云，即卷一之第三篇，裝褫標軸之式，即卷三之第四篇，鑒別閱玩之方，即卷二之第五篇，論畫法，即各卷諸篇是也。蓋其初稿曰《名畫獵精》，後續成歷代小傳，另編爲是記，而未及移卷一之第三篇于歷代小傳之首也。其初稿本，雖不載入史志，而別自流傳，晁氏因得以志之爾。詳周中孚《鄭堂讀書記》卷四八。又《遂初堂書目・雜藝類》亦有，作《名畫獵精錄》，不獨見於《讀書志》也。今《歷代名畫記》之易見者，有《津逮秘書》本、《學津討原》本、《四庫全書》本等。

《廣記》注「出《名畫記》」者，凡十九條，皆見於今本《歷代名畫記》。此外，卷二一〇宗炳，注「出《名畫錄》」，查見於《歷代名畫記》卷六。又卷二〇七戴安道康昕，原闕出處，明鈔本、孫潛校本作「出《書斷》」；查《法書要錄》所錄無此條，而《歷代名畫記》卷五所記康昕、戴逵二事，與此大同小異。再者，卷二一〇劉褒，原注「出張華《博物志》」，孫潛校本作「出孫暢之《述畫記》又張華《博物志》」，今查《歷代名畫記》卷四亦有之，文字大抵與《廣記》同，且注曰：「見孫暢之《述畫記》及張華《博物志》云」。同卷張衡，原注「出郭氏《異物志》」，今查《歷代名畫記》卷四亦有之，文字大抵同《廣記》，且注曰：「見郭氏《博物志》」。

是書徵引繁富，佚文舊事往往而存，如顧愷之論畫一篇、魏晉勝流名畫讚一篇、畫雲臺山記一篇，皆他書之所不載。又古書畫中，褚氏書印，乃別一褚氏，非遂良之迹，可以釋石刻靈飛經前有褚氏一印之疑，亦他書之所未詳。即其論杜甫詩幹惟畫肉不畫骨句，亦從來註杜詩者所未引，則非但鑒別之精，其資考證者亦不少矣。

109. 《畫斷》（原名《畫錄》。又名《唐朝名畫錄》、《唐賢名畫錄》、《唐畫斷》、《唐朝畫斷》）

唐・朱景玄（《圖畫見聞志》作朱景眞，避宋諱也）撰。景玄，吳郡人，官翰林學士〔註158〕。會昌時在也〔註159〕。

《新唐志・雜藝術類》著錄三卷，題《唐畫斷》；《崇文總目・藝術類》、《通志略》同。《書錄解題・雜藝類》著錄一卷，題《唐朝畫斷》，并云一名《唐朝名畫錄》；《通考》同。《宋志・雜藝術類》著錄二，一作《唐畫斷》，一作《唐賢名畫錄》，皆

〔註158〕見《唐朝名畫錄・序》、《直齋書錄解題・雜藝》、《四庫全書總目》卷一一二。
〔註159〕見《新唐書・藝文志注》。

一卷，蓋重出也。《四庫總目》亦一卷，蓋後人合併，題《唐朝名畫錄》。《遂初堂書目》著錄《畫斷》一名，無撰人及卷數。按是書原名《畫錄》，朱氏自序言之矣。傳本約有《四庫全書》本、《美術叢書二集》本等，皆一卷，題《唐朝名畫錄》。案《書錄解題》稱所見之本，後有天聖三年商宗儒後序，而今傳本佚之。此外，如《紺珠集》錄有其條文，均在今傳本內，而誤題作《歷代畫斷》。

《廣記》注「出《畫斷》」或「出《唐畫斷》」者，凡十八條，皆見於今本《唐朝名畫錄》；《廣記》所引，其中有可與今本朱景玄書互校者：如卷二一一薛稷，談本、許本於「學書師褚河南，時」下有闕字，明鈔本補「稱買褚得薛不落節」八字，而今本《唐朝名畫錄》作「稱買褚得薛不失其節」；又同條「畫蹤閣令，祕書省有畫鶴」，今本《唐朝名畫錄》作「畫蹤如閻立本，今祕書省有畫鶴」；卷二一二吳道玄首則，《廣記》所記事蹟先後，與今本《唐朝名畫錄》有所不同；又卷二一三王墨，其「唐王墨，不知何許人，名洽」句，今本《唐朝名畫錄》作「王墨者，不知何許人，亦不知其名」，《紺珠集》則節引作「王伶」。

是書論畫，所分凡神、妙、能、逸四品，神、妙、能又各別上、中、下三等，而逸品則無等次，蓋尊之也。

110. 《羯鼓錄》

唐・南卓撰。卓，字昭嗣〔註160〕。太和二年，賢良方正能直言極諫科及第〔註161〕，以諫謫松滋令〔註162〕。會昌元年爲洛陽令〔註163〕。大中時爲黔南觀察使〔註164〕。所撰《羯鼓錄》，前錄成於大中二年，後錄成於四年。

《新唐志・樂類》著錄一卷；《崇文總目・樂類》、《通志略・樂類》、《讀書志・樂類》、《書錄解題・音樂類》、《通考・樂類》、《四庫總目・藝術類》俱同。是書，《類說》（藝文印書館影印本卷一三）、《紺珠集》（卷五）等嘗錄有其條文。此外，今傳者，尚有《說郛》本（卷六五）、《續百川學海》本、《重訂欣賞編》本、《寶顏堂秘笈》本、《重編說郛》（弓第一百二）本、《五朝小說》本、《四庫全書》本、《唐人說薈》本、《唐代叢書》本、《墨海金壺》本、《守山閣叢書》本、《增補曲苑》本、《叢

〔註160〕見《新唐書・藝文志・雜史》「《唐朝綱領圖》一卷」下注語。查《沈下賢集》卷一一表劉薰蘭之後，附有題劉薰蘭表後一篇，署名南卓昭嗣撰。
〔註161〕見《唐會要》卷七六。
〔註162〕見《雲溪友議》卷中南黔南。
〔註163〕見《羯鼓錄》。
〔註164〕見《新唐書・藝文志・雜史》「《唐朝綱領圖》一卷」下注語。又以上爲其有關資料之大者，餘參見《四庫提要》及余氏《辨證》。

書集成初編》本、《中國文學參考資料小叢書》本等〔註 165〕，皆一卷。其中《守山閣叢書》之錢熙祚校本，取《太平御覽》，《太平廣記》、《唐語林》、《類說》諸書所引，詳加考定，其本較善，但《御覽》、《廣記》等所引條文，無出今傳本外，則今傳本或猶沿北宋以來相傳之舊。

《廣記》注「出《羯鼓錄》」者，凡十一條。

是書分前後二錄。前錄首敘羯鼓源流、形狀，次敘玄宗、汝南王璡、黃幡綽、宋璟、宋沇、嗣曹王皋、李琬、杜鴻漸諸人事；後錄載崔鉉所說，並附羯鼓諸宮曲名。《崇文總目》曰：「羯鼓，夷樂，與都曇答鼓皆列于九部，至唐開元中始盛行于世。卓所記多開元天寶時曲云。」

111. 張又新《水經》（即《煎茶水記》）

唐・張又新撰。又新，字孔昭，深州陸澤人，薦之子也。元和九年進士第一（此據《煎茶水記》及元人所編《氏族大全》）。歷官右補闕。黨附李逢吉。逢吉出爲山南東道節度使，以又新爲行軍司馬。坐田任事，貶江（此字據《煎茶水記》。兩《唐書》作「汀」，《書錄解題》作「涪」，皆誤）州刺史。後又夤緣李訓，遷刑部郎中，爲申州刺史。訓死，復坐貶，終於左司郎中。詳《舊唐書・張薦附傳》、《新唐書》本傳。

《新唐志・小說家類》著錄一卷，作《煎茶水記》；《通志略・食貨類》（撰人誤作「張新」）、《讀書志・農家類》、《書錄解題・雜藝類》、《通考・農家類》、《宋志・農家類》、《四庫總目・譜錄類》俱同。《遂初堂書目・譜錄類》作張又新《煎茶水記》，不著卷數。是書今傳者約有《說郛》（卷八一）本、《百川學海》本、《續百川學海》本、《重編說郛》（弓第九十三）本、《五朝小說》本、《四庫全書》本、《唐人說薈》本、《唐代叢書》本等。查除《說郛》、《重編說郛》、《五朝小說》三本外，餘本皆於書後有葉清臣〈述煮茶泉品〉一篇、歐陽修〈大明水記〉一篇、〈浮槎山水記〉一篇，考《書錄解題》載此書，已稱〈大明水記〉載卷末，則宋人所附入也。《說郛》本少歐陽修〈大明水記〉及〈浮槎山水記〉二篇，似欲存其舊，而《重編說郛》本以〈述煮茶泉品〉一篇析出別爲一書，《五朝小說》本據《重編說郛》版重印，則佚此篇。

《廣記》卷三九九陸鴻漸，注「出水經」。查此「水經」非指酈道元書，蓋其文字實見於張又新書故也。據葉清臣所記，即稱又新之《煎茶水記》爲「水經」，或又新書初名《水經》，後來改題，以別酈道元所注者歟？

是書前列刑部侍郎劉伯芻所品七水，次列陸羽所品二十水，固不必盡當。

112. 《墨子》

傳爲戰國宋・墨翟撰。墨翟，或以爲魯人〔註166〕。在孔子後，或云生於周敬王四十一年，卒於安王二十一年〔註167〕。嘗爲宋之大夫〔註168〕。查《墨子》一書，諸家考證，其中有後人加入者，詳張心澂《僞書通考》。

《漢志》墨家類著錄七十一篇。《隋志》著錄十五卷、《目》一卷。畢沅云：「按舊本皆無目，《隋書・經籍志》云：《墨子》十五卷、《目》一卷，馬總《意林》云《墨子》十卷（馬總本梁庾仲容《子鈔》，《子鈔》又見引於宋高似孫《子略》），則是古來有目也。」《唐志・墨家類》著錄十五卷；《新唐志・墨家類》、《崇文總目・墨家類》、《讀書志・墨家類》（廣文書局印本）、《通考・墨家類》、《宋志・墨家類》、《四庫總目・雜家類》同。《通志略・墨家類》著錄十五卷，又三卷；後者注云：「樂臺注。」《遂初堂書目・雜家類》無著撰人及卷數。《書錄解題・墨家類》著錄三卷，並云：「《漢志》七十一篇。《館閣書目》十五卷六十一篇者，多訛脫不相聯屬（未詳六十一篇所指）。又二本止存十三篇者，當是此本也（畢沅曰：「南宋人所見十三篇，一本樂臺曾注之，即自親士至尚同也」）。」查今本十五卷，目凡七十一篇，內闕有題八篇（有注「闕」字），無題十篇（畢沅以爲此十篇在宋時繼八篇之後而亡），實五十三篇，本存《道藏》中，缺宋諱字，知即宋本如是，畢沅嘗言之，而孫詒讓稱：《荀子・修身篇》楊（楊倞也，唐人）注云墨子著書三十五篇，疑當作五十三篇云云，若然，則唐中葉以後，此書或有闕佚，篇數已與今本同，但宋《中興館閣書目》存六十一篇，就此觀之，唐代縱有亡佚，亦似不及十八篇也。今《墨子》傳本易見，其中《經訓堂叢書》本及《閒詁》並輯佚文，就《閒詁》所輯觀之，大抵取自《荀子》、《孔叢・詰墨篇》、《史記・太史公自序》、《史記索隱》、《說苑》、《水經注》、隋李德林《重答魏收書》、《文選注》、《廣弘明集》、《藝文類聚》、《太平御覽》、《劉賡稽瑞》諸書，又其可知者，《經籍佚文》有清王仁俊所輯佚文〔註169〕。此外，今復有嚴靈峰先生所輯《無求備齋墨子集成》，影印現存歷代板本及近人有關論述頗備。

《廣記》卷二九一鄭繆公，注「出《墨子》」；查見於今本卷八明鬼下。

113. 《淮南子》（今傳二十一篇原名《鴻烈》）

傳爲漢・劉安撰。安，高祖之孫。孝文八年封爲阜陵侯，十六年封淮南王。後

〔註166〕詳孫詒讓《墨子後語・上》。
〔註167〕見錢穆《墨子年表》。
〔註168〕見《史記・孟荀列傳》。
〔註169〕見《叢書子目類編》頁七〇五。

謀反事敗，自剄殺，時元狩元年也。詳《史記》、《漢書》本傳。是書實安與其賓客合撰。

今傳劉安書二十一篇本名《鴻烈》〔註170〕，劉向校定撰具，名之《淮南》〔註171〕。《漢志‧雜家類》著錄《淮南‧內》二十一篇，「內」即《鴻烈》也（又《漢志》著錄《淮南‧外》三十三篇，不傳）。案〈要略篇〉自謂其書二十篇，又〈要略篇〉篇目下注云：「凡《鴻烈》之書二十篇，略數其要，明其所指，序其微妙，論其大體，故曰〈要略〉。」是〈要略〉之為序論，不在《鴻烈》內，《漢志》並〈要略〉數之，故云二十一篇。《隋志》著錄許慎注本、高誘注本，皆二十一卷，題《淮南子》。《唐志》著錄《淮南商（間之訛）詁》二十一卷，劉安撰、《淮南子注解》二十一卷，高誘撰、《淮南鴻烈音》二卷，亦高誘撰。《新唐志》著錄許慎注《淮南子》二十一卷，高誘注《淮南子》二十一卷，又《淮南鴻烈音》二卷。《崇文總目》著錄《淮南子》二十一卷，許慎注、又二十一卷，高誘注。《通志略》著錄許慎注二十一卷、高誘注二十一卷、《淮南鴻列音》二卷。《讀書志》著錄二十一卷，並云：「後漢許慎注。慎自名注曰記上。今存原道、俶真、天文、地形、時則、覽冥、精神、本經、主術、繆稱、齊俗、道應、汜論、詮言、兵略、說山、說林等十七篇（余嘉錫稱晁本雖題許慎注，實係未經校定之本，其中亦必許、高相參云云）。《李氏書目》亦云第七、第十九亡，《崇文總目》則云存者十八篇。蓋《李氏》亡二篇、《崇文》亡三篇、家本又少其一。」《遂初堂書目》不著撰人名及卷數。《書錄解題》著錄二十一卷，云許慎注。《通考》亦二十一卷。《宋志》著錄《淮南子鴻烈解》二十一卷、許慎注《淮南子》二十一卷、高誘注《淮南子》十三卷、《四庫總目》著錄二十一卷，提要云高誘註。考今本《淮南子》內有許注，有高注，自陳振孫已不能別白，至近世勞格、陶方琦二家考之《蘇魏公（宋蘇頌）集》，始得其說，其後，余嘉錫又從而申辨之，詳《四庫提要辨證》。要言之，許、高二注，並沿淮南王書舊文，本皆二十一篇，特其後日漸殘闕，二本並不完。至北宋蘇頌〈校《淮南子》題序〉稱得高注十三篇，許注十八篇而已云云，所得高注十三篇，乃從各本中寫出，而其校本於高注所闕卷，但載本書，仍不載許注，今本蓋即用蘇校本，又從許注十八篇中刺取其八篇以補之，刻者各以其意，或並題高誘，或並題許慎；《直齋書錄》所載之許注二十一卷，不云有所殘闕，蓋已用兩本互補，即今《道藏》本題許慎記者之祖。劉安書之見於著錄者，尚有梁庾仲容《子鈔》（見高似孫《子略》所引）著錄二十二卷，馬總《意林》本之；島田翰氏謂「二十二」末之「二」字恐是「一」字筆誤。又藤原佐世《日本

〔註170〕見《淮南子‧要略篇》之篇目下及「此鴻烈之泰族也」句下注語。
〔註171〕見高誘敍。

國見在書目》著錄三十一卷。今淮南王書傳本易見者有《四部叢刊》本、《廣漢魏叢書》本、《四庫全書》本、《百子全書》本等，皆二十一卷，又有《正統道藏》本等，則作二十八卷，蓋釐原道、俶真、天文、地形、時則、主術、氾論等七篇為上下。又劉文典有《淮南鴻烈集解》。此外，其可知者，《經籍佚文》有清王仁俊所輯佚文〔註172〕，又于大成先生撰〈淮南鴻烈遺文考〉一文，見其《淮南論文三種》中。

《廣記》卷二二五弓人，注「出《淮南子》」；查此條文字不見於今本淮南王書。任淵《后山詩註》卷四亦引，題同《廣記》。而《水經》〈睢水注〉、又〈泗水注〉、《北堂書鈔》卷一二五、《藝文類聚》卷六〇、《文選》〈左太沖吳都賦注〉、又〈鮑明遠擬古詩注〉、又〈枚叔七發注〉、《事類賦注》卷一三、《太平御覽》卷三四七、《繹史》卷一〇〇等，皆引作《闞子》，與《廣記》所引是條文字詳略不同〔註173〕，存疑可也。此外，卷四六一知太歲，注「出《說文》」，其中云：「《淮南子》曰：鵲識歲多風，喬（明鈔本「喬」上有「去」字）木，巢傍枝。」查非《說文》之語，而見於今本《淮南子》卷一八〈人間篇〉。

今傳淮南書二十一篇，高誘序言大較歸之於道，而歷來書志入之於雜家類，蓋以其書實雜取各家之言故也。

114. 《論衡》

後漢・王充撰。充，字仲任，會稽上虞人。師事班彪。肅宗嘗特詔公車徵，病不行。永元中卒。詳《後漢書》本傳、《論衡・自紀篇》。近人黃暉有《王充年譜》，見其《論衡校釋・附編二》。

《隋志・雜家類》著錄二十九卷。《唐志》著錄三十卷；《新唐志》、《崇文總目》、《通志略》、《讀書志》、《書錄解題》、《通考》、《宋志》、《四庫總目》同。《遂初堂書目》不著錄卷數。此外，唐馬總《意林》題《論衡》二十七卷，案宋慶曆五年楊文昌《論衡・序》稱得俗本七，率二十七卷，其一程氏西齋所貯云云，與馬氏所言合。考《四庫提要》云：「其書凡八十五篇，而第四十四〈招致篇〉，有錄無書，實八十四篇。考其〈自紀〉曰：書雖文重，所論百種，案古太公望，近

〔註172〕見《叢書子目類編》頁九六〇。
〔註173〕如《藝文類聚》卷六〇引《闞子》曰：「宋景公使弓工為弓，九年乃見，公曰：為弓亦遲。對曰：臣不得見公矣。曰：臣之精盡於弓矣。獻弓而歸，三日而死。公張弓登臺，東面而射，矢踰孟霜之山，集彭城之東，其餘力逸勁，飲羽於石梁。」又《太平御覽》卷三四七引《闞子》曰：「宋景公謂弓人曰：為弓亦遲矣。對曰：臣不得見公矣。公曰：何也。臣之精盡於弓矣。獻弓而歸，三日而死。公張弓登虎圈之臺，東面而射，矢踰西霜之山，集彭城之東，其餘力逸勁，飲羽於石梁。夫盡精於一弓，而身為天死，況治天下，奈何其獨也。」

董仲舒，傳作書篇百有餘，吾書亦纔出百，而云泰多。然則，原書實百餘篇，此本目錄八十五篇，已非其舊矣。」近人劉盼遂撰〈王充《論衡》篇數殘佚考〉，亦以為《論衡》篇數應在一百以外，並以仲任一己之言、《論衡》本書之篇名、各書所引佚文為證而說明之。文載《古史辨》第四冊。而余嘉錫則謂充書八十五篇，《後漢書》本傳已言之。《隋志》所著錄，疑除〈自紀〉一卷不數，否則，唐初所得隋煬帝東都藏本偶有闕佚也，然兩《唐志》皆作三十卷，是其完書具存，今本篇數與本傳合，卷數與《唐志》合，固當是相傳舊本。《提要》乃據〈自紀〉之文，謂其原書當有百餘篇，惟〈自紀〉一篇，乃統敘平生之著述，《論衡》八十五篇，益以〈譏俗書〉、〈政務書〉等，固當有百餘篇。又太公之書非一種，董仲舒書，其文亦非一體，充以二人所作書自比，明所謂百餘篇者，不僅指《論衡》一書，《提要》乃謂八十五篇者，非其舊本，誤之甚矣。說詳《四庫提要辨證》。案余氏之言，自有其理，而劉氏自〈答佞〉、〈須頌〉、〈對作〉三篇文句中，查出〈覺佞〉、〈能聖〉、〈實聖〉、〈盛褒〉四佚篇名，亦非無徵，尚待碩學者考之。然《論衡》原書篇數雖不敢斷，而今傳本之有佚文，則可無疑也。今《論衡》之易見者，約有《四庫全書》本、《百子全書》本、《四部叢刊》本等。又其可知者，《經籍佚文》有清王仁俊所輯佚文〔註174〕。此外，近人劉盼遂嘗撰《論衡集解》，黃暉亦撰《論衡校釋》，其校訂之功皆不可沒；今復有田宗堯之《論衡校證》，亦於此有所發明。黃、田二氏書並附佚文，所輯大抵取自《水經注》、《路史注》、《酉陽雜俎》、《文選注》、《意林》、《藝文類聚》、《初學記》、《白帖》、《事類賦注》、《太平御覽》、《劉賡稽瑞》、《記纂淵海》諸書。

《廣記》注「出《論衡》」者五條，皆見於今本《論衡》；卷一七‧李子長，見今本《論衡》卷一六〈亂龍篇〉；卷二二四王正君，見今本《論衡》卷三〈偶會篇〉；同卷黃霸，見今本《論衡》卷三〈骨相篇〉；卷四〇〇陳爵，見今本《論衡》卷一九〈驗符篇〉；卷四三五楊翁佛，見今本《論衡》卷二六〈實知篇〉；其中文字有可與今本《論衡》互校者。

《後漢書》本傳云：「充好論說，始若詭異，終有理實，以為俗儒守文，多失其真，乃閉門潛思，絕慶弔之禮，戶牖牆壁各著刀筆，著《論衡》八十五篇，二十餘萬言，釋物類同異，正時俗嫌疑。」其著述之動機也如此，而蔡邕得其傳本，恆秘玩以為談助〔註175〕，良有以也。然《論衡》一書傳至今日，固覺其有難讀處，劉盼遂嘗舉其四端言之：一曰用事之沈冥，二曰訓詁之奇觚；此二者屬于著者之本文然

〔註174〕見《叢書子目類編》頁九六二。
〔註175〕見范曄《後漢書》注引袁山松《後漢書》。

也。三曰極多誤衍誤脫之字，四曰極多形誤音誤之文；此二者屬于後者鈔胥梓人之不誠而然也。詳《論衡集解・劉氏自序》。

115.　《風俗通義》（《廣記》原作《風俗通》）

後漢・應劭撰。劭，字仲遠（一作仲援，又作仲瑗），汝南南頓人。靈帝時舉孝廉，辟車騎將軍何曲掾。中平六年拜太山太守。興平初，棄郡奔袁紹。詳《後漢書・應奉附傳》。

《隋志・雜家類》著錄三十一卷，并注稱《錄》一卷，梁三十卷。兩《唐志》、《通志略》著錄三十卷。以上皆題《風俗通義》。《書錄解題》著錄十卷，亦題《風俗通義》；《通考》、《宋志》同；《四庫總目》亦同，並採附《永樂大典・通字韻》中所載《風俗通・姓氏篇》（蓋馬總節本）爲《附錄》一卷。《讀書志》題《風俗通》（據廣文書局印本。後志則「通」下有「義」字），亦十卷。《遂初堂書目》題《風俗通義》，無撰人名及卷數。此外，唐馬總《意林》題《風俗通》三十一卷。藤原佐世《日本國見在書目》著錄《風俗通》三十二卷。考北宋蘇頌校《風俗通義》，其題序云：「臣以私本因官書校定，凡十卷。」〔註176〕則其時原帙已亡矣。惟蘇氏所見庾仲容《子鈔》、馬總《意林》較現存者爲備，其謂《子鈔》著卷第凡三十一而不記篇名，《意林》則存篇名而無卷第，並錄《意林》所載篇名，其中〈心政〉、〈古制〉、〈陰教〉、〈辨惑〉、〈折當〉、〈恕度〉、〈嘉號〉、〈徽稱〉、〈情遇〉、〈姓氏〉、〈諱篇〉、〈釋忌〉、〈輯事〉、〈服妖〉、〈喪祭〉、〈宮室〉、〈市井〉、〈數紀〉、〈新秦〉、〈獄法〉等不見於今本應氏書之二十篇（卷）篇（卷）名，可從而知之。至明，焦竑《國史經籍志》著錄三十卷，張萱《內閣藏書目》著錄四冊全者一部，又三冊全者二部，疑據舊志，非實見其書也。有關應氏書之板本，今人季嘉玲嘗言之，詳其《風俗通義校注》論文，而其中較易見者，約有《四庫全書》本（十卷、《附錄》一卷）、《兩京遺編》本、《百子全書》本、《四部叢刊》本（以上十卷）、《古今逸史》本（四卷）等。再者，是書佚文殊多，自清以來，約有《二酉堂叢書》之清張澍《風俗通姓氏篇》輯本、《經籍佚文》之清王仁俊輯本、《潛研堂全書》之清錢大昕輯本、《群書拾補》之清盧文弨輯本、《金陵叢書》之清顧櫰三補輯本〔註177〕、《全上古三代秦漢三國六朝文》之清嚴可均輯本等，而今人季嘉玲之《風俗通義校注》亦附佚文。以上諸家所輯大抵取自《廣韻》、《一切經音義》、《史記索隱》、《後漢書注》、《三國志注》、《水經注》、《路史注》、《通鑑注》、《通志氏族略》、《文選注》、《玉燭寶典》、《意林》、

〔註176〕見《蘇魏公文集》卷六六。
〔註177〕以上見《叢書子目類編》頁三九五及九七九。

《藝文類聚》、《北堂書鈔》、《初學記》、《白孔六帖》、《事類賦注》、《歲華紀麗》、《太平御覽》、《困學紀聞》、《紺珠集》、《錦繡萬花谷》、《記纂淵海》、《天中記》、《廣博物志》諸書。

《廣記》原注「出《風俗通》」者，凡九條；其中卷二〇三舜白玉琯，見《風俗通義》卷六；卷三一七鄭奇，見《風俗通義》卷九，今本《搜神記》（世界書局印本。下同）卷十六亦有之；卷四一五張叔高，見《風俗通義》卷九；卷四三八李叔堅，亦見《風俗通義》卷九；卷四五六馮緄，見《風俗通義》卷九，今本《搜神記》卷九亦有之；卷三一五張助，明鈔本注「出《抱朴子》」，與談本所注異，查《風俗通義》卷九有其事，惟文字稍異，而《抱朴子·內篇》卷九所載，其文字與《廣記》同，今本《搜神記》卷五亦有之，文字大抵同《風俗通義》；卷三一六張漢直，明鈔本注「出《搜神記》」，與談本所注異，查《風俗通義》卷九、《搜神記》卷一七皆有之；卷三一七吉翁仲，卷四六六池中魚，皆不見於今本《風俗通義》；查前者，《意林》、《御覽》卷三六一、又卷八八三引之，正出應氏書，文字詳略稍有不同；後者，《類聚》卷八十、又卷九六、《意林》、《御覽》卷八六九、又卷九三五引之，亦出應氏書，文字詳略稍有不同；此二條又皆見於嚴可均等輯本。

應氏書，《四庫提要》謂其因事立論，文辭清辨，可資博洽，大致如王充《論衡》，而敘述簡明，則勝充書之冗漫云。

116.　《古今注》

晉·崔豹撰。豹，字正熊，燕國人〔註178〕。嘗爲尚書左兵中郎，惠帝時官至太子太傅丞〔註179〕。案《四庫提要》稱豹書久亡，後人摭後唐馬縞《中華古今注》中魏以前事，贋爲豹作。又稱檢校《永樂大典》所載蘇鶚《演義》，與崔、馬二書相同，十之五六，則不特豹書出於依託，即縞亦不免於勦襲云云。而余嘉錫嘗辨之，以爲崔豹之書，歷隋唐以至南宋，並見著錄，提要所謂豹書久亡者，亡於何時耶？又余氏嘗檢《北堂書鈔》、《藝文類聚》、《文選李善注》、《後漢書注》、《初學記》、《唐六典注》、《史記索隱》、《史記正義》、《通典》、《釋慧琳一切經音義》、《北戶錄》、《說

〔註178〕見《世說新語·言語第二注》引《晉百官名》。
〔註179〕詳余嘉錫《四庫提要辨證》卷一五。《辨證》又云：「迺時洛陽出土晉辟雍行禮碑，題名有典行王鄉飲酒禮博士漁陽崔豹正雄（原注：時行大射鄉飲酒禮，鄭玄、王肅二家並用）。諸書以豹爲燕國人，而碑稱漁陽者，《晉書·宣五王傳》云：清惠亭侯京薨，以文帝子機爲嗣，泰始元年封燕王，咸寧初，以漁陽郡益其國。碑立於咸寧四年，漁陽蓋尚未屬燕，故稱其本郡爾。豹字正熊，碑作正雄，同音通用。」

文繫傳》、《太平御覽》、《廣韻》諸唐宋人書凡十有四種，所引《古今注》與今本大致相合，而佚文寥寥可數，然則今本固尚不失眞，且上述諸書，自《北戶錄》以上皆唐人著作，徐鍇時代，雖較馬縞爲晚，然未必得見縞書，況從其中摭出之豹書乎？《御覽》、《廣韻》，雖修於宋代，而《御覽》所據，爲《修文殿御覽》、《藝文類聚》、《文思博要》，《廣韻》所據爲陸法言以下諸家《切韻》及孫愐《唐韻》，使今本《古今注》出於馬縞，則縞以前人安得先引其說乎？然則今本猶是崔豹原書，而《中華古今注》文多相同，乃是縞書抄豹書明矣。再者，明翻宋丁黼刻本之李燾跋曰：「曩時文昌錫山尤公（尤袤也）守當塗，刻唐武功蘇鶚《演義》十卷，後四卷乃誤勒入豹今書，然予在冊府得本書四卷，與豹今所著，絕不相類。」《勞氏碎金》卷下之〈勞格《古今注》跋〉稱今《演義》世無原本，高宗朝，館臣從《大典》錄出，以《演義》與《古今注》多相出入，因疑崔、馬書爲僞書，勦襲《演義》而作，由未見李燾所題故爾云云，則《提要》以馬縞襲《演義》，因益信崔書之出於依託，是失之不詳考也。

《隋志·雜家類》著錄三卷；《崇文總目·雜家類》、《秘書續目·禮類》、《讀書附志·類書類》、《書錄解題·雜家類》、《宋志·雜家類》、《四庫總目》同。《唐志·雜家類》著錄五卷，《通志略》同。《新唐志》〈雜家類〉著錄三卷，又〈儀注類〉別出一卷。《遂初堂書目·儀注類》不著錄卷數。考趙希弁《讀書附志》著錄此書，凡八篇，與今本同，宋嘉定丁黼刻本（據明之翻刻本）所附李燾跋則曰：「其書七篇。」余嘉錫據是以爲至宋並傳兩本，趙、李二氏各就所見者言之，而其作七篇者，無問答釋義第八篇也，有者爲後人附入，但出於五代以前，相傳固已久矣。又李燾跋明言七篇，而丁黼刻本乃有八篇，蓋丁黼用上饒郡學本增入，即其自跋所謂「於第四篇以下，頗多增改」者也。以上詳《四庫提要辨證》。今崔豹《古今注》之易見者，約有《顧氏文房小說》本、《古今逸史》本、何允中《漢魏叢書》本、《四庫全書》本、《怡蘭堂叢書》本、《四部叢刊》本等，後者附校記，其本亦較善。又今有林慕曾之《崔豹古今注疏證述例》。此外，前述唐宋人書所引，其中如《御覽》卷八四二引「麻，枲也」，卷九一九引「夫鵝似鵠而大，頸長八尺，善啗蛇」二條，似是佚文。

《廣記》卷四七三化蟬，注「出《崔豹古今註》」；卷二三三青田酒，原注「出《古今注》」，孫潛校本作「出《崔豹古今注》」；查前者見今本崔書卷下〈問答釋義〉，後者見卷下〈草木〉，而文字皆稍異於今本崔書。

是書雜取古今名物，各爲考釋。今本凡輿服、都邑、音樂、鳥獸、魚蟲、草木、雜注、問答釋義八門。唐之馬縞作《中華古今注》，於此書條文有所取焉。

117. 《金樓子》

梁‧元帝撰。元帝，見前《孝德傳》條。案《崇文總目》題梁湘東王繹撰，以是書乃元帝爲湘東王時所作也。

《隋志‧雜家類》著錄十卷（此據仁壽本。藝文印書館影印武英殿本作「二十卷」，疑誤）；《兩唐志》、《崇文總目》、《通志略》、《書錄解題》、《通考》、《宋志》同。《讀書志》亦十卷；衢本釋云：「書十篇。」袁本則云：「書十五篇。」《遂初堂書目》不著錄撰人名及卷數。《四庫總目》著錄六卷。《四庫提要》稱至宋濂〈諸子辨〉、胡應麟〈九流緒論〉，所列子部皆不及是書，知明初漸已湮晦，明季竟散亡，故馬驌撰《繹史》，徵採最博，亦自謂未見傳本，僅從他書摭錄數條。嘗檢《永樂大典》各韻，尚頗載其遺文云云。又稱《永樂大典》詮次無法，割裂破碎，有非一篇而誤者，有割綴別卷而本篇反遺之者，然其文雖攪亂，而幸其條目分明，尚可排比成帙，因詳加裒綴，參考互訂，釐爲六卷云云。案《永樂大典》所載，乃據元至正間刊本，且有序目，所列凡十四篇，與晁公武十篇或十五篇之數不合。《金樓子》一書，如《重編說郛》（弓第二十三）、《五朝小說》，皆錄有其條文。此外，其傳本之易見者，除《四庫全書》本外，尚有《知不足齋叢書》本、《百子全書》本、世界書局影印國家圖書館珍藏鈔《永樂大典》本等，亦皆六卷。

《廣記》卷四三四牛首則，注「出《金樓子》」，查見於今本《金樓子》卷五〈志怪〉。

是書於古今聞見事迹，治忽貞邪，咸爲苞載，附以議論，勸戒兼資。而當時周秦異書，未盡亡佚，具有徵引，多史外軼聞，他書未見。又立言、聚書、著書諸篇，自表其撰述之勤，所紀典籍源流亦可補諸書所未備。

118. 《顏氏家訓》

隋‧顏之推撰。之推，字介，琅邪臨沂人。梁湘東王繹以爲其國左常侍。繹既立，除散騎侍郎。後奔齊，文宣帝一見悅之，即除奉朝請，歷遷中書舍人，尋除黃門侍郎。齊亡，入周爲御史上士。隋開皇中，太子召爲學士，深見禮重，尋以疾終。詳《北齊書》、《北史》本傳。案舊本有題北齊黃門侍郎顏之推撰者，據《切韻》序前所列八人姓名，有內史顏之推（《古逸叢書》本作「外史」），其官本傳不書。《史通‧正史篇》載隋開皇，敕著作郎魏澹與顏之推、辛德源更撰《魏書》，矯正魏收之失，亦之推入隋後逸事之可見者。案余嘉錫云：之推終於隋，史傳具有明文，舊本所題，蓋以其在齊頗久，且官位尊顯也。詳《四庫提要辨證》。

《唐志‧儒家類》著錄《家訓》七卷；《讀書志》、《通考》、《宋志》同。《新唐

志‧儒家類》題作《顏氏家訓》；《崇文總目‧小說》、《通志略‧儒術類》、《書錄解題‧雜家類》同，亦七卷。《遂初堂書目‧儒家類》著錄齊顏之推《家訓》，無著錄卷數。《四庫總目‧雜家類》著錄二卷。今顏氏書之易見者，約有《四庫全書》本、《四部叢刊》本（以上二卷）、《抱經堂叢書》本、《四部備要》本（以上七卷，附《注補併重校》一卷、《注補正》一卷、《壬子年重校》一卷）、《知不足齋叢書》本（七卷，附宋沈揆《考證》一卷）等，諸本或二卷，或七卷，卷帙分合雖異，而皆二十篇，且其文大抵無甚異同。又周法高先生撰《顏氏家訓彙注》，王叔岷先生撰《顏氏家訓斠補》，皆有助於是書之鑽研。

《廣記》注「出《顏氏家訓》」者，凡七條。

是書述立身治家之法、辨正時俗之謬，以訓子孫。大抵於世故人情深明利害，而能文之以經訓，故《唐志》、《宋志》俱列之儒家。然其中〈歸心〉等篇深明因果，不出當時好佛之習，又兼論字畫音訓，並考正典故，品第文藝，曼衍旁涉，不專為一家之言。

119. 《廣人物志》

唐‧杜周士撰。周士，鄉貢進士京兆〔註180〕。餘未詳。

《新唐志‧名家類》著錄三卷；《崇文總目》、《通志略》同。《書錄解題》、《通考》著錄十卷。《宋志》著錄三卷。此外，《玉海》（卷五七）引《中興書目》著錄一卷。原書已佚。

《廣記》卷一六九李勣末則、裴談，注「出《廣人物志》」。

《書錄解題》稱是書「敘武德至貞元選舉薦進人物事實，凡五十五科」，蓋廣劉邵《人物志》而作也。

120. 《藝文類聚》

唐‧歐陽詢等撰。詢，字信本，潭州臨湘人。仕隋為太常博士。太宗時官至太子率更令、弘文館學士，封渤海男。卒，年八十餘。詳兩《唐書》本傳。考《唐書‧趙弘智傳》云：「十數人同修《藝文類聚》。」其姓名可知者，除詢一人外，尚有令狐德棻、趙弘智、袁朗、陳叔達、裴矩〔註181〕。蓋以詢董其成，故相傳但署詢名。

《唐志‧類事類》著錄一百卷；《新唐志‧類書類》、《崇文總目‧類書類》、《通志略‧類書類》、《讀書志‧類書類》（廣文書局印本）、《書錄解題‧類書類》、《通考‧

〔註180〕見《直齋書錄解題》。
〔註181〕見《唐書》〈歐陽詢傳〉、〈趙弘智傳〉以及《新唐書‧藝文志》。

類書類》、《宋志・類事類》、《四庫總目・類書類》同。《遂初堂書目・類書類》不著錄撰人名及卷數。有關《藝文類聚》之板本，可參閱文光出版社出版之《藝文類聚》所附〈《藝文類聚》板本考〉一文。其較易見者，有《四庫全書》本、文光出版社印本等。今所見《類聚》，其正月十五日門有蘇味道詩，洛水門有李嶠詩，寒食門有沈佺期、宋之問詩，四子皆後人，歐陽安得預編之？葉大慶《考古質疑》已疑之矣。查《初學記》卷四歲時、卷六洛水亦分載四子詩，或宋人刻《類聚》時，已有缺佚，而取《初學記》所收補之歟？

《廣記》卷二二五燕巧人，注「出《藝文類聚》」；查見《類聚》卷九五獸部下有獼猴，引自《韓子》。

是書分門類事，兼采前世詩賦銘頌文章附於逐目之後，俾覽者易爲功，作者資其用，故《四庫提要》稱其於諸類書中體例最善。且隋以前遺文秘籍，迄今十九不存，得此一書，尚略資考證。宋周必大校《文苑英華》多引是集，後人馮惟訥《詩紀》、梅鼎祚《文紀》、張溥《百三家集》從此採出者尤多，亦所謂殘膏賸馥，沾漑百代者矣。

121. 《三教珠英》

唐・張昌宗等撰。昌宗，定州義豐人，與兄易之俱得幸於武后。後爲張柬之等所殺。詳兩《唐書》〈張行成附傳〉。考《唐書》傳謂武后以昌宗醜聲聞于外，欲以美事掩其迹，乃詔昌宗撰《三教珠英》於內，並引文學之士李嶠、閻朝隱、徐彥伯、張說、宋之問、崔湜、富嘉謨等二十六人分門撰集。又《唐會要》卷三六詳列同修者之名，可參閱之，不贅舉。

《唐志・類事類》著錄並目一千三百一十三卷。《新唐志・類書類》著錄一千三百卷，又目十三卷，並注云：「開成初改爲《海內珠英》，武后所改字並復舊。」《通志略》著錄一千三百卷，唐武后編，又目十二（「二」當作「三」）卷。《讀書志》（廣文書局印本）著錄三卷，並云：「按唐志一千三百卷，今所存者止此。」《通考》同《讀書志》。原書已佚。

《廣記》注「出《三教珠英》」者，凡卷九九僧惠祥及卷四七八蜥蜴二條。

122. 《韻對》

唐・高測撰。測，生平未詳。

《新唐志・類書類》著錄十卷；《崇文總目・類書類》、《通志略・類書類》、《宋志・類事類》同。原書已佚。

《廣記》卷一三一梁元帝，注「出《韻對》」。

123. 《神異經》

傳爲漢・東方朔撰。今考《漢書》朔本傳，歷敘朔所撰述，言凡劉向所錄朔書
具是矣，世所傳他事皆非也，此書既劉向《別錄》所不載，則其爲依託可知。再者，
舊有所謂晉張華注，查《晉書》張華本傳，無注《神異經》之文，可知併華注亦似
屬假借。陳振孫已疑之矣。又考《水經・河水注》，引崑崙銅柱一條，已稱張華敘《東
方朔神異經》；《三國志・齊王紀注》、《水經・灅水注》，均引南荒火山一條，裴注稱
《東方朔神異經》，酈注稱《東方朔神異傳》；《齊民要術》卷一〇引此經凡七條，其
椰木等二條，並兼引張茂先注；是六朝所見，題固如此，《隋志》因以著錄耳。查《左
傳》文十八年正義謂服虔案：《神異經》云檮杌狀似虎，毫長二尺，人面虎足豬牙，
尾長丈八尺，能鬥不退云云，夫是經既爲服虔所引用，則至遲當出於靈帝以前，或
在後漢初年已有其書，班固所謂「後世好事者，因取奇言怪語，附著之朔」〔註182〕
者也。說見《四庫提要辨證》。

　　《隋志・地理類》著錄一卷，題東方朔撰，張華注；《書錄解題・小說家類》、
《通考・小說家類》、《四庫總目・小說家類》亦一卷。《唐志・地理類》著錄二卷；
《新唐志・神仙家類》、《崇文總目・地理類》、《通志略》〈傳記類〉、又〈地理類〉、
《宋志・小說類》俱同《唐志》。其可知者，如《類說》（藝文印書館影印本卷三
七）、《紺珠集》（卷五）、《說郛》（卷六五）等，皆錄有是書條文。此外，今傳者
尚有明程榮《漢魏叢書》本、明何允中《漢魏叢書》本、《重編說郛》（弓第六十
六）本、《格致叢書》本、《四庫全書》本、清王謨《漢魏叢書》本、《龍威秘書》
本、《百子全書》本等。案《類說》所錄，其中花柳酒、織女降二條，《紺珠集》
所錄，其中會風扇、牽牛郎何在（此二條即《類說》之織女降）、五色露三條，皆
以上傳本所無；又《說郛》所錄，每條皆有題，其中如誕、山臊、河伯使者三條，
皆較以上傳本略詳，所據者，猶似善本也。又案余嘉錫謂何允中《漢魏叢書》本
分九篇，凡五十八條（原註：間有一條誤分爲二者），以唐宋類書所引校之，大抵
相合，中有校語，自稱「埠案」，陶憲曾以爲朱謀埠是也，埠校此書，雖不甚詳，
然其註明異同，不輕改字，知其所據，必是舊本。又《格致叢書》本、程榮《漢
魏叢書》本，纔四十七條，與《四庫提要》合，全書不分篇目，又多所刪節，疑
是明人從類書中輯出，而挂漏宏多，然以校何本，多毛人一條；考《集韻》十虞、
《類篇》卷二二，並有氀字，注云：「八荒中有毛人，如猴，毛長牦氀。東方朔說。」
知古本實有是條。又刀味核（《北戶錄》卷二引作四味水）一條，即〈南荒經〉之

如可樹也，何允中《漢魏叢書》本等脫去兩句，此二本有之，然則亦復寸有所長矣。再者，清安化陶憲曾刻有《靈華館叢稿》，其後附《神異經輯校》一卷，並佚文九條，雖尚有漏，如《北戶錄》、《說郛》所引，皆未據校，即《太平御覽》，亦檢閱未周，要其改正譌誤，分別經注，粲然可觀，固不可謂非是書之善本矣。以上詳《四庫提要辨證》。此外，尚知《經籍佚文》有清王仁俊所輯佚文〔註183〕。

《廣記》注「出《神異經》」者，凡十七條；其中卷二六八酷吏，記唐事，非屬此《神異經》可知；卷四〇〇翁仲孺、卷四八二墮婆登國，亦不見於今本《神異經》，疑與上條皆誤注出處；餘則見於今本《神異經》。此外，《廣記》有注「出《神異記》」者，其中卷四一〇北方棗、卷四四〇鼠第二則，卷四八〇西北荒，皆查見於今本《神異經》。又《廣記》有注「出《神異錄》」者，其中卷四一〇祖稼櫨樹實、卷四四〇鼠第三則、卷四六三北海大鳥、卷四六四橫公魚，亦查見於《神異經》。

《四庫提要》論及是書，謂不但文人詞藻轉相採摭，即小學家亦已相援據云云。又稱今核所言多世外恍忽之事，既有異於輿圖，亦無關於修煉，宜列小說類中，庶得其實焉。

124. 《笑林》

《廣記》所引，疑指三國魏·邯鄲淳之《笑林》，其中或雜有他書，亦未可知。淳，一名竺，字子叔，潁川人。初平時，從三輔客荊州，荊州內附，太祖素聞其名，召與相見，甚敬異之。時五官將博延英儒，亦宿聞淳名，因啓淳欲使在文學官屬中。會臨菑侯植亦求淳，太祖遣淳詣植。及黃初初，以淳為博士給事中。淳作投壺賦千餘言奏之，文帝以為工，賜帛千匹〔註184〕。

邯鄲淳書，《隋志·小說家類》著錄三卷；《兩唐志》、《通志略》同。宋吳曾《能改齋漫錄》七稱祕閣有古《笑林》十卷云云，未詳即是書否。原書已佚。今所可知者，梁《殷芸小說》（據余嘉錫輯本）已引有《笑林》，未題撰人名。此外，《玉函山房輯佚書》之清馬國翰輯本、世界書局之《中國笑話書》輯本，皆題邯鄲淳撰。至若《古小說勾沈》之近人周氏輯本，無署撰人名；其中所引《紺珠集》（卷一三）一條，原云出陸雲《笑林》。諸家輯本大抵取自《藝文類聚》、《太平御覽》、《太平廣記》諸書。

《廣記》原注「出《笑林》」者，凡十四條；其中卷二六二不識鏡，許刻、黃刻、孫潛所藏談本（此卷乃抄配）作「出《北夢瑣言》」；查今本《北夢瑣言》無是條，而繆荃孫以為《瑣言》佚文。此外，卷二五一鄰夫，原注「出《笑言》」，《笑言》一

〔註183〕見《叢書子目類編》頁一〇八三。
〔註184〕見《三國志·魏書·王粲傳》及裴松之注引《魏略》。

名不見歷代書志著錄；明鈔本、孫潛校本題「出《笑林》」，殆是也。茲有可注意者，《廣記》所引，如卷一六五沈峻，余嘉錫以爲邯鄲淳由漢入魏，不應書中多紀吳事，考宋僧贊寧《筍譜》引陸雲《笑林》，因疑是條出自陸氏書〔註185〕。陸氏書，《隋志》不著錄者，或時已混入淳書中。

邯鄲氏書爲現存最古之笑話集。

125. 《列異傳》

《隋志》題魏文帝撰。文帝，見前《典論》條。考今所見輯本，其中任城公孫達、漢中有鬼神欒侯二條，乃記高貴鄉公甘露時事，實魏文數十年後而有，帝恐不能及見，是以謂魏文撰者，不無可疑，然《後漢書注》及《初學記》所引，皆明標「魏文」，則其或嘗經後人增益歟？兩《唐志》，撰人改從張華，未詳所據。胡應麟《少室山房筆叢》卷三六云：「唯裴松之所引一事，附《蔣濟傳》注中，魏文與濟同時，當是濟自語魏文者。」竊疑是書或如《皇覽》之例，爲魏文命臣下撰者，而借題魏文之名耶？抑後人輯自《皇覽》，而主名魏文耶？蓋本紀云帝之行事，率以儒爲宗，怪力亂神之事，常不以爲心，則非帝所自撰。

《隋志‧雜傳》著錄《列異傳》三卷，魏文帝撰；《通志略‧傳記類》同。《唐志‧雜傳類》亦三卷，《新唐志‧小說家類》一卷，皆題張華撰。原書已佚。今傳者，有《古小說勾沈》之近人周氏輯本，所輯大抵取自《史記索隱》、《後漢書注》、《魏志注》、《水經注》、《文選注》、《法苑珠林》、《藝文類聚》、《北堂書鈔》、《太平御覽》、《太平廣記》諸書。

《廣記》注「出《列異傳》」者，凡十五條，皆見輯於《古小說勾沈》。

126. 張華《博物志》

晉‧張華撰。華，字茂先，范陽方城人。仕魏爲太常博士。晉受禪，拜黃門侍郎，封關內侯，尋爲度支尚書。吳平，封廣武縣侯。後爲趙王倫矯詔所殺。詳《晉書》本傳。

《隋志‧雜家類》著錄十卷；《兩唐志‧小說家類》、《崇文總目‧小說家類》、《通志略‧雜家類》、《書錄解題‧雜家類》、《宋志‧雜家類》、《四庫總目‧小說家類》同。《讀書志‧小說類》著錄周盧（指周日用及盧氏）注《博物志》十卷、盧氏注六卷；《書錄解題》、《通考》同。《遂初堂書目‧小說類》著錄張華《博物志》，不著錄卷數。是書，《類說》（藝文印書館影印本卷二三）、《紺珠集》（卷四）、《說郛》（卷二）等，皆錄有其條文。再者，有《古今逸史》本、《廣漢魏叢書》本、《稗海》本、

〔註185〕見余嘉錫《論學雜著》之〈《殷芸小說》輯證〉。

《格致叢書》本、《祕書二十一種》本、《四庫全書》本（以上諸本凡分三十八類）、《士禮居叢書》本、《指海》本、《紛欣閣叢書》本、《子書百家》本、《龍溪精舍叢書》本（以上諸本不分類）等，皆十卷。查其中有分類諸本，其卷一之讚文在卷中，與袁本《讀書志》所記不合，其中復多見引於唐宋以前類書而此等本子無者，查非完帙，乃好事者掇取諸書所引《博物志》，並雜取其他小說，餖飣成帙，亦非唐宋人所見舊本，《四庫提要》已詳言之矣。至若不分類諸本，其先為汲古閣影鈔宋本，此等本子之條文與上述分類之本子多所差異，而其本卷一之讚文在卷後，與袁本《讀書志》所記相合，當為南宋時所見之本；然舊籍所引，亦多有出於其本之外，則仍非完帙，今所可知者，《紛欣閣叢書》本有清周心如之輯補，《指海》本嘗經清錢熙祚校勘，並附佚文，此外，《經籍佚文》有清王仁俊所輯佚文〔註186〕；今人范寧所撰《校證》亦輯有佚文，且於今本校勘頗詳。就錢、范二氏所輯觀之，大抵取自《後漢書注》、《三國志注》、《唐會要》、《水經注》、《太平寰宇記》、《文選注》、江淹〈銅劍贊序〉、《齊民要術》、《一切經音義》、《北戶錄》、《歷代名畫記》、《藝文類聚》、《北堂書鈔》、《初學記》、《白孔六帖》、《事類賦》、《太平御覽》、《太平廣記》、《類說》、《重修政和證類本草》、《本草綱目》、《堅瓠集》諸書。案清丁國鈞《補晉書藝文志》謂考《北史・常景傳》，有刪正《博物志》語，段公路《北戶錄》及《文選注》所引各條，多出今本之外，疑據景未刪之本云云，依范寧所考，今本則大抵據常景刪本再予以刊削。此外，有可注意者，各本所載盧氏及周日用注，均甚寥寥，考《玉海》卷五七，引《中興書目》云：「有周日用、盧氏注釋，間見於下。」謂之間見，可見注之不詳，南宋初之傳本已然。

　　《廣記》卷二一〇劉褒，注「出張華《博物志》」，查今傳諸本皆無之，蓋係佚文。再者，《廣記》原注「出《博物志》」，凡二十七條；其中卷三九九釀川、卷四五六巴蛇、卷四八二西北荒小人、蹄羌四條，錢熙祚皆輯作佚文，而末條，孫潛校本注「出《詩含神霧》」；又卷三二七蕭思遇，記陳時事，查不見於今本《博物志》，陳校本、孫潛校本皆作「出《續博物志》」；卷三三九崔書生，記唐時事，亦不見於今本，孫潛校本作「出《博異志》」；又卷四七〇趙平原，記唐事，復不見於今本；又卷四七三蒼梧蠱，首有「《博物志》云」字樣，且文字與今本《博物志》卷二（據《士禮居叢書本》，下同）不盡相同，疑為他書所引，而非直接取自原書者。此外，卷二九一齊景公，注「出《物異志》」，查見今本《博物志》卷八；卷三七五漢宮人，注「出《博物記》」，查見今本《博物志》卷二。又卷四八〇無啓民，原注「出《酉陽

雜俎》」，文與今本《酉陽雜俎》卷四所記同，明鈔本、孫潛校本作「出《博物志》」，其文則與今本《博物志》卷九所記近。

是書載歷代奇物異事。又黃丕烈就其所刻影鈔宋本言之，云「大略撮取載籍所爲，故自來目錄，皆入之雜家」。

127. 《搜神記》

晉・干寶撰。寶，字令升，新蔡人，徙居吳郡海鹽〔註187〕。元帝承制，召爲著作佐郎，賜爵關內侯，領國史，遷散騎常侍。詳《晉書》本傳。

《隋志・雜傳類》著錄三十卷；《唐志・雜傳類》、《新唐志・小說家類》、《通志略・傳記類》同。又《日本國見在書目・雜傳家類》亦著錄三十卷。《崇文總目》著錄《搜神總記》十卷，云：「不著撰人名氏，或題干寶撰，非也。」《宋志・小說類》著錄干寶《搜神總記》十卷，且於其下之《寶櫝記》十卷後亦注云：「並不知作者。」又《玉海》卷五七引《中興書目》亦著錄《搜神總記》十卷。《遂初堂書目》著錄《搜神記》、《搜神摭記》二名，皆不題撰人名及卷數。《四庫總目・小說家類》著錄二十卷。查《晉書》本傳云《搜神記》凡二十卷，惟干氏原書今不可見，其書卷數究有若干，已不得確知。姚振宗《隋書經籍志考證》以爲隋唐史著錄三十卷者，乃並舊題陶潛撰之《後記》在內，但查《隋志》及《日本國見在書目・雜傳家類》於著錄寶書三十卷之同時，亦著錄《後記》十卷，則姚說非也。又周次吉《六朝志怪小說研究》以爲本傳所謂二十卷者，乃干寶手訂之定本，以示劉惔者，其未訂定而散章殘篇，或得十卷，後世不知，收而輯之，隋唐間人猶得及見，乃總爲三十卷，未詳何據。至若見於《崇文總目》諸書志著錄之《搜神總記》，《崇文總目》已明言非干寶撰，《遂初堂書目》著錄之《搜神摭記》，或即指此《總記》，周次吉疑即未經干寶手訂之散章殘篇。是書，《類說》（藝文印書館影印本卷七）、《紺珠集》（卷七）、《說郛》（卷四）嘗錄取其條文，其中《紺珠集》有不見於下列傳本者。再者，今有《秘冊彙函》、《津逮秘書》、《四庫全書》、《學津討原》、《百子全書》本（以上二十卷）、《稗海》本、《龍威秘書》本、《藝苑捃華》本、《說庫》本（以上八卷）、《鹽邑志林》本（二卷）、《重編說郛》（弓第一百十七）本、《五朝小說》本（以上一卷）等。查其中二十卷者，非原書也，王謨《漢魏叢書》本識語云：「蓋原書雖統論鬼神事，仍各有篇目，如《水經注》引張公直事，云出干寶〈感應篇〉，《荊楚歲時記》又引干寶〈變化篇〉，必皆原書篇名，而毛本（《津逮秘書》本）皆不見此體例。」《四庫提要》及余氏《辨證》，亦嘗言

〔註187〕見馬國翰《玉函山房輯佚書》干寶周易注序引項皋謨舊跋。

及其纂輯之迹。許建新《搜神記校注·緒言》曰:「案干寶《搜神記》既自《宋志》、《崇文目》、晁《志》、陳《錄》、馬《考》皆已不載,是南宋時已佚無疑,而至明胡應麟《家藏書目》復見之,則其書當出明人之手。」復曰:「今試檢唐、宋(偶及明代)類書及古注,以求今本之出處,全書凡四四九條,今可得其出處者有三四○條(詳《校注》之附表一)。」於此可見二十卷本乃取舊籍增綴附益成篇。再者,余嘉錫以為「《法苑珠林》引此書至一百四條,又有失注書名,而其文實見於此書者三條,引《搜神續(後)記》,而文實見於此者四條,合之凡得一百一十一條,幾及全書四分之一。余嘗取以相校,字句或有不同,而文義大致相合,亦互有得失;然則此書固有所本,絕非嚮壁虛造矣」。又《鹽邑志林》所收,出二十卷本,而併作二卷;《重編說郛》、《五朝小說》所收亦出二十卷本而併作一卷。至若八卷者,其條文與二十卷本多所歧異,昌師彼得先生疑係明人偽造,不如二十卷本之綴輯有據也,詳所撰《說郛考》一文。今有許建新《搜神記校注》,除以今見諸本互校外,所參校者,尚括唐、宋舊籍等,並附輯佚文二十三條,所輯大抵取自《續漢書·郡國志》、《路史》、《水經注》、《太平寰宇記》、《文選注》、《分門集註杜工部詩》、《釋慧琳一切經音義》、《獨異志》、《藝文類聚》、《初學記》、《太平御覽》、《太平廣記》、《紺珠集》諸書,又附古注、類書注出《搜神記》,而其文見於今本《搜神後記》者二十條。再者,今有汪紹楹新校本,亦善。

　　《廣記》卷三七四湘穴,注「出干寶《搜神記》」,查見今本《搜神記》卷一三(據二十卷本、下同)。又《廣記》原注「出《搜神記》」者,凡九十二條;其中卷三二三東萊陳氏,孫潛校本作「出《續搜神記》」,查見於今本《搜神記》卷一七;卷三五八馬勢婦,孫潛校本作「出《續搜神記》」,查今本《搜神記》卷一五有是條;卷三六○虞定國,孫潛校本亦作「出《續搜神記》」,查今本《搜神記》卷一七有之;又卷六二白水素女,《藝文類聚》卷九七、《太平御覽》卷八、又卷九四一、《記纂淵海》卷九九,皆同《廣記》,引出《搜神記》,查見於今本《搜神後記》卷五,《後記》「視螺,但見女」句之「女」字,明鈔本及孫潛校本作「殼」字,是;卷一三一廣州人,《太平御覽》卷九三四亦引作《搜神記》,而《廣記》卷四五七廣州人及《御覽》卷八八五則引作《續搜神記》,查見於今本《搜神後記》卷一○,《後記》「忽見石窠中有二卵」句之「二」字,《御覽》及《廣記》皆作「三」;卷二二五申翼之,查見於今本《搜神後記》卷六;卷三五八無名夫婦,《法苑珠林》卷一一六(據一百二十卷本)及孫潛校本《廣記》,皆引作《續搜神記》,查正見於今本《搜神後記》卷三;卷三五九王獻,《北堂書鈔》卷一三六、《太平御覽》卷七一七,皆引作《續搜神記》,查見於今本《搜神後記》卷二,《廣記》所引較

簡，且《後記》「王文獻」一名，《書鈔》及《御覽》所引同，而《廣記》脫「文」字；卷三六〇富陽王氏，查見於今本《搜神後記》卷七，案《御覽》卷九四二引此作《廣五行記》，《珠林》卷四二（據一百二十卷本）引作《述異記》，《廣記》卷三二三富陽人，與此同，注「出《述異記》」；卷三八九王伯陽末則，《御覽》卷五五九、又卷八八四，引作《續搜神記》，查見於今本《搜神後記》卷六，案《御覽》卷三七五引《幽明錄》，亦記是事；卷四一五聶友，《御覽》卷七六七引作《續搜神記》，查見於今本《搜神後記》卷八；卷四三八王仲文，查見於今本《搜神後記》卷七，案《廣記》卷一四一王仲文，與此同，注「出《幽明錄》」，又卷三一九王仲文，與此亦同，正注「出《續搜神記》」，彼此文字之異同，有可互勘者；卷四三九顧濡，《類聚》卷九四、《御覽》卷九〇二引作《續搜神記》，查見於今本《搜神後記》卷九；卷四四七陳斐，《御覽》卷九〇九同《廣記》，亦引作《搜神記》，《珠林》卷六三（據一百二十卷本）引作《搜神異記》，查見於今本《搜神後記》卷九；卷四五六章苟，《開元占經》卷一〇二，《御覽》卷一三、又卷七六四，皆引作《續搜神記》，查見於今本《搜神後記》卷一〇；卷四七三葛輝夫，查見於今本《搜神後記》卷八，案《御覽》卷八八五引作《異苑》，又卷九四五引作《廣五行記》，《後記》「有衝輝夫腋下」句，《御覽》所引，於「衝」字上有「一物」二字；又卷二七宗叔林，《御覽》卷三九九引作《續搜神記》，今本《搜神記》及《搜神後記》皆無是條；又卷三一六盧充，查見於今本《搜神記》卷一六，亦見於今本《搜神後記》卷六，案《類聚》卷四、《珠林》卷九二引作《續搜神記》，而《琱玉集》卷一二、《歲華紀麗》卷一、《御覽》卷八八四引作《搜神記》，與《廣記》同。再者，卷二九三蔣子文，注「出《搜神記》、《幽明錄》、《志怪》等書」，其中所記蔣子文、陳郡謝玉、吳望子、韓伯子、劉赤斧五事，皆見於今本《搜神記》卷五。又卷三五九滎陽廖氏，注「出《靈鬼志》及《搜神記》」，查首記滎陽郡廖婦事，見於今本《搜神記》卷一二。此外，卷四六三新喻男子，原注「出《披神記》」，許刻、黃刻作「出《搜神記》」，查見於今本《搜神記》卷一四。又卷三一六張漢直，原注「出《風俗通》」，明鈔本題「出《搜神記》」，今查見於《風俗通義》卷九，《搜神記》卷一七亦有之。又卷六一天台二女，原注「出《神仙記》」，明鈔本作「出《搜神記》」，查今本《搜神記》無是條，存疑可也。又卷三二一賈雍，今所見本闕出處，《御覽》卷三六四，又卷三七一引作《錄異傳》，查今本《搜神記》卷一一有是事，與《廣記》所引同。又卷一三七應樞，注「出《孝子傳》」，《北堂書鈔》諸類書引出《搜神記》，參前撰者未詳之《孝子傳》條。

　　《初學記》文部引干寶〈表〉曰：「臣前聊欲撰記古今怪異非常之事，會聚散逸，

使同一貫，博訪知之者，片紙殘行，事事各異。」又其〈自序〉云：「考先志於載籍，收遺逸於當時。」可知寶著此書，搜羅至廣。至若《四庫提要》云今二十卷本之六、七兩卷，全錄兩《漢書·五行志》，余嘉錫則以爲其中有記三國、兩晉事者，且就其記後漢事之二十一條考之，文之同於《續漢書·五行志》者，僅得其半，安得謂連篇抄錄，一字不更耶？又此二十一條中，珠林引其九條，皆與今本同，知原本大抵如是。詳《四庫提要辨證》。再者，是書所載，不乏民間傳說及諸種禁忌之資料，可爲今日研究民俗學者所取資；而其對日本小說，亦頗有影響，鹽谷溫於其《中國文學概論》〈小說篇〉已言之矣。

128. 《語林》

晉·裴啓撰。啓，字榮期，河東人。父稺，豐城令。啓少有風姿才氣，好論古今人物〔註188〕。隆和時在世〔註189〕。

《隋志·小說家類》於《燕丹子》一書名下注稱梁有《語林》十卷，東晉處士裴啓撰，亡云云。《通志略·小說類》亦著錄之。原書已佚。梁殷芸《小說》（余嘉錫輯本）早嘗徵引之。又《類說》（藝文印書館影印本卷三二）錄有其條文。此外，今傳者尚有《重編說郛》（弓第五十九）本、《五朝小說》本以及《玉函山房輯佚書》之清馬國翰輯本、《古小說勾沈》之近人周氏輯本等。就周氏輯本觀之，所輯大抵取自《水經注》、《世說注》、《藝文類聚》、《北堂書鈔》、《初學記》、《六帖》、李瀚《蒙求注》、《事類賦注》、《太平御覽》、《太平廣記》、《海錄碎事》、《小學紺珠》、王楙《野客叢書》、《類林雜說》諸書。

《廣記》注「出《語林》」者，凡四條。此外，《廣記》卷二四五鄧艾，今所見本闕出處；查《御覽》卷四六四引裴啓《語林》，其文字與《廣記》所引稍異〔註190〕，惟同書卷四六六，復記是事，題「劉義慶《世說》」，文字則近於《廣記》所引。

《世說》輕詆篇注引《續晉陽秋》云是書記「漢魏以來，迄于今時，言語應對之可稱者」，又馬氏輯本序，稱其文筆清雋，劉義慶作《世說新語》，取之甚多，則亦小說之佳品也。

〔註188〕見《世說·文學篇注》引〈裴氏家傳〉。案《世說注》所引，原稱「裴榮字榮期」，「撰《語林》數卷」云云，孝標因云：「檀道鸞謂裴松之以爲啓作《語林》。榮儻別名啓乎？」今人楊勇作《校箋》，以爲上「榮」，當作「啓」，作「榮」者，疑沿下文「榮期」而誤，蓋《續晉陽秋》（《世說·輕詆篇注》引）、《隋書·經籍志》等皆作「啓」也。今從楊氏說。

〔註189〕見《世說·輕詆篇注》引《續晉陽秋》。

〔註190〕《太平御覽》卷四六四引裴啓《語林》曰：「鄧艾口吃，常云艾艾。宣王曰：爲云艾艾，終是幾艾？艾答曰：譬如鳳兮鳳兮，故作一鳳耳。」

129. 《甄異傳》

晉・戴祚撰。祚，字延之〔註191〕，江東人〔註192〕。晉末，從劉裕西征姚泓〔註193〕。裕既克長安，以祚留爲西戎校尉府主薄〔註194〕。

《隋志・雜傳類》著錄三卷；《唐志・雜傳類》、《新唐志・小說家類》、《通志略・傳記類》同。原書已佚。今傳者有《重編說郛》（弓第一百十八題「《甄異記》」）本、《龍威秘書》本以及《古小說勾沈》之近人周氏輯本等；後者所輯大抵取自《藝文類聚》、《北堂書鈔》、《太平御覽》、《太平廣記》、蘇易簡《文房四譜》諸書。查《重編說郛》所錄，其中盧耽、陳濟、賈弼、查道四條，未見收於周氏輯本，疑其或雜取自他書，如陳濟條，與《廣記》卷三九六陳濟妻事同，而《廣記》注「出《神異錄》」；又如查道條，首云：「待制查道，奉使高麗」，而待制乃唐置官銜，非晉所有。

《廣記》卷二七六劉沙門，注「出《甄異傳》」。此外，注「出《甄異錄》」者五條，皆見於周氏戴祚《甄異傳》輯本；其中卷三二四秦樹，《御覽》卷七一八引作《甄異傳》，其「秦樹」之「樹」，《御覽》作「拊」字，且文較簡，是條復見於今本《異苑》卷六。此外，卷二七六桓豁，原注「出■異記」，孫潛校本作「出《甄異記》」，許本作「出《述異記》」，今見於《異苑》卷七。又注「出《甄異記》」者五條，皆見於周氏輯本；其中卷三二二張君林，《御覽》卷七五八、又卷九七四，俱引作《甄異傳》，其首句「吳縣張君林」，《御覽》卷九七四作「吳縣張牧，字君林」；卷三二五夏候文規，《御覽》卷九六七引作《甄異傳》；卷四二六謝允，《御覽》卷四三亦引作《甄異傳》。再者，卷四六八楊醜奴，注「出《甄異志》」，見於周氏《甄異傳》輯本，今《異苑》卷八亦有之，惟「楊醜奴」之「楊」作「常」，文字亦簡，又卷三八六章汎，原注「出《異苑》」，孫潛校本作「出《甄異記》」，周氏輯本收之，復見於今本《異苑》卷八。

130. 孔氏《志怪》（《廣記》原作孔約《志怪》）

晉・孔氏撰。案隋、唐史志著錄，僅云孔氏，而《廣記》所引，注「出孔約《志怪》」，則以爲孔氏名約也。又《文苑英華》載顧況之〈戴氏《廣異記》序〉，稱「孔慎言《志怪》」云云，則孔氏似字慎言也。據《世說・方正篇注》引是書之盧充條，

〔註191〕姚振宗《隋書經籍志考證》引章宗源之言曰：「《隋志・地理類》有戴延之《西征記》二卷，又有戴祚《西征記》一卷，唐志惟有載祚，無延之。據《封氏聞見記》，言祚晉末從劉裕西征姚泓，《水經・洛水注》言延之從劉武王西征；是祚與延之本一人，祚乃其名，而以字行。」
〔註192〕見唐封演之《封氏聞見記》卷七。
〔註193〕同上。
〔註194〕見《隋書・經籍志注》及姚氏《考證》。

末有「其後生植，爲漢尙書；植子毓，爲魏司空；冠蓋相承至今也」句，故知其爲晉人。

　　《隋志·雜傳類》著錄四卷；《唐志·雜傳類》、《新唐志·小說家類》、《通志略·傳記類》俱同。原書已佚。今傳者，有《古小說鉤沈》之近人周氏輯本，又有補周氏之逸者（見萬年青書廊出版之《中國古典小說論》頁一一〇至一一一）。就周氏輯本觀之，所輯大抵取自《世說注》、《藝文類聚》、《北堂書鈔》、《初學記》、《蒙求注》、《太平御覽》、《太平廣記》、《類林雜說》、《草堂詩箋》諸書。

　　《廣記》卷二七六晉明帝，注「出孔約《志怪》」。此外，卷二一八華佗末則，注「出《志怪》」，查《北堂書鈔》卷一三五引之，題作孔氏《志怪》。又卷四六八謝宗，亦注「出《志怪》」，查《御覽》卷九三一亦引之，題作孔氏《志怪》；「來詣船」句下，《御覽》多「問宗：有佳絲否？欲市之」九字；「自爾船人夕夕聞言笑」句，《御覽》作「自爾船人恆夕但聞言笑，兼芬馥氣」。又卷三二二袁無忌、卷三二六長孫紹祖，注「出《志怪錄》」，《中國古典小說論》（頁一一〇）云《事類賦注》引出孔氏《志怪》，惟文字較簡。

131.　《志怪》

　　撰者未詳。疑爲孔約、祖台之、殖氏、曹毗諸人之一。姑略記諸人事迹於後。約，詳前條。台之，字元辰，晉范陽人。官至侍中光祿大夫，詳《晉書·王湛附傳》。殖氏，始末未詳。毗，字輔佐，晉譙國人。郡察孝廉，除郎中，徵拜太學博士，官至光祿勳卒，詳《晉書》本傳。

　　除孔氏《志怪》外，《隋志·雜傳類》尙著錄祖台之《志怪》二卷；《通志略·傳記類》同。《唐志·雜傳類》著錄四卷；《新唐志·小說家類》同。又《隋志·雜傳類》著錄殖氏《志怪記》三卷。再者，清丁國鈞諸家《補晉書藝文志》〈小說〉或〈小說家類〉著錄曹毗《志怪》，卷數未詳。原書皆已佚。除孔氏《志怪》外，近人周氏尙輯有祖台之《志怪》、殖氏《志怪記》、曹毗《志怪》及《雜鬼神志怪》，見《古小說鉤沈》，所輯大抵取自《法苑珠林》、《藝文類聚》、《北堂書鈔》、《初學記》、《事類賦注》、《太平御覽》、《太平廣記》諸書。

　　《廣記》注「出《志怪》」者，凡七條；注「出《志怪錄》」者，凡四條；其中除卷二一八華陀、卷四六八謝宗、卷三二二袁無忌、卷三二六長孫紹祖，他書引出孔氏《志怪》；卷四六八廣陵王女，《御覽》引出許氏《志怪》外，餘皆未詳出自何家之《志怪》，近人周氏輯之，總題《雜鬼神志怪》。此外，卷一九三蔣子文，注「出《搜神記》、《幽明錄》、《志怪》等書」；查其中記太常卿韓伯子某一則。《珠林》卷九二（據一百

二十卷本）引出《志怪傳》；記劉赤斧一則，《珠林》卷八四（據一百二十卷本）亦引出《志怪傳》；而此二則又皆見於今本《搜神記》卷五〇，又卷三七金晶友，原闕出處，明鈔本則題「出《宣室志》」；查今本《搜神後記》卷八載其事較詳（《廣記》卷四一五轟友亦引之，注「出《搜神記》」），知晶友為吳人，而就《宣室志》之通行本及其見引於《廣記》者觀之，所記大抵皆唐事，則是條似不屬於張讀書，且梁殷芸《小說》（據《說郛》本所錄）引晶友事，文字與《廣記》卷二七四所引同，條末並注出處為「怪心」，「怪心」疑即「《志怪》」之訛。總言之，《廣記》所引撰者未詳之《志怪》，其中或雜有孔氏所撰者，亦未可知，姑附於孔氏《志怪》後，存疑可也。

132. 《靈鬼志》

荀氏撰。荀氏，始末未詳。案文廷式《補晉書藝文志》嘗著錄是書，則以其為晉人歟？又查今所存殘篇，其事蹟年代之可考見者，晚及晉義熙年中，疑其人晉末在世；或已入宋，亦未可知。

《隋志·雜傳類》著錄三卷；《唐志·雜傳類》、《新唐志·小說家類》、《通志略·傳記類》同。原書已佚。今傳者有《古小說鉤沈》之近人周氏輯本，所輯大抵取自《世說注》、《法苑珠林》、《辯正論注》、《藝文類聚》、《北堂書鈔》、《事類賦注》、《太平御覽》、《太平廣記》諸書。案《世說注》所引，皆稱《靈鬼志·謠徵》，則「謠徵」似為其中篇名。又案《重編說郛》（弓第一百十三）錄《靈鬼志》一則，署唐荀氏撰，查即《廣記》卷三四二獨狐穆，注「出《異聞錄》」，與此荀氏《靈鬼志》無涉。再者，《龍威秘書》收題唐常沂撰之《靈鬼志》，乃雜取《錄異傳》、《窮怪錄》、《酉陽雜俎》、《廣異記》、《宣室志》、《瀟湘錄》、王隱《晉書》諸書條文而成，似轉錄自《廣記》，其中惟嵇康一條，《廣記》注出《靈鬼志》。

《廣記》注「出《靈鬼志》」者，凡八條。又卷三五九滎陽廖氏，注「出《靈鬼志》及《搜神記》」，查首所記廖婦氏，見於今本《搜神記》卷一二，而《御覽》卷七四二引之，題《靈鬼志》。此外，卷三二〇蔡謨，注「出《靈異志》」，周氏收是條入《靈鬼志》輯本中，蓋以《廣記》所注宜作《靈鬼志》，查蔡謨，晉永和十二年卒，《晉書》有傳，而荀氏大抵為晉、宋間人，距蔡謨死後不甚遠，可得記其事，姑從周氏說。

是書之今傳者，其中「有道人外國來」一條，保有《舊雜譬喻經》「梵志吐壺」之神秘色彩，設想亦巧妙；而末寫道人戲弄守財奴，困其父母在澤壺中，使不得出，語之曰：「君當作千人飲食，以飴百姓窮者，乃當得出。」則又具有中國傳統之仁義風骨。

133. 《王子年拾遺記》

姚秦‧王嘉撰，梁（據《讀書志》）‧蕭綺錄。嘉、字子年，隴西安陽人。隱於東陽，弟子受業者百人。石季龍之末，弃其徒眾，至長安，潛隱於終南山，復遷於倒獸山，苻堅累徵，不赴。及姚萇入長安，每事咨之，後因故而遭戮。苻登聞嘉死，設壇哭之，贈太師，諡文定公。案其事具《晉書‧藝術傳》，故舊本繫之晉代，《四庫提要》曰：「然嘉實苻秦方士，是時關中雲擾，與典午隔絕舊矣，稱晉人者，非也。」綺，始末未詳。考今本蕭綺序稱嘉書十九卷，二百二十篇，後經喪亂，多有敗亡，因搜檢殘遺，合為一部，凡一十卷云云，則非全書可知。又序稱原書「文起羲炎已來事，訖西晉之末」，然卷九記石虎燋龍至石氏破滅，事在穆帝永和六年之後，入東晉久矣，疑是本或經蕭綺增補，非盡王嘉書之文歟？又宋晁載之〈《洞冥記》跋〉引唐張柬之之言，稱虞義（「義」為「羲」之訛。羲，南齊前軍參軍，見姚振宗《隋志‧別集類‧虞羲集》之考證）造《王子年拾遺錄》，未詳其所據，姑仍從舊說。

《隋志‧雜史類》著錄《拾遺錄》二卷，題偽秦姚萇方士王子年撰，又著錄《王子年拾遺記》十卷，蕭綺撰。《唐志‧雜史類》著錄《拾遺記》三卷，題王嘉撰，又著錄《王子年拾遺記》十卷，題蕭綺錄；《新唐志》著錄二書卷數同《唐志》。《崇文總目‧傳記類》著錄《王子年拾遺記》十卷。《通志略‧傳記類》著錄《拾遺錄》二卷，題偽秦姚萇方士王子年撰，又著錄《王子年拾遺記》十卷。《讀書志‧傳記類》著錄《王子年拾遺記》十卷，並云梁蕭綺敘錄。《遂初堂書目‧雜傳類》僅著錄《王子年拾遺記》之名。《書錄解題‧小說家類》著錄《拾遺記》十卷，並云晉隴西王嘉子年撰，蕭綺序錄；《通考‧小說家類》著錄《王子年拾遺記》十卷，引《讀書志》語。《宋志‧小說類》僅著錄《王子年拾遺記》十卷，題晉王嘉撰。《四庫總目》著錄《拾遺記》十卷。案隋、唐史志之二卷或三卷，殆即王嘉原書之殘本歟？此外，《書錄解題》尚著錄《名山記》一卷，云：「亦稱王子年，即前（《拾遺記》）之第十卷。」《通考》亦著錄之。是書，《類說》（藝文印書館影印本卷五）、《紺珠集》（卷八）、《說郛》（卷三〇）嘗錄取其條文，皆題「《拾遺記》」。此外，今傳者尚有《歷代小史》本（一卷）、《稗海》本、《古今逸史》本、《秘書二十一種》本、《四庫全書》本、《增訂漢魏叢書》本、《百子全書》本（以上十卷）等。查《類說》等所錄，有所刪節，但其條文不出以上《歷代小史》、《稗海》諸傳本之外。諸本大抵有「錄曰」之文，疑所據乃出自蕭綺敘錄本，而非王嘉原書；其中如《歷代小史》本，雖刪去「錄曰」之文，且缺諸名山所有條文（即十卷本之卷十），餘則無甚出入。再者，《重編說郛》（弓第六十六）、《五朝小說》等所錄，題「《拾遺‧名山記》」，如陳振孫所言，即《拾遺記》之第十卷。

《廣記》注「出《王子年拾遺記》」、「出《王子年拾遺錄》」、「出《王子年拾遺》」、「出《拾遺記》」、「出《拾遺錄》」者，凡百餘條，大抵不出今本之外；如卷七六子章，包括「錄曰」之文，則所據仍非王嘉原書可知；又其中卷九一法喜，原注「出《拾遺記》」，查所記乃隋煬帝時事，明鈔本、孫潛校本作「出《大業拾遺記》」；又卷四○三寶宮，原注「出《拾遺錄》」，查不見於今本《拾遺記》，參後之《西京雜記》條。此外，卷四六二越烏臺，原注「《王子年耆舊傳》」，明鈔本作「出《拾遺錄》」，查見於今本《拾遺記》卷三（據《古今逸史》本）。

是書所言，大抵荒誕，《四庫提要》稱其中如皇娥讔歌之事，趙高登仙之說，或上誣古聖，或下獎賊臣，尤為乖忤，然歷代詞人取材不竭，亦無益經典而有助文章者歟？再者，自此書可知見佛教影響之痕迹，如卷一高辛條云：「丹丘之地有夜义駒跋之鬼。」夜义，乃釋教天龍八部之一，《翻譯名義集》卷二有所解說；又如卷四記燕昭王時申毒國有道術人尸羅幻化事，查《觀佛三昧海經》卷一云：「天見毛內有百億光，其光微妙，不可具宣。于其光中現化菩薩，皆修苦行，如此不異。菩薩不小，毛亦不大。」似即其圭臬，而與《舊雜譬喻經》卷上梵志吐壺亦同一機杼耳。至其特意描寫甘露、玉樹、芝田、瑤臺，則又不脫神仙道教情調。

134. 《異苑》

劉宋・劉敬叔撰。敬叔，彭城人。少穎敏，有異才。起家中，兵參軍，司徒掌記，又嘗為劉毅郎中令。晉安帝義熙七年，有詔拜授劉毅世子，毅以王命之重，當設饗宴親，請吏佐臨視。至日，國僚不重白，默拜於厫廊中。王人將反命，毅方知，大以為恨，免敬叔官。義熙十三年，為長沙景王驃騎參軍，在西州。及毅誅，宋高祖受禪，召為征西長史。元嘉三年，入為給事黃門郎，數年，以病免。泰始中，卒於家〔註195〕。

《隋志・雜傳類》著錄十卷；《通志略・傳記類》同。《四庫總目》亦十卷。是書，梁殷芸《小說》（余嘉錫輯本）早嘗徵引之。此外，今傳者，尚有《秘冊彙函》本、《津逮秘書》本、《四庫全書》本、《學津討原》本、《說庫》本（以上十卷）、《重編說郛》（弓第一百十七）本、《五朝小說》本、《唐宋叢書》本（一卷）等。查其中一卷者，所錄僅三十四則，非完帙可知。至若十卷者，《四庫提要》曰：「卷數與《隋書・經籍志》所載相合，劉知幾《史通》謂《晉書》載武庫火，漢高祖斬蛇劍穿屋飛去，乃據此書載入，亦復相合。惟中間《太平御覽》（卷九一九）所引傳承亡餓（當

〔註195〕參見《異苑》卷三、沈約《宋書・五行志》、《隋書・經籍志》、明胡震亨《補傳》、《四庫提要》、《四庫提要辨證》諸書。

作「鵝」）一條，此本失載；又稱宋高祖爲宋武帝裕，直舉其國號名諱，亦不似當時臣子之詞。疑已不免有所佚脫竄亂。」案「傳承亡鵝」，見於今本《異苑》卷三（《學津討原本》，下同），《提要》云失載，非也。又案今本卷六葛輝夫，亦見於今本《搜神後記》卷八；同卷秦樹，《廣記》卷三二四引之，注「出《甄異記》」，如此之類，存疑可也。友人王國良於其所撰《搜神後記研究》一書中，即謂今本《異苑》係從古注、類書抄輯而成，其中或益以他書文字，日人森野繁夫所撰〈《異苑》之通行本〉一文（載於廣島大學《中國中世文學研究》第一號），乃其所取信者。此外，今所可知者，《經籍佚文》有清王仁俊所輯佚文〔註196〕。

　　《廣記》卷三一五魁父廟、卷四六〇鶴，皆注「出劉敬叔《異苑》」。又《廣記》原注「出《異苑》」者，凡一百一條；其中卷一一二釋智興，岑仲勉以爲智興乃大業中人，敬叔之書，何緣說及隋事？夷考其文，大致與《法苑珠林》卷四四（據一百二十卷本）所記智興事同，蓋輯自《法苑珠林》者，既落去「珠林」字，因訛「法」爲「異」云云〔註197〕，查《珠林》是條注出《唐高僧傳》，今本《續高僧傳》（據四十卷本）卷三九有之；卷一三七李揆，記唐代宗時事，《廣記》注「出《異苑》」者，非劉敬叔書可知，其注恐因字訛而誤歟？卷三八六章汎，孫潛校本注「出《甄異記》」，參前之《甄異傳》條；卷四四〇鼠第八則，孫潛校本作「出《錄異記》」，今查見《異苑》卷三。此外，卷二七六商靈均，原注「出《夢苑》」，《夢苑》一名，未見書志著錄，明鈔本作「出《異苑》」，查是條正見於今本《異苑》卷七；又同卷桓豁，原注「出■異記」，今亦見《異苑》卷七，參前之《甄異傳》條；又同卷張尋，原注「出《述異記》」，明鈔本作「出《異苑》」，查今本《異苑》無之。又卷三二四郭銓，原注「出《冥祥記》」，明鈔本、孫潛校本作「出《異苑》」，查今本《異苑》亦無之。再者，卷三二四梁清，闕出處，查見《異苑》卷六，其中文字有可互校者：如《廣記》原引「舉面是■■■■■■之」句，黃刻作「舉面是毛，松羅驚，以箭射之」，孫潛校本作「舉面是眼，搏灑之」，而今本《異苑》作「舉面是毛，擲灑糞穢，引弓射之」；又卷四一一越蒜，首稱「《異苑》曰」云云，而其末闕出處，查見今本《異苑》卷二，文字幾同。

　　《四庫提要》論及是書，曰：「其詞旨簡澹，無小說家猥瑣之習。」又曰：「唐人多所引用，如杜甫詩中陶侃胡奴事，據《世說新語》，但知爲侃子小名，勘驗是書，乃知別有一事，甫之援引爲精切，則有裨於考證亦不少矣。」又，是書所記鸚鵡救火事（《廣記》卷四六〇嘗引之），與《舊雜譬喻經》卷上所記雪山大竹林鸚鵡事同，

〔註196〕見《叢書子目類編》頁一〇八六。
〔註197〕見〈跋歷史語言研究所所藏明末談刻及道光三讓本太平廣記〉一文。

而《大寶積經》卷八○嘗曰：「又念過去作雉身，在於曠野缺林裏；彼林爲火所焚燎，時我救林天雨花。」則其受佛家故事之影響，似可知見。

135. 《世說》（《廣記》或作《世說新書》、《世說新語》）

　　劉宋・劉義慶撰。義慶，長沙王道憐次子，嗣於臨川烈武王道規，永初元年襲封。累官荊、江、南兗諸州刺史，加開府儀同三司。元嘉二十一年薨，諡曰康王。詳《宋書》及《南史》〈臨川烈武王道規附傳〉。

　　《隋志・小說家》著錄《世說》八卷，題宋臨川王劉義慶撰，又《世說》十卷，題劉孝標注。《兩唐志・小說家類》著錄劉義慶《世說》八卷、劉孝標《續世說》十卷；《通志略》同。《讀書附志・雜說類》著錄三卷，題《世說新語》；《宋志・小說類》、《四庫總目・小說家類》同。《宋志》復著錄《世說新語》一卷，不題撰人，未詳即義慶書否。《讀書志・小說類》著錄《世說新語》十卷、《重編世說》十卷；《通考》同。《遂初堂書目・小說類》著錄《世說》、《世說新語》及《世說敘錄》三名。《書錄解題・小說家類》著錄《世說新語》三卷並《敘錄》二卷。此外，《秘書續目》著錄《世說》鈔一卷；《通志略》亦著錄之，皆不題撰人。案宋黃伯思《東觀餘論》、明顧起元《說略》、《四庫提要》及《辨證》等，以爲《世說》之名，肇於劉向，其書已亡，故義慶所集，名《世說新書》，《通典》卷一五六引曹公軍行失道，三軍皆渴事，《酉陽雜俎》引王敦澡豆事，尚作《世說新書》可證；今有楊勇《世說新語校箋》，則以爲是書初名當作《世說》，其言曰：「本書分三十六類，而以孔門四科冠首，蓋即漢末品論之遺，其所載，又多漢末魏晉名士佳言；名曰《世說》，襲意《論語》，無可疑也。」復謂其稱《世說新書》，起自梁、陳間〔註198〕，而稱《世說新語》者，始見於劉知幾《史通》〔註199〕，復極盛於宋代。至若繆荃孫《雲自在龕隨筆》卷四曰：「宋人有稱《世說》爲晉宋奇談者。」則不知所據云云。是書之行也，宋汪藻《敘錄》云：「隋唐志皆云《世說》八卷，劉孝標注續皆十卷，而〈義慶傳〉稱十卷，則《世說》本書卷第莫得而考。於孝標注中，時有稱劉義慶《世說》云云，則今十卷，或二書合而爲一，非義慶本書然也。」宋時，此書本子不一，如據汪氏《敘錄》所云，就卷第言之，有分作二卷者，又有分作十一卷者，就篇次言之，有分三十八篇者，又有分三十九篇者，皆與今所見者不同，又如《讀書志》云：「家本有二，一極詳，一殊略，略有稱改正，未知誰氏所定，然其目則同。」再者，如董弅〈跋〉（附見於四部叢刊影印明袁氏嘉趣堂本後）云：「《世說》三十六篇，世所傳釐爲十卷，

〔註198〕汪藻《世說・敘錄》引顧野王所撰顏氏本跋云：「諸卷中，或曰《世說新書》。」故楊勇以爲「新書」之名，當起自梁、陳之間。
〔註199〕《史通》《雜說》篇云：「近者宋臨川王義慶著《世說新語》。」

或作四十五篇，而末卷但重出前九卷中所載。」其所言之十卷本，晏殊嘗為之校定，盡去其重，復經董弈刪訂，勒為三卷，紹興八年刻於嚴州，遂為百世之準式。至若孝標注文，試取唐寫本殘卷以校今本，已十削二三，據董弈之言，蓋係晏殊所刪。是書今傳本頗多，其較著者，約有世界書局影印唐寫本（題《世說新書》。殘存卷文，即今本第十至十三門）、世界書局影印日本金澤文庫藏宋本、明袁氏嘉趣堂覆宋刻本、《四庫全書》本、《四部叢刊》本（以上三卷）、明吳勉學校刊本、明吳中珩校刊本、清光緒三年湖北崇文書局本（以上六卷）、元坊刻宋劉辰翁批點本、明凌瀛初刻套印王世懋批點本（以上八卷）、《歷代小史》本（一卷。白文無注）等。查其中金澤文庫所藏宋本，原附有汪藻《敘錄》，世界書局影印本缺，而楊家駱先生有之〔註200〕；《書錄解題》云：「《敘錄》者，近世學士新安汪彥章所為也，首為考異，繼列人物世譜、姓氏異同，末記所引書目。」然金澤文庫本所附，人名譜缺滿、蕭二族及僧氏十九人，書目則全缺；又楊勇疑附《敘錄》之本為汪藻後人據董本翻雕，非董弈原刻，然亦不失為今見最古全本也。再者，袁本，據神田醇〈唐寫本跋〉所云，淳熙戊申，陸游重刊董刻于新定，嘉靖乙未，袁褧又重雕之；則其來有自也。至若諸三卷本，其中有每卷分上、下者；又諸六卷本，即就此等三卷本每卷上、下各分為二卷耳；神田醇嘗稱董弈刻于嚴州者，各卷分為上、下云云，則每卷分上、下者，似董氏原刻已然矣。此外，昌師彼得先生曰：「明凌刻套印本書前附列人物，以紀名字及名字異同，清光緒思賢講舍本附葉德輝輯注《引用書目》及《佚文》各一卷，尚有汪氏遺意。」〔註201〕又其可知者，今有楊勇《世說新語校箋》、馬森《世說新語研究》，頗多發明。

《廣記》原注「出《世說》」者，凡三十四條；其中卷二三五管寧，明鈔本作「出《殷芸小說》」，今查見《世說》德行篇，惟文字稍異。又《廣記》注「出《世說新書》」者，凡六條：即卷一四一王導、庾亮、卷一六九桓溫、謝鯤、卷一七○顧和、卷二三六王敦。又原注「出《世說新語》」者，亦六條；其中卷二四五孫子荊，明鈔本、孫潛校本作「出《啟顏錄》」，今查見《世說‧排調篇》，文字稍異。此外，卷一七四鍾毓，原注「出《小說》」，明鈔本作「出《世說》」，今查見《世說‧言語篇》。又卷二五三諸葛恪，原注「出《啟顏錄》」，明鈔本分二則，吳主引蜀使費禕飲作「出《啟顏錄》」，諸葛瑾為豫州作「出《世說》」，今查後一則見《世說‧排調篇》。卷四○三七寶鞭，原注「出《中說》」，黃本作「出《世說》」，查今本《世說》無是條。

〔註200〕馬森撰《世說新語研究》，嘗從楊先生處借而引之；本篇引及《敘錄》者，復取自馬著。

〔註201〕見《說郭考》一文。

卷一七三曹植，原注「出《世記》」，四庫本、汪氏點校本作「出《世說》」，今查《世說・文學篇》記七步成詩事，但文字較《廣記》是條爲略。卷二一〇戴逵「又」條，原注「出《世說雜書》」，孫潛校本有眉批曰：「此條抄本補入。」，今查見《世說・識鑒篇》。卷二四五鄧艾，闕出處，《御覽》卷四六六引作劉義慶《世說》，查見《世說・言語篇》。卷二五三賀循，原闕出處，明鈔本、孫潛校本作「出《世說》」，查今本《世說》無是條。

是書所述，《四庫提要》稱其「上起後漢，下迄東晉，皆軼事瑣語，足爲談助」。其文字間或同於《語林》、《郭子》諸書。至若劉孝標注，特爲高瞻，其糾正義慶之紕繆，堪稱精核；又所引諸書，今已佚其十之九，惟賴其注以傳，故與裴松之《三國志注》、酈道元《水經注》、李善《文選注》，同爲考證家所引據焉。

136. 《幽明錄》

劉宋・劉義慶撰。義慶，見前《世說》條。

《隋志・雜傳類》著錄二十卷；《通志略・傳記類》同。《唐志・雜類》著錄三十卷；《新唐志・小說類》同。原書已佚。梁殷芸《小說》（余嘉錫輯本）早嘗徵引之。又《類說》（藝文印書館影印本卷一一）、《說郛》（卷三）等錄有其條文。此外，今傳者尚有《重編說郛》（弓第一百十七）本、《五朝小說》本、《琳琅秘室叢書》本以及《古小說勾沈》之近人周氏輯本等。查《琳琅秘室叢書》本並附清胡珽校譌，胡氏識語曰：「此爲也是園所藏之本，其紙墨甚古，而闕訛特多，雖經黃丕烈得其所自出之本（錢遵王藏舊鈔本），覆校一過，亦無甚異同，今以《太平廣記》逐條對勘更正者十之四、五。」是本不分卷，其條文近一百六十則，大抵自《太平御覽》、《太平廣記》二書鈔出，與《重編說郛》本等皆非原帙也。近人周氏輯本較善，所輯除《御覽》、《廣記》外，復取自《世說注》、《太平寰宇記》、《開元占經》、《法苑珠林》、《辯正論注》、《類書殘卷》、《琱玉集》、《藝文類聚》、《北堂書鈔》、《初學記》、《六帖》、《蒙求注》、《事類賦注》、《古今類事》、《海錄碎事》、《類林雜說》、《蘇易簡文房四譜》諸書，較《琳琅秘室叢書》本約多百餘條；惟徐琦條（《琳琅秘室叢書》本鈔自《御覽》卷八一二所引），輯本無；又《廣記》卷三二一賈雍，原闕出處（今本《搜神記》卷一一有之），周氏因其上之胡馥之條注「出《幽明錄》」而誤輯入之，宜刪。

《廣記》注「出劉義慶《幽明錄》」者，凡三條；又注「出《幽明錄》」者，凡一百一條；其中卷二八三楊林，《太平寰宇記》卷一二六引之，云出《搜神記》；卷四四〇王周南，查見今本《搜神記》卷一八；注「出《幽明怪錄》」者一條：即卷二

九三葛祚；注「出《幽明記》」者三條：即卷二八三師舒禮、卷三五八龐阿、卷三五九郭氏。再者，原注「出劉義慶《幽冥錄》」、「《幽冥錄》」、「《幽冥記》」者，凡十四條；案其中卷三六○丁譁、樂遝、王徵，陳校本作「出《幽明錄》」，且如卷三一九阮瞻，《御覽》卷六一七引作《幽明錄》，卷三六○劉斌，《御覽》卷八八五亦作《幽明錄》，則「《幽冥錄》」、「《幽冥記》」爲「《幽明錄》」之誤可知也。此外，卷二九三蔣子文，注「出《搜神記》、《幽明錄》、《志怪》等書」，據《法苑珠林》卷一○及卷一一四（皆據一百二十卷本）所引，知其中孫恩作逆及王長豫有美名二事出自是書。又卷三一八彭虎子，原注「出《稽神錄》」，明鈔本作「出《幽明錄》」；查不見於今本《稽神錄》。又卷三二○任懷仁，原注「出《稽明錄》」，汪氏點校本作「出《幽明錄》」，黃本作「出《稽神錄》」；查不見於今本《稽神錄》，而所記乃東晉升平元年事，近人周氏《幽明錄》輯本收之，近是。又卷三六○賈弼之（疑「之」字衍），原注「出《西明雜錄》」，陳校本、孫潛校本作「出《幽明錄》」，查《類聚》卷一七、《御覽》卷三六四引及是條，作《幽明錄》，而《廣記》卷二七六賈弼，事同此，亦注「出《幽明錄》」。又卷一六一漢武帝，原闕出處，陳校本、孫潛校本作「出《幽明錄》」；查殷芸《小說》、《開元占經》卷八三引及是條，正作《幽明錄》。又卷三一七王弼，闕出處；查殷芸《小說》、《類聚》卷七九、《御覽》卷八八三引之，皆作《幽明錄》。

　　《史通》言唐修《晉書》，多取《幽明錄》，章宗源嘗查如「石勒問佛圖澄擒劉曜兆」、「魏武帝夢三馬共一槽」、「王茂宏夢人以百萬錢買大兒長豫」，此類皆《晉書》所取資。詳章氏《隋書經籍志考證》。

137. 《宣驗記》

　　劉宋・劉義慶撰。義慶，見前《世說》條。

　　《隋志・雜傳類》著錄十三卷（一本作三十卷）；《通志略・傳記類》亦十三卷。原書已佚。今傳者有《重編說郛》（弓第一百十八）本、《五朝小說》本（皆闕撰者名）以及《古小說勾沈》之近人周氏輯本。周氏所輯，大抵取自梁釋慧皎《高僧傳》、《辯正論注》、《藝文類聚》、《初學記》、《六帖》、《事類賦注》、《太平御覽》、《太平廣記》諸書。

　　《廣記》注「出《宣驗記》」者，凡八條；其中卷一六二鄭鮮，首句冠「唐」字，查《辯正論》卷八注亦引之，首句無冠「唐」字，且今本劉宋劉敬叔《異苑》卷九嘗記鄭鮮之事，鮮之字道了，鮮亦字道了，疑鄭鮮與鄭鮮之同指一人，則《廣記》是條句首「唐」字，宜刪卻之。此外，卷四四三吳唐，注「出《宣室志》」，《事類賦注》卷二三、《御覽》卷九○六皆引作《宣驗記》；今本《宣室志》無是條，然其非

原帙，存疑可也。

是書之今傳者，其中「雉滅火」條與《異苑》「鸚鵡救火」條同源，亦受佛家故事之影響也。

〔附錄〕《宣驗志》（疑即《宣驗記》，故附于是處。然此書名本身宜入本編（貳）之（二），故是處不予以編號，而于（貳）之（二）處復列其名，且予以編號，考證則詳于此）

撰者未詳。

未見書志著錄。

《廣記》卷一三二王遵，原注「出《宣驗志》」，明鈔本、黃本作「出《宣室志》」，就其句首冠「唐」字觀之，其所謂《宣驗志》者，似非指劉義慶《宣驗記》；又查《御覽》卷七四〇引及此條，句首無冠「唐」字，且「王遵」作「王導」，則所記非唐事，因疑《廣記》所注出處或即《宣驗記》之訛，惟《御覽》所引，作《靈驗記》，此《靈驗記》為《宣驗記》之訛歟？抑另有所指歟？未詳，存疑可也。

138. 《齊諧記》

劉宋・東陽无疑撰。无疑，依何氏《姓苑》有關東陽氏之記載，則其先或為東陽郡人。又《隋志》注其為散騎侍郎，《廣韻》東字注云其為員外郎。此外，《珠林》卷七八（據一百二十卷本）引齊王琰《冥祥記》，載元嘉九年劉齡之父暴病亡，道士誑化鄉里事，記末云：「其（劉齡）鄰人東安太守水丘和傳於東陽无疑，時亦多有見者。」

《隋志・雜傳類》著錄七卷；《唐志・雜傳類》、《新唐志・小說家類》、《通志略・傳記類》同。原書已佚。《類說》（藝文印書館影印本卷五）嘗錄取其條文，此外，今傳者尚有《玉函山房輯佚書》之清馬國翰輯本、《續金華叢書》之近人胡琮梣輯本、《古小說勾沈》之近人周氏輯本等。就周氏輯本觀之，所輯大抵取自《法苑珠林》、《北堂書鈔》、《初學記》、《六帖》、《太平御覽》、《太平廣記》諸書；又《廣記》卷二一〇徐邈條，周氏輯本無之，宜補。

《廣記》注「出《齊諧記》」者，凡八條。此外，卷二一八范光祿，注「出《齊諧錄》」，《御覽》卷七四三亦引之，作《齊諧記》。

齊諧，人名，志怪者也，見《莊子・逍遙遊》，東陽氏借以為其志怪之書名。

139. 《感應傳》

南朝・王延秀撰。延秀，太原人〔註202〕。案《宋書・何尚之傳》云元嘉十三年，何尚之為丹陽尹，立宅南郊外，置玄學，聚生徒，延秀嘗往游焉。又據《宋書・禮

〔註202〕見梁釋慧皎《高僧傳》序。

志》，知其在泰始中嘗爲祠部郎。此外，《隋志·雜家類·感應傳》下原注云：「晉尙書郎王延秀撰。」姚氏《考證》曰：「晉當爲宋。」則知其劉宋時在世也。

《隋志·雜傳類》著錄八卷，又〈雜家類〉著錄同；《唐志·雜傳類》、《新唐志·小說家類》、《通志略·傳記類》，亦八卷。原書久佚。

《廣記》注「出《感應傳》」者，凡二條：即卷一一一齊建安王、一一四張逸，其中故事年代有可議者，存疑。

140. 祖冲之《述異記》

南齊·祖冲之撰。冲之，字文遠，范陽薊人，晉侍中台之曾孫。宋孝武使直華林學省，解褐爲南徐州從事參軍，出爲婁縣令，歷謁者僕射。入齊，轉長水校尉。永元二年卒，年七十二。詳《南齊書》及《南史》本傳。

《隋志·雜傳類》著錄十卷；《唐志·雜傳類》、《新唐志·小說家類》、《通志略·傳記類》俱同。原書已佚。近人周氏有《述異記》輯本，見其《古小說勾沈》，不題撰人，所輯大抵取自《法苑珠林》、《開元占經》、《藝文類聚》、《北堂書鈔》、《初學記》、《事類賦注》、《太平御覽》、《太平廣記》、《海錄碎事》、朱翌《猗覺寮雜記》、《類林雜說》諸書，其中確知爲祖氏作者，似僅下列四條：即魏郡民陳氏女條（《御覽》卷四四一引）、苻健皇始四年長人見條（《御覽》卷三七七引）、漆澄條（《初學記》卷二二引）及周氏婢條（《御覽》卷四七九引）。

《廣記》卷二七六周氏婢，注「出《述異記》」，查《御覽》卷四七九亦引之，題「桓冲之《述異記》」，「桓」爲「祖」之訛，則是條出祖氏書可知。此外，《廣記》尙有注「出《述異記》」者多條，未敢妄斷出祖氏書，另分條考之於後。

141. 《述異記》（疑即祖冲之《述異記》）

撰者未詳。案除祖氏書外，舊又有題梁任昉撰之《述異記》，今傳本任昉《述異記》卷下之地生毛條，其中有句云「北齊武成河清年中」，考河清元年當陳天嘉三年，周保定二年，後梁蕭歸天保元年，而任昉卒於梁武帝時，安得記其後事，故《四庫提要》稱其爲後人依託云云，疑即取類書所引祖氏《述異記》條文，並益以他書雜記而成，詳後。

祖冲之《述異記》之見於書志著錄者，前已言之。至若所謂任昉《述異記》，《崇文總目·小說類》著錄二卷；《讀書志》、《通考》、《宋志》、《四庫總目》俱同。《遂初堂書目》著錄任昉《述異記》，不著卷數。案隋、唐《志》著錄祖氏書而無任氏書，《崇文總目》、《讀書志》等著錄任氏書而無祖氏書，試檢今本任氏書有竊取自《灌畦暇語》之條文，《四庫提要》云《暇語》撰者乃中唐以後人，因疑祖氏《述異記》

原帙於中唐以後，宋以前已不傳，其時人裒合類書所引，並益以諸小說，萃編爲二卷，僞託之任昉。就今本所謂任昉《述異記》觀之，其有與中唐以前撰述所引《述異記》條文同者，如雩都縣人條，《珠林》卷三七（據一百二十卷本）有之；朱休之條，《類聚》卷八六有之；荀瓌憩江夏黃鶴樓條，《類聚》卷六三、又卷九〇有之；疑此等條文，本爲祖氏《述異記》所有；至若其剿劉諸小說之可知見者，《四庫提要》固已舉言之；如盤古一條即採徐整《三五歷記》；精衛諸條，則採《山海經》；園客諸條，則採《列仙傳》；龜歷諸條，則採《拾遺記》；老桑諸條，則採《異苑》；武陵源一條；則襲陶潛所記；朱仲之李條，則剿《文選・潘岳閒居賦注》；蛇珠龍珠條，則剿《灌畦暇語》。所謂任昉《述異記》，《類說》（藝文印書館影印本卷八）、《說郛》（卷四及二〇）等嘗錄有其條文。此外，今傳者尙有《重編說郛》（弓第六十五）本、《五朝小說》本（以上一卷）、明程榮刻《漢魏叢書》本、《格致叢書》本、《稗海》本、《四庫全書》本、《龍威秘書》本、《百子全書》本、《隨庵徐氏叢書》本（以上二卷）等。查《類說》所節錄者，俱見於《漢魏叢書》諸傳本。《說郛》，其卷四所錄，摘自《類說》，卷二十所錄，則出自《全書》。

除周氏婢條外，《廣記》原注「出《述異記》」者，尙十七條；其中卷一〇八巴南宰，明鈔本、孫潛校本作「出《北夢瑣言》」，查是條記唐事，原注「出《述異記》」者誤也，今本《述異記》亦無之；卷一〇九費氏，汪氏點校本云：「《法苑珠林》卷九五作出《冥祥記》。」查今所見《珠林》卷一一四（據一百二十卷本）引此則作「出《迷（疑爲「述」之誤）異記》」；卷一一〇竺法義，汪氏點校本云：「《法苑珠林》卷十七、九五兩引作出《冥祥記》。」查今所見《珠林》卷一一四（據一百二十卷本）引此與《廣記》同，作「出《迷（述）異記》」，又卷二五（據一百二十卷本）引此，作「出《冥祥記》」，文字較簡；卷二七六張尋，明鈔本作「出《異苑》」，參《異苑》條；卷四二五洪貞，陳校本作「出《婺州圖經》」，查是條記唐事，原注「出《述異記》」者誤也；卷四三七齊瓊，明鈔本作「出《集異記》」，查是條亦記唐事。此外，卷三八三庚申，原注「出《還異記》」，汪氏點校本作「出《還冤記》」，許本作「出《述異記》」，查不見於今本所謂任昉《述異記》，而見於近人周氏《述異記》輯本；卷四〇〇雩都縣人，原亦注「出《還異記》」，黃本、汪氏點校本作「出《述異記》」，今本所謂任昉《述異記》卷上有之，但文字較簡；卷四六五嬾婦魚，原注「出《迷異記》」，黃本、汪氏點校本作「出《述異記》」，今本所謂任昉《述異記》卷上有之；同卷劍魚，原注「出《酉陽雜俎》」，明鈔本作「出《述異記》」，查今本所謂任昉《述異記》卷上有之，又今本《酉陽雜俎續集》卷八亦有之；卷三〇七樊宗訓，原注「出《室異記》」，黃本作「出《述異記》」，周氏之《述異記》輯本及今本所謂任昉《述

異記》皆無之；卷二七六桓豁，原注「出■異記」，許本、黃本作「出《述異記》」，查見今本《異苑》卷七。再者，卷三二四山都，注「出《南康記》」，其中「南康有神名曰山都」事，查乃《述異記》文，詳前之《南康記》條。又卷四一二雨麥，原闕出處，明鈔本作「出《述異記》」，查今本所謂任昉《述異記》卷下有之。案《四庫提要》嘗云《太平廣記》所引《述異記》皆與題任昉撰之《述異記》同，非也；試檢其中所引，除周氏婢條及諸本出處有不作《述異記》者外，其中為今本所謂任昉《述異記》所無者，約四十條，幾見收於近人周氏所輯不題撰人之《述異記》中〔註203〕，竊疑為祖氏書條文。至若今本所謂任昉《述異記》之條文，或如前所述，除雜取自諸小說者外，餘皆中唐以後、宋以前人裒合諸類書所引祖冲之《述異記》條文歟？姑附於祖冲之《述異記》後，存疑可也。

142. 《冥祥記》

南朝·王琰撰。琰，太原人〔註204〕。稚年在交阯，彼土有賢法師者，琰從之受五戒，且見與觀音金像一軀供養。後治改弊廬，無屋安設，寄像於京師南澗寺中，時宋大明七年也。至泰始末，移居烏衣，周旋僧以此像權寓多寶寺，暫游江都，不知像處，垂將十載；昇明末，游躓峽表，過江陵，迺知像所，遂還京師。齊建元元年，自多寶寺得像歸，常自供養〔註205〕。案：據王僧虔為王琰乞郡啓（嚴可均《全齊文》卷八引），知其嘗為太子舍人，在職三載，家貧，仰希江郡所統小郡；惟年月未詳，疑在其暫游江都前。又案：《隋志·古史類》著錄《宋春秋》二十卷，注云：「梁吳興令王琰撰。」疑即其人，梁時尚在世也。

《隋志·雜傳類》著錄十卷；《唐志·雜傳類》、《通志略·傳記類》同。《新唐志·小說家類》則著錄一卷。原書已佚。《類說》（藝文印書館影印本卷五）、《說郛》（卷四）等錄有其條文；此外，今傳者尚有《重編說郛》（弓第一百十八）本以及《古小說》之近人周氏輯本。查《說郛》所錄，摘自《類說》，《重編說郛》本則出《廣記》。至若周氏所輯，大抵取自《法苑珠林》、《辯正論注》、《太平御覽》、《太平廣記》、蘇易簡《文房四譜》諸書；其中竺法義、費氏二條，注云輯自《珠林》（據一百卷本）、《廣記》，查《珠林》（據一百二十卷本）、《廣記》，此二條實皆引出《述異記》，參前撰者未詳之《述異記》條；再者，《珠林》卷二二（據一百二十卷本）唐隴西李大安條，注「出《冥祥記》」，非是，周氏輯本不取，固宜也。

〔註203〕至若卷一三一阮倪、卷三二六劉朗之二條，《廣記》諸本皆題「出《述異記》」，既不見於今本所謂任昉《述異記》，亦不見收於近人周氏輯本。

〔註204〕見梁釋慧皎《高僧傳·序》。

〔註205〕見《法苑珠林》卷二五（據一百二十卷本）引《冥祥記·自序》。

《廣記》原注「出《冥祥記》」者，凡四十二條；其中卷一〇九李氏、卷一一六薛孤訓、卷三八二楊師操，皆記唐事，卷一一一孫敬德，記東魏事，俱非王琰所能及記，故宮博物院圖書館所藏許本，則以墨筆或朱筆改「祥」爲「報」；又其中孫敬德條，查《古小說勾沈》所收《旌異記》，事有與之同者；卷一一六巂州縣令，亦記唐事，明鈔本作「出《廣古今五行記》」，又故宮藏本朱筆改「冥」爲「報」；同卷明相寺，所記雖未明言年代，但首稱鳳州云云，鳳州始置於唐，則知乃唐事也，故宮藏本所改如前；卷三七七孫迴璞，亦記唐事，查今所見《冥報記》（《涵芬樓秘笈》本卷中）有之；案上述諸條，周氏輯本皆未收，而楊守敬《日本訪書志》卷八，附所輯《冥報記》目錄，除孫敬德條外，餘皆有之；然此等條文，其中多不著聞見所由，與《冥報記·序》不合，岑仲勉因以爲未必全爲唐臨書，詳其所撰〈唐臨《冥報記》之復原〉，存疑可也；卷三二四郭銓，明鈔本、孫潛校本作「出《異苑》」，查《珠林》卷一〇九（據一百二十卷本）引之，仍作「出《冥祥記》」。此外，卷一〇九釋慧進，原注「出《祥異記》」，孫潛校本作「出《冥祥記》」；卷一一〇徐義、畢覽、釋法智，注「出《箕祥記》」，同卷孫道德，注「出《箕神記》」，疑皆「《冥祥記》」之訛，查周氏輯本俱收之。又同卷寶傳，原注「出《眞傳拾遺》」，明鈔本、孫潛校本作「出《冥祥記》」，查是條亦見於周氏之《冥祥記》輯本中。

是書，琰自序稱因所寄觀音像失而復得，遂有感深懷，綴成斯記云云，其中多言鬼神輪迴、感應事。

143. 《洞冥記》（又名《漢武洞冥記》、《別國洞冥記》、《漢武帝別國洞冥記》）

傳爲後漢·郭憲撰。案《四庫提要》云是書詞句綺麗，迥異東京。前此，宋晁載之《續談助》（卷一）錄《洞冥記》廿餘條，載之跋云：「張柬之言隨其父在江南，拜父友孫義強、李知續，二公言似非子橫（郭憲字）所錄，其父乃言後梁尚書蔡天寶（「天」宜作「大」。蔡大寶，《周書》、《北史》均附見〈蕭詧傳〉）〈與岳陽王（蕭詧）啓〉，稱湘東昔造《洞冥記》一卷。則《洞冥記》，梁元帝所作。其後，上官儀應詔詩中，用影娥池，學士時無知者，祭酒彭陽公令狐德棻召柬之等十餘人，問此出何書，柬之對在江南見《洞冥記》，云漢武穿影娥池於望鶴臺西，於是天下學徒無不繕寫。而尋劉歆（余嘉錫曰：案郭憲後漢人，即令此書眞出於憲，安得著錄於劉歆七略。此語殊誤）、阮籍（余嘉錫曰：案「籍」字誤，當作「阮孝緒」）《七錄》，了無題目，貞觀中，撰《文思博要》、《藝文類聚》，紫臺丹笥之秘，罔不咸集，亦無採掇，則此書僞起江左，行於永禎（姚振宗云「永禎」當是「永徽」之誤）明矣。」柬之父去後梁未遠，所稱蔡天（宜作「大」）寶〈與岳陽王啓〉，或可取信，余嘉錫

撰《提要辨證》，即據以斷爲梁元帝撰，又稱元帝《金樓子·著書篇》備載平生著作，無此書之名，則以既託名郭氏，不可復自名以實其僞也云云，姑從之。元帝，見前《孝德傳》條。

《隋志·雜傳類》著錄一卷，題《漢武洞冥記》，注云：「郭氏撰。」《通志略·傳記類》同。《唐志·雜傳類》著錄四卷，題《漢別國洞冥記》，注云：「郭憲撰。」《新唐志·神仙家類》著錄四卷，題郭憲《漢武帝別國洞冥記》。《崇文總目·傳記類》著錄《漢武帝列（此據廣文書局輯釋本。「列」爲「別」之訛）國洞冥記》一卷。《讀書志·傳記類》著錄《漢武洞冥記》五卷（疑併《書錄解題》所謂《拾遺》一卷而成）。《書錄解題·小說家類》著錄《洞冥記》四卷、《拾遺》一卷，曰：「東漢光祿大夫郭憲子橫撰。題《漢武別國洞冥記》。其別錄又於《御覽》中鈔出，然則四卷亦非全書也。」《通考》同。《宋志》〈傳記類〉著錄郭憲《洞冥記》四卷，又〈小說類〉著錄《漢武帝洞冥記》四卷，注云：「東漢郭憲編。」《四庫總目·小說家類》著錄四卷，題《漢武洞冥記》。此外，《日本國見在書目·雜傳家類》亦著錄《漢武洞冥記》四卷，注云：「郭子橫撰」。原書已佚。除《廣記》外，如《御覽》亦嘗徵引之。又《續談助》（卷一）、《類說》（藝文印書館影印本卷五）、《紺珠集》（卷一）、《說郛》（卷四、十五）等錄有其條文。此外，今傳者尚有《顧氏文房小說》本、《古今逸史》本、《四庫全書》本、《龍威秘書》本、《百子全書》本、《說庫》本（以上四卷）、《寶顏堂秘笈》本、《重編說郛》（弓第六十六）本、《五朝小說》本（以上一卷）等。查《御覽》所引，其中卷七八天皇十二頭、卷一九一黃髮叟、卷一九六玄坂潰陽之山、卷八二五寒青之國、卷八九二青豹、卷九五四磄山北穴柏、卷九八二薰木諸條爲今本所無；而卷七七○凌波艦披電艦、卷九○　修彌國、卷九九四吉雲草，其文字亦可補今本之不足。

《廣記》注「出《洞冥記》」者，凡五條，皆見於今本《洞冥記》。再者，卷六東方朔，注「出《洞冥記》及朔別傳」，查其中自首句至「應時星沒，時人莫之測也」止，見於今本《洞冥記》。此外，卷二七二麗娟，原出處作墨等，黃本作「出《洞冥記》」，查見今本《洞冥記》卷四（據《古今逸史》本）。

是書以漢武、東方朔爲主線，貫串方術異說，而《四庫提要》以爲所載皆怪誕不根之談，然詞句綺麗，後代文人詞賦引用尤多。

144.《續齊諧記》

梁吳均（一作「筠」，疑誤）撰。均，字叔庠，吳興故鄣人。天監初爲郡主簿。普通元年卒，年五十二。詳《梁書》、《南史》本傳。

　　《隋志・雜傳類》著錄一卷；《唐志・雜傳類》、《新唐志・小說家類》、《通志略・傳記類》、《書錄解題・小說家類》、《通考・小說家類》、《宋志・小說類》、《四庫總目・小說家類》同。《崇文總目・小說家類》著錄三卷，疑字之誤。《遂初堂書目・小說類》不著卷數。原書已佚。除《廣記》外，李善《文選注》、韋絢《劉禹錫嘉話》、張彥遠《歷代名畫記》、徐子光《蒙求注》、《太平御覽》，亦嘗徵引之，又《類說》（藝文印書館影印本卷六）、《紺珠集》（卷十）、《說郛》（卷六十五）等嘗錄有其條文，此外，今傳者尚有《顧氏文房小說》本、《古今逸史》本、《重編說郛》（弓第一百十五）本、《五朝小說》本、《秘書二十一種》本、《四庫全書》本等。《四庫提要》云：「惟劉阮天台一事，徐子光註李瀚《蒙求》引《續齊諧記》之文，述其始末甚備，而今本無此條，豈原書久佚，後人於《太平廣記》內鈔合成編，故偶有遺漏歟？」

　　《廣記》注「出《續齊諧記》」者，凡九條，皆見於今傳本中。

　　今傳本或有陸友跋，曰：「齊諧，志怪者也，蓋莊生寓言耳，今吳均所續，特取義云耳，前無其書也。」查《隋志・雜傳類》，均書之前，有宋散騎侍郎東陽无疑《齊諧記》七卷，兩《唐志》亦有著錄，然則均書實續无疑，友謂前無其書，蓋失考也。

145. 殷芸《小說》（又名商芸《小說》，《書錄解題》云：「宣祖廟未祧時避諱也」）

　　梁・殷芸奉敕撰。芸，字灌蔬，陳郡長平人。天監中，歷官祕書監、司徒左長史，普通六年，直東宮學士省。大通三年卒，年五十九。詳《梁書》本傳、《南史・殷鈞附傳》。

　　《隋志・小說家類》著錄十卷，注云：「梁武帝敕安右長史殷芸撰。梁目，三十卷。」；兩《唐志》、《崇文總目》不著卷數。案余嘉錫《〈殷芸小說〉輯證序言》云：「至陶宗儀撰《說郛》，引用尚夥，觀其次第，實自原書錄出，知元末猶存。明文淵閣儲藏至富，而目中竟無此書，疑其亡於明初也。」惟查《絳雲樓書目》嘗著錄之，余氏說似不盡然。又案宋本有題劉餗撰者，李淑《邯鄲書目》以為非是〔註206〕。原書已佚。《類說》（藝文印書館影印本卷四十九）、《紺珠集》（卷二）、《續談助》（卷四）、《說郛》（卷二十五）等錄有其條文。此外，今傳者尚有《重編說郛》（弓第四十六）本、《五朝小說》本以及《古小說勾沈》之近人周氏輯本、余嘉錫《論學雜著》之余氏輯證本等。就余氏輯證本觀之，所輯除已見上述《類說》諸書外，復取自《史通》、《文選注》、《太平御覽》、《太平廣記》、《海錄碎事》、《演繁露》、《事文類聚前後集》、《記纂淵海》、《困學紀聞》、《紹熙雲間志》、《至元嘉禾志》諸書。此外，今

〔註206〕見衢本《郡齋讀書志》、《直齋書錄解題》。

所可知者，《經籍佚文》有王仁俊所輯佚文〔註207〕。

　　《廣記》注「出《殷芸小說》」者，凡二條；其中卷四〇始皇蒲，僅節引數句，而《說郛》所錄較詳。再者，卷二三五管寧，原注「出《世說》」，明鈔本作「出《殷芸小說》」，查今所見《小說》無之，然就《續談助》所錄觀之，有注出《世說》者，則殷氏或嘗自《世說》錄取是條入其《小說》中。又《廣記》注「出商芸《小說》」者，凡十條；又注「出《小說》」者，凡二十一條。此外，卷一七三東方朔首則，闕出處，查《續談助》所錄殷芸《小說》有是條。案《廣記》注「出《小說》」諸條，其中卷一三五漢高祖、卷四五六顏回、卷四七三怪哉，皆見於《說郛》所錄，則出殷氏書可知，其餘，周氏、余氏二家輯本亦概行收入，余氏並云：「古人著書，名爲《小說》者，除殷芸外，《隋志》有《小說》五卷，不著撰人，兩《唐志》有劉義慶《小說》十卷，《宋志》及《書錄解題》有劉餗《小說》三卷，《郡齋讀書志》有林罕《小說》三卷（原注：此乃小學家書，《宋志》作林罕《字源偏旁小說》），各書所引不著姓名之小說，似不免與此諸家相混。然考《隋志》所載五卷之書，至唐時已不存，劉義慶之書，《七錄》及《隋志》皆不著錄，而忽出於唐，劉餗《小說》確爲唐人之書，竟不見於《唐志》（案《新唐志·小說家類》著錄劉餗《傳記》三卷，與《宋志》所著錄劉餗《小說》卷數同，或皆今傳《隋唐嘉話》之同書異名也，《通鑑考異》所引劉餗《小說》大抵見於今本劉餗《隋唐嘉話》可證。余氏未詳審），疑其書名及撰人或不免有混殽譌誤也。若夫宋以前人所引，凡只稱小說而不著姓名者，以他書參互考之，往往即是殷芸之書。」〔註208〕

　　是書皆取之故書雅記，每條必注書名（《續談助》及《說郛》所引尚存其原式，他書則逐刪去），體例謹嚴，與六朝人他書隨手抄撮，不著出處者不同。

146. 劉氏《小說》（疑即殷芸《小說》之訛）

　　疑《廣記》所引，爲殷芸《小說》。芸，見前條。

　　殷芸《小說》之見於書志著錄者，詳前條。查宋以前，名劉氏《小說》，其見於書志著錄者約三：（一）劉義慶《小說》，《唐志小說家類》著錄十卷；《新唐志》、《通志略》同。（二）劉孝孫《小說》，《通志略·小說類》著錄二卷，疑與《秘書續目》所載之劉孝孫《小書》二卷爲同一書；孝孫，兩《唐書》附《褚亮傳》，或即此人歟？（三）劉餗《小說》，詳後之《國史異纂》條。其中劉餗《小說》，就今所見言之，大抵以記隋唐事爲主，且其中無是處《廣記》所引劉氏《小說》條文。劉孝孫《小

〔註207〕見《叢書子目類編》頁一〇四七。
〔註208〕見余嘉錫《論學雜著》之《《殷芸小說》輯證凡例》。

說》（或《小書》），闕書目於其下注「闕」字，而《通志略》所載亦非實見其書，況他書又未見徵引，疑《廣記》所指非此。至若劉義慶《小說》，余嘉錫已疑其忽出於唐，不可解。

《廣記》注「出劉氏《小說》」者，凡四條，所引或即殷芸《小說》；其中卷一七三蔡洪，雖查見《世說‧言語篇》，然自《續談助》所錄殷芸《小說》觀之，其中有注出《世說》者，其內容固無不合，且衢本《讀書志》著錄殷芸《小說》曰：「述秦漢以來雜事，予家本題曰劉餗，李淑以爲非。」又《書錄解題》著錄殷芸《小說》，亦曰：「《邯鄲書目》云或題劉餗，非也。今此書首題秦漢魏晉宋諸帝，注云齊（宜作「梁」）殷芸撰，非劉餗明矣。」《廣記》所引，或即誤題劉餗撰之本，故稱「劉氏《小說》」矣；惟殷芸原書不存，未敢妄自論定，故列於殷芸《小說》後，存疑可也。

147.《西京雜記》

或傳爲漢‧劉歆撰，或傳爲晉‧葛洪撰。案近人之說，亦有以爲劉歆作，而爲葛洪所輯錄者〔註209〕，又有逕以爲葛洪偽託歆名者〔註210〕。查書中所記漢朝輿駕，有與西漢之制不合者，如司南車即指南車，《宋書‧禮志》曰：「至於秦漢，其制無聞，後漢張衡始復創造。」是西漢無此車也；又如象車，不見於《續漢書‧輿服志》，《晉書‧輿服志》曰：「武帝太康中平吳，南越獻馴象，詔作大車駕之，以載黃門鼓吹數十人，使越人騎之，元正大會，駕象入庭。」是象車乃晉以後之制也；此外，向爲歆父，而書中二處於「向」字不避〔註211〕；凡此，皆足證此非歆書。至若以是

〔註209〕今本《西京雜記‧葛洪序》云：「洪家世有劉子駿《漢書》一百卷（《四庫提要》曰：「向歆父子作《漢書》，史無明文。」董作賓以爲「漢書」之名，洪姑用之以名歆書，其意猶云「漢書雜稿」而已，不可直認爲《漢書》），無首尾題目，但以甲乙丙丁紀其卷數，先公傳云（《四部叢刊》本作「先父傳之」），歆欲撰《漢書》，編錄漢事，未得締構而亡，故書無宗本，止雜記而已，失前後之次，無事類之辨，後好事者以意次第之，始甲終癸，爲十秩，秩十卷，合爲百卷。洪家具有其書，試以此記考校班固所作，殆是全取劉書，有小異同耳，并固所不取，不過二萬許言，今鈔出爲二卷，名曰《西京雜記》，以稗《漢書》之闕爾。」（據《抱經堂叢書》本）近人如董作賓，欲維持洪〈跋〉，以爲劉歆作，葛洪輯錄。而清盧文弨於《抱經堂叢書》本校刊序已力主之。董氏說，則見其《〈西京雜記〉作者辨》一文，藝文印書館影印《抱經堂叢書》，附其文於後。

〔註210〕宋晁載之《續談助》卷一《洞冥記‧跋》引張柬之之言云：「昔葛洪造《漢武內傳》、《西京雜記》。」又劉知幾《史通‧雜述篇》云：「國史之任，記事記言，視聽不該，必有遺逸。於是，好奇之士，補其所亡，若和嶠《汲冢紀年》、葛洪《西京雜記》，此之謂逸事者也。」近人如余嘉錫，即據是而確信爲葛洪所偽，實即抄自百家短書，說見《四庫提要辨證》。

〔註211〕其一見《雜記》卷五（據《四部叢刊》本。下同）揚子雲言東海孤州事，中有句曰：「向者孤洲乃大魚。」其二見卷六秋胡事，中有句曰：「乃向所挑之婦也。」洪業

書爲葛洪造，宋晁載之《續談助》卷一《洞冥記》〈跋〉引唐張束之之言，已有是說，其說雖多從之者，然亦似難於論定，蓋《隋志》著錄此書，不著撰人名氏，顏師古注《漢書・匡衡傳》，稱「出於里巷」云云，亦不言作者爲何人，或所謂葛洪序，非眞出洪手，故也，而此序似爲主葛洪撰者之最大依據，若此序爲僞，則其說恐不能成立，近人勞榦撰〈論《西京雜記》之作者及成書時代〉一文（載於《史語所集刊》第三十三本），即不信洪序；再者，據《晉書》本傳，惠帝太安時，葛洪嘗到洛陽，而此書誤以北邙在長安，似其人未嘗到長安，亦未嘗到洛陽，或洪偶疏忽歟？固不無可疑，考之舊說，如陳振孫《書錄解題》即云：「豈惟非向、歆所傳，亦未必洪之作也。」此外，有疑梁吳均撰者，如《讀書志》云：「江左人或以爲吳均依託爲之。」其言蓋本於《酉陽雜俎》〔註212〕，復有疑齊、梁間蕭賁撰者，如勞榦是也，蓋《南史・齊武諸子傳》言賁著《西京雜記》六十卷，其名同；以上二說，斥之者固有其理〔註213〕，但亦非絕不可能。姑略記葛洪、吳均、蕭賁事蹟於後。洪，字稚川，丹陽句容人。元帝時爲丞相辟爲掾，以功賜爵關內侯。咸和初，司徒王導召補州主簿，遷諮議參軍，選爲散騎常侍，領大著作，固辭，求爲句漏令。刺史鄧嶽表爲東宮太守，又辭不就。卒，年八十一。其事蹟見《晉書》本傳。均，見前《續齊諧記》條。賁，字文奐，齊竟陵文宣王子良孫。嘗爲湘東王法曹參軍，後坐事收獄餓死。詳《南史》〈齊武帝諸子附傳〉及〈梁宗室臨川靜惠王宏附傳〉。茲不敢論定撰者爲何人，暫以此爲晉、南朝間書，又梁殷芸《小說》嘗引及之，則成書當在其前。

　　《隋志・舊事類》著錄二卷，不著撰人。《唐志》〈故事類〉著錄一（疑爲「二」之訛）卷，又〈地理類〉同。《新唐志・故事類》著錄二卷；《崇文總目・傳記類》、《通志略・故事類》、《讀書志・雜史類》同。《書錄解題・傳記類》著錄六卷；《宋志・傳記類》、《四庫總目・小說家類》同。《遂初堂書目・雜傳類》不著撰人及卷數。《書錄解題》云：「六卷者，後人分之也。」《通考・雜史類》著錄二卷，又注云：「一作六卷。」以上，自《唐志》起，皆云葛洪撰。此外，《日本國見在書目・舊事家類》著錄二卷，亦題葛洪撰。是書，梁殷芸《小說》（余嘉錫《輯證》本）早嘗徵引之。又《類說》（藝文印書館影印本卷四）、《說郛》（卷二十）等錄有其條文。此外，今之易見者尚有《古今逸史》本、《龍威秘書》本（以上六卷，題漢劉歆撰）、《稗海》本、《津逮秘書》本、《四庫全書》本、《學津討原》本、《四部叢刊》本、新興書局

〈再說《西京雜記》〉一文（載於《史語所集刊》第三十四本下冊）嘗舉及之矣。

〔註212〕《酉陽雜俎・語資篇》云：「庾信作詩用《西京雜記》，旋自追改曰：此吳均語，恐不足用也。」

〔註213〕參見余嘉錫《四庫提要辨證》、周氏《中國小說史略》、董作賓〈《西京雜記》作者辨〉、洪業〈再說《西京雜記》〉。

《筆記小說大觀續編》本（以上亦六卷，或題晉葛洪撰，或題葛洪集）、《抱經堂叢書》本、《龍谿精舍叢書》本、《關中叢書》本（以上二卷，題漢劉歆撰）、《歷代小史》本、《重編說郛》（弓第六十六）本、《五朝小說》本（一卷，題漢劉歆撰）等。查其中一卷本，較其他傳本不全。

　　《廣記》注「出《西京雜記》」者，凡三十九條。此外，卷四○三秦寶、珊瑚首則、卷四○六五柞，注「出《西京雜俎》」，查皆見《西京雜記》（《抱經堂叢書》本）卷上。又卷二二九吉光裘，原注「出《十洲記》」，明鈔本作「出《西京雜記》」，查《廣記》是條，其事既見於今本《十洲記》，亦見於今本《西京雜記》，惟《雜記》卷上所載，其文字與《廣記》是條近。又卷四○三四寶宮，注「出《拾遺錄》」，查今見於《雜記》卷上。又卷四四七漢廣川王，闕出處，查與卷三八九廣川王（注「出《西京雜記》」）所記蠻書家事同，文字亦無大異；《西京雜記》卷下有之，《搜神記》卷一五亦有之。清李慈銘以為是書有似出於兩漢故老相傳者，惟所載靡麗神怪之事，則非也〔註214〕。又，《四庫提要》云「所述雖多為小說家言，而摭採繁富，取材不竭；李善注《文選》，徐堅作《初學記》，已引其文，杜甫詩用事謹嚴，亦多採其語，詞人沿用數百年，久成故實，固有不可遽廢者焉」。

148. 《漢武故事》（又名《漢武帝故事》、《漢孝武故事》）

　　傳為後漢・班固撰。案《通鑑考異》卷一云：「《漢武故事》，語多誕妄，非班固書，蓋後人為之，託固名耳。」今考書中云：「惟一女子，長陵徐氏，號儀君，善傳朔術，至今上元延中已百三十七歲矣，視之如童女。」元延者，漢成帝年號也，班固後漢人，時代不相及，安得稱成帝為今上，是班固撰之說，可不攻自破。黃廷鑑《第六弦溪文鈔》卷三引宋《劉雲龍先生文集》之〈《漢武故事》書後〉，稱撰人云班周，竊疑「周」為「固」之訛，非必另有班周其人。而孫詒讓《札迻》卷一一，以《西京雜記》葛洪序稱洪家復有《漢武故事》二卷，因疑《漢武故事》為葛洪依託；惟《雜記》序或非真出洪手（參前之《西京雜記》條），其說似未必然。再者，宋晁載之《續談助》卷一，錄《洞冥記》條文，其跋引張柬之之言，以為齊王儉造《漢武故事》，未詳何據。余嘉錫《四庫提要辨證》既亦以為王儉造，復不敢遽以《西京雜記》葛洪序所稱為非，因疑葛洪別有《漢武故事》，其後日久散佚，王儉更作此以補之，書名雖同，而撰者非一人，不必牽合為一云云，存疑可也。姑略記葛洪、王儉事迹於後。洪，見前《西京雜記》條。儉，字仲寶，琅琊臨沂人。僧綽子。幼有神采，丹陽尹袁粲言之於宋明帝，尚陽羨公主，歷官秘

〔註214〕見李慈銘《孟學齋日記》乙集上。

書丞。齊臺建，遷尙書左僕射，領吏部，封南昌縣公。永明七年卒，年三十八，諡文憲。詳《南齊書》本傳、《南史・王曇首附傳》。茲不敢論定撰者爲何人，暫以此爲晉、南朝間書。

　　《隋志・舊事類》著錄二卷，題《漢武帝故事》，不著撰人；《新唐志・故事類》同。《唐志・故事類》亦二卷，題《漢武故事》，不著撰人；《通志略》同。《崇文總目・雜史類》五卷，且曰：「班固撰，本題二篇，今世誤析爲五篇。」《宋志・故事類》著錄班固《漢武故事》，亦五卷。《讀書志・傳記類》著錄二卷，曰：「世言班固撰。唐張柬之〈書《洞冥記》後〉云：《漢武故事》，王儉造。」《通考》同。《遂初堂書目・雜傳類》，不著撰人名氏及卷數。《四庫總目・小說家類》著錄一卷。此外，《日本國見在書目・舊事家類》著錄《漢武帝故事》二卷，不著撰人，原書已佚。案錢曾《讀書敏求記》尙作二卷，稱所藏凡二本，一是錫山秦汝操繡石書堂本，一是陳文燭晦伯家本，又與秦本互異云云，似是原本，與今一卷本或有所不同，惜皆未見。《續談助》（卷二）、《類說》（藝文印書館影印本卷二一。題《漢武帝故事》）、《紺珠集》（卷九）、《說郛》（卷五二。題《漢孝武故事》）等嘗錄有其條文。今傳者復有《古今說海》本、《歷代小史》本、《古今逸史》本、《四庫全書》本、《說庫》本（以上題《漢武故事》）、《稗乘》本（題《漢武事略》）等。此外，其可知者，尙有《經典集林》之清洪頤煊輯本、《玉函山房輯佚書補編》之清王仁俊輯本、《古小說勾沈》之近人周氏輯本〔註215〕。查今所傳一卷本，皆非全帙，其中之《稗乘》本尤略。又就周氏輯本觀之，所輯大抵取自《史記索隱》、《水經注》、《通鑑考異》、《三輔黃圖》、《法苑珠林》、《開元占經》、《文選注》、《草堂詩箋》、《藝文類聚》、《北堂書鈔》、《初學記》、《六帖》、《事類賦注》、《太平御覽》、《海錄碎事》、《猗覺寮雜記》以及《續談助》、《紺珠集》諸書。

　　《廣記》卷一六一張寬、卷二九一宛若，皆注「出《漢武故事》」；其中張寬條，不見於近人周氏輯本，而清洪頤煊輯本則有之；又宛若條，《廣記》所引較詳，洪氏據而輯之，周氏所輯則僅據《續談助》、《御覽》二書。

　　是書以武帝自生至死爲經絡，而間雜方術異事。

149. 《漢武內傳》（傳本多題《漢武帝內傳》）

　　傳爲後漢・班固撰。案《隋志》、《兩唐志》、《宋志》、《讀書志》、《通考》等，皆不著撰人名氏，昌師彼得先生《說郛考》　文以爲「其題班固者，實始於明人。」殆因《漢武故事》僞題班固，遂併此書歸之歟？《四庫提要》疑爲魏晉間文士所爲。

〔註215〕見《叢書子目類編》頁一〇九五。

孫詒讓《札迻》卷一一，則據《西京雜記》葛洪序稱洪家復有《漢武帝禁中起居注》一卷，又張柬之云昔葛洪造《漢武內傳》，因疑《內傳》即《起居注》，蓋其與《漢武故事》等皆出稚川手，故文亦互相出入云云；余嘉錫《四庫提要辨證》從之，且以日本人藤原佐世《見在書目》著錄是書，亦注葛洪撰，而佐世書撰於唐昭宗時，因云：「是必唐以前目錄書有題葛洪撰者，乃得據以著錄，是則張柬之之言，不爲單文孤證矣。」洪，見前《西京雜記》條。同窗友李豐楙稱《內傳》記王母所言養生要訣，有似襲自顧歡《道迹經》者〔註216〕，若然，顧歡爲宋、齊間人，則孫、余二家說不能成立，而明胡應麟《四部正譌》云：「詳其文體，是六朝人作，蓋齊、梁間好事者爲之也。」清錢熙祚《漢武帝內傳校勘記》云：「大約東晉以後浮華之士，造作誕妄，轉相祖述，其誰氏所作，不足深究也。」亦未必非。茲不敢論定撰者爲何人，暫以此爲晉、南朝間書。

　　《隋志・雜傳類》著錄《漢武內傳》三（疑爲「二」之訛）卷，不著撰人；《通志略・道家類》同。《唐志・雜傳類》著錄《漢武帝傳》二卷，亦不著撰人；《新唐志・神仙家類》同。《讀書志・傳記類》著錄《漢武內傳》二卷，云：「不題撰人。」《通考》、《宋志》同。《遂初堂書目・雜傳類》不著撰人及卷數。《四庫總目・小說家類》著錄《漢武帝內傳》一卷，《提要》云：「舊本題漢班固撰。」此外，《日本國見在書目・雜傳家類》著錄《漢武內傳》二卷，云葛洪撰。原書已佚。《續談助》（卷四。題《漢孝武內傳》）、《類說》（藝文印書館影印本卷一）、《說郛》（卷七諸傳摘玄）等嘗錄取其條文。又今傳者尚有《重編說郛》（弓第一百十一）本、《五朝小說》本、《四庫全書》本、《龍威秘書》本、《墨海金壺》本（以上一卷）、《道藏》本、《守山閣叢書》本（以上一卷，並附《外傳》）等。案《四庫總目》著錄江蘇巡撫採進本，提要引錢曾《讀書敏求記》曰：「《漢武內傳》一卷，屢守居士空居閣校本，《廣記》刪去元靈二曲及十二事篇目，又脫朱鳥窗一段，對過，始知此本爲完書。」復曰：「今檢此本，亦無元靈二曲及朱鳥窗一段，而有十二事之篇目，與曾所說又不同。」今查《墨海金壺》諸一卷本（不包括附《外傳》者），大抵與《廣記》同，蓋自其卷三鈔出〔註217〕，非全帙也，而《道藏》、《守山閣叢書》諸附《外傳》之本，其文較詳，如元靈二曲、十二事篇目及朱鳥窗一段，皆有之；《四庫提要》云：「李善注《文選》〈郭璞遊仙詩〉，引《漢武內傳》西王母侍女歌曰：遂乘萬龍輤，馳騁眄九野二句，正元靈曲中語。」《四庫提要辨證》云：「《昌黎先生集》卷七，有〈讀東方朔雜事詩〉一首，詠東方朔擅弄雷電譎人間事，注引《漢武內傳》，亦是用朱鳥窗一段中語。」

〔註216〕詳其所撰《魏晉南北朝文士與道教之關係》（政大博士論文）第五章第二節所引。
〔註217〕《墨海金壺》本於所收《漢武帝內傳》題下，即注云：「《太平廣記》原本。」

又《類說》所錄東方朔窺窗條，即記朱鳥窗事，知舊本如是也。但《道藏》、《守山閣叢書》諸本亦非原帙，錢熙祚嘗作《校勘記》，復自《證類本草》、《初學記》、《太平御覽》、《太平廣記》諸書輯佚文數條，附錄於《守山閣叢書》本中。再者，《續談助》所錄，自太初元年提行另起，錢氏《校勘記‧序》因云：「乃悟古本當以太初元年以下爲下卷，好事者附錄雜文（襲自《十洲記》、《漢武故事》、《神仙傳》等），後人覺其不類，遂析之爲外傳，而並原文二卷爲一耳。」蓋考諸家著錄，無外傳，而其中如鉤戈夫人、魯女生、封君達、李少君諸事，李賢《後漢書‧方術傳注》、《藝文類聚》、《初學記》卷五及二八、《六帖》卷九九、《太平御覽》卷三九、四〇、一七八及九六八等皆引作《內傳》可證。至若《玉海》卷五八引《中興書目》，稱《漢武帝內傳》二卷，後有淮南王、公孫卿、稷邱君八事（今悉在《外傳》中），乃唐終南玄都道士游巖所附云云，孫詒讓《札迻》卷一一已斥其非矣，據《續談助》所載，有王游巖跋，知游巖所附者，自指劉根眞人傳之八公姓名。

　　《廣記》注「出《漢武內傳》」者，凡二條；其中卷三漢武帝，爲《墨海金壺》諸一卷本（不括附外傳者）所據，然是條實非原書之全部內容，詳前；又卷五六上元夫人，《墨海金壺》諸一卷本無之，蓋佚文也，錢氏輯入其《守山閣叢書》本附錄中。

　　是書記漢武見西王母事，並雜綴養生要訣、五嶽眞形圖等宗教性內容，其中有與《抱朴子》、《茅君傳》、《道迹經》諸書所記同者。參閱同窗友李豐楙所撰論文〔註218〕。

150. 《十洲記》（傳本多題《海內十洲記》）

　　傳爲漢‧東方朔撰。案《四庫提要》云：「考劉向所錄朔書無此名。書中載武帝幸華林園射虎事。案《文選‧應貞晉武帝華林園集詩李善註》引《洛陽圖經》，曰華林園在城內東北隅，魏明帝起名芳林園，齊王芳改爲華林，武帝時安有是號？蓋六朝詞人所依託，觀其引衛叔卿事，知出《神仙傳》後，引五岳眞形圖事，知出《漢武內傳》後也。」姑從之。

　　《隋志‧地理類》著錄一卷；《唐志‧地理類》、《新唐志‧神仙家類》、《崇文總目‧地理類》、《通志略‧地理類》、《讀書志‧傳記類》、《書錄解題‧小說家類》、《通考‧小說家類》、《宋志》〈地理類〉、又〈神仙類〉（題《十州三島記》）、《四庫總目‧小說家類》（題《海內十洲記》）俱同。《遂初堂書目》不著撰人及卷數。是書，《續談助》（卷一）、《類說》（藝文印書館影印本卷五）、《紺珠集》（卷五）、《雲笈七籤》

（《四部叢刊》本卷二六）等嘗錄取其條文。此外，今傳者尚有《道藏》本、《顧氏文房小說》本、《古今逸史》本、《寶顏堂秘笈》本、《重編說郛》（弓第六十六）本、《五朝小說》本、《四庫全書》本、《龍威秘書》本、《百子全書》本、《說庫》本等。查《雲笈七籤》所錄十洲三島，其排列次序與今傳本頗有異同〔註219〕。

《廣記》原注「出《十洲記》」者，凡四條；其中卷二二九吉光裘，明鈔本作「出《西京雜記》」，參《西京雜記》條；又卷四一四飲菊潭水，記荊州事，今本《十洲記》無之，查《御覽》卷六三引及此，作《荊州記》，是也；案《廣記》嘗引及「盛宏之《荊州記》」，則此「《荊州記》」或亦指盛氏所撰者歟？

是書似承續《漢武內傳》之真形圖而為說，特多仙真色彩，蓋傳本卷首、卷末，即提及西王母、真形圖。其敘述形式，大抵首言各地之地理位置，次言其奇珍異物，或沿自《山海經》《神異經》、張華《博物志》諸書。

151. 《續搜神記》（即《搜神後記》）

傳為晉・陶潛撰。案潛卒於元嘉四年，而此有十四年（卷六盛道兒條，據《學津討原》本。下同）、二十三年（卷十平都縣尹氏條）事，陶集多不稱年號，以干支代之，而此書題永初、元嘉，其為偽託可知也。書中記事，至宋元嘉末止，則成書當在其後，又釋慧皎《高僧傳》序提及陶淵明《搜神錄》，則又在梁前。要之，為南朝人所偽。

《隋志・雜傳類》著錄十卷，題《搜神後記》；《通志略・傳記類》、《四庫總目・小說家類》同。此外，《日本國見在書目・雜傳家類》亦十卷。案姚振宗《隋書經籍志考證》《搜神記》條下稱隋唐史志著錄《搜神記》三十卷，疑連《後記》在內，故兩《唐志》不別出《後記》云云，其說似未必然，詳《搜神記》條。是書，《說郛》（卷四）等嘗錄有其條文。又今傳者尚有《秘冊彙函》本、《津逮秘書》本、《四庫全書》本、《學津討原》本、《百子全書》本（以上十卷）、《唐宋叢書》本、《重編說郛》（弓第一百十七）本、《五朝小說》本、《龍威秘書》本（以上一卷）、王謨《增訂漢魏叢書》本（二卷）等，皆題《搜神後記》。此外，友人王國良撰《搜神後記研究》一書，以《學津討原》所收為底本，參校古注、類書，且附輯佚文，所輯大抵取自《法苑珠林》、《辯正論》、《玉燭寶典》、《太平御覽》、《太平廣記》諸書。查今所見十卷本，各卷篇數多寡懸殊，文字亦每有割裂刪節者，且其中有見於他書之篇

〔註219〕《雲笈七籤》所錄，其次序為：十洲－祖洲、瀛洲、玄洲、炎洲、長洲、元洲、流洲、生洲、鳳麟洲、聚窟洲（附滄海島），三島－崑崙（附鍾山）、方丈（附扶桑）、蓬丘。

－150－

章，尤以卷一、二、五、八爲甚〔註220〕，可證乃經後人捃摭拾補，非復原書面目；又今本《搜神後記》與《搜神記》二書，其內容彼此重複之處，比比皆是，不可不留意也〔註221〕。又查諸一卷本，蓋錄自十卷本之首二卷，惟次第略有變動而已；而王謨《增訂漢魏叢書》本，復據《唐宋叢書》本，另增二十五篇，亦非足本。至若《說郛》所錄，未詳抄自原書，抑類書轉引？然其中記曹公船事一則，爲今傳本所無，考《廣記》卷三二二引之，注「出《廣古今五行記》」，又《御覽》卷三九九引之，則題《靈魂志》。

　　《廣記》注「出《續搜神記》」者，凡二十六條；又注「出《搜神後記》」者，僅卷一三一東興人一條；查此條不見於今本《搜神記》及《搜神後記》。此外，《廣記》注「出《搜神記》」諸條中，有查見於今本《搜神後記》者，參前之《搜神記》條。又卷四三七楊生條，原注「出《紀聞》」，明鈔本、陳校本作「出《續搜神記》」，《御覽》卷九〇五引此，亦作《續搜神記》，查見於今本《搜神後記》（《學津討原》本）卷九。

152. 《還冤記》（原名《冤魂志》。傳本或題《還冤志》。卷首引用書目作《報冤記》）
　　隋·顏之推撰。之推，見前《顏氏家訓》條。

　　《隋志·雜傳類》著錄《冤魂志》三卷；《唐志·雜傳類》、《新唐志·小說家類》、《通志略·傳記類》同。《崇文總目·小說類》著錄《還冤志》，亦三卷；《宋志》、《四庫總目》同。《遂初堂書目·小說類》著錄顏之推《還冤志》，無卷數。《書錄解題·小說家類》則作《北齊還冤志》二卷；《通考》同。此外，《法苑珠林·傳記篇》著錄《承天達性論》（不著卷數）、《冤魂志》一卷、《誡殺訓》一卷，並云：「右三部，齊光祿大夫顏之推。」而姚振宗《考證》曰：「按此，則其書首爲《論》一卷、次《志》一卷、《訓》一卷，如此合爲三卷也。」姑存疑之。案《四庫提要》以爲作《冤魂志》者，爲傳寫之訛，余嘉錫《四庫提要辨證》斥之，略稱《法苑珠林》著錄是書，亦作《冤魂志》；顏眞卿撰贈秘書少監顏君廟碑，敘之推所著書有《冤魂志》三卷，書名卷數，均與隋唐志合，此碑今尚存，觀其拓本，字跡炳然，尤爲確證。至宋人所修《崇文總目》，始稱《還冤志》三卷；陳振孫《書錄解題》，始稱《北齊還冤志》二卷。由此觀之，之推原書本名《冤魂志》，其稱《還冤志》、或《北齊還冤志》者，皆宋以後人所妄改也云云，其說近是。是書，今傳者約有《續百川學海》本、《唐宋叢書》本、《重編說郛》（弓第七十二）本、

〔註220〕見王國良《搜神後記研究》一書之〈今本《搜神後記》出處對照表〉。
〔註221〕詳王國良《搜神後記研究》一書之〈《搜神記》、《搜神後記》篇章互見考〉。

《五朝小說》本、王謨《增訂漢魏叢書》本（以上題《還冤記》）、《寶顏堂秘笈》本、《四庫全書》本（以上題《還冤志》）等，皆一卷。此外，《敦煌秘籍留眞新編》（臺灣大學影印本）下卷收《還冤記》殘卷一，卷末署「《冥報記》」者，誤也，詳王重民《敦煌古籍敍錄》。查諸一卷本，皆非足本。《四庫總目》雖著錄作三卷，提要並云：「此本乃何鏜《漢魏叢書》所刻，猶爲原帙。」但今所見文淵閣《四庫全書》本實亦一卷，其中條文無出於《寶顏堂秘笈》諸本之外者。

《廣記》注「出《還冤記》」者，凡四十一條；其中卷一一九杜伯、王宏、宋皇后、徐光、魏輝儁、眞子融、卷一二〇羊道生、釋僧越、江陵士大夫、蕭繢、樂蓋卿、康李孫、張絢、楊思達、弘氏、朱貞、北齊文宣帝、梁武帝、韋戴及卷一二九後周女子諸條，不見於上述傳本。此外，卷一二七蘇娥，原注「出《還冤錄》」，孫潛校本作「出《還冤記》」，今查見諸一卷本；同卷元徽，原注「出《廣古今五行記》」，明鈔本、孫潛校本作「出《伽藍記》及《還冤記》」，查今傳本有之，其文字較《廣記》所引爲詳；卷一二九王範妾，原注「出《冥報志》」，明鈔本、孫潛校本作「出《還冤記》」，查今傳本亦有之；卷一二七涪令妻，原闕出處，孫潛校本作「出《還冤記》」，今查見諸傳本。又卷一一九燕臣莊子儀，原注「出《報冤記》」，汪氏點校本作「出《還冤記》」，查今傳本《還冤志》無之，惟其內容及所記事蹟年代與顏氏書相符，姑入于此。

之推《家訓》有〈歸心篇〉，於罪福尤爲篤信，故此書所述，皆釋家報應之說。

153. 《旌異記》

隋·侯白奉敕撰。白，字君素，魏郡人。性滑稽，尤辯俊。舉秀才，爲儒林郎，楊素甚狎之。文帝聞其名，召與語，悅甚，令於秘書修國史。後給五品食，月餘而死。詳《隋書·陸爽附傳》、《北史·李文博附傳》。

《隋志·雜傳類》著錄十五卷，注云侯君素撰；《唐志·雜傳類》、《新唐志·小說家類》、《通志略·傳記類》同。此外，《法苑珠林·傳記篇》著錄《旌異傳》一部二十卷，云係隋朝相州秀才儒林郎侯君素奉文皇帝敕撰。原書已佚。今傳者有《古小說鉤沈》之近人周氏輯本，所輯大抵取自《法苑珠林》、《續高僧傳》、《太平廣記》諸書。案《重編說郛》（弓第一百十八）及《龍威秘書》，有署名宋侯君素之《旌異記》，乃記趙宋時事，與侯氏書無涉，疑其書名有誤。

《廣記》卷九九靈隱寺，注「出侯君素《旌異記》」，查《珠林》卷一〇九（據一百二十卷本）亦引之，注云：「見侯君素《旌異記》錄。」「靈隱寺」一名，《珠林》引作「靈芝寺」。此外，《廣記》卷一〇九沙門法尙，注「出《梁高僧傳》」，而《珠林》

卷一○二（據一百二十卷本）亦引之，作《侯君素集》，疑即指《旌異記》；考《珠林》所引，稱齊武成世云云，乃記北齊事，不當見於《梁高僧傳》，《廣記》所注誤也。

154. 《啟顏錄》

傳本疑爲隋・侯白首創，復經後人增益，說詳後。白，見前條。

兩《唐志・小說家類》著錄侯白《啓顏錄》十卷；《通志略》同。此外，《書錄解題・小說家類》著錄《啓顏錄》八卷，云：「不知作者。雜記詼諧調笑事。《唐志》有侯白《啓顏錄》十卷，未必是此書，然亦多有侯白語。」又《宋志・小說類》著錄皮光業《啓顏錄》六卷。查今所見《啓顏錄》條文，多有記唐事者，似嘗經後人增益，非《新唐志》著錄之侯白原書，而其內容與《書錄解題》著錄之《啓顏錄》相符，或即出自陳振孫所見本歟？至若《宋志》所著錄，其與傳本之關係如何？未審。侯氏原書已佚，其經後人所增益之本，現亦無全帙。《類說》（藝文印書館影印本卷一四）、《紺珠集》（卷七）、明陳禹謨《廣滑稽》（卷二二）、明許自昌《捧腹編》（卷六）等嘗錄有其條文。又今傳者尚有敦煌卷子本（有篇名，曰論難，曰辯捷，曰昏忘，曰嘲誚）、《續百川學海》本、《重編說郛》（弓第二十三）本等，此外，世界書局出版之《中國笑話書》，自敦煌卷子本、《續百川學海》本以及《太平廣記》、《類說》、《廣滑稽》、《捧腹編》所錄，輯取其中條文，頗稱完備。其可知者，復有《經籍佚文》之清王仁俊輯本〔註222〕。

《廣記》原注「出《啓顏錄》」者，凡六十六條；其中卷二五三諸葛恪，明鈔本分二條，吳主引蜀使事作「出《啓顏錄》」，諸葛瑾爲豫州事，作「出《世說》」，詳《世說》條；又卷二四五晏嬰，馮夢龍《太平廣記鈔》卷三八作「出晏子」，查今本《晏子春秋》卷六有其事，但《廣記》是條文字較簡，或間接取自《啓顏錄》，而非逕出《晏子春秋》；又同卷張裔，孫潛校本其中文字與談本等頗多差異；卷二四七石動筩，明鈔本、孫潛校本俱較談本等多數事，此數事，敦煌卷子本《啓顏錄》皆有之。此外，卷二四五袁次陽，原注「出本傳」，文大抵同於《後漢書・列女傳》，而孫潛校本作「出《啓顏錄》」，其文頗有不同處；同卷孫子荊，原注「出《世說新語》」，明鈔本、孫潛校本作「出《啓顏錄》」，詳《世說》條。又卷二四五邊韶，原闕出處，明鈔本作「出《啓顏錄》」；同卷張裕，原亦闕出處，汪紹楹疑出《啓顏錄》。

是書雜記詼諧事，就今所見條文觀之，其中如優旃事，似取自《史記》；晏嬰事，似取自《晏子春秋》。

〔註222〕見《叢書子目類編》頁一一二○。

155. 《談藪》（疑又名《解頤》）

隋·陽玠松撰。玠松，北平人，北齊秘書省正字〔註223〕。查《書錄解題》稱是書撰於隋開皇中，則其人已入隋可知。又陽玠松，《通志略》、《宋志》俱作楊松玠，《遂初堂書目》作楊松玢；而《史通·雜述篇》、《書錄解題》同以爲陽玠松撰；劉知幾作《史通》，其時去陽玠松尚近，陳振孫又嘗見其書，並知其籍貫，恐不致有誤，至清姚振宗即以《史通》、陳《錄》所記爲是，且疑玠松乃陽休之族人〔註224〕，茲亦從劉、陳二家之說。蓋《崇文總目》、《宋志》等，既誤「陽」爲「楊」，又倒「玠松」爲「松玠」，以此推之，《遂初堂書目》之楊松玢，「玢」或爲「玠」之迹。再者，《廣記》引及《談藪》，其中卷一七四有「陽玠」一條，此「陽玠」即陽玠松其人與否，未審，就文中所述，知其亦爲隋人也。

《崇文總目·小說類》著錄八卷，作《談藪》；《秘書續目》、《通志略》同。《遂初堂書目·小說類》著錄楊松玢《談藪》，不著卷數。《書錄解題·傳記類》著錄二卷，作《談藪》；《通考》同。《宋志·小說類》著錄二卷，作《八代談藪》。此外，《隋志·小說家類》著錄《解頤》二卷，注稱楊松玢撰，姚振宗疑《解頤》即《談藪》之異稱，故《談藪》一名不見於《隋志》〔註225〕。案《遂初堂書目》又著錄顏之推《八代談藪》，查《北齊書》及《北史》本傳無言及顏氏有此書，且其他書志又未有著錄及之，殊可疑。姑以《廣記》所引稱《談藪》，而無稱《八代談藪》者，或與所謂顏氏書無涉。再者，趙宋龐元英有書亦名《談藪》，成書在《廣記》後，與《廣記》所引無涉可知。陽氏《談藪》，原書已佚。除《廣記》外，如《御覽》，亦嘗徵引之。又《類說》（藝文印書館影印本卷五三）、《紺珠集》（卷三）等錄有其條文。

《廣記》原注「出《談藪》」或「出《譚藪》」者，凡八十七條；其中卷二六七羅織人，明鈔本作「出《朝野僉載》」；又卷一九八王勃，言及初唐事，似非撰於隋時之陽書所能及，存疑。此外，卷一一一王玄謨，原闕出處，明鈔本、孫潛校本作「出《談藪》」；卷二六五劉祥，汪紹楹所謂談氏後印本闕出處，而談氏初印本所引文不同，題「出《談藪》」，許刻、黃刻同所謂談氏初印本。

156. 《冥報記》（卷首引用書目作《冥報錄》）

唐·唐臨撰。臨，字本德，京兆長安人，其先自北海徙關中。武德初，隱太子總兵東征，臨詣軍獻平王世充之策。官至兵部、度支、吏部三尚書。顯慶四年，坐事貶爲潮州刺史。卒官，年六十。詳兩《唐書》本傳。所撰《冥報記》，岑仲勉稱依

〔註223〕以上見《直齋書錄解題》。
〔註224〕見姚氏《隋書經籍志考證》之〈小說類〉〈解頤〉條。
〔註225〕同前。

《珠林·傳記篇》著錄，僅知成於永徽年內，臨爲吏部尙書時，究永徽何年？尙有可進一步求之者，查書中崔彥武、韋慶植兩條均稱崔尙書敦禮，據新表，敦禮於永徽四年十一月癸丑自兵部尙書爲侍中，又柳智感條，稱光祿卿柳亨，而永徽五年五月十五日建之萬年宮銘，其碑陰題名，亨之結銜爲太常卿，臨之結銜爲守兵部尙書，蓋臨於四年自吏部尙書代敦禮爲兵部尙書。合而觀之，臨書似成於永徽四年十一月癸丑云云。今查書中有「永徽二年五月………至今三歲」之語，即提供其成書大約年代。

　　《唐志·傳記類》著錄二卷；《新唐志》〈雜傳記類〉、又〈小說家類〉、《通志略·傳記類》、《書錄解題·小說家類》、《通考·小說家類》、《宋志·小說家類》同。再者，《法苑珠林·傳記篇》亦著錄二卷。此外，《日本國見在書目·雜傳家類》則作十卷。案《唐書》本傳云二卷，其作十卷者，若非分卷之異，即字之誤也。原書已佚。除《廣記》外，如《珠林》，亦嘗徵引之。今可得而見者約有大正版《大藏經》（〈史傳部〉三）本、《涵芬樓祕笈》本等，皆三卷。查其中《涵芬樓祕笈》本乃據日本高山寺藏唐鈔卷子本排印，而《大藏經》本則以高山寺藏本、知恩院藏本及大日本《續藏經》本校補，爲現傳較完備之本。再者，楊守敬《日本訪書志》卷八著錄古鈔本三卷，云相傳係日本三緣山寺保元間所寫，楊氏並以爲三卷者，乃日僧所臆分；然其篤信《日本國見在書目》所著錄，復誤認《冥報拾遺》亦屬唐氏之作，因輯《冥報記》爲六卷、《冥報拾遺》爲四卷（《訪書志》附此二書輯本目錄，惟其《冥報拾遺》輯本目錄實祇三卷），以符十卷之數，近人岑仲勉撰〈唐唐臨《冥報記》之復原〉（見《史語所集刊》第十七本），已斥其非，且補充說明今所見三卷本，或日人於其鈔本所無者，復取他書條文輯附其後，析作二卷，故其卷數與唐人所見不同。此外，日本志村良治諸人嘗於《冥報記》傳本有所研究。

　　《廣記》原注「出《冥報記》」者，凡二十三條；其中卷一〇二陸懷素、卷一三二李壽，不見於傳本《冥報記》；然前者，《廣記》所引，其末云：「懷素即高陽許仁則妻之兄也。仁則當時目覩，常與人言之。」後者，《珠林》卷八〇（據一百二十卷本）引之，末有「夫人立弟，爲臨說之耳」句，皆與《冥報記·自序》所謂「輒錄所聞，集爲此記，仍具陳所受及聞見由緣」者合，故岑仲勉謂其得爲臨書；卷三二五司馬文宣、卷三八二李旦，皆不著所聞見，岑氏以爲非臨書條文，而近人周氏則輯此二條入其《冥祥記》輯本中；卷一六二河南婦人，雖杳見傳本《冥報記》，但文中亦不著聞見所由，存疑可也；卷一三二李知禮，《珠林》卷八〇（據一百二十卷本）引出《冥報拾遺》，卷九九韋知十、卷一〇三尼修行、卷一三四謝氏，《珠林》卷一一三（據一百二十卷本）引之，亦皆出《冥報拾遺》，岑仲勉以爲《廣記》誤耳；又

卷一一六姜勝生，明鈔本作「出《冥報拾遺記》」；同卷僧義孚，明鈔本作「出《北夢瑣言》」。此外，卷九一釋知苑、卷二九七睦仁蒨、卷二九八柳智感，注「出《冥報錄》」，查皆見今本《冥報記》；卷二九七兗州人，亦注「出《冥報錄》」，雖今本臨書無之，然末有「兗州人說之云爾」句，道其聞見所由，與《冥報記‧自序》合，或亦是臨書；卷三八七崔彥武，注「出《冥雜錄》」，查今本《冥報記》有之；卷三八六謝弘敞妻，注「出《冥雜記》」，《珠林》卷一一三（據一百二十卷本）引之，作《冥報記》，岑氏以其末有「許之從父弟仁則說之」句，道其聞見所由，故得為臨書，《廣記》所注出處有訛字也；卷一一六傅奕，注「出《地獄苦記》」，《珠林》卷九六（據一百二十卷本）引出《冥報記》，末且有「臨在庭親見二官，說夢皆同」句，可信為臨書。又卷一二九王範妾，注「出《冥報志》」，岑氏稱臨書重在徵實，似未遠溯至晉云云，查是條見於今本《還冤志》；卷一二〇京兆獄卒，注「出《廣古今五行記》」，查傳本《冥報記》有是條，然文中不著聞見所由，岑氏因謂斷非臨書云云，姑存疑之；卷一二六寶軌，闕出處，《珠林》卷九一（據一百二十卷本）引出《冥報記》，復查見傳本《冥報記》，然岑氏以文中不著聞見所由，稱其非臨書云云，亦存疑可也；卷三二三王胡，闕出處，是條記劉宋時所聞，《珠林》卷一〇（據一百二十卷本）引出《冥報記》，岑氏疑《珠林》所題，或係「《冥祥記》」之訛，而《古小說鉤沈》之《冥祥記》輯本正收入是條。

唐臨自序稱「昔晉高士謝敷、宋尚書令傅亮（今所見本作「高」，據《日本訪書志》卷八所錄改）、太子中（《訪書志》所錄「中」下有「書」字）舍人張演、齊司徒從事中郎（此據《訪書志》所錄）陸果，或一時令望，或當代名家，並錄《觀世音應驗記》。及齊竟陵王蕭子良作《宣（《訪書志》所錄「宣」作「冥」）驗記》，王琰作《冥祥記》，皆所以徵明善惡，勸戒將來，實使聞者深心感寤；臨既慕其風旨，亦思以勸人，輒錄所聞，集為此記」云云，蓋深信報應之理，故記其聞見，庶人見者能留意焉。

157.《冥報拾遺》

唐‧郎餘令撰。餘令，字元休，定州新樂人。少以博學知名，舉進士。初授霍王元軌府參軍，轉幽州錄事參軍，累轉著作佐郎。撰《隋書》未成，會病卒。詳兩《唐書》本傳。又《唐書‧呂才傳》稱才之子方毅，母終，哀慟過禮，竟以毀卒，布車載喪，隨輀車而葬，友人郎餘令以白粥、玄酒、生芻一束，於路隅奠祭云云，《因話錄》卷五〈徵部〉云：「秘書省內有落星石，薛少保畫鶴，賀監草書，郎餘令畫鳳，相傳號為四絕。」皆餘令軼事之可考者。又案楊守敬以作者為唐臨，蓋未檢《珠林》

所著錄。郎氏《冥報拾遺》，《珠林》以爲龍朔中撰，查其條文之可得見者，所記止於龍朔二年十月（一百二十卷本《法苑珠林》卷二六引濟陰縣事），則餘令成書殆在三年歟？

《法苑珠林・傳記篇》著錄《冥報拾遺》二卷，云：「唐朝中山郎餘令字元休，龍朔年中撰。」原書已佚。除《廣記》外，如《珠林》，亦嘗徵引之。楊守敬嘗自《珠林》、《廣記》輯得四十五條文（據《日本訪書志》卷八所附目錄），岑仲勉撰〈唐唐臨《冥報記》之復原〉一文，詳加考證，確定爲《拾遺》之文者四十四條。

《廣記》注「出《冥報拾遺》」者，凡七條：即卷一○九徹師、石壁寺僧、卷一二一邢文宗、卷一三四李信、卷三八二裴則子、卷三八六梁氏、卷三八八僧道傑，岑氏皆證爲餘令書。

是書係踵唐臨《冥報記》而作，每篇幾備說聞見所由，以爲徵信。

158. 《朝野僉載》

唐・張鷟撰。鷟，字文成，號浮休子，深州陸澤人。調露初（洪邁《容齋續筆》引《登科記》，云上元二年）登進士第，授岐王府參軍，凡應八舉，皆登甲科，再授長安尉，遷鴻臚丞。開元初，爲御史李全交所糾，敕令處盡，刑部尚書李日知（一作李知白）等奏論，免死，配流嶺南〔註226〕。開元中，入爲司門員外郎，卒。詳兩《唐書・張薦附傳》、《朝野僉載》。

《新唐志・雜傳記類》著錄二十卷；《通志略・雜史類》同。《讀書志・小說類》著錄《朝野僉載・補遺》三卷；《通考・小說家類》同。《遂初堂書目・小說類》著錄《朝野僉載》、《僉載補遺》二名。《書錄解題・小說家類》著錄一卷，云：「其書本三（疑爲「二」之訛）十卷，此特其節略爾，別求之未獲。」《宋志・傳記類》著錄《朝野僉載》二十卷，又《僉載補遺》三卷。《四庫總目・小說家類》著錄六卷。是書，除《廣記》外，如《酉陽雜俎》（貶誤篇）、《太平御覽》、《通鑑考異》、《五色線》、《後村詩話》續集（卷三），亦嘗徵引之。又《類說》（藝文印書館影印本卷四○）、《紺珠集》（卷三）、《說郛》（卷二）等錄有其條文。此外，今可得見者尚有《寶顏堂秘笈》本、《四庫全書》本（以上六卷）、《續百川學海》本、《古今說海》本、《歷代小史》本、《重編說郛》（号第三十二題《耳目記》、号第四十八題《朝野僉載》）本、《五朝小說》本、《唐人說薈》本、《唐代叢書》本、《畿輔叢書》本、《說庫》本（以上一卷）等。考宋代流傳者，如前諸書志所著錄，凡有三本，一爲二十卷全書，

〔註226〕此事據《廣記》卷二一六所引《朝野僉載》開元中二進士條。《唐書》則謂初坐貶嶺南，非敕令處盡，而其後追敕移於近處，非改配嶺南。當以自敘爲正。

一爲一卷刪節本，一爲《補遺》三卷本，其中《補遺》一種，《四庫提要》疑爲後人以中唐後事附益之。而今傳之六卷，其中或有《僉載補遺》之文，或有原屬他書之文〔註227〕，要之，大抵自《廣記》輯出，余嘉錫《四庫提要辨證》已言之矣〔註228〕，又昌師彼得先生稱其有不見於《廣記》者，率見《古今說海》所錄〔註229〕，其中頗多譌誤，明人輯書率類此故也。至若諸一卷本，或摘自《寶顏堂秘笈》本，如《續百川學海》本；或摘自《說郛》，如《古令說海本》；又如《重編說郛》及《五朝小說》本，分《朝野僉載》及《耳目記》二題，其題《朝野僉載》者，摘自《秘笈》本，其易名《耳目記》者，則出《古今說海》本；益非全帙。復考《酉陽雜俎》所引，其中魯般、昝君謨、袁思中三條，皆不見於傳本。《五色線》所引，其中太歲在午，人馬食土云云一條，傳本無之。《後村詩話·續集》所引，其中唐儉事太宗條、薛師有巧性條、少府監裴匭舒奏賣苑中官馬糞條、尚書左丞張庶廉子利涉條、張易之昌宗目不識字條、逆韋詩什條、賀蘭敏之條、張苟兒愛偷文章條、吏部尚書唐儉條、魏元忠忤二張條、三馬俱用條，皆傳本所無。《類說》、《紺珠集》所錄，亦頗有傳本所不載。而《說郛》所錄，昌師彼得先生云其中不見於傳本者凡十八條。此外，余嘉錫嘗見李希聖《巴陵方氏藏書志》所著錄之影鈔本十卷，稱其卷一至卷五，即《秘笈》本之一、二、三卷，其卷五至卷十，即《秘笈》本之四、五、六卷，其分合不知孰先孰後。影鈔本每條皆有標題，然往往割裂文義，致不可通，殆妄人所爲；其卷四高叡妻一條，爲今本所無，查《廣記》卷二七一亦引此條，注出《僉載》，文字並合，則實爲舊本所有；然其卷九天后內史宗楚客條，屬入《杜陽雜編》之文，則所謂十卷本者，亦未可據也云云。據邵懿辰《四庫簡明目錄標注》（卷一四）、莫友芝《邵亭知見傳本書目》（卷一一）等，知有抄本、校宋本，亦皆十卷，似仍非足本。又俞正燮《癸巳類稿》卷十三有書是書後，稱此書止三卷云云，其所謂三卷，與今所見六卷本之關係如何，未詳。復有可疑者，錢謙益《絳雲樓書目·小說類》，

〔註227〕此二類條文，記張鷟以後事，按之時代，誠有未合。其例見後文。

〔註228〕《四庫提要辨證》卷一七云：「考卷一率更令張文成梟晨鳴于庭樹一條，後有又一說，文成景雲二年爲鴻臚寺丞帽帶及綠袍並被鼠云云，證之《廣記》卷一百三十七，則梟鳴事出《國史異纂》，又一說始是《僉載》本文。夫張文成即鷟也，鷟自記其事，惡有所謂又一說者哉？明此三字，乃《廣記》所加也。又卷六記杜鵬舉暴卒入冥再生事，亦別載一說鵬舉得釋後云云，證之《廣記》卷三百，則分爲二條，前條注云出處士蕭時和作傳，後條注云出《朝野僉載》。此蓋《僉載》敘鵬舉事前半，同於蕭所作傳，而後半則傳聞異辭，纂《廣記》者裁截其文，而括以一說鵬舉得釋後七字，今乃鈔入本書，幾於不去葛糞。以此二事推之，則今本必是後人從《廣記》內輯出亦明矣。」

〔註229〕說見其所撰《說郛考》一文。

著錄是書，小字注云：「二十卷，唐張鷟記周隋以來事迹。」豈其時有足本存耶？抑此十餘字非錢氏原目所有，而爲陳景雲於其後據《通志略》而爲之注耶？又其可知者，《經籍佚文》有清王仁俊所輯佚文〔註230〕。

《廣記》原注「出《朝野僉載》」或「《朝埜僉載》」者，約四百條；其中卷二二六楊務廉，孫潛校本作「出《兩京記》」，查《朝野僉載》（據《秘笈》本。下同）卷六有之；卷二四三嚴昇期，明鈔本作「出《御史台記》」，查今本《朝野僉載》卷三有之；卷四六二張率更，孫潛校本作「出《國朝雜記》」（卷一三七張文成，事同此，注「出《國史異纂》」，《國史異纂》又名《國朝傳記》，孫潛校本所謂《國朝雜記》，「雜」乃「傳」之訛），查今本《朝野僉載》卷一有之，而余嘉錫云是條非鷟書條文；卷四六九萬頃波，明鈔本作「出《五行記》」，查今本《朝野僉載》卷四有之；又卷二三七裴冕，明鈔本作「出《盧氏雜記》」，卷二三八成都丐者，明鈔本、孫潛校本作「出《王氏見聞》」，卷二五五侯味虛，明鈔本作「出《御史臺記》」，皆不見於今本《朝野僉載》；又卷二四〇崔湜，孫潛校本於「又湜諂事張易之與韋庶人」句上，補小字注語，云「出《譚賓錄》」，即分是條爲二，一出《譚賓錄》，一出《朝野僉載》。此外，卷九一稠禪師，注「出《紀聞》及《朝野僉載》」，其條文之全部查見今本《朝野僉載》卷二；卷三九一豐都冢，注「出《朝野僉載》、《兩京記》」，其條文之全部查見今本《朝野僉載》卷五，而《類說》（藝文印書館影印本）卷五四所錄《隋唐嘉話》，亦有是條。又卷一七五毛俊男，原注「出《朝野載》」，卷二六三劉誠之、宗玄成，原注「出《朝野千載》」，汪紹楹點校本皆作「出《朝野僉載》」。又卷二三八唐同泰，注「出《國史補》」，查見今本《朝野僉載》卷三；同卷胡延慶，原注「出《國史補》」，孫潛校本作「出《朝野僉載》」，查見今本《朝野僉載》卷三；同卷朱前疑，原注「出《唐國史》」，明鈔本、孫潛校本作「出《朝野僉載》」，查亦見今本《朝野僉載》卷三；卷二四〇程伯獻，原注「出《談賓錄》」，孫潛校本作「出《朝野僉載》」，查見今本《朝野僉載》卷五，而首云「唐將軍高力士特承玄宗恩寵」，余嘉錫以爲鷟既卒於開元時，不應知玄宗之諡，因疑非鷟書條文；卷二六七陳元光，原注「出《摭言》」，明鈔本作「出《朝野僉載》」，查見今本《朝野僉載》卷二；同卷羅織人，原注「出《談藪》」，明鈔本作「出《朝野僉載》」，查亦見今本《朝野僉載》卷二；卷四六七韓珣，原注「出《廣古今五行記》」，明鈔本作「出《朝野僉載》」，查見今本《朝野僉載》卷四；卷二四〇古頊，原闕出處，明鈔本作「出《朝野僉載》」，查見今本《朝野僉載》卷五；卷二六七朱粲、卷二六八成王千里，原皆闕出處，明鈔本、

孫潛校本作「出《朝野僉載》」，查俱見今本《朝野僉載》卷二。又卷九七僧些，原注「出《酉陽雜俎》」，孫潛校本作「出《朝野僉載》」，卷一六三天后，原注「出《談賓錄》」，明鈔本作「出《朝野僉載》」，皆不見於今本《朝野僉載》。又卷二六五盈川令，原闕出處，汪紹楹所謂談氏初印本、許刻，文字俱與此異。而注「出《朝野僉載》」；卷二七○盧夫人、符鳳妻，原闕出處，史語所所藏談刻此卷有附葉，其盧夫人、符鳳妻二條文字皆有所不同，而注「出《朝野僉載》」；同卷魏知古妻，原有目無文，史語所所藏談刻之附葉，有其文，且注「出《朝野僉載》」；以上四條，皆不見於今本《朝野僉載》。又卷二六○殷安，闕出處，《類說》（藝文印書館影印本卷四○）引之，作出《朝野僉載》，查亦不見於今本《朝野僉載》。又卷三一五狄仁傑檄，注「出《吳興掌故集》」，查《吳興掌故集》卷七錄「檄告西楚霸王文」，文句與此無異，但《吳興掌故集》，乃明徐獻忠撰，不宜見收其文於《廣記》，孫潛校本於是條上有眉批，云：「此條抄本缺。」因疑今所見《廣記》是條非原有者，又查《說郛》所錄《朝野僉載》有此而文字稍異，豈《廣記》所引原出《朝野僉載》，後因闕佚而為明人（或即談愷）依徐獻忠書所錄補之歟？茲有可注意者，或云今本《朝野僉載》雖大抵輯自《廣記》，似仍有所挂漏（余嘉錫云《廣記》所引而不見於今本者，約四十餘條）。即就輯自《廣記》者言之，談本《廣記》引出《朝野僉載》之條文，其中別本《廣記》有注出他書者，固不能無疑，至若其出處無異者，如卷三九八走石（《秘笈》本卷五），記寶曆元年事；卷一六七李宜得（《秘笈》本卷四），言及玄宗之諡；卷三八○韓朝宗（《秘笈》本卷六），時在天寶中；雖注「出《朝野僉載》」，然皆非鸞所能知，恐或即《僉載補遺》之文，而今本《朝野僉載》據以輯錄歟？

《讀書志》著錄《僉載補遺》，云分三十五門，則鸞原書或亦析分門目，與今本逐條聯綴者不同。是書大抵記唐事，惟於諧謔荒誕，纖悉臚載，未免失於瑣碎，故其中條文，有為《資治通鑑》所取者，亦有見於《考異》而不為《通鑑》所取者，詳《四庫提要辨證》。

159. 《國史異纂》（又名《傳記》、《國朝傳記》、《小說》。傳本多題《隋唐嘉話》。卷首引用書目又作《國朝雜記》）

唐・劉餗撰。餗，字鼎卿，徐州彭城人，知幾子也。天寶初，歷集賢院學士，兼知史官。終右補闕，詳兩《唐書・劉子玄附傳》。

《新唐志・雜傳記類》著錄作《國朝傳記》，三卷；《崇文總目》同。又《新唐志・小說・小說家類》著錄作《傳記》，三卷，並注云：「一作《國史異纂》。」《遂初堂書目・雜史類》著錄作《唐國史纂異》，不著撰人名及卷數。《宋志》〈傳記類〉

作《國史異纂》，三卷，又《國朝傳記》，三卷（撰者誤作劉諫，「諫」字下注云一作「練」，亦誤）；又〈小說類〉作《傳記》，三卷。再者，《宋志·小說類》著錄《隋唐嘉話》一卷、《小說》三卷；《書錄解題》、《通考》同；皆餗書異名。此外，《讀書志》（袁本）〈小說類〉著錄劉餗《小說》十卷，云：「纂周、漢至晉江左雜事。」則爲殷芸《小說》之訛。是書，除《廣記》外，他書亦嘗徵引之，如《太平御覽》引稱《國朝雜記》〔註231〕、《國朝傳記》，《通鑑考異》引稱劉餗《小說》，《唐語林》引稱《國朝傳記》（據今本序目）。又《類說》（藝文印書館影印本卷六、二六及五四）、《紺珠集》（卷三、一〇）、《說郛》（卷二一、三八。案其中卷三八題作《傳載》）等錄有其條文，所題名稱不一。此外，今傳者尚有《顧氏文房小說》本（三卷）、《續百川學海》本、《歷代小史》本、《重編說郛》（弓第三十二、三十六。案其中弓第三十二題作《傳載》）本、《唐人說薈》本、《說庫》本（以上一卷）等，皆題《隋唐嘉話》。再者，國家圖書館藏明鈔本一部，題《唐小說》，凡八十四則。查諸書之徵引或錄載，其中有未見於今本者，如《通鑑考異》卷九武德七年六月爾朱煥等告楊文幹反條下引「人妄告東宮」句，是也。又《說郛》所錄題作《傳載》者，除首條僅見於明鈔本《唐小說》外，餘悉見於《顧氏文房小說》本《隋唐嘉話》，則此所謂《傳載》，乃《傳記》之誤題可知矣。又查今傳諸一卷本《隋唐嘉話》，其條文較少於三卷本，似自顧氏本出，惟有所刪減。其中《重編說郛》之題作《傳載》者，除與《說郛》相同者外，餘如柳芳條（亦見《廣記》卷二三五）、李翰條（亦見《廣記》卷一九八）、張說條（亦見《廣記》卷一八四）、楊氏條（亦見《廣記》卷一八四），《廣記》引之，注「出《國史補》」。再者，明鈔本《唐小說》，除其中三則未詳所出外〔註232〕，餘均見於今本《隋唐嘉話》（據《顧氏文房小說》本）；又有今《隋唐嘉話》有，而此本無者。

《廣記》原注「出《國史異纂》」、「出《國史纂異》」、「出《國史累纂》」者，凡四十四條，除卷二〇一東方虯之前半（自首句至「尤工詩」句止）、卷二〇三衛道弼曹紹夔之下半（自「洛陽有僧」句至末止）、卷四一四沉香外，餘皆見於今本《隋唐

〔註231〕《太平御覽》引稱《國朝雜記》者，僅一條，見卷五八六，是條與《廣記》卷二〇一東方虯同，《廣記》注「出《國史異纂》」，查今本《隋唐嘉話》卷下有之。
〔註232〕國家圖書館所藏明鈔本劉餗之《唐小說》，其不見於今本《隋唐嘉話》者，凡三則。其一曰：「齊吳均爲文多慷慨軍旅之意氣。梁武破圍臺城，朝廷問均外禦之計，怡懼不知所答，但云愚意速降爲上計。」（張校《說郛》所錄劉餗《傳載》亦有之。是條非記隋唐事，疑爲他書之文）其二曰：「元魏末，周齊分據，人貧。曾獲齊卒，曰得一主將。問何以知之。答曰：著僧褆。」（是條疑亦非劉餗書之文）其三曰：「鄭公嘗出行，以正月七日謁見太宗，太宗勞之，曰卿今日至，可謂人日也。」

嘉話》（《顧氏文房小説》本。下同）；其中卷二五四賈嘉隱，明鈔本作「出《嘉話錄》」，
查今本《隋唐嘉話》卷中及《劉賓客嘉話錄》（《顧氏文房小説》本）皆有之，羅聯
添先生以爲今本《劉賓客嘉話錄》頗有後人摭拾《隋唐嘉話》之文，此等文字非韋
約原書所有也〔註233〕。再者，卷一八四類例，原注「出《國史補》」，孫潛校本作「出
《國史異纂》」，查見於今本《隋唐嘉話》卷下；卷二九六李靖，原注「出《國史記》」，
黃刻作「出《國史補》」，孫潛校本作「出《國史異纂》」，查見於今本《隋唐嘉話》
卷上；卷四九三度支郎、虞世南，原皆注「出《國史》」，蓋有缺字，明鈔本、陳校
本皆作「出《國史纂異》」，是也，查俱見於今本《隋唐嘉話》卷中，卷二六五許敬
宗、崔湜，原皆闕出處，汪紹楹所謂談氏初印本俱作「出《國史纂異》」，而文字大
不同，其許敬宗條見今本《隋唐嘉話》卷中，崔湜條見卷下。又《廣記》原注「出
《傳記》」者，凡九條，除卷二三○蘇威外，餘皆不見於今本《隋唐嘉話》；其中卷
六九張雲容，記女仙事，其文不類劉餗書，查《類説》、《紺珠集》皆以之屬《傳奇》，
「奇」「記」音近，《廣記》誤也；卷三一一蕭曠，亦記女仙事，明鈔本作「出《傳
奇》」，查《類説》、《紺珠集》亦以之屬《傳奇》，是也；卷四五四姚坤，王師夢鷗先
生作〈《傳奇》校補考釋〉，云《傳奇》作者崇道教而抑浮屠，篇中又好用詩歌點綴，
而是篇亦如此，因疑《廣記》所注出處，「記」或爲「奇」之訛〔註234〕；卷二○五
漢中王瑀，明鈔本作「出《傳載》」，未詳孰是。又《廣記》原注「出《國朝雜記》」
者，凡五條；其中除卷二八三唐武后外，皆見於今本《隋唐嘉話》。再者，卷一六四
虞世南，原注「出《國朝雜事》」，汪紹楹點校本作「出《國朝雜記》」，查見於今本
《隋唐嘉話》卷中；卷四六二張率更，原注「出《朝野僉載》」，孫潛校本作「出《國
朝雜記》」，查見於今本《朝野僉載》卷一及《隋唐嘉話》卷中，詳前之《朝野僉載》
條。此外，卷一九七虞世南第二則、卷二○三唐太宗第四則、卷二一一閻立本第三
則，皆缺出處，查俱見於今本《隋唐嘉話》卷中。

　　是書敍君王、人臣諸事，頗詳整平實，其記文士逸聞，亦足資掌故。

160. 《紀聞》

　　唐・牛肅撰。肅，玄宗時人，肅宗朝猶在世〔註235〕。就今所見《紀聞》諸篇稽

〔註233〕詳其所撰〈《劉賓客嘉話錄》校補及考證〉一文。
〔註234〕詳王師夢鷗先生之《唐人小説研究》一書。
〔註235〕查書中〈牛成篇〉（見《廣記》卷三六一）記開元二十九年其弟所見異象，則知肅
　　　　爲玄宗時人；且他篇所記，亦以開元、天寶間事較多。又書中有言及乾元時事（如
　　　　《廣記》卷一五○張去逸條所引），則其於肅宗朝猶在世也。

之，知肅之曾祖、大父皆葬懷州河內〔註236〕，河內或爲其籍貫所在歟？而其本人嘗居懷州，則無容置疑〔註237〕。

　　《新唐志‧小說家類》著錄十卷；《崇文總目‧小說類》、《通志略‧傳記類》同。《宋志‧小說類》亦著錄牛肅《紀聞》十卷，並注云：「崔造注」〔註238〕。是書今傳者有國家圖書館所藏朱校鈔本；此外，《古今說海》有〈吳保安傳〉、〈王賈傳〉，《唐人說薈》、《唐代叢書》、《龍威秘書》等有〈牛應貞傳〉，皆原屬《紀聞》之篇章。查朱校鈔本，除季（《御覽》作「李」）娥廟一條，見於《御覽》卷四一五外，餘皆輯自《廣記》，非原帙也；其中如李淳風、稠禪師二條，《廣記》所注出處非僅《紀聞》一書，而鈔本全錄之，誤矣。

　　《廣記》原注「出《紀聞》」或「出《記聞》」者，凡一百二十條；其中卷四三七楊生，記晉太和中事，明鈔本、陳校本作「出《續搜神記》」；卷二二二資州龍，《類說》卷五二引之，屬《戎幕閑談》一書；卷二二六馬待封，許刻闕出處。此外，卷七六李淳風，注「出《國史異纂》及《紀聞》」，卷九一稠禪師，注「出《紀聞》及《朝野僉載》」。又卷四〇〇牛氏僮，原注「出《紀錄》」，明鈔本作「出《紀聞》」。又卷三三五楊國忠、卷四六一元道康、卷四九四房光庭、卷四九六嚴震、卷四九九李師望，原皆闕出處，而《文淵閣四庫全書》本作「出《紀聞》」，未詳何據，不足取信〔註239〕。

　　是書所記，大抵爲仙道、鬼神、定數之類，間及奇聞異俗。其中吳保安、裴伷先二事，《新唐書》採之（分見卷一九一、卷一一七），雖爲小說家言，頗足以備史乘。

〔附錄〕《紀聞錄》（疑即《紀聞》，故附於是處。然此書名本身宜入本編（貳）之（二），故是處不予以編號；而于（貳）之（二）處復列其名，且予以編號，考證則詳于此）

　　撰者未詳。

　　未見書志著錄。

　　《廣記》卷九二明達師、卷九五洪昉禪師、卷九七和和，原注「出《紀聞錄》」；

〔註236〕見《廣記》卷四〇〇牛氏僮。

〔註237〕見《廣記》卷三六二懷州氏。

〔註238〕崔造，字玄宰，唐安平人。永泰中，與韓會、盧東美、張正則三人友善，時號四夔。貞元二年，以給事中同中書門下平章事。後罷爲太子右庶子。以憂卒，年五十一（詳新舊《唐書》本傳）。查今《紀聞》遺文見於《廣記》者，如卷三七一實不疑、卷四四八沈東美、卷四五〇靳守貞、卷四六六王旻之諸篇，尚殘存崔氏注語數處；惟原文既經轉錄，注語遂顯非必要，因而遭《廣記》編者大量刪略。

〔註239〕卷三三五楊國忠，明鈔本作「出《宣室志》」，孫潛校本作「出《廣異記》」，今見《說郛》卷三三《瀟湘錄》，卷四六一元道康，記後魏事；卷四九四房光庭，陳校本作「出《御史臺記》」；卷四九六嚴震，明鈔本作「出《因話錄》」，陳校本作「出《乾𦠆子》」；卷四九九李師望，今見《北夢瑣言》；似可證與《紀聞》無涉。

其中卷九二明達師，孫潛校本作「出《紀聞》」。此外，卷九六僧伽大師，原注「出《本傳》及《紀聞錄》」，而《類說》卷五二所錄《紀聞談》，有與此同者。以上諸條皆見於鈔本《紀聞》，但鈔本非牛肅原書，未可遽信。就孫潛校本明達師條所題出處推之，疑《紀聞錄》或即《紀聞》之訛，然如僧伽大師條，他書引作《紀聞談》（《書錄解題·小說家類》著錄三卷，蜀潘遠撰），則所指又似非肅書，姑附於《紀聞》之後，存疑可也。

〔附錄〕《紀聞列異》（疑即《紀聞》，故附於是處。然此書名本身宜入本編（貳）之（二），故是處不予以編號，而于（貳）之（二）處復列其名，且予以編號，考證則詳于此）

撰者未詳。

未見書志著錄。

《廣記》卷四〇一玉豬子，注「出《紀聞列異》」；是條，今所見鈔本《紀聞》有之，但鈔本非牛肅原書，未便遽信，且如前所述，蜀潘遠有《紀聞談》一書，則此「《紀聞列異》」，非必指肅書，姑附於此，存疑可也。

161. 《廣異記》

唐·戴孚撰。孚，譙郡人。至德二載，進士及第。自校書郎終饒州錄事參軍。卒，年五十七〔註 240〕。

《秘書續目·小說類》著錄一卷，注云：「闕。」此外，清錢曾《述古堂藏書目·小說家類》、瞿鏞《鐵琴銅劍樓藏書目錄·小說類》各著錄不著撰人之抄本，六卷。查戴氏同年友顧況序稱是書二十卷，則以上諸書志所著錄，疑非全帙。原書已佚，除《廣記》外，如《御覽》（僅一則，見卷九二一），亦嘗徵引之。又《類說》（藝文印書館影印本卷八）、《紺珠集》（卷七）、《說郛》（卷四）、《舊小說》（乙集）等嘗錄有其條文。此外，今傳者尚有《重編說郛》（弓第百十八）本、《龍威秘書》本等。案《說郛》所錄，摘自《類說》；《舊小說》所錄，採自《廣記》。至若《重編說郛》本，其中五條亦出《類說》，另野狸奴條，則出《廣記》卷三八八。《龍威秘書》本，又翻刻《重編說郛》所錄者。

《廣記》原注「出《廣異記》」者，凡三百三條；其中卷二七九周延翰，明鈔本注「出《稽神錄》」；卷三八二周頌，明鈔本作「出《異聞錄》」；卷三九〇李思恭，明鈔本作「出《錄異記》」，查是條記昭宗乾寧年事，非戴氏所能聞見，明鈔本所題或是，參《錄異記》條；卷四三四洛水牛，明鈔本作「出《聞奇錄》」，今查見《劇談錄》卷中，案是條記咸通時事，亦非戴氏所能聞見，則注出《廣異記》者，誤也。此外，卷四徐福，注「出《仙傳拾遺》及《廣異記》」。又卷二二僕僕先生，注「出《異聞集》

〔註 240〕見《文苑英華》卷七三七顧況之〈戴氏《廣異記》序〉、徐松《登科記考》卷一〇。

及《廣異記》」，查《類說》（藝文印書館影印本卷二八）引屬《異聞集》之文，《異聞集》諸篇，取材有自，則是條本出《廣異記》而後又爲《異聞集》所轉載也。又卷四三二虎恤人，原注「出《廣異錄》」，卷三九三張須彌，原注「出《廣要記》」，汪氏點校本皆作「出《廣異記》」。又卷一一一成珪，原注「出《卓異記》」，明鈔本、孫潛校本作「出《廣異記》」；卷三三三高生，原注「出《宣室志》」，許刻本作「出《廣異記》」；卷三四二周濟川，原注「出《祥異記》」，明鈔本作「出《廣異記》」，案「《祥異記》」未見書志著錄，近人周氏《古小說勾沈》輯有其條文，則以爲屬六朝《志怪》，而是條記唐貞元時事，注「出《廣異記》」者或是也；卷三八〇鄭潔，原注「出《博異記》」，明鈔本作「出《廣異記》」，查是條記開成時事，非戴氏所能聞見；卷三八四朱同，原注「出《史傳》」，孫潛校本作「出《廣異記》」，又改末字「力」作「乃」，「乃」下增「入堂中假寐，忽然便醒，醒後使人視樹，果有死人」十九字，馮夢龍《太平廣記》鈔卷六一抄錄是條，無注出處，而於原「力」字下多「爲解結，不覺翕然而合，縊者乃其尸也，由是遂活」十九字，查《史傳》不見書志著錄，恐有誤，孫潛校本作出《廣異記》者或然，蓋其所據以校正之本較善；卷三八五崔紹，原注「出《玄怪錄》」，孫潛校本作「出《廣異記》」，查是條記大和八年事，固非戴氏所能聞見，而其時牛僧孺以宰相之尊出鎮淮南，亦未必有暇及此，復查《說郛》卷四《墨娥漫錄》引作出《河東記》，或然，王師夢鷗先生嘗言之矣 〔註241〕。

〔附錄〕《異物誌》（疑即《廣異記》之訛，故附于是處。但此書名本身宜入本編（貳）之（二），故是處不予以編號，而于（貳）之（二）處復列其名，且予以編號，考證則詳於此）

　　撰者未詳。

　　《異物誌》一名，未見書志著錄。

　　《廣記》卷一一二李元平，原注「出《異物誌》」；查《隋志》著錄楊孚之《異物志》、又有萬震《南州異物志》、朱應扶《南異物志》、沈瑩《臨海水土異物志》等，而是條記唐事，固與上述諸書無涉；再者，就其內容觀之，亦非記風土異物，其注「出《異物誌》」者，恐有誤，且孫潛校本「誌」作「記」，「誌」既可作「記」，則「異物」安非他字之訛歟？況又查卷三三九李元平，注「出《廣異記》」，事與此同，因疑是條本亦作「出《廣異記》」，蓋《廣記》間有同一條文而兩見者，不足爲怪；唯是條與卷三三九所記，文字頗有差異，非僅一二字不同而已，因是，不敢妄自遽定，姑附於《廣異記》後，存疑可也。

162. 《卓異記》（疑即《廣異記》之訛）

　　《卓異記》一書，或傳爲李翺撰，或傳爲陳翺撰，無從考定。而《廣記》所引

―――――――――――――――

〔註241〕詳其所撰《唐人小說研究・四集》頁九九～一〇〇。

《卓異記》，疑爲戴孚《廣異記》之誤。孚，見前條。

　　《新唐志·小說家類》著錄《卓異記》一卷；《崇文總目·小說類》、《秘書續目·小說類》、《通志·略記類》、《讀書志·小說類》、《宋志·小說類》、《四庫總目·傳記類》俱同。今傳者《顧氏文房小說》本、重輯《百川學海》本、《歷代小史》本、《寶顏堂秘笈》本、《重編說郛》（弓第五十一）本、《五朝小說》本、《四庫全書》本、《唐人說薈》本、《唐代叢書》本等。今疑《廣記》注出《卓異記》者，乃《廣異記》之訛。《廣異記》之見於書志著錄者，詳前條。

　　《廣記》原注「出《卓異記》」者，僅卷一一一成珪一條，而明鈔本、孫潛校本則作「出《廣異記》」。查是條記報應事，與《卓異記》內容（晁公武云其記唐世君臣功業殊異者）不合，而較近於《廣異記》，則明鈔本所注出處似可信。唯《卓異記》、《廣異記》二書傳本皆非完帙，無從核照，姑附於《廣異記》後，存疑可也。

163. 《靈怪集》

　　唐·張薦撰。薦，字孝舉，深州陸澤人。鷟之孫也。嘗官左拾遺、秘書少監，又兼史館修諫。貞元二十年擢工部侍郎，任吐蕃弔祭使，病卒，年六十一。順宗立，贈禮部尚書，諡曰憲。詳兩《唐書》本傳。

　　《新唐志·小說家類》著錄二卷；《通志略·傳記類》同。《宋志·小說類》著錄一卷，且云不知作者。原書已佚。《類說》（藝文印書館影印本卷二九）嘗錄有其條文，其中虎脫皮爲女子條，《廣記》卷四三三崔韜所記與之同，而注「出《集異記》」。

　　《廣記》注「出《靈怪集》」者，凡九條；其中卷三一六陳阿登，記漢時事，《珠林》卷五九（據一百二十卷本）、《御覽》卷八八四，皆引作出《續搜神記》，《書鈔》卷一○六、《御覽》卷五七三則引作出《幽明錄》；卷三四九曹唐，記曹唐寓居江陵佛寺而卒事，據《唐詩紀事》卷五八，知其卒於咸通中，而《類說》（藝文印書館影印本卷二三）、《說郛》（卷六廣知）引之，屬《宣室志》條文；卷三六五鄭絪，記鄭絪及其弟縕相次而卒事，查絪卒於大和時，見兩《唐書》本傳；末二條，皆非薦生前所能預知者。此外，卷三七二張不疑「又」條，原注「出《博異記》、又出《靈怪集》」，查不疑乃開成時人，張薦亦無緣記其事，殆是條與上之曹唐、鄭絪二條，乃後人所續記，非薦書原有歟？而明鈔本，張不疑「又」條與張不疑條（原闕出處）相連。再者，卷三八○楊昭成，原注「出《靈異記》」，明鈔本、孫潛校本作「出《靈怪集》」，參後之《靈異記》條（入未著錄於書志而又不見於卷首引用書目一類中）；卷三三○王鑑，原注「出《靈異集》」，明鈔本、陳校本皆作「出《靈怪集》」，案《靈異集》一名，未見書志著錄，原題恐誤；同卷李令問，原注「出《靈怪錄》」，明鈔

本、陳校本作「出《靈怪集》」，參後之《靈怪錄》條。

〔附錄〕《靈怪錄》（疑即《靈怪集》，故附于是處。然其書名本身宜入本編（貳）之（二），故是處不予以編號，而于（貳）之（二）處復列其名，且予以編號，考證則詳于此）

撰者未詳。

未見書志著錄。查《說郛》（卷三）錄有《靈怪錄》。此外，《唐人說薈》、《唐代叢書》等收入《靈怪錄》一卷，題唐牛嶠撰。《說郛》所錄一條，《廣記》卷二一○顧光寶與之同，明鈔本作「出《八朝窮怪錄》」（原題「出《八朝畫錄》」），疑《說郛》書題譌誤。至若《唐代叢書》等所收，凡九條；其中王生、鄭生二條，《廣記》卷三五八、四五三引之，亦作「出《靈怪錄》」；郭翰、鄭絪二條，《廣記》卷六八、三六五分別引作「出《靈怪集》」；薛宏機條，《廣記》卷四一五引作「出《乾𦠆子》」；呂生條，《廣記》卷四○一引作「出《宣室志》」；安陽黃氏條，《廣記》卷三六一引作「出《廣古今五行記》」；姚司馬條，《廣記》卷三七○引作「出《酉陽雜俎》」；居延部落主條，《廣記》卷三六八引作「出《玄怪錄》」；或為後人任意鈔錄《廣記》，雜湊而成，非本有「《靈怪錄》」之書歟？

《廣記》原注「出《靈怪錄》」者，凡四條；其中卷三三○李令問，明鈔本、陳校本作「出《靈怪集》」，《類說》（藝文印書館影印本卷二九）引之，亦以為屬《靈怪集》條文。餘卷三三○河湄人（記開元時事）、卷三五八鄭生（記天寶時事）、卷四五三王生（記建中時事）三條，就其所記事蹟年代觀之，與張薦《靈怪集》似無不合，則《廣記》所稱「《靈怪錄》」或即「《靈怪集》」歟？然若《說郛》卷三所錄書名不誤，則又似有書名「《靈怪錄》」者，姑附於《靈怪集》後，存疑可也。

〔附錄〕《靈保集》（疑即《靈怪集》之訛，故附於是處。然此書名本身宜入本編（貳）之（二），故是處不予以編號，而于（貳）之（二）處復列其名，且予以編號，考證則詳于此）

撰者未詳。

未見書志著錄。

《廣記》卷四四六薛放曾祖，注「出《靈保集》」。疑「《靈保集》」或即「《靈怪集》」之訛；唯是條首稱薛放為尚書云，放，穆宗朝官禮部尚書（見兩《唐書・薛戎傳》），則其人非薦所能及見，其為後人增補歟？姑亦附於《靈怪集》後，存疑可也。

164. 《辨疑志》

唐・陸長源撰。長源，字泳之，吳郡人。瞻於學，與孟郊為友。始辟昭義薛嵩幕府，歷建、信二州刺史，入遷都官郎中，復出汝州刺史。貞元十二年，徙宣武行軍司馬，節度使董晉卒，長源總留後事，遇軍亂被害。詳《舊唐書》本傳、《新唐書・董晉附傳》。

　　《新唐志・小說家類》著錄三卷；《崇文總目》、《書錄解題》、《通考》、《宋志》
（誤作《疑辨志》）俱同。《遂初堂書目・小說類》有《辨疑錄》，不著卷數，未知即
是書否。原書已佚。《說郛》（卷三四）、《重編說郛》（弓第二十三）等嘗錄取其條文。
查《重編說郛》所錄即自《說郛》出。

　　《廣記》注「出《辨疑志》」或「出《辯疑志》」者，凡十條：即卷二四二蕭穎
士、卷二八八李恆、姜撫先生、卷二八九紙衣師、明思遠、周士龍、李長源、雙聖
燈、卷四九三裴玄智、卷四九五潤州樓；皆不見於《說郛》、《重編說郛》所錄。

　　是書，陳振孫云其「辨里俗流傳之妄」。就今所見遺文觀之，如姜撫先生、明思
遠、李長源諸條，斥道士法術之誕妄；紙衣師、裴玄智諸條，言僧徒之無行；雙聖
燈諸條，揭迷信之謬誤，是也。

165.　《玄怪錄》（又名《幽怪錄》）

　　唐・牛僧孺撰。僧孺，字思黯，隴西狄道人。德宗貞元二十一年擢進士第。憲
宗元和三年，以方正敢言進身。歷相穆、敬、文三朝。武宗時，遠謫循州。宣宗大
中二年，轉太子少師，未幾，卒，年六十九。其與李德裕之相爭，可謂有唐一代大
事。詳兩唐書〈本傳〉、王師夢鷗先生所撰年表（見《唐人小說研究・四集》）。其《玄
怪錄》諸篇當成於貞元至元和時期，過此，非勞神於案牘，即熱衷於政爭，當不復
屑屑為此等小言也。

　　《新唐志・小說家類》著錄十卷；《崇文總目・小說類》、《通志略・傳記類》、《讀
書志・小說類》、《通考・小說家類》、《宋志・小說類》俱同。以上或題「《玄怪錄》」，
或題「元怪錄」。《遂初堂書目・小說類》僅著錄《幽怪錄》之名。《書錄解題》著錄
《元怪錄》十一卷。《四庫總目・小說家類》存目著錄一卷，題《幽怪錄》（附《續
錄》，亦一卷）。此外，明陳第《世善堂藏書目錄》著錄十卷，明高儒《百川書志》
著錄十一卷，清繆荃孫《藝風藏書記》著錄元明間松溪陳應翔所刻四卷（與李復言
《續錄》一卷合刊）。又《宋志・小說類》著錄李德裕《幽怪錄》十四卷，未詳其撰
者名氏訛誤與否，或即牛氏書與李氏續書之混合本亦未可知。案《新唐志》著錄牛
氏書十卷、李復言《續錄》五卷，乃歐陽修時代於《館閣書目》所據見二書之不同
卷數。二者蓋經歷晚唐五代至於北宋之初，百有餘年，其中是否各有殘落，茲可無
論；然其書名與卷數各異，信是二書傳世之古本。宋室南渡後，早如曾慥《類說》，
多輯錄舊日說部，然其中僅有牛氏書而無李氏續書，細考其中所收，又實雜有《續
錄》之文（如尼妙寂事）。與曾氏同時之晁公武，於其《郡齋讀書志》著錄牛氏書及
李氏續書，乃其所得見者，其所載牛氏書卷數，雖與北宋人著錄者同，但於李氏續

書則陡增五卷，疑其本即一書之重出一名者，蓋二書流傳至南宋，各有殘佚，因於原有之十五卷，合編爲十卷，而此十卷，可謂牛僧孺撰，亦可謂李復言撰；曾慥所取即屬前者，故從其本文檢視，牛氏書中乃有李氏條文；反之，當時之李氏書自亦有牛僧孺條文。復以後於晁氏之陳振孫所見證之，其《書錄解題》稱牛氏書今但有十一卷，而無李氏續書云云，正與曾慥所取者同，惟陳氏去曾慥、晁公武時代又將百年，倘非卷帙之裝訂有所改變，當亦爲後人所補輯牛、李混合之書，且增爲十一卷。以上有關牛、李二書之分合，詳王師夢鷗先生所撰〈《玄怪錄》及其後繼作品辨略〉（見《唐人小說研究・四集》）。是書，除《廣記》外，如宋周守忠《姬侍類偶》，亦嘗徵引之。又《類說》（藝文印書館影印本卷一一，題《幽怪錄》）、《紺珠集》（卷五，亦題《幽怪錄》）、《說郛》（卷一五，亦題《幽怪錄》）等錄有其條文。此外，今傳者尚有《重編說郛》（弓第一百十七，收二種，一作牛僧孺撰，一作王惲撰，皆題《幽怪錄》）本、《五朝小說》本（同《重編說郛》）、《唐人說薈》本、《唐代叢書》本、《龍威秘書》本（藝文印書館《百部叢書集成》有影印本，附《類說》所輯）等。查今所見牛氏書，《說郛》所錄，出十一卷本。至若《重編說郛》本，其題牛僧孺撰者，出《紺珠集》，題王惲撰者，則出《說郛》；而《唐人說薈》、《龍威秘書》諸本，復翻刻之。再者，王師嘗就現存牛、李二書篇目（已除去重複者），推知其中宜歸入牛書者四十三篇。

《廣記》原注「出《玄怪錄》」者，凡二十九條；其中卷三四三寶玉，見於今傳宋本《續錄》，疑《廣記》所注出處，於「玄」上脫一「續」字。卷三八五崔紹，孫潛校本作「出《廣異記》」，查《說郛》云出《河東記》，似是，參前之《廣異記》條。此外，卷三八三古元之，原注「出《玄怪記》」，汪氏點校本作「出《玄怪錄》」。又卷三七○韋協律兄，原注「出《異怪錄》」，許刻、黃刻作「出《玄怪錄》」。茲有可注意者，《廣記》所引牛氏書，其文多未載於明清以來傳本。

是書託言神怪，又往往隱寓其懷抱，如蕭志忠篇言職司之貪枉，即其顯而易見者，然其中復有因時事久隔，書闕有間，無從指證者，故《周秦行紀》論謂其「多造隱語，人不可解。」至若但寫異聞，並從而顯示其詩才史筆，以充行卷之文，亦隨在多有；如崔書生諸篇，幻想神仙生活，圖寫煙霞草木，饒有詩情畫意。

166. 《大唐新語》（傳本或題《唐世說新語》）

唐・劉肅撰。肅，元和中江都主簿〔註242〕。傳本結銜有題登仕郎守江州潯陽縣主簿者，未詳何據？所撰《大唐新語》，首有元和二年自序。

〔註242〕見《新唐書・藝文志注》。

　　《新唐志‧雜史類》著錄十三卷;《崇文總目‧雜史類》、《通志略‧雜史類》、《讀書志‧雜史類》、《書錄解題‧雜史類》、《通考‧雜史類》、《宋志‧別史類》、《四庫總目‧小說家類》俱同。《遂初堂書目》,不著錄撰人名及卷數。是書,除《廣記》外,如《御覽》、《唐語林》,亦嘗徵引之。又《類說》(藝文印書館影印本卷四五據明鈔本增,刊本誤入《三水小牘》題下)等錄有其條文。此外,今傳者尚有明萬曆三十一年刊本、明萬曆三十七年刊本(以上皆題《唐世說新語》。國家圖書館藏)、《稗海》本、《四庫全書》本、《筆記小說大觀》本(以上十三卷)、《重編說郛》(弓第四十八)本、《唐人說薈》本、《唐代叢書》本(以上一卷)等。查《類說》所錄,如主簿蟲條,《廣記》卷四七四有之,題亦同,注「出《傳載》」(據明鈔本);道士常持滿條,《廣記》卷七二葉靜能,事同,注「出《河東記》」;卦錢舞條,《廣記》卷二一七五明道士,事同,注「出《耳目記》」;鼠怪條,《廣記》卷四四〇李知微,事同,注「出《河東記》」;皆不見於今所見肅書,似有訛誤。至若諸十三卷本,其中如《稗海》本及《筆記小說大觀》本,其政能第八標目誤刻于第四卷持法門韋陟條末,而以第五卷忠烈門爲第八,且無卷首自序及卷末總論。諸一卷本,則皆非完帙。

　　《廣記》注「出《大唐新語》」或「出《唐新語》」者,凡二十五條。此外,卷七七泓師,注「出《大唐新語》及《戎幕閑談》」,卷九二玄奘,注「出《獨異志》及《唐新語》」。又卷二三六則天后,原注「出《唐新話》」,汪氏點校本作「出《大唐新語》」;卷二四〇李嶠,原注「出《大唐新話》」,汪氏點校本作「出《大唐新語》」。又卷二六一李秀才,原注「出新」,汪氏點校本作「出《大唐新語》」,岑仲勉以爲出《南楚新聞》〔註243〕;查傳本肅書無是條,而今所見尉遲樞書又非全帙,則岑氏之言亦難論定。又卷二一司馬承禎,原闕出處,汪氏點校本注云:「查出《大唐新語》。」案今本《大唐新語》卷一〇有其事,惟較《廣記》所引爲略,疑《廣記》是條另有所本,詳《續仙傳》條。

　　是書輯唐故事,起武德,至大曆,分類編纂,凡三十門。其書後總論云:「今之所記,庶嗣前修;不尙奇正之謀,重文德也;不褒縱橫之書,賤狙詐也;刊浮靡之詞,歸正也;損術數之略,抑末也。」述作之旨可知。又肅書有取自劉餗《國史異纂》者,疑係纂輯舊說,予以刪潤而成。

167. 《博異志》(傳本或題《博異記》)

　　傳爲唐‧谷神子纂。《讀書志》(衢本)云:「或曰名還古,而竟不知其姓。」胡應麟《二酉綴遺》中云:「唐有詩人鄭還古,嘗爲殷七七作傳,其人正晚唐,而殷傳

文與事皆類，是書蓋其作也。」余嘉錫《四庫提要辨證》復從而證之，殆是矣。又《雲笈七籤》卷八八有道生旨一篇題谷神子裴鉶述，然不過與鄭還古同一別號耳，不必疑也。還古，滎陽人〔註244〕。元和進士〔註245〕。嘗爲河中從事，爲同院所誹謗，貶吉州掾〔註246〕。《盧氏雜說》（《廣記》卷一六八鄭還古條引）記柳當贈妓予還古事，並云：「及鄭入京，不半年，除國子博士。柳見除目，乃津置入京。妓行及嘉祥驛，鄭已亡歿。」又《因話錄》卷三稱還古少有俊才，嗜學，而天性孝友，竟以剛躁，喜持論，不容於時。

《新唐志‧小說家類》著錄三卷；《崇文總目‧小說類》、《通志略‧傳記類》俱同。《讀書志‧小說類》作一卷；《書錄解題‧小說家類》、《通考‧小說家類》、《宋志‧小說類》、《四庫總目‧小說家類》同。是書，《類說》（藝文印書館影印本卷二四）、《說郛》（卷六廣知、卷一四）等錄取其條文。此外，今傳者尚有《顧氏文房小說》本（書名《博異志》，題谷神子還古纂）、《唐宋叢書》本、《重編說郛》（弓第一百十五）本、《五朝小說》本、《唐人說薈》本、《龍威秘書》本、《唐代叢書》本、《說庫》本（書名《博異志》，題鄭還古撰）、《續百川學海》本（書名《博異記》，題鄭還古撰）、《古今逸史》本、《四庫全書》本、《增訂漢魏叢書》本（書名《博異記》，題谷神子纂）等。查《類說》所錄，與傳本合，蓋南宋初年，其書即如此也。《說郛》卷六所錄，摘自《類說》，而誤題《博物志》；又卷一四所錄，則出一卷本。至若《顧氏文房小說》諸傳本，皆一卷。胡應麟《二酉綴遺》中稱今刻本纔十事，讀之詞頗雅馴，視牛氏《玄怪》等錄覺勝之，然語意亡所刺譏，於序文殊不合。後讀《廣記》諸書，迺知刻本鈔集，所遺甚眾云云，傳本序謂一卷者，即後人見篇帙寥寥，復從而改易之也；其中沈亞之一篇，文見《沈下賢文集》，《廣記》卷二八二題作邢鳳，注「出《異聞錄》（「錄」爲「集」之誤）」，疑爲宋人掇拾殘餘而誤入者。

《廣記》原注「出《博異志》」或「出《博異記》」者，凡二十四條；其中卷四六白幽求、卷五三楊眞伯、卷一二二馬奉忠、卷一二五崔無隱、卷一五三趙昌時、卷二〇四呂卿筠、卷三〇八李序、卷三〇九張遵言、卷三三七李晝、卷三三九閻敬立、卷三四八沈恭禮、卷三七三劉希昂、卷三八九楊知春、卷四〇〇蘇遏、卷四二二韋思恭、卷四五八李黃第二則、卷四七四木師古，俱不見於今本還古書；卷三八〇鄭潔，亦不見於今本還古書，明鈔本作「出《廣異記》」，似誤，參《廣異記》條。此外，卷四〇六崔玄微，注「出《酉陽雜俎》及《博異記》」，查「又

〔註244〕見《因話錄》卷三。
〔註245〕見《唐詩紀事》卷四八。
〔註246〕見《詩話總龜》怨嗟門引盧懷杼情。

尊賢坊田弘正宅」句以上文字，見於今本還古書。又卷七九許建宗、卷三四八李全質、卷三五六馬燧，注「出《傳異記》」；查馬燧條見於今本《博異志》，而許建宗條記鄭還古所見事，李全質條記谷神子所見事，則此「《傳異記》」殆爲「《博異志》」之訛歟？卷三五七薛淙，原注「出《博異傳》」，陳校本作「出《博異志》」。卷四〇五岑文本，注「出《傳異志》」，查見於今本《博異志》。又卷二三九崔書生，原注「出《博物志》」，孫潛校本作「出《博異志》」，查今本張華及鄭還古之書皆無是條。又卷三七二張不疑，原闕出處，明鈔本則與其下之「又」條（原注「出《博異記》，又出《靈怪集》」）相連。卷四二一趙齊嵩，原闕出處，明鈔本作「出《博異志》」。

是書自序稱夫習讖談妖，其來久矣，非博聞強識，何以知之？因尋往事，輒議編題，類成一卷。非徒但資笑語，抑亦粗顯箴規云云，而傳本不見箴規之意，蓋有闕佚也。其所記多神怪事，敘述雅贍，而所錄詩歌頗工緻，《四庫提要》以爲視他小說爲勝。

168. 《祥異集驗》

唐·麻安石撰。安石，在道門習學推步〔註247〕。貞元中嘗至壽春，謁太守楊承恩。未幾，懇辭歸山〔註248〕。所撰《祥異集驗》，就今所見遺文觀之，其中如《廣記》卷一四四所引朱克融條，晚及寶曆二年，殆成於其後歟？

《秘書續目·小說類》著錄二卷，並注云「闕」。《宋志·小說類》亦作二卷。原書久佚。

《廣記》卷一三七張子良、鄭綱、卷三七三胡榮、卷三九九王迪，注「出《祥異集驗》」。又卷二八〇麻安石，注「出《羊異集驗》」，「羊」爲「祥」之訛。此外，注「出《祥驗集》」者二條；其中卷一四四朱克融，記麻安石所聞見事，且「《祥驗集》」一名未見書志著錄，可證爲「《祥異集驗》」之訛；卷三九六韋臯，《類說》錄其事，屬《宣室志》條文。

169. 《國史補》

唐·李肇撰。肇，趙州贊皇人。華之子也〔註249〕。嘗官大理評事、太常寺協律郎。元和七年爲江西觀察從事，十三年，自監察御史充翰林學士，十四年，遷右補闕（此據《重修翰林學士壁記》。李肇《翰林志》作「左補闕」），加司勳員外郎。長

〔註247〕見《廣記》卷二八〇麻安石。
〔註248〕同上。
〔註249〕見《新唐書》〈宰相世系表〉。

慶元年，貶澧州刺史。太和三年，坐薦柏耆，自中書舍人左遷將作少監。其終官及生卒未詳〔註250〕。所撰《國史補》，今本結銜題尚書左司郎中，據是，乃成於爲是官時；而《唐摭言》卷一則云：「元和中，中書舍人李肇撰《國史補》。」惟岑仲勉〈跋《唐摭言》〉一文嘗辨之，以爲肇，大和初官中書舍人，且今本《國史補》有「長慶初，上以刑法爲重」及「長慶初，李尚書絳議置郎官十人」二條（俱見於今本卷下），則非成於元和中可知云云；要之，肇書記事，既止於長慶，復綜上所言，殆成於寶曆、大和間歟？

　　《新唐志・雜史類》著錄三卷；《崇文總目・雜史類》、《通志略・雜史類》、《書錄解題・雜史類》、《宋志・傳記類》、《四庫總目・小說家類》同。《讀書志・雜史類》作二卷，當係字之誤；《通考・傳記類》同。《遂初堂書目・雜史類》列《唐補史》之名，無著卷數，未知即是書否？此外，《天祿琳琅書目》卷五著錄元董氏萬卷堂所刻，三卷。是書，除《廣記》外，如《通鑑考異》、《御覽》、《唐語林》，亦嘗徵引之。又《類說》（藝文印書館影印本卷二六）、《紺珠集》（卷三）、《說郛》（卷七五）等錄有其條文。此外，今傳者尚有署「陶宗儀閱」之舊鈔本、毛氏汲古閣影宋鈔本（以上國家圖書館藏）、《津逮秘書》本、《四庫全書》本、《學津討原》本、《得月簃叢書》本、《筆記小說大觀》本、世界書局新校本（以上三卷）、《唐宋叢書》本、《重編說郛》（号第四十八）本、《唐人說薈》本、《唐代叢書》本（以上一卷）等。查《說郛》所錄，大抵摘自《紺珠集》，其末之「王冷然上裴耀卿書」、「王元景使梁」二條，乃《紺珠集》刪節《談藪》之文，而《說郛》誤置焉。至若今傳之一卷本，皆非全帙。

　　《廣記》注「出《國史補》」者，凡一百三十一條；其中卷一八四類例，查見《隋唐嘉話》卷下（《顧氏文房小說》本）；卷二〇二源乾曜，查見今本《次柳氏舊聞》；卷二三八唐同泰、胡延慶，查俱見《朝野僉載》卷三（《寶顏堂秘笈》本），然今本《僉載》乃後人自《廣記》、《古今說海》鈔合而成，《廣記》此二條所注出處，或亦有據；以上四條皆不見於今本《國史補》。此外，卷二七五李錡婢，注「出《國史補》並《本事詩》」。又卷二三九畫雕，原注「出《談賓錄》」，孫潛校本作「出《國史補》」，查見今本肇書卷上。再者，卷二〇三李勉「又」二則，皆闕出處，查見今本肇書卷下。

　　是書分三卷，每條以五字標題。自序云：「昔劉餗集小說，涉南北朝至開元，著爲《傳記》（案劉餗所撰，傳本題作《隋唐嘉話》。《廣記》引之，有作《國史異纂》者，詳該條）。予自開元至長慶，撰《國史補》，慮史氏或闕則補之意，續《傳記》而有不爲；言報應，敘鬼神，徵夢卜，近帷箔，悉去之；紀事實，探物理，辨疑惑，

示勸戒，採風俗，助談笑，則書之。」揭櫫撰書旨趣甚明。《四庫提要》稱其論張巡，則取李翰之傳；所記左震、李洴、李廙、顏眞卿、鄭絪、鄒待徵妻、元載女諸事，皆有裨於風教；末卷說諸典故，亦資考據。餘如挐蒲盧雉之訓，可以解劉裕事；劍南燒春之名，可以解李商隱詩，可採者不一而足，故歐陽修作《歸田錄》，自稱以是書爲式，蓋於其體例有所取焉云云。惟如路嗣恭入覲條，《通鑑考異》卷一七嘗辨之，云：「嗣恭素附元載，載誅，賴李泌營救得免，事見《鄴侯家傳》。載豈有譖嗣恭，云欲爲亂之理？蓋載已被誅，而召嗣恭適在三伏，渾（柳渾）有此疑，時人因以爲渾美事耳。」又淮水無支奇條，近人周氏《稗邊小綴》謂乃縮寫李公佐〈古嶽瀆〉一文而成，且誤記《嶽瀆經》爲《山海經》。再者，《四庫提要》曰：「所載如謂王維取李嘉祐水田白鷺之聯，今李集無之。又記霓裳羽衣曲一條，沈括亦辨其妄。又謂李德裕清直無黨，謂陸贄誣于公異，皆爲曲筆。」可見其記事難免有失。

170. 《戎幕閒談》

　　唐・韋絢撰。絢，字文明，京兆人，宰相執誼之子〔註251〕。元稹之婿〔註252〕。穆宗時抵白帝城，投謁劉禹錫，求在學問左右〔註253〕。大和五年，李德裕鎮成都，辟爲巡官〔註254〕。開成末，自左補闕爲起居舍人〔註255〕。歷任司封員外郎〔註256〕、江陵少尹〔註257〕。咸通時爲義武軍節度使〔註258〕。所撰《戎幕閒談》，首有大和五年自序。

　　《新唐志・小說家類》著錄一卷；《崇文總目》、《通志略》、《讀書志》、《通考》、《宋志》俱同。《遂初堂書目》無著錄卷數。此外，明《文淵閣書目》卷八著錄一部，注云：「闕。」原書已佚。除《廣記》外，如《唐語林》，亦嘗徵引之。又《類說》（藝文印書館影印本卷五二）、《說郛》（卷七）、《重編說郛》（弓第四十六）等錄有其條文（後二者並錄其序）。

　　《廣記》注「出《戎幕閒談》」或「出《戎幕閑談》」者，凡十三條；其中卷一

〔註251〕見《新唐書・藝文志注》。
〔註252〕見《白氏長慶集》卷六一之〈元稹墓誌銘〉。
〔註253〕見《劉賓客嘉話錄》自序。今本自序云時在長慶元年春，羅聯添先生意劉禹錫以長慶二年正月蒞夔州刺史任，絢抵白帝城（即夔州）投謁，當在禹錫蒞任之後，則「元年」爲「二年」之誤也（詳其所撰〈劉夢得《年譜》〉、《劉賓客嘉話錄》校補及考證〉二文；前者刊於《文史哲學報》第八期，後者刊於《幼獅學誌》二卷一、二期）。
〔註254〕見《戎幕閒談》自序。
〔註255〕見《太平廣記》卷一八七韋絢。
〔註256〕見岑仲勉所撰〈郎官石柱題名新著錄〉一文。
〔註257〕見《劉賓客嘉話錄・自序》。
〔註258〕見《新唐書・藝文志注》。

八八李輔國、卷二二四范氏尼，《類說》（藝文印書館影印本卷二一）節錄之，前者題作「阿瞞」，後者題作「顏郎衫色如此」，今本云乃《明皇十七事》之文，或原係出自柳珵《常侍言旨》，參後之《柳氏史》條，若《廣記》所注出處及《類說》所據者皆無誤，則是《閒談》、《言旨》二書有記及同一事者；又卷四六七李湯，記水神無支祈事，陳翰嘗收入所編《異聞集》中，題作〈古嶽瀆經〉〔註259〕，是條通篇乃李公佐〔註260〕自敘之語，當是公佐所撰文，豈韋氏稱引其文，而《異聞集》及《廣記》編者又有取於韋氏書歟？此外，卷三二顏眞卿，注「出《仙傳拾遺》及《戎幕閒譚》、《玉堂閑話》」，卷七七泓師，注「出《大唐新語》及《戎幕閑談》」，《類說》（藝文印書館影印本卷二一）節錄之，前者題作〈顏眞卿地仙〉，後者題作〈客土無氣〉，今本云乃《明皇十七事》之文，或原係出自《常侍言旨》，參後之《柳氏史》條；若然，則似《廣記》此二條中所引《戎幕閒談》之文字，同爲《常侍言旨》所有。

　　韋氏自序云：「贊皇公（李德裕）博物好奇，尤善語古今異事。當鎮蜀時，賓佐宣吐，亹亹不知倦焉。乃謂絢曰：能題而記之，亦足以資於聞見。絢遂操觚錄之。」是其撰述之所由也。

171.《柳氏史》（傳本題《次柳氏舊聞》，或《明皇十七事》）

　　唐・李德裕撰。德裕，字文饒，趙郡人。宰相吉甫子。元和初，累辟諸府從事。穆宗即位，召入翰林充學士，後出爲浙西觀察使。文宗立，裴度薦其材堪宰相，而李宗閔、牛僧孺等深銜之，擯不得進。武宗時，自淮南節度使入相，當國六年。宣宗時，貶崖州司戶。卒，年六十三（《十七史商榷》卷九一云當作六十四）。詳兩《唐書》本傳。所撰《柳氏史》，據《舊唐書・文宗本紀》，知其成於大和八年。

　　《新唐志・雜史類》著錄一卷，題《次柳氏舊聞》；《崇文總目・傳記類》、《通志略・雜史類》、《讀書志・雜史類》、《書錄解題・雜史類》、《通考・傳記類》、《宋志・故事類》、《四庫總目・小說家類》俱同。《遂初堂書目・小說類》無著卷數。是書，除《廣記》外，如《通鑑考異》、《唐語林》，亦嘗徵引之。又《類說》（藝文印書館影印本卷二一。題《明皇十七事》）、《紺珠集》（卷五。亦題《明皇十七事》）、《說郛》（卷四四。題《次柳氏舊聞》）等錄有其條文。此外，今傳者尚有《顧氏文房小

〔註259〕陶宗儀《輟耕錄》卷三〇，言及此文，注云：「程縯口：《異聞集》載〈古嶽瀆經〉；禹治水至桐柏山，獲渦水神，名巫支祁。」
〔註260〕李公佐，字顓蒙，系出隴西。貞元間進士。歷事王鍔、李吉甫，又嘗官錄事參軍。疑歿於會昌之末。詳王師夢鷗先生《唐人小說研究・二集》之〈李公佐著述及其生平經歷與交遊〉。

－175－

說》本、重輯《百川學海》本、《歷代小史》本、《寶顏堂秘笈》本、《稗乘》本、《重編說郛》（弓第三十六題《次柳氏舊聞》，係翻刻《寶顏堂秘笈》本；弓第五十二題《明皇十七事》，則翻刻《稗乘》本）本、《五朝小說》本、《四庫全書》本、《學海類編》本、《唐人說薈》本、《唐代叢書》本、《說庫》本等，或題《次柳氏舊聞》，或題《明皇十七事》，皆一卷。查《類說》所錄，其中阿瞞、剪綵、顏郎衫色如此、客土無氣、顏眞卿地仙五條，就《紺珠集》所錄推之，或原出自柳珵《常侍言旨》〔註261〕，而未注明，豈編者疏忽，抑係傳刻之訛歟？《紺珠集》所錄，則於《明皇十七事》題下又署柳珵《常侍言旨》，其首六條（其中剪綵、眞卿地仙、客土無氣、顏郎衫色如此四條，《類說》有之）或即《常侍言旨》所有者。至若今傳諸本，文字多寡頗有不同，如：《稗乘》本十七條，與所題《明皇十七事》相符；《顧氏文房小說》本脫玄宗異待安祿山一條；《歷代小史》本脫玄宗禮貌大臣、肅宗射覆、肅宗割羊臂臑、玄宗異待安祿山、楊國忠請焚庫積、玄宗戒酒六條及代宗之誕首三百餘字；《寶顏堂秘笈》本脫玄宗篤愛諸昆季、黃旛綽敏對二條及無畏召龍致雨末數十字，但卷末多玄宗爲兆庶祈福一條；《學海類編》本同《稗乘》本，並有《寶顏堂》本所增一條。再者，《說郛》卷五錄《常侍言旨》之李輔國逼脅玄宗遷西內一條（即前述《類說》之阿瞞條），文末云：「此事本在朱崖太尉所續《柳史》第十六條，蓋以避時忌，所以不書也。」則知是條，柳芳聞之高力士，德裕避諱不書，而柳珵則錄之。

　　《廣記》注「出《柳氏史》」者，凡五條，皆見於傳本。此外，卷二〇二源乾曜，注「出《國史補》」，查見今本德裕書。

　　是書自序稱上元中，史臣柳芳竄黔中，時高力士亦從事巫州，爲芳言開元天寶禁中事。及還，芳乃編次，號曰問高力士；德裕父吉甫，與芳子冕遊，嘗聞其說以告德裕，德裕因追憶錄進，凡十七事云云，是其撰述之所由也。所記玄宗禮貌大臣、姚崇與魏知古相傾軋二事，《新唐書》采入〈姚崇傳〉；又章敬吳皇后夢金甲神、乳媼以他兒易代宗二事，《新唐書》採入〈后妃傳〉；吳縝《新唐書糾繆》卷一、司馬光《通鑑考異》皆嘗駁其失；則難免傳聞之失也。

172.《前定錄》

　　唐・鍾輅（《新唐志》、《通志略》作「籟」）撰。輅，大和二年進士〔註262〕，官崇文館校書郎〔註263〕。所撰《前定錄》，據自序，執筆於大和中；而其中有記大和

〔註261〕柳珵，芳之孫。所撰《常侍言旨》，即記其世父登所著；《新唐志・小說家類》始著錄之，一卷。原書已佚。

〔註262〕見《登科記考》卷二〇。

〔註263〕見《前定錄》自序。

九年事者，殆成於其後歟？

《新唐志·小說家類》著錄一卷；《崇文總目·小說類》、《通志略·傳記類》、《通考·小說家類》、《宋志·小說類》、《四庫全書·小說家類》俱同。《遂初堂書目·小說類》不著撰人名及卷數。是書，《說郛》（卷一○○）錄有其條文。此外，今傳者尚有《百川學海》本、《唐宋叢書》本、《重編說郛》（弓第七十二）本、《五朝小說》本、《四庫全書》本、《唐人說薈》本、《唐代叢書》本、《學津討原》本、《說庫》本等，皆一卷。查《唐人說薈》、《唐代叢書》、《說庫》諸本多杜悰一篇，乃錄自《廣記》卷二二三李生。又傳本王璠一篇，《廣記》卷一五四引之，注「出《續定命錄》」。

《廣記》注「出《前定錄》」者，凡二十一條。

輅自序謂「人之有生，修短貴賤，聖人固常言命矣；至於纖芥得喪，行止飲啄，亦莫不有前定者」；又謂「讎書春閣，秩散多暇，得從乎博聞君子，徵其異說，每及前定之事，未嘗不三復本末，提筆記錄。日月稍久，漸盈筐篋」云云；則其著述之旨暨取材所自，可知之矣。高彥休《唐闕史》卷下曰：「世傳《前定錄》，所載事類實繁，其間亦有鄰委曲以成其驗者。」而《四庫提要》因云：「蓋即指此書。然小說多不免附會，亦不能獨為此書責也。」

173. 《感定錄》

唐·鍾輅撰。輅，見前條。案《感定錄》一名，僅見著錄於《宋志》，其所題書名及撰者名，或亦有據，姑從之。又就輅所撰同一性質之《前定錄》自序觀之，其中未言及「《感定錄》」，則是書之撰述年代，殆稍後於《前定錄》。

《宋志·小說類》著錄一卷。此外，《崇文總目·小說類》著錄《感定命錄》一卷（此據《四庫全書》本。錢氏《輯釋》本無此書名）；《通志略·傳記類》亦有之，皆無著撰者名，未詳與輅所撰為同一書否。

原書久佚。

《廣記》注「出《感定錄》」者，凡二十一條：即卷七六袁天綱、卷七九軒轅集、卷一三五隋煬帝、唐太宗、卷一三六李郃、卷一三八高駢、卷一四二李密、卷一四四杜牧、卷一四九蕭華、卷一五○李泌、卷一五一李顏、卷一五三韋執誼、卷一五四元和二相、卷一五五李固言「又」之第二則、鄭朗、卷一五六舒元輿、李德裕首則、李言、石雄「又」、卷一七○張九齡、卷二一五貞觀秘記。

就見引於《廣記》者言之，是書多言徵應、定數，與輅所撰《前定錄》之旨趣大抵相合。

174. 《定命錄》

　　唐‧呂道生撰。道生，文宗時人。生平未詳。所撰《定命錄》，據《新唐志注》，執筆於大和中；而其段文昌一條，稱文昌為故西川節帥，依史傳，文昌，大和九年三月卒，成書殆在其後歟？

　　《新唐志‧小說家類》著錄二卷；《崇文總目‧小說類》、《通志略‧傳記類》俱同。此外，《宋志‧小說類》著錄趙自勤《定命錄》二卷；考自勤所撰，實名《定命論》，《新唐志‧小說家類》著錄十卷，因疑《宋志》所著錄之趙自勤《定命錄》，乃道生書，而誤題撰人。原書久佚。除《廣記》外，如《御覽》，亦嘗徵引之。又《類說》（藝文印書館影印本卷一二）、《紺珠集》（卷七）、《舊小說》（乙集）等錄有其條文；其中，《舊小說》所錄，全採自《廣記》。此外，《古今說海》收袁天綱外傳一文，見《廣記》卷二二一，注「出《定命錄》」。

　　《廣記》注「出《定命錄》」者，凡六十二條。此外，卷一四七裴有敵，原注「出《朝野僉載》」，許刻本作「出《定命錄》」，查是條，《說郛》所錄《朝野僉載》有之，今本《朝野僉載》卷一亦有之。又卷三七六五原將校，原注「出《芝田錄》」，明鈔本作「出《定命錄》」。

　　是書，《新唐志》注云乃道生增趙自勤之說，今檢其中馬生（《廣記》卷二二二引）、潘玘（《廣記》卷二七七引）二條，記自勤事，或即自勤所撰《定命論》舊篇。道生所記，多公卿仕宦窮達，年壽長短，而俱委之命定，蓋寓意勸戒也。袁天綱、張冏藏二條，兩《唐書‧方伎傳》所記同，殆取資於此歟？

175. 《續定命錄》

　　唐‧溫畬撰（《宋志》作「奢」，誤）。畬，文、武間人。生平未詳。所撰《續定命錄》，其裴度一篇（《廣記》卷一五三），首稱「故中書令晉國公裴度」云云，度，開成四年卒，成書殆在其後歟？

　　《新唐志‧小說家類》著錄一卷；《崇文總目‧小說類》、《通志略‧傳記類》、《宋志‧小說類》俱同。原書久佚。除《廣記》外，如《御覽》，亦嘗徵引之。又《舊小說》（乙集）錄有其條文，蓋取自《廣記》。

　　《廣記》注「出《續定命錄》」者，凡十二條：即卷一五一李稜、卷一五三崔樸、裴度、卷一五四樊陽源、吳少誠、王璠、崔玄亮、韋貫之、卷一五五衛次公、韓臯、卷一六○李行脩、卷二七八韋詞；其中李行脩條，《紺珠集》卷一○所錄《異聞集》有之，題「稠桑老人」，蓋陳翰取自畬書者也。

　　是書蓋續呂道生《定命錄》而作。就《廣記》所引遺文觀之，所記大抵為德宗

建中至文宗開成時科名成敗事。

176. 《酉陽雜俎》

　　唐・段成式撰。成式，字柯古，齊州臨淄人。宰相文昌之子。以蔭入官，爲祕書省校書郎。累遷至尙書郎，終太常少卿。咸通四年卒。詳《舊唐書・段文昌附傳》、《新唐書・段志玄附傳》、唐末尉遲樞《南楚新聞》。所撰《酉陽雜俎》，今本晚及開成末事，成書殆在文宗以後歟？

　　《新唐志・小說家類》著錄《酉陽雜俎》三十卷；《崇文總目》、《通志略》俱同。《讀書志》著錄《酉陽雜俎》二十卷、《續酉陽雜俎》十卷；《書錄解題》、《通考》、《宋志》、《四庫總目》俱同。《遂初堂書目》不著撰者名及卷數。案楊守敬疑原書本三十卷，無所謂《續集》，經宋人刪削爲二十卷，南渡後好事者又從他書鈔綴爲《續集》十卷，以合于《唐志》。其說詳《日本訪書志》卷八。今傳之《續集》，或謂即出宋本舊傳，明趙琦美又綴補增訂者，楊守敬《訪書志》、余嘉錫《四庫提要辨證》主之；或謂舊本已佚，明胡應麟復爲鈔合，再流入趙氏手中者，《四庫提要》、昌師彼得先生《說郛考》主之。二說中，以後者所言爲有據。是書，除《廣記》外，如《御覽》、《姬侍類偶》，亦嘗徵引之。又《類說》（藝文印書館影印本卷四二）、《紺珠集》（卷六）、《說郛》（卷三六）等錄有其條文。此外，今傳者尙有《津逮祕書》本、《四庫全書》本、《學津討原》本、《湖北先正遺書》本、《四部叢刊》本（據明李雲鵠刻本影印）（以上《正集》二十卷、《續集》十卷）、明萬曆間汪士賢刊本（國家圖書館藏）、《稗海》本（以上二十卷，無《續集》）、《唐人說薈》本、《唐代叢書》本、《龍威祕書》本、《說庫》本（以上二卷）等。查《說郛》所錄，其正集中有語錄門之名，爲今本所無〔註264〕；其中破虱錄條，見今本語資門；醋心條，見今本《續集》支植下。據是，胡應麟《二酉綴遺》卷上所謂「前集漏軼殊多，因併錄《續集》中」云云，似非妄語。至若今傳之二卷本，皆非足本也。再者，復有自段書析出某門而視爲一書者，如《重編說郛》所收之《寺塔記》（見弓第六十七）、《諾皋記》、《金剛經鳩異》（皆見弓第一一六），《說庫》所收之《支諾皋》等。

　　《廣記》原注「出《酉陽雜俎》」者，凡五百九十五條；其中卷九七僧些，孫潛校本作「出《朝野僉載》」，查見今本《酉陽雜俎》卷三；卷二三七韋陟，孫潛校本

〔註264〕宋黃伯思《東觀餘論》卷下〈跋段太常《語錄》後〉云：「此弓本是《廬陵官下記》上篇。」《說郛》所引《酉陽雜俎》之語錄門，其中破虱錄條、《重編說郛》（弓第十七）題作妓忌，醋心條，《類說》（藝文印書館影印本卷六）題作栽植經；皆以爲是《廬陵官下記》之文。《廬陵官下記》亦成式所撰，疑其書爲後人混入《酉陽雜俎》，故宋、元以後漸不傳矣。

作「出《明皇雜錄》」，查今本《酉陽雜俎》無之；卷四六五劍魚，明鈔本作「出《述異記》」，詳《述異記》條；卷四八〇無啓民，明鈔本、孫潛校本作「出《博物志》」，詳《博物志》條；卷四〇二上清珠，《類說》引出《杜陽雜編》，詳《杜陽雜編》條。此外，卷三〇翟乾祐，注「出《酉陽雜俎》、《仙傳拾遺》」；卷九二一行，注「出《開天傳信記》及《明皇雜錄》、《酉陽雜俎》」；卷四一六崔元微，注「出《酉陽雜俎》及《博異記》」。又卷六二蓬球，注「出《酉陽雜記》」，「記」乃「俎」字之訛。又卷七八石旻，原注「出《集異記》」，孫潛校本作「出《酉陽雜俎》」，查見今本《酉陽雜俎》卷五；卷三九四元積，原注「出《劇談錄》」，明鈔本作「出《酉陽雜俎》」，查見今本《酉陽雜俎》卷一〇。又卷二一二淨域寺，原闕出處，明鈔本、孫潛校本、黃本等作「出《酉陽雜俎》」；卷四四三銅環，原闕出處，孫潛校本作「出《酉陽雜俎》」；卷四六一張顥，原闕出處，《文淵閣四庫全書》本作「出《酉陽雜俎》」；卷四六三營道令，原闕出處，黃本作「出《酉陽雜俎》」；卷四七二史論，原闕出處，明鈔本、陳校本、孫潛校本作「出《酉陽雜俎》」。又卷四〇七黝木，闕出處，查見今本《酉陽雜俎·續集》卷一〇；同卷三枝槐，闕出處，查亦見今本《酉陽雜俎·續集》卷一〇；卷四〇九睡蓮花，闕出處，查見今本《酉陽雜俎》卷一九；卷四一二桃枝竹，闕出處，查見今本《酉陽雜俎·續集》卷一〇。又卷一九四僧俠，原注「出《唐語林》」，明鈔本、孫潛校本作「出《酉陽雜俎》」。案《唐語林》撰者王讜，《四庫提要》云其為宋徽宗時人，則其書非《廣記》編者所能徵引及之，疑經後人竄改；查戾條未見於今本《唐語林》，而今本《酉陽雜俎》卷九有之。

考梁元帝賦有「訪酉陽之逸典」語，謂大小二酉山多藏奇書也，段氏書名取義，或出於此。所記多詭怪不經之談，而其標目如「天咫」、「玉格」、「貝編」之類，亦莫得深考。胡應麟《少室山房筆叢》卷二五嘗論及是書，稱其雖唐人采摭，然所記大率本諸前代遺書，惟唐事多段自紀云云，可謂頗有見地。

177. 《譚賓錄》（《廣記》或作《談賓錄》）

唐·胡璩撰。璩，字子溫，文、武間人〔註265〕。餘未詳。

《新唐志·小說家類》著錄十卷；《崇文總目·傳記類》、《通志略·雜史類》、《讀書志·小說類》、《通考·小說家類》俱同。《遂初堂書目·小說類》僅著錄《談賓錄》之名。《宋志·小說類》著錄五卷。此外，《善本書室藏書志》卷二一、《皕宋樓藏書志》卷六二，各著錄舊抄本一部，十卷；疑自《廣記》抄出，非原帙猶存也。除《廣記》外，如《通鑑考異》、《唐語林》，亦嘗徵引之。又《類說》（藝文印書館影印本

〔註265〕見《新唐書·藝文志注》。

卷一五）、《紺珠集》（卷三）、《說郛》（卷三談壘、卷七三）等錄有其條文。

　　《廣記》原注「出《譚賓錄》」或「出《談賓錄》」者，凡一百十七條；其中卷二三九畫鷂，孫潛校本作「出《國史補》」；卷二四〇程伯獻，孫潛校本作「出《朝野僉載》」。此外，卷九二萬迴，注「出《談賓錄》及《兩京記》」。又卷二六九盧杞，注「出《譚兵錄》」，「兵」乃「賓」字之訛。又卷二四〇崔湜，原注「出《朝野僉載》」，孫潛校本於「而不以令終」句下，補小字注語，云「出《譚賓錄》」。又卷二六五杜審言，原闕出處，汪氏點校本謂談氏初印本注「出《譚賓錄》」，但文字有所不同。

　　是書，《通志略》云：「雜載唐世事，正史遺音。」《讀書志》亦云：「皆唐朝史之所遺。」但細審之，所記王遠知、于休烈、張文瓘、曹文洽、馬周、于邵、趙涓、李景略諸人事，皆見兩《唐書》；又所記崔仁師、歸崇敬、張後裔、許敬宗、李百藥、董晉、劉文靜、蘇瓌、蘇頲、唐休璟、李密、封常清、馬燧、王君奐、哥舒翰諸人事，或見於《舊唐書》，或見於《新唐書》；則鄭、晁二氏之說，實不盡然。此外，尉遲敬德、秦叔寶、天后數條，與今本《隋唐嘉話》所記事同；王義芳、張楚金、秦鳴鶴、孫思邈、武后、用番將、趙謙光、虞世基諸條，其事又見載於今本《大唐新語》；《嘉話》、《新語》皆成書於前，則似璩摭拾舊文以為談助者也。

178.　《會昌解頤》（卷首引用書目作《會昌解頤錄》）

　　撰者未詳。案《重編說郛》題唐包湑撰，未悉何據，不可從。所撰《會昌解頤》，據其書名，殆成於武宗之世。

　　《新唐志‧小說家類》著錄四卷；《崇文總目》同。《通志略》著錄一卷。《宋志》著錄五卷，題《會昌解頤錄》。原書已佚。除《廣記》外，如《唐語林》、《姬侍類偶》，亦嘗徵引之。此外，《重編說郛》（弓第四十七）、《舊小說》（乙集）等錄有其條文，皆題《會昌解頤錄》。查《重編說郛》所錄，其中勾桃一條，《廣記》卷四一〇有之，注「出《洽聞記》」。至若《舊小說》所錄，則全出《廣記》。

　　《廣記》注「出《會昌解頤》」或「出《會昌解頤錄》」者，凡十條。此外，卷四一黑叟，注「出《會昌解頤》及《河東記》」。又卷四二六峽口道士，注「出《解頤錄》」，當為簡稱。

179.　《洽聞記》

　　唐‧鄭遂撰。案《全唐文》卷七九一有鄭遂小傳，謂會昌六年官太學博士，直宏文館云云，疑即其人。又《讀書志》、《通考》題鄭常撰，而《唐詩紀事》卷三一言及鄭常之詩作，遂、常殆同為一人歟？

　　《新唐志‧小說家類》著錄一卷；《崇文總目》同。《讀書志》（廣文書局印本）

〈地理類〉、〈小說家類〉皆著錄之，作三卷；《通考·小說家類》亦三卷。《宋志·小說類》著錄二卷。此外，《玉海》卷五七引《中興書目》作二卷。是書，除《廣記》外，如《御覽》，亦嘗徵引之。此外，《說郛》（卷四、七五）、《重編說郛》（弓第三十二）等錄有其條文。查《說郛》所錄，其東陵聖母條，為《廣記》所無。

《廣記》原注「出《洽聞記》」者，凡三十二條；其中卷二九五陳惲，孫潛校本刪出處，又《御覽》卷六八引及其事，出祖台之《志怪》，其中文字與《廣記》所引稍異；豈《洽聞記》或有是條，而本諸祖氏書者耶？此外，卷四三六兩腳駝，原闕出處，明鈔本、陳校本作「出《洽聞記》」。

是書，晁公武曰：「記古今神異詭譎事，凡百五十六條。」今觀其遺文，所記頗多郡國舊事，自漢至唐；並及草木、蓄獸；故晁公武又附之地理類。

180. 《逸史》

唐·盧肇撰。肇，字子發，袁州人。登會昌三年進士第一人。初為鄂岳盧商從事，後除著作郎，遷倉部員外郎，充集賢院直學士。咸通中，出知歙州，移宣、池、吉三洲，卒〔註266〕。所撰《逸史》，首有大中元年自序。案《逸史》一書，《新唐志》以為盧子撰，並僅注云：「大中時人。」此外，《崇文總目》、《通志略》等，亦皆未言及撰者名。《類說》舊鈔本摘錄是書，題盧藏用撰，然史傳載藏用非大中時人，其說不可從。明周世敬據宋葉夢得《避暑錄話》卷上所言，定為盧肇撰，茲從之。

《新唐志·小說家類》著錄三卷；《崇文總目·雜史類》、《通志略·雜史類》俱同。《遂初堂書目·小說類》僅著錄盧子《逸史》之名。《宋志·傳記類》，又〈小說類〉，皆作一卷。此外，《皕宋樓藏書志》卷六二著錄周世敬跋之舊鈔本三卷，疑自《廣記》輯出，非復原帙。除《廣記》外，如葉夢得《避暑錄話》，亦嘗徵引之。又《類說》（藝文印書館影印本卷二七）、《紺珠集》（卷一○）、《說郛》（卷二四。括自序一篇）、《舊小說》（乙集）等錄有其條文。查《舊小說》所錄，取自《廣記》。

《廣記》注「出《逸史》」者，凡七十四條。此外，卷二二羅公遠，注「出《神仙感遇傳》及《仙傳拾遺》、《逸史》等書」。又卷四二○凌波女，注「出逸之」，「之」為「史」之訛。又卷八二王梵志，原注「出《史遺》」，明鈔本作「出《逸史》」，參《史遺》條。又卷二二四李參軍，原闕出處，明鈔本作「出《逸史》」。

是書自序云：「盧子既作史錄畢，乃集聞見之異者，目為《逸史》焉。其間神仙交化、幽冥感通、前定升沈、先見禍福，皆摭其實，補其缺而已。凡紀四十五條，皆我唐之事。」唯《廣記》已收七十餘條，《類說》、《紺珠集》、《說郛》等所錄，復

〔註266〕見《皕宋樓藏書志》卷六二引周世敬識語。

有出《廣記》之外者，則原本非僅四十五條可知，其序稱四十五條者，殆後人以傳本有脫佚，遂竄改之歟？

181. 《宣室志》

唐・張讀撰。讀，字聖明（一作聖用），深州陸澤人。薦之孫也。大中六年登進士第，時年十九。鄭薰嘗辟署宣州幕府。累遷中書舍人、禮部侍郎，位終尚書左丞。或云中和初為吏部，後兼弘文館學士，判院事，卒。詳兩《唐書・張薦附傳》、高彥休《闕史》及王師夢鷗《唐人小說研究・四集》之有關文字等。所撰《宣室志》，舊有苗臺符序，今本佚之。據王定保《唐摭言》卷三所載，臺符與讀早歲同登科，而卒於登科之次年；則其為序時，必在此以前。又今所見書中諸篇，有晚及大中五年者，其記大中初年事，亦數數見之。如是，其成書或在大中六、七年間。

《新唐志・小說家類》著錄十卷；《崇文總目・小說類》、《通志略・傳記類》、《讀書志・小說類》、《書錄解題・小說家類》、《通考・小說家類》、《宋志・小說類》俱同。《遂初堂書目・小說類》不著撰者名及卷數。《四庫總目・小說家類》著錄十卷並《補遺》一卷。是書，除《廣記》外，如《御覽》，亦嘗徵引之。又《類說》（藝文印書館影印本卷二三）、《紺珠集》（卷五）、《說郛》（卷六廣知、卷四一）等錄有其條文。此外，今傳者尚有《稗海》本、《四庫全書》本、《筆記小說大觀》本（以上十卷、《補遺》一卷）、《重編說郛》（弓第三十二）本、《唐人說薈》本、《唐代叢書》本（以上一卷）等。查《類說》、《紺珠集》、《說郛》所錄，頗有今傳本所無者，如《類說》之錦半臂、紙月、架梯取月、月圍白瑤宮、夢捧日、虹蜺天使、白衣吟、曹唐詩、墨龍甲中出、黃衣婦人乞命、甌杵為妖諸條是也，似出全帙。又查今傳附《補遺》之本，計一百五十四事，為數尚少於《廣記》所引，且既有《補遺》，益知必非原書，亦非宋本。疑張氏書於宋元以下，闕佚已多，明人自《廣記》諸書中勾沈搜闕，妄照原來卷數為之編次，後續有所得，乃增附《補遺》一卷，然檢閱未周，仍不免有所遺落。復如今本卷七僧道宣條，《廣記》卷三九三引之，注「出《嘉話錄》」，豈後人自《廣記》中掇拾舊文時，誤以《劉賓客嘉話錄》條文入之歟？再者，今檢《稗海》本卷六，言韋弇遊玉清仙境，仙人與之語，謂將以夢傳授紫雲曲於唐玄宗云云，下注曰：「事具〈靈仙篇〉。」卷七，言崔君啟尹真人函云云，下亦註曰：「事具〈靈仙篇〉。」所謂〈靈仙篇〉者似為原書一門類，蓋玄宗夢仙事，見於卷一；尹真人事，《廣記》卷四三引之，注「出《宣室志》」；惟今《稗海》諸本未分門類，且諸事雜陳，誠不能無疑。至若《重編說郛》本，其末李安道、空如禪師、陳希閔、李凝道田條，未見於附《補遺》之本，而《廣記》引之，皆注「出《朝野僉載》」。

又其可知者，清王仁俊輯有佚文一卷〔註267〕。

《廣記》原注「出《宣室志》」或「出《宣室記》」者，凡一百九十四條；其中卷三三三高生，許刻作「出《廣異記》」，查見今本《宣室志》卷一〇；卷四四三吳唐，《御覽》卷九〇六引出《宣驗記》。此外，卷二一孫思邈，注「出《仙傳拾遺》及《宣室志》」；卷三〇張果，注「出《明皇雜錄》、《宣室志》、《續神仙傳》」。又卷九七廣陵大師，原注「出《宣室焉》」，黃刻作「出《宣室志》」；卷四七四李揆，原注「出■室志」，黃刻作「出《宣室志》」。又卷二九十仙子，原注「出《神仙感遇傳》」，陳校本、孫潛校本作「出《宣室志》」，查是條見於今本《宣室志》卷一；卷一二三王遵，原注「出《宣驗志》」，明鈔本、黃本作「出《宣室志》」，詳前之《宣驗志》條；卷三〇四開業寺，原注「出《異室記》」，明鈔本作「出《宣室志》」，查今本《宣室志》卷二有之。又卷三三五楊國忠，原闕出處，明鈔本作「出《宣室志》」，孫潛校本作「出《廣異記》」，查《說郛》所收《瀟湘錄》有之；卷三七四聶友，原闕出處，明鈔本作「出《宣室志》」，疑是條非張氏書條文，詳前之《志怪》條；卷四一七上黨人，原闕出處，陳校本作「出《宣室志》」，今查見《隋書‧五行志》。又卷三七〇張秀才，原闕出處，孫潛校本作「出《宣室志》」，查今本《宣室志》所附《補遺》有之；卷四〇〇虞鄉道士，原闕出處，孫潛校本作「出《宣室志》」，查今本《宣室志》所附《補遺》亦有之。茲有可注意者，《廣記》所引張氏書，其條文多未載於今傳本。

是書，晁公武云：「纂輯仙鬼靈異事，名曰《宣室志》者，取漢文召見賈生論鬼神之義。」查除其祖薦有《靈怪集》之作外，讀之外祖牛僧孺亦撰有《玄怪錄》，《宣室志》所取材皆似有意仿效之。試以《玄怪錄》與之相較：牛氏書於志怪之餘，往往寓其憤世之意；其中有爲充行卷而作者，復可見其史筆詩才。而張讀之爲此等文字，並非求權貴之品題，又因生長於仕宦之家，且科名順遂，自無憤嫉可寄；其說奇道怪，無非欲接武先人著述，觀其所作，近於有聞必錄，遂成「爲志怪而志怪」之書矣。至於以「宣室」名書，宣室者，統觀《史記》、《漢書》諸注釋及《三輔黃圖》所載，不過漢宮中之一殿堂，用以隨便召見臣僚之處。便殿召見，未必談鬼，以此爲名，誠屬未妥，無怪乎《四庫提要》有所諟正矣。

〔附錄〕《宣室異錄記》（疑即《宣室志》，故附於是處。然其書名本身宜入本編（貳）之（二），故是處不予以編號，而于（貳）之（二）處，復列其名，且予以編號，考證則詳于此）

撰者未詳。

《廣記》卷三七三盧郁，注「出《宣室異錄記》」，或爲「《宣室志》」，惟檢查今

本讀書無此一條，姑附於《宣室志》條後，存疑可也。

182.　《明皇雜錄》

　　唐・鄭處誨撰。處誨，字延美（此從《舊唐書・處誨傳》及《新唐書・宰相世系表》。《新唐書・處誨傳》作「廷美」），鄭州滎陽人。宰相餘慶之孫。太和八年登第，釋褐秘府，轉監察、拾遺、尚書郎、給事中，累遷工部、刑部侍郎、宣武軍節度觀察等使。詳兩《唐書・鄭餘慶附傳》。所撰《明皇雜錄》，據《書錄解題》，知有大中九年序，今佚。案高似孫《史略》卷五以是書爲趙元一撰（《崇文總目》作「趙元」，誤。《新唐志・雜史類》著錄其《奉天錄》一書），然《雜錄》爲處誨撰，史有明文，當不誣也。

　　《新唐志・雜史類》著錄二卷；《崇文總目・雜史類》、《通志略・雜史類》、《讀書志・雜史類》、《通考・雜史類》、《宋志・故事類》同。《讀書志》又云：「《別錄》一卷，題補闕，所載十二事。」《遂初堂書目・雜史類》無著錄撰者名及卷數。《書錄解題・雜史類》作一卷，當係字誤也。《四庫總目》著錄二卷、《別錄》一卷。案《舊唐書・處誨傳》則云有三篇。是書，除《廣記》外，如《白孔六帖》、《通鑑考異》、《太平御覽》、《唐語林》、《海錄碎事》、《避暑錄話》、《能改齋漫錄》、《玉海》、《事文類聚》，亦嘗徵引之。又《類說》（藝文印書館影印本卷一六）、《紺珠集》（卷二）、《說郛》（卷三談壘、卷三二）等錄有其條文。此外，今傳者尚有《四庫全書》本（二卷、《別錄》一卷）、《墨海金壺》本、《守山閣叢書》本（以上二卷、《補遺》一卷）、《唐人說薈》本、《唐代叢書》本（以上一卷）等。查諸書所錄引，頗有出傳本外者，如《說郛》卷三二所錄，取自全書，其「象憤賊不拜舞」、「避暑」、「鸚鵡塚」三條，皆不見於今本。又查《四庫全書》本附別錄。《墨海金壺》本據文瀾閣庫本翻刻，改「別錄」爲「《補遺》」；守山閣本復據《墨海》本版片重印，另附〈校勘記〉、〈佚文〉一卷，其本較善。再者，錢熙祚撰〈校勘記〉，以是書有五不可解，因疑原本三篇，晚定二卷，或經散佚，好事者重爲綴輯；其所不及，後人又錄爲《補遺》；晁氏所見，已非原本云。試舉例證之，如卷下張果條、《補遺》一行條，《廣記》引之，所注出處非僅《明皇雜錄》而已，而今本皆全篇錄入，後人採輯之跡灼然可辨。至若諸一卷本，則刪略尤甚。

　　《廣記》注「出《明皇雜錄》」者，凡三十七條；其中如卷一四三楊愼矜、卷一六五盧懷愼、卷一九八崔曙、卷二一九周廣、卷四三六白駱駝諸條，皆不見於傳本，而錢熙祚所輯佚文有之。此外，卷三〇張果，《廣記》注「出《明皇雜錄》、《宣室志》、《續神仙傳》」；卷九二一行，《廣記》注「出《開天傳信記》及《明皇雜錄》、《酉陽

雜俎》。又卷一四八孫生，原注「出《明皇雜記》」，汪氏點校本作「出《明皇雜錄》」。又卷二三七韋陟，原注「出《酉陽雜俎》」，孫潛校本作「出《明皇雜錄》」；查不見於今本鄭氏書；卷三九六玉龍子，原注「出《神異錄》」，孫潛校本作「出《廣德神異錄》」，馮夢龍《太平廣記鈔》卷六三作「出《明皇雜錄》」；查是條，今本《雜錄》卷上有之，惟《廣記》所引文字較詳。

　　是書，《新唐書·處誨傳》稱其官校書郎時，以李德裕《次柳氏舊聞》未詳而撰次焉。全篇雜記開元、天寶軼聞，然所記不盡實錄；司馬光《通鑑考異》嘗駁斥之，如盧懷慎儉素、明皇繡嶺宮避暑、張九齡獻白羽賦、李林甫議立太子諸事是也。此外，如死姚崇算生張說一事，岑仲勉據《張說集》卷一四〈梁國文貞公碑〉一文，知碑固由崇子所請，奉敕特撰，玄宗且親自書之，但後人因崇、說不睦，故有此說耳，詳岑氏〈唐集質疑〉一文。

183.《劉公嘉話錄》（又名《賓客佳話》、《劉公嘉話》、《劉公佳話》。傳本多題《劉賓客嘉話錄》。《廣記》或作《嘉話錄》）

　　唐·韋絢撰。絢，見前《戎幕閒談》條。所撰《劉公嘉話錄》，首有大中十年自序。

　　《新唐志·小說家類》著錄一卷；《通志略·小說類》、《讀書志·小說家類》同。《崇文總目·傳記類》作《嘉話錄》，《書錄解題·小說家類》作《劉公嘉話》，《通考·小說家類》作《劉公佳話》，《宋志·小說類》作《劉公嘉話》，又《賓客佳話》，《四庫總目·小說家類》作《劉賓客嘉話錄》；亦皆一卷。《遂初堂書目·小說類》著錄《劉公嘉話》，不著撰者名及卷數。是書，除《廣記》外，如《唐語林》、《姬侍類偶》，亦嘗徵引之。再者，《類說》（藝文印書館影印本卷五四。題劉禹錫《佳話》）、《紺珠集》（卷五。題《嘉話》，而誤以作者為劉禹錫）、《說郛》（卷二一。題《劉賓客嘉話錄》）等復錄有其條文。此外，今傳者尚有《顧氏文房小說》本、《續百川學海》本、《重編說郛》（弓第三十六）本、《五朝小說》本、《學海類編》本、《四庫全書》本、《唐人說薈》本、《唐代叢書》本、《說庫》本等，皆一卷，題作《劉賓客嘉話錄》。查顧氏本卷末有跋云：「右韋絢所錄《劉賓客嘉話》，《新唐書》採用多矣，而人罕見全錄。圉家有先人手校舊本，因鋟板於昌化縣學，以補博洽君子之萬一云。乾道癸巳十一月旦海陵下圉謹書。」知其錄自宋刻。諸本則從顧氏本出，偶有刪節。《四庫提要》嘗指出是書有與李綽《尚書故實》同者，唯提要所據乃曹溶《學海類編》本，故以為即溶竄改舊本，而不知顧氏本已如是。羅聯添先生撰〈《劉賓客嘉話錄》校補及考證〉一文，更指出顧氏本尚有與劉餗《隋唐嘉話》（即《傳記》或《國

史異纂》）相同之條文〔註268〕。蓋原書殘缺，後人妄自補之故也。今本如張巡守睢陽條，《唐語林》卷五引之，末多二百餘字；李泌條，《唐語林》卷六引之，末多七十餘字；雷萬春條，《唐語林》卷五引之，末多六十餘字；樊澤薦李絳條，《唐語林》卷三引之，末多百餘字，可見原書迄後殘缺之迹。又今所知者，《經籍佚文》有清王仁俊所輯佚一卷〔註269〕。羅聯添先生亦輯有佚文，所輯大抵取自《廣記》、《唐語林》、《唐詩紀事》、《詩話總龜》、《全唐詩話》諸書。

　　《廣記》注「出《劉公嘉話錄》」者，卷一六三誌公祠一條是也。此外，《廣記》注「出《嘉話錄》」者，凡三十七條；其中卷一五二趙璟盧邁、卷一七〇杜佑、卷一七九潘炎、卷一八〇曲績、卷一八六鄭餘慶、卷一八七獨孤及、呂溫、卷一八八韋渠牟、卷二二八韋延祐、雜戲第四則、卷二三五杜佑、卷二四二崔清、卷二四四杜佑、卷二五五崔護、卷二五六柳宗元、卷二六〇常愿、劉士榮、袁德師、卷三九三僧道宣、卷四九七脂粉錢諸條，皆不見於今本。又卷七六相骨人，原注「出《嘉語錄》」，黃本注「出《嘉話錄》」，羅先生所輯佚文有之；卷一七四權德輿，注「出《喜話錄》」，羅先生所輯佚文有之；卷二五一劉禹錫，注「出《嘉話傳》」，羅先生所輯佚文有之。又卷一四九杜鵬舉，注「出《集話錄》」，查見今本韋氏書，又《類說》所錄劉禹錫《佳話》復有之，則知《廣記》之「集」字乃「嘉」字之訛；卷一五一崔造，原注「出《制話錄》」，汪氏點校本作「出《嘉話錄》」，查亦見今本韋氏書。又卷二五四賈嘉隱，原注「出《國史纂異》」，明鈔本作「出《嘉話錄》」，詳前之《國史異纂》條。又卷二五一袁德師，原闕出處，明鈔本作「出《嘉話錄》」，查不見於今本韋氏書，羅先生所輯佚文亦無之；卷二六五劉孝綽，原闕出處，汪氏所謂談氏初印本注「出《嘉話錄》」，而文字有所差異，查不見於今本韋氏書；且就其所記事迹年代觀之，似與韋氏書不符。

　　是書自序稱長慶元（羅聯添先生以爲「元」乃「二」之誤）年至白帝城，投謁劉公禹錫，求在學問左右；或因宴，命坐與語論，大抵根於教誘，而解釋之暇，偶及國朝。丈人劇談卿相新語、異常夢話，若諧謔、卜祝、童謠、佳句。即席聽之，退而默記。今悉依當時日夕所話而錄之，傳諸好事以爲談柄也云云，其述作之旨可知。所記有足與兩《唐書》列傳印證補充者，然亦有與史實不符者；羅聯添先生嘗考證之矣。

〔註268〕查如「蔡之將破」條，《白孔六帖》卷八、《古今合璧事類備要》〈外集〉卷六四、〈後集〉卷六六，注引劉餗《嘉話》；「踏搖娘」條，《類說》卷五四引《隋唐嘉話》；羅先生文未言及之。
〔註269〕見《叢書子目類編》頁一〇五一。

184. 《續玄怪錄》（又名《續幽怪錄》）

唐·李復言撰。復言，隸籍隴西〔註270〕，生平似未有科名〔註271〕。所撰《續玄怪錄》，《廣記》卷五三引及麒麟客一篇，記唐大中初事（牛僧孺卒於大中初，無由更作茲篇，當為續錄之文無疑。又，是篇，今本李復言書有之），殆成於大中之世歟？案錢易《南部新書·甲集》云：「李景讓典貢年，有李復言者，納省卷有《纂異記》一部十卷。牓出曰：事非經濟，動涉虛妄，其所納，仰貢院驅使官卻還。復言因此罷舉。」所稱李復言者，疑即《續玄怪錄》作者其人。唯錢氏記李氏書名為《纂異記》，若其中無誤，則《纂異記》者，或係是書原名，李氏於開成末（李景讓典貢年）投獻，不得意於主司，蹭蹬于大中時代，以牛氏二子勢位日崇，牛書傳誦者多，復言亟欲附驥，又改稱其書為今名乎（是時篇章略有增添，如麒麟客篇）？所未知也。

《新唐志·小說家類》著錄五卷；《通志略·傳記類》、《宋志·小說類》同。《崇文總目·小說類》、《讀書志·小說類》、《通考·小說家類》作十卷。以上題「《續玄怪錄》」或《續元怪錄》。《遂初堂書目·小說類》題《續幽怪錄》，不著撰人名及卷數。《四庫總目·小說家類存目》著錄《續幽怪錄》一卷（與《幽怪錄》一卷合），又《續元怪錄》四卷；前者，提要曰：「蓋從《說郛》錄出。」今考張校本《說郛》，節錄是書一則，註云二卷，疑與後述《藝風藏書記》所著錄者同出一源，蓋節取尹家書籍舖本之首二卷，惟《藝風藏書記》所見，乃合為一卷；後者，提要曰：「蓋從《太平廣記》錄出。」然不能無疑，詳後。此外，明陳第《世善堂藏書目錄》作十卷。清瞿曾《述古堂書目》著錄抄本三卷。清瞿鏞《鐵琴銅劍樓藏書目錄》著錄宋刊本四卷，此本目錄後有「臨安府太廟尹家書籍舖刊行」一行。清繆荃孫《藝風藏書記》著錄一卷（與《幽怪錄》一卷合刊），即合前述宋刊四卷本之第一、二卷為一，而遺三、四兩卷；此本有「書林松溪陳應翔刊」字樣。民國傅增湘《藏園群書題記·續集》著錄明姚咨手鈔宋尹家書籍舖本，唯據瞿氏所錄，尹家書籍舖刊本題《續幽怪錄》，此鈔本則作《續玄怪錄》，豈姚氏所見又一本歟？抑鈔寫時改從本字歟？案諸書所著錄李氏書，其中疑有與牛氏書相混者，故卷數有異。見前《玄怪錄》條。是書，除《廣記》外，如《姬侍類偶》，亦嘗徵引之。又《說郛》（卷一五）等錄有其條文。此外，今傳者尚有傳鈔宋臨安尹家書籍舖刊本（國家圖書館藏）、《琳琅秘室叢書》本、《隨盦叢書續編》本、《四部叢刊》本（以上四卷。題《續幽怪錄》）、《重編說郛》（弓第一百十七）本、《龍威秘書》本（以上皆含題《續幽怪錄》、《續玄怪錄》者二種，各一卷）、《五朝小說》本、《唐人說薈》本、《唐代叢書》本（以上一

〔註270〕見《廣記》卷一二八尼妙寂，注「出《續幽怪錄》」。
〔註271〕參閱王師夢鷗先生《唐人小說研究·四集》之有關文字。

卷。題《續幽怪錄》）等。查《琳琅秘室叢書》本，乃胡珽據士禮居藏影南宋尹家書籍舖本翻刻，復就《廣記》補入十二事。原南宋尹家書籍舖本，瞿鏞稱其總二十三則，不分門，與晁公武所見「分仙、術、感應三門」者不合，殆尹氏得其書重編以刻者云云，唯是四卷本究爲李氏原書之殘本與否，固難論定；即《四庫提要》云其出於《廣記》，試以今本《廣記》與之比照，其辛公平條，爲《廣記》所無，抑且《廣記》注出《續錄》者尚有十三事，即：卷一六杜子春、張老、卷一七裴諶、卷一八柳歸舜、劉法師、卷四八李紳、卷一〇一韋氏子、延州婦人、卷一二八尼妙寂、卷一五九琴臺子、卷二二〇刁俊朝、卷三二七唐儉、卷三四六馬震（胡氏所補，欠延州婦人一事），爲四卷本《續錄》所無，亦頗有討論餘地。又查《隨盦叢書續編》本，乃徐乃昌影刻尹家書籍舖本，復以胡氏校補未盡，因爲〈札記〉一卷，並自《姬侍類偶》輯得一篇（即《廣記》之延州婦人條）。至若諸一卷本，尤非原帙。再者，李氏《續錄》與牛氏書，既於日後有混合之情形，王師夢鷗先生嘗就現存牛、李二書篇目（已除去重複者），推知宜歸入李書者二十六篇。

　　《廣記》原注「出《續玄怪錄》」或「出《續幽怪錄》」者，凡三十二條；其中卷三四五張庾，孫校本作「出《玄怪錄》」，王師夢鷗先生以屬李氏書爲宜；又其中卷一六杜子春、張老、卷一八柳歸舜、劉法師、卷一〇一延州婦人、卷一五九定婚店、卷二二〇刁俊朝、卷三〇五韋臯、卷三八〇張質、卷四二八盧造，王師夢鷗先生云牛僧孺書；又其中卷三二七房玄齡，王師夢鷗未定出於何書。此外，卷四七一薛偉，注「出《續玄怪》」，末脫一「錄」字，查今四卷本李氏書有之。又卷二一九梁革，原注「出《續異錄》」，明鈔本作「出《續玄怪錄》」，查見今四卷本李氏書。

　　是書篇章，就今所見言之，或採自當時傳聞，而由作者自撰，如錢方義、梁革諸篇；或據舊有記載而重新改寫，如尼妙寂篇，乃出自李公佐所撰者是也。要言之，李氏書之思想，信鬼信佛而又樂道神仙，舉凡怪異，不僅深信之，且欲以諷勸世人多修陰隲，其性質頗同後世之感應篇。

185. 薛用弱《集異記》（又名《古異記》）

　　唐・薛用弱撰。用弱，字中勝。長慶光州刺史〔註272〕。所撰《集異記》，其中如《廣記》卷二七八所引高元裕條，晚及大中二年事，殆成於大中之世歟？

〔註272〕見《新唐書・藝文志注》。《廣記》卷三一二徐煥，注「出《二水小牘》」，則稱大和中，薛用弱自儀曹郎出守戈陽郡云云。查《舊唐書・地理志三・淮南道》載：光州，天寶元年改爲戈陽郡；乾元元年復爲光州。可知戈陽即光州也。惟《新唐志注》與《三水小牘》所記，年代頗有出入。若證以「戈陽郡」，乾元元年復爲光州一語，則稱光州刺史者爲合。

　　《新唐志‧小說家類》著錄三卷；《崇文總目‧小說類》、《通志略‧傳記類》同。《讀書志‧小說類》作二卷；《通考‧小說家類》同。《宋志‧小說類》作一卷；《四庫總目‧小說家類》同。此外，明高儒《百川書志》著錄二卷，清瞿鏞《鐵琴銅劍樓藏書目錄》著錄舊鈔本一卷。案晁公武云是書「一題《古異記》」，而《新唐志》有《古異記》一卷，不著撰人名，《通志略》亦有之，作二卷；殆題名有異，遂不知爲用弱撰者歟？是書，除《廣記》外，如《姬侍類偶》，亦嘗徵引之。又《類說》（藝文印書館影印本卷八）、《說郛》（卷二五）等錄有其條文。此外，今傳者尚有《顧氏文房小說》本（二卷）、《續百川學海》本、《歷代小史》本、《古今逸史》本、《唐宋叢書》本、《重編說郛》（弓第一百十五）本、《五朝小說》本、《四庫全書》本、《唐人說薈》本、《唐代叢書》本、《說庫》本（以上一卷）等。查《說郛》所錄，皆見於傳本，唯篇題有異。又查諸傳本中，《顧氏文房小說》本乃翻宋刻，計十六事，首載徐佐卿化鶴事，與晁公武所言題《古異記》之別本合，餘皆自顧氏本出，但併二卷爲一卷耳；《唐人說薈》、《唐代叢書》、《說庫》三本，復益以《廣記》所引裴越客、丁嵒、張華、蔣琛四條。再者，清陸心源有〈校補〉四卷，見《潛園總集》〔註273〕。

　　《廣記》原注「出《集異記》」者，凡七十六條；其中卷四三八朱休之，《類聚》卷八六、《御覽》卷九七〇引出《述異記》；卷四四二張華，《御覽》卷九〇九引出《搜神記》，文較簡略〔註274〕，今本《搜神記》卷一八有之；此等條文記六朝事，與晁公武所謂薛氏書記隋唐間事者不合。又卷七八石旻，孫潛校本作「出《酉陽雜俎》」；卷三〇七永清縣廟，明鈔本作「出《錄異記》」，詳後之《錄異記》條；卷三〇九蔣琛，明鈔本作「出《纂異記》」；卷四〇五江淮市人桃核，孫潛校本作「出《酉陽雜俎》」；卷四三七范翊，孫潛校本作「出《廣德神異記》」；卷四五一僧晏通，明鈔本作「出《纂異記》」，查是條似與《纂異記》遺文所見技巧不合，明鈔本所注或誤。此外，卷二六葉法善，注「出《集異記》及《仙傳拾遺》」。又卷三六李清，注「出《異集記》」，卷七八符契元，注「出《集異》」，似皆爲薛氏《集異記》。又卷三四六劉惟清，原注「出《異聞錄》（「錄」爲「集」之訛）」，明鈔本作「出《集異記》」，疑本出薛氏《集異記》，而陳翰復取以輯入其《異聞集》。茲有可注意者，《廣記》所引《集異記》，其條文多未載於今傳之薛書，其中查有他書徵引作出郭季產《集異記》者，詳（貳）之（一）郭季產《集異記》條。又考《讀書志‧小說類》著錄陸氏《集

〔註273〕見《叢書子目類編》頁一一〇三。
〔註274〕《太平御覽》卷九〇九引《搜神記》曰：「燕昭王墓有老狐化男子，詣張華講說。華怪之，謂雷孔章曰：今有男子少美高論。孔章曰：當是老精。聞燕昭王墓有華表，柱向千年，可取照之，當見。如言。化爲狐。」

異記》二卷，云：「唐陸勳纂。語怪之書也。凡三十二事，言犬怪者居三之一。」而《廣記》是處所引，亦有言犬怪者，殆雜有陸氏之文歟？

是書，《讀書志》云集隋唐間詭譎之事。《四庫提要》稱其敘述頗有文采，勝他小說之凡鄙。世所傳狄仁傑集翠裘、王維鬱輪袍、王積薪婦姑圍棋、王之渙旗亭畫壁諸事，皆出于此。

186. 《因話錄》

唐・趙璘撰。璘，字澤章，其先南陽人，後徙平原。宰相宗儒從孫〔註275〕。大和八年進士，開成三年博學宏詞科及第〔註276〕。大中時，官左補闕〔註277〕，後出為衢州刺史〔註278〕。所撰《因話錄》，舊鈔本《類說》、《說郛》引之，其題銜為「水部員外郎」，而明刊本《類說》，於「水部員外郎」下復有「衢州刺史」四字，殆成於大中之世歟？

《新唐志・小說家類》著錄六卷；《通志略》、《讀書志》、《通考》、《宋志》、《四庫總目》俱同。《崇文總目》作二卷，殆字誤也。《遂初堂書目》不著撰人名及卷數。此外，清錢曾《述古堂書目》著錄抄本六卷。是書，除《廣記》外，如《通鑑考異》、《唐語林》，亦嘗徵引之。又《類說》（藝文印書館影印本卷一四）、《紺珠集》（卷五）、《說郛》（卷一五）等錄有其條文。此外，今傳者尚有《稗海》本、《四庫全書》本、《筆記小說大觀》本（以上六卷）、《稗乘》本（三卷）、《百川學海》本、《唐宋叢書》本、《重編說郛》（弓第二十三）本、《唐人說薈》本、《唐代叢書》本（以上一卷）等。查《稗乘》本頗有刪節，諸一卷本刪節尤甚。

《廣記》注「出《因話錄》」者，凡二十七條。此外，卷二五〇黃幡綽，注「出《松窗雜錄》及《因話錄》」。又卷二〇一李約，注「出《因話記》」；卷二六一姓嚴人，注「出《因話錫》」；皆見於今本《因話錄》（《稗海》本，下同）。又卷四九九衲衣道人，原注「出《國語》」，明鈔本、陳校本作「出《因話錄》」，查今本《因話錄》卷五有之，原注誤也。又卷二五〇韓皐，闕出處，查見今本《因話錄》卷二；卷二五一周愿，闕出處，查見今本《因話錄》卷四。

是書記玄宗至宣宗朝事。凡分五部：一卷宮部為君（記帝王）；二卷三卷商部為臣（記公卿百僚）；四卷角部為人（凡不仕者入之）；五卷徵部為事（多記典故）；六卷羽部為物（凡雜瑣不專其人其事者入之）。璘家世顯貴，又為西眷柳氏之外孫，能

〔註275〕見《四庫全書總目・小說家類》〈因話錄提要〉。
〔註276〕見《登科記考》卷二一。
〔註277〕見《因話錄》卷一。
〔註278〕《新唐書・藝文志》注云：「大中，衢州刺史。」

多識朝廷典故，其書頗足與史傳相參，唯亦難免有記載失實之處。如記劉禹錫徙播州刺史一條，稱柳宗元請以柳易播，上不許，宰相裴度爲言之，始改連州。司馬光《通鑑考異》以爲宗元墓誌乃將拜疏而未上，非已上而不許；又禹錫除播州時，裴度未嘗入相；是所記失實也。

187. 《纂異記》（南宋時有改題《異聞實錄》者）

　　唐・李玫撰。玫，字號、里籍未詳。大和元年，習業在龍門天竺寺〔註279〕，大和末，爲歙州巡官〔註280〕。至大中、咸通以後，仍厄於一第〔註281〕。所撰《纂異記》，就其遺文觀之，如齊君房條（《廣記》卷三八八引），既言會昌毀佛，並又預知佛教復興；許生條（《廣記》三五○引）記甘露四相，中有「終無表疏雪王章」、「白日終希照覆盆」諸詩句，似其時王涯等冤尚未昭雪〔註282〕；殆成於大中之世歟？案是書撰者，《宋志》作「李攻」，並注云「一作政」，《南部新書・壬集》作「李紋」、《重編說郛》本《異聞實錄》作「李玖」，皆誤。又《南部新書・甲集》稱李景讓典貢年，李復言納省卷有《纂異記》一部十卷云云，彼所謂《纂異記》，其卷數與書志所著錄者不符，似非此《纂異記》。

　　《新唐志・小說家類》著錄一卷；《崇文總目・小說類》、《通志略・傳記類》、《宋志・小說類》俱同。《遂初堂書目・小說類》著錄《異聞錄》一名；疑指此。原書已佚。除《廣記》外，如《事類賦注》、《姬侍類偶》（作《纂異記》）、《錦綉萬花谷》、《古今事類合璧》、《海錄碎事》（作《異聞錄》、《異聞實錄》或《異聞集》），亦嘗徵引之。又《類說》（藝文印書館影印本卷一九。作《異聞錄》）、《紺珠集》（卷一。作《異聞實錄》、《說郛》（卷三談壘。作《異聞錄》）、《重編說郛》（弓第一百十七。作《異聞實錄》）等錄有其條文。查《類說》、《紺珠集》所引文字雷同，即書名《異聞錄》或《異聞實錄》，亦僅一字之差；倘稽以吳淑《事類賦注》仍稱《纂異記》，則是書之改名，蓋在宋室南渡之際。南宋以下，諸類書偶有所轉引，似皆不知其原爲《纂異記》條文。但自《廣記》漸見流傳以後，如洪邁《隨筆》、劉克莊《詩話》等引及之，始復知其原名。至若《說郛》所引，出《類說》，而見於《重編說郛》者，則本《紺珠集》。再者，王師夢鷗先生撰〈《纂異記》校補考釋〉（見《唐人小說研究》），

〔註279〕見《纂異記》之〈齊君房篇〉，《廣記》卷三八八引之。
〔註280〕見錢易《南部新書・壬集》。錢氏並云其早年受王涯恩，及涯敗，因私爲詩以弔之。王師夢鷗以爲其所謂「受王涯恩」者似出自臆測，且就《纂異記》〈許生篇〉言及「伊水上受我推食脫衣之士」一語乃出自「少年神貌揚揚者」之口此事上推言之，疑施恩於玫者爲舒元輿。詳所撰《唐人小說研究・二集》。
〔註281〕見康駢《劇談錄》。
〔註282〕《資治通鑑》卷二四九記大中八年下詔，始昭雪王涯等人之冤。

自《廣記》輯得遺文十三篇。此外，《重編說郛》（弓第一百十八）輯錄宋李玫《纂異記》，其中冰花一則，記宋元豐時事，天王一則，且著有「建炎」年號，是南宋人雜輯之書，與唐人《纂異記》無關。又題唐馮贄撰之《雲仙散錄》，引及《纂異記》，其體裁亦不類李玫所撰者。

　　《廣記》原注「出《纂異記》」者，凡七條；其中卷三一〇張生，明鈔本作「出《原化記》」，唯細察其內容，殆與三史王生一篇相似。此外，卷七四陳季卿、卷三七三楊禎，注「出《慕異記》」；卷三一〇三史王生，注「出《纂要記》」；卷三五〇許生，注「出《纂異錄》」；卷三八八齊君房，注「出《纂異記》」；皆「《纂異記》」之訛。又卷三〇九蔣琛，原注「出《集異記》」，明鈔本作「出《纂異記》」，查是篇結構與嵩岳嫁女、韋鮑生妓等篇無異，如或嵩岳嫁女等篇爲《纂異記》舊文，則是篇亦近是。又卷四五一僧晏通，原亦注「出《集異記》」，明鈔本作「出《纂異記》」，查是篇純記怪異，與玫書遺文不合，明鈔本所注或誤。又卷一二八滎陽氏，原闕出處，孫潛校本作「出《纂異記》」，亦存疑可也。

　　是書或託古史傳聞，戲爲議論（如三史王生篇）；或借事物以見其詩才（如嵩岳嫁女篇）；或記事瑋異，但其機杼不出於前人之《枕中記》、《南柯太守傳》（如陳季卿篇）；或似有所諷（如浮梁張令，間及朝貴之腐敗）；或可謂專意而作（如許生篇悼甘露四相之死）；故其結構多端。

188.　《乾饌子》

　　唐·溫庭筠撰。庭筠，本名歧，字飛卿，并州祁人。大中末試有司，廉視尤謹。庭筠不樂，上書千餘言，然私占授者已八人。執政鄙其爲，授方山尉。徐商鎮襄陽，往依之，署巡官，不得志而去。後有污行，聞於京師。卒。詳《舊唐書》本傳、《新唐書·溫大雅附傳》。

　　《新唐志·小說家類》著錄三卷；《崇文總目》、《讀書志》、《書錄解題》、《通考》俱同。《通志略》作一卷。《遂初堂書目》不著撰人名及卷數。此外，明陳第《世善堂藏書目錄》著錄一卷。是書，除《廣記》外，如《唐語林》、《姬侍類偶》，亦嘗徵引之。又《類說》（藝文印書館影印本卷二五）、《紺珠集》（卷七）等錄有其條文。此外，今傳者尚有《重編說郛》（弓第二十三）本、《龍威秘書》本等，皆一卷。查諸書所錄引，有出於《重編說郛》諸傳本之外者。又查今傳者，如《重編說郛》本，其中歐陽詣條，《廣記》卷二四八引之，注「出《國朝雜記》」；張元一條，《廣記》卷二五四引之，注「出《朝野僉載》」；疑非溫氏書所有。

　　《廣記》注「出《乾饌子》」者，凡二十七條。此外，卷二六一鄭群玉、梅權

衡、卷三四一道政坊宅，注「出《乾饌子》」；卷二八〇王諸，注「出《乾撰子》」；卷三四二華州參軍，注「出《乾膜子》」；皆「《乾膜子》」之訛。又卷四九六嚴震，原闕出處，明鈔本作「出《因話錄》」，陳校本作「出《乾膜子》」，查今本《因話錄》無是條，疑屬溫氏書條文。茲有可注意者，《廣記》所引溫氏書，其條文多未載於今傳本。

《類說》引庭筠自序稱不覺不魷，非炰非炙，能悅諸心，聊甘眾口，庶乎乾膜之義云云，晁公武亦曰：「序謂語怪以悅賓，無異乾味之適口，故以乾膜命篇。」今睹其遺文，則人物、神怪雜陳，誠乎遊戲之言也。

189. 《異聞集》

唐·陳翰撰。翰，里籍未詳。嘗官金部員外郎。乾符元年轉庫部員外郎。其最終仕履似為屯田員外郎〔註283〕。所撰《異聞集》，其中劉惟清一篇，明鈔本《廣記》作「出《集異記》」，疑陳氏自用弱書輯入其《異聞集》；若然，殆成於大中之後歟？參前之《集異記》條。

《新唐志·小說家類》著錄十卷；《崇文總目》、《讀書志》、《書錄解題》、《通考》、《宋志》俱同。此外，明高儒《百川書志》著錄一卷本，云「止二十三事」。案《書錄解題》曰：「第七卷所載王魁，乃本朝事。」則陳振孫當時所見已有後人勦入之文，非原帙可知；即《百川書志》所著錄之殘本，今亦不傳矣。是書，除《廣記》外，如《唐語林》、《綠窗新話》、王十朋《東坡詩集註》，亦嘗徵引之。又《類說》（藝文印書館影印本卷二八）、《紺珠集》（卷一〇）等錄有其條文。此外，王師夢鷗先生撰〈《異聞集》遺文校補〉（見《唐人小說研究·二集》），自《廣記》、《類說》、《紺珠集》諸書輯得遺文四十一篇。今再檢之，如《白孔六帖》卷九九、《錦繡萬花谷·後集》卷三七引櫻桃青衣事（《廣記》卷二八一亦有，闕出處），皆注出《異聞集》。再者，《說郛》（卷三）所收《實賓錄》，其中記賈昌事（即《廣記》卷四八五之〈東城老父傳〉），注引《異聞錄》（「錄」當為「集」之誤）。以上二事，存疑可也。

《廣記》注「出《異聞集》」者，凡十一條。此外，卷二二僕僕先生，注「出《異聞集》及《廣異記》」，王師夢鷗先生疑其本文出《廣異記》而後又為《異聞集》所轉載。又注「出《異聞錄》」者，凡十二條；案南宋曾慥嘗改李玫《纂異記》為《異聞錄》，遂與陳翰《異聞集》之名相混，然而二者實不相干；今存於《廣記》而注出《異聞錄》者，實亦屬《異聞集》舊文，蓋《廣記》編輯時，本無《異聞錄》一書。又卷

〔註283〕以上參見《新唐書·藝文志注》、勞格《郎官石柱題名考》卷一六、王師夢鷗先生《唐人小說研究·二集》等。

三八二周頌，原注「出《廣異記》」，明鈔本作「出《異聞錄》」，疑其文本出《廣異記》，後復爲陳翰輯入其《異聞集》一書中，亦未可知也。又卷三九一鄭欽悅，注「出《異聞記》」，《異聞記》不見書志著錄，當亦《異聞集》之訛；稽以《紺珠集》所輯《異聞集》，其中鍾山壙銘一則，即是條也。又卷四五二任氏，闕出處，而末句云「沈既濟撰」，似爲後人追題；查是條，《類說》等錄之入《異聞集》中。又卷四八五〈柳氏傳〉、卷四八七〈霍小玉傳〉、卷四八八〈鶯鶯傳〉、卷四八九〈周秦行紀〉、〈冥音錄〉、卷四九一〈謝小娥傳〉，《類說》引作出《異聞集》，而《廣記》皆闕出處；卷四八五〈東城老父傳〉，他書有引作出《異聞錄》（見上），而《廣記》亦闕出處；查《廣記》卷四八四至四九二屬雜傳記類，其中唯卷四八四〈李娃傳〉注出「《異聞集》」，其餘條文皆闕出處，或取自單篇，亦未可知，茲分條述之於後之「著錄於書志而不見於卷首引用書目者」或「未著錄於書志而亦不見於卷首引用書目者」中。茲有可注意者，南宋人之著述，其中引及《異聞集》，有可與《廣記》所引相校者：如卷四一九柳毅，《類說》所引，於「父母欲配嫁於濯錦小兒」句下，自「某惟以心誓難移」至「復欲馳白於君子」數十字，作「某閉戶剪髮，以明無意」九字；又如卷二五二任氏，其「願終己以奉巾櫛」句下，《類說》有「意有小怠，自當屏退，不待逐也」十二字，宜據補；又如卷四八四〈李娃傳〉，《類說》所引，無首「汧國夫人」及「節行瑰奇，有足稱者，故監察御史白行簡爲傳述」二十三字；「娃謂生曰：與郎相知一年」句，《類說》作「姥曰：女與郎相知一年矣」。諸如此類尚多，不贅舉。

是書，晁公武曰：「以傳記所載唐朝奇怪事類爲一書。」其中篇章，大抵取材有自；如陸藏用、沈既濟、許堯佐、白行簡、蔣防、陳玄祐、李公佐諸人著述之所以流傳後世，翰輯存之功不可沒也。再者，陳翰嘗爲其所輯存者作註釋及改竄文字以近俗，詳王師夢鷗先生《唐人小說研究‧二集》。

190.《甘澤謠》

唐‧袁郊撰。郊，字之乾（此從《新唐書‧宰相世系表》。《新唐志‧儀注類‧服飾變古》元錄注云字之儀），陳郡汝南人（此從《舊唐書‧袁滋傳》。《新唐書》作蔡州朗山人）。宰相滋之子。嘗官祠部郎中 〔註284〕，終虢州刺史 〔註285〕。案《新唐書‧袁滋傳》稱郊嘗爲翰林學士，其說不可從，岑仲勉〈翰林學士壁記注補〉一文已辨之矣。所撰《甘澤謠》，陳振孫云有咸通九年自序，今傳本無之。

《新唐志‧小說家類》著錄一卷；《崇文總目‧傳記類》、《通志略‧傳記類》、《讀

〔註284〕見《唐詩紀事》卷六五。
〔註285〕見《新唐書‧宰相世系表》。

－195－

書志‧小說類》、《書錄解題‧小說家類》、《通考‧小說家類》、《宋志‧小說類》、《四庫總目‧小說家類》俱同。是書，除《廣記》外，如《姬侍類偶》，亦嘗徵引之。又《類說》（藝文印書館影印本卷三六）、《紺珠集》（卷一一）、《說郛》（卷一九）等錄有其條文。此外，今傳者尚有《津逮秘書》本、《學津討原》本、《唐宋叢書》本、《學津討原》本、《唐宋叢書》本、《重編說郛》（弓第一百十五）本、《四庫全書》本、《唐人說薈》本、《唐代叢書》本等，前二種並附錄東坡刪改〈圓澤傳〉、贊寧〈記觀道人三生爲比邱〉二文。查諸本皆九篇，其篇數與《讀書志》、《書錄解題》所著錄者合；唯聶隱娘一篇，《廣記》卷一九四引之，注出《傳奇》，非原書所有，則實存八篇，似與晁、陳二氏所見本不同。又查今本有明楊儀重校序，自言得綦毋秀才藏本，訂正而重刊之。《四庫提要》云：「周亮工《書影》曰：《甘澤謠》別自有書，今楊夢羽所傳，皆從他書鈔撮而成，僞本也。或曰夢羽本未出時，已有鈔《太平廣記》二十餘條爲《甘澤謠》以行者，則夢羽本又贗書中之重儓也。」又云：「然據此本所載，與《太平廣記》所引者一一相符，則兩本皆出《廣記》，不得獨指儀本爲重儓；又哀輯散佚，重編成帙，亦不得謂之贗書。」所辨頗然。蓋今本出自《廣記》，亦可謂有據，而其中聶隱娘篇，則爲輯鈔時偶誤入之歟？

《廣記》注「出《甘澤謠》」者，凡八條，皆見於今本袁氏書。

晁公武曰：「載謠異事九章。咸通中，久雨臥病所著。」陳振孫曰：「所記凡九條。咸通戊子自序，以其春雨澤應，故有甘澤成謠之語，遂以名其書。」其撰述之由可知也。又是書所記，瑣事軼聞往往而在；如杜甫飲中八仙歌，葉夢得《避暑錄話》謂惟焦遂不見於書傳，今考郊書陶峴條中實有布衣焦遂，足資考證，錢謙益箋杜詩即採之。

191. 《窮神秘苑》

唐‧焦璐撰。璐，嘗佐徐泗觀察使崔彥曾。咸通十年四月，與彥曾同爲龐勛所害〔註286〕。

《新唐志‧小說家類》著錄十卷；《崇文總目‧小說類》、《通志略‧傳記類》俱同。《遂初堂書目‧小說類》無著錄卷數。查《讀書志‧小說類》著錄《稽神異苑》十卷，曰：「題云南齊焦度撰。雜編傳記鬼神變化及草木禽獸妖怪譎詭事。按焦度，南安氏也。質訥朴戇，以勇力事高帝；又卒於建元四年，而所記有梁天監中事，必非也。唐志有焦路（當作「璐」）《窮神秘苑》十卷，豈即此書而相傳之訛歟？」又

〔註286〕見《資治通鑑》卷二五一。又《新唐書‧藝文志‧編年類》「焦璐《唐朝年代記》十卷」下亦注云：「徐州從事。龐勛亂，遇害。」

《類說》（藝文印書館影印本卷四○）錄《稽神異苑》條文，其體裁與《廣記》所引《秘苑》合；而《宋志‧小說類》著錄《稽神異苑》十卷，題撰人為焦潞（當作「璐」），則晁氏之言似可取信。再者，《宋志‧小說類》復著錄焦璐《搜神錄》二卷，或係是書之別本。原書已佚，除《廣記》外，如《御覽》，亦嘗徵引之。

　　《廣記》注「出《窮神秘苑》」者，凡十一條：即卷三七五柳莫、李俄、卷三八三張導、卷四五六邛都老姥、卷四五七隋煬帝、卷四六三鵬、戴文諜、卷四七四盧汾、卷四七七青蚨、卷四八○鶴民、卷四八二頓遜。

　　就《廣記》所引遺文觀之，其中盧汾條取自《妖異記》。又《御覽》卷二二所引一條，取自《幽明錄》。再者，若《稽神異苑》即是書異稱，就《類說》所錄而言，復有取自《六朝錄》、《江表錄》、《三齊記》、《九江記》、《三吳記》諸書者。則璐書多採六朝舊籍可知。

192. 《幽閒鼓吹》

　　唐‧張固撰。固，清河人。文、武間嘗官金部郎中。宣宗朝為桂管觀察使〔註287〕。所撰《幽閒鼓吹》，傳本顧元慶跋稱其採摭於懿、僖間。

　　《新唐志‧小說家類》著錄一卷；《崇文總目》、《通志略》、《讀書志》、《書錄解題》、《通考》、《宋志》、《四庫總目》俱同。《遂初堂書目》不著撰人及卷數。是書，除《廣記》外，如《唐語林》，亦嘗徵引之。又《類說》（藝文印書館影印本卷四三）、《紺珠集》（卷一○）、《說郛》（卷二○）等錄有其條文。此外，今傳者尚有《顧氏文房小說》本、《續百川學海》本、《歷代小史》本、《寶顏堂秘笈》本、《重編說郛》（弓第五十二）本、《五朝小說》本、《四庫全書》本、《唐人說薈》本、《唐代叢書》本、《學海類編》本、《說庫》本等。查他本大抵從顧氏翻宋本出，而各條分合略異；其中《歷代小史》本僅十六條，不全。《顧氏文房小說》本凡二十六條，與晁公武所謂二十五篇者不合，周中孚《鄭堂讀書記》云孟陽條應併入潘炎條。又查元姚遂序《唐詩鼓吹》，稱宋高宗退居德壽宮，嘗纂唐宋遺事為《幽閒鼓吹》，蓋別有其書。《詩話總龜》卷一六引鵝羊山、醉鄉二條，文中具引湘中別記及畢田詩，注出《幽閒鼓吹》。畢田，北宋人；則《詩話總龜》所引，或即宋高宗所纂者歟？

　　《廣記》注「出《幽閒鼓吹》」或「出《幽閑鼓吹》」者，凡十九條；其中卷二五七任戩，查不見於傳本，蓋是佚文。此外，卷一六五杜黃裳，注「出《幽鼓吹》」，「幽」下脫「閒」字；查今本固書有之。又卷‧七○韓愈，原注「出《雲溪友議》」，明鈔本作「出《幽閒鼓吹》」；卷一八○張正甫，原注「出《摭言》」，明鈔本作「出

《幽閑鼓吹》」；今本固書皆有之。

是書記宣宗及其以前遺事。其中張長史釋褐一節，《新唐書》嘗取入〈張旭傳〉。

193. **《大唐奇事》**（書志著錄有作《大唐奇事記》者）

唐・李隱撰。《新唐書・宰相世系表》記趙郡李氏，絳之孫有名隱，字嚴士者，或即其人。案《重編說郛》題馬總撰，誤。所撰《大唐奇事》，就《廣記》所引狐龍一條觀之，記僖宗乾符時事，成書殆在其後歟？

《新唐志・小說家類》著錄十卷，題《大唐奇事記》；《通志略・傳記類》同。《崇文總目・小說類》題《大唐奇記》（「記」上疑脫「事」字），亦十卷。《遂初堂書目・小說類》不著撰人名及卷數。《宋志・小說類》題《大唐奇事》，十卷。此外，《宋志・傳記類》著錄李隱（一作隨）《唐記奇事》十卷，疑即指此。原書已佚。《重編說郛》（弓第四十八）、《舊小說》（乙集）等錄有其條文，皆出自《廣記》。

《廣記》注「出《大唐奇事》」者，凡六條：即卷八二王守一、管子文、卷二一三廉廣、卷四三六王武、卷四三八李義、卷四六〇劉潛女。此外，卷三六八虢國夫人，注「出《大唐奇傳》」；卷七三王常、卷三〇六冉遂、卷四五五瞀規、狐龍，注「出《奇事記》」；卷一三三朱化，注「出《奇事》」。

194. **《雲溪友議》**

唐・范攄撰。攄，吳人，僑寓越州會稽，自號五雲谿人。處士也。與方干同時，居又同邑〔註288〕。所撰《雲溪友議》，其卷下江容仁條（據三卷本）記乾符時客于雪川云云〔註289〕，成書殆在其後歟？

《新唐書・小說家類》著錄三卷；《崇文總目》、《通志略》、《讀書志》、《通考》、《四庫總目》俱同。《書錄解題》、《宋志》作十二卷（《宋志》原作十一卷，「一」乃「二」之訛）。《遂初堂書目》不著撰人名及卷數。是書，除《廣記》外，如《唐語林》、《通鑑考異》、《姬侍類偶》、《綠窗新話》，亦嘗徵引之。又《類說》（藝文印書館影印本卷四一）、《紺珠集》（卷四）、《說郛》（卷五）等錄有其條文。此外，今傳者尚有明汝南袁氏鈔本、清初鈔本、舊鈔本、烏絲欄鈔本（俱國家圖書館藏）、清刊本（師大藏）、《稗海》本、《筆記小說大觀》本、《叢書集成初編》本（以上十二卷）、清影宋鈔本（國家圖書館、故宮俱藏）、《四庫全書》本、《四部叢刊續編》本、《嘉

〔註288〕見《雲溪友議》、《新唐書・藝文志》、《唐詩紀事》卷七一、《四庫提要辨證》等。
〔註289〕今本《雲溪友議》江客仁條云：「乾符己丑歲，客于雪川。」《唐詩紀事》卷五六李彙征條引之，則稱「辛丑歲」。考乾符六年之間，無己丑，並無辛丑。古今本既同作乾符，則其誤不在年號，而在干支。《四庫提要》以爲乾符乃咸通之誤，余氏嘗斥之。姑從余氏說，惟干支當作何字，無以定之。

業堂叢書》本（以上三卷）、《重編說郛》（弓第二十一）本、《唐人說薈》本、《唐代叢書》本、《龍威秘書》本（以上一卷）等。查三卷本每條各以三字標題，十二卷本順序與三卷本同，唯分卷有異，且無標題，間以一則分爲數則耳。又國家圖書館所藏清影宋鈔本，其卷上附《拾遺》十二則（實十三則），卷下復增一則，皆見於今本《本事詩》，不詳爲何人所輯。至若諸一卷本，其中《重編說郛》本僅數則，而《唐人說薈》、《唐代叢書》、《龍威秘書》三本亦但摘取有關論詩者，大抵見於《廣記》，而文字亦與《廣記》所引同，其中李義琛、白居易二則，不見於十二及三卷本，而見引於《廣記》，唯《廣記》出處恐有誤。

　　《廣記》原注「出《雲溪友議》」或「《雲谿友議》」者，凡四十七條；其中卷一七〇韓愈，明鈔本作「出《幽閒鼓吹》」，詳前《幽閒鼓吹》條；卷一九八白居易，孫潛校本注「出《抒情詩》」，查是條僅見於《唐人說薈》等一卷本《友議》，而此等一卷本或非原書，孫校或然；卷四九三李義琛，亦僅見於《唐人說薈》等一卷本《友議》，疑《廣記》原注有誤，而《唐人說薈》等本從而轉錄之。此外，卷三〇七樂坤，原注「出《雲溪義友》」，黃本作「出《雲溪友議》」。又卷二六九李紳，原闕出處，汪氏所謂談氏初印本文字不同，注「出《雲溪友議》」。

　　范攄自序稱其昔藉眾多，因所聞記，雖未近於丘墳，豈可昭於雅量。或以篇翰嘲謔，率爾成文，亦非盡取華麗，因事錄焉，是曰《雲谿友議》，儻論交會友，庶希於一述乎云云，其述作之旨及書名由來所知。其中詩話居十之七八，逸篇瑣事，頗賴以傳。惟攄生於晚唐，以處士放浪山水，仰屋著書，不能常與中朝士大夫相接，故其所記如安祿山、嚴武、于頔、李紳之類，不免草野傳聞，近於街談巷議，《提要》駁之是也。至若章仇兼瓊爲陳子昂雪獄、高適爲王昌齡申冤、周德華唱賀知章楊柳詞諸事，《提要》所考證，則又不能無誤；余嘉錫嘗辨之矣。

195. 《唐闕史》（《廣記》或作《闕史》）

　　唐·高彥休撰。彥休，自號參寥子〔註290〕。嘗官咸陽縣尉。中和歲，高駢鎮淮南，辟爲鹽鐵巡官〔註291〕。所撰《唐闕史》，黃伯思嘗爲之跋，見《東觀餘論》，云敘稱甲辰歲編次，蓋僖宗中和四年。其說是矣。《四庫提要》論「甲辰」乃指五代晉開運元年，而余嘉錫《四庫提要辨證》、王師夢鷗先生《唐人小說研究·四集》之「《宣室志》與《河東記》」一節，皆嘗斥之。

　　《新唐志·小說家類》著錄三卷；《崇文總目·雜史類》、《通志略·雜史類》、《書

〔註290〕見《唐闕史》自序。
〔註291〕見崔致遠《桂苑筆耕集》卷四。

錄解題・小說家類》、《通考・小說家類》、《宋志・小說類》俱同。《遂初堂書目・雜史類》不著撰人名及卷數。《四庫總目・小說家類》著錄二卷。此外，《宋志・小說類》別著錄一卷本，注云參寥子述。是書，除《廣記》外，如《通鑑考異》、《分門古今類事》，亦嘗徵引之。又《重編說郛》（弓第四十八）本等錄有其條文。此外，今傳者尚有清雍正四年仁和趙氏小山堂抄本（國家圖書館藏）、《四庫全書》本、《知不足齋叢書》本、《龍威秘書》本、《說庫》本等。查今本自序稱「共五十一篇，分為上、下卷。」似無所缺佚。然張耒《右史集》卷四八稱賈長卿嘗續辨此書所載白居易母墮井事，今本無之。又如《通鑑考異》卷二一引武宗嗣帝位事；《分門古今類事》卷一煬帝縱魚、卷二審音知變所引，亦皆不見於今本。因知今本非全帙，其序亦後人併追改之。

《廣記》注「出《唐闕史》」者，凡十八條。此外，原注「出《闕史》」者，凡六條；其中卷二四四皇甫湜，黃本作「出《國史》」，誤，查見今本《唐闕史》卷上。又卷四九九路群盧弘正，注「出《唐缺史》」，卷二三八秦中子，注「出《缺史》」，俱見於今本《唐闕史》卷上。又卷一三六唐僖宗，注「出《唐史》」，「史」上蓋缺「闕」字，查見於今本《唐闕史》卷下。又卷二三八薛氏子，原注「出《唐國史》」，明鈔本作「出《唐史外補》」，皆誤，查見於今本《唐闕史》卷下。又卷二七三杜牧，注「出《唐闕文》」，查末所記牧湖州事，今本《唐闕史》卷上有之，唯文字差異頗大；中所記紫雲事，見於今本《本事詩》，文字差異不大；至若首所記牛僧孺密使僕卒潛護杜牧宴遊事，則未詳所出；合言之，疑是條文字或有部份取自彥休書，然彥休書非全文之唯一出處。

是書自序云：「自武德、貞觀而後，吮筆為小說、小錄、稗史、野史、雜錄、雜記者多矣。貞元、大歷已前，捃拾無遺事。大中、咸通而下，或有可以為誇尚者、資談笑者、垂訓誡者，惜乎不書於方冊，輒從而記之，其雅登於太史氏者，不復載錄。」則撰述之旨可知也。書中所載如周墀之對文宗、崔慎由之對宣宗、鄭薰判宦官之廕子、盧攜之議鎮州諸篇，皆足與史傳相參訂。他如皇甫湜作福先寺碑、劉蛻辨齊桓公器、單長鳴非姓單諸事，亦可資考證。

196. 《杜陽雜編》（《廣記》或作《杜陽編》）

唐・蘇鶚撰。鶚，字德祥，京兆武功人。光啟中登進士第〔註292〕。仕履未詳。

《新唐志・小說家類》著錄三卷；《崇文總目・傳記類》、《通志略・傳記類》、《讀書志・小說類》、《書錄解題・小說家類》、《通考・小說家類》、《四庫總目・小說家

類》俱同。《遂初堂書目·小說類》不著撰人及卷數。《宋志·小說類》作二卷,疑誤。是書,除《廣記》外,如《唐語林》、《姬侍類偶》(題《杜陽編》),亦嘗徵引之。又《類說》(藝文印書館影印本卷四四)、《紺珠集》(卷四。題《杜陽編》)、《說郛》(卷六)。此外,今傳者尚有《稗海》本、《重編說郛》(弓第四十六)本、《五朝小說》本、《四庫全書》本、《唐人說薈》本、《歷代叢書》本、《學津討原》本、《筆記小說大觀》本(以上三卷)、《歷代小史本》(一卷)等。查三卷本與一卷本內容無異。又諸本缺序,而《鐵琴銅劍樓藏書目》著錄舊鈔本一部,有序文一篇。

《廣記》注「出《杜陽雜編》」者,凡十二條。此外,卷四〇二上清珠,注「出《酉陽雜俎》」,查見於今本鶱書。又注「出《杜陽編》」者,凡二十三條;其中卷二三七李璋、卷四〇四肅宗朝八寶皆不見於今本鶱書,殆佚文歟?又卷四七唐憲宗皇帝,原闕出處,孫潛校本作「出《杜陽編》」,查今本鶱書有之。又卷二一孫思邈,原注「出《仙傳拾遺》及《宣室志》」,孫潛校本於其末增「《杜陽編》」三字,查未見今本鶱書,殆今本不完之故歟?又卷四八軒轅先生,注「出《杜陽篇》」,查見於今本鶱書。

是書雜錄廣德以至咸通時事,所以名《杜陽雜編》者,以其「家武功杜陽川」(晁公武語)故也。《四庫提要》云每篇皆以三字爲標目,然通行本(包括故宮所藏清《文淵閣四庫全書》本)無之,未知館臣何以云焉?其中如述奇技寶物,類涉不經。又如夫餘國久併於渤海大氏,而云武宗會昌元年夫餘來貢;罽賓地接蔥嶺,而云在西海,尤舛迕之顯然者矣。

197. 《尚書故實》(又名《尚書談錄》。《廣記》或作《尚書故事》)

唐·李綽撰。綽,字肩孟,趙郡人。吏部侍郎紓之後裔〔註293〕。昭宗龍紀初官太常博士,乾寧四年爲禮部郎中〔註294〕。案《新唐志·農家類》、《書錄解題·時令類》著錄李綽撰之《秦中歲時記》一卷,《讀書志·農家類》亦著錄之,題《輦下歲時記》,余嘉錫嘗據上述書志之著錄,知其書撰於梁開平二年,並考稱朱溫篡弒時,綽棄官避地蠻隅,是其事蹟復有可見者。又,《書錄解題》著錄《秦中歲時記》,云唐膳部郎中李綽撰。復案《尚書故實》一書,《新唐志》、《崇文總目》、《讀書志》、《書錄解題》等著錄及《類說》、《紺珠集》所題,皆作李綽撰,而《宋志·小說類》謂綽一作緯,自是字誤,不足據也。

《新唐志·雜傳記》著錄《尚書故實》一卷;《崇文總目·傳記類》、《通志略·

〔註293〕見《新唐書·宰相世系表》。
〔註294〕見《舊唐書·昭宗本紀》、《四庫提要辨證》。

傳記類》、《讀書志・小說類》、《書錄解題・小說家類》、《通考・小說家類》、《宋志・小說類》、《四庫總目・雜家類》俱同。《遂初堂書目・小說類》無著錄撰者名及卷數。又《宋志・傳記類》亦著錄一卷，作《張尚書故實》。再者，《讀書志》、《書錄解題》等云是書又名《尚書談錄》；而《秘書續目・小說類》即著錄《尚書談錄》三卷。是書，除《廣記》外，如《唐語林》，亦嘗徵引之。又《類說》（藝文印書館影印本卷四五）、《紺珠集》（卷三。題作《尚書故事》）等錄有其條文，此外，今傳者尚有《百川學海》本、《寶顏堂秘笈》本、《重編說郛》（弓第三十六）本、《五朝小說》本、《四庫全書》本、《唐人說薈》本、《唐代叢書》本、《畿輔叢書》本、《說庫》本等，查《紺珠集》所錄牛鬥詩一條，今本無之。

《廣記》注「出《尚書故實》」者，凡四十條；其中卷四八韋卿材、卷二〇六汲冢書，俱不見於今本。又注「出《尚書譚錄》」者二條；卷一六五李勉，查見於今本《大唐傳載》；卷三四五郭承嘏，今本《尚書故實》有之。又卷一六八李約、卷二六三士子吞舍利，注「出《尚書故事》」，查俱見於今本緡書。

是書自序稱賓護（《類說》卷四十五引作護賓）尚書河東張公，三相盛門，四朝雅望，博物多聞，緡避難圍田，寓居佛廟，叨遂迎塵，每容侍話，凡聆徵引，必異尋常，遂纂集尤異者，兼雜以詼諧十數節，作《尚書故實》云耳。《新唐志》、《崇文總目》、《通志略》皆謂尚書爲張延賞，宋敏求《長安志》卷八則以爲弘靖，《廣記》卷四〇二引本書「公云牧弘農日」條，其中「公云」作「張文規」，則又以爲尚書即文規也。以上諸書，余嘉錫嘗斥之，而謂張尚書固當是張彥遠諸兄弟輩，其說近是。書中雜記近事，亦兼考舊聞，尤以談書畫者爲多，與張彥遠所著《法書要錄》、《歷代名畫記》，足以互相發明，成爲一家之學。

198. 《本事詩》

唐・孟啓撰。啓（或作「榮」），字初中〔註295〕，里籍未詳。乾符二年進士〔註296〕。其後，官司勳郎中〔註297〕。王師夢鷗先生嘗撰文考及其生平（見《唐人小說研究・三集》）。所撰《本事詩》，其中記盧獻卿作〈愍征賦〉事，謂「今諫議大夫司空圖爲之注」。稽之兩《唐書》，知司空圖於昭宗景福元年拜諫議大夫，未就，越二年復以戶部侍郎徵。然則，可稱「諫議大夫司空圖」者，唯有景福元年至二年間，則《本事詩》之編撰，雖始於僖宗光啓以前（見自序），但其成書必在昭宗景福以後矣。

《新唐志・總集類》著錄一卷；《崇文總目・總集類》、《通志略・總集類》、《讀

〔註295〕見《郡齋讀書志》引《續本事詩》。
〔註296〕見《登科記》卷二三。
〔註297〕見《本事詩》自序。

書志・總集類》、《書錄解題・總集類》、《通考・總集類》、《宋志・總集類》、《四庫總目・詩文評類》俱同。是書，除《廣記》外，如《唐語林》、李頎《古今詩話》、《詩話總龜》、《唐詩紀事》、《夢溪筆談》、《綠窗新話》，亦嘗徵引之。又《類說》（藝文印書館影印本卷五一）、《紺珠集》（卷九）等錄有其條文。此外，今傳者尚有《顧氏文房小說》本、《古今逸史》本、《津逮秘書》本、《唐宋叢書》本、《天都閣藏書》本、《重編說郛》（弓第八十）本、《五朝小說》本、《四庫全書》本、《唐人說薈》本、《唐代叢書》本、《龍威秘書》本等。再者，國家圖書館所藏清影宋鈔本《雲溪友議》之〈拾遺〉十數則，即《本事詩》條文，可與今本互校。查諸書所引，如《類說》之郎中員外、生吞活剝、陶隱居、馬自然詩、白二十韋十九、登崖州城詩諸條，又如《紺珠集》之張好好、剪水作花、米家榮、紅葉詩諸條，皆不載於今本啓書〔註298〕。又查《本事詩》自唐末傳至北宋，可知者，蓋分兩支流行：一為單行之本、一為輯入類書之本，沈括似曾見此兩種本，二者文字有所不同〔註299〕。王師夢鷗先生嘗於是書有所校補考釋，並自《廣記》、《類說》諸書中輯得佚文（見《唐人小說研究・三集》）。

　　《廣記》注「出《本事詩》」者，凡二十八條；其中卷二七五李錡婢，不見於今本啓書；卷二七三李逢吉，則可補今本啓書文字之脫漏。

　　是書，歷代書志多以之入集部，但揆其內容，往往雜以瑣事，謂之為小說，亦未嘗不可。其自序稱抒懷佳作，其間觸事興詠，尤所鍾情，不有發揮，孰明厥義？因采為《本事詩》，凡七題，猶四始也；情感、事感、高逸、怨憤、徵異、徵咎、嘲戲，各以其類聚之云云，其編撰宗旨可謂言之甚明。更據其所列七題，既不以「帝王」、「卿相」分門，亦不以「匡贊」、「政能」別類，而多記亂離男女、坎坷文人憂思積憤之事故，蓋處於內奸外寇日以掠奪為常之世，遂有感焉。又諸篇親得於傳聞者蓋寡，掇拾前人舊文者為多，如《朝野僉載》、《隋唐嘉話》、《次柳氏舊聞》、《明皇雜錄》、《大唐新語》、《雲溪友議》、《柳氏傳》、白行簡《三夢記》、《元氏長慶集》諸書，皆其取材所自。

〔註298〕以上諸篇，似非俱屬《本事詩》佚文。如馬自然一篇，王師夢鷗先生疑為《續本事詩》條文，詳其《唐人小說研究・三集》。

〔註299〕沈括嘗撰《夢溪筆談》，其卷一四云：「詩人以詩主人物，故雖小詩，莫不媒躁極工而後已。所謂句鍛月鍊者，信非虛言。小說：崔護題城南詩，其始曰：去年今日此門中，人面桃花相映紅，人面不知何處去，桃花依舊笑春風，後以其意未全，語未工，改第三句曰：人面祇今何處在。至今所傳此兩本，唯《本事詩》作祇今何處在。」唯有可疑者，今通行本《本事詩》此句仍作「何處去」，顯與沈氏當日所見之本又異，恐今本之編印，未必即據北宋舊本。

199. 《劇談錄》

　　唐・康軿撰。軿（或作「駢」），字駕言〔註300〕，池陽人。乾符五年登進士第（此從《登科記考》卷二三引《池州府志》。《四庫提要》作「四年」）。田頵守宣州，聘軿入幕，後薦爲戶部郎，遷中書舍人〔註301〕。所撰《劇談錄》，首有乾寧二年自序。

　　《新唐志・小說家類》著錄三卷；《通志略》、《讀書志》、《通考》俱同。《崇文總目》、《宋志》、《四庫總目》作二卷。《遂初堂書目・小說類》著錄《劇談論》一名，未知即此否。是書，除《廣記》外，如《御覽》、《資治通鑑》、《唐語林》，亦嘗徵引之。又《類說》（藝文印書館影印本卷一五）、《紺珠集》（卷八）、《說郛》（卷二）等錄有其條文。此外，今傳者尚有明刊十行本（國家圖書館藏）、《津逮秘書》本、《稽古堂叢刻》本、《四庫全書》本、《學津討原》本、《嘯園叢書》本、《貴池先哲遺書》本等，皆二卷，四十二則。唯錢曾《述古堂藏書目》有鈔本三卷，陸心源《皕宋樓藏書志》、傅增湘《雙鑑樓善本書目》並有明翻宋本，亦三卷，俱未見；其爲分卷之異，或內容有所出入，不得而知。《四庫》本據影鈔宋本著錄，其提要稱是書凡四十條，以《太平廣記》勘之，一一相合，非當時全部收入，即後人從《廣記》鈔合也云云，今查故宮博物院藏《文淵閣》庫本，實四十二則，與通行本同。且今本有而《廣記》無者有之，《廣記》有而今本無者亦有之；《貴池先哲遺書》本即附佚文一卷，乃輯自《廣記》。故知《四庫》館臣當時未嘗細校，其說不可從。

　　《廣記》原注「出《劇談錄》」者，凡二十五條；其中卷三九四元稹，明鈔本注「出《酉陽雜俎》」，查今本《劇談錄》無之，《貴池先哲遺書》本附錄則據談本《廣記》輯入，以爲佚文，唯是條今本《酉陽雜俎》卷八亦有之，文字略異而已；又卷七六桑道茂、卷一三八裴度、卷四〇五李德裕第二則，文字復有佚出今本《劇談錄》之外者。此外，卷七四唐武宗朝術士，原注「出《列仙譚錄》」，孫潛校本作「出《劇談錄》」，查見今本軿書；卷二五一裴休，注「出《松窗雜錄》」，亦查見今本軿書；卷四三四洛水牛，原注「出《廣異記》」，明鈔本作「出《聞奇錄》」，陳校本作「出《需讀錄》」（疑是書名有訛字），今查見《劇談錄》。又卷一七一袁滋，原闕出處，明鈔本作「出獻」；卷二一四雜編首則，原闕出處，明鈔本作「出《尙書談錄》」，皆亦見今本《劇談錄》。又卷二六五李賀，原闕出處，汪氏所謂談氏初印本注「出《劇談錄》」，但文字不同。又卷四二三崔道樞，原闕出處，陳校本作「出《劇談錄》」；卷四二四柳子華，原闕出處，明鈔本作「出《劇談錄》」。

　　是書記天寶以來瑣事，間附以議論，其事未必皆親聞目睹，又爲離亂後所追記，

〔註300〕見《新唐書・藝文志注》。
〔註301〕見《古今萬姓統譜》卷五二。

故難免有失實之處，如廣謫仙怨詞條記玄宗車駕幸蜀，行次駱谷上、登高望遠，嗚咽流涕事，《通鑑考異》卷一四云：「玄宗入蜀，不自駱谷，康軿誤。」是也。但如元相國謁李賀條，其中「元稹年老，以明經擢第」句，據汪氏所謂談氏初印本《廣記》卷二六五李賀條所引，「年老」實作「年少」，而王士禎《古夫于亭雜錄》謂元擢第既非遲暮，小說之不根如此云云，乃據誤本而斥其非，是又不可不辨也。

200. 《開天傳信記》

　　唐・鄭棨撰。棨（兩《唐書》本傳作「綮」，二字通），字蘊武，滎陽人。登進士第，累官右散騎常侍。昭宗朝官禮部侍郎同中書門下平章事。光化二年卒。詳兩《唐書》本傳。《四庫提要》云所撰《開天傳信記》，原本首署其官爲吏部員外郎，本傳顧未之及，或史文有脫漏歟？

　　《新唐志・雜史類》著錄一卷；《崇文總目・雜史類》、《通志略・雜史類》、《讀書志・雜史類》、《書錄解題・雜史類》、《通考・雜史類》、《宋志・小說類》、《四庫總目・小說家類》俱同。是書，除《廣記》外，如《御覽》（誤作「《開元傳信記》」）、《通鑑考異》、《唐語林》，亦嘗徵引之。又《類說》（藝文印書館影印本卷六）、《紺珠集》（卷二）等錄有其條文。此外，今傳者尙有《百川學海》本、《重輯百川學海》本、《歷代小史》本、《重編說郛》（弓第五十二）本、《四庫全書》本、《唐人說薈》本、《唐代叢書》本、《學津討原》本、《說庫》本等。查諸本或僅題作「傳信記」。又查《歷代小史》本、《重編說郛》本、《唐人說薈》本、《唐代叢書》本、《說庫》本之條文皆少於《百川學海》本；其中《說庫》本又誤混入《卓異記》條文（即「平賊同日」、「三聖子皆登帝位」、「相有二親」、「三代爲相」、「三拜中書」五條、「三十二年居相位」一條之半）。

　　《廣記》原注「出《開天傳信記》」者，凡十九條；其中卷二三八安祿山，孫潛校本作「出《天寶遺事》」，查今本《開天傳信記》有之。此外，卷九二一行，注「出《開天傳信記》及《明皇雜錄》、《酉陽雜俎》」。又卷一三六天寶符、蜀當歸二條注「出《開天傳信》」；卷七七羅思遠注「出《開天傳記》」；卷三九七夒峰注「出《開天傳言》」；卷三六二李林甫「又」條注「出《開元傳信記》」；皆見於今本鄭氏書。又卷二四○太眞妃，原注「出《貫（疑爲「貴」之訛）妃傳》」，明鈔本作「出《開元傳記》」，孫潛校本作「出《開元傳信記》」，查亦見今本鄭氏書。

　　是書皆記開元、天寶故事。自序稱簿領之暇，搜求遺逸，傳於必信，故以傳信爲名。唯其載明皇戲遊城南，王琚延過其家，謀誅韋氏一事，司馬光《通鑑考異》謂所記恐非事實，故不取；又如華陰見嶽神、夢遊月宮、葉法善符錄諸事，亦語涉

神怪，不足以言信也。

201. 《盧氏雜說》

唐・盧言撰。言，洛陽人，嘗官考功、戶部郎中〔註302〕。所撰《雜說》言及僖宗廟號，殆昭宗時尚在世。

《新唐志・小說家類》著錄一卷；《崇文總目・小說類》、《通志略・小說類》、《書錄解題・小說家類》、《通考・小說家類》、《宋志・傳記類》俱同。（《遂初堂書目・小說類》僅著錄書名。）原書已佚。除《廣記》外，如《唐語林》，亦嘗徵引之。又《類說》（藝文印書館影印本卷四九）、《紺珠集》（卷九）、《說郛》（卷七三）、《重編說郛》（弓第四十八）本等錄有其條文。查《說郛》所錄，乃出自《紺珠集》；《重編說郛》所錄，則自《廣記》摘出也。此外，今所可知者，《經籍佚文》有清王仁俊所輯佚文〔註303〕。

《廣記》注「出《盧氏雜說》」者，凡六十一條。此外，卷一五七李景讓、卷二一四雜編第五則、卷二五九蘇味道及卷四六三鳥省，皆注「出《盧氏雜記》」；「記」當爲「說」之訛。又卷二三七裴冕，原注「出《朝野僉載》」，明鈔本作「出《盧氏雜記》」；查是條不見於今本僉書。又卷一八〇宋濟，注「出《盧氏小說》」，查《類說》引之，屬《盧氏雜說》條文。又卷二六一王智興，闕出處；查《詩人玉屑》（卷一一）及《類說》皆引出《盧氏雜說》，且稍可補《廣記》是條文字之脫漏。

是書雜記南北朝、隋唐事，如貢舉、考銓、書畫、樂曲及朝廷軼聞等，蓋亦嫻於掌故者。其「韓皋知音律」、「長安金盞玉盞地」二條，亦見《大唐傳載》。

202. 《玉泉子》（書志著錄多作《玉泉子見聞眞錄》，或《玉泉筆端》。傳本或題《玉泉子眞錄》）

撰者未詳。大抵爲唐末人。案《舊小說》（乙集）題唐盧仝撰，誤。蓋仝甘露之變中遇害，知非此唐末之《玉泉子》也。

《新唐志・小說家類》著錄《玉泉子見聞眞錄》五卷；《崇文總目・傳記類》、《通志略・雜史類》同。《遂初堂書目・小說類》著錄《玉泉筆端》一名。《書錄解題・小說家類》著錄《玉泉筆端》三卷，又云：「別一本號《玉泉子》，比此少數條，而多五十二條，無序跋。錄其所多者爲一卷。」《通考・小說家類》同。《宋志》〈小說類〉著錄《玉泉筆論》五卷，疑「論」爲「端」之訛；又〈雜家類〉著錄《玉泉子》一卷。《四庫總目・小說家類》著錄《玉泉子》亦一卷。此外，《文淵閣書目》載《玉泉子

〔註302〕見《郎官石柱題名新著錄》。
〔註303〕見《叢書子目類編》頁一〇五一。

見聞眞錄》一部一冊,《絳雲樓書目》載《玉泉子》十卷,惜皆未見。案鄭樵稱《玉泉子見聞眞錄》紀唐懿宗至昭宗時事,而陳振孫則謂《玉泉筆端》有序,中和三年作。中和,僖宗之年號。豈《筆端》乃前出之本,而《見聞眞錄》晚出,故內容、卷數有所出入歟?是書,除《廣記》外,如《唐語林》(作《玉泉筆端》)、《通鑑考異》(作《玉泉子見聞錄》或《玉泉子聞見錄》)、《綠窗新話》(作《玉泉子》),亦嘗徵引之。又《類說》(藝文印書館影印本卷二十五。題《玉泉子》)、《說郛》(卷一一。題《玉泉子眞錄》)、《重編說郛》(弓第四十六。亦題《玉泉子眞錄》)等錄有其條文。此外,今傳者尚有《稗海》本、《四庫全書》本、《百子全書》本、《筆記小說大觀》本(以上題《玉泉子》,一卷,八十一條)、《唐人說薈》本、《唐代叢書》本(以上亦題《玉泉子》,一卷,十九條)等,後二本乃錄自《廣記》。查《說郛》所錄,除鄭路女、劉蕡二條外,餘皆不見於傳本。《類說》所錄,如王老、驢鳴狗吠、點鬼簿算博士、一又手一成韻、九釘盤諸條可補傳本之闕略,又科第放此風漢條,亦較傳本爲詳也。

　　《廣記》注「出《玉泉子》」者,凡三十條;其中卷一三三李詹、孫季卿、卷一四四封望卿諸條,今傳本《玉泉子》不載。此外,卷二六五崔昭符、卷二七〇鄭路女,原闕其條文,汪氏所謂談氏初印本有之,注「出《玉泉子》」。又卷二七五李福女奴,注「出《泉子》」,查見於今本《玉泉子》。

　　是書記有唐一代雜事而雜以小說。吾友王國良撰《唐代小說敘錄》,稱今傳本除與《廣記》所引相同者外,餘乃雜採《廣記》所引他書冒充者,計《閩川名士傳》、《國史異纂》、《尙書故實》、《貞陵十七事》、《乾饌子》、《酉陽雜俎》、《逸史》、《芝田錄》、《桂苑叢談》、《盧氏雜說》、《因話錄》、《聞奇錄》、《中朝故事》、《北夢瑣言》、《錄異記》十五種,蓋《玉泉子》既無全帙,明代刻書者據不正確輯本鏤板,流傳後世云云。

203. 《杼情集》(《廣記》或作《杼情詩》。「杼」或作「抒」)

　　唐・盧瓌撰。瓌,生平不詳。

　　《新唐志・總集類》著錄二卷;《崇文總目・總集類》、《通志略・詩總集類》、《宋志・總集類》同。《遂初堂書目・小說類》不著撰人及卷數。是書,除《廣記》外,如《詩話總龜》、《唐詩紀事》,亦嘗徵引之,且頗有《廣記》所未載者。又今傳者尚有《重輯百川學海》本、《重編說郛》(弓第二十三)本等錄有其條文,俱僅　卷,八條;且書名作《杼情錄》,撰人題爲宋盧懷,謬甚。此外,《詩話總龜》引《唐賢抒情》六條,其李蔚守淮南條,《廣記》卷二五一引之,注「出《抒情詩》」;薛宜僚爲左庶子條,《廣記》卷二七四引之,注「出《抒情集》」;然則《唐賢抒情》

似爲璟書之別稱。

《廣記》注「出《杼情集》」或「出《抒情集》」者，凡二條；即卷二七二李廷
璧妻、卷二七四薛宜僚。此外，卷二七三曹生，注「出盧懷《抒情集》」；「懷」疑爲
「璟」之訛。又原注「出《杼情詩》」或「出《抒情詩》」者，凡十六條；其中卷一
六三李進周，許刻作「出《朝野情詩》」，誤。又卷一九八白居易，原注「出《雲溪
友議》」，孫潛校本作「出《抒情詩》」；查今本《雲溪友議》無此條，而見於今本《本
事詩》，《廣記》所注出處或誤歟？

是書體例近《本事詩》。或記情感，或記嘲謔；頗存唐代文士逸聞。

204. 《松窗錄》（又名《松窗雜錄》、《松窗小錄》。傳本或題《摭異記》）

唐・李濬撰。濬，生平不詳。《全唐文》卷八一六有李濬小傳，云僖宗時人，乾
符四年秘書省校書郎。未知即其人否？案此書，《新唐志》、《通志略》俱不著撰人。
《讀書志》、《通考》作韋濬撰。茲從《崇文總目》、《宋志》，蓋《崇文總目》成書最
早，《顧氏文房小說》本自序又與之合，故也。

《新唐志・小說家類》著錄一卷，作《松窗錄》；《崇文總目・傳記類》、《通志
略・小說類》、《讀書志・雜史類》、《通考・小說家類》俱同。《遂初堂書目・小說類》
不著撰人名及卷數。《宋志・小說類》亦一卷，作《松窗小錄》。《四庫總目・小說家
類》作《松窗雜錄》，一卷。是書，除《廣記》外，如《通鑑考異》（題《松窗雜錄》）、
《唐語林》，亦嘗徵引之。又《類說》（藝文印書館影印本卷一六。題《松窗雜錄》，
撰人誤作杜荀鶴）、《紺珠集》（卷一一。撰人誤作王叡）、《說郛》（卷三、卷四六。
題《松窗雜錄》）等錄有其條文。此外，今傳者尚有《顧氏文房小說》本、《歷代小
史》本、《四庫全書》本、《奇晉齋叢書》本（以上題《松窗雜錄》）、《合刻三志》本、
《重編說郛》（弓第五十二）本、《五朝小說》（唐人百家小說紀載家）本、《唐人說
薈》（五集）本、《唐代叢書》（五集）本（以上題《摭異記》）等，查《類說》、《紺
珠集》、《說郛》所錄，皆見於今本李氏書。惟《說郛》除卷三、四六外，卷四亦錄
《松窗雜錄》，題唐杜荀鶴撰（《輟耕錄》卷一一引及杜書，作《松窗雜記》，所引即
《說郛》所錄首條），所收二條，皆不見於今本李濬《松窗雜錄》，自是他書；而其
首條，《廣記》卷二八六引之，題作畫工，注出《聞奇錄》；末條，《廣記》卷三一〇
引之，題作三史王生，乃《纂異記》之文，則似雜鈔成書。又查傳本中之《歷代小
史》本缺「中宗召宰相」及「狄梁公姨母盧氏」二條。題《摭異記》諸本，則出《顧
氏文房小說》本而改名。再者，《重編說郛》（弓第四十六）、《五朝小說》（唐人百家
小說偏錄家）、《唐人說薈》收有題唐杜荀鶴撰之《松窗雜記》，除錄《說郛》卷四所

謂杜荀鶴《松窗雜錄》條文外，復謠入李濬《松窗雜錄》之文，明人竄亂舊籍，多如是也。

《廣記》注「出《松窗錄》」或「出《松臆錄》」者，凡七條，皆見於今本《松窗雜錄》。此外，注「出《松窗雜錄》」者，凡二條，其中卷二五一裴休，今本《松窗雜錄》無之，參見《劇談錄》。又卷二五〇黃幡綽，注「出《松窗雜錄》及《因話錄》」，查見今本《松窗雜錄》。

是書記中宗至武宗朝故，兼及物異。其於明皇事，所載頗詳整可觀；載李泌對德宗語，論明皇得失，亦瞭若指掌。惟謂中宗召宰相蘇瓌、李嶠子進見，皆童年云云，司馬光斥之，謂瓌為相時，頲為中書舍人，父子同掌樞密，非童年，故《通鑑》不取。

205. 《河東記》

唐·薛漁思撰。漁思，河東人。生平未詳。案《北夢瑣言》嘗略記唐末有薛澤者，除補闕，依高季興於荊州，攝宰而終云云（並見引於《廣記》卷二六六），以「澤」字「漁思」言之，頗合名字相副之例，王師夢鷗先生嘗說之，詳所撰《唐人小說研究·四集》。又案此從《讀書志》（衢本）、《通考》。《秘書續目》、《通志略》則皆不題撰人。

《秘書續目·小說類》著錄三卷；《通志略·地理類》、《讀書志·小說類》、《通考·小說家類》同。原書已佚。《御覽》引《河東記》二則，所記與地理、風土相涉，而非志怪，未詳即是書否。又《紺珠集》（卷七）、《說郛》（卷四墨娥漫錄）、《重編說郛》（弓第六十）、《舊小說》（乙集）等錄有其條文。查《舊小說》所錄，出《廣記》。今所可知者，《經籍佚文》有清王仁俊所輯佚文一卷〔註304〕。

《廣記》注「出《河東記》」者，凡三十條。此外，卷三八四許琛注「出《河東記》下」。又卷四一黑叟，注「出《會昌解頤》及《河東記》」。又卷三八五崔紹，原注「出《玄怪錄》」，孫潛校本作「出《廣異記》」，查《說郛》所錄《河東記》有此條，詳前之《廣異記》條。又卷三五七蘊都師，原闕出處，孫潛所有之談刻本、史語所所藏談刻本、許刻本、黃刻本、明鈔本皆作「出《河東記》」。

晁公武稱是書「記怪譎事。序云續牛僧孺之書」。僧孺書名《玄怪錄》。

206. 《芝田錄》

是書，書志著錄皆不著撰人。《類說》、《紺珠集》、《說郛》等題唐丁用晦撰，未詳其所本，亦不知用晦何許人也。

《新唐志·小說家類》著錄一卷；《崇文總目·傳記類》、《讀書志·小說類》、《通

考‧小說家類》俱同。《類說》引作者自序，云五卷，未詳其故。原書已佚。除《廣記》外，如《唐語林》，亦嘗徵引之。又《類說》（藝文印書館影印本卷一一）、《紺珠集》（卷一○）、《說郛》（卷三談叢、卷七四）等錄有其條文。此外，今傳者尚有《重編說郛》（弓第三十八）本、《五朝小說》本等，皆一卷。查《說郛》卷三錄自《類說》，卷七四則自《紺珠集》摘出。至若傳本，乃合鈔《說郛》卷三、卷七四之文而成者。

《廣記》原注「出《芝田錄》」者，凡十八條；其中卷三七六五原將校，明鈔本作「出《定命錄》」。此外，卷二六五崔駢，其條文原闕，汪氏所謂談氏初印本有之，注「出《芝田錄》」。

是書自序云：「予學慚鼠獄，智乏雞碑，因省前達之言，有關人事，紀成五卷。」（《類說》引）晁公武曰：「敘謂嘗憩緱氏，故取潘岳〈西征賦〉名其書。記隋唐雜事，總六百條。」查《類說》所錄「御李子」條，記魏武遷漢獻帝於許昌事；「武王以妲己賜周公」條，記孔北海諫曹操為文帝納袁熙妻為妃事；「紙鳶繫語」條，記侯景圍梁武帝事；知其所記非止隋、唐。又其「賜宋璟鍾乳」、「朕以全樹借汝」、「高宗針百會」諸條，並見今本劉餗《隋唐嘉話》、劉肅《大唐新語》，豈即自序所謂「因前達之言」者歟？

207. 《南楚新聞》

唐‧尉遲樞撰。樞，唐末人，生平不詳。

《新唐志‧小說家類》著錄三卷；《崇文總目‧傳記類》、《通志略‧雜史類》、《宋志‧小說類》俱同。原書已佚。《類說》（藝文印書館影印本卷四五）、《紺珠集》（卷二）、《說郛》（卷七三）等錄有其條文。此外，今傳者尚有《重編說郛》（弓第四十六）本、《五朝小說》本、《唐人說薈》本、《唐代叢書》本等，皆一卷。查《說郛》所錄「青青東門柳」以下十七條，係《鄴侯家傳》之文，傳鈔脫漏書名，《重編說郛》本、《五朝小說》本復沿其誤。至若《唐人說薈》本、《唐代叢書》本，乃自《說郛》、《廣記》鈔合而成。

《廣記》注「出《南楚新聞》」者，凡十四條：即卷一二三秦匡謀、卷一三八李蠙、卷一七五崔鉉、卷一九七段成式、卷二三八王使君、卷二五七張濬伶人、卷二七一關圖妹、卷三一二奢宗儒、爾朱氏、卷三五一段成式、卷四八三獠婦、芋羹、卷四九九郭使君、李德權。

鄭樵云是書「記寶曆至天祐時事」，其地則荊楚間也。今按其遺文，或近戲謔，或涉神怪，或諷時事，而「關圖妹有文學」、「段成式博聞」數條，則為文學掌故。

208. 《原化記》

唐・皇甫氏撰。其名字、里籍及生平皆不詳。

《秘書續目・小說類》著錄三卷。《通志略・小說類》則作一卷。原書已佚。《類說》（藝文印書館影印本卷七）、《紺珠集》（卷七）等錄有其條文。此外，今傳者尚有《重編說郛》（弓第二十三）本等，皆一卷。查《類說》所錄「庚申日守三尸」一則，《廣記》無。至若《重編說郛》本等，僅有三則，皆見於《廣記》。

《廣記》原注「出《原化記》」者，凡五十七條；其中卷二三二周邯，明鈔本作「出《錄異記》」。此外，卷三一〇張生，原注「出《纂異記》」，明鈔本作「出《原化記》」。又卷二三馮俊、卷二五採藥民、卷二九李衛公，原皆注「出《原仙記》」，明鈔本皆注「出《原化記》」；查「《原仙記》」不見書志著錄，且其名不倫，知「仙」字當爲「化」字形似之訛。又卷三五柏葉仙人，原注「出《化源記》」，明鈔本作「出《原化記》」；查「《化源記》」未見著錄，當爲「《原化記》」之訛。又卷四十五王卿，注「出《化原記》」，亦《原化記》之誤也。

是書多記仙道、神怪，亦復有義俠一類文章，其中胡蘆生條記李蕃事，與《逸史》同；又崔尉子條與《乾𢠸子》之陳義郎條，崔愼思條與《集異記》之賈人妻條、南陽士人條與《續玄怪錄》之張逢條等，情節亦近似，而文采皆遜；則其書似有改竄舊文而成者。

〔附錄〕《原化傳拾遺》（疑即《原化記》，故附於是處。然此書名本身宜入（貳）之（二），故是處不予以編號，而于（貳）之（二）處復列其名，且予以編號，考證則詳于此）

撰者未詳。

未見書志著錄。

《廣記》卷四七九蠶女，注「出《原化傳拾遺》」。疑爲「《原化記》」或「《仙傳拾遺》」之一；甚或爲「出《原化記》及《仙傳拾遺》」之脫誤，亦未可知。惟上述二書，其原本皆不傳，固無從比照，且復不能武斷是條所注出處必非他書之訛；茲以其首爲「原化」二字，姑不附於《仙傳拾遺》，而附於《原化記》之後，存疑可也。

209. 《桂苑叢談》

《新唐志》等云馮翊子子休撰。其人生平未詳。案《李邯鄲書目》云姓嚴；又《四庫提要》疑馮翊子其號，而子休其字也；殆是。明末陳繼儒刻入《秘笈》，乃題唐了休馮翊著，顚倒其文，誤之甚矣。所撰《桂苑叢談》，其甘露僧一條稱吳王收復浙右之歲者，當爲昭宗天復二年，時始封楊行密爲吳王，故撰者以此稱之，其人當入五代矣。《四庫提要》頗疑其爲江南人。

《新唐志・小說家類》著錄一卷；《崇文總目・傳記類》、《通志略・小說類》、

《讀書志·雜史類》、《通考·傳記類》、《宋志·小說類》、《四庫總目·小說家類》俱同。是書，除《廣記》外，如《唐語林》，亦嘗徵引之。又《類說》（藝文印書館影印本卷五二）、《說郛》（卷七）等錄有其條文。此外，今傳者尚有《寶顏堂秘笈》本、《續百川學海》本、《重編說郛》（弓第二十六）本、《五朝小說》本、《四庫全書》本、《唐人說薈》本、《唐代叢書》本、《說庫》本等。查《類說》、《說郛》所錄，皆見於今傳本。

《廣記》注「出《桂苑叢談》」或「出《桂苑叢譚》」者，凡八條；又注「出《桂苑叢記》」者一條，即卷一七四班蒙；皆見於今傳本《桂苑叢談》。

是書雜記鬼怪神異及瑣細之事。今傳本後為《史遺》十八條，當是另書，後人附刻之也，詳後「著錄於書志而不見於卷首書目者」中之《史遺》條。

210. 《傳載》（傳本題《大唐傳載》）

撰者未詳。唐人。案陳景雲注《絳雲樓書目》云林恩撰。豈《新唐志·雜史類》著錄林恩《補國史》，其下即接《傳載》一書，不著撰人，陳氏遂誤以為同一人所撰歟？

《新唐志·雜史類》著錄一卷；《崇文總目·傳記類》、《宋志·小說類》、《四庫總目·小說家類》俱同。《遂初堂書目·雜史類》不著卷數。以上諸書志，除《四庫總目》題《大唐傳載》外，餘皆著錄作《傳載》。此外，《絳雲樓書目》、《述古堂藏書目》各載一部，其為鈔本歟？抑刻本歟？未審。《鐵琴銅劍樓》有明鈔本一部。《佰宋樓》有舊鈔本一部。是書，除《廣記》外，如《唐語林》，亦嘗徵引之。又《類說》（藝文印書館影印本卷四五。題《大唐傳載》）等錄有其條文。此外，今傳者尚有《四庫全書》本、《唐人說薈》本、《唐代叢書》本、《守山閣叢書》本、《說庫》本等。查《唐人說薈》本、《唐代叢書》本、《說庫》本三者所有條文少於《四庫全書》本。又《說郛》卷三八錄《傳載》一書，「載」實為「記」之誤，詳前之《國史異纂》條。

《廣記》注「出《傳載》」者，凡三十三條。此外，卷二〇五漢中王瑀，原注「出《傳記》」；卷四二四五臺山池，原注「出《傳奇》」；明鈔本皆注「出《傳載》」。又卷一七八放雜文榜、卷一八〇馮陶，注「出《傳載故實》」；卷二〇四天寶樂章，注「出《傳載錄》」；查皆見《守山閣叢書》本《大唐傳載》。又卷四七四主簿蟲，原闕出處，明鈔本、陳校本、孫潛校本皆作「出《傳載》」。

《四庫提要》云是書「所錄唐公卿事蹟、言論頗詳，多為史所採用，間及於詼諧談諧及朝野瑣事，亦往往與他說部相出入」。今細審之，「李勉葬書生」條，《廣記》卷一六五引作出《尚書談錄》；「袁德師買婆師德故園」條，明鈔本《廣記》卷二五

一引作出《嘉話錄》;「英公爲姊煮粥焚髭」至「駐蹕之役,太宗有懼色」六條,則爲《隋唐嘉話》之文;惟恐係後人誤鈔入其中者,蓋自錢熙祚跋所云:「《廣記》二百一引陸鴻漸事,二百七十八引豆盧署事,並多至百二三十事,疑原書已佚,此係後人刪節之本。」推之或然。

211. 《通幽記》

唐・陳劭撰。劭(此從《新唐志》。《宋志》作「邵」,並云一作「召」),生平不詳。

《新唐志・小說家類》著錄一卷。《崇文總目・小說類》、《通志略・傳記類》、《宋志・小說類》則作三卷。原書已佚,除《廣記》外,如《姬侍類偶》,亦嘗徵引之。此外,《舊小說》(乙集)錄有其條文,乃取自《廣記》者。

《廣記》注「出《通幽記》」者,凡二十一條。此外,卷一四三元載、卷三三七牛爽、李咸、卷三三八盧仲海、卷三四○盧頊及卷三四九房陟,注「出《通幽錄》」;查「《通幽錄》」不見《書志》著錄,其性質與陳氏書同,則「錄」爲「記」之訛可知。

是書大抵記鬼神、怪異之事,而於修道求福、宿命報應,亦屢致意焉。其中皇甫恂返魂再生事,戴孚《廣異記》亦敘及之,惟內容稍略,殆傳聞異辭歟?

212. 《獨異志》

唐・李亢撰。亢(此從《新唐志》、《宋志》。《崇文總目》、《通志略》作「元」。《稗海》本作「尤」),生平未詳。

《新唐志・小說家類》著錄十卷;《崇文總目・小說類》、《通志略・傳記類》、《宋志・小說類》俱同。《四庫總目・小說家類存目》著錄三卷。其中《崇文總目》題作《獨異記》。此外,《絳雲樓書目》著錄十卷,是其時尚有全帙。是書,《說郛》(卷六廣知)等錄有其條文。此外,今傳者尚有《稗海》本、《叢書集成初編》本(以上三卷)、《重編說郛》(弓第一百十八)本(一卷)等。查《說郛》所錄賀知章乘醉賦詩事,不見於三卷本。《稗海》所收三卷,乃殘本,《叢書集成初編》本即據之排印。至若《重編說郛》本,乃自《說郛》及《廣記》輯出,尤不全之甚。

《廣記》注「出《獨異志》」者,凡六十九條。此外,卷九二玄奘,注「出《獨異志》及《唐新語》」。又卷二七四侯四娘,原闕其條文,汪氏所謂談氏初印本有之,注「出《獨異志》」。又卷三五八韋隱、卷三八七羊祜、卷三九九劉子光及卷四七○李鷸,皆注「出《獨異記》」。茲有可注意者,《廣記》所引,頗有今傳本所未載。

是書雜錄歷代異事,亦及唐代瑣聞。所引古籍有《莊子》、《列子》、《呂氏春秋》、《論衡》、《列女傳》、《說苑》、《西京雜記》、《世說新語》、《笑林》、《搜神記》、《王

子年拾遺記》等，蓋唐以前事皆取自舊籍。

213. 《瀟湘錄》（傳本或改題《漱石軒筆記》）

唐·柳祥撰。祥，生平不詳。殆唐末人也（《廣記》卷四○一張垍篇記咸通末年事）。案《書錄解題》、《宋志》及今傳本皆題李隱撰，其說後起。今仍從《新唐志》。

《新唐志·小說家類》著錄十卷；《崇文總目》、《通志略》、《書錄解題》、《通考》、《宋志》俱同。是書，《類說》（藝文印書館影印本卷一三。舊鈔本注云：「柳珵撰。陳氏曰唐校書郎李隱撰。」）、《紺珠集》（卷七）、《說郛》（卷三、卷三三）等錄有其條文。此外，今傳者尚有《古今說海》本、《廣百川學海》本、《重編說郛》（弓第三十二）本、《五朝小說》本、《唐人說薈》本、《唐代叢書》本、《說庫》本（以上一卷。題《瀟湘錄》，李隱撰）、《學海類編》本、《遜敏堂叢書》本（以上亦一卷。改題《漱石軒筆記》，不著撰人）等。查《說郛》卷三所錄，係出《類說》，卷三三所錄，則自全書摘出。前舉《古今說海》至《五朝小說》諸本，悉本《說郛》卷三三；《唐人說薈》、《唐代叢書》、《說庫》三本，除《說郛》卷三三所錄外，又有自《廣記》鈔入者。

《廣記》注「出《瀟湘錄》」者，凡三十四條。此外，卷三二八李勘女，原注「出《孫相錄》」，「孫相」二字誤，陳校本正作「出《瀟湘錄》」。又卷四五六王眞妻，注「出《瀟湘》」，脫「錄」字。又卷二八七襄陽老叟，卷三四四呼延冀、卷四一五賈秘、卷四三○楊眞、卷四三六張全，注「出《瀟湘記》」；卷三四四安鳳，注「出《瀟湘雜錄》」；皆當爲《瀟湘錄》是也。又卷三三五楊國忠，闕出處，《說郛》卷三三所錄《瀟湘錄》有之。茲有可注意者，《廣記》所引，頗有傳本所無者。

是書所記大抵朝野瑣聞，亦侈言鬼神變異。焦封一事，與《傳奇》之孫恪篇相類，惟文筆稍遜耳。

214. 《聞奇錄》

撰者未詳，陳振孫云是唐末人。案今傳本題唐于逖撰，不知何據，未可遽信。

《崇文總目·小說類》著錄三卷；《通志略·傳記類》、《宋志·小說類》同。《書錄解題·小說家類》、《通考·小說家類》則作一卷。原書已佚。除《廣記》外，如《姬侍類偶》，亦嘗徵引之。又《舊小說》（乙集）等錄有其條文。此外，今傳者尚有《重編說郛》（弓第一百十八）本、《五朝小說》本、《唐人說薈》本、《唐代叢書》本等，皆一卷。查其中如《重編說郛》本、《五朝小說》本，所有條文較少。又諸一卷本多《廣記》所未載，疑非《聞奇錄》原有條文。至若《廣記》所引，亦多諸傳

本所無者，益信諸傳本非原帙；今所可知者，《經籍佚文》有清王仁俊所輯佚文〔註305〕，惜未見，故未詳其與《廣記》所引同爲一書否。

《廣記》注「出《聞奇錄》」者，凡三十七條。

〔附錄〕《奇聞錄》（疑即《聞奇錄》之訛，故附于是處。然此書名本身宜入本編（貳）之（二），故是處不予以編號，而于（貳）之（二）處復列其名，且予以編號，考證則詳于此）

撰者未詳。

未見書志著錄。

《廣記》注「出《奇聞錄》」者，凡卷一三三陳君陵、卷二四二李文彬二條。疑即《聞奇錄》，姑置於《聞奇錄》之後，存疑可也。

215. 《驚聽錄》

沈氏撰。其人生平不詳，大抵爲唐末五代間人。

《宋志·小說類》著錄一卷。《崇文總目·傳記類》亦著錄一卷，原不題撰人，錢氏《輯釋》本依《宋志》補上，未詳其然否，蓋《新唐志·雜史類》著錄《驚聽錄》，亦一卷，題王坤撰，注云：「黃巢事。」唯今就《廣記》所引條文內容觀之無一言及黃巢事者，則《廣記》所引，非此王坤所撰書也。原書已佚。《廣百川學海》收《驚聽錄》一卷，題唐皇甫枚撰，其條文與《廣記》所引異，疑非同一書也。

《廣記》注「出《驚聽錄》」者，凡三條：即卷三九韋老師、卷三三○韋氏女，卷三七五李仲通婢。

就《廣記》所引佚文言之，韋老師條記道士仙術，韋氏女條記白骨作怪，李仲通婢條記婢死復生；皆不外神仙鬼怪之事。

〔附錄〕《騰聽異志錄》（疑即《驚聽錄》之訛，故附于是處。然此書名本身宜入本編（貳）之（二），故是處不予以編號，而于（貳）之（二）處復列其名，且予以編號，考證則詳于此）

撰者未詳。

未見書志著錄。

《廣記》注「出《騰聽異志錄》」者，僅卷四五三李令緒一條。就書名觀之，似爲「《驚聽錄》」之訛；而是條記狐怪，內容性質亦與前述《驚聽錄》條文相近。姑置於《驚聽錄》之後，存疑可也。

216. 《三水小牘》

唐·皇甫枚撰。枚，字遵美，安定郡三水縣人。白敏中外孫。咸通末，爲魯山

〔註305〕見《叢書子目類編》頁一○五四。

縣主簿。光啓中，僖宗在梁州，枚赴調行在。唐亡，終老於汾晉〔註306〕。所撰《三水小牘》，據《續談助》卷三云：「枚自言天佑庚午歲，寓食汾晉，爲此書。」庚午，唐亡已四年，猶稱天佑，其不肯奉梁正朔，眞唐之遺民也。

《崇文總目‧傳記類》著錄二卷；《宋志‧小說類》同。《遂初堂書目‧小說類》不著撰人名及卷數。《書錄解題‧小說家類》、《通考‧小說家類》則云三卷。此外，《說郛》摘引，注云二卷。《天一閣書目》著錄明嘉靖刊本，亦二卷。是書，除《廣記》外，如《綠窗新話》、《姬侍類偶》，亦嘗徵引之。又《續談助》、《類說》（藝文印書館影印本卷四十五）、《紺珠集》（卷七）、《說郛》（卷三三）、《古今說海》等錄有其條文。此外，今傳者尚有《抱經堂叢書》本、《委宛別藏》本等，俱爲二卷，乃出自明楊儀藏本。繆荃孫復據盧抱經本，而校以《太平廣記》、《續談助》、《說郛》諸書，并輯佚文十二則，刊入《雲自在龕叢書》，是爲較足之本。查《說郛》所錄，其中步飛煙、卻要二條，爲今傳二卷本所未載，繆氏已據《廣記》輯出而附於佚文中，然步飛煙條末較《說郛》所錄少一一四字，卻要條末較少三十七字，文句亦略有異同，蓋《廣記》錄入時，間有刪削故也。

《廣記》注「出《三水小牘》」者，凡三十條。此外，卷二六五崔昭符，原闕文，汪氏所謂談氏初印本有之，注「出《三水小牘》」。又卷二七○封景文，原闕出處，中央研究院歷史語言研究所所藏談愷刻本注「出《三水小牘》」，而文字有所不同。又卷三六六張謀孫、卷四五九游邵，原皆闕出處，明鈔本、孫潛校本作「出《三水小牘》」。茲有可注意者，《廣記》所引皇甫氏書，頗多傳本所未載。

是書大抵記宣、懿、僖、昭四朝事，雖多記仙靈怪異，而每及義烈，如李庭妻崔氏及殷保晦妻封氏罵賊二事，《新唐書》採入〈列女傳〉。

217.《摭言》（傳本多題《唐摭言》）

五代‧王定保撰。定保，籍本琅邪，寄居南昌。唐之方慶爲其七世伯祖，搏（今本《摭言》誤作「溥」）爲其從翁（依此，搏必是方慶五世孫，而〈宰相世系表〉以搏爲八世孫者，劉毓崧以爲〈世系表〉於方慶及搏之中間誤羼三世）。唐光化三年進士。始爲容管巡官，秩滿後，避亂不還，客游廣州，遂與同時士人並爲劉隱辟置幕府。南漢大有十三年（即晉天福五年），由寧遠節度使入爲中書侍郎、同平章事。未幾而卒〔註307〕。所撰《摭言》，劉毓崧《《唐摭言》跋》云其成書必在梁貞明二年九月以後，三年七月以前，故定保雖久仕南漢之朝，而《摭言》中絕無建國之事也。

〔註306〕散見《三水小牘》。
〔註307〕以上見《摭言》、《新五代史‧南漢劉隱世家》、《資治通鑑》卷二八三、《書錄解題》、劉毓崧《通義堂集》卷一二〈《唐摭言》跋〉、《四庫提要辨證》等。

《崇文總目・小說類》著錄十五卷;《通志略》、《讀書志》、《書錄解題》、《通考》、《宋志》、《四庫總目》俱同。是書,《類說》(藝文印書館影印本卷三四)、《紺珠集》(卷四。題撰人爲周後人翊聖,乃誤以太原王定保爲瑯邪王定保)等錄有其條文。此外,今傳者尚有舊鈔本、清蔣西圃鈔校本、清方成珪手鈔本(三本俱國家圖書館藏)、《四庫全書》本、《學津討原》本(以上題《唐摭言》,十五卷)、《雅雨堂叢書》本(以上題《摭言》,亦十五卷)、《稗海》本、《唐人說薈》本、《唐代叢書》本、《說庫》本(以上題《摭言》,一卷)等。查《四庫提要》云:「定保書刻於商氏《稗海》者,刪削大半,殊失其眞,⋯⋯惟是晁公武《讀書志》稱是書分六十三門,而此本實一百有三門,數目差舛不應至是,豈商濬之前已先有刪本耶?」

《廣記》原注「出《摭言》」者,凡一百二十四條,其中卷一八○張正甫,明鈔本作「出《幽閒鼓吹》」,詳前之《幽閒鼓吹》。此外,卷二四二蘇拯,原注「出《北夢瑣言》」,明鈔本作「出《摭言》」。又卷一七八諸州解、關試、卷二六三劉子振,皆闕出處,今查見於王書。又卷一八四韋甄,原缺其條文,明鈔本、陳校本、孫潛校本皆有之,注「出《摭言》」。又卷二六五杜甫、溫庭筠二條,原闕出處,汪氏所謂談氏初印本有之,但文字不同;陳蟠叟、高逢休二條,原闕出處,汪氏所謂談氏初印本作「出《摭言》」;溫定條,原闕其條文,汪氏所謂談氏初印本有之,並注「出《摭言》」。再者,卷一八○常袞,注「出韓愈〈歐陽詹哀詞序文〉」,查《摭言》卷一五有之,乃摘錄韓文者,文字幾同;則《廣記》是條似引自《摭言》,而非逕取韓愈原文。

是書述有唐一代貢舉之制特詳,多史志所未及。其一切雜事,亦足以覘名場之風氣,驗士習之淳澆。唯所記如壓倒元白、李肇著《國史補》之年代、裴度守洛與元白聯句、李翱守楚州日泊與楊嗣復爲親表、崔顥薦齊孝若書、李觀等謁梁肅三歲未面諸事,岑仲勉嘗置疑之,詳其所撰〈跋唐摭言〉一文。

218. 《王氏見聞錄》(書志或作《王氏見聞集》。卷首引用書目作《王氏聞見集》)

五代・王仁裕撰。仁裕,字德輦,天水人。唐末爲秦州節度判官。後仕蜀爲翰林學士。唐莊宗平蜀,復以爲秦州節度判官。廢帝時,以都官郎中充翰林學士。晉高祖時爲諫議大夫。漢高祖時復爲翰林學士承旨,遷戶部尚書,罷爲兵部尚書、太子少保。周顯德三年卒。詳《舊五代史》、《新五代史》本傳。

《崇文總目・傳記類》著錄三卷,作《王氏見聞集》;《秘書續目・小說類》作《王仁裕見聞錄》,《通志略》作《王氏聞見集》,《宋志・小說類》作《王氏見聞錄》,亦皆三卷。原書已佚。《舊小說》(乙集)錄有其條文,大抵取自《廣記》,題《王氏

見聞》，不著撰者姓名，而以爲唐人撰。案《宋志・小說類》、《崇文總目・傳記類》等著錄《唐末見聞錄》八卷，《宋志》以爲王仁裕撰。其書亦佚。《廣記》所引《王氏見聞錄》，未詳其包括《唐末見聞錄》與否。

　　《廣記》注「出《王氏見聞錄》」者，凡二條：即卷八五金州道人、卷二五七馮涓。此外，注「出《王氏聞見錄》」者一條，即卷二四一承休。又注「出《王氏見聞》」者，凡二十七條。所謂《王氏聞見錄》、《王氏見聞》，當亦指仁裕書。又卷二三八成都丐者，原注「出《朝野僉載》」，明鈔本、孫潛校本注「出《王氏見聞》」。又卷二六九陳延美，通行諸本《廣記》皆有目無文，今所見者，唯史語所所藏談本有之，末注「出《王氏見聞》」。

219.　《玉堂閒話》

　　五代・王仁裕撰。仁裕，見前條。

　　《崇文總目・傳記類》著錄十卷；《通志略・雜史類》同。《宋志・小說類》則作三卷。又《秘書續目・小說類》、《通志略・小說類》另著錄王仁裕《續玉堂閒話》一卷。原書已佚。除《廣記》外，如《唐語林》、《通鑑考異》，亦嘗徵引之。又《類說》（藝文印書館影印本卷五四）、《紺珠集》（卷一二）、《重編說郛》（弓第四十八）及《舊小說》（丙集）等錄有其條文。此外，今所可知者，《經籍佚文》有清王仁俊所輯佚文〔註308〕。查以上所輯錄之本，有不著撰人者，又有題撰人爲范資（《宋史》有傳）者，未詳何據。

　　《廣記》注「出《玉堂閒話》」或「出《玉堂閑話》」者，凡一百五十二條。此外，卷三二顏眞卿，注「出《仙傳拾遺》及《戎幕閑譚》、《玉堂閑話》」。又卷二一三屬歸眞，注「出《玉堂閒晝》」，卷四五五民婦，注「出《北堂閒話》」，當爲「《玉堂閒話》」之訛。又卷二三二陶湖漁者、卷三一四劉皥，原皆闕出處，明鈔本作「出《玉堂閒話》」。又卷二六九趙思綰、安道進、卷二七〇鄒僕妻、歌者婦，原皆有目無文，汪氏所謂談氏初印本則有其條文，並皆注「出《玉堂閒話》」。又卷二二〇蛇毒，原闕出處，汪氏點校本注云：「今見《玉堂閒話》。」未詳所據何本。

　　書名《玉堂閒話》者，似指撰人供職翰林時所記故也。

220.　《玉溪編事》（「溪」或作「谿」）

　　蜀・金利用撰。利用，生平不詳。

　　《崇文總目・小說類》著錄三卷；《通志略》、《宋志》同。原書已佚。《重編說郛》（弓第十七）、《龍威秘書》等錄有其條文，全取自《廣記》；其中祈泉一事，《廣

〔註308〕見《叢書子目類編》頁一〇五四。

記》卷一六二有之，題王暉，注「出《玉堂閒話》」。

　　《廣記》注「出《玉溪編事》」或「出《玉谿編事》」者，凡七條。此外，卷三九二王承檢，原注「出《玉溪縮事》」，誤；孫潛校本作「出《玉溪編事》」。

221. 《警誡錄》（《廣記》原作《儆戒錄》。茲從《通志略》及卷首引用書目）

　　蜀・周挺撰。挺，生平不詳。

　　《通志略・傳記類》著錄五卷。原書已佚。

　　《廣記》注「出《儆戒錄》」或「出《儆誡錄》」者，凡二十二條。此外，卷一六二李夢旗，原注「出《儆誠錄》」，同卷孟熙，原注「出《做誠錄》」，當乃「儆誡錄」之訛。又卷三一四劉峭，原注「出《撒誠錄》」，孫潛校本作「出《儆誡錄》」。

222. 《中朝故事》

　　南唐・尉遲偓撰。偓（一作「樞」，誤），履貫未詳。所撰《中朝故事》，書首題朝議郎守給事中修國史驍騎賜紫金魚袋臣尉遲偓奉旨纂進，蓋李氏有國時，偓爲史官，承命所作。

　　《崇文總目・雜史類》著錄三卷；《通志略・雜史類》同。《秘書續目・小說類》（題《中書故事》。「書」字誤）著錄二卷；《讀書志・雜史類》、《書錄解題・傳記類》、《通考・傳記類》、《宋志・故事類》、《四庫總目・小說家類》同。《遂初堂書目》雜傳類不著撰人名及卷數。此外，《善本書室藏書志》載影宋鈔本，作一卷。綜上言之，似宋時流傳已有三本，蓋分卷有異也。是書，除《廣記》外，如《唐語林》、《通鑑考異》，亦嘗徵引之。又《說郛》（卷九）、《舊小說》（丙集）等錄有其條文。此外，今傳者尚有《四庫全書》本（二卷）、《歷代小史》本、《重編說郛》（弓第四十六）本、《五朝小說》本、《唐人說薈》本、《唐代叢書》本、《隨盦徐氏叢書》本（以上一卷）等。查諸一卷本中，《隨盦徐氏叢書》本乃據影宋鈔本覆刻，尚稱完帙。其他如《歷代小史》本，僅二十九條，則非全書；又如《重編說郛》本、《五朝小說》本，乃出自《說郛》（凡三條），唯併首二條爲一，脫佚尤甚。

　　《廣記》注「出《中朝故事》」者，凡四條。此外，卷三九〇韓建，原注「出《中韓故事》」，孫潛校本作「出《中朝故事》」。

　　李昇自以爲出太宗之後，承唐統緒，故稱長安爲中朝。是書記唐宣、懿、昭、哀四朝舊聞；多君臣事迹及朝廷制度，兼及神異怪幻之事。其中如宣宗爲武宗所忌，請爲僧，游行江表一事，《通鑑考異》已斥其鄙妄無稽。又路巖欲害劉瞻，賴幽州節度使張公素上疏申理一事，考其時鎮幽州者乃張允伸，非張公素，所記殊誤。

223. 《耳目記》

劉氏撰。其人姓名、里籍及生平不詳。《姬侍類偶》摘錄「趙王鎔命馬或使於燕」一則，末注出劉宗遠《耳目記》。「劉宗遠」疑即「劉崇遠」之訛。崇遠，南唐時人，家本河南，唐末避黃巢之亂，渡江南徙，仕李氏爲文林郎、大理司直。嘗慕皇初平之爲人，自號金華子〔註309〕。惟既不詳《姬侍類偶》所據，存疑可也。

《崇文總目‧小說類》著錄二卷；《通志略‧雜史類》、《讀書志‧雜史類》、《通考‧傳記類》、《宋志‧小說類》同。《遂初堂書目‧小說類》題作《耳目志》，不著撰人名及卷數。《書錄解題‧小說類》著錄一卷；《通考‧小說類》同。原書已佚。《舊小說》（丙集）等錄有其條文。

《廣記》注「出劉氏《耳目記》」者，凡三條：即卷一五八李甲、卷一六五溫璉、卷一九二墨君和。此外，卷一二六王瑤、卷一九二鍾傅、卷二〇三王中散、卷二一七五明道士、黃賀、卷四一一紫花梨、卷四六七王瑤，皆注「出《耳目記》」，雖未明言「劉氏」，然就其內容觀之，多記唐末事，則非《廣百川學海》、《重編說郛》（弓第三十二）等所收題（唐）張鷟撰之《耳目記》（即《朝野僉載》，而後人易其名），而爲劉氏書可知。今，周次吉編《太平廣記書名索引》，以爲《廣記》注「出《耳目記》」諸條即張鷟所撰者，誤也。

224. 《報應錄》

王轂撰。轂（此從《宋志》。《宋志》注云一作「穀」。錢氏《崇文總目輯釋》作「穀」），生平不詳。清人顧櫰三所補《五代史志》著錄此書，蓋疑爲五代時人也。

《崇文總目‧小說類》著錄三卷；《通志略‧傳記類》、《宋志‧小說類》俱同。原書已佚。

《廣記》注「出《報應錄》」者，凡十二條：即卷一三長沙人、乾符僧、卷一一五牙將子、卷一一七李質、范明府、卷一一八熊愼、卷一二四王簡易、樊光、卷一三三何澤（孫潛校本作「出《報應記》」）、卷一三四童安玗、李明府、卷一六二劉行者。參《報應記》條。

225. 《北夢瑣言》

宋‧孫光憲撰。光憲，字孟文，自號葆光子，生自岷峨，而富春爲其郡望，仕唐爲陵州判官，旋依荊南高季興爲從事。後勸高繼沖以三州歸宋，太祖嘉之，授黃州刺史以終，詳《宋史‧荊南高氏附傳》、《四庫總目提要》。所撰《北夢瑣言》，蓋仕高氏時所作。

〔註309〕見《四庫總目‧小說家類‧金華子提要》。

　　《崇文總目・傳記類》著錄三十卷；《通志略・雜史類》、《書錄解題・小說家類》同。《讀書志・小說類》、《通考・小說家類》、《四庫總目・小說家類》同。《宋志・小說類》著錄十二卷（疑為「二十卷」之訛）。此外，《述古堂書目・小說類》著錄鈔本三十卷。是書，除《廣記》外，如《唐語林》、《姬侍類偶》，亦嘗徵引之。又《類說》（藝文印書館影印本卷四三）、《紺珠集》（卷六）、《說郛》（卷四八）等錄有其條文。此外，今傳者尚有明萬曆元年括蒼山人鈔本、明鈔本（上二者藏國家圖書館）、《稗海》本、《雅雨堂藏書》本、《四庫全書》本、《雲自在龕叢書》本、《叢書集成初編》本（以上二十卷）、《歷代小史》本、《重編說郛》本（弓第四十六）、《說庫》本（以上一卷）等。查諸一卷本，文字互有差異，而俱為摘錄，非全帙可知。至若諸二十卷本，其中或每條皆有標題（如《雅雨堂藏書》本），或皆無標題（如《雲自在龕叢書》本），文字且互有不同，要之，亦俱非完帙。唯《雲自在龕叢書》本，以《廣記》所引校正訛誤，又附〈逸文〉四卷、〈附錄〉一卷，其本較善；所輯逸文約八十餘條，皆取自《廣記》，其中三朵瑞蓮一條，《廣記》卷四○九引之，闕出處，未詳繆氏何據而以之為《北夢瑣言》佚文。今所可知者，《經籍佚文》中亦收有是書佚文，為清王仁俊所輯〔註310〕。

　　《廣記》原注「出《北夢瑣言》」者，凡二百三十四條；其中卷二四二蘇拯，明鈔本作「出《摭言》」；查今本《北夢瑣言》及《唐摭言》皆不見是條，而繆氏所輯《北夢瑣言》佚文有之。此外，卷一○八巴南宰，原注「出《述異記》」，明鈔本、孫潛校本作「出《北夢瑣言》」，詳前之《述異記》條；卷一一六僧義孚，原注「出《冥報記》」，明鈔本作「出《北夢瑣言》」；卷二三九蘇循，原注「出《唐書》」，明鈔本、孫潛校本作「出《北夢瑣言》」，詳前之《唐書》條；卷二六二不識鏡，原注「出《笑林》」，許刻、黃刻、孫潛所藏談刻（此卷乃抄配）作「出《北夢瑣言》」，詳前之《笑林》條；卷五○○楊蘧，注「出《稽神錄》」，查見今本《北夢瑣言》卷五，唯末段文字稍異。又卷一九九李商隱，闕出處，查見今本《北夢瑣言》卷七；卷四九九李師望，闕出處，查見今本《北夢瑣言》卷六。又卷二七○鄭神佐女，原缺出處，史語所所藏談本是卷附葉亦有是條，唯文字不同，末注「出《北夢瑣言》」，查見於今本孫氏書卷一，而文字較簡。又卷二六五李群玉，原闕出處，汪氏所謂談氏初印本，是條文字不同，注「出《北夢瑣言》」，查見今本孫氏書卷六；同卷薛能，原闕出處，汪氏所謂談氏初印本，是條文字不同，注「出《北夢瑣言》」，查見今本孫氏書卷四；同卷馮涓，闕出處，汪氏所謂談氏初印本注「出《北夢瑣言》」，查見

〔註310〕見《叢書子目類編》頁三三九。

今本孫氏書卷三；同卷河中幕客，原闕其條文，汪氏所謂談氏初印本有之，末注「出
《北夢瑣言》」，查亦見今本孫氏書卷三。又卷四九九高駢，原有目無文，明鈔本、
黃本則皆有其條文，並注「出《北夢瑣言》」，查見今本孫氏書卷三。又卷二六五西
川人，原闕其條文，汪氏所謂談氏初印本有之，末注「出《北夢瑣言》」，查不見於
今本《北夢瑣言》，而繆氏所輯佚文有之；卷四二九濛陽秋，原闕出處，明鈔本作「出
《北夢瑣言》」，查亦不見於今本《北夢瑣言》，而繆氏所輯佚文有之。又卷四〇九染
青蓮花，原闕出處，明鈔本作「出《北夢瑣言》」，查不見於今本《北夢瑣言》，而繆
氏所輯佚文亦未收入。茲有可注意者，《廣記》所引，多今傳本所未載。

是書名《北夢瑣言》者，以《左傳》「田於江南之夢」，而荊州在江北，故也。
所載多唐世賢哲言行，並附以五代十國事。夫唐自廣明以後，文獻莫徵，五代之際，
記聞多闕，得此書，猶可考證。

226. 《稽神錄》

宋·徐鉉撰。鉉，字鼎臣，廣陵人。仕南唐，為翰林學士。隨李煜歸宋，官至
直學士院、給事中、散騎常侍。其後坐累，貶靜難行軍司馬，卒。詳《宋史》本傳、
《隆平集》、《東都事略》、《名臣碑傳琬琰集》。又鉉嘗參與《廣記》之編纂，《楓窗
小牘》（卷上）記其每欲採擷所著《稽神錄》，不敢自專，輒示宋白使問李昉，終得
見收云云。《稽神錄》自序稱自乙未歲至乙卯，凡二十年〔註311〕，則始於後唐廢帝
清泰二年，迄於周世宗顯德二年，《四庫提要》云猶未入宋時所作。

《崇文總目·小說類》著錄十卷；《通志略·傳記類》、《讀書志·小說類》（此
據袁州本。衢州本作六卷）、《宋志·小說類》同。《遂初堂書目·小說類》不著撰人
及卷數。《書錄解題·小說家類》、《通考·小說家類》、《四庫總目·小說家類》則作
六卷。是書，《類說》（藝文印書館影印本卷一二）、《說郛》（卷三談壘、卷一四）、《舊
小說》（丙集）等錄有其條文。此外，今傳者尚有《津逮秘書》本、《四庫全書》本、
《學津討原》本（以上六卷《拾遺》一卷）、《宋人小說》本（六卷《拾遺》一卷《補
遺》一卷）、《重編說郛》（弓第一百十七）本、《五朝小說》本（以上一卷）等。查
《類說》所錄，其洞中道士對棋、波中婦人、袁州仰山神、鄧公場採銀、烹雞去腥、
李白舊宅酒榼、老猿竊婦人、凶宅掘銀一窖、持簿閱死者、紫微宮題壁等十條，不
見於今傳六卷本。《說郛》卷三所錄摘自《類說》，而卷一四所錄則出十卷原本，其
中鬼虎一條為六卷本所未收；《重編說郛》本、《五朝小說》本即出《說郛》卷一四。
又查《讀書志》引鉉序云僅得一百五十事，而今傳六卷本反有一百七十四事，末又

〔註311〕晁公武《郡齋讀書志》引。

有〈拾遺〉十三事（分別見於《廣記》卷八五、八六、二四三），雖不可確解，唯《書錄解題》著錄六卷，復云元本十卷，則是南宋傳本已有不全者。至若今傳六卷本，實非原帙，茲試論之：僅有六卷，六卷外，又附〈拾遺〉，此其一也；今傳本似錄自《廣記》，而其中有誤以《廣記》所引他書條文竄者，如董昌一條，《廣記》卷二九○引作《會稽錄》，此其二也；《廣記》有注出《稽神錄》而不見於今傳六卷本者（詳後），則似今本錄自《廣記》而有所遺，此其三也；《類說》、《說郛》諸書所錄亦有不見於今傳本者（詳前），此其四也；今所可知者，別有姚舜咨手跋舊鈔本（見《陸氏藏書志》）、秦西巖鈔本（見《儀顧堂題跋》），皆較今傳六卷本多四條，此其五也。可證之矣。

　　《廣記》原注「出《稽神錄》」者，凡二百十五條，所分條數較傳本爲多；其中如卷二二○張易、廣陵木工、卷三一四郭厚三條，不見於今傳刻本，而據《儀顧堂題跋》所云秦西巖鈔本則有之。然《廣記》所注出處，亦不能無疑；如卷三一八彭虎子，明鈔本作「出《幽明錄》」，詳前之《幽明錄》條；卷四八○楊藻，則查見今本《北夢瑣言》卷五。此外，卷二七九周延翰，原注「出《廣異記》」，明鈔本作「出《稽神錄》」，查見於今本《稽神錄》卷一，唯今本似錄自《廣記》，其所據本之是非，未敢遽定。又卷三三○任懷仁，原注「出《稽明錄》」，黃刻作「出《稽神錄》」，汪氏點校本作「出《幽明錄》」，詳前之《幽明錄》條。又卷三五三朱延壽，注「出《稽神雜錄》」；卷四六二海陵人、卷四六七海上人，注「出《稽神記》」，當亦屬鉉書。又卷一三○鄂州小將，闕出處，孫潛校本作「出《稽神錄》」；卷三六七熊勛，亦闕出處，明鈔本、孫潛校本作「出《稽神錄》」。

　　晁公武曰：「楊大年云江東布衣蒯亮好大言夸誕，鉉喜之，館於門下，《稽神錄》中事多亮所言。」而《賓退錄》備載洪邁《夷堅志》諸序，稱其三志庚集序辨徐鉉《稽神錄》所載蒯亮之事，非是其說，必有所考，今不得而見之矣。

227. 野人閑話

　　宋‧景煥撰。煥，號閒吟牧豎，成都人〔註312〕。始末未詳。所撰《野人閒話》，據《說郛》所錄，首有乾德三年序。案《宋志》作耿煥撰，「耿」爲「景」字之訛。

　　《崇文總目‧小說類》著錄五卷；《通志略》、《書錄解題》、《通考》、《宋志》俱同。《遂初堂書目》不著撰人名及卷數。原書已佚。《說郛》（卷一七）、《重編說郛》（弓第二十八）、《五朝小說》等錄有其條文。查《重編說郛》、《五朝小說》所錄，

〔註312〕見張宗祥校本《說郛》卷七《牧豎閒談》之撰人名下註語及卷一七《野人閒話》撰者自序。

出自《說郛》。

《廣記》注「出《野人閑話》」者，凡三十條。此外，卷八六黃萬祐，原注「出《錄異記》」，明鈔本作「出《野人閑話》」。

是書自序云：「野人者，成都景煥，山野之人也；閑話者，知音會語，話前蜀主孟氏一朝人間聞見之事也。」

228. 《續江氏傳》（書志著錄作《補江總白猿傳》）

撰者未詳。是篇，書志著錄作《補江總白猿傳》，既稱「補」，其人顯在江總之後，且篇中諷及歐陽詢，則似為唐初人。王師夢鷗先生以為歐陽詢之近屬故友江溢撰，詳《唐人小說研究·四集》。

《新唐志·小說家類》著錄一卷，題《補江總白猿傳》；《崇文總目·小說類》、《通志略·傳記類》、《讀書志·傳記類》、《書錄解題·小說類》、《通考·傳記類》俱同。《遂初堂書目·小說類》不著卷數。《宋志·小說類》作《集補江總白猿傳》，亦一卷。是篇，除《廣記》外，又見收於《顧氏文房小說》、《重編說郛》（弓第一百十三）、唐人說薈》、《唐代叢書》、《龍威秘書》等書，作《白猿傳》。

《廣記》卷四四四引及是篇，題歐陽紇，注「出《續江氏傳》」，其內容與書志所著錄之《補江總白猿傳》同。所謂《續江氏傳》，或是書名，而《白猿傳》為其中一篇歟？抑《續江氏傳》為《補江總白猿傳》一篇之省稱歟？未詳。茲以《補江總白猿傳》見於書志著錄，姑列入此。

是篇記梁大同末，歐陽紇妻為猿所竊，後生一子，其狀肖焉。其題《補江總白猿傳》或《續江氏傳》，其意不可確解。陳振孫云：「詢貌類獼猿，蓋常與長孫無忌互相嘲謔矣（事見《隋唐嘉話》、《本事詩》）。此傳遂因其嘲廣之，以實其事，託言江總，必無名子所為也。」而胡應麟《少室山房筆叢》卷三二引申之，曰：「蓋偽撰者託總為名，不惟誣詢，兼以誣總，噫！亦巧矣。」云其誣詢，可也，云其兼以誣總，則不免臆斷。查猿竊婦人，《焦氏易林》於「坤之剝」卦辭中已有「南山大獲，盜我媚妾」之記載，又張華《博物志》（據《太平御覽》卷九一〇所引，而《太平廣記》卷四四四則注出《搜神記》）亦記蜀中西南高山，有物類猴，好竊美婦事，則此篇撰者，固有所本也，皆不失為研究南蠻之補充材料。

229. 《離魂記》

唐·陳玄祐撰。玄祐，代宗時人〔註313〕。生平未詳。

《崇文總目·小說類》著錄一卷；《通志略·傳記類》同。是篇，除《廣記》外，

〔註313〕《離魂記》篇末稱玄祐於大曆末遇張仲規云云，則知其為代宗時人。

唐末陳翰編《異聞集》，已收之。《綠窗新話》、《類說》等亦節取其文。又見收於《虞初志》、《唐人說薈》、《唐代叢書》、《龍威秘書》等書。

　　《廣記》卷三五八引及是篇，題王宙，注「出《離魂記》」。查《類說》（卷二八）節錄是條於《異聞集》中；而《廣記》是條有「事出陳玄祐《離魂記》云」九字，或即《異聞集》篇末注語，但抄錄於《廣記》時，既雜入正文，後人復於篇末注其出處，乃見重複。則《廣記》是條似非逕錄自單篇，茲仍存其目，存疑可也。再者，《類說》所錄，有可資校正者，如於「翕然而合爲一體，其衣裳皆重」句下，《類說》有「鎰曰：自宙行，女（汝）不言，常如醉狀，信知神魂云耳。女曰：實不知身在家。初見宙抱恨而去，某以睡中愴惶走及宙舡，亦不知去者爲身耶？住者爲身耶？」五十六字，此點題之語，當據補入。

　　是篇記清河張鎰（與德宗宰相張鎰不同一人）女倩娘，其魂與鎰外甥王宙至蜀，後歸家，魂與人合爲一體。其情節近於《幽明錄》之龐阿事。

230. 虬鬚客傳 （《廣記》原作《虬髯傳》。卷首引用書目作《虬髯客傳》）

　　是篇，《崇文總目》、《通志略》皆不著撰人。《宋志》作杜光庭撰。案杜氏實撰有《虬鬚客》，載其《神仙感遇傳》（《道藏》本）中，惟與《廣記》所引相較，其文簡略而乏文采，大似節錄，則《廣記》所引是篇之撰者，難於推定爲光庭矣。又《說郛》（卷三四）錄宋人所編《豪異秘纂》，其中〈扶餘國主〉一篇，即《廣記》所引《虬鬚客傳》，而署張說撰，未詳其故。此外，《紺珠集》（卷一一）、《姬侍類偶》節錄是篇，皆云出《傳奇》。《傳奇》，晚唐人裴鉶撰，其人晚歲慕道，與杜光庭不相上下。然《紺珠集》與《類說》多雷同，今本《類說》并不以是篇併於所錄之《傳奇》名下，則《紺珠集》所本，難於遽斷；至若《姬侍類偶》，《四庫提要》云其取錄無度，亦祇可存疑。

　　《崇文總目·傳記類》著錄一卷；《通志略·傳記類》、《宋志·小說類》同。是篇，除《廣記》及上述之《紺珠集》、《姬侍類偶》、《說郛》諸書外，《唐語林》（卷五）、《劍俠傳》（改題《扶餘國主》）等亦錄有其文，又見收於《顧氏文房小說》（題《虬鬚客傳》，杜光庭撰）、《合刻三志》（題《豪客傳》，杜光庭撰）、《重編說郛》（弓第一百十二）、《五朝小說》、《唐人說薈》、《唐代叢書》、《龍威秘書》（以上題《虬鬚客傳》，張說撰）等書。查《重編說郛》以下諸本，乃出自《說郛》。

　　《廣記》卷一九三引及此篇，題「虬髯客」，注「出《虬髯傳》」。案篇題及文中之「髯」字，孫潛校本及《唐語林》所錄皆作「鬚」，諸書志著錄亦然，姑據改之。其作《虬髯客傳》者，或後人以《虬鬚客傳》與杜光庭所撰《虬鬚客》易生混淆，

因易「鬚」爲「髯」，故也。

是篇記隋末喪亂，李靖謁楊素獻奇策，素待之不恭，而紅拂妓夜奔之。其後，遇張姓虯鬚客於驛中，偕往見李世民，以爲眞天子，虯鬚客遂傾其財，俾靖佐世民取天下。其後，虯鬚客爲扶餘國主事。查《廣記》卷二九七丹丘子，原注「出陸■用《神告錄》」（《宋志‧小說類》著錄唐陸藏用《神告錄》一卷），亦記道士讓天下予唐，其思想中心與《虯鬚客傳》相近，二者可謂一脈相承（《神告錄》嘗轉載於《異聞集》，就《異聞集》編成之年代上推，至少成於中、晚唐間，稍早於《虯鬚客傳》）。蓋唐之創業，確有不少「神告」，即所謂符命圖讖之類（參見溫大雅之《大唐創業起居注》），其意不外誇示唐之得天下乃天授也，固宜垂福萬葉。王師夢鷗先生已言之矣，詳《唐人小說研究‧四集》。

231. 《高僧傳》

梁‧釋慧皎撰。皎，氏族未詳。會稽上虞人。住嘉祥寺。梁承聖一年避侯景難、遷湓城。詳《續高僧傳》卷六（《大藏》本）及梁龍光寺沙門釋僧果〈《高僧傳》後記〉（見《大藏》本《高僧傳》）。

《隋志‧雜傳類》著錄十四卷，所注撰人誤作釋僧祐。《舊唐志‧雜傳類》亦著錄十四卷，題爲釋慧皎撰；《新唐志‧釋氏類》、《通志略‧釋家類》同。《崇文總目‧傳記類》作十三卷。《讀書志‧釋書類》（此從袁本。衢本入〈傳記類〉）、《通考‧釋氏類》、《宋志‧釋氏類》亦作十四卷。《遂初堂書目‧釋家類》僅著錄《高僧傳》書名。是書，今傳有《大藏》本（十四卷）、《嘉興藏》本（國家圖書館藏）、《海山仙館叢書》本（以上十三卷）、臺灣印經處印行本（十五卷，題《高僧傳‧一集》）等。查諸本內容相同而分卷則異。

《廣記》注「出《高僧傳》」者，凡十三條；其中卷一一四釋法誠，查出《續高僧傳》；卷四三三僧虎，則未見今本《高僧傳》、《續高僧傳》等，存疑可也。此外，卷九〇釋寶誌，注「出《高僧傳》及《洛陽伽藍記》」。又卷一〇九沙門法尚，注「出《梁高僧傳》」，查不見今本皎書，汪紹楹云：「《法苑珠林》三五、八五（據一百卷本）兩引俱作出《旌異記》。此北齊事，不當見《梁高僧傳》。」

自序云：「自前代所撰，多曰名僧。然名者，本實之賓也。若實行潛光，則高而不名；寡德適時，則名而不高。名而不高，本非所紀，高而不名，則備今錄，故省名音，代以高字。」所記始於漢明帝永平十年，終於梁天監十八年，凡四百五十三載，二百五十七人，又傍出附見者二百餘人，分爲譯經、義解、神異、習禪、明律、遺身、誦經、興福、經師、唱導等十科，爲後代續僧傳創例。

232. 《辨正論》（「辨」或作「辯」）

唐・釋法琳撰，陳子良注。琳，姓陳氏，潁川人。遠祖隨官寓居襄陽。武德初，住京師濟法寺。貞觀初，住龍田寺，眾所推美，舉知寺任。其後，有陰陳琳論謗訕皇宗者，帝下敕徙於益部僧寺，行至百牢關菩提寺，因疾而卒，時年六十九。詳《續高僧傳》卷二四（《大藏》本）。又，子良，潁川人。東宮學士。嘗從琳問津〔註314〕。

《舊唐志・釋家類》著錄八卷；《新唐志・釋氏類》、《崇文總目・釋書類》、《通志略・釋家類》、《讀書志・釋書類》、《通考・釋氏類》、《宋志・釋氏類》（凡兩見）俱同。查《讀書志》云：「宣和中，以其老子語，焚毀其第二、第四、第五、第六、第八，凡五卷，序文亦有翦棄者。」是書，今傳有《大藏》本、《嘉興藏》本（國家圖書館藏）等。

《廣記》注「出《辨正論》」者，凡七條。此外，卷一一一毛德祖、李儒俊、卷一一六謝晦、王襲之、崔平業，俱注「出《辯正論》」，「辯」即「辨」之訛。查《廣記》所引，大抵出自原書〈信毀交報篇〉之陳子良注文，而非釋法琳之正文。

陳子良序稱有道士李仲卿、劉進喜等，並作庸文謗毀正法，在俗人士或生邪信。法師愍其盲瞽，遂製斯論。凡八卷十二篇。窮釋老之教源，極品藻之名理云云，則是書之撰述大旨可知也。至若子良所注，其於〈信毀交報篇〉中，每徵引《幽明錄》、《冥祥記》、《宣驗記》、《靈鬼志》、《續搜神記》、《冤魂記》諸小說，尤不可忽之也。

233. 《三寶感通記》（今傳本題《集神州三寶感通錄》）

唐・釋道宣撰。宣，姓錢氏，丹徒人。一云長城人。其先出自廣陵太守讓之後。隋大業中，從智首律師受具。唐武德中嘗坐山林行定慧，晦迹於終南倣掌之谷。後充西明寺上座。及玄奘歸自西域，詔與翻譯。乾封二年安坐而化。懿宗咸通十年，敕謚曰澄照。詳宋釋贊寧《宋高僧傳》卷一四。所撰《集神州三寶感通錄》，首有麟德元年序。

《新唐志》著錄三卷，作《東夏三寶感通錄》。《宋志》亦三卷，惟作《三寶感應錄》。是書，除《廣記》外，《法苑珠林》早已徵引之；其卷一一九（據一百二十卷本）傳記篇著錄之，作《東夏三寶感通記》三卷，而卷二六（據一百二十卷本）引其條文，末注云《三寶感通記》，與《廣記》所稱同。此外，今傳有《大藏》本，作《集神州三寶感通錄》。

《廣記》注「出《三寶感通記》」者，僅一條，即卷一○二新繁縣書生。查《法

苑珠林》卷二六（據一百二十卷本）亦引及是條。

自序稱靈相肸蠁，群錄可尋，而神化無方，待機而扣。光瑞出沒，開信於一時，景像垂容，陳迹於萬代；或見於既往，或顯於將來，昭彰於道俗，生信於迷悟。故撮舉其要，三卷成部云云，則其撰述之旨甚明。

234. 《法苑珠林》

唐・釋道世撰。世，字玄惲，姓韓氏，厥先伊闕人也。高宗爲皇太子造西明寺，爰以英博召入斯寺。未測其終。詳宋釋贊寧《宋高僧傳》卷四。所撰《法苑珠林》，成於高宗總章元年。

《新唐志・釋氏類》著錄一百卷；《崇文總目・釋書類》、《通志略・釋家類》、《宋志・釋氏類》俱同。《四庫總目・釋家類》著錄一百二十卷。是書，今傳有《大藏》本、日本元和九年刊本（故宮藏）（以上一百卷）、《嘉興藏》本（國家圖書館藏）、明萬曆十九年清涼山妙德禪院刊本（師大藏）、《四庫全書》本、《四部叢刊》本（以上一百二十卷）、《唐人說薈》本、《唐代叢書》本（以上一卷）等。查諸一卷本非完帙。

《廣記》注「出《法苑珠林》」者，凡一百十八條；其中卷三二三章授，孫潛校本删去「元嘉末有長安僧」至「出《法苑珠林》」二十餘字，而另注「出《錄異傳》」，查今本《法苑珠林》無是條。此外，卷一〇九史阿誓，注「出《法華珠林》」；卷一六二岑文本注「出《浩苑珠林》」，皆「《法苑珠林》」之訛。又卷一三七張氏，原注「出《法苑編珠》」，明鈔本作「出《法苑珠林》」。又卷一一二釋智興，原注「出《異苑》」，查《異苑》爲劉宋劉敬叔著，而興乃大業中人，敬叔之書，何緣說及隋事？明鈔本則注「出《高僧傳》」，然其所謂《高僧傳》者，實指唐釋道宣《續高僧傳》，以是條正見於道宣書。近人岑仲勉則稱《廣記》是條大致與《法苑珠林》卷四四（據一百二十卷本）所記智興事同，蓋輯自《法苑珠林》者，既落去「珠林」字，因訛「法」爲異也云云〔註 315〕。又卷二七〇李誕女，原有目無文，汪氏所謂談氏初印本則有之，注「出《法苑珠林》」。又卷三二三王胡，原闕出處，孫潛校本移同卷章授條「元嘉末有長安僧」至「出《法苑珠林》」二十餘字於是條末，查是條正見於《法苑珠林》卷一〇（據一百二十卷本），與孫潛校本同。

是書大旨以佛經故實分類排纂，推明罪福之由，用生敬信之念。其中徵引說部頗多，可資輯佚。

〔註 315〕詳其所撰〈跋歷史語言研究所所藏明末談刻及道光三讓本《太平廣記》〉一文，載《史語所集刊》第十二本。

235. 《莊子》

傳爲周・莊周撰。周，蒙人。嘗爲漆園吏。與梁惠王、齊宣王同時。詳《史記・老莊申韓列傳》。查今傳《莊子》一書，非盡莊周所著，前人已言之矣。

《漢志・道家類》著錄《莊子》五十二篇。《隋志》著錄多家注本，其著者如二十卷，晉向秀注（注云今闕）；又十六卷，晉司馬彪注（注云本二十一卷，今闕）；又三十卷《目》一卷，晉郭象注等等。《舊唐志》亦著錄多家注本，其著者如十卷，郭象注；又二十卷，向秀注；又二十一卷，司馬彪注等等。《新唐志》著錄同《舊唐志》。《崇文總目》著錄十卷，郭象注；《讀書志》、《書錄解題》、《通考》、《宋志》、《四庫總目》俱同。《通志略》著錄二十卷，向秀注；又十六卷，司馬彪注；又十卷，郭象注。《遂初堂書目》著錄《莊子》一書，不著撰人、注者及卷數。

《廣記》注「出《莊子》」者，僅一條：即卷二九一齊桓公。查是條見於今本《莊子・外篇》之〈達生篇〉。

236. 《列仙傳》

撰者未詳。余嘉錫云漢順帝時人王逸所撰《楚辭章句》已引及《列仙傳》。又其稱商邱子胥，高邑人也；考《後漢郡國志》謂常山國高邑，故鄗，光武更名云云，其名非前漢所有。則大抵爲漢明帝以後，順帝以前人所作。案是書撰者，舊傳爲漢劉向，前人已斥其非。蓋向爲漢世名儒，故作者假之以取重耳。詳《四庫提要辨證》。

《隋志・雜傳類》著錄《列仙傳讚》二本，一本三卷，云：「劉向撰，鬷（姓也。其下似脫一字）續，孫綽讚。」一本二卷，云：「劉向撰，晉郭元祖讚。《舊唐志・雜傳類》著錄《列仙傳讚》二卷，劉向撰。《新唐志・神仙家類》著錄劉向《列仙傳》二卷；《崇文總目・道書類》、《讀書志・傳記類》、《書錄解題・神仙家類》、《通考・神仙家類》、《四庫總目・道家類》俱同。《通志略・道家類》著錄劉向《列仙傳》二卷、孫綽《列仙傳讚》三卷、郭元祖《列仙傳讚》二卷。《遂初堂書目・道家類》著錄劉向《列仙傳》，不著卷數。《宋志・神仙類》著錄劉向《列仙傳》三卷。是書，除《廣記》外，如《楚辭章句》、《漢書》應劭注、《廣韻》、《文選注》、《藝文類聚》、《初學記》、《史記集解》、《事類賦注》、《太平御覽》，亦嘗徵引之。又《雲笈七籤》（卷一〇八）、《類說》（藝文印書館影印本卷三）、《紺珠集》（卷六）、《說郛》（卷七諸傳摘玄、卷四三）等錄有其條文。至若宋末道士趙道一所編《歷世眞仙體道通鑑》，不注出處，以今傳本《列仙傳》核對之，知《列仙傳》亦在其輯錄中。所據或當時傳本，或宋末流傳之《廣記》最佳板本亦未可知。此外，今傳者尚有《道藏》本、《古今逸史》本、《四庫全書》本、《指海》本（以上二卷）、《夷門廣牘》本、《重編說郛》

（弓第五十八）本、《五朝小說》本（以上一卷）等。再者，《郝氏遺書》、《龍谿精舍叢書》收清王圓照校正本二卷讚一卷、《琳琅秘室叢書》收二卷本附清胡珽校譌一卷、清董金鑑補校一卷。查上舉諸一卷本皆出《說郛》節本。又查《真誥》卷一七〈握真輔篇〉、《玉燭寶典》卷四、《崇文總目》、《書錄解題》等，均言是書傳列仙七十二人，而自明已來傳本則皆七十人而已，知傳本有所脫佚。再者，葛洪《抱朴子》〈論仙篇〉及《神仙傳》稱是書七十餘人，且唐宋諸書所引，如王母（見《御覽》卷三八）、馬明生（見《御覽》卷三九）、趙廓（見《廣記》卷七六）、老萊子（見《史記‧老子傳集解》）、劉安（見《藝文類聚‧災異部》）、羨門高（見《廣韻‧羨字注》）、玉女（見《類說》卷三）、許碏（見《類說》卷三）諸人，皆不見於傳本，合之，復不止七十二之數，則所謂七十二人者，似亦非原本，昌師彼得先生於其所撰《說郛考》中已言之矣。顧類書輾轉援引，書名每易訛誤，無以決其是非也。

《廣記》注「出《列仙傳》」者，凡十條；其中卷七六趙廓，不見於今本《列仙傳》，而孫潛校本注「出《神仙傳》」，今本《神仙傳》亦無之。

237. 《簡文談疏》

晉‧簡文帝撰。簡文帝，姓司馬，諱昱，字道萬，河內溫縣人。元帝少子。太和六年十一月即位，改元咸安。在位二年。廟號太宗。詳《晉書》本紀。

《隋志‧道家類》著錄六卷。原書已佚。除《廣記》外，如《續談助》所收殷芸《小說》，亦嘗徵引之。

《廣記》注「出《簡文談疏》」者，僅一條：即卷一八九簡文。

238. 《抱朴子》

晉‧葛洪撰。洪，見前《西京雜記》條。

今本自序云《內篇》二十卷，《外篇》五十卷。又《晉書》本傳引自序云《內》、《外篇》凡一百一十六篇。《隋志》〈道家類〉著錄《內篇》二十卷、《音》一卷；又〈雜家類〉著錄《外篇》三十卷，注云：「梁有五十一卷。」《舊唐志》〈道家類〉著錄《內篇》二十卷；又〈雜家類〉《外篇》五十卷。《新唐志》〈道家類〉著錄《內篇》二十卷（一作十卷）；又〈雜家類〉著錄《外篇》二十卷。《崇文總目》〈道家類〉著錄《內、外（「外」字疑衍）篇》二十卷；又〈雜家類〉著錄《外篇》五十卷。《通志略》〈道家類〉著錄《內篇》二十卷；又〈雜家類〉著錄《外篇》三（此字疑誤）十卷。《讀書志》〈神仙類〉著錄《內篇》二十卷；又〈雜家類〉著錄《外篇》十卷（此據衢本。袁本俱入〈道家類〉）。《通考》同《讀書志》（衢本）。《遂初堂書目‧道家類》著錄《抱朴子‧內外篇》，不著撰人名及卷數。《書錄解題‧道家類》著錄

《內篇》二十卷，而云《館閣書目》有《外篇》五十卷，未見。《宋志·雜家類》著錄《內篇》二十卷、《外篇》五十卷。《四庫總目·道家類》著錄《內外篇》八卷。是書今傳者有明嘉靖魯藩本（俱國家圖書館藏）、《道藏》本、《平津館叢書》本、《四部叢刊》本、《叢書集成初編》本（以上《內篇》二十卷、《外篇》五十卷）、清光緒吳縣朱氏槐廬家塾刊本（臺灣大學圖書館藏。《內篇》二十卷、《外篇》五十卷、《附篇》十卷）、明萬曆愼懋官刊本（國家圖書館藏）、《寶顏堂秘笈》本、《四庫全書》本、《廣漢魏叢書》本、《百子全書》本（以上《內篇》四卷、《外篇》四卷）、清嘉慶間繼昌校刊本（國家圖書館藏。《外篇》五十卷，附〈校勘〉記一卷、〈內篇佚文〉一卷、〈外篇佚文〉一卷、〈養生論〉一卷、〈神仙金汋經〉三卷、〈大丹問答〉一卷、〈抱朴別指〉一卷）、《二十家子書》本（《外篇》二卷）等。查《二十家子書》本固非全帙，而七十卷、八卷兩本亦僅七十二篇，視洪序少四十餘篇，又於洪序刪去「大凡內外一百一十六篇」之語，以泯其跡，蓋唐宋以來，其書已有闕佚也。清嚴可均有〈校勘記〉，附於繼刊本之後，復輯有佚文頗多，見於繼昌校刊本及《全上古三代秦漢三國六朝文》，所輯大抵取自《藝文類聚》、《北堂書鈔》、《初學記》、《白孔六帖》、《意林》、《開元占經》、《太平御覽》諸書。又今所可知者，《經籍佚文》有清王仁俊所輯佚文〔註316〕。

　　《廣記》注「出《抱朴子》」者，凡三十一條。此外，卷三一五張助，原注「出《風俗通》」，明鈔本作「出《抱朴子》」，詳前之《風俗通義》條。

　　是書《內篇》言神仙黃白變化之術純爲道家之言。《外篇》則論時政得失、人事臧否；究其大旨，亦以黃老爲宗。

239.　《神仙傳》

　　晉·葛洪撰。洪，見前《西京雜記》條。

　　《隋志·雜傳類》著錄十卷；《舊唐志·雜傳類》、《新唐志·神仙家類》、《通志略·道家類》（誤作《列仙傳》）、《讀書志·傳記類》、《通考·神仙家類》、《宋志·神仙類》、《四庫總目·道家類》俱同。是書，除《廣記》外，如《三國志注》、《文選注》、《藝文類聚》、《初學記》、《北堂書鈔》、《仙苑編珠》、《太平御覽》，亦嘗徵引之。又《雲笈七籤》（卷一〇九）、《類說》（藝文印書館影印本卷三）、《紺珠集》（卷二）、《說郛》（卷七諸傳摘玄、卷四三）等錄有其條文。至若宋末道士趙道一所編《歷世眞仙體道通鑑》，不注出處，以今傳本《神仙傳》亦在其輯錄中。所據或出當時傳本，或出宋末流傳之《廣記》最佳板本亦未可知。此外，今傳者尚有《漢魏叢書》

本、《四庫全書》本、《龍威秘書》本、《說庫》本、自由出版社影刊《歷代眞仙史傳》本（以上十卷）、《藝苑捃華》本（五卷）、《夷門廣牘》本、《重編說郛》（弓第五十八）本、《五朝小說》本（以上一卷）等。查諸一卷本皆出《說郛》卷四三，錄七十九人，並非原帙。《漢魏叢書》本、《龍威秘書》本、《說庫》本、《藝苑捃華》本等載九十二人，《四庫提要》云：「核其篇第，蓋從《太平廣記》所引鈔合而成。《廣記》標題間有舛誤，亦有與他書複見，即不引《神仙傳》者，故其本頗有譌漏。」《四庫全書》本載八十四人，《提要》稱其本爲毛晉所刊。《三國志注》及李善《文選注》所引，悉與之合，知爲原帙云云，但《文苑英華》卷七三九梁蕭〈《神仙傳》論〉云：「予嘗覽葛洪所記《神仙傳》，凡一百九十人。」人數與今所見本俱不合，故余嘉錫疑原書已亡，今本皆出於後人所掇拾。至若《歷代眞仙史傳》本，所載凡九十四人，雖補《漢魏叢書》本之所未備（如盧敖若士一條，見於《四庫全書》本，而爲《漢魏叢書》本所不載），然似亦非原書。

　　《廣記》注「出《神仙傳》」者，凡五十九條。此外，卷七六趙廓，原注「出《列仙傳》」，孫潛校本作「出《神仙傳》」，詳前之《列仙傳》條。又卷九李少君，闕出處，查見今本《神仙傳》。又卷一○陳永伯，原有目無文，孫潛校本則有其條文，惟因紙葉破損，其中若干字句及所注出處不詳。查今本《神仙傳》載陳永伯，其文正與孫潛校本所補者同；又《歷世眞仙體道通鑑》卷五亦錄陳永伯一則，可資校勘。

　　是書，據洪自序，蓋因其弟子滕升問仙人有無而作。又序稱劉向所述，殊甚簡略，而自謂此傳有愈於向。考今本《神仙傳》，惟容成公、彭祖二條與《列仙傳》重出，餘皆補向所未載。其中如鴻濛、雲將之類，未嘗實有其人；至若淮南王劉安謀反自殺，李少君病死，具載《史記》、《漢書》，亦實無登仙之事。

240. 《杜蘭香別傳》

　　疑爲晉・曹毗撰。毗，見前撰者未詳之《志怪》條。案唐宋諸類書之徵引《杜蘭香別傳》，皆不冠撰者姓名，但又徵引《杜蘭香傳》，則冠「曹毗」之名。所謂《杜蘭香別傳》、《杜蘭香傳》，或爲二書，亦未可知。且毗本傳僅云：「時桂陽張碩爲神女杜蘭香所降，因以二篇詩嘲之，並續蘭香歌詩十篇。」未嘗言其作《傳》，則稱曹毗撰者，豈附會歟？

　　清丁國鈞《補晉志・雜傳類》著錄，不著撰者名及卷數；秦榮光《補晉志・傳記類》同。此外，文廷式《補晉志・神仙家類》著錄曹毗《杜蘭香傳》，卷數亦不詳；吳士鑑《補晉志・雜傳類》、黃逢元《補晉志・雜傳類》俱同。原書已佚。除《廣記》外，如《藝文類聚》、《太平御覽》（皆有注出曹毗《杜蘭香傳》、《杜蘭香別傳》者），

亦嘗徵引之。又《說郛》（卷七諸傳摘玄。題《杜蘭香別傳》，不著撰人）、《重編說郛》（弓第一百十三）、《五朝小說》（以上二者題《杜蘭香傳》，曹毗撰）等錄有其條文。查《說郛》所錄，悉出《藝文類聚》（其一《類聚》引出《杜蘭香別傳》，其一《類聚》引出曹毗《杜蘭香傳》），《重編說郛》等所錄，復取自《說郛》，而頗有譌脫。

《廣記》注「出《杜蘭香別傳》」者，僅一條：即卷二七二杜蘭香。

杜蘭香，神女也。文廷式以是書入神仙家類，近是。

241. 《苻子》（《廣記》原作《符子》）

前秦・苻朗撰。朗，字元達，氐人。堅從兄子也。徵拜鎮東將軍、青州刺史。封樂安男。後降晉，爲員外散騎侍郎。王國寶譖而殺之〔註317〕。

《隋志・道家類》著錄二十卷；《通志略》同。《舊唐志》著錄三十卷；《新唐志》同。原書久佚。今傳者有《全上古三代秦漢三國六朝文》之清嚴可均輯本；所輯大抵取自《藝文類聚》、《北堂書鈔》、《初學記》、《白孔六帖》、《法苑珠林》、《太平御覽》諸書。

《廣記》卷四三九燕相，注「出《苻子》」。查是條，嚴氏輯本有之，乃錄自他書者，較《廣記》所引爲詳〔註318〕。

242. 《真誥》

梁・陶宏景撰。宏景，字通明，丹陽秣陵人。齊初爲奉朝請。永明十年上表解職。梁大同二年卒，年八十五。贈中散大夫，諡貞白先生。詳《梁書》、《南史》本傳。

《舊唐志・道家類》著錄十卷；《新唐志・神仙家類》、《崇文總目・道書類》、《通志略・道家類》、《讀書志・神仙家類》（據衢本）、《書錄解題・神仙家類》、《通考・神仙家類》、《宋志・神仙類》俱同。《遂初堂書目・道家類》不著撰者名及卷數。《四庫總目・道家類》著錄二十卷。案晁公武曰：「本七卷：運題一、象甄二、命授三、協昌期四、稽神樞五、握眞輔六、翼眞檢七。後人析第一、第二、第四各爲上、下。」又據明萬曆間俞安期校刻《眞誥》〈凡例〉稱，其書分爲二十卷者，

〔註317〕詳《晉書》〈苻堅載記〉。
〔註318〕嚴可均輯本錄及是條，乃取自《藝文類聚》卷二六、又卷九六、又卷九三一，曰：「朔人有獻燕昭王以大豕者。曰：養奚若？使曰：豕也，非大圍不居，非人便不珍。今年百二十矣，邦人謂之豕仙。王乃命豕宰養六十五年，大如沙墳，足如不勝其體。工異之，令衡官橋而量之，折十橋，豕不量。又命水官舟而量之，其重千鈞。其群臣言于王曰：是豕無用。燕相謂王曰：奚不饗之？王乃命宰夫即膳之。豕既死，乃夕見夢于燕相曰：造化勞我以豕形，食我以人穢，吾患其生久矣。今仗君之靈而化吾生也，始得爲魯津之伯，而浮舟者食我以稯糧之珍。而欣君之惠，將報子焉。後燕相涉（一作游）于魯津，有赤龜奉璧（一作含夜光。原注一云夜光珠）而獻之。」

始於明正統間，刻入《道藏》時。是書，《類說》（藝文印書館影印本卷三三）、《紺珠集》（卷一○）、《說郛》（卷七三）等錄有其條文。此外，今傳者尚有明俞安期修訂舊刊本（國家圖書館藏）、《道藏》本、《四庫全書》本、《學津討原》本、《金陵叢書》本等，皆二十卷。

《廣記》注「出《眞誥》」者，僅一條：即卷五七萼綠華。

是書所言皆仙眞授受眞訣之事。

243.《洞仙傳》

見素子撰。其人名氏、籍里及生平不詳。查其《洞仙傳》中朱庫、姜伯眞二條，嘗爲《歷代眞仙體道通鑑》所徵引，次梁人王霸前，則知其最晚爲梁、陳間人，故《隋志》得據以著錄其書。又查「見素子」名號嘗見於《道藏》，如〈洞玄部〉有《黃庭內景五臟六腑補瀉圖》一卷，題曰太白山見素子述；又〈洞眞部〉亦有是書，作《黃庭內景五藏六府圖》，題曰太白山見素女胡愔撰。此外，《新唐志·神仙家類》著錄女子胡愔《黃庭內景圖》一卷，似即上述《道藏》所收者。則知唐時有女道胡愔，亦號見素子，但其爲唐宣宗時人（撰《黃庭內景五臟六腑補瀉圖》有〈自述〉一篇，末署「大中戊辰歲」），時代太晚，非此撰《洞仙傳》之見素子。

《隋志·雜傳類》著錄十卷，不著撰人。《舊唐志·雜傳類》亦十卷，題見素子撰；《新唐志·神仙家類》、《通志略·道家類》、《宋志·神仙類》同。《崇文總目·道書類》著錄九卷，《四庫總目·道家類存目》著錄一卷，皆不著撰人。是書，除《廣記》外，如《三洞群仙錄》，亦嘗徵引之。又《雲笈七籤》（卷一一○至卷一一一）等嘗錄有其條文。查《四庫存目》所著錄者，即據《雲笈七籤》，而嚴一萍先生復以《雲笈七籤》所錄爲主，並以《廣記》、《三洞群仙錄》參校之，輯入其所編《道教研究資料·第一輯》中，凡七十七人；以十卷之篇幅言之，原書當不止此數。又查《歷世眞仙體道通鑑》輯錄諸仙傳，皆不著出處，然據《雲笈七籤》所有條文加以核對，知《洞仙傳》亦在輯錄中，惜於七十七人外，未能加以指證。

《廣記》注「出《洞仙傳》」者，凡二條；其中卷五茅濛，較《雲笈七籤》所錄爲詳。此外，卷一三蘇仙公「又一說」，注「出《洞神傳》」，查是條見於《雲笈七籤》所錄《洞仙傳》，《廣記》出處誤也。

244.《十二真君傳》（即《晉洪州十二眞君內傳》之省稱）

撰者未詳。《新唐志·神仙家類》著錄道士胡慧超《神仙內傳》一卷，下接《晉洪州西山十二眞君內傳》一卷，不著撰人，《通志略》則作胡慧超撰，存疑可也。姑

略記其事蹟於下。慧（一作「惠」），字拔俗，道士也。高宗上元間來自廬山〔註319〕。

　　《新唐志‧神仙家類》著錄一卷，作《晉洪州西山十二眞君內傳》；《通志略》同。《讀書附志‧神仙家類》亦一卷，作《西山十二眞君傳》，不著撰人。《遂初堂書目‧道家類》著錄《西山十二眞君列傳》，不著撰人名及卷數。原書已佚，除《廣記》外，如五代道士王松年之《仙苑編珠》，嘗徵引之，亦作《十二眞君傳》。案《宋志‧神仙類》著錄余卞《十二眞君傳》二卷，在宋人樂史《總仙秘錄》之後，賈善翔《高道傳》之前，其時代較晚，非《編珠》、《廣記》所徵引者。

　　《廣記》注「出《十二眞君傳》」者，凡三條：即卷一四許眞君、吳眞君、卷一五蘭公。

　　《讀書附志》稱是書所載十二眞君，皆晉人之得道於西山者。

245.　《仙傳拾遺》

　　蜀‧杜光庭撰。光庭，字賓聖，號東瀛子，本處州人（《青城山記》云京兆杜陵人）。唐懿宗朝，賦萬言不中，入天台山爲道士。其後，鄭畋薦其文於朝，僖宗召見，賜以紫服。王建據蜀，初賜號廣德先生，後以爲諫議大夫，封蔡國公，進號廣成先生。通正初，遷戶部侍郎。衍襲位，尊爲傳眞天師。後唐明（原作「莊」，誤）宗長興四年卒，年八十四〔註320〕。

　　《崇文總目‧道書類》著錄四十卷；《通志略‧道家類》、《宋志‧神仙類》俱同。原書已佚。除《廣記》外，如宋陳葆光《三洞群仙錄》、明陳耀文《天中記》、清彭詢續刊《青城山記》，亦嘗徵引之。又《說郛》（卷七）等錄有其條文。至若宋末道士趙道一所編《歷世眞仙體道通鑑》，其卷六徐福條標明《仙傳拾遺》，復據《三洞群仙錄》之文加以核對，知其輯錄《仙傳拾遺》者，當不止一條。查《天中記》卷五八管霄霞條，未見引於《太平廣記》及《三洞群仙錄》，但陳耀文未必能見原書，疑由類書傳鈔而來。嚴一萍先生嘗據上述諸書所引，得百人，釐爲五卷，輯入其《道教研究資料‧第一輯》中；惟頗有所未取者，如《廣記》卷一五眞白先生（據明鈔本）、桓闓（據明鈔本）、卷三〇翟乾祐、凡八兄、卷三一許老翁、卷三二顏眞卿、卷三五成眞人、卷三七陽平謫仙、卷四一劉無名諸條是也。再者，嚴一萍先生曰：「清光緒彭詣撰《青城山記》，其下卷事實記下方技類錄《仙傳拾遺》馮大亮一條，較《三洞群仙錄》之文多後段。杜光庭之《青城山記》久佚，不知彭氏輯自何書。」今試

〔註319〕見《新唐志‧神仙家類》「《沖虛子胡慧超傳》一卷」下注語及《歷世眞仙體道通鑑》卷二七。
〔註320〕見《歷世眞仙體道通鑑》卷四〇。據《三洞群仙錄》卷一五所引，知原出自宋道士賈善翔之《高道傳》。

檢《廣記》，其卷三五引及是條，即有彭氏所輯末段文字，且文字較詳。

《廣記》注「出《仙傳拾遺》」者，凡四十四條。此外，卷四徐福，注「出《仙傳拾遺》及《廣異記》」；卷二一孫思邈，注「出《仙傳拾遺》及《宣室志》」；卷二二羅公遠，注「出《神仙感遇傳》及《仙傳拾遺》、《逸史》等書」；卷二六葉法善，注「出《集異記》及《仙傳拾遺》」；卷三〇翟乾祐，注「出《酉陽雜俎》、《仙傳拾遺》」；卷三二顏眞卿，注「出《仙傳拾遺》及《戎幕閑譚》、《玉堂閒話》」。又卷四蕭史，注「出《神仙傳拾遺》」；卷一四郭文、嵩山叟、卷一九馬周、卷四四穆將符，注「出《神仙拾遺》」；卷四二夏侯隱者，注「出《神仙拾遺傳》」；當即《仙傳拾遺》。又卷一五眞白先生、桓闓，原皆注「出《神仙感遇傳》」，明鈔本則作「出《神仙拾遺》」；查此二條不見於今本《神仙感遇傳》，惟今本非完帙，固未敢遽定。又卷五五伊用昌，原注「出《玉堂閒話》」，查明馮夢龍《太平廣記鈔》卷三錄及是條，作「出《仙傳拾遺》」。未詳何據。

246. 《神仙感遇傳》

蜀・杜光庭撰。光庭，見前《仙傳拾遺》條。

《宋志・神仙類》著錄十卷。《四庫總目・道家類存目》著錄五卷，提要云：「此本凡七十五條，然第五卷末尚有闕文，不知凡佚幾條也。」是書，如《雲笈七籤》（卷一一二），嘗錄有其條文。此外，今傳者有《道藏》本等，與《四庫存目》所著錄者同爲七十五條，俱非完帙。

《廣記》注「出《神仙感遇傳》」者，凡二十三條；其中卷一五眞白先生、桓闓，明鈔本皆作「出《神仙拾遺》」。此外，卷二二羅公遠，注「出《神仙感遇傳》及《仙傳拾遺》、《逸史》等書」。又卷二九十仙子，注「出《仙神遇感傳》」，查見今本《神仙感遇傳》卷四；卷四六王子芝，注「出《神仙感遇錄》」，查見今本《神仙感遇傳》卷三。又卷四三于濤，原注「出《神仙感應傳》」，孫潛校本作「出《神仙感遇傳》」。茲有可注意者，《廣記》所引《神仙感遇傳》，多今傳本所未載。

247. 《墉城集仙錄》

蜀・杜光庭撰。光庭，見前《仙傳拾遺》條。

《崇文總目・道書類》著錄十卷；《通志略・道家類》、《宋志・神仙類》同。《四庫總目・道家類存目》著錄六卷。是書，除《廣記》外，如《太平御覽》（作《集仙錄》），亦嘗徵引之。又《雲笈七籤》（卷一一四），錄有自敍及條文。此外，今傳者尚有《道藏》本。查《道藏》本無自敍，所載凡三十七人，亦六卷，與《四庫存目》所著錄者同；但《雲笈七籤》所錄，有不見於《道藏》本者，且《通志略》注云：「集

古今女子成仙者百九人。」知《道藏》本非完帙。《四庫提要》云：「此本前數卷皆襲《漢武內傳》、陶宏景《真誥》之文，真偽蓋不可知，疑君房所錄為原本，而此本為後人雜摭他書，砌合成編。」竊以為杜氏是書或有取材於舊籍者，而非全出一己所撰，館臣所疑未必是。

　　《廣記》注「出《墉城集仙錄》」者，凡六條：即卷七〇戚玄符、徐仙姑、緱仙姑、王氏女、薛玄同、茶姥，皆不見於《道藏》本《墉城集仙錄》，其中徐仙姑、緱仙姑、薛玄同、茶姥，《雲笈七籤》所錄，亦有之。此外，卷六〇陽都女、卷六二諶母、杜蘭香，注「出《墉城仙錄》」，查見於今本《墉城仙錄》。又卷五六西王母、雲華夫人、卷五九明星玉女、南陽公主、程偉妻、梁母、卷六一王妙想、成公智瓊、龐女、褒女、李真多、卷六二魯妙典、盱母、卷六四楊正見、董上仙、卷六六謝自然，皆注「出《集仙錄》」，卷五八魏夫人，注「出《集仙錄》及《本傳》」。查其中多不見於今本《墉城集仙錄》，然所記全屬女仙，與杜氏此書之作意合，蓋佚文也。又注「出《集仙傳》」者，凡三條；其中卷一一大茅君，見《道藏》本《墉城集仙錄》卷一金母元君條；卷六三黃觀福，見《雲笈七籤》所錄《墉城集仙錄》；同卷驪山姥，今本《墉城集仙錄》無之，惟杜氏所撰《神仙感遇傳》之李筌條有其事，內容大抵相同，杜氏以李筌所遇之驪山姥為女仙，宜亦記其事於《墉城集仙錄》。又卷五九昌容、園客妻、太玄女、西河少女、酒母、女几、卷六〇玄俗妻（河間王女）、孫夫人、樊夫人、東陵聖母，注「出《女仙傳》」，查皆見於《道藏》本《墉城集仙錄》。

　　是書記古今女仙得道事。云墉城者，以女仙統於王母，而王母居於墉城故也。

248. 《續仙傳》（卷首引用書目作《續神仙傳》）

　　南唐‧沈汾撰。汾（或作玢），里籍不詳，嘗官溧水令‧朝請郎、侍御。案《四庫》稱舊本題唐溧水令沈汾撰（《說郛》卷四三所據本題唐朝請郎前行溧水縣令沈汾撰）。吳淑《江淮異人錄》載有侍御沈汾游戲坐蛻事，疑即其人。書中記及譚峭，而稱楊行密曰吳太祖，則所謂唐者，南唐也云云。余嘉錫《辨證》引南唐劉崇遠《金華子雜編》卷下記曹佶事云：「此人靈異甚多，已見沈汾侍御所著《續仙傳》。」證即吳淑所謂之沈汾。今從之。

　　《崇文總目‧道書類》著錄三卷，作《續仙傳》；《書錄解題‧神仙家類》、《通考‧神仙家類》、《宋志‧神仙類》、《四庫總目‧道家類》俱同。《通志略‧道家類》著錄亦三卷，作《續神仙傳》。《遂初堂書目‧道家類》無著撰人名及卷數。是書，《雲笈七籤》（卷一一三下）、《類說》（藝文印書館影印本卷三）、《紺珠集》（卷二）、《說郛》（卷七諸傳摘玄、卷四三）等錄有其條文。此外，今傳者尚有《道藏》本、《四

庫全書》本（以上三卷）、《夷門廣牘》本、《重編說郛》（弓第五十八）本、《漢唐三傳》本（以上一卷。前二本作《續神仙傳》）等。查《說郛》卷七所錄，出自《類說》，而卷四三所錄，則節取全帙。至若《夷門廣牘》本、《重編說郛》本，即自《說郛》卷四三出，非完帙。《漢唐三傳》本，僅錄飛昇十六人事蹟，亦不全。

《廣記》注「出《續仙傳》」者，凡十三條；其中卷二五元柳二公，不見於今本《續仙傳》，查《類說》（藝文印書館影印本卷三二）以是條屬裴鉶《傳奇》，較可信。此外，注「出《續神仙傳》」者，凡五條。又卷三〇張果，注「出《明皇雜錄》、《宣室志》、《續神仙傳》」。又卷二一司馬承禎，闕出處，汪氏云：「查出《大唐新語》。」是條，今本《續仙傳》亦有之，文字較近。

是書上卷載飛昇十六人，中卷載隱化十二人，下卷載隱化八人。雖其中不免附會傳聞，而大抵因事緣飾，不盡子虛烏有，如張志和見《顏真卿集》，許宣平見《李白集》；孫思邈、司馬承禎諸人亦各有著述傳世，皆非鑿空。

249. 《白居易集》（即《白氏長慶集》）

唐・白居易撰。居易，字樂天，其先蓋太原人，北齊五兵尚書建，有功於時，賜田韓城，子孫家焉。又徙下邽。貞元中，擢進士拔萃皆中。元和時，召入為翰林學士，遷左拾遺。後貶江州司馬。會昌初，以刑部尚書致仕。六年卒，年七十五。詳兩《唐書》本傳。

《新唐志・別集類》著錄《白氏長慶集》七十五卷；《通志略》同。《崇文總目》作《白氏文集》七十卷。《讀書志》作《白居易長慶集》七十一卷；《宋志》同。《遂初堂書目》亦作《白居易長慶集》，不著卷數。《書錄解題》作《白氏長慶集》七十一卷〈年譜〉一卷、又〈新譜〉一卷。《通考》作《白樂天長慶集》七十一卷。《四庫總目》作《白氏長慶集》七十一卷。《白氏集》，今傳者約有明正德八年賜山華氏蘭雪堂銅活字本、明萬曆三十四年松江馬元調刊本、明姑蘇錢應龍刊本（以上國家圖書館藏）、《四庫全書》本、《四部叢刊》本等，皆七十一卷。考長慶四年，元稹作《白氏長慶集・序》，稱盡徵其文，手自排纂成五十卷，則《長慶》一集，特穆宗甲辰以前之作。又考居易嘗自寫其集，分置僧寺，據其自記，大和九年置東林寺者，勒成六十卷，開成元年置於聖善寺者，勒成六十五卷，開成四年置於蘇州南禪院者，勒為六十七卷，皆題曰《白氏文集》；開成五年置於香山寺者，合為十卷，則別題曰《洛中集》。而聖善寺文集記中載有自註，稱元相公先作集序，並目錄一卷在外，則《長慶集・序》已移弁開成新作之目錄，知寶曆以後之詩文，均編為《續集》，襲其舊名矣。其卷帙之數，晁公武謂《前集》五十卷、《後集》二十卷、《續集》五卷，今亡三卷，則當有

七十二卷；陳振孫謂七十一卷之外，又有《外集》一卷，亦當有七十二卷，而所標總數，乃皆爲七十一卷，與今本合。要之，通行本已非當日之舊矣。

《廣記》注「出《白居易集》」者，僅一條；即卷三四四王裔老。查是條見於今本《白氏集》卷二六記異。

250. 《窮愁志》

傳爲唐・李德裕撰。德裕，見前《柳氏史》條。考是書之〈周秦行紀論〉一篇，王師夢鷗先生疑爲德裕門人韋瓘所託，依此推之，則《窮愁志》似爲僞書，參見王師所撰《唐人小說研究・四集》。

《新唐志・別集類》著錄三卷；《通志略》、《讀書志》、《宋志》俱同。《崇文總目》著錄二卷。《遂初堂書目・小說類》，有《窮愁志》一名，未知即此否？此外，《書錄解題・別集類》著錄《會昌一品集》二十卷《別集》十卷《外集》四卷；《通考》、《四庫總目》俱同。所謂《外集》四卷，即《窮愁志》也。《遂初堂書目・別集類》僅舉《會昌集》一名，其包括《外集》與否？未詳。查李商隱代鄭亞撰《李德裕文集・序》，其所品題《會昌一品集》，原只有十五卷，更無所謂《別集》、《外集》，唯《窮愁志》者，五代史官嘗引之入《舊唐書・牛僧孺傳》內，倘其爲僞，而唐末已有之矣。德裕集之傳於世者，有《四庫全書》本、《畿輔叢書》本（以上題《會昌一品集》）、《四部叢刊》本（題《李文饒文集》）等。此外，《重編說郛》（弓第二十五）等錄有《窮愁志》一卷，俱非完帙。

《廣記》注「出《窮愁志》」者，僅一條：即卷八四管涔山隱者。查是條見於今本《會昌一品集》之《外集》卷四宜數有報論。

今本《窮愁志》自序稱頃歲吏道所拘，沈迷簿領，今則幽獨不樂，誰與晤言。偶思當世之所疑惑，前賢之所未及，各爲一論，銷此永日，聊以解憂云云。似其書爲德裕晚年遷謫後所作。但德裕卒於崖州，窮陬僻壤，其旅櫬已不易運返，況其時述作，能爲後人收存者究有多少？眞僞如何？固不能無疑，其序亦不可遽信。王師夢鷗先生嘗言之。

251. 《皮日休文集》（卷首引用書目作《皮日休集》）

唐・皮日休撰。日休，字襲美，一字逸少，襄陽人。隱鹿門山，自號醉吟先生。咸通八年登進士第，官太常博士。《讀書志》、《書錄解題》諸書稱其降於黃巢，後爲所害。尹洙《河南集》有〈大埋寺丞皮子良墓誌〉，則稱日休避廣明之難，奔錢氏，子光業爲吳越丞相，生璨，爲元帥判官子良即璨之子；陸游《老學庵筆記》亦據皮光業碑，以爲日休終於吳越，並無陷賊之事。未知果誰是也。

　　《新唐志・別集類》著錄《皮日休集》十卷、《胥臺集》七卷、《文藪》十卷、《詩》一卷。《崇文總目》著錄《皮日休文藪》十卷、《皮日休文集》十卷、《胥臺集》七卷。《通志略》著錄《皮日休集》十卷。《讀書志》著錄《皮日休文藪》十卷；《通考》同。《遂初堂書目》作《皮日休集》，不著卷數。《書錄解題》作《文藪》十卷。《宋志》著錄《皮日休別集》七卷、《文藪》十卷、《胥（原作「滑」，誤）臺集》一卷、《弔江都賦》一卷。《四庫總目》著錄《皮子文藪》十卷。皮氏集，今傳者有《四庫全書》本（題《皮子文藪》）、《四部叢刊》本（題《皮日休文集》）、《湖北先正遺書》本（題《唐皮日休文藪》）等，皆十卷。

　　《廣記》注「出《皮日休文集》」者，僅一條：即卷二五七皮日休。查是條不見於今本皮氏集；又《唐詩紀事》卷六四僅錄是條中日休及歸氏子二詩，而未記及皮氏與歸氏子相嘲之由，豈《廣記》是條非全出皮氏集，甚或另有所本歟？姑存其目。

252. 《顧雲文集》

　　唐・顧雲撰。雲，字垂象，秋浦人。初與杜荀鶴、殷文圭同讀書九華山。有文名，與羅隱俱受知於宰相令狐綯。咸通十五年登進士第。會世亂，退居霅川，以著書爲事，執政薦修國史。書成，加虞部員外郎（《新唐志》注作虞部郎中），嘗爲高駢淮南從事。乾寧初卒〔註321〕。

　　《新唐志・別集類》著錄《顧氏編遺》十卷、《苕川總載》十卷、《纂新文苑》十卷、《啓事》一卷、《賦》二卷、《集遺具錄》十卷。《崇文總目》著錄《鳳策聯華》三卷、《顧氏遺編》十卷、《苕川總載集》十卷、《纂新文苑》十卷、《顧雲賦》一卷、《顧雲啓事》一卷、《集遺具錄》十卷。《通志略》著錄《苕川總載集》十卷、《集遺具錄》十卷、《鳳策聯華》三卷。《遂初堂書目》著錄《顧雲編稿》，不著卷數。《書錄解題》著錄《鳳策聯華》三卷；《通考》同。《宋志》著錄《顧雲集遺》十卷、《賦》二卷、《啓事》一卷、《苕（一作昭）亭雜筆》五卷、《纂新文苑》（「文苑」二字原脫）十卷、《苕（一作昭）川總載》十卷、《顧雲編稿》十卷、《鳳策聯華》三卷。今傳者有《貴池先哲遺書》本《顧雲詩》一卷《附文》一卷，非原帙也。

　　《廣記》注「出《顧雲文集》」者，僅一條：即卷一七四張琇。查今所見《貴池先哲遺書》本顧氏文無之。

253. 《鄭谷詩集》

　　唐・鄭谷撰。谷，字守愚，宜春人。光啓三年擢高第，遷右拾遺。歷都官郎中。

〔註321〕見《新唐書・藝文志》「《集遺具錄》十卷」注、《唐詩紀事》卷六七、藝文印書館
　　　　影印本《貴池先哲遺書》本《顧雲詩》卷首所引《貴池縣志・人物志・官蹟本傳》。

乾寧四年歸宜春，卒於別墅〔註 322〕。

　　《新唐志・別集類》著錄《雲臺編》三卷、《宜陽集》三卷。《讀書志・別集類》著錄《雲臺編》三卷、《宜陽外編》一卷。《書錄解題・詩集類》著錄《雲臺編》三卷；《四庫總目・別集類》同。《宋志・別集類》著錄《宜陽集》一卷、《詩》三卷、《詩》一卷、《外集》一卷。今傳者爲《雲臺編》，約有明刊十行本（國家圖書館藏）、《四庫全書》本、《豫章叢書》本、《續古逸叢書》本、《四部叢刊》本等；後二者改題作《鄭守愚文集》，而以《雲臺編》爲子目。

　　《廣記》注「出《鄭谷詩集》」者，僅一條：即卷一七五劉神童。查今本《雲臺編》卷三有《贈劉神童》一詩，並有注語記其事，惟注語較《廣記》所言爲簡，疑《廣記》另有所本。

　　鄭氏《雲臺編》自序稱乾寧初，上幸三峰，朝謁多暇，寓止雲臺道舍，因以所紀，編而成之。

254.　《中興間氣集》

　　唐・高仲武編。仲武，所編《中興間氣集》自稱渤海人，《四庫提要》曰：「然唐人類多屬郡望，未知確貫何地也。」生平不詳。

　　《新唐志・總集類》著錄二卷；《崇文總目》、《通志略》、《書錄解題》、《通考》、《宋志》、《四庫總目》俱同。《讀書志》作三卷。《遂初堂書目》不著編者名及卷數。是集，今傳者約有《四庫全書》本、《四部叢刊》本、香港中華書局《唐人選唐詩》本等。後二者皆附有孫毓修校文，補所見諸本闕佚（如諸本所佚張眾甫、章八元、戴叔倫、孟雲卿、劉灣五人評語），復校其異同，洵佳本也。

　　《廣記》注「出《中興間氣集》」者，僅一條：即卷二七三李秀（今木《中興間氣集》作「季」）蘭末則。查是條自「秀（季）蘭嘗與諸賢會烏程縣開元寺」至「論者兩美之」一段文字，今本《中興間氣集》缺，孫毓修校文據何焯校本補之。

　　是集所錄，起至德初，迄大曆末，凡二十六人。姓氏下各有品題，拈其警句。

255.　《洞天集》

　　五代漢・王貞範集。貞（一作「正」範），江陵人。事高從誨爲推官，累官少監〔註 323〕。所撰《洞天集》，成於乾祐中〔註 324〕。

　　《通志略・地理類》著錄五卷；《書錄解題・總集類》、《通考・總集類》俱同。

〔註 322〕見《新唐書・藝文志・別集類》、《郡齋讀書志・別集類》。
〔註 323〕見民國六十八年臺灣商務印書館增補出版之《中國人名大辭典》。
〔註 324〕見《直齋書錄解題》。

原書已佚。

　　《廣記》注「出《洞天集》」者，僅一條：即卷四〇五嚴遵仙槎。

　　陳振孫云是書「集道家神仙隱逸詩篇」。

二、卷首所列引用書目無者

1. 《詩含神霧》

　　撰者未詳。有注，以出魏宋均手者較著。均，見前《春秋說題辭》條，其《詩緯注》，如清馬國翰所輯《詩緯》即嘗錄之。

　　《隋志》讖緯類著錄《詩緯》十八卷，注云：「梁十卷。」《通志略》亦著錄十八卷。《舊唐志》作十卷；《新唐志》同。以上皆宋均注本。《兩唐志》又始著錄鄭玄注本三卷。《含神霧》即《詩緯》之一，原帙已佚。《說郛》（卷二古典錄略）等錄有其條文。此外，今傳者尚有《重編說郛》（弓第五）本以及《墨海金壺》、《守山閣叢書》之明孫瑴《古微書》輯本、《青照堂叢書次編》之清劉學寵輯本、《山右叢書初編》之清喬松年輯本、《七緯》之清趙在翰輯本、《黃氏逸書考》之清黃奭輯本、《玉函山房輯佚書》之清馬國翰輯本、《玉函山房輯佚書續編》之清王仁俊輯本等〔註325〕，所輯大抵取自《禮記正義》、《史記索隱》、《後漢書注》、《三國志注》、《山海經注》、《太平寰宇記》、《路史注》、《開元占經》、《藝文類聚》、《北堂書鈔》、《初學記》、《事類賦》、《太平御覽》、《玉海》、《說郛》、《王逸楚辭注》、《文選注》諸書。

　　《廣記》卷四八二蹄羌，原注「出《博物志》」，孫潛校本作「出《詩含神霧》」。查今本《博物志》無是條，然今本《博物志》非完帙，固不敢驟下斷語，存疑可也。

　　明孫瑴釋「含神霧」之義曰：「書既神矣，奠之以霧，又紐之曰含。」

2. 謝承《後漢書》

　　三國‧吳謝承撰。承，詳前之《會稽先賢傳》。

　　《隋志‧正史類》著錄一百三十卷，注云：「無〈帝紀〉。」《通志略》同。《舊唐志》著錄一百三十三卷。《新唐志》著錄一百三十卷，又《錄》一卷。疑《隋志》云「無〈帝紀〉」，似謂其亡佚，《舊唐志》多出三卷，豈其〈帝紀〉之佚存者歟？原書已佚。今傳者約有《七家後漢書》之清汪文臺輯本、《黃氏逸書考》之清黃奭輯本、《玉函山房輯佚書補編》之清王仁俊輯本等〔註326〕。就黃氏輯本觀之，所輯大抵取

〔註325〕見《叢書子目類編》頁二四五。
〔註326〕見《叢書子目類編》頁二七七～二七八。

自《後漢書注》、《水經注》、《文選注》、《藝文類聚》、《北堂書鈔》、《初學記》、《事類賦》、《太平御覽》、清姚之駰《後漢書補逸》諸書。

《廣記》卷四六三五色鳥，注「出謝丞《後漢書》」，「丞」乃「承」之訛。查《藝文類聚》卷九〇嘗徵引之。

《匡謬正俗》卷五謂承書失實，洪亮吉亦云承書最有名，又最先出，而其紕繆非一端云云，于謝書力加譏彈，然遷、固著史，尚多舛誤，不能摘其一二事遽毀全書，況謝書久亡，他書轉引，不免魯魚之訛，尤未可以是定謝、范二家優劣。姚之駰謂謝書極博，蔚宗過爲刪除其說，然則謝之勝范在此，而其不及范之精嚴，亦在此矣。

3. 華嶠《後漢書》

晉・華嶠撰。嶠，字叔駿，平原高唐人。文帝爲大將軍，辟爲掾屬。歷車騎從事中郎。晉受禪，賜爵關內侯。惠帝時封樂鄉侯，遷尚書，轉秘書監，加散騎常侍。元康三年卒，追贈少府，諡曰簡。詳《晉書・華表附傳》。

《隋志・正史類》著錄十七卷，注云：「本九十七卷，今殘缺。」《舊唐志》著錄三十一卷；《新唐志》同。《通志略》著錄九十七卷。查《晉書・華表傳》附言嶠撰《後漢書》事，有云：「永嘉喪亂，經籍遺沒，嶠書存者五十餘卷。」則是江左相傳，已非完帙矣。原書已佚。今傳者約有《七家後漢書》之清汪文臺輯本、《黃氏逸書考》之清黃奭輯本、《玉函山房輯佚書補編》之清王仁俊輯本等〔註 327〕。就黃氏輯本觀之，所輯大抵取自《後漢書注》、《三國志注》、《文選注》、《藝文類聚》、《北堂書鈔》、《初學記》、《太平御覽》、清姚之駰《後漢書補逸》諸書。

《廣記》卷二〇三蔡邕，原注「出《漢書》」，明鈔本作「出華澹《漢書》」，孫潛校本作「出華嶠《漢書》」。查《藝文類聚》卷四四、九七、《北堂書鈔》卷一〇九、《太平御覽》卷九四六皆引其事，出華嶠《後漢書》。又查范曄《後漢書・蔡邕傳》亦記及是事，惟《廣記》與《御覽》同時編纂，編纂者亦同，《御覽》引蔡邕此事，謂出華嶠《後漢書》，則《廣記》是條或亦出華嶠書歟？

華嶠以《漢記》煩穢，遂有是作。其書起於光武，終於孝獻，爲〈帝紀〉十二卷、〈皇后紀〉二卷、〈十典〉十卷、〈傳〉七十卷，及〈三譜〉、〈序傳〉、〈目錄〉，凡九十七卷。嶠以皇后配天作合，前史作〈外戚傳〉以繼末篇，非其義也，故易爲〈皇后紀〉以次〈帝紀〉；又改〈志〉爲〈典〉，以有〈堯典〉故也。清章宗源《隋書經籍志考證》即謂蔚宗撰《後漢書》，實本華嶠，如易外戚爲后妃，而其肅宗紀論、

〔註 327〕見《叢書子目類編》頁二七八。

二十八將論、桓譚馮衍傳論、袁安傳論、班彪傳論等，章懷並注爲華嶠之辭。

4.《南齊書》

　　梁・蕭子顯撰。子顯，字景陽，蘭陵人。七歲封寧都縣侯。天監初，降爵爲子。大通三年領國子博士，遷國子祭酒，加侍中。五年遷吏部尚書。大同三年出爲仁威將軍，吳興太守，至郡未幾卒。年四十九。謚曰驕。詳《梁書・蕭子恪附傳》。

　　《隋志・正史類》著錄六十卷；《新唐志》、《通志略》俱同。《舊唐志》著錄五十九卷；《崇文總目》、《讀書志》、《書錄解題》、《通考》、《宋志》、《四庫總目》俱同。《遂初堂書目》不著撰人及卷數。《四庫提要》曰：「《山堂考索》引《館閣書目》，云《南齊書》本六十卷，今存五十九卷，亡其一。」余氏《辨證》以爲《舊唐志》已亡其一卷，然《新唐志》又作六十卷，豈其全書後來復出歟？抑此一卷，即本書之序錄，故或入卷數，或不入卷數歟？自李延壽之史盛行，此書誦習者尠，日就譌脫。案《廿二史考異》卷二五即云：「今本《南齊書》卷十五州郡志下、卷卅五高十二王傳、卷四十四徐孝嗣傳、卷五十八高麗傳，各闕一葉；卷五十九史臣論亦有闕文。曾子固序但云校正訛謬，不云文有脫落，則宋時蕭史固完善也。」

　　《廣記》卷二六五劉祥，闕出處，疑爲談氏據《南齊書・劉祥傳》補入。

〔附錄〕《南齊記》（疑即《南齊書》之訛，故附于是處。然此書名本身宜入本編（貳）之（二），故是處不予以編號，而于（貳）之（二）處復列其名，且予以編號，考證則詳于此）

　　撰者未詳。

　　未見書志著錄。

　　《廣記》卷二一一宗測，注「出《南齊記》」。查《南齊書》記及是事，文字頗詳。《廣記》是條或截取《南齊記》而改作之，故文字較簡歟？姑附於《南齊書》之後，存疑可也。

5.《隋書》

　　唐・魏徵等奉敕撰。徵，字玄成，鉅鹿曲城人。太宗時拜諫議大夫，轉秘書監，拜特進，知門下省事。封鄭國公。以疾卒於官，時年六十四，謚曰文貞。詳兩《唐書》本傳。

　　《舊唐志・正史類》著錄八十五卷；《新唐志》、《崇文總目》、《通志略》、《讀書志》、《書錄解題》、《通考》、《宋志》、《四庫總目》俱同。《遂初堂書目》著錄舊杭本《隋書》，不著撰人名及卷數。此外，《新唐志》復著錄《志》三十卷。考《史通・古今正史篇》，稱太宗以梁、陳及齊、周、隋氏並未有書，乃命學士分修，仍以秘書監魏徵總知其務。始以貞觀三年創造，至十八年方就，合爲五代紀傳，併目錄凡二百五十二卷。書成，下於史閣，惟有十志，斷爲三十卷，尋擬續奏，未有其文；太

宗崩後，刊勒始成，其篇第編入《隋書》，其實別行，俗呼爲《五代史志》云云。是十志即爲五史而作，其編入《隋書》，特以隋於五史居末，非專屬隋也。後來五史各行，十志遂專稱《隋志》。

《廣記》卷四一七上黨人，原闕出處，陳校本作「出《宣室志》」。查今本《宣室志》無是條，而《隋書・五行志》則有之。惟今本《宣室志》非原書，故未敢遽定《廣記》是條果出《隋書》而不出《宣室志》，存疑可也。

6. 《玄宗實錄》

《廣記》所引，疑指唐令狐峘撰者。峘，宜州華原人，其先乃燉煌右姓。天寶進士。安祿山之亂，隱居南山豹林谷。司徒楊縮微時數從之遊。及縮爲吏部侍郎，引峘入史館，拜右拾遺，遷起居舍人。後貶衡州別駕，遷刺史。順宗即位，徵爲秘書少監，未至，卒。詳《舊唐書》本傳、《新唐書・令狐德棻附傳》。案諸書志著錄，或作元載撰，考載以宰相監修而已。又案除令狐氏書外，《新唐志》另著錄張說與唐穎撰之《今上實錄》二十卷（《通志略》作《明皇實錄》）、不著撰人之《開元實錄》四十七卷（《通志略》同），亦唐玄宗朝之實錄也，原書皆佚，唯《廣記》所引，既不作《今上實錄》，亦不作《開元實錄》，似以指峘書較爲可能。

令狐峘撰，元載監修之《玄宗實錄》，《新唐志・起居注》著錄一百卷；《崇文總目・實錄類》、《讀書志・實錄類》、《書錄解題・起居注類》、《通考・起居注類》、《宋志・編年類》俱同。《通志略》作《明皇實錄》五卷，注云元載等撰。原書已佚。除《廣記》外，《御覽》嘗徵引《唐玄宗實錄》一條，或亦屬峘書。

《廣記》卷一八六張說，注「出《玄宗實錄》」。查此條文字亦見於《新唐書・張說傳附張均傳》，且云乃開元十七年事。又查《新唐志》著錄張說之《今上實錄》，注云：「次玄宗開元初事。」則是條文字似非出說書。至若不著撰人之《開元實錄》，又罕見著錄。如此，則《廣記》所引，或出於峘書。

安史之亂，玄宗起居注亡。大曆中，令狐峘裒掇詔策，起即位，盡上元三年，晁公武謂其「備一朝之遺闕」。

7. 《魏略》

三國・魏魚豢撰。豢，京兆人〔註328〕。嘗官郎中〔註329〕。

《隋志・雜史類》著錄《典略》八十九卷。《舊唐志》〈雜史類〉著錄《典略》五十卷；又〈正史類〉著錄《魏略》三十八卷。《新唐志・雜史類》著錄《魏略》五

〔註328〕見《史通・正史篇》。
〔註329〕見《隋書・經籍志注》。

十卷；《通志略・編年類》同。以上皆云魚豢撰。姚振宗稱《隋志》著錄《典略》八十九卷，即《舊唐志》之《魏略》三十八卷、《典略》五十卷，兩書合併凡八十八卷，《隋志》或有《錄》一卷，故多出一卷耳云云，存疑可也。原書已佚。除《廣記》外，如《史記索隱》、章懷《後漢書注》、《三國志注》、《文選注》、《藝文類聚》、《北堂書鈔》、《初學記》、《太平御覽》，亦嘗徵引之（包括《魏略》、《典略》）。又《重編說郛》（弓第五十九）、《五朝小說》嘗錄有魚豢《三國典略》，乃混魚豢書與唐人丘悅書為一，詳前《三國典略》條。

《廣記》卷二四四王思，原注「出《魏略》」，明鈔本作「出《魏書》」。查《御覽》與《廣記》同時編纂，編纂者亦同，是條文字，《御覽》卷九四四亦引之，出《魏略》，則明鈔本作「出《魏書》」者誤也。

《史通・正史篇》稱《魏略》事止明帝云云，而其諸傳標目，多與它史異，如游說傳、儒宗傳、清介傳、純固傳、勇俠傳、苛吏傳（並見《三國志注》）等是也。

8. 《大業拾遺記》（疑即杜寶《大業拾遺》）

說詳本編（壹）之（一）《大業拾遺》條後附錄。

9. 《陳留耆舊傳》

《隋志》所著錄，後漢圈稱、魏蘇林，皆撰有《陳留耆舊傳》，《廣記》所引，未題撰者，姑並記二氏事跡於下。稱，見前《陳留風俗傳》條。林，字孝友，一云彥友，陳留人。建安中，為五官將文學。黃初中，遷博士、給事中，封安成亭侯。以老歸第。年八十餘卒〔註330〕。《隋志》署其官銜為散騎侍郎。

圈稱《陳留耆舊傳》，《隋志・雜傳類》著錄二卷；《通志略・傳記類》同。查《隋志・地理類》復著錄圈稱《陳留風俗傳》三卷，《兩唐志》則著錄其《陳留風俗傳》而無《陳留耆舊傳》，姚氏《考證》謂《耆舊傳》乃前世著錄家自《風俗傳》分出者。蘇林《陳留耆舊傳》，《隋志・雜傳類》著錄一卷；《通志略・傳記類》同。《舊唐志・雜傳類》、《新唐志・雜傳記類》作三卷。圈、蘇二氏書，原帙皆佚。《後漢書注》、《三國志注》、《藝文類聚》、《初學記》、《太平御覽》、《太平廣記》等並引《陳留耆舊傳》，未冠撰者名。《說郛》（卷七諸傳摘玄）所錄亦然。而《太平御覽》卷二六九引蘇林《廣舊傳》，「廣舊」或係「耆舊」之訛，或係廣圈稱之書而作，故名〔註331〕。此外，《重編說郛》（弓第五十八）錄《陳留耆舊傳》，清王仁俊輯《陳留耆舊傳》佚文〔註

〔註330〕見《魏志・劉劭傳注》引《魏略》、顏師古〈《漢書》敘例〉等。
〔註331〕見姚氏《隋書經籍志考證》。
〔註332〕見《叢書子目類編》頁三九〇。

332），逕題蘇林撰，存疑可也。

《廣記》注「出《陳留耆舊傳》」者，僅一條：即卷二三四茅容。查是條不見於《重編說郛》所錄《陳留耆舊傳》。

10. **《鄭玄別傳》**（《廣記》原作《玄列傳》）

撰者未詳。

清侯康、顧櫰三、姚振宗諸家《補後漢書藝文志》之〈雜傳類〉、〈別傳類〉或〈雜傳記類〉皆見著錄，然卷數未詳。原書已佚。今所可知者，約有《問經堂叢書》之清洪頤煊輯本、《玉函山房輯佚書續編》之清王仁俊輯本等〔註333〕。就洪氏輯本觀之，所輯大抵取自《後漢書本傳注》、《三國志注》、《世說注》、《藝文類聚》、《北堂書鈔》、《初學記》、《白帖》、《事類賦注》、《太平御覽》、《太平廣記》諸書。

《廣記》卷二一五鄭玄末則，注「出《玄列傳》」。查《後漢書》本傳李賢注、《藝文類聚》卷五、《北堂書鈔》卷一五五、《太平御覽》卷三三等引及是條文字，除《御覽》亦誤「別」爲「列」外，餘皆出「《鄭玄別傳》」，則《廣記》所注出處有訛字可知。

11. **《李膺家錄》**

撰者未詳。

清顧櫰三《補後漢書藝文志·別傳類》著錄，卷數未詳。原書已佚。除《廣記》外，如殷芸《小說》（見《續談助》）、《太平御覽》、《天中記》、《廣博物志》，亦嘗徵引之。

《廣記》卷一六四李膺首則，注「出《膺家錄》」；其末則，注「出《李膺家錄》」，而明鈔本「錄」皆作「乘」。查殷芸《小說》引及首則，《御覽》卷二九引及末則，亦皆出《李膺家錄》。

12. **《禰衡別傳》**（《廣記》原作《本傳》）

撰者未詳。

清侯康、顧櫰三、姚振宗諸家《補後漢書藝文志》之〈雜傳類〉、〈別傳類〉或〈雜傳記類〉皆見著錄，然卷數未詳。原書已佚。除《廣記》外，如《三國志注》、殷芸《小說》（見《續談助》）、《藝文類聚》、《北堂書鈔》、《太平御覽》，亦嘗徵引之。

《廣記》卷二三五禰衡，原注「出《本傳》」，孫潛校本作「出《禰衡列傳》」。查《後漢書》本傳，文字與《廣記》所引不同，非《廣記》是條所從出者。而殷芸

〔註333〕見《叢書子目類編》頁四一七。

《小說》引及此條，其文字與《廣記》所引近，惟其出處作《禰衡列傳》，「列」蓋「別」之訛。

13. 《趙雲別傳》

撰者未詳。

清侯康、顧櫰三二家《補後漢書藝文志》及姚振宗《補三國藝文志》之〈雜傳類〉或〈別傳類〉皆見著錄，然卷數未詳。原書已佚。除《廣記》外，如《三國志注》、《北堂書鈔》，亦嘗徵引之。

《廣記》注「出《趙雲別傳》」者，僅一條：即卷一九一趙雲。查是條，《三國志》本傳裴松之注亦引作《趙雲別傳》。

14. 《胡綜別傳》

撰者未詳。

清侯康、姚振宗二家《補三國志》之〈雜傳類〉或〈別傳類〉皆見著錄。原書已佚。除《廣記》外，如《藝文類聚》、《太平御覽》，亦嘗徵引之。

《廣記》卷一九七胡綜，注「出《綜別傳》」。查《御覽》卷七〇三及八〇五亦引及是條文字，出《胡綜別傳》。

15. 《燉煌實錄》（《廣記》原作《燉煌錄》）

後魏·劉昺撰。昺，字延明，燉煌人。少就博士郭瑀學，後隱居酒泉。西涼李暠、北涼沮渠蒙遜俱禮敬之。太武平涼州，夙聞其名，拜樂平王從事中郎。尋返涼州，道卒。詳《魏書》、《北史》本傳。

《隋志·霸史類》著錄十卷；《通志略·史類》同。《舊唐志·雜傳類》著錄二十卷；《新唐志》〈僞史類〉及〈雜傳記類〉同。原書已佚。《重編說郛》（弓第六十）等錄有其條文，而書名誤作《燉煌新錄》（《崇文總目·地理類》、《書錄解題·傳記類》等有不著撰人之《燉煌新錄》一卷，其書成於五代，非此所錄者），又誤署劉昺爲宋人。此外，今傳者尚有《史學叢書》之清湯球輯本（在《三十國春秋》輯本中）等，所輯大抵取自《續漢志注》、《太平寰宇記》、《獨異志》、《北堂書鈔》、《白帖》、《太平御覽》、《太平廣記》諸書。

《廣記》卷二七六張駿，注「出《燉煌錄》」；又同卷索充宋桶末則（記宋桶事），原注「出劉彥明（「彥明」或即「延明」之訛，或其又一字也）《燉煌錄》」，孫潛校本作「出劉彥明《燉煌實錄》」。查湯球輯本皆從《廣記》輯入此二事。此外，同上卷索充宋桶首則（記索充事），闕出處，查湯球亦輯《廣記》是條入其《燉煌實錄》輯本中。《重編說郛》所錄《燉煌新錄》，索充、宋桶二事並在內。

《史通・雜說篇》稱燉煌僻處西域，昆戎之鄉也，求諸人物，自古闕載，蓋由地居下國，路絕上京，史官注記所不能及也，既而劉昺載書，則磊落英才，粲然盈矚者云云，蓋其可補正史之遺也。

16. 《景龍文館記》

唐・武平一撰。平一，名甄，以字行，太原人。武后時畏禍隱嵩山，屢召不應。中宗時拜修文館學士。時韋后忝亂，平一請裁抑母黨，帝慰勉不許。太平、安樂公主立黨相毀，平一復上書，請抑慈示嚴，帝亦不用。玄宗立，貶蘇州參軍，徙金壇令。開元末卒。詳《新唐書》本傳。

《新唐志・雜傳記類》著錄十卷；《崇文總目・傳記類》、《通志略・傳記類》、《宋志・故事類》俱同。《書錄解題・傳記類》作八卷；《通考・雜史類》同，蓋已闕二卷矣。原書已佚。除《廣記》外，如《通鑑考異》，亦嘗徵引之。又《類說》（藝文印書館影印本卷六）、《紺珠集》（卷七）、《說郛》（卷七八）、《重編說郛》（弓第四十六）等錄有其條文。查《說郛》所錄，係自《紺珠集》摘出，而《重編說郛》所錄，其出處未詳。

《廣記》卷二七一上官昭容，注「出《景龍文館記》」。此外，卷二六五杜審言，闕出處（汪氏所謂談氏初印本，是條文字大異，而注「出《譚賓錄》」），《紺珠集》所錄《景龍文館記》有與是條文字同者。

陳振孫稱是書記中宗初置學士以後館中雜事，及諸學士應制倡和篇什雜文之屬。亦頗記中宗君臣宴褻無度，以至暴崩。其後三卷為諸學士傳。

17. 《吳越春秋》

後漢・趙曄撰。曄，字長君，會稽山陰人。少嘗為縣吏，奉檄迎督郵，恥為廝役，遂棄車馬去，詣犍為從杜撫受韓詩，積二十年乃歸。州召補從事，不就，舉有道，卒於家。詳《後漢書・儒林傳》。

《隋志・雜史類》著錄十二卷；《舊唐志・雜史類》、《新唐志・雜史類》、《通志略・雜史類》、《讀書志・雜史類》、《通考・雜史類》俱同。《崇文總目・雜史類》著錄十卷；《宋志》〈別史類〉、又〈霸史類〉、《四庫總目・載記類》俱同。《遂初堂書目・雜史類》不著撰人名及卷數。今傳者約有元大德十年刊本（史語所藏）、《四庫全書》本、《四部叢刊》本、《隨盦徐氏叢書》本（以上十卷）、《古今逸史》本、《廣漢魏叢書》本、《秘書廿一種》本、《叢書集成初編》本（以上六卷）等。查諸本皆出元徐天祐《音註》，徐氏序云：「《史記》注有徐廣所引《吳越春秋》語，而《索隱》以為今無此語（案余嘉錫云今本實有之，詳其《四庫提要辨證》）。他如《文選注》

引季札見遺金事，《吳地記》載闔閭時夷亭事，及《水經注》嘗載越事數條；皆援據《吳越春秋》，今曄本咸無其文。」則傳本已非舊帙矣。《愛日精廬藏書志》著錄有影抄宋嘉定汪綱本，與傳本略有不同，唯其本未見翻刻；至《天祿琳琅書目・續編》著錄所謂宋紹興本者，實係明翻元徐天祐本。《說郛》（卷二古典錄略）所錄，乃輯自唐人舊籍，其中季札見遺金事，出《文選注》；范彝論養魚事，出《藝文類聚》，均爲傳本所無。近人徐乃昌嘗輯《佚文》一卷，又撰《札記》一卷，皆附於《隨盦徐氏叢書》本。

　　《廣記》注「出《吳越春秋》」者，僅一條：即卷四四四白猿。

　　朱彝尊《經義考》稱是書大抵本《國語》、《史記》而附以所傳聞者爲之。其大旨誇越之多賢，以矜其故都，而所編傳乃內吳而外越，則又不可曉矣。

18. 《外國事》

　　支僧載撰。僧載，生平不詳。案《水經注》已引及其《外國事》，有「半達晉言」之語，知爲晉時至中國之月支沙門。

　　清文廷式、秦榮光、吳士鑑諸家《補晉志》之〈地理類〉皆見著錄，卷數未詳。原書已佚。除《廣記》外，如《水經注》、《藝文類聚》、《北堂書鈔》、《太平御覽》，亦嘗徵引之。此外，今所可知者，有《麓山精舍叢書・第二集》之清陳運溶輯本〔註334〕、《中外史地考證》之岑仲勉輯本。

　　《廣記》注「出《外國事》」者，僅一條：即卷四二三平昌井。

19. 《廣州記》

　　今所可知者，顧微、裴淵皆有著述名《廣州記》者，而《御覽》，與《廣記》同時編纂，皆引及此二書，惟《廣記》所引，不詳出於微書抑出於淵書。微、淵二人之始末俱不詳。《新唐書・宰相世系表》有顧徽者，嘗爲晉侍中，又居鹽官。徽、微或同爲一人歟？

　　顧微《廣州記》、裴淵《廣州記》，皆著錄於清文廷式《補晉志》及章宗源《隋志考證》之〈地理類〉，卷數未詳；其中「顧微」之「微」，文氏依《新唐書・宰相世系表》作「徽」。顧、裴二氏原書皆已佚。前者，《藝文類聚》、《白帖》、《太平御覽》，嘗徵引之，又《重編說郛》（弓第六十一）、《五朝小說》等所錄《廣州記》，題顧微撰。此外，《玉函山房輯佚書補編》有清王仁俊輯本〔註335〕，未見。後者，如《水經注》、《史記索隱》、《史記正義》、《漢書注》、《藝文類聚》、《北堂書鈔》、《初

〔註334〕見《叢書子目類編》頁六二一。
〔註335〕見《叢書子目類編》頁五五一。

學記》、《太平御覽》，嘗徵引之。至若《說郛》（卷四墨娥漫錄）所錄《廣州記》，則不題撰人。

《廣記》注「出《廣州記》」者，僅一條；即卷四八二繳濮國。

20. 《十三州志》

後魏・闞駰撰。駰，字玄陰，敦煌人。博通經傳，蒙遜甚重之，拜秘書考課郎中，加奉車都尉。牧犍待之彌重，拜大行，遷尚書。姑臧平，樂平王丕鎮涼州，引為從事中郎。王薨，還京師，家甚貧敝，不免飢寒，卒。詳《魏書》及《北史》本傳。

《隋志・地理類》著錄十卷。《舊唐志》著錄十四卷；《新唐志》、《通志略》俱同。原書已佚。今所可知者有《重訂漢唐遺書鈔》之清王謨輯本、《二酉堂叢書》、《知服齋叢書》、《關中叢書》及《張介侯所著書》之清張澍輯本、《玉函山房輯佚書補編》之清王仁俊輯本、《毃淡廬叢書》之葉昌熾輯本等〔註336〕。就《張介侯所著書》之張氏輯本觀之，所輯大抵取自《史記索隱》、《史記正義》、《漢書注》、《水經注》、《元和郡縣志》、《太平寰宇記》、《括地志》、宋敏求《長安志》、《圖經》、《通鑑注》、《路史注》、《顏氏家訓》、《北堂書鈔》、《初學記》、《太平御覽》、《太平廣記》諸書。

《廣記》注「出《十三州志》」者，僅一條：即卷四八一龜茲第二則。張澍輯本即據《廣記》收入是條。

顏師古《漢書・地理志注》嘗云中古以來，說地理者多矣，或解釋經典，或撰述方志，競為新異，頗失其真，今並不錄云云，而其獨有取於闞氏，可知是書之精審。

21. 《嶺南異物志》

唐・孟琯撰。琯，疑為嶺南人。永貞元年，韓愈見之於郴，並嘗送以序，甚器重之。元和五年，刑部侍郎崔樞知舉，琯中第〔註337〕。

《新唐志・地理類》著錄一卷；《崇文總目・小說類》、《通志略・地理類》、《宋志・地理類》俱同。原書已佚。除《廣記》外，如《御覽》，亦嘗徵引之。

《廣記》注「出《嶺南異物志》」者，凡十二條。此外，卷四○九躑躅花，注「出《嶺西異物志》」；卷四七九海山、卷四九七韋執誼，注「出《嶺表異物志》」，皆「《嶺南異物志》」之訛，如《御覽》卷九四三引海山條「蝦鬚長四、五十尺」句，即出《嶺南異物志》可證。

22. 《嶺表錄異》

劉恂撰。恂，里籍未詳，大抵生當唐末五代間。宋釋贊寧《筍譜》稱恂於昭宗

〔註336〕見《叢書子目類編》頁五一○。
〔註337〕見東雅堂《韓昌黎集》卷二○〈送孟秀才序〉注。

時出爲廣州司馬。官滿，上京擾攘，遂居南海作《嶺表錄》。然《四庫提要》以其書有云唐乾符四年，及唐昭宗即位之語，謂臣子不應直稱其國號，且昭宗時人而預稱帝諡號，疑其成書於五代。

《新唐志・地理類》著錄三卷；《崇文總目・小說類》、《通考・地理類》引《書錄解題》、《宋志・地理類》（此據仁壽本。一本作《嶺表錄》一卷）、《四庫總目・地理類》同。《通志略・地理類》作一卷。此外，《宋志・地理類》著錄劉恂《嶺表異物志》一卷，疑即《嶺表錄異》之訛。原本已佚。除《廣記》外，如《御覽》，亦嘗徵引之。又《說郛》（卷三四。作《嶺表錄異記》）等錄有其條文。此外，今傳者約有《四庫全書》本、《武英殿聚珍版叢書》本、《榕園叢書》本、《叢書集成初編》本等（以上三卷）、《唐人說薈》本、《唐代叢書》本、《說庫》本（以上一卷）、《重編說郛》（弓第六十七）本、《五朝小說》本（以上亦一卷，作《嶺表錄異記》）等。查四庫館臣乃自《永樂大典》所載，逐卷裒輯，而佐以旁見諸書，仍編爲三卷而著於錄，並以聚珍版印行，其後諸三卷本即自《聚珍版叢書》翻刻。又查《說郛》所錄，計十七條，其中綠珠井條較《聚珍版》本多「耆老云」以下五十字，珠池條多「舊傳云，太守貪，即珠逃去」十字及註文「孟嘗君還珠池」六字，野象條，《聚珍版》本分爲三條，且脫「楚越之間，象皆青黑，惟西方弗林大食國即多白象」二十字，兩頭蛇條多「乃殺而埋之，慮後之人見後受其禍」十四字，章舉一條，則不見於《聚珍版》本。凡此，皆可補四庫館臣所輯之未備。《重編說郛》本、《五朝小說》本，即出自《說郛》本，而末多「嶺表多嵐霧」一條，其與《說郛》本相較，文字亦互有異同。至若《唐人說薈》、《唐代叢書》、《說庫》所收，約四十餘條，其中綠珠井、珠池諸條文字，亦較近於《說郛》所錄。今所可知者，《經籍佚文》有清王仁俊所輯佚文〔註338〕。

《廣記》注「出《嶺表錄異》」、「出《嶺表異錄》」或「出《嶺南錄異》」者，凡四十九條。查《四庫提要》云：「諸書所引，或稱《嶺表錄》，或稱《嶺表記》，或稱《嶺表異錄》，或稱《嶺表錄異記》，或稱《嶺南錄異》，核其文句，實皆此書，殆以舊本不存，轉相稗販，故流傳謬異，致有數名。」此外，卷二七〇洗氏，原闕出處，汪氏所謂談氏初印本作「出《嶺表錄異》」，但文字不同。又卷四〇六椰子樹，原闕出處，孫潛校本作「出《嶺表異錄》」，汪氏點校本注云：「今見《嶺表錄異》。」

就今本觀之，恂書記載博贍而文章古雅，於蟲魚草木所錄尤繁，訓詁名義，率

〔註338〕見《叢書子目類編》頁五五二。

多精核，故《四庫提要》云其「蓋不特圖經之圭臬，抑亦蒼雅之支流，有裨小學，非淺尠也」。

23. 《圖經》

據書志所著錄，宋李昉及其子宗諤，皆有書名《圖經》者，豈李昉撰之在前，而宗諤補纂於後歟？姑並記昉及宗諤事跡於後。昉，字明遠，深州饒陽人。漢乾祐舉進士。仕周爲翰林學士。歸宋，拜中書舍人，歷直學士院、國子監、翰林學士。太宗即位，加戶部侍郎。太平興國八年拜同中書門下平章事，端拱初罷爲右僕射，淳化二年復相，四年又罷，明年，以特進司空致仕。至道二年卒，年七十二。詳《宋史》本傳。宗諤，字昌武。恥以父任得官，獨由鄉舉第進士，眞宗時累拜右諫議大夫。詳《宋史·李昉附傳》。

《讀書志·地理類》著錄李昉《圖經》，不著卷數。《宋志·地理類》著錄李宗諤《圖經》九十八卷，又七十七卷。原書皆已佚。

《廣記》卷九一法度，注「出《圖經》」，惟汪氏點校本作「出《歙州圖經》」，未詳孰是。茲以《圖經》一名見於著錄，姑列於此，存疑可也。

24. 《翰林盛事》

唐·張著撰。著，字處誨，常山人，嘗爲剡尉〔註339〕。

《崇文總目·傳記類》著錄一卷；《讀書志·職官類》、《書錄解題·典故類》、《宋志·故事類》俱同。《遂初堂書目·職官類》不著撰人名及卷數。原書已佚。

《廣記》注「出《翰林盛事》」者，凡三條：即卷一六四蕭穎士、卷二〇二田遊巖、卷四九四崔湜。

據《崇文總目》、《書錄解題》所言，是書記唐儒臣，自武德中迄于天寶，凡三十八人。首載張文成七登科者，即著之祖也。

25. 《中說》（又名《文中子》）

傳爲隋·王通撰。查唐杜淹所著《文中子世家》，敘通所著書，並無《中說》。通子福畤《王氏家書雜錄》敘杜淹之言，謂門人存記所聞，綴而名曰《中說》，又自言其仲父凝以《中說》授之，因而辨類分宗，編爲十編。通孫勃又有「家君（福畤）欽若丕烈，圖終休緒，迺例六經，次禮樂，敘《中說》，明易讚，永惟保守前訓，大克敷教後人」之語〔註340〕。則司馬光所云「竊疑唐室既興，凝與福畤輩並依時事從而附益之」者，固可爲定論矣。詳余氏《四庫提要辨證》。

〔註339〕見《直齋書錄解題》。
〔註340〕見《文苑英華》卷七三六王勃〈續書序〉。

舊《唐志・儒家類》著錄五卷；《新唐志》同。《崇文總目》著錄十卷；《通志略》、《讀書志》、《書錄解題》、《通考》、《宋志》、《四庫總目》俱同。其中《通考》、《宋志》題作《文中子》。書凡十篇，《唐志》作五卷者，蓋無註，分卷異也。是書之通行者約有《六子全書》本、《四庫全書》本、《四部叢刊》本、《續古逸叢書》本（以上十卷）、《廣漢魏叢書》本、《叢書集成初編》本（以上二卷）、《二十家子書》本、《百子全書》本（以上一卷）等。查諸十卷本皆有宋阮逸注，至若二卷及一卷諸本，則白文無注。

《廣記》卷四〇三七寶鞭，原注「出《中說》」，黃刻作「出《世說》」，故宮所藏許刻，於目錄之是條條目下以墨筆注「小說」二字，查今本《中說》、《世說》以及殷芸《小說》輯本皆無是條文字，存疑可也。

或疑無王通其人，前人已辨其非矣，然是書既出於福畤輩所爲，牽合附合，反不足取信於世。如仁壽四年，通始至長安，李德林卒已九歲，而書有「德林請見」之語。關朗在太和中見魏孝文，自太和丁巳至通生之歲（開皇甲辰），一百七年矣，而書謂「問禮于關子明」。此最爲謬妄者。

26. 《瑞應圖》（《廣記》原作《瑞應編》）

今所可知者，如孫柔之、熊理等，皆撰有《瑞應圖》。柔之，《中興館閣書目》云其爲魏晉間人〔註341〕。理，生平未詳。此外，見於書志著錄，書名《瑞應圖》而撰人失名者亦復有之。《廣記》所引，未敢妄斷必屬某氏書，存疑可也。

《隋志・五行家類》著錄《瑞應圖》三卷、《瑞圖讚》二卷，皆不著撰人，注云：「梁有孫柔之《瑞應圖記》、孫氏《瑞應圖贊》各三卷，亡。」《舊唐志・雜家類》著錄孫柔之《瑞應圖記》二卷、熊理《瑞應圖讚》三卷；《新唐志・雜家類》、《通志略・傳記類》俱同。《書錄解題・雜家類》著錄《瑞應圖》十卷，並云：「今此書名與孫、熊同，而卷數與顧合（兩《唐志・雜家類》皆著錄陳顧野王《符瑞圖》十卷），意其野王書也，其間亦多援孫氏以爲注。《中興書目》有《符瑞圖》二卷，定箸爲野王，又有《瑞應圖》十卷，稱不知作者，載天地瑞應諸物，以類分門。今書正爾，未知果野王否？又云，或題王昌齡。至李淑《書目》又直以爲孫柔之。其爲昌齡，或不可知，而此書每引孫氏，則決非柔之矣。又恐李氏書別一家也。」《通考・雜家類》同。《宋志・雜家類》著錄《瑞應圖》十卷，不著撰人。此外，《南齊書・祥瑞志序》稱永明中，庾溫撰《瑞應圖》。《歷代名畫記》卷三著錄佚名之《古瑞應圖》二卷。《日本國見在書目・五行家類》著錄《瑞應圖》十五卷。《瑞應圖》之見於著

〔註341〕見《中興館閣書目・雜家類》「《符瑞圖》二卷」條。

錄者，大抵如此，而《廣記》所引，未詳何屬。諸《瑞應圖》皆已佚。今傳者有《玉函山房輯佚書》之清馬國翰輯本、《觀古堂所著書》之葉德輝輯本等，皆題孫柔之撰，所輯大抵取自《孝經正義》、《晉書・五行志》、《路史注》、《文選注》、《開元占經》、《稽瑞》、《藝文類聚》、《北堂書鈔》、《初學記》、《白孔六帖》、《事類賦》、《太平御覽》、《太平廣記》諸書。陳槃先生以爲古人引書，往往不繫名氏。即如《文選》〈東京賦〉與王元長〈三月三日曲水詩序〉李善注引《瑞應圖》，並不著名氏，其間〈江賦〉注則引曰孫氏《瑞應圖》。若吾人據此一例，遂謂前二事均應屬孫氏，其不稱孫氏者，省文，豈非勇于決斷？馬、葉二書于此等處，都不注意，殆是一失〔註342〕。

　　《廣記》卷四四七瑞應、周文王，皆注「出《瑞應編》」。查《太平御覽》與《廣記》同時編纂，編纂者亦同，其中引有王庾溫（當是「庾溫」之訛）、顧野王、孫柔之及不著撰人之《瑞應圖》，則《廣記》是處之《瑞應編》，即《瑞應圖》也。馬、葉二氏所輯孫柔之《瑞應圖》，皆據《廣記》，收入此二條文字。

　　陶穀〈述龍門重修白樂天影堂記〉引《雒書》曰：「王者之瑞則圖之。」瑞應圖書之性質，此即其說明。圖瑞之事，起原可能甚早，然其成爲專門之瑞應圖書，則前漢景帝以後始有可考，如漢武歌詩曰：「齋房產草，九莖連葉，宮童効異，披圖按諜。」至若「瑞應」一辭，讖緯書有以此爲名者，如《禮瑞應圖》、《春秋瑞應傳》等是也。其後諸圖皆散亡，僅存「記」焉，惟諸引皆不言「記」，仍題《瑞應圖》。

27. 《五行記》（疑即《廣古今五行記》）

　　說詳本編（壹）之（一）《廣古今五行記》條後附錄。

28. 《筆法》

　　劉宋・羊欣撰。欣，見前《筆陣圖》條。

　　《通志略・小學類》著錄一卷；清秦榮光《補晉書藝文志・藝術類》同。原書已佚。

　　《廣記》注「出羊欣《筆法》」者，僅一條：即卷二〇六蔡邕首則。

29. 《廣志》（《廣記》原作《曠志》）

　　郭義恭撰。義恭，始末未詳。是書疑廣張華《博物志》而作，則其爲晉或以後人也。

　　《隋志・雜家類》著錄二卷；《新唐志・雜家類》、《通志略・雜家類》同。原書已佚。《說郛》（卷六）、《重編說郛》（弓第六十一）等錄有其條文。此外，今傳者尚

〔註342〕詳陳槃先生所撰〈古讖緯書錄解題附錄（二）〉，載於《史語所集刊》第十七本。

有《玉函山房輯佚書》之清馬國翰輯本，所輯大抵取自《左傳正義》、《史記索隱》、《史記正義》、《後漢書注》、《水經注》、《廣韻注》、《文選注》、《藝文類聚》、《北堂書鈔》、《初學記》、《白帖》、《事類賦注》、《太平御覽》諸書。

《廣記》卷四六一飛南向，原注「出《曠志》」，明鈔本作「出《廣記》」。查《曠志》、《廣記》二名皆不見著錄。又查《御覽》與《廣記》同時編纂，編纂者亦同，《御覽》既引及《廣志》，則《廣記》是處之《曠志》或《廣記》，乃郭義恭書之訛也。黃刻是條闕出處。《文淵閣四庫全書》本，是條注「出《雜錄》」，未詳何據，茲不從。

30. 《要錄》

撰者未詳。

《隋志‧雜家類》著錄六十卷；《新唐志‧類書類》同。原書已佚。未詳即《廣記》所引與否。

《廣記》卷二七二車武子妻，原注「出《要錄》」，孫潛校本注「出《文樞鈗要》」，孰是孰非，未敢妄斷，茲從原注，又以《要錄》一名，見於《書志》著錄，姑列於此，存疑可也。

31. 《系蒙》

唐‧李伉撰。伉，始末未詳。

《新唐志‧雜家類》著錄二卷；《通志略‧雜家類》同。《崇文總目》（據輯釋本）〈類書類〉著錄十卷。《宋志‧類事類》亦十卷，但書名作《系蒙求》。原書已佚。

《廣記》卷一六一南徐士人，注「出《系蒙》」。此外，卷二一六隗炤，原注「出《國史補遺》」，明鈔本作「出《系蒙》」，未詳孰是。

32. 《雜語》

撰者未詳，《廣記》所引一條，殷芸《小說》嘗引之，則大抵為梁以前人。

《隋志‧小說家類》著錄不著撰人之《雜語》五卷；《新唐志‧小說家類》同，疑即是書。原書已佚。

《廣記》注「出《雜語》」者，僅一條，即卷三一七宗岱。查《續談助》所收殷芸《小說》引及是條，文字較簡，注「出《雜記》」，又《御覽》卷五〇〇、卷八八四及卷八九九引之，出「《語林》」。《雜語》、《雜記》、《語林》，三者未詳孰是，茲從《廣記》，且以《雜語》一名見於著錄，姑入此。

33. 《祥瑞記》

撰者未詳，大抵為南、北朝人。

《隋志・雜傳類》著錄三卷。《通志略・傳記類》作一卷。原書已佚。

《廣記》卷三八九孫鍾，注「出《祥瑞記》」。查故宮所藏許刻本，於目錄之是條條目下以墨筆注「出《祥異記》」。又馮夢龍《太平廣記鈔》卷五五錄是條則作「出《神異記》」，皆未詳其究竟。

就《廣記》所引一條觀之，宜屬小說類為近是。

34. 《感應經》

《書志》著錄或以為唐・李淳風撰，姑記其事跡如下。淳風，雍人。幼通群書，明步天曆算。貞觀初，以議曆為將仕郎，直太史局制渾天儀。累遷太史令，以勞封昌樂縣男。詳《舊唐書》本傳、《新唐書・方技傳》。

《崇文總目・小說類》著錄《感應經》三卷，不著撰人。《宋志》〈雜家類〉、〈小說類〉皆著錄《感應經》，亦三卷，前者題李淳風撰，後者題東方朔撰。案東方朔書，隋唐諸志均不載，疑《宋志》所著錄，即一書而錯出也。原書已佚。《說郛》（卷九）、《重編說郛》（弓第一百九）等錄有其條文。查《重編說郛》所收，即出《說郛》，而題宋陳櫟撰，不悉所本。蓋櫟，字壽翁，宋末休寧人，入元不仕，未聞有是書。且書中河有怪魚條明著「淳風又聞」云云，則《重編說郛》所題誤也可知。

《廣記》注「出《感應經》」者，凡十八條。此外，卷四七三原注「出《恩應錄》」，黃刻、汪氏點校本皆作「出《感應經》」。

35. 《廣德神異錄》

唐・渤海璴撰。《五代史記・四夷附錄》稱渤海本名靺鞨，高麗之別種也，唐中宗時，大乞乞祚榮封渤海郡王，其後世遂號渤海云云，因知其為異域人。惟璴之生平未詳。

《宋志・別史類》著錄四十五卷，作《唐廣德神異錄》。原書已佚。

《廣記》注「出《廣德神異錄》」者，凡十一條。此外，卷二七○高彥昭女，原闕出處，許刻作「出《廣德神異錄》」，但文字稍異。又卷三九六玉龍子，原注「出《神異錄》」，孫潛校本作「出《廣德神異錄》」。又卷一四○僧一行，原注「出《廣神異錄》」，汪氏點校本作「出《廣德神異錄》」。又卷七九朱悅、卷一三五唐齊王元吉、卷一四○僧普滿，注「出《廣德神異記》」，「記」蓋「錄」之訛；但其中僧普慶條乃記大曆中事，其年代稍晚，馮夢龍《太平廣記鈔》卷一九錄及是條，作「出《廣古今五行記》」，存疑可也。又卷四三七范翊，原注「出《集異記》」，孫潛校本作「出《廣德神異記》」。

36. 《傳奇》

唐・裴鉶撰。裴氏，據《新唐書・宰相世系表》，出於絳州聞喜。其世系中，中眷裴氏，於裴行儉之裔孫有裴鉷、裴鎬、裴銏、裴鍔等，並從金旁取名，而年輩又與裴鉶相當，是可略知其族系與里籍矣。咸通中，為靜海節度使高駢掌書記〔註343〕。乾符五年，官成都節度副使，加御史大夫〔註344〕。

《新唐志・小說家類》著錄三卷；《崇文總目・小說類》、《通志略・傳記類》、《讀書志・小說類》、《通考・小說家類》、《宋志・小說類》俱同。《遂初堂書目・小說類》，不著撰人名及卷數。《書錄解題》作六卷，云：「《唐志》三卷，今六卷，皆後人以其卷帙多而分之也。」此外，明陳第《世善堂藏書目錄》尚著錄《傳奇》三卷，豈明末猶有孤本流傳在世歟？《百川書志》亦收《傳奇》一卷，云：「止二十二事，恐非全書。」原書已佚。《類說》（藝文印書館影印本卷三二）、《紺珠集》（卷一一）、《歷世真仙體道通鑑》等錄有其條文。王師夢鷗先生撰《傳奇校釋》（見《唐人小說研究・二集》），即自上述諸書輯得三十篇（王居貞篇末附五臺山池一篇，實三十一篇）；查其五臺山池一篇，見今本《大唐傳載》（是篇，王師亦疑非鉶文）。此外，可注意者，《廣記》所引樊夫人一篇，或作「出《傳奇》」（詳後）。《紺珠集》所錄《傳奇》，其金釵玉龜一條，即《廣記》卷二〇楊通幽，而有刪節，《廣記》注「出《仙傳拾遺》」，《拾遺》為杜光庭所纂，今佚，蓋採輯舊文而成者；又紅拂一條，即《廣記》卷一九三虬髯客，而其文較簡，《廣記》注「出《虬髯傳》」，豈編者採自單行本者歟？南宋周守忠《姬侍類偶》引「紅拂擇主」，亦注出《傳奇》，此二條與樊夫人條，存疑可也。

《廣記》原注「出《傳奇》」者，凡二十一條；其中卷四二四五臺山池，明鈔本作「出《傳載》」，王師夢鷗先生云其文與鉶書不類，查今本《大唐傳載》有之；卷九六金剛仙、卷四三〇王居貞，王師夢鷗先生亦云其文不類裴氏書。此外，卷一九四崑崙奴、卷三五六韋自東、卷四二二周邯，注「出《奇傳》」，皆「《傳奇》」之訛。又卷二五元柳二公，原注「出《續仙傳》」，查今本《續仙傳》無此，而《類說》所錄《傳奇》，則有其事，較可信；卷六九張雲容，原注「出《傳記》」，查是條極言申天師之神聖，適與《傳奇》諸篇極言仙姑道士真人元君者同出一轍，故與其信任迭經轉錄翻刻之《廣記》注語，不如逕從親見原書之《類說》，以之屬《傳奇》；卷一五二鄭德璘，原注「出《德璘傳》」，查《廣記》所收鄭傳之文，僅此一篇，則其為單篇別行之文字可知，但《廣記》〈雜傳記〉一類，皆收錄單篇別行之文字，而此篇

〔註343〕見《全唐文》卷八〇五裴鉶〈天威涇新鑿海派碑〉。
〔註344〕見《唐詩紀事》卷六七。

不與爲伍，甚可疑其爲明人翻刻此書時所補注，《類說》及《苕溪漁隱叢話》（前集卷一三）引及是事，云出《傳奇》，則其本屬《傳奇》條文，固無異議；卷三一一蕭曠，原注「出《傳記》」，明鈔本作「出《傳奇》」，查《傳記》，唐劉餗撰，一稱《國史異纂》，以「國史」二字吟味之，殊不宜有此與唐史毫不相干之文字也。又卷三五〇顏濬，原有目無文，明鈔本及孫潛校本有之，注「出《傳奇》」。又卷六〇樊夫人，原注「出《女仙傳》」，孫潛校本作「出《女仙傳》又《傳奇》」，查是條文字見於杜光庭《墉城集仙錄》，豈杜氏於鋌書有所取歟？存疑。又卷四五四姚坤，注「出《傳記》」，其篇旨崇道教而抑浮屠，篇中又綴以歌詩，與鋌書相類，疑「記」爲「奇」之訛。

　　晁公武稱鋌書所記，皆神仙詭譎事云云。今考其遺文，其中賣弄詩文，表述怪異諸篇，蓋爲作者早期之作，用以投獻公卿之門，其旨但在作意好奇。迨至高駢幕下，涉獵道書漸廣，且阿駢之所好，其作不僅侈述靈境靈蹟而表其仰慕之忱，且泛言服食修煉之事矣。

37. 《炙轂子》（又名《炙轂子雜錄》、《炙轂子雜錄注解》）

　　唐・王叡撰。查《廣記》卷四二四濛陽湫，明鈔本注「出《北夢瑣言》」，其中云「新繁人王睿，乃博物者，多所辨正」，似指撰《炙轂子》之王叡，蓋叡書即多載事物起源。又杜光庭《神仙感遇傳》卷一記及其人事蹟，曰：「進士王叡，漁經獵史之士也，孜孜矻矻，窮古人之所未窮，得先儒之所未得，著《炙轂子》三十（「十」字疑衍）卷，六經得失，史冊差謬，未有不針其膏而藥其肓者（「藥其肓者」，《道藏》本作「藥肓矣」。此從《歷世眞仙體道通鑑》），所著有二鍾（《仙鑑》作「種」）之篇、釋喻之說，則古人高識洞（《道藏》本作「酒」字，誤。此從《仙鑑》）鑒之士，有所不逮焉。嗜酒自娛，不拘於俗，酣暢之外，必切磋義府，研覈詞樞，亦猶劉闡之詆誚古人矣。然其咀吸風露，呼嚼嵐霞，因而成疹，積年苦冷而莫能愈。游宴（《仙鑑》作「燕」）中，道逢櫻杖梭笠者，鶴貌高古，異諸其儕，名曰希道，笑謂之曰：少年有三感（《仙鑑》作「惑」）之累耶？何苦（《道藏》本作「若」，誤。此從《仙鑑》）瘠若斯？辭以不然，道曰疾可愈也，余雖釋悟，有鑪鼎之功（自「辭以不然」至此，《仙鑑》作「叡語其故，希道曰予有爐鼎之功」），何疾之不除也。叡委質以師之，齋于漳水之濱，三日而授其訣………。乃隱晦自處，佯狂混時，年八十矣，殂於彭山道中，識者瘞之。無幾，又在成都市，常寓止樂溫縣，時摯獸結尾，爲害尤甚，叡醉宿草莽，露身林間，無所憚焉。」

　　《新唐志・小說家類》著錄五卷，作《炙轂子雜錄注解》、《通志略・小說類》、

《讀書志・雜家類》、《通考・雜家類》同。《崇文總目・小說類》作《炙轂雜錄》，亦五卷。《遂初堂書目・雜家類》著錄《炙轂子》一名。《書錄解題・雜家類》作《炙轂子》三卷；《宋志・別集類》同。《宋志・小說類》又著錄作《炙轂子雜錄》五卷。原書已佚。《類說》（藝文印書館影印本卷二五，包括明天啓刻本及明抄本不同各條）、《紺珠集》（卷八）、《說郛》（卷四三）、《重編說郛》（弓第二十三）等錄有其條文。查《類說》、《紺珠集》所錄，多載古今事物之始，《說郛》所錄，則多載《樂府解題》之文；至若《重編說郛》所收，出自《說郛》，而多脫文脫字，亦間有較繁者。此外，王師夢鷗先生嘗撰文論及王叡其人其書。

《廣記》注「出《炙轂子》」者，僅一條，即卷四〇七藤實杯。

陳振孫云是書乃以《古今注》、《二儀實錄》、《樂府解題》等書併爲一編。考唐人《樂府解題》，久已不傳，毛晉所刻《樂府古題要解》二卷，實即《解題》，乃纂輯《樂府詩集》等書所引成篇，僞題吳兢撰，其書編次與《說郛》所引不同，足證其非原本，《說郛》所引雖非全文，亦頗足以資校勘也。

38. 《史遺》

撰者未詳。案《宋志》以爲林恩撰，於「林恩」下又注云：「一作黃仁望。」林恩，僖宗時進士，《新唐志・雜史類》著錄其所撰《補國史》十卷，下接《傳載》一卷、《史遺》一卷，均不著撰者，後人誤以此三書皆恩所撰，故云歟？黃仁望，宋人，事蹟未詳。存疑可也。

《新唐志・雜史類》著錄一卷；《宋志・小說類》同。是書，除見引於《廣記》外，如《類說》（藝文印書館影印本卷二七）等亦錄有其條文。查《寶顏堂秘笈》本《桂苑叢談》末附《史遺》十八條，《廣記》、《類說》所取者，具在其中。至若《重編說郛》（弓第二十六）、《五朝小說》、《唐人說薈》、《唐代叢書》、《說庫》諸本《桂苑叢談》亦載之，惟已刪落《史遺》標題，且僅十一條，非完帙。又查明人之《快書》及《蕧古介書》皆收《史遺》一卷，乃輯錄周秦間事，與此不同。

《廣記》卷八二王梵志、卷三八七采娘，皆注「出《史遺》」。查均見於今本《桂苑叢談》所附《史遺》中。

是書所記十八事中，與李肇《國史補》所記大同小異者有八，與韋述《兩京新記》稍同者二事，疑撰者乃雜取舊文以成書者。

39. 《錄異記》

蜀・杜光庭撰。光庭，見前之《仙傳拾遺》條。

《崇文總目・小說類》著錄十卷；《宋志》同。《四庫總目・小說家類存目》著

錄八卷。是書，除《廣記》外，如《御覽》，亦嘗徵引之。又《類說》（藝文印書館影印本卷八）、《舊小說》（丙集）等錄有其條文。此外，今傳者尚有《道藏》本、《秘冊彙函》本、《津逮秘書》本、《說庫》本（以上八卷）、《重編說郛》（弓第一百十八）本、《龍威秘書》本（以上一卷）等。查諸一卷本節錄過甚。

　　《廣記》原注「出《錄異記》」者，凡七十九條；其中卷八六黃萬祐，明鈔本作「出《野人閒話》」，查今本《錄異記》（八卷本。下同）無是條。又卷二三二周邯，原注「出《原化記》」，明鈔本作「出《錄異記》」，查不見於今本《錄異記》，而其事與《廣記》卷四四二周邯相似，該條，《廣記》注「出《傳奇》」；卷三○七永清縣廟，原注「出《集異記》」，明鈔本作「出《錄異記》」，查見於今本《錄異記》卷四；卷三九○李思恭，原注「出《廣異記》」，明鈔本作「出《錄異記》」，查見於今本《錄異記》卷八；卷四四○鼠第八則，原注「出《異苑》」，孫潛校本作「出《錄異記》」，查今本《錄異記》無是條。又卷三九九暴水，原注「出《錄異志》」，查見於今本《錄異記》卷六。又卷二九一伍子胥，原闕出處，黃刻作「出《錢唐志》」，查見於今本《錄異記》卷七，黃刻所注出處，蓋因文中言及錢塘潮而臆補者，不足取信；卷三一三盤古祠，原闕出處，查見今本《錄異記》卷四。

　　明沈士龍撰題辭，云光庭以方術事孟昶，故成此書以取悅，《四庫提要》以爲失考。其書多無稽之言，如淮南王事一本葛洪《神仙傳》而妄加八公姓名，謬甚已極。

40.　《鑑戒錄》（《廣記》或作《鑒戒錄》）

　　蜀・何光遠撰。光遠，字輝夫，東海人。廣政初官普州軍事判官〔註345〕。

　　《讀書志・小說類》著錄十卷；《通考・小說家類》、《四庫總目・小說家類》俱同。《遂初堂書目・小說類》不著撰人名及卷數。《宋志・小說類》著錄劉曦度《鑑誡錄》三卷、何光遠《鑑誡錄》三卷。查舊本前有劉曦度序，《宋志》遂以劉氏亦撰《鑑誡錄》，誤矣。至若《宋志》作三卷，殆所見本異歟？是書，《說郛》（卷九）錄有其條文。此外，今傳者尚有《四庫全書》本、《學津討原》本、學海類編本、《說庫》本（以上十卷）、《重編說郛》（弓第二十七）本（一卷）等。查《重編說郛》本非完帙，且其中樓羅、馬齒、甘羅、十圍、千字文諸條，核之乃《緗素雜記》之文而誤屬入此也。

　　《廣記》卷一三八侯弘實，注「出《鑑戒錄》」，查見今本光遠書卷三。又卷一四五劉知俊，注「出《鑒戒錄》」，查見今本光遠書卷九。

　　是書多記唐及五代間事，而蜀事爲多，皆近俳諧之言，各以二字標題。書中間

〔註345〕見《四庫全書總目提要》。

有夾註，皆駁正光遠之說，不知出自何人。書中所載，如稱昭宗何后荒於從禽云云，考《新唐書・后妃列傳》云昭宗奔播歧梁間，后侍膳服，無須臾去，安得有畋遊之事？不免誣誕。

41. 《東城老父傳》

唐・陳鴻撰。鴻，字大亮〔註346〕，潁川人〔註347〕。貞元二十一年登太常第〔註348〕，與牛僧孺同榜。元和之世，以朝議郎行太常博士，長慶初始遷爲虞部員外郎〔註349〕，大和三年官主客郎中（此從《全唐文》卷六一二陳鴻小傳。《新唐志・小說家類》著錄陳鴻《開元升平源》一卷，注云「貞元主客郎中」，以上官歷推之，當誤）。《玉堂閒話》載鴻有二子：長子瑊、次子璉（見《廣記》卷二〇二陳瑊條），稽之吳廷燮《唐方鎮年表》卷三，鴻二子登仕之年並在咸通、乾符，則略可知陳鴻或卒於大中之世。案《廣記》錄及是篇文字，題下注云「陳鴻撰」，然篇中凡譔者自敘姓名處皆作「陳鴻祖」。清人纂修《全唐文》，始察之，遂於卷七二〇單收此篇，定陳鴻祖爲其譔者。近人陳寅恪〈讀《東城老父傳》〉一文即曰：「近有疑此傳爲陳鴻祖作者，因《本傳》後段敘及潁川陳鴻祖訪賈昌問開元理亂之原，其必爲陳鴻祖無疑。」然今本《廣記》，其中譌誤誠多，《全唐文》編者未加細考，即令唐世散文作家增一人，不免招致後之讀者發疑。而陳氏所云，亦不得謂爲確據。茲稽此傳後段，通行本《廣記》固作「元和中，潁川陳鴻祖攜友人出春明門」，但據明鈔本，此句中無「攜」字，則當讀爲「祖友人出春明門」，此蓋爲一事，說明其之出春明門，非專爲覿晤賈昌，乃因餞送友人，順途造訪者。因疑北宋《廣記》原本即如此，後因傳寫衍一「攜」字，「祖攜」二字不辭，其後更有傳鈔者，遂以「祖」字連上讀之，且遇及「鴻」字，並疑下有脫字，各爲之添一「祖」字矣。《全唐文》所題作者既不足據，則絕不見於現有唐代文籍之「陳鴻祖」，何可謂爲必信無疑？以上詳王師夢鷗先生所撰〈《東城老父傳》作者辨〉（見《唐人小說研究・四集》）。

《宋志・傳記類》著錄一卷，作東城父老傳，所題撰者即爲陳鴻。此外，《新唐志・小說家類》著錄陳鴻《開元升平源》一卷。查《東城老父傳》篇末語及開元理亂之源，有不勝今昔低徊之感，而《開元升平源》，與之同一作者，卷數同爲一卷，

〔註346〕見《新唐書・藝文志・小說家類》「《開元升平源》一卷」下注語。

〔註347〕見《東城老父傳》。

〔註348〕《唐文粹》卷九五載陳鴻所撰〈大統紀序〉，自云貞元丁酉歲登太常第。《登科記考》訂正「丁酉」爲「乙酉」，蓋即二十一年。

〔註349〕《文苑英華》卷三九二有元稹所作制書，陳鴻與丘紓同時升遷，由行太常博士爲虞部員外郎。按《承旨學士記》，元稹於長慶元年入翰林，掌制誥，故知此制不早於是年也。

且就「開元升平源」一名觀之，所敘似同爲一事，王師夢鷗先生因謂此二者同爲一篇。是篇，除《廣記》外，如《重編說郛》（弓第一百十四）、《五朝小說》、《唐人說薈》、《唐代叢書》及《全唐文》等，亦錄有其條文。

《廣記》卷四八五引及是篇，即以《東城老父傳》標題。查《說郛》卷三錄有宋馬永易之《實賓錄》，其中賈昌一條，即節取此篇文字，而注「出《異聞集》」，又歲時《廣記》引及是篇，注「出《異聞錄》」（疑即《異聞集》之訛），豈是篇嘗見收於陳翰所編集中且《廣記》又從而錄之，惟今本於篇末脫缺出處歟？茲就今本僅以《東城老父傳》標題，姑視作取自單行，而仍存其目。

是篇所記賈昌事，當爲唐人實錄。李白詩古風云：「大車揚飛塵，停午暗阡陌。中貴多黃金，連雲開甲宅。路逢鬥雞者，冠蓋何輝赫，鼻息千虹蜺，行人皆怵惕。世無洗耳翁，誰知堯與跖？」蕭士贇即曰：「此篇諷刺之詩，蓋爲賈昌輩而作。」近人陳寅恪亦云此傳所載開元時事，可與當時史實相印證，詳所撰〈讀《東城老父傳》〉一文。

42. 《周秦行紀》（「紀」，《廣記》原作「記」）

唐·韋瓘撰。瓘，字茂弘，萬年人。元和十四年狀元及第（《登科記考》云是元和四年，今據王師夢鷗《唐人小說研究·二、四集》改）。歷左拾遺、右補闕、倉部員外郎，仕累中書舍人。與德裕善。德裕任宰相，罕接士，唯瓘往請無間。李宗閔惡之。德裕罷，貶明州長史。會昌之世，德裕當權，累遷楚州刺史。大中二年三月遷桂管觀察使，纔半載，馬植執大政，念其嘗二十八度候謁而未蒙一見，恨之，非時除太常卿分司東都。詳《新唐書·韋夏卿附傳》、《全唐文》卷六九五韋瓘之〈浯溪題壁記〉、〈桂林風土記〉、元稹《長慶集》卷四七制文及岑仲勉《郎官石柱題名新著錄》等。案是書或傳爲牛僧孺撰者，但北宋張洎所編《賈氏談錄》曰：「世傳《周秦行紀》，非僧孺所作，是德裕門人韋瓘撰。」（見藝文印書館影印本卷一五所引）賈氏指賈黃中，生當五代之季，去牛僧孺時不甚遠，所談宜有所據。今從之。

《秘書續目·小說類》著錄一卷，題韋瓘撰，《通志略·地理類》俱同。《讀書志·小說類》亦一卷，云：「唐牛僧孺自敘所遇事。賈黃中以爲韋瓘所撰。瓘，李德裕門人，以此誣僧孺。」《通考·小說家類》同。是篇，除《廣記》外，如《顧氏文房小說》、《重編說郛》（弓第一百十四）、《五朝小說》、《唐人說薈》、《唐代叢書》等，亦錄有其全文，皆題牛僧孺撰。又，王重民《敦煌古籍敘錄》著錄殘卷，並云其文字有可正《廣記》之誤者。

《廣記》卷四八九引及是篇，即以《周秦行紀》標題。查是篇嘗見收於陳翰《異

聞集》（藝文印書館影印本《類說》卷二八），《廣記》所引或間接取自翰書而今本於篇末脫缺出處，亦未可知。茲就今本僅以《周秦行記》標題，姑視作取自單行，而仍存其目。

是篇敘牛僧孺舉進士落第，歸途入漢文帝母薄太后廟，與戚夫人、潘淑妃、綠珠、太眞妃諸人飲酒賦詩行樂事，而用第一人稱述之，文中記「太后問余，今天子爲誰？余對曰：今皇帝，先帝長子（敦煌殘卷作「今皇帝名适，代宗皇帝長子」）。太眞笑曰：沈婆兒作天子也」一段，足可窺見韋瓘誣陷僧孺撰文不敬之用心。《賈氏談錄》即稱開成中，僧孺曾爲憲司所覈。文宗覽之，笑曰：此必假名僧孺，若貞元中進士，豈敢呼德宗爲沈婆兒也？事遂寢云云，小人計不售，固宜也。

43. 《神告錄》

唐・陸藏用撰。藏用，始末未詳。

《宋志・小說類》著錄一卷。原書已佚。

《廣記》卷二九七丹丘子，原注「出陸■用《神告錄》」，孫潛校本作「出陸藏用《神告錄》」。查《類說》節錄陳翰《異聞集》，以此篇爲首，今本《廣記》是處，不注出翰書，則所本似爲單篇文字。

是篇記隋末，一老翁詣李淵，告以隋氏將亡，李氏將興，但有丹丘先生者，亦姓李，淵之受命當在其後云云，淵遂往訪丹丘先生。先生久厭濁世，不欲與淵相競而讓之。篇中言此丹丘先生隱居鄢、杜之間，而鄢、杜本李密之寄籍所在，豈其人即影射密歟？據溫大雅《大唐創業起居注》，知唐之創業，頗多「神告」，所謂符命圖讖之類是也，其旨不外誇示唐之得天下，乃天所授，固宜垂福萬葉。又是篇既見錄於陳翰《異聞集》，就《異聞集》編成之時代上推，至少成於中、晚唐間，稍早於《廣記》卷一九三所引《虬髯傳》，或於《虬髯傳》不無影響。

44. 《唐高僧傳》（即《續高僧傳》）

唐・釋道宣撰。宣，見前之《三寶感通記》條。

《舊唐志・雜傳類》著錄二十卷，又三十卷，皆作《續高僧傳》。《新唐志・釋氏類》作《續高僧傳》二十卷，《後集續高僧傳》十卷；《通志略・釋家類》同。《崇文總目・傳記類》作《續高僧傳》三十一卷。《讀書志・傳記類》作《續高僧傳》三十卷；《通考・釋氏類》同。《宋志・釋氏類》作《續高僧傳》三卷；疑「三」下脫「十」字。是書，今傳有《大藏》本（三十卷）、《嘉興藏》本（國家圖書館藏）、臺灣印經處印行本（題《高僧傳・二集》）（以上四十卷）、日本正保四年刊本（故宮博物院圖書館藏。三十一卷）等。查諸本內容相同而分卷則異。

《廣記》卷一○九釋智聰，注「出《唐高僧傳》」，查見今本《續高僧傳》卷二四（據臺灣印經處印行本。下同）。此外，卷一一二釋智興，原注「出《異苑》」，明鈔本、孫潛校本作「出《高僧傳》」，查見於今本《續高僧傳》卷三九，參前之《異苑》條；卷一一四釋法誠，原注「出《高僧傳》」，查今本《續高僧傳》卷三八有之。

是書續梁釋慧皎《高僧傳》而作，始距梁之初運，終唐貞觀十有九年，百四十四載，正傳三百三十一人，附見一百六十人。分譯經、解義、習禪、明律、護法、感通、遺身、讀誦、興福、雜科，凡十門。

45. 《報應記》（書志著錄作《金剛經報應記》）

唐‧盧求撰。求，見前之《成都記》條。

《崇文總目‧釋書類》著錄三卷，作《金剛經報應記》；《通志略‧釋家類》、《宋志‧釋氏類》俱同。原書佚。除《廣記》外，如《重編說郛》（弓第七十二），亦嘗錄其條文，皆取自《廣記》，而誤題唐臨撰。

《廣記》注「出《報應記》」者，凡五十九條。此外，卷一三三何澤，原注「出《報應錄》」，孫潛校本作「出《報應記》」。疑今本《廣記》所引出自《報應記》及《報應錄》之條文，互有混雜。《報應錄》已見前。

就《廣記》所引遺文觀之，大抵記南北朝至隋、唐間，釋氏信徒因持誦《金剛經》，或免災禍，或延年諸事。

46. 《魏夫人傳》（即《南嶽魏夫人內傳》）

《隋志》不著撰者姓名，新、舊《唐志》題撰者為范邈。查《御覽》卷六六九引葛洪《神仙傳》曰：「中候上仙范邈，字度世，舊名冰，服虹景丹得道，撰《魏夫人傳》。」又《真誥》載乩筆中語，稱王清虛令弟子作《南嶽魏夫人內傳》，顯於世云云，則兩《唐書》以范邈為撰者，蓋有由矣，存疑可也。

《隋志‧雜傳類》著錄一卷，作《南嶽夫人內傳》。《舊唐志‧雜傳類》作《紫虛元君南嶽夫人內傳》，亦一卷；《新唐志‧神仙家類》、《通志略‧道家類》同。《崇文總目‧道書類》作《南嶽魏夫人內傳》一卷；《宋志‧神仙類》同。原書已佚，除《廣記》外，如《御覽》（作《南岳魏夫人內傳》、《南岳魏夫人傳》、《南岳夫人內傳》、《南岳夫人傳》、《紫虛南岳夫人傳》或《魏夫人傳》），亦嘗徵引之。此外，今傳者尚有《顧氏文房小說》本、《叢書集成初編》本（以上題《南岳魏夫人傳》，唐顏真卿撰）、《綠窗女史》本、《重編說郛》（弓第一百十三）本（以上題《魏夫人傳》，唐蔡偉撰）等。查諸本皆出《廣記》卷五八所引，然《廣記》所引，末注「出《集仙錄》及《本傳》」，則非全出自《魏夫人傳》可知，諸本俱不審，誤矣。又《廣記》

所引，末云：「玄宗敕道士蔡偉編入後仙傳。大曆三年戊申，魯國公顏眞卿重加修葺，立碑以紀其事焉。」恐屬《集仙錄》之語，所謂「蔡偉編」、「顏眞卿立碑」，另有所指，諸本據之，或題蔡偉撰，或題顏眞卿撰，似不足信。

　　《廣記》卷五八魏夫人，注「出《集仙錄》及《本傳》」。查《御覽》與《廣記》同時編纂，編纂者亦同，《御覽》所引作《南岳魏夫人內傳》，則《廣記》是處所稱《本傳》當與《御覽》所引者同。又查《集仙錄》即《墉城集仙錄》（詳前之《墉城集仙錄》條），今所見本非完帙，而《魏夫人傳》原帙亦不傳，則《廣記》是條文字，何者屬《集仙錄》，何者屬《魏夫人傳》，難以遽定。但若《魏夫人傳》撰者確爲范邈，而《廣記》是條後段引梁陶貞白《眞誥》語及唐玄宗時事，則非《魏夫人傳》可知。

　　是書記魏夫人得道事。夫人名華存，字賢安，任城人，晉司徒文康公魏舒女也。成帝時仙去。

47. 《玉笥山記》（《廣記》原作《玉笥山錄》）

　　唐·令狐見堯撰。見堯，道士也〔註350〕。所撰《玉笥山記》，有言及唐寶曆初事者（見《御覽》卷四一所引），則大抵爲晚唐人。

　　《新唐志·神仙家類》著錄一卷；《崇文總目·地理類》、《通志略·地理類》、《書錄解題·地理類》、《通考·地理類》、《宋志·地理類》俱同。陳振孫曰：「別本又有南唐及本朝事，後人所益也。」原書已佚。除《廣記》外，如《御覽》，亦嘗徵引之。

　　《廣記》卷三七四玉梁觀、卷三九七玉笥山，注「出《玉笥山錄》」。查「《玉笥山錄》」一名不見書志著錄。《御覽》與《廣記》同時編纂，編纂者亦同，所引作「《玉笥山記》」，當從之。

　　是書記玉笥山仙跡，多仙家之傳說，《新唐志》入之於神仙家類，固有因焉。玉笥山在新淦。漢武好仙，察眾山之跡，知此山爲靈感之司，遂於山頂置降眞壇，日夕祈禱，天乃降白玉笥，因封爲玉笥山。

48. 《樊川集》

　　唐·杜牧撰。牧，字牧之，京兆萬年人。大和二年登進士第。官至中書舍人。詳兩《唐書·杜祐附傳》。

　　《新唐志·別集類》著錄二十卷；《崇文總目》、《宋志》俱同。《通志略》著錄二十卷《外集》一卷《別集》一卷；《四庫總目》同。《讀書志》著錄二十卷《外集》一卷、《書錄解題》、《通考》俱同。《遂初堂書目》不著卷數。所謂《外集》、《別集》，

〔註350〕《新唐書·藝文志》著錄其書，於其姓名上即冠以「道士」二字。

多他人之詩，如《外集》之歸家一首，爲趙嘏詩，龍邱途中二首、隋苑一首，見《李義山集》；《別集》之子規一首，見《太白詩》，皆後人採輯之誤。劉克莊《後村詩話》云又有《續別集》三卷，其中多許渾詩，既不著於前，亦不傳於後，故余嘉錫曰：「恐止是南宋末葉書坊僞造之本耳。」至若《全唐詩》所編牧詩八卷；卷一至卷四與正集同，卷五即《外集》，卷六即《別集》，七、八兩卷，則爲全集所無，不知出於何本。牧集之今傳者有明嘉靖間仿宋刊本（國家圖書館藏）、《四庫全書》本、《四部叢刊》本（以上作《樊川文集》二十卷《外集》一卷《別集》一卷）、《四部備要》本（作《樊川詩集》四卷《別集》一卷《外集》一卷《補遺》一卷）、《唐詩百名家全集》本（作《樊川集》六卷《補遺》一卷）等。

　　《廣記》卷二七〇竇烈女，原闕出處，汪氏所謂談氏初印本作「出《樊川集》」，但文字不同，其究屬宋本《廣記》原有與否，未確。

貳、《太平廣記》引書之未見於
歷代書志著錄者

一、卷首所列引用書目有者

1. 《補錄紀傳》（疑即《唐年補錄》。引用書目「紀」作「記」）

   說詳本編（壹）之（一）《唐年補錄》條後附錄。

2. 《大唐雜記》

   撰者未詳。

   原書已佚。

   《廣記》注「出《大唐雜記》」者，僅一條：即卷四二三金龍子，所記為唐僖宗時事。

   就其名觀之，是書或屬史部雜史類。

3. 《野史》

   撰者未詳。

   原書已佚。

   《廣記》注「出《野史》」者，僅一條：即卷一五五郭八郎。

   就其名觀之，是書或屬史部雜史類。

4. 《譚氏史》（卷首引用書目誤「譚」作「潭」）

   撰者未詳。

   原書已佚。

   《廣記》注「出《譚氏史》」者，僅一條：即卷一六五肅宗。

就其名觀之，是書或屬史部雜史類。

5. 《鄴侯外傳》

撰者未詳。

原書已佚。今傳有《古今說海》本、《歷代小史》本、《重編說郛》（弓第一百十三）本、《五朝小說》本（以上題《鄴侯外傳》）、《唐人說薈》本、《龍威秘書》本（以上題《李泌傳》）等，皆一卷，全錄自《廣記》卷三八所引，而題作李繁撰，蓋誤以爲《鄴侯家傳》也。查《新唐志・雜傳記類》著錄李繁所撰《相國鄴侯家傳》十卷；《讀書志》、《通考》俱同。《遂初堂書目》題《李鄴侯家傳》，不著撰人名及卷數。《書錄解題》、《宋志》俱作《鄴侯家傳》，亦十卷。繁，鄴侯泌之子，兩《唐書》附〈李泌傳〉。陳振孫據《中興書目》云，是書原有柳玭後序，其藏本已無之。原書久佚。《類說》（藝文印書館影印本卷二）、《紺珠集》（卷二）、《說郛》（卷七諸傳摘玄）等錄有其條文。昌師彼得先生云《廣記》所引，與《家傳》實非一書〔註1〕。

《廣記》注「出《鄴侯外傳》」者，僅一條：即卷三八李泌。

據《讀書志》所載，繁下獄，知且死，恐先人功業不傳，乞廢紙拙筆於獄吏，以成傳稿，戒其家求聞人潤色之，後竟不果。宋子京謂其詞侈云。查《廣記》所引外傳，與《類說》等所錄家傳，其中文字有相同者，豈後人據李繁所爲家傳及他書而撰就者歟？

6. 《羅紹威傳》（「紹」，《廣記》原作「昭」）

撰者未詳。

原書已佚。

《廣記》卷二〇〇羅昭威，注「出《羅昭威傳》」。「昭」，宜作「紹」。查《舊五代史》有〈羅紹威傳〉，事與此略同，但文字頗有出入，則《廣記》是處所引，似非《舊五代史》之文也。

7. 《趙延壽傳》

撰者未詳。

原書已佚。

《廣記》卷二〇〇趙延壽，注「出《趙延壽傳》」。查《舊五代史》有《趙延壽傳》，但文字與《廣記》所引不同。

〔註 1〕見所撰《說郛考》一文。

8. 《塔寺記》

撰者未詳。查其書見引於《世說新語注》，故知爲梁以前人。

原書已佚。除《廣記》外，如《世說新語注》、《太平御覽》，亦嘗徵引之。

《廣記》注「出《塔寺記》」者，僅一條：即卷三七九劉薛。此外，卷三七五崔涵，注「出《塔寺》」，查見於《洛陽伽藍記》，知非此《塔寺記》也。詳前之《洛陽伽藍記》條。

就今所見遺文觀之，皆記晉時所建塔寺源起。

9. 《梁京寺記》

撰者未詳，疑即梁劉璆，姑略記其事蹟如下：璆，據《周書・劉璠傳》，知其爲沛國沛人，璠之兄也，嘗官黃門郎。又《法苑珠林・傳記篇》載其所撰書，作《京師塔寺記》，云其爲梁尚書、兵部郎中兼史學士。

是書除《廣記》外，如《法苑珠林》，早已徵引之。此外，《大藏經》（史傳部）、《重編說郛》（弓第六十一）、《五朝小說》等錄有其條文。查《隋志・地理類》著錄劉璆《京師寺塔記》十卷《錄》一卷。《法苑珠林・傳記篇》作二十卷。原書久佚，或即《廣記》所引者歟？

《廣記》注「出《梁京寺記》」者，僅一條：即卷一三一邵文立。查是條，《法苑珠林》卷八〇（據一百二十卷本）引之，亦出《梁京寺記》。疑《廣記》所引，非逕出原書，乃間接錄自《法苑珠林》者。

就今所見遺文觀之，皆記梁時寺塔。

10. 《山河別記》

北齊・邢邵撰。邵，字子才，河間鄭人。少時避北魏彭城王劭諱，遂以字行。釋巾，北魏宣武挽郎，除奉朝請，遷著作佐郎。太昌初，直內省，除衛將軍、國子祭酒。解職。歸後，爲尚書令，加侍中。孝昭帝皇建中，出除驃騎將軍、西兖州刺史。武成帝時，入爲中書令，遷太常卿，兼中書監，攝國子祭酒。後授特進。詳《北齊書》本傳、《北史・邢巒附傳》。

原書已佚。

《廣記》卷三一八王恭伯，注「出邢子才《山河別記》」。

《廣記》所引一條，記晉王恭伯遇女鬼於吳閶門郵亭事。就其名觀之，是書或屬史部地理類。

11. 《九江記》

撰者未詳。

原書已佚。查《重編說郛》（弓第六十一）錄有《九江志》，題晉何晏撰，而首條記南宋紹興間事，則非《廣記》所引可知，且其所題撰人亦誤。

《廣記》注「出《九江記》」者，凡五條：即卷一六一劉京、卷四二五王植、陸社兒、卷四六八顧保宗、卷四六九王奐。

《廣記》所引各條，大抵記晉時事。

12. 《三吳記》

撰者未詳。

原書已佚。《重訂漢唐地理書鈔》有清王謨《三吳記》輯本。

《廣記》注「出《三吳記》」者，凡四條：即卷一一八劉樞、卷四二五王述、卷四六八姑蘇男子王素。

《廣記》所引各條，大抵記後漢至劉宋間事。

13. 《三峽記》

撰者未詳。

原書已佚。

《廣記》卷四六九微生亮，注「出《三峽記》」。查是條文字亦見於今本《獨異志》卷中。《獨異志》，唐李亢撰，書中多徵引舊籍（詳前之《獨異志》條）。疑《廣記》是條非迻取自《三峽記》，乃自《獨異志》中錄出者。

《廣記》所引一條，記劉宋順帝時事。

14. 《外荒記》

撰者未詳。

原書已佚。

《廣記》注「出《外荒記》」者，僅一條：即卷四六三飛涎鳥。

15. 《江表異同錄》

撰者未詳。

原書已佚。

《廣記》注「出《江表異同錄》」者，僅一條：即卷四六九劉萬年。

《廣記》所引一條，記劉宋後廢帝時事。

16. 《武昌記》

《御覽》作史苓撰；《北堂書鈔》、王謨《重訂漢唐地理書鈔》則作史荃。始末未詳。

原書已佚。除《廣記》外，如《御覽》，亦嘗徵引之。《御覽》所引，或題《武昌記》，或題史苓《武昌記》，或題史苓《武昌郡記》。

《廣記》注「出《武昌記》」者，僅一條：即卷一三五吳大帝。

17. 《建安記》

蕭子開撰。子開，始末未詳。

原書已佚。除《廣記》外，如《御覽》，亦嘗徵引之。《御覽》所引，或題《建安記》，或題蕭子開《建安記》。

《廣記》注「出《建安記》」者，僅一條：即卷四六二鳥君山。

18. 曹叔雅《異物志》

曹叔雅撰。叔雅，始末未詳。

原書已佚。《太平寰宇記》江南西道引金井事，作曹叔雅《廬陵異物志》。參見昌師彼得先生《說郛考》。

《廣記》卷一九七張華「又」條第七則，注「出《異物志》」，未冠撰人名。據《御覽》卷五二所引，知出曹叔雅書。

19. 郭氏《異物志》

郭氏撰。郭氏，始末未詳。

原書已佚。

《廣記》注「出郭氏《異物志》」者，僅一條：即卷二一○張衡。

20. 《漢沔記》

撰者未詳。

原書已佚。

《廣記》注「出《漢沔記》」者，僅一條：即卷二九六龔雙。

《廣記》所引一條，記南齊永元末年事。

21. 《建州圖經》

撰者未詳。

原書已佚。

《廣記》注「出《建州圖經》」者，僅一條：即卷三九七鳴饒山。

22. 《朗州圖經》

撰者未詳。

原書已佚。今傳者有《麓山精舍叢書》之清陳運溶輯本、《玉函山房輯佚書補編》

之清王仁俊輯本〔註2〕。

《廣記》注「出《朗州圖經》」者，凡二條：即卷一〇一惠原、卷三八九古層冢。

23. 《陵州圖經》

撰者未詳。

原書已佚。

《廣記》注「出《陵州圖經》」者，僅一條：即卷三九九鹽井。

《廣記》所引一條，記及唐武后萬歲通天二年事。

24. 《渝州圖經》

撰者未詳。

原書已佚。

《廣記》注「出《渝州圖經》」者，凡二條：即卷三九九仙池、渝州灘。

25. 《新津縣圖經》

撰者未詳。

原書已佚。

《廣記》注「出《新津縣圖經》」者，僅一條：即卷一九一朱遵。

26. 《黎州圖經》

撰者未詳。

原書已佚。

《廣記》原注「出《黎州圖經》」者，凡二條：即卷三九七聖鐘山、卷四六二黎州白鷺。此外，卷二七〇義成妻，原有目無文，汪氏所謂談氏初印本有之，注「出《黎州圖經》」。

《廣記》所引聖鐘山條，言及唐末昭宗乾寧中事。

27. 《黎州通望縣圖經》（「望」，《廣記》所注出處原誤作「壁」。卷首引用書目作《通壁縣圖經》）

撰者未詳。

原書已佚。

《廣記》卷四〇六娑羅綿樹，原注「出黎州通壁縣圖經」，汪氏點校本作「出《黎州通望縣圖經》」，查內文首句正謂「黎州通望縣有銷樟院，在縣西一百步」云云，則作「望」者是也。

〔註2〕見《叢書子目類編》頁五四九。

28. 《歙州圖經》

　　撰者未詳。

　　原書已佚。除《廣記》外，如《御覽》，亦嘗徵引之。又《御覽》另有題《歙縣圖經》者，疑屬是書之一部分。

　　《廣記》注「出《歙州圖經》」者，凡四條：即卷一一八程靈銑、卷一九二汪節、卷三九七石皷山、卷四二五洪氏女。此外，卷四六六赤嶺溪，注「出《歛州圖經》」，「歛」爲「歙」字形近之訛。又卷九一法度，原注「出《圖經》」，汪氏點校本作「出《歙州圖經》」。

　　《廣記》所引汪節條，有「唐德宗甚寵惜」之語。

29. 《隴州圖經》

　　撰者未詳。

　　原書已佚。

　　《廣記》注「出《隴州圖經》」者，僅一條：即卷二九一土羊神。

　　《廣記》所引一條，記秦始皇時事。

30. 《夢記》

　　撰者未詳。

　　原書已佚。

　　《廣記》注「出《夢記》」者，凡二條：即卷二七七盧元明、蕭鏗。

　　就其名觀之，是書與前所考《夢書》、《夢雋》同一性質。

31. 《文樞竟要》（《廣記》或作《文樞鏡要》、或作《文樞鋮要》，未詳孰是）

　　撰者未詳。

　　原書已佚。案《遂初堂書目·類書類》著錄《文樞要錄》，未詳即此《廣記》所引者否？

　　《廣記》卷三九六薛願，原注「出《文樞竟要》」，汪氏點校本作「出《文樞鏡要》」。此外，卷四〇八醉草，注「出《文樞鏡要》」。又卷二七〇呂榮，原闕出處，許刻末多「後刺史增其冢於嘉興郭里，名曰義婦坂（「坂」，原誤作「扳」）」十餘字，並注「出《文樞鏡要》」。又卷二七二車武子妻，原注「出《要錄》」，孫潛校本作「出《文樞鋮要》」，參前之《要錄》條。案《竟要》、《鏡要》、《鋮要》三名，未詳孰是，因卷首引用書目作《竟要》，姑從之。

　　就其名觀之，是書似屬類書性質。

32. 許氏《志怪》

許氏撰。許氏，始末未詳，疑爲南、北朝人。

原書已佚。近人周氏《古小說勾沈》中，嘗輯諸種撰人不詳之《志怪》書條文，總題作《雜鬼神志怪》，是條即在其中。

《廣記》卷四六八廣陵王女，原注「出《志怪》」。查《御覽》卷九三二引之，出許氏《志怪》。

33. 郭季產《集異記》

郭季產撰。季產，始末未詳，疑爲南、北朝人。

原書已佚。今傳有《古小說勾沈》之近人周氏輯本，所輯大抵取自《北堂書鈔》、《太平御覽》、《太平廣記》諸書。

《廣記》原注「出《集異記》」者，凡七十六條。案唐薛用弱所撰書，亦有名《集異記》者，記隋唐間事，而《廣記》所引「《集異記》」，查屬用弱書者，有之，詳（壹）之（一）薛用弱《集異記》條。今所可考知者，其中卷三六八劉玄、游先期，所記皆六朝時事，近人周氏以爲郭季產《集異記》條文；又卷四三八朱休之，所記亦六朝時事，疑亦屬郭氏書。此外，卷二七六張天錫，注「出李產《集異傳》」，顯爲「郭季產《集異記》」之訛，周氏輯本即據以輯入之。

34. 《續異記》

撰者未詳，疑爲南、北朝人。

原書已佚。今傳有《古小說勾沈》之近人周氏輯本，所輯大抵取自《初學記》、《六帖》、《事類賦注》、《太平御覽》、《太平廣記》諸書。

《廣記》注「出《續異記》」者，凡八條：即卷一一八劉沼、卷一四一蕭士義、劉興道、卷二七六劉穆之末則、劉誕、卷四六九朱法公、卷四七三蚱蜢、施子然。

35. 《玉匣記》

《廣記》引及是書之條文一，其末原注作者爲皇甫牧，汪氏點校本「牧」作「枚」。皇甫枚，似即指《三水小牘》之作者，唐末人也，其事蹟見前之《三水小牘》條。案《廣記》所引是書條文，言及魏帥樂彥禎（《廣記》原作「眞」，據兩《唐書》改）其人，而枚約與之同時，又所記爲光啓年（原文僅云「丙午歲」，茲就樂彥禎所處年代推之，知即僖宗光啓二年）事，枚能及見之，則汪氏點校本所注者近是，姑從之。

原書已佚。查《百川學海》、《重編說郛》（弓第三十二）錄有《玉匣記》條文，題宋皇甫牧撰，然不見《廣記》所引王敬之條，且其中載王安石，恐非此。

《廣記》卷三九二王敬之，原注「出皇甫牧《玉匣記》」，汪氏點校本作「出皇

甫枚《玉匣記》」。

36. 《陰德傳》

撰者未詳，所記爲唐事，則爲唐至本代間人。

原書已佚。查《隋志・雜傳類》、《舊唐志・雜傳類》、《新唐志・雜傳記類》俱著錄《陰德傳》二卷，乃劉宋光祿大夫范晏所撰，非此唐人著述可知。除《廣記》徵引者外，如《舊小說》（乙集）錄有其條文。查《舊小說》所錄，全取自《廣記》。

《廣記》注「出《陰德傳》」者，凡二條：即卷一一七劉弘敬、卷一二三韋判官。

就《廣記》所引遺文觀之，皆記唐時有關陰德報應之傳聞。

37. 《摭異記》

撰者未詳，《廣記》所引一條，記及唐事，則爲唐至五代間人。

原書已佚。查唐人撰《松窗錄》一書，今傳本中，如《重編說郛》本、《唐人說薈》本、《唐代叢書》本等，改題作《摭異記》（詳前之《松窗錄》條），然非《廣記》所引者。

《廣記》注「出《摭異記》」者，僅一條：即卷四三七劉巨麟。

38. 謝蟠《雜說》

謝蟠撰。蟠，始末未詳，就《廣記》所引高駢條觀之，則爲唐末或五代時人。

題謝蟠撰之《雜說》，不見書志著錄。查《崇文總目・小說類》著錄《雜說》六卷，不著撰人，《通志略・小說類》著錄，則題李後主撰，似非指《廣記》是處所引者。謝氏原書已佚。《御覽》引書有稱《雜說》者，未詳即謝氏書與否。

《廣記》卷二〇〇高駢，注「出謝蟠《雜說》」。此外，卷四四三季嬰，原注「出《鄱陟記》」，黃刻作「出《謝蟠雜說》」；查是條，《御覽》卷九〇六引之，出《鄱陽記》，文字稍異〔註3〕，知《廣記》原注「出《鄱陟記》」者，「陟」及「陽」之訛。至若黃刻所注，未詳何據，似非是。

39. 《八朝窮怪錄》（又名《窮怪錄》）

撰者未詳。

原書已佚。

《廣記》注「出《八朝窮怪錄》」者，凡四條：即卷二九五趙文昭・劉子卿、卷

〔註3〕《太平御覽》卷九〇八引《鄱陽記》曰：「李嬰、弟縉，一人善於用弩，嘗得大麈，解其四腳，懸著樹間，以臟爲炙，烈於火上。方欲共食，山下一人長三丈許，跛步而來，手持大囊。既至，取麈頭骼皮并火上新肉，悉內囊中，遙還山。嬰兄弟後亦無恙。」

二九六蕭總、蕭嶽。又卷二一〇顧光寶，原注「出《八朝畫錄》」，明鈔本作「出《八朝窮怪錄》」；卷三九六首陽山，原注「出《八廟窮經錄》」，孫潛校本作「出《八朝窮怪錄》」。此外，卷三二六劉導、卷四四〇茅崇丘，原注「出《窮怪錄》」；其中劉導條，孫潛校本作「出《八朝窮怪錄》」。又卷四六九柳鎮，原注「出《窮怪記》」，汪氏點校本作「出《窮怪錄》」。所謂「《窮怪錄》」者，其爲「《八朝窮怪錄》」之省稱歟？抑「《八朝窮怪錄》」之初名歟？未詳。要之，二者實爲一書也。

40. 《神鬼傳》

撰者未詳。

原書已佚。

《廣記》原注「出《神鬼傳》」者，凡七條：即卷一〇〇張應、卷一四二柳元景、卷二九三陳敏、卷二九五曲阿神、卷三八二僧善道、卷四六七子英春、卷四七一黃氏母。其中卷二九五曲阿神，孫潛校本注「出《神異傳》」。此外，卷四六八長水縣，原注「出《鬼神傳》」，黃刻作「出《神鬼傳》」，而《水經注》卷二九引是條，出「《神異傳》」。查「曲阿神」、「長水縣」二條皆記神廟由來，與其他注出《神鬼傳》各條不同，則謂其出《神異傳》，或然。

〔附錄〕《神鬼錄》（疑與神鬼同爲一書，故附于是處。然此書名本身宜入本編（貳）之（二），故是處不予以編號，而于（貳）之（二）處復列其名，且予以編號，考證則詳于此）

撰者未詳。

原書已佚。

《廣記》卷三二三張道虛，注「出《神鬼錄》」。查上述《神鬼傳》諸條，皆記「神」，而是條記鬼，合之，則與《神鬼傳》或《神鬼錄》書名相符，豈《神鬼錄》與《神鬼傳》同爲一書歟？茲以《神鬼錄》一名，卷首所列引用書目無之，姑附於《神鬼傳》後，存疑可也。

41. 《祥異記》

撰者未詳。

原書已佚。今傳有《重編說郛》（弓第一百十八）本以及《古小說勾沈》之近人周氏輯本等。查《重編說郛》所錄，未詳所出，其中記李揆事一條，《廣記》卷一三七引出《異苑》；記趙昺事一條，《廣記》卷二八四注「出《水經》」，似雜鈔成書者。周氏輯本，則取自《廣記》所引釋慧進、元稚宗二條。

《廣記》原注「出《祥異記》」者，凡四條；其中卷一〇九釋慧進，孫潛校本作「出《冥祥記》」，《法苑珠林》卷一一四（據一百二十卷本）引之，即出《冥祥記》；卷一三一元稚宗，《法苑珠林》卷八〇（據一百二十卷本）引之，亦出《冥祥記》；

以上二條，近人周氏既據《珠林》，采入其《冥祥記》輯本中，復據《廣記》，以之屬「《祥異記》」。又其中卷三四二趙叔牙、周濟川，皆記唐貞元時事；明鈔本，前者作「出《集異記》」，後者作「出《廣異記》」，近是。綜上言之，疑所謂《祥異記》，本無其書，姑仍存其目。

42. 《琴清英》

漢・揚雄撰。雄，字子雲，蜀郡成都人。成帝時，王根（此從《通鑑考異》卷一。《漢書》本傳誤作王音）召以爲門下史，薦待詔。其後，除爲郎，給事黃門。歷成、哀、平三世，不徙官。王莽篡位，轉大中大夫。天鳳五年卒。詳《漢書》本傳、余嘉錫《四庫提要辨證》卷二〇。

查《漢志・儒家類》著錄揚雄所序三十八篇，下注云：「《太玄》十九、《法言》十三、《樂》四、《箴》二。」所謂「《樂》四」，《琴清英》或即其一歟？原篇已佚。今所可知者，約有《漢魏遺書鈔》之清王謨輯本、《玉函山房輯佚書》之清馬國翰輯本、《全上古三代秦漢三國六朝文》之清嚴可均輯本等。就嚴氏輯本觀之，所輯大抵取自《水經注》、郭茂倩《樂府》、《藝文類聚》、《太平御覽》、馬繡《繹史》諸書。此外，《四庫全書》所著錄之《揚子雲集》六卷，依明萬曆中鄭樸合編本，以《逸篇》之目附之於卷末。

《廣記》注「出揚雄《琴清英》」，僅一條：即卷四六一衛女。查是條，《藝文類聚》卷九〇早嘗徵引之。

據《漢志》「揚雄所序三十八篇」下注云其中有《樂》四篇，因疑《琴清英》即該四篇之一，乃篇目而非書名。「清英」猶言菁華，《昭明文選》序云「略其蕪穢，集其清英」，蓋亦此義。《叢書子目類編》著錄《琴清英》輯本於經部樂類。今所見《琴清英》殘篇觀之，似聯綴若干節以記諸樂曲本事，其中不免雜以異聞，謂之爲單篇小說，亦未嘗不可，姑入此。

43. 《鄭德璘傳》

唐・裴鉶撰。鉶，見前《傳奇》條。

是篇除《廣記》外，如《古今說海》、《舊小說》（乙集），亦錄有其全文，大抵取自《廣記》。

《廣記》卷一五二鄭德璘，注「出《德璘傳》」。查《類說》所錄裴鉶《傳奇》有是條，此或單篇別行者歟？然《廣記》有「雜傳記」一類，似皆收錄單篇別行之文字，而此篇不與爲伍，王師夢鷗先生頗疑其原注脫佚，明人翻刻時因爲之妄補出處（詳前之《傳奇》條）。茲仍從通行本《廣記》，姑存其目。

是篇記貞元中，湘潭尉鄭德璘與鬻賈韋生之女相悅，後韋氏全家沒於洞庭，德璘悲惋久之，洞庭水神感其誠而活韋氏女命。

44. 《玄門靈妙記》

撰者未詳。

原書已佚。

《廣記》注「出《玄門靈妙記》」者，僅一條：即卷七一竇玄德。

就其名觀之，是書或屬神仙道術之類。《廣記》所引一條，記道士王知遠登壇作法，爲都水使者竇玄德乞命，其後，玄德奉道，享高壽事。

45. 《武陵十仙傳》（原作「《武陵上十仙傳》」。今從卷首引用書目及清人輯本）

撰者未詳。

原書已佚。今所可知者，《麓山精舍叢書》有清陳運溶輯本〔註4〕。

《廣記》卷三八九聰明花樹，注「出《武陵上十仙傳》」，孫潛校本作「《十仙傳》」。疑「上」字衍。

46. 《崔少玄傳》

撰者未詳。案《虞初志》錄及是篇，云唐王建撰，惟其說晚出，未詳何據，茲不從。

原書已佚。《虞初志》嘗錄其文，蓋取自《廣記》。

《廣記》卷六七崔少玄，注「出《少玄本傳》」。

是書記唐汾州刺史崔恭女少玄得道事。

47. 《傳仙錄》

撰者未詳。

原書已佚。查《歷世眞仙體道通鑑‧後集》卷二嘗錄張玉蘭一條，與《廣記》所引者事同而文字較簡，惟未註明出處。

《廣記》注「出《傳仙錄》」者，僅一條：即卷六〇張玉蘭。

《廣記》所引一條，記張天師孫女成仙事。

48. 《道家雜記》

撰者未詳。

原書已佚。

《廣記》注「出《道家雜記》」者，僅一條：即卷四一八張魯女。

〔註4〕見《叢書子目類編》頁四四八。

《廣記》所引一條，記張魯女浣衣山下，有白霧濛身，因而孕焉。恥之，自殺死。婢剖其腹，得龍子一雙。既而女殯於山，數有龍至。

49. 《惡鳥論》（今本《曹子建集》作《令禽惡鳥論》）

三國魏·曹植撰。植，字子建，沛國譙人，文帝同母弟。太和三年封東阿，六年改封陳。薨，諡曰思。詳《三國志·魏書》本傳。

查此乃今本《曹子建集》之一篇而篇名稍異。植集，《隋志·別集類》著錄三十卷；《通志略》同。《舊唐志》著錄二十卷，又三十卷；《新唐志》同。《讀書志》著錄十卷；《通考》、《宋志》、《四庫總目》俱同。《遂初堂書目》不著卷數。《書錄解題》著錄二十卷。案《藝文類聚》卷五五引曹植文章序曰：「余少而好賦，所著繁多，然蕪穢者眾，故刪定，別撰爲前錄七十八篇。」《三國志》本傳曰：「景初中，撰錄植前後所著賦頌詩銘雜論，凡百餘篇（余嘉錫疑「百餘篇」上有脫字），副藏內外。」豈兩《唐志》著錄之二十卷本即植所手定之前錄，隋唐志所著錄之三十卷本即景初中敕編之全集歟？又《四庫總目》所據乃宋嘉定本，凡二百餘篇，似與晁公武所見者同出一源。至若陳振孫所見二十卷本，其間有采取修文《御覽》、《藝文類聚》、《北堂書鈔》等所有者，意乃中晚唐人所重輯，非《唐志》著錄之舊。是集，今傳者約有明正德初年活字印本（國立故宮博物院圖書館藏）、明嘉靖二十一年郭雲鵬寶善堂刊本、明萬曆刊本（以上俱國家圖書館藏）、《四庫全書》本、《四部叢刊》本等。

《廣記》卷四六二鳴梟，注「出《惡鳥論》」。查是條見於今本《曹子建集》卷一〇，篇名《令禽惡鳥論》，然《廣記》既不注「出《曹子建集》」，茲仍用《惡鳥論》篇名；以其未見書志著錄，姑入此。

50. 《賈逵碑》

撰者未詳。據《三國志·魏書》逵本傳，其卒後不久，即有爲之立碑像者，未詳當時之碑文即此否。

原文已佚。

《廣記》卷二九二賈逵，注「出《賈逵碑》」。查《御覽》卷七六三所引《賈逵別傳》亦有此事，豈《廣記》是條出處本作《賈逵別傳》，因故佚去「別傳」二字，後之傳鈔者以賈逵卒後，有於其廟前立碑事，遂妄補「碑」字歟？未審。茲就其名觀之，似屬文；又未見書志著錄，姑入此。

51. 《宋明帝自序》

劉宋·明帝撰。明帝，姓劉，諱彧，字休炳，小字榮期，彭城縣綏里人。文帝第十一子。景和元年十二月即位。改元二：泰始、泰豫。在位八年。諡曰明皇帝，

廟號太宗。

原文已佚。案《隋志・別集類》於「《宋孝武帝集》二十五卷」下注稱梁有《宋明帝集》三十三卷，亡云云。

《廣記》卷一三五宋明帝，注「出《宋明帝自序》」。查明帝《集》，今不見，未詳是篇出其集中否，茲仍用「《宋明帝自序》」一名，視之爲文；且以其未見書志著錄，姑入此。

52. 《歐陽詹哀辭序》（此從卷首引用書目。《廣記》原作《歐陽詹哀詞序文》）

唐・韓愈撰。愈，字退之，鄧州南陽人。其先居昌黎。擢進士第、德宗時，上疏極論宮市；憲宗時，諫迎佛骨，皆坐貶。累官至吏部侍郎。長慶四年卒，年五十七。贈禮部尚書，諡曰文。詳兩《唐書》本傳。

查今傳本韓《集》有〈歐陽詹哀辭〉一篇，篇首有序。韓《集》，《新唐志・別集類》著錄四十卷，作《韓愈集》；《崇文總目》、《通志略》俱同。《讀書志》著錄《韓愈集》四十卷《集外文》一卷，又《讀書附志》著錄《昌黎先生文集》四十卷《外集》三卷《順宗實錄》五卷《附錄》三卷。《書錄解題》著錄《昌黎集》四十卷《外集》十卷、《昌黎集》四十卷《外集》一卷《附錄》五卷《年譜》一卷《舉正》十卷《外抄》八卷（宋方崧卿刻。特《外抄》爲葛嶠刻柳《集》以配韓而增入，非方氏書）、《校定韓昌黎集》四十卷《外集》十卷（宋朱熹以方氏本校定者）。《通考》著錄《韓昌黎集》四十卷《集外文》一卷、《韓昌黎集》四十卷《外集》一卷《附錄》五卷《年譜》一卷《舉正》十卷《外抄》八卷、《校正韓昌黎集》四十卷《外集》十卷。《宋志》著錄《韓愈集》五十卷、《遺文》一卷、《昌黎文集序傳碑記》一卷、《西掖雅言》五卷等。《四庫總目》著錄《韓集舉正》十卷《外集舉正》一卷（宋方崧卿撰）、《原文韓文考異》十卷（宋朱熹撰）、《別本韓文考異》四十卷《外集》十卷《遺文》一卷（宋王伯大編，離析朱子《韓文考異》之文散入本集各句之下）、《五百家註音辯昌黎先生文集》四十卷（宋魏仲舉編）、《東雅堂韓昌黎集註》四十卷《外集》十卷（宋廖瑩中校註）等。韓《集》傳世者頗眾，以題朱文公校者爲著，約有元刊黑口十三行本（國家圖書館藏）、元建陽書坊刊本、明建陽書院覆元刊本（以上國立故宮博物院圖書館藏）、明初建刊十三行本（國家圖書館藏）、《四部叢刊》本等，皆四十卷《外集》十卷《遺文》一卷，四庫所著錄之《別本韓文考異》，大抵同之。

《廣記》卷一八○常袞，注「出韓愈《歐陽詹哀詞序文》」。查今本《朱文公校昌黎先生文集》卷二二有〈歐陽生哀辭〉一篇，并序。唯就其文字觀之，《廣記》是條似非逕出《韓集》，乃取自《唐摭言》卷一五閩中進士條所引者。茲仍用《歐陽詹

哀辭序》一名，視之爲文；且以其未見書志著錄，姑入此。

53. 《白氏長慶集序》（《廣記》原作《長慶集序》）

　　唐・元稹撰。稹，字微之，河南人。貞元九年，擢明經，判入等，補校書郎。元和元年，舉制科，對策第一，拜左拾遺。後因事貶江陵。元和末，召拜膳部員外郎。大和三年，爲尙書左丞，五年卒，年五十三。贈尙書右僕射。其詩與白居易齊名，天下傳諷。詳兩《唐書》本傳。

　　案此爲《白居易集》之序；《白居易集》，已言之於前。又元氏《集》亦收此文。元氏《集》，《新唐志・別集類》著錄一百卷，作《元氏長慶集》，又著錄《小集》十卷；《通志略》同。《崇文總目》著錄《長慶小集》十卷。《讀書志》著錄《元稹長慶集》六十卷《外集》一卷，稱原有百卷，今亡其四十矣云云；《通考》同。《遂初堂書目》不著卷數。《書錄解題》著錄《元氏長慶集》六十卷。《宋志》著錄《元稹集》四十八卷。《四庫總目》著錄《元氏長慶集》六十卷《補遺》六卷，提要謂「是本爲宋宣和甲辰建安劉麟所傳，明松江馬元調重刊」，又謂「其卷帙與舊說不符，即標目亦與自敘迥異，不知爲何人所重編」。今傳元《集》之較著者約有明正德十年蘭雪堂銅活字本、明萬曆三十二年馬元調刊本（上二者俱國家圖書館藏）、《四庫全書》本（以上六十卷《補遺》六卷）、明嘉靖三十一年東吳董氏校刊本（國家圖書館藏）、《四部叢刊》本（以上六十卷《集外文章》一卷）等。

　　《廣記》卷一七五白居易，注「出元稹《長慶集序》」。查元稹所撰《白氏長慶集・序》，今傳本《白氏長慶集》卷首及《元氏長慶集》卷五一皆有之。《廣記》是條，未詳其出白氏《集》歟？抑元氏《集》歟？且其文字，與稹之原文稍異，若非《廣記》編者有所增刪，則似取自他書所引。茲未敢妄斷，仍用《白氏長慶集・序》一名，視之爲文；且以其未見書志著錄，姑入此。

54. 《崔龜從自敘》

　　唐・崔龜從撰。龜從，字玄告，清河人。元和十二年擢進士第，又登賢良方正制科及書判、拔萃二科，釋褐拜右拾遺。大和二年改太常博士，累轉考功郎中、史館修撰，九年轉司勳郎中，知制誥，正拜中書舍人。開成初，出爲華州刺史，三年入爲戶部侍郎，四年權吏部尙書。大中四年爲中書侍郎同平章事，六年罷爲宣武節度使，七年卒。詳《舊唐書》本傳、《新唐書・崔元略附傳》及《廣記》所引本文。

　　今所可知者，如《全唐文》，錄有崔氏所撰篇章。

　　《廣記》卷三〇八崔龜從，注「出《崔龜從自敘》」。查《全唐文》卷七二九錄有崔龜從〈宣州昭亭山梓華君神祠記〉一篇，其事與《廣記》是條同，惟文字有所

差異；且《廣記》是條，末有「大中七年卒」語，顯非崔氏原文，若非《廣記》編者增刪原文而為之，則似取自他書所引。茲未敢妄斷所出，仍用《崔龜從自敘》一名，視之為文；且以其未見書志著錄，姑入此。

55. 《劉璪碑》（「璪」，卷首引用書目誤作「琢」）

唐・鄭處誨撰。誨，見前之《明皇雜錄》條。

原文已佚。

《廣記》卷一九九劉璪，注「出鄭處誨所撰《劉璪碑》」。就其名觀之，似屬文；且以其未見書志著錄，姑入此。

56. 《段章傳》

唐・司空圖撰。圖，字表聖，河內人。咸通末，擢進士。僖宗時知制誥，為中書舍人。其後，隱居不出。朱全忠僭位，不食而死，年七十二。詳《舊唐書・文苑傳》、《新唐書・卓行傳》。

查此乃今本《司空表聖文集》之一篇。圖《集》，《新唐志・別集類》著錄三十卷，作《一鳴集》；《崇文總目》、《通志略》、《通考》、《宋志》同。《遂初堂書目》不著卷數。《書錄解題》著錄十卷，亦作《一鳴集》；「十」字上疑脫「三」字。《四庫總目》著錄作《司空表聖文集》十卷。《司空表聖文集》之傳世者，約有舊抄本（國家圖書館藏）、《四庫全書》本、《四部叢刊》本等。

《廣記》卷二七五段章，注「出司空圖《段章傳》」。查今本《司空表聖文集》卷四有之，然《廣記》既不注「出《司空圖集》」，茲仍用《段章傳》篇名；以其未見書志著錄，姑入此。

57. 《李琪集序》

此究竟為五代後唐，李琪自撰，抑他人為琪集而作？未詳。姑略記琪之事蹟如下。琪，字台秀，燉煌人。少舉進士。唐亡，事後梁太祖為翰林學士。末帝時作相。後唐莊宗時為國計使。明宗時為御史中丞，遷尚書右僕射，以太子少傅致仕。長興中卒，年六十。詳《舊五代史》及《新五代史》本傳。

案琪集，《崇文總目・別集類》著錄《應用集》三卷、《金門集》十卷。《通志略》著錄《金門集》十卷。原書皆佚。

《廣記》卷一七五李琪，注「出《李琪集序》」。查李琪《集》，今不見，是條未詳出《應用集》歟？抑《金門集》歟？茲仍用《李琪集序》一名，視之為文；且以其未見書志著錄，姑入此。

二、卷首所列引用書目無者

1. 《南齊記》（疑即《南齊書》之訛）

說詳本編（壹）之（二）《南齊書》條後附錄。

2. 《傳記補錄》（疑即《唐年補錄》）

說詳本編（壹）之（一）《唐年補錄》條後附錄。

3. 《年號記》

撰者未詳。

原書已佚。

《廣記》卷一八三盧尚卿，注「出《年號記》」。案卷首引用書目有《年號歷》一名。《年號歷》，《崇文總目·編年類》著錄一卷，不著撰人；《通志略》同。原書久佚。然《廣記》內文所引《年號記》，或別有所指亦未可知。茲仍用《年號記》一名，以其未見書志著錄，且與卷首所列引用書目之《年號歷》有一字之差，姑入此。

就其名觀之，是書或屬編年一類。

4. 《國史補遺》

撰者未詳。

原書已佚。

《廣記》卷二一六隗炤，原注「出《國史補遺》」，明鈔本作「出《系蒙》」，因二者原書皆佚，無由核對，未知孰是。

就其名觀之，是書或屬史部雜史一類。《廣記》所引一條，記晉時事。

5. 《咸通錄》

撰者未詳。

原書已佚。

《廣記》卷四八〇吐蕃，原注「出《咸通錄》」，明鈔本作「出《咸通匍圍錄》」，孫潛校本作「出《咸通解圍錄》」。查《新唐志·雜史類》著錄張雲《咸通解圍錄》一卷，注云：「字景之，一字瑞卿，起居舍人。」《崇文總目·雜史類》、《通志略·雜史類》俱同。《遂初堂書目·雜史類》不著撰人名及卷數。《書錄解題·雜史類》作《咸通庚寅解圍錄》，亦一卷；《通考·傳記類》、《宋志·傳記類》俱同。原書久佚。如《通鑑考異》，嘗徵引之。據陳振孫所言，張氏書乃記南詔圍城扞禦事，而《廣記》是條則記貞元中王師人破吐蕃於青海，未敢妄斷為必出張氏書。茲仍用《咸通錄》一名，以其未見書志著錄，姑入此。

就其名觀之，是書或屬史部雜史一類。

6. 《王氏戒》

撰者未詳。

原書已佚。

《廣記》注「出《王氏戒》」者，僅一條：即卷一一六王鎮惡。查唐初陳子良於《辨正論》〈信毀交報篇〉之註中嘗引及是條，云出《王氏家誡》。案《新唐志·雜傳記類》著錄王方慶《王氏訓戒》五卷。然方慶卒於武后長安年間，依此推之，所處時代似稍晚於陳子良（釋法琳《辨正論》成於唐武德年間，而子良爲之作註，大抵亦在同時），其書非子良所及見，固宜，則《辨正論註》及《廣記》所引之《王氏戒》或《王氏家誡》，別有所指可知。

就其名及《廣記》所引遺文觀之，是書似記王氏事以爲勸戒，或屬史部傳記類。

7. 《交州志》（疑即劉欣期《交州記》）

說詳本編（壹）之（一）劉欣期《交州記》條後附錄。

8. 《地理記》（《廣記》原作《海陸碎事》，明鈔本作《地野記》，孫潛校本作《地里記》。以《御覽》引有《地理記》，因據改）

撰者未詳。疑爲南齊陸澄或梁任昉所撰，姑略記二人生平事蹟於下。澄，字彥淵，吳郡吳人。仕宋至御史中丞。入齊，累遷國子祭酒。隆昌元年，以老疾轉光祿大夫，加散騎常侍，未拜卒，年七十。諡曰靖子。詳《南齊書》及《南史》本傳。昉，字彥昇，樂安博昌人。仕齊。入梁，爲御史中丞、祕書監，領前軍將軍。天監六年，出爲寧朔將軍、新安太守，視事期歲，卒於官，時年四十九。贈太常卿，諡曰敬子。詳《梁書》及《南史》本傳。

查南齊陸澄合《山海經》已來一百六十家編爲《地理書》。《隋志·地理類》著錄一百四十九卷《錄》一卷。《舊唐志》著錄一百五十卷；《新唐志》同。又梁任昉增陸澄之書八十四家以爲《地記》。《隋志·地理類》著錄二百五十二卷；《舊唐志》、《新唐志》俱同。以上二書皆已佚。陸澄《地理書》，如《水經注》、《文選注》、《藝文類聚》、《北堂書鈔》，嘗徵引之。又如《水經注》，嘗徵引《地記》，不著撰人，或指昉書。《廣記》所謂《地里記》者，或即陸、任二氏書之一，亦未可知。

《廣記》卷四六三冠梟，原注「出《海陸碎事》」，其中「陸」爲「錄」之訛。《海錄碎事》者，宋政和五年進士葉廷珪撰，《廣記》之編者當無由得見其書，則所謂「出《海陸碎事》」者，乃後人妄補可知，不足取信。又明鈔本是條作「出《地野記》」，孫潛校本作「出《地里記》」。查《御覽》引及陸澄《地理記》、《地理書》，乃陸澄所

撰《地理書》明矣，然又引及《地理記》、《地理志》，不冠撰人名，而陸氏原書已佚，無由核照，未可妄斷即陸氏書；同理，與《御覽》同時編纂之《廣記》，其所謂《地野記》、《地里記》，雖可謂乃《地理記》之訛，但亦未可斷爲即陸氏書，謂其指性質與書名皆近乎陸氏書之任昉《地記》，固非不可能，甚或另有所指，亦未可知。此外，《海錄碎事》卷二二所引，事與《廣記》是條同，而云出《吳地志》，存疑可也。茲用《地理記》一名，以其未見書志著錄，姑入此。

9. 《七閩記》（一本作《幽閑記》）

撰者未詳。

原書已佚。

《廣記》卷三九九漏澤，原闕出處，明鈔本作「出《七閩記》」，孫潛校本作「出《幽閑記》」，未詳孰是。而注「出《七閩記》」或「出《幽閑記》」者，僅此一條，就《廣記》所引觀之，似屬地理書，茲以《七閩記》較近乎地理書書名，姑用之。

10. 《東甌後記》

撰者未詳。

原書已佚。

《廣記》注「出《東甌後記》」者，僅一條：即卷三九六夏世隆。

東甌，地名，在今之浙江。《廣記》所引一條，記吳景帝永安三年，越人夏世隆見斷虹化爲男子事。

11. 《兩京記》

撰者未詳。

原書已佚。

《廣記》卷四一八梁武后，注「出《兩京記》」。查除此條外，《廣記》注「出《兩京記》」者尚有六條，皆指唐韋述之《兩京新記》，參前之《兩京新記》條。唯是條，地在金陵，與唐之東、西兩京無涉，非出韋氏書可知，故別爲之分條。

12. 《鄱陽記》（《廣記》原作《鄱陽記》，「陽」字誤）

《太平御覽》、《輿地紀勝》有徐湛《鄱陽記》。湛《輿地紀勝》或作諶，其始末未詳。《廣記》與《御覽》同時編纂，所引或此書歟？

原書已佚。除《廣記》外，如《御覽》，《輿地紀勝》亦嘗徵引之。又，《重訂漢唐地理書鈔》有王謨輯本。

《廣記》卷四四三李嬰，原注「出《鄱陽記》」，據《御覽》卷九〇六所引，知

「陟」乃「鄒」之訛。查是條，黃刻作「出謝蟠《雜說》」，似不足信。

13. 《莫州圖經》

撰者未詳。

原書已佚。

《廣記》注「出《莫州圖經》」者，僅一條：即卷六〇郝姑。

《廣記》所引一條，記魏青龍年中，女子郝姑成仙事。

14. 《婺州圖經》

撰者未詳。

原書已佚。

《廣記》注「出《婺州圖經》」者，僅一條：即卷四二五洪貞。

《廣記》所引一條，記唐開元中事。

15. 《黎州漢源縣圖經》

撰者未詳。

原書已佚。

《廣記》注「出《黎州漢源縣圖經》」者，僅一條：即卷四〇九旌節花。

16. 《大事神異運》

撰者未詳。

原書已佚。

《廣記》卷二七一徐才人，原闕出處，明鈔本、孫潛校本皆作「出《大事神異運》」。

就其名觀之，是書或屬子部術數一類。

17. 《述畫記》（諸書徵引，或無「記」字）

劉宋・孫暢之撰。暢之，嘗為奉朝請〔註5〕。

查如《水經注》、唐張彥遠《名畫記》，早嘗徵引之；其中《水經注》引作「孫暢之述畫」，另又引「孫暢之述書」、「孫暢之述青州古冢桐棺」、「孫暢之述傅弘仁得桐棺隸書於胡公陵」，則屬篇名可知，而原篇已佚。查《隋志》兵家類著錄《碁勢》四卷，下注稱「梁有《術藝略序》五卷，孫暢之撰」云云，所謂《術藝略序》，或即《述畫》、《述書》等所從出者歟？

〔註5〕據《隋書・經籍志・詩類》「《毛詩辨異》三卷」下注稱梁有《毛詩引辨》一卷，宋奉朝請孫暢之撰云云，得以知悉孫氏所處朝代及職官。

　　《廣記》卷二一○劉褎，原注「出張華《博物志》」，孫潛校本作「出孫暢之《述畫記》，又張華《博物志》」。如前所述，《述畫記》或屬孫暢之《術藝略序》之一篇，然未敢論定，茲仍用《述畫記》之名，以其未見書志著錄，姑入此。

18. 《筆經》

　　《廣記》於書名上冠撰人為蒙恬，疑屬偽託。

　　原書久佚。查《通志略・小學類》著錄《筆經》一卷，不著撰人；又《御覽》引有王羲之《筆經》，皆未敢妄斷即《廣記》所引。

　　《廣記》卷二○六李斯首則，注「出蒙恬《筆經》」。

19. 《宣驗志》（疑即《宣驗記》）

　　說詳本編（壹）之（一）《宣驗記》條後附錄。

20. 《神異傳》

　　撰者未詳。疑為梁、劉之遴，姑略記其事蹟於下。之遴，字思貞，南陽涅陽人。齊永明末舉秀才，除寧朔主簿。入梁，歷太學博士、征西長史、南郡太守、太府卿、都官尚書、太常卿。太清二年，避侯景之難，還鄉，未至，卒於夏口，年七十二。詳《梁書》本傳、《南史・劉虯附傳》。

　　查《隋志・雜傳類》著錄劉之遴《神錄》五卷；《舊唐志・雜傳類》、《新唐志・小說家類》、《通志略・傳記類》俱同。原書已佚。所可知者，近人周氏《古小說鉤沈》中有題劉之遴《神錄》之輯本，所輯大抵取自《水經注》、《太平寰宇記》諸書。惟諸書所引，實未有作「劉之遴《神錄》」者，其中除《太平寰宇記》卷九二引及「聖英廟」、「廣陵縣女」二條，作「劉遴之（「遴」、「之」二字誤倒）《神異錄》」，可謂之為劉氏書之異名外，至若《水經注》卷二九、《太平寰宇記》卷二二同引「長水縣老母」條，作「《神異傳》」，既未冠撰人名，似未可遽云與《神錄》或《神異錄》同為一書，存疑可也。

　　《廣記》卷二九五曲阿神，原注「出《神鬼傳》」，孫潛校本作「出《神異傳》」。此外，卷四六八長水縣，原注「出《鬼神傳》」，而《水經注》卷二九引作出《神異傳》。參前之《神鬼傳》條。

21. 《錄異傳》

　　撰者未詳，疑為南、北朝人。

　　原書已佚。近人周氏《古小說鉤沈》中有輯本，所輯大抵取自《史記正義》、《藝文類聚》、《北堂書鈔》、《初學記》、《事類賦注》、《太平御覽》、《太平廣記》、《海錄

碎事》、《太平寰宇記》、《困學紀聞》諸書。

　　《廣記》注「出《錄異傳》」者，凡八條：即卷三一六韓重、劉照、卷三一七胡熙、卷三一八邵公、吳士季、謝邈之、卷三八三賀瑀、丘友。此外，卷二九二歐明，原注「出《博異錄》」，明鈔本作「出《錄異傳》」，查是條，《初學記》卷一八、《御覽》卷四七二亦引之，皆作出《錄異傳》；卷三二三章授，原注「出《法苑珠林》」，孫潛校本移是條「元嘉末」以下文字於同卷王胡條末，而改注是條作「出《錄異傳》」。

22. 《異錄》

撰者未詳，《廣記》所引一條；記隋時事，則大抵為隋至五代時人。

原書已佚。

《廣記》卷一三四竹永通，原注「出《異錄》」，許刻則闕出處。姑仍存其目。

23. 《紀聞錄》（疑即《紀聞》）

說詳本編（壹）之（一）《紀聞》條後附錄。

24. 《紀聞列異》（疑即《紀聞》）

說詳本編（壹）之（一）《紀聞》條後附錄。

25. 《異物誌》（疑即《廣異記》之訛）

說詳本編（壹）之（一）《廣異記》條後附錄。

26. 《靈怪錄》（疑即《靈怪集》）

說詳本編（壹）之（一）《靈怪集》條後附錄。

27. 《靈保集》（疑即《靈怪集》之訛）

說詳本編（壹）之（一）《靈怪集》條後附錄。

28. 《宣室異錄記》（疑即《宣室志》）

說詳本編（壹）之（一）《宣室志》條後附錄。

29. 《奇聞錄》（疑即《聞奇錄》之訛）

說詳本編（壹）之（一）《聞奇錄》條後附錄。

30. 《原化傳拾遺》（疑即《原化記》）

說詳本編（壹）之（一）《原化記》條後附錄。

31. 《神異記》

撰者未詳，疑為唐人。

查晉王浮撰《神異記》，近人周氏《古小說勾沈》嘗有輯本，而《廣記》是處所引，非出王浮書，詳後。

《廣記》注「出《神異記》」者，凡四條；其中三條，查見今本《神異經》，詳前之《神異經》條。至若卷四八一東女國，記異域事。東女國，見載於《舊唐書》卷一九七及《新唐書》卷二二一上，知其爲唐時西域國名，則此《神異記》，大抵爲唐人小說。此外，卷四八○都播、骨利、鶴民「又」條、卷四八二訶陵國，注「出《神異錄》」，亦大抵記唐西域諸國事，而《神異記》與《神異錄》，僅一字之差，因疑二者同爲一書。參下述之《神異錄》條。

32. 《神異錄》（疑與《神異記》同爲一書）

撰者未詳。

原書已佚。

《廣記》原注「出《神異錄》」者，凡十三條；其中卷四一○柤稼榓樹實、卷四四○鼠第三則、卷四六三北海大鳥、卷四六四橫公魚，皆見於今本《神異經》，詳前之《神異經》條；又卷三九六玉龍子，孫潛校本作「出《廣德神異錄》」，未詳孰是。此外，卷一三七賈隱林、卷一六四崔仁師、卷三七五鄴中婦人、卷三九六陳濟妻、卷四八○都播、骨利、鶴民「又」條、卷四八二訶陵國，所記大抵爲唐時事。查上述之《神異記》，《廣記》所引一條，言及唐時外國事，與此《神異錄》之都播、骨利諸條，內容相近，或同爲一書，惟未詳「記」字誤歟？抑「錄」字誤歟？茲以此名筆畫數較多於《神異記》，姑列於《神異記》後，存疑可也。又《宋志》著錄《廣德神異錄》，《廣記》亦嘗徵引之，其撰者爲外國人，宜於外國事多所聞見，若謂《神異記》、《神異錄》即《廣德神異錄》，似屬可能，然就注「出《神異錄》」之賈隱林一條觀之，所記爲德宗時事，與「廣德」之爲代宗年號者不符，姑以爲非同一書。

33. 《傳信志》

撰者未詳，《廣記》所引，記及唐事，則爲唐至五代間人。

原書已佚。查唐鄭綮撰《開天傳信記》，書中載開元、天寶間事，而此「《傳信志》」，《廣記》所引一條，記貞元中事，則非鄭氏書可知。

《廣記》注「出《傳信志》」者，僅一條：即卷三六五許敬張閑。

34. 《騰聽異志錄》（疑即《驚聽錄》）

說詳本編（壹）之（一）《驚聽錄》條後附錄。

35. 《靈異記》

撰者未詳，《廣記》所引，皆記唐事，則爲唐至五代間人。

查《隋志》著錄《靈異記》十卷，非《廣記》是處所引。原書已佚。《舊小說》（乙集）嘗錄有其條文，皆取自《廣記》。

《廣記》注「出《靈異記》」者，凡三條：即卷二八○楊昭成、卷二八三白行簡、許至雍；其中楊昭成條，明鈔本、孫潛校本作「出《靈怪集》」。查楊昭成條記開元末事，張薦可及見之，唯因《靈異記》原書已佚，無由核證，故未敢妄斷是條必出《靈怪集》。

36.《靈異錄》（疑與《靈異記》同爲一書）

撰者未詳，疑爲唐至五代間人。

原書已佚。查《隋志》著錄《靈異錄》十卷，其書早佚，恐非《廣記》是處所引；且《廣記》所引韋安之一條，其中稱「乃赴舉，其年擢第」云云，亦不似唐以前人語。

《廣記》注「出《靈異錄》」者，僅一條：即卷三四七韋安之。查《廣記》所引《靈異記》、《靈異錄》內容相近，或同爲一書，惟未詳「記」字誤歟？抑「錄」字誤歟？茲以此名筆畫較多於《靈異記》，姑附於《靈異記》後，存疑可也。

37. 異雜篇

撰者未詳。案《廣記》引唐紹一條，末稱「《唐書》說明皇尋悔恨殺紹」云云，所謂《唐書》，疑指《舊唐書》，且若此等語非《廣記》編者妄增，則是書撰者或爲五代至宋初時人。

原書已佚。

《廣記》注「出異雜篇」者，僅一條：即卷一二五唐紹。

38.《古今記》

撰者未詳。

原書已佚。除《廣記》外，如《御覽》，亦嘗徵引之。案書志著錄有晉崔豹所撰《古今注》，唯此《古今記》，《廣記》所引袁粲幼子條，記及南齊時事，則非豹書可知。

《廣記》注「出《古今記》」者，僅一條：即卷一一九袁粲幼子。

39.《神鬼錄》（疑即《神鬼傳》）

說詳本編（貳）之（一）《神鬼傳》條後附錄。

40.《續博物志》

林登撰。登，始末未詳。

原書已佚。《類說》（藝文印書館影印本卷二三）、《說郛》（卷六廣知）錄有其條文。

《廣記》卷二一〇黃花寺壁，注「出林登《博物志》」，疑「博」上脫「續」字。又《廣記》卷三二七蕭思遇，原注「出《博物志》」，陳校本作「出《續博物志》」；查是條記梁時事，非出張華《博物志》可知，恐亦出林登書。

41. 《柳氏傳》（傳本或題《章臺柳傳》）

唐·許堯佐撰。堯佐，唐佐之弟。握進士第，時疑在貞元六年。貞元十年，與裴度、王仲舒等同登賢良方正能言極諫科。嘗為太子校書郎、諫議大夫。詳兩《唐書·許康佐附傳》、《唐會要》卷七六、王師夢鷗先生《唐人小說研究·二集第二編》。

是篇除《廣記》外，如《虞初志》（題《柳氏傳》）、《五朝小說》、《唐人說薈》、《唐代叢書》、《龍威秘書》、《叢書集成初編》（以上題《章臺柳傳》），亦錄有其全文，大抵取自《廣記》。

《廣記》卷四八五引及是篇，題下并注云「許堯佐譔」，但不注出處。查《類說》所錄《異聞集》有其事，而此不注出《異聞集》，豈取自單篇別行者歟？姑存其目。

是篇記韓翃豔事。大體言之，許堯佐之年輩，當稍後於韓翃，故記載頗詳，然誤「汴宋」為「淄青」，誤「田神功」為「侯希逸」，或因時代不遠，許氏故為隱諱而改易鎮帥之名。唐末，孟啟撰《本事詩》，亦記及翃事，然敘事終不及許著之詳。以上參見王師夢鷗先生《唐人小說研究·三集》〈《本事詩》情感門第八篇〉之考釋。

42. 鶯鶯傳（傳本或題《鶯鶯傳》、或題《會真記》）

唐·元稹撰，稹，見前之《白氏長慶集序》條。

是篇除《廣記》外，如《虞初志》（題《鶯鶯傳》）、《重編說郛》（弓第一百十五）、《五朝小說》、《唐人說薈》、《唐代叢書》、《龍威秘書》（以上題《會真記》），亦錄有其全文，大抵取自《廣記》。

《廣記》卷四八八引及是篇，題下並注云「元稹譔」，但不注出處。查《類說》所錄《異聞集》有其事，而此不注出《異聞集》，豈取自單篇別行者歟？姑存其目。

是篇記張生與崔鶯鶯事，後人以張生賦會真詩三十韻，因又稱《會真記》；戲曲有敷演之者，則稱《西廂記》，其事流傳至今，盡人皆知。至若篇中之所謂張生，宋人或疑為張籍，時趙德麟《侯鯖錄》卷五載王性之〈辨《傳奇》鶯鶯事略〉，則以張生為元稹之託名，徵諸本集詩歌及其《年譜》，皆與此傳脗合；近人陳寅恪亦撰〈讀鶯鶯傳〉，附於其《元白詩箋證稿》中，考證甚詳，茲不贅述。

43. 《李章武傳》

唐·李景亮撰。景亮，《唐會要》卷七六謂其於貞元十年詳明政術可以理人科擢第。又，《白居易文集》卷五二載有〈翰林待制李景亮授左司衛率府長史依前待詔制〉一首，其人仕履，所可知者僅此。

是篇除《廣記》外，如《古今說海》、《舊小說》（乙集），亦嘗錄其全文，大抵取自《廣記》。

《廣記》卷三四〇引及是篇，題作「李章武」，末注「出李景亮爲作傳」。查《類說》所錄《異聞集》有其事，此或單篇別行者歟？然謂《廣記》原注脫佚，後人妄截篇末之語而爲注，亦未嘗不可。茲仍從通行本《廣記》，姑存其目。

是篇記李章武與女鬼狎暱，女鬼贈之以碧玉櫑葉事。案《乾饌子》記道政坊宅事（《廣記》卷三四一亦引之），稱李章武爲貞元中進士，其人敏博，多聚古物；《酉陽雜俎》卷一〇即記章武藏有人臘，是又不僅此篇之碧玉櫑葉而已。

44. 《長恨傳》（傳本多題《長恨歌傳》）

唐·陳鴻撰。鴻，見前之《東城老父傳》條。

是篇除《廣記》外，如《文苑英華》（卷七九四），亦嘗錄之；英華所錄，其末敘及鴻與王質夫、白樂天相攜至仙遊寺，質夫舉酒邀樂天作歌一事，不見於《廣記》。又今傳者，尚有《虞初志》（題《長恨傳》）、《重編說郛》（弓第一百十一）、《五朝小說》、《龍威秘書》、《唐人說薈》、《唐代叢書》等所錄，大抵出自《廣記》。

《廣記》卷四八六引及是篇，題下並注云「陳鴻撰」，但不注出處。疑爲單篇別行，姑存其目。

是篇記唐玄宗與楊貴妃事，與白居易《長恨歌》具有相互關係，同爲人所豔稱。宋樂史嘗取之與《明皇雜錄》、《開天傳信記》、《酉陽雜俎》等排比潤飾，成《楊太眞外傳》二卷，首尾備具，斐然可觀。

45. 《霍小玉傳》

唐·蔣防撰。防，字子微〔註6〕，義興人〔註7〕。疑在元和四年登進士第〔註8〕。嘗官右拾遺〔註9〕、右補闕〔註10〕。長慶元年，自右補闕充承旨學士，賜緋；二年

〔註 6〕此從《全唐文》卷七一九蔣防小傳。《唐詩紀事》卷四一作字子微。衡以名字相副之例，所謂杜漸防微，則作「子微」者近是。

〔註 7〕見明凌迪知《萬姓統譜》卷八六。

〔註 8〕詳王師夢鷗先生《唐人小說研究·二集第二編》。

〔註 9〕見《全唐詩》卷五〇七蔣防小傳。

〔註10〕見丁居晦《重修承旨學士壁記》。

加司封員外郎；三年，加知制誥；四年，遷郎中，進翰林學士，旋貶汀州刺史〔註11〕，寶曆初，改連州〔註12〕。案《萬姓統譜》卷八六嘗謂李紳薦防，然就當時人之記載，可推知元稹實較李紳為先達，而蔣防亦較李紳先為承旨學士，則蔣防之易綠賜緋，可因元稹之推引，似無由李紳之薦也。參見王師夢鷗先生《唐人小說研究・二集第二編》。

是篇除《廣記》外，如《重編說郛》（弓第一百十二）、《五朝小說》、《唐人說薈》、《唐代叢書》、《龍威秘書》，亦錄其全文，大抵出自《廣記》。

《廣記》卷四八七引及是篇，題下並注云「蔣防譔」，但不注出處。查《類說》所錄《異聞集》有其事，而此不注出《異聞集》，豈取自單篇別行者歟？姑存其目。

是篇記李生負約，霍女為屬事，精彩動人，故傳誦弗衰，而世多以李生為大歷才子李益。然王師夢鷗先生謂其可疑者有三：細審全文，言及「李生名益」者，僅篇首一見，而篇中但稱李為「生」或「十郎」，因疑篇首「名益」二字為後人所增。今若除去「名益」二字，而謂「十郎」必為本益，亦殊無據，此其一也；即就「李益」言之，《因話錄》卷二云：「李尚書益，有宗人庶子同名，俱出於姑臧公。時人謂尚書為文章李益，庶子為門戶李益，而尚書亦兼門地焉。」蓋其時於名流中即有兩李益，唯因「文章李益」所作歌詩，為時傳誦，故其姓名不免掩蓋旁人，此其二也；又，是篇篇末記李生多疑，妬殺婢妾，而李肇《國史補》卷中嘗稱「散騎侍郎李益，少有疑病，亦心疾也」云云，然則是篇殆毋因《國史補》之記載而捏合之乎？此其三也。要之，篇中言詩人李益負心事，雖事出有因，但字裏行間，刻畫過實，其隱含諷刺之迹，遂甚顯然。

46. 《謝小娥傳》

唐・李公佐撰。公佐，字顓蒙〔註13〕，系山隴西〔註14〕。其生平事蹟，莫得詳知。惟就公佐所撰《古嶽瀆經》（《廣記》卷四六七引之，題李湯）、《南柯太守傳》（《廣記》卷四七五引之，題淳于棼）、《廬江馮媼傳》（《廣記》卷三四三引之）、《謝小娥傳》及李復言《續玄怪錄》之〈尼妙寂篇〉，稽之以《舊唐書》有關史料，疑公佐出於呂渭門下，其成進士在貞元十一至十三年間。此後，至元和間，似歷事王鍔、

〔註11〕 以上參見丁氏《壁記》、《全唐文》卷七一九蔣防之〈連州廖先生銘〉、《舊唐書》〈敬宗本紀〉及〈元稹附龐嚴傳〉等。

〔註12〕 據《寶刻叢編》卷一九蔣防所撰〈連州放生池銘〉，明記此石立於寶曆元年四月二十一日，可知其自汀州改連州，當在寶曆初也。

〔註13〕 見《神仙感遇傳》卷三「李公佐舉進士後為鍾陵從事」條末注語。

〔註14〕 見《李娃傳》篇末後記及李公佐所撰《古嶽瀆經》一篇（見存於《廣記》卷四六七，題作李湯，並注云「出《戎幕閒談》」）。

李吉甫，居於淮南幕次，並嘗供職江西。李紳自汴洲移鎮淮南時，公佐或復返淮南，為紳幕佐；至會昌五年，乃有吳湘之獄〔註15〕。大中二年，御史臺奏據三司推勘吳湘獄所出具之逐人罪狀，其中有言「前揚府錄事參軍李公佐………，卑吏守官，制不由已；不能守正，曲附權臣，各削兩任官」云云，知公佐亦坐累。又倘或狀中於「揚府錄事參軍」上加「前」字，意謂其人已前卒，則公佐當歿於會昌末。詳王師夢鷗先生《唐人小說研究・二集第二編》。所撰《謝小娥傳》，以本文稽之，當作於元和十三年以後。

是篇除《廣記》外，如《虞初志》、《重編說郛》（弓第一百十二）、《唐人說薈》、《唐代叢書》、《龍威秘書》，亦錄其全文，大抵取自《廣記》。

《廣記》卷四九一引及是篇，題下並注云「李公佐撰」，但不注出處。查《類說》所錄《異聞集》有其事，而此不注出《異聞集》，豈取自單篇別行者歟？姑存其目。

是篇記謝小娥隨父與夫經商江湖，中途遇盜，其父與夫並遭殺害。小娥投水得救，嘗夢其父與夫告以隱語，暗示強盜姓名，唯隱語奧秘，無人能解。久之，偶逢李公佐，始為詳之。後小娥終得手刃仇人，並投身山寺為尼以終其身云云，宋祁重修《唐書》，嘗編入《列女傳》中。又，先於宋祁，李復言《續玄怪錄》有〈尼妙寂〉一篇，自謂即據進士沈田口述公佐此傳而重寫者，然所記女主角姓名及故事發生年代俱異。二者孰為可信，本亦難言。王師夢鷗先生嘗有說焉，參見其所撰《唐人小說研究・四集》中〈謝小娥故事正確性之探討〉一文。

47. 《楊娼傳》

唐・房千里撰。千里，見前《投荒雜錄》條。

是篇除《廣記》外，如《虞初志》、《唐人說薈》、《唐代叢書》、《龍威秘書》，亦錄其全文，大抵取自《廣記》。

《廣記》卷四九一引及是篇，題下並注云「房千里撰」，但不注出處。疑為單篇別行，姑存其目。

是篇記嶺南貴遊子帥甲與長安里楊娼相悅。然帥憚其妻，不得已，乃與娼別。別後，帥之憤益深，不踰旬而物故。問至，娼設位而哭，以身殉之。查《雲溪友議》

〔註15〕會昌二年揚州都虞侯盧行立、劉群，於阿顏家喫酒，與阿顏母阿焦同坐。群自擬收阿顏為妻，妄稱監軍使處分，要阿顏進奉，不得嫁人，兼擅令人監守。阿顏母遂與江都縣尉吳湘密約，嫁阿顏與湘。劉群攔阻不得，乃令江都百姓論湘取受。會昌五年，節度使李紳追湘下獄，計贓處死。即所謂吳湘獄。及大中元年，李德裕罷相，湘兄詣闕訴冤，言紳在淮南時恃德裕之勢，枉殺其弟。德裕既貶，紳亦追削三任官。以上參見《舊唐書・宣宗本紀》、《新唐書・李紳傳》、《太平廣記》卷二六九李紳條等。

卷上有「南海非」一篇，謂房千里博士初上第，遊嶺徼，有進士韋滂自南海致趙氏爲千里妾。千里倦遊歸京，暫爲南北之別。通襄州，遇許渾，託以趙氏。渾至，擬給以薪粟，則趙已從韋秀才矣，因以詩報房。房聞，哀慟幾絕云云。此傳或即作於得報之後，聊以寄慨者歟？

48. 《無雙傳》

唐・薛調撰。調，河中寶鼎人。咸通十一年，以戶部員外郎加駕部郎中，充翰林承旨學士；次年，加知制誥。美姿貌，人號爲生菩薩。郭妃悅其貌，嘗謂懿宗曰：「駙馬盍若薛調乎？」頃之，暴卒，年四十三，時咸通十三年。世以爲中鴆云〔註16〕。

是篇除《廣記》外，如《虞初志》（題《無雙傳》）、《重編說郛》（弓第一百十二）、《五朝小說》、《唐人說薈》、《唐代叢書》、《龍威秘書》（以上題《劉無雙傳》），亦錄其全文，大抵取自《廣記》。

《廣記》卷四八六引及是篇，題下並注云「薛調撰」，但不注出處。疑爲單篇別行，姑存其目。

是篇記王仙客與劉無雙幼有婚約。及長，無雙因父嘗受僞命官，坐累，執役於掖庭，仙客恨不得謀面。其後，得俠士古押衙之助，王、劉二人終諧連理。查《雲溪友議》卷上載崔秀才姑婢事，於「以類無雙」句下注云：「即薛太保之愛妾，至今圖畫觀。」然則無雙不但實有，且當時已極豔傳，調特改薛太保家爲禁中，並有所增飾矣。

49. 《非煙傳》（「非」或作「飛」）

唐・皇甫枚撰。枚，見前《三水小牘》條。

是篇除《廣記》外，如《虞初志》、《重編說郛》、《唐人說薈》、《唐代叢書》、《龍威秘書》，亦錄有其全文，大抵取自《廣記》。

《廣記》卷四九一引及是篇，題下並注云「皇甫枚撰」，但不注出處。查《說郛》所錄《三水小牘》有其事，「非」作「飛」，且較《廣記》所引，末多一一四字。《廣記》是處所引，不注出《三水小牘》，豈取自單篇別行者歟？姑存其目。

是篇記咸通中河南府功曹參軍武公業愛妾步非（飛）煙，善秦聲，好文墨。其比鄰，天水趙氏第也，其子曰象。忽一日，象於南垣隙中窺見非（飛）煙，發狂心蕩，不知所持；非（飛）煙亦有意焉，遂相通。事爲公業所覺，怒甚，縛非（飛）煙於大柱，鞭笞至死。

〔註16〕以上參見《新唐書・宰相世系表》、《翰苑群書》及《唐語林》卷四。

50. 《杜鵬舉傳》

蕭時和撰。時和，處士也，生平未詳，疑爲唐人。

原篇已佚。

《廣記》卷三〇引及是篇，題「杜鵬舉」，末注「處士蕭時和作傳」。疑爲單篇別行，姑存其目。

是篇記景龍末，濟源縣尉杜鵬舉一夕暴卒，翌日徐蘇。數日方語，稱遊冥府，冥吏言其當爲安州都督云云。後果然。

51. 《東陽夜怪錄》

撰者未詳，大抵爲唐人。

是篇除《廣記》外，如《虞初志》、《重編說郛》（弓第一百十四）、《唐人說薈》、《唐代叢書》，亦錄其全文，大抵取自《廣記》。

《廣記》卷四九〇引及是篇，不注出處。試就是篇註語觀之，似早曾爲陳翰編入其《異聞集》中，篇中註語，即疑爲陳翰所作。蓋陳翰嘗爲其所輯諸篇作註也（詳王師夢鷗先生《唐人小說研究‧二集第一編》）。豈取自單篇別行者歟？姑存其目。

是篇記秀才成自虛夜宿佛廟，遇老僧及眾客，與之賦詩。及曉，始知老僧及眾客皆動物幻化云云。篇中多用隱語，頗不易曉，王師夢鷗先生嘗爲之作注，載聯經出版事業公司出版之《中國古典小說研究專集》第二期。

52. 《冥音錄》

撰者未詳，大抵爲唐人。案《重編說郛》等所錄，或題朱慶餘撰，未知何據，茲不從。

是篇除《廣記》外，如《重編說郛》（弓第一百十四）、《唐人說薈》、《唐代叢書》，亦錄其全文，大抵取自《廣記》。

《廣記》卷四八九引及是篇，不注出處。查《類說》所錄《異聞集》有其事，而此不注出處，豈取自單篇別行者歟？姑存其目。

是篇記廬江尉李侃外婦崔氏，性嗜音；有女弟淮奴，善鼓箏，爲古今絕妙，年十七，未嫁而卒。其後，崔氏長女夢其亡姨授藝，一日獲十曲；聲調哀怨，幽幽然若鴉啼鬼嘯。

53. 《靈應傳》

撰者未詳，就其言及乾符五年節度使周寶在鎮日觀之，大抵爲唐末人。

是篇除《廣記》外，如《古今說海》、《唐人說薈》、《唐代叢書》、《龍威秘書》，亦錄其全文，大抵取自《廣記》。

《廣記》卷四九二引及是篇，不注出處。疑為單篇別行，姑存其目。

是篇記沔州之東有故薛舉城，城之隅有善女湫，其神曰九娘子；又州西，朝那鎮北，亦有湫神，因地而名。九娘子以朝那神縱兵相逼，強與其季弟成婚，乃求救於節度使周寶，周寶遂差其將鄭承符往援之，卒敗朝那湫神云云，其事似與〈柳毅傳〉同一機杼。然觀其舖陳九娘子之貞潔，鄭承符之智勇，振奇可喜，並不全襲〈柳毅傳〉。又，篇中所稱節度使周寶，《新唐書》有傳；字上珪，平州盧龍人。黃巢領宣歙，乃徙鎮海軍節度使，兼西南招討使。後為錢鏐所殺。

54. 《感通記》

撰者未詳。

查《法苑珠林‧傳記篇》著錄釋道宣之《感通記》一卷，今傳有《大藏》本，題《宣律師感通錄》，所記皆宣自言與「天人」相感事，不見《廣記》是處所引；且《廣記》所引法琳一條，雖言及釋道宣，但記其與法琳修持不同事，與今本《宣律師感通錄》內容不符；再者，釋道宣復有《三寶感通記》，名與此近，《廣記》嘗引及之，今傳有《大藏》本，題《集神州三寶感通錄》，亦不見《廣記》是處所引，則此所謂《感通記》，或另有所指。

《廣記》注「出《感通記》」者，僅一條：即卷九一法琳。

就其名觀之，或屬子部釋家一類。

55. 《僧伽大師傳》

撰者未詳。

原書已佚。查《新唐志》釋氏類著錄辛崇所撰〈僧伽行狀〉一卷，其名既異，不宜妄斷即《廣記》所引。

《廣記》卷九六僧伽大師，注「出《本傳》及《紀聞錄》」。查《僧伽大師傳》及《紀聞錄》，皆不見原帙，無由核對是條中各所屬文字。

56. 《馮燕傳》

唐‧沈亞之撰。亞之，字下賢，原籍吳興武康，而居於長安。沈傳師族子。元和十年登進士第，授將仕郎守秘書省正字；是年五月，又嘗為涇原節度使李彙記室。長慶初，補櫟陽尉；四年，為福建等州都團練副使。太和二年，文宗詔諫議大夫柏耆宣慰魏博，柏耆即請亞之為其判官。及耆罷，亞之貶南康尉。大和五年，復量移郢州；其卒始在後此一、二年間。案亞之平生供職藩府，行事罕為史官所錄；《唐詩紀事》卷五一，《唐才子傳》卷六、《讀書志‧集部》、《書錄解題‧集部》，雖各略記其事蹟，亦語焉不詳。王師夢鷗先生於所撰《唐人小說研究‧二集第二編》，嘗據沈

下賢文集，並益以同時人之酬贈詩文，略爲之比次生平行述，已引述之如上。

查此乃今傳本沈亞之《集》中一篇。沈《集》，《新唐志・別集類》著錄九卷，作《亞之集》；《崇文總目》、《通志略》俱同。《讀書志》著錄十卷；《通考》同。《遂初堂書目》不著卷數。《書錄解題》著錄十二卷，作《沈下賢集》；《四庫總目》同。《宋志》亦著錄十二卷，作《沈亞之詩》。沈《集》之傳世者，約有舊鈔本（國家圖書館藏）、《四庫全書》本、《四部叢刊》本等。

《廣記》卷一九五馮燕，注「出沈亞之《馮燕傳》」。查是條見於今本《沈下賢集》卷四，然《廣記》既不注「出《沈下賢集》」，茲仍用《馮燕傳》篇名；以其未見書志著錄，姑入此。

57. 《劉山甫自序》

唐・劉山甫撰。山甫，彭城人，其先官於嶺外〔註17〕。案孫光憲所撰《北夢瑣言》，其中偶有云「聞於劉山甫」者，則山甫大抵爲唐末人。

原文已佚。

《廣記》卷三一二劉山甫，注「出《山甫自序》」。查《北夢瑣言》卷九有其事，文字與《廣記》所引近，末亦云出《山甫自序》，則《廣記》所引，似取自孫光憲書，而非出原文。據《北夢瑣言》卷七所載，劉山甫撰《金溪閑談》十二卷，孫光憲云嘗得披覽，而其本偶亡，絕無人收得。光憲書云「聞於劉山甫」，即其事也，十不記其三、四。

《廣記》既不注出《北夢瑣言》，茲未敢妄斷，仍用《劉山甫自序》一名，視之爲文，且以書志著錄與原文俱不見，姑入此。

58. 《田布傳》

是篇，《廣記》原注云「梁楫李琪作傳」，馮夢龍《太平廣記鈔》錄之，無「梁楫」二字，或然。李琪，五代後唐人，詳前《李琪集序》。

查李琪有《應用集》、《金門集》，原書皆佚，前已言之。

《廣記》卷三一一田布，注云「梁楫李琪作傳」，而「梁楫」二字疑衍。案此文或載李琪《集》中，然琪《集》已佚，無由核對，若謂《廣記》是條原注，因輾轉傳鈔而脫佚，所謂「梁楫李琪作傳」，乃後人妄截篇末之語而爲注，亦未嘗不可。茲從《廣記》所題，用《田布傳》爲名，視之爲文，且以書志未著錄，原文亦佚，姑入此。

〔註17〕見《北夢瑣言》卷九及《廣記》卷三一二劉山甫條。

結　論

　　今所見《廣記》諸本，粗疏訛謬處誠不少，其中若干失誤，恐於《廣記》編纂時已有以致之，蓋《廣記》出自眾手，體例未臻嚴密，此其一；《廣記》引書多出小說瑣聞，而此類著述，舊時士大夫每視爲小道，取捨之間，不免掉以輕心，此其二；《廣記》與《御覽》同時奉詔纂修，而其成書先於《御覽》，歷時既短，則易流於草率，此其三。唯是書幾經傳鈔刊刻，則謬誤之必有出於後人手可知。茲以宋本難求，姑就藝文印書館影印本略舉所見有關《廣記》引書之失如下：

一、卷首所列引用書目與卷內所引不符

　　今傳本《廣記》卷首列有一引用書目，計三百四十三種（其中《妖亂志》、《河洛記》二名複出，實即三百四十一種），然其實際引書，實不止此數。即就引用書目觀之，其可注意者，約有下列兩端：

（一）書目中有其名，而今傳本《廣記》內實未有注出此等書之條文

　　據鄧嗣禹《太平廣記引得・序》及郭伯恭《宋四大書考》所舉，凡十五種，即《史記》、《史雋》、《齊紀》、《燉煌新錄》、《翰林故事》、《夢系》、《笑苑》、《說林》、《妖怪錄》、《應驗記》、《錄異誡》（案鄧氏所舉如是，郭氏則作《錄異誌》。查今所見談刻作《錄異誡》、許刻、黃刻作《錄異誌》）、《還魂記》、《金剛經》、《觀音經》、《續神仙傳》是也。唯其中《續神仙傳》即唐沈汾《續仙傳》，《廣記》實徵引之，鄧、郭二氏誤。至如《翰林故事》，或即卷內所引《翰林盛事》，然考《通志略・職官類》、《書錄解題・職官類》、《宋志・故事類》等皆著錄《翰林故事》一卷，韋執誼撰，則固有書名《翰林故事》者；又如《燉煌新錄》，或即卷內所引《燉煌實錄》，然考《崇文總目・地理類》、《書錄解題・傳記類》皆著錄《燉煌新錄》一卷，不著撰人，《通志略・地理類》題李延範撰，則固有書名《燉煌新錄》者；又如「《還魂記》」，或即卷內所引《還冤記》，然考《新唐志・小說家類》、《通志略・傳記類》皆

-301-

著錄《還魂記》一卷，戴少平撰，則固有書名《還魂記》者；又如《錄異誠》，或即卷內所引《錄異記》，然考《通志略‧傳記類》、《秘書續目‧小說類》皆著錄《錄異誠》一卷，董家亨撰，則固有書名《錄異誠》者。如此之類皆未敢妄斷其是非，姑仍視爲引用書目有而爲書中所無者。此外，引用書目著錄《年號歷》之名，疑即卷內所引《年號記》，然無佐證，姑亦視爲引用書目有而爲書中所無者。

（二）書目中有晚出之書

如《海錄碎事》，宋葉庭珪撰，珪爲徽宗政和五年進士，遠在太平興國三年《廣記》成書之後；又如《吳興掌故集》，則爲明人徐獻忠所撰。上述二書，其條文雖皆見引於今本《廣記》，當爲後之好事者所加無疑，據此，鄧嗣禹因謂：「《廣記》引用書目，脫云原來所有，亦經後人陸續增補。」郭伯恭亦曰：「《廣記》引用書目，不特爲仁宗以後好事者所加，且其內容亦復經後人陸續增補也。」唯郭氏語稍嫌武斷，未若鄧氏慎重。

引用書目所列，既多訛漏，近世學者遂有重新核計之舉。如鄧嗣禹《太平廣記引得‧序》、郭伯恭《宋四大書考》，皆云《廣記》引書共有四百七十五種；又如馬念祖《水經注等八種古籍引用書目彙編》（見嚴靈峰先生主編之《書目類編》第五十六冊）則云實有五百二十六種，楊家駱先生所撰「新增補正引書總目」從之。然諸家於《廣記》引書之有一書二名、書名繁簡並用以及字誤等情形（詳後）多未加注意，則所得結果，自亦不確。拙著於考證《廣記》引書之同時，即據所見諸本仔細探究，重爲引書種數作一估計，而得以下結果：

引書之見於歷代書志著錄而引用書目復有者，凡二百五十五種

引書之見於歷代書志著錄而引用書目無者，凡四十八種

引書之未見於歷代書志著錄而引用書目有者，凡五十七種

引書之未見於歷代書志著錄而引用書目亦無者，凡五十八種

合計四百一十八種

其中，《廣記》所引乙書，有疑即其所引甲書者，如《補錄紀傳》、《傳記補錄》疑指《唐年補錄》，《唐年小錄》或亦《唐年補錄》之訛；《大業拾遺記》疑指《大業拾遺》；《交州志》疑指劉欣期《交州記》；不著撰人之《荊州記》疑指盛弘之《荊州記》；《五行記》疑指《廣古今五行記》；不著撰人之《述異記》疑指祖冲之《述異記》；《宣驗志》疑指劉義慶《宣驗記》；劉氏《小說》疑指殷芸《小說》；《紀聞錄》、《紀聞列異》疑指《紀聞》；《異物誌》疑指《廣異記》，《卓異記》或亦《廣異記》之訛；《靈怪錄》、《靈保集》疑指張薦《靈怪集》；《宣室異錄記》疑指《宣室志》；《原化傳拾遺》疑指《原化記》或《仙傳拾遺》；《奇聞錄》疑指《聞奇錄》；《騰聽異志錄》

疑指《驚聽錄》；《南齊記》疑指《南齊書》；《神鬼錄》疑指《神鬼傳》；《神異錄》疑指《神異記》；《靈異錄》疑指《靈異記》。又如《祥異記》，疑無其書。此外，宋本《廣記》既不可得，誠不便於引書種數之估計，如此，所謂四百一十八種，固未必即《廣記》原來引書種數也，但與鄧嗣禹諸家說法相較，殆近實矣。

二、引書名稱雜亂不一

（一）名稱繁簡不一

如《洛陽伽藍記》（卷八一趙逸），或題作《洛陽記》（卷九九惠凝），或題作《伽藍記》（卷四三九劉胡）。

（二）總名別名互用

如既題《三國志》（卷二四五伊籍），又用《魏志》（卷三五九應璩）、《吳志》（卷二九三王表）諸名。又如既有注「出《北史》」（卷二四七盧詢祖）者，但引及出自其中之《賀若弼傳》，又不注「出《北史》」，而注「出《賀若弼傳》」（卷二〇〇〇賀若弼）。

（三）同書異名並引

如既引《續搜神記》（卷一三一臨海人），又引《搜神後記》（卷一三一東興人）；既引《國史異纂》（卷一三七張文成），又引《國朝雜記》（卷二四九許敬宗）；既引《尚書故實》（卷一八四黃生），又引《尚書譚錄》（卷一六五李勉）。

（四）名稱相同而撰者不同之書，多未冠撰者姓名以別之

如所引《孝子傳》，查有出蕭廣濟之手者，亦有出宋（宗）躬之手者，而不作「蕭廣濟《孝子傳》」或「宋（宗）躬《孝子傳》」，以致讀者易生混淆。

（五）疑有引自甲書而注出乙書者

如卷一八〇常袞，注「出《歐陽詹哀詞序》」，查今本《摭言》卷一五有之，其文字與《廣記》所引相同，疑《廣記》所謂《歐陽詹哀詞序》，似非出自韓愈原文，乃引自《摭言》所節取者。

（六）書名字誤

如《中韓故事》（卷三九〇韓建）當爲《中朝故事》，此爲文字形似而誤。

如《玉堂閒畫》（卷二一三屬歸眞）當爲《玉堂閒話》，此爲文字音近而誤。

如《泉子》（卷二七五李福女奴）查爲《玉泉子》，此爲脫漏。

如《列仙譚錄》（卷七四唐武宗朝術士）查爲《劇談錄》，此爲誤衍。

如《化原記》（卷四五王卿）當爲《原化記》，此爲誤倒。

如《酉陽雜記》(卷六二蓬球)當爲《酉陽雜俎》，此似以「雜記」稱謂較常見而誤。

至若書名之「傳」、「錄」、「記」、「志」諸字，尤隨意增刪或混淆。

如「《洞林》」，有題《洞林記》(卷一三五晉元帝)者；又如《開天傳信記》，則有僅題《開天傳信》(卷一三六天寶符)者，凡此，皆隨意增刪之例。

如《因話記》(卷二〇一李約)，查即《因話錄》；又如《博異記》(卷一二五崔無隱)、《博異傳》(卷三五七薛淙)，查即《博異志》；又如《宣室記》(卷二八一侯生)，查即《宣室志》；又如《名畫錄》(卷二一〇宗炳)，查即《名畫記》。凡此，皆隨意混淆之例。

（七）書名不倫不類

如「處士蕭時和作傳」(卷三〇〇杜鵬舉)、「李景亮爲作傳」(卷三四〇李章武)。

三、捨早出而引晚出之書

如卷二一八吳太醫，注引《酉陽雜俎》，查其事早見王嘉《拾遺記》卷七。又如卷二二五燕巧人，注引《藝文類聚》，查其事早見《韓非子·外儲說左上》。又如卷二八四徐登，注「出《水經》」，查其事雖見《水經注》卷四〇漸江水，實本《搜神記》卷二。

四、濫注出處而未能徵實

如卷四徐福注「出《仙傳拾遺》及《廣異記》」；卷六東方朔注「出《洞冥記》及《朔別傳》」；卷二一孫思邈注「出《仙傳拾遺》及《宣室志》」；卷二二僕僕先生注「出《異聞集》及《廣異記》」；卷二六葉法善注「出《集異記》及《仙傳拾遺》」；卷三〇翟乾祐注「出《酉陽雜俎》、《仙傳拾遺》」；卷四一黑叟，注「出《會昌解頤》及《河東記》」；卷五八魏夫人注「出《集仙錄》及《本傳》」；卷七六李淳風注「出《國史異纂》及《紀聞》」；卷七七泓師注「出《大唐新語》及《戎幕閑談》」；卷九〇釋寶誌注「出《高僧傳》及《洛陽伽藍記》」；卷九一稠禪師注「出《紀聞》及《朝野僉載》」；卷九二玄奘注「出《獨異志》及《唐新語》」；卷九二萬迴注「出《談賓錄》及《兩京記》」；卷九六僧伽大師注「出《本傳》及《紀聞錄》」；卷三五九滎陽廖氏注「出《靈鬼志》及《搜神記》」；卷四一六崔玄微注「出《酉陽雜俎》及《博異記》」，皆同一條文而注出二書。又如卷三〇張果注「出《明皇雜錄》、《宣室志》、《續神仙傳》」；卷三二顏眞卿注「出《仙傳拾遺》及《戎幕閑談》、《玉堂閑話》」；卷九二一行注「出《開天傳信記》及《明皇雜錄》、《酉陽雜俎》」，皆同一條文而注出三書。又如卷二二羅公遠注「出《神仙感遇傳》及《仙傳拾遺》、《逸史》等書」；

卷二九三蔣子文注「出《搜神記》、《幽明錄》、《志怪》等書」，則是同一條文而泛注出處。若是之類，讀者每不易分辨。

五、複出或文異而事同之篇章不刪

明許自昌嘗注意及之，其例已見「本文所據《太平廣記》諸本簡介」之許刻總述中，茲不贅舉。

六、不註出處之篇章頗多

其中或有經輾轉傳鈔刊刻而脫漏者。詳附錄三。

七、任意竄改原文

（一）增入朝代稱謂

如卷六三崔書生一條，首謂「唐開元天寶中，有崔書生」云云，案是條引自牛僧孺《玄怪錄》，僧孺，唐人也，其記本朝事，不應冠以「唐」字，則「唐」字當爲《廣記》編者所增。

（二）文字與原文詳略不同

如卷二七七梁江淹條，注出《南史》，其文曰：

> 宣城太守濟陽江淹，少時嘗夢人授以五色筆，故文彩俊發。後夢一丈夫，自稱郭景純，謂淹曰：「前借卿筆，可以見還。」探懷得五色筆與之。自爾淹文章躓矣。故時人有才盡之論。

查《南史》卷五九江淹傳（據鼎文書局新校本）則曰：

> 淹少以文章顯，晚節才思微退。云爲宣城太守，時罷歸，始泊禪靈寺渚，夜夢一人，自稱張景陽，謂曰：「前以一匹錦相寄，今可見還。」淹探懷中，得數尺與之。此人大恚曰：「那得割截都盡！」顧見丘遲，謂曰：「餘此數尺，既無所用，以遺君。」自爾淹文章躓矣。又嘗宿於治亭，夢一丈夫，自稱郭璞，謂淹曰：「吾有筆在卿處多年，可以見還。」淹乃探懷中，得五色筆一以授之。爾後爲詩絕無美句，時人謂之才盡。

以《廣記》所引與《南史》相較，《廣記》所引刪去還錦一事，即就五色筆一事觀之，亦非一字不易；其於原書本來面目之忠實程度，殊有未周。若此之例，或由於實是錄自類書之故。

如上所述，《廣記》引書雖有疏失，然其價值仍不容忽視。試錄近人鄧嗣禹所言以明之。鄧氏《太平廣記引得·序》曰：

> 此書成於宋初，徵引載籍四百七十餘種，古代軼文瑣事，秘笈遺文幾

咸在焉。雖多談神怪，而採摭繁富，名物典故，錯出其間，唐宋以前書，世所不傳者，斷簡殘篇，尚間存其什一。其卷帙輕者，往往全部收入，尤足珍貴。其未全采者，又多溢出今傳本之外，如《北夢瑣言》，多為今傳本所無者。其所引《梁四公記》，為今良好中西史料，他書殊罕見。又如豪俠類存豪俠故事最夥；傳記類存傳奇文字至多；二書捨《廣記》外，他書難以探尋者也。《說郛》及《五朝小說》皆展轉鈔錄，文字之精準，不及原引者遠甚。故《少室山房筆叢》曰：「《太平御覽》引用書一千六百九十餘種，非必宋初盡存，大率晉宋（鄧引缺「宋」字，據原書補）以前得之《修文御覽》；齊梁之後得之《文思博要》；而唐人奇蹟，則得之本書者也。蓋小說本易傳，中唐後稍稍知印刻，而引用之書，又僅《御覽》五中之一，足證本書具存。然宋元間小說，陶氏《說郛》尚數百種，今全書存者，僅《桯史》、《筆談》、百餘家而已，餘大半湮沒矣（有關《說郛》一書之實際情況，參見昌師彼得先生所撰《說郛考》）。」蓋《廣記》者，誠說部之淵藪，詞林之津逮也。不特研究社會史料及風俗變遷者必當以是為總匯；即六代兩唐，亦足資考證，如《談賓錄》雜載唐事，皆為正史所遺；又如所采圖經，不但史志皆未著錄，即《御覽》亦多無之。然則，雖原書不全，而瑜多於瑕，亦未足為病矣。………吾人嘗取《廣記》以證《洛陽伽藍記》，覺《洛陽伽藍記》雖有吳若準《集證》及近人張宗祥《補證》本，然取《廣記》所引者互校之，其詞句文字，尚足以補正者。

後之有志於《廣記》所引舊籍之整理者，除參校《廣記》諸本外，倘能取相關類書所引與之互證，則訛謬自少而其功益顯矣。

附錄一：《太平廣記》卷首所列引用書目
——據藝文印書館影印本

《史記》　　　　　《漢書》　　　　　范曄《後漢書》　　《魏書》

《吳書》　　　　　《魏志》　　　　　《蜀志》　　　　　《蜀記》

《吳志》　　　　　《三國志》　　　　《晉書》　　　　　《宋書》

《齊紀》　　　　　《唐書》　　　　　《唐史》　　　　　《晉史》

《後魏書》　　　　《唐曆》　　　　　《國語》　　　　　《史系》

《南史》　　　　　《北史》　　　　　《史雋》　　　　　《晉陽秋》

《晉春秋》　　　　《齊春秋》　　　　《三國典略》　　　《唐統紀》

《唐年補錄》　　　《年號歷》　　　　《華陽國志》　　　《趙書》

《野史》　　　　　《越絕書》　　　　《朝野僉載》　　　《明皇雜錄》

《開天傳信記》　　《入唐新語》　　　《國史補》　　　　《逸史》

《闕史》　　　　　《南楚新聞》　　　《妖亂志》　　　　《中朝故事》

《會稽錄》　　　　《譚賓錄》　　　　《王氏聞見集》　　《玉堂閒話》

《耳目記》　　　　《北夢瑣言》　　　《唐會要》　　　　《漢武故事》

《唐年小錄》　　　《御史臺記》　　　《翰林故事》　　　《三輔決錄》

《柳氏史》　　　　《潭氏史》　　　　《大業拾遺》　　　《國史異纂》

《國朝雜記》　　　《大唐奇事》　　　《大唐雜記》　　　《西京雜記》

《前秦錄》　　　　《傳載》　　　　　《三齊要略》　　　《論衡》

《長沙傳》　　　　《皇覽》　　　　　《建康實錄》　　　《益部耆舊傳》

《王子年耆舊傳》　《閩川名士傳》　　《簡文談疏》　　　《補錄記傳》

魏文《典論》　　《宋明帝自序》　　《梁四公記》　　《汝南先賢傳》

《會稽先賢傳》　　《孝子傳》　　　《孝德傳》　　　《東方朔傳》

《尚書故實》　　　《說文》　　　　《書斷》　　　　《法書要錄》

《圖書會粹》　　　《書評》　　　謝赫《畫品》　　《名畫記》

《畫斷》　　　王僧虔《名書錄》　羊欣《筆陣圖》　《八朝畫錄》

《韻對》　　　　　《列女傳》　　　《妒記》　　　　《杜蘭香別傳》

《鄴侯外傳》　　　《太公金匱》　　《顏氏家訓》　　《古文瑣語》

《說題辭》　　　　《文樞竟要》　　《神異經》　　　《宣驗記》

《應驗記》　　　　《冥祥記》　　　《冥報拾遺》　　《陰德傳》

《感應傳》　　　　《列異傳》　　　《甄異傳》　　　《述異記》

《異苑》　　　　　《志怪》　　　　《齊諧記》　　　《續齊諧記》

《搜神記》　　　　《續搜神記》　　《靈鬼志》　　　《幽明錄》

《洞冥記》　　　　《旌異記》　　　《冥報記》　　　《報應錄》

《報冤記》　　　　《窮神秘苑》　　《還魂記》　　　《離魂記》

《地獄苦記》　　　《靈怪集》　　　《集異記》　　　《纂異記》

《獨異志》　　　　《博異志》　　　《玄怪錄》　　　《續玄怪錄》

《宣室志》　　　　《瀟湘錄》　　　《紀聞》　　　　《辨正論》

《廣異記》　　　　《通幽記》　　　《祥異集驗》　　《原化記》

《洽聞記》　　　　《撮異記》　　　《奇事記》　　　《聞奇錄》

《祥異記》　　　　《續異記》　　　《卓異記》　　　《妖怪錄》

《稽神錄》　　　　《八朝窮怪錄》　《甘澤謠》　　　《錄異誠》

《神鬼傳》　　　　《虬髯客傳》　　《王子年拾遺記》《驚聽錄》

《杜陽雜編》　　　《異聞記》　　　《前定錄》　　　《定命錄》

《警誡錄》　　　　《續定命錄》　　《感定錄》　　　《廣古今五行記》

　謝蟠《雜說》　　張璠《漢記》　　《兩京新記》　　《十道記》

《成都記》　　　　《南雍州記》　　《九江記》　　　盛宏之《荊州記》

《渚宮故事》　　　《三秦記》　　　《三吳記》　　　《南齊記》

《三齊記》　　　　《燉煌新錄》　　《陳留風俗傳》　《湘中記》

《河東記》　　　　《尋陽記》　　　《襄沔記》　　　《十洲記》

《山河別記》	《林邑記》	《桂林風土記》	《周地圖記》
《河洛記》	《南越志》	《三峽記》	《扶南記》
《南康記》	《河洛記》	《漢沔記》	《建安記》
《新津縣圖經》	《渝州圖經》	《隴州圖經》	《建州圖經》
《歙州圖經》	《黎州圖經》	《通壁縣圖經》	《朗州圖經》
《陵州圖經》	《交州記》	《武昌記》	《豫章古今記》
《洞林記》	《梁京寺記》	《塔寺記》	《顧渚山記》
《廣人物志》	《山海經》	《水經》	《異物志》
《洞天集》	《投荒雜錄》	《南海異事》	《海陸碎事》
《外荒記》	《江表異同錄》	玉歆《始興記》	《莊子》
《墨子》	《淮南子》	《管子》	《抱朴子》
《賈子》	《說苑》	《金樓子》	《苟子》
《玉泉子》	《神仙傳》	《續神仙傳》	《列仙傳》
《集仙傳》	《洞仙傳》	《墉城集仙錄》	《仙傳拾遺》
《神仙感遇傳》	《武陵十仙傳》	《十二眞君傳》	《眞誥》
《列仙譚錄》	《傳仙錄》	《漢武內傳》	《玄門靈妙記》
《原仙記》	《三寶感通記》	《玉匣記》	《道家雜記》
郭氏《玄中記》	楊雄《琴清英》	曹植《惡鳥論》	《藝文類聚》
《太原事跡》	《太原故事》	《眞陵十七史》	《本事詩》
《杼情詩》	《白居易集》	《顧雲文集》	《鄭谷詩集》
元稹《長慶集序》	韓愈《歐陽詹哀辭序》	鄭處誨撰《劉琢碑》	《李琪集序》
《皮日休集》	《賈逵碑》	《續江氏傳》	《吳興掌故事》
《崔龜從自敘》	《中興間氣集》	《羯鼓錄》	《中興書》
《蔡邕別傳》	《鄭德璘傳》	《曹景宗傳》	《羅昭威傳》
《賀若弼傳》	《趙延壽傳》	司空圖《段章傳》	《樊英列傳》
《女仙傳》	《張氏傳》	《崔少玄本傳》	《高僧傳》
《洛陽伽藍記》	《法苑珠林》	《三教珠英》	《金剛經》
《觀音經》	《靈保集》	《風俗通》	《博物志》

崔豹《古今注》　《語林》　　　《笑林》　　　《笑苑》

《世說》　　　　《世說新語》　郭頌《世語》　《笑言》

《啓顏錄》　　　《說林》　　　《劇談錄》　　《雲溪友議》

《幽閒鼓吹》　　《三水小牘》　《盧氏雜說》　《桂苑叢談》

《會昌解頤錄》　《松窗錄》　　《集話錄》　　《嘉話錄》

《戎幕閒談》　　《因話錄》　　《芝田錄》　　《乾𦠆子》

《酉陽雜俎》　　《談藪》　　　《摭言》　　　《玉溪編事》

《野人閒話》　　《辨疑志》　　《妖亂志》　　《窮愁志》

殷芸《小說》　　劉氏《小說》　《夢書》　　　《夢雋》

《夢系》　　　　《夢記》　　　《夢苑》

附錄二：《太平廣記》未注出處條目表

　　《太平廣記》未注出處之條文不少，豈屢經傳鈔、刊刻而佚闕歟？鄧嗣禹氏之《太平廣記篇目及引書引得》中列有〈《太平廣記》未注出處卷條表〉，卻於所見《廣記》原未注出處而自行查得出處各條均未列入，葉慶炳先生因謂鄧氏之〈《太平廣記》未注出處卷條表〉宜改稱〈《太平廣記》出處無考卷條表〉，並重予統計未注出處篇章，列舉於所撰〈有關《太平廣記》的幾個問題〉一文內。茲據藝文印書館影印本彙列此等條目，凡二〇五條（案雜傳記類中多未注出處者，疑所據為單篇別行，姑不包括。又，有目無文條目另詳附錄三，此亦不包括）；其中自他本《廣記》查得注有出處，或自他書查得出處者，一二三條；他本《廣記》亦未注出處，或出處無可考者，八二條。條目上阿拉伯數字表《廣記》卷次。又，條目上有△者，表鄧書所無；○者，表葉文所無。此外，表內引及下列諸本，牽用單字表之：

　　「孫」＝臺大圖書館所藏清孫潛手校明談愷刻本。

　　「研」＝中研院史語所所藏明談愷刻本（其中卷二六五、二七〇，各有附卷）

　　「初」＝近人汪氏點校本所謂談刻初印本。

　　「許」＝故宮所藏明許自昌刻本。

　　「陳」＝近人汪氏點校本所引清陳鱣校許刻本。

　　「沈」＝近人汪氏點校本所引明沈氏野竹齋鈔本。

　　「馮」＝國家圖書館所藏明馮夢龍《太平廣記鈔》（其卷數與《廣記》不同，表內於「馮」字下特標明之）

　　「黃」＝臺灣新興書局影印清黃晟刻本。

　　「庫」＝故宮所藏《文淵閣四庫全書》木。

△9	李少君	「馮」2、「庫」：《神仙傳》
△21	司馬承楨	「庫」：《續仙傳》
△47	唐憲宗皇帝	「孫」：《杜陽編》
82	袁嘉祚	
82	鄭相如	「沈」：《廣異記》
111	王玄謨	「孫」、「沈」：《談藪》
△126	程普	查見《三國志》55 裴注引《吳書》
126	張和思	
126	梁元帝	
126	竇軌	
126	武攸寧	
126	崔進思	
126	祁萬壽	
126	郭霸	
126	曹惟思	
126	邢璹	
126	萬國俊	
126	陳峴	「馮」18：《王氏見聞》
126	李龜禎	
126	陳潔	
△127	涪令妻	「孫」：《還冤記》
128	滎陽氏	「孫」：《纂異記》
130	鄂州小將	「孫」：《稽神錄》
142	唐望之	
161	漢武帝	「孫」、「陳」：《幽明錄》。「馮」19：小說
171	張鷟	「馮」23、「庫」：《朝野僉載》
171	袁滋	查見《劇談錄》上
△173	東方朔首條	「庫」：小說
175	路德延	
175	韋莊	

△178	諸州解	查見《摭言》2
△178	關試	查見《摭言》3
184	鍾傅	
185	三人優劣	
197	虞世南末條	查是條與 164 注「出《國朝雜記》」之虞世南條同
△199	李商隱	「庫」：《北夢瑣言》
203	唐太宗第四條	
203	李勉第二條	查見《國史補》下
203	李勉末條	查見《國史補》下
△205	曹王皋	查是條與 231 注「出《羯鼓錄》」之曹王皋條同
△207	戴安道安昕	「孫」、「沈」：《書斷》
△211	閻立本第三條	
△212	淨域寺	「孫」、「沈」、「黃」：《酉陽雜俎》
○△214	雜編首條	「沈」：《尚書談錄》。查見《劇談錄》下
215	滿師	
217	路生	
△220	蛇毒	汪紹楹云查見《玉堂閒話》
△220	侯又玄首條	「沈」，與末條相連，未注出《酉陽雜俎》
224	李參軍	「沈」：《逸史》
225	陳思王	
225	水芝欹器	「孫」、「沈」：《三國典略》
225	僧靈昭	
232	陴湖漁者	「沈」：《玉堂閒話》
240	吉頊	「沈」：《朝野僉載》
245	東方朔	「庫」：《本傳》
△245	邊韶	「沈」：《啓顏錄》。查見范曄《後漢書》
△245	張裕	查見《三國志・蜀書周群傳》
△245	鄧艾	「馮」38：《世說》。「查」《御覽》464 引作《語林》，又 466 引作《世說》
245	安陵人	

246	王琳	
△250	韓皐	查見《因話錄》2
△251	周愿首條	查見《因話錄》4
251	袁德師	「沈」:《嘉話錄》
253	賀循	「孫」、「沈」:《世說》
256	蘇芸	
258	柳騫之	
260	殷安	
261	韓昶	
261	王智興	《詩人玉屑》11 引出《盧氏雜說》
261	韋氏子	
261	劉義方	
261	李雲翰	
261	李秀才	藝文印書館影印本注「出《新》」是出處有殘缺者。汪氏點校本注「出《大唐新語》」。「馮」:《因話錄》。
262	崔育	
263	張德	
△263	劉子振	查見《摭言》9
△265	劉祥	查出《南齊書》。「研」附卷、「初」、「許」、「黃」、「庫」諸本文異,注出《談藪》
△265	劉孝綽	「研」附卷、「初」、「許」、「黃」、「庫」諸本文異,注出《嘉話錄》
△265	許敬宗	「研」附卷、「初」、「許」、「黃」、「庫」諸本文異,注出《國史異纂》
△265	盈川令	「研」附卷、「初」、「許」、「黃」、「庫」諸本文異,注出《朝野僉載》
△265	崔湜	「研」附卷、「初」、「許」、「黃」、「庫」諸本文異,注出《國史異纂》
△265	杜審言	「研」附卷、「初」、「許」、「黃」、「庫」諸本文異,注出《譚賓錄》
△265	杜甫	「研」附卷、「初」、「許」、「黃」、「庫」諸本文異,注出《摭言》

△265	陳通方	「研」附卷、「初」、「許」、「黃」、「庫」諸本文異，注出《閩川名士傳》
△265	李賀首條	影印本「李賀」一目包括二條，「研」附卷八「初」、「許」、「黃」、「庫」諸本「李賀」一目僅有一條，事與此同而文異，注出《劇談錄》。《類說》卷一五引及此條，亦作出《劇談錄》
△265	李賀末條	「研」附卷、「初」、「許」、「黃」、「庫」諸本「李賀」一目僅一條，不及此。查此與244注「出《幽閒鼓吹》」之李潘條同
△265	李群玉	「研」附卷、「初」、「許」、「黃」、「庫」諸本文異，注出《北夢瑣言》
△265	馮涓	「研」附卷、「初」、「許」、「黃」、「庫」：《北夢瑣言》
△265	溫庭筠	「研」附卷、「初」、「許」、「黃」、「庫」諸本文異，注出《摭言》
△265	陳磻叟	「研」附卷、「初」、「許」、「黃」、「庫」：《摭言》
△265	薛能	「研」附卷、「初」、「許」、「黃」、「庫」諸本文異，注出《北夢瑣言》
△265	高逢休	「研」附卷、「初」、「許」、「黃」、「庫」：《摭言》
266	輕薄士流	
267	朱粲	「孫」、「沈」：《朝野僉載》
268	成王千里	「孫」、「沈」：《朝野僉載》
269	李紳	「研」及「初」文異，注出《雲溪友議》
△270	洗氏	「研」附卷及「初」文異，注出《嶺表錄異》。「許」本則不注出處及注出處二條兼收之
△270	衛敬瑜	「研」附卷及「許」文異，注出《南雍州記》
△270	周迪妻	查見《新唐書‧列女傳》。「研」附卷及「許」文異，注出《妖亂志》
△270	鄒待徵妻	查見《新唐書‧列女傳》
△270	竇烈女	查見《舊唐書‧列女傳》。「研」附卷文異，注出《樊川集》。「許」、「黃」、「庫」是條題奉天竇氏二女，同影印本，亦不注出處；又另有題竇烈女者，同「研」附卷
△270	鄭神佐女	查見《舊唐書‧列女傳》。「研」附卷文異，注出《北夢瑣言》
△270	盧夫人	「許」：《朝野僉載》。「研」附卷亦注出《朝野僉載》，但義異
△270	符鳳妻	「許」：《朝野僉載》。「研」附卷亦注出《朝野僉載》，但文異

△270	呂榮	查見《後漢書・列女傳》。「許」是條末多十數字，注出《文樞鏡要》「研」附卷亦注出《文樞鏡要》，但文異
△270	封景文	查見《新唐書・列女傳》。「研」附卷文異，注出《三水小牘》
△270	高彥昭女	查見《新唐書・列女傳》。「研」附卷及「許」文異，注出《廣德神異錄》
271	徐才人	「孫」、「沈」：《大事神異運》
△272	麗娟	「黃」：《洞冥記》
△276	索充宋桶首條	「馮」51合此與末條，注「並出劉彥明《燉煌錄》」
281	櫻桃青衣	
△291	伍子胥	「黃」、「庫」：《錢塘志》。查見《錄異記》7
△313	盤古祠	查見《錄異記》4
314	劉虬	「孫」、「沈」：《玉堂閒話》
315	豫章樹	
317	王弼	類聚79、《御覽》883引出《幽明錄》
321	郭翻	
321	李元明	
321	賈雍	查見《搜神記》11
323	王胡	「孫」：《法苑珠林》。「庫」：《異苑》
△324	梁清	查見《異苑》6
324	崔茂伯	
329	狄仁傑	「孫」、「陳」：《廣異記》
330	張果女	「孫」、「陳」、「沈」：《廣異記》
335	楊國忠	「孫」：《廣異記》。「沈」：《宣室志》。「庫」：《紀聞》。《說郛》33引出《瀟湘錄》
354	任彥思	
354	張仁寶	
354	楊蘊中	
354	王延鎬	
354	鄭郊	
△357	蘊都師	「孫」、「研」、「許」、「沈」、「馮」71、「黃」、「庫」：《河東記》
366	張謀孫	「孫」、「沈」：《三水小牘》。「庫」：《集異記》

△367	熊勛	「孫」、「沈」：《稽神錄》。「庫」：《集異記》
△370	張秀才	「孫」、「庫」：《宣室志》
△372	張不疑首條	「沈」，與末條相連，注出《博異志》
374	聶友	「孫」：《口異記》。「沈」：《宣室志》。《說郛》25 小說引出《怪志》
388	張克勤	
388	王鄂	
△389	廣川王首條	
△389	廣川王第二條	
△389	廣川王第三條	
△389	廣川王第四條	
389	潘章	
△389	王伯陽首條	
389	楚王冢	
391	王果	
393	狄仁傑	
393	偃師	
△397	山精首條	
△397	山精第二條	
△397	山精第三條	
△397	山精第四條	
△399	帝神女	查見郭璞注《山海經》5
399	漏澤首條	「孫」：《幽閑記》。「沈」：《七閩記》
400	虞鄉道士	「孫」：《宣室志》
△406	白銀樹	
△406	椰子樹	「孫」：《嶺表異錄》。查見《嶺表錄異》
△407	黝木	查見《酉陽雜俎》續集 10
△407	三枝槐	查見《酉陽雜俎》續集 10
409	海石榴花	
409	南海朱槿	「沈」：《酉陽雜俎》

△409	睡蓮花	查見《酉陽雜俎》19
△409	梁青蓮花	「沈」:《北夢瑣言》
409	三朵瑞蓮	
411	底欄實樹	
411	越蒜	查見《異苑》2
△412	桃枝竹	查見《酉陽雜俎・續集》10
△412	雨麥	「沈」:《述異記》
414	三名香	
417	上黨人	「陳」:《宣室志》。查見《隋書・五行志》
420	沙州黑河	
421	趙齊嵩	「沈」:《博異志》
△423	崔道樞	「陳」:《劇談錄》
△424	柳子華	「沈」:《劇談錄》
424	濛陽湫	「沈」:《北夢瑣言》
431	李大可	
△435	馬首條	「庫」:《酉陽雜俎》
△435	馬第二條	
△435	馬第三條	「庫」:《洽聞記》
△435	馬第五條	
△435	馬第八條	
436	兩腳馳	「陳」、「沈」:《洽聞記》
440	崔懷嶷首條	
443	銅環	「孫」:《酉陽雜俎》
447	漢廣川王	「孫」:《西京雜記》。查見《搜神記》15
450	張例	
○△452	任氏	《類說》28引出《異聞集》
○△454	張簡棲	案條末注云「缺文」,示下文脫佚也,「孫」批云:「以下空二行。」則此「缺文」二字非注出處可知
457	張鎬	「孫」、「沈」:《廣異記》
△458	李黃首條	

459	游邵	「孫」、「沈」：《三水小牘》
459	張氏首條	
460	劉聿	「庫」：《玉堂閒話》
461	元道康	「庫」：《紀聞》
461	張顥	「庫」：《酉陽雜俎》
463	鵞	
△463	營道令	「許」、「黃」、「庫」：《酉陽雜俎》
△472	史論	「孫」、「陳」、「沈」：《酉陽雜俎》
474	主簿蟲	「孫」、「陳」、「沈」：《傳載》
477	抱搶	「孫」、「陳」、「沈」、「庫」：《酉陽雜俎》
479	蝗化	
480	毛人	
480	沃沮首條	
494	房光庭	「陳」：《御史臺記》。「庫」：《紀聞》
496	嚴震	「陳」：《乾臊子》。「沈」：《因話錄》。「庫」：《紀聞》
△499	李師望	「庫」：《紀聞》。查見《北夢瑣言》6

附錄三：《太平廣記》有目無文條目表

　　《太平廣記》所收頗有有目無文者，前人未嘗表列之。茲據藝文印書館影印本彙列此等條目，凡三〇條；又，清孫潛手校本有其目，而藝文印書館影印本並其目亦無之者，凡一八條，合計得四八條：其中自他本《廣記》查得其文者，二三條。條目上阿拉伯數字表《廣記》卷次。又，條目上有△者，表清孫潛手校本所特有。此外，表內引及《廣記》諸本，率用單字表之，如附錄二。

10	陳永伯	藝文印書館影印本總目有其目，而卷內並其目亦無之。「孫」有其文，注出《神仙傳》，惟有不清晰處，可據今本《神仙傳》補之
△140	朱來鳥	
△140	赤虹	
△140	五色雲	
△140	突厥	
△140	神撼條	
△140	文星	
△140	聖善寺	
△140	峴陽池	
△140	雨雹	
△140	金山寺	
△140	太平寺	
△140	葉戲	
△140	寢殿	
△140	牛毛	
△151	馬揔	

△151	王涉頭上	
184	韋甄	「孫」、「陳」、「沈」有其文，注出《摭言》
232	裴岳	
232	苟諷	
232	紅沫	
232	鐵頭	
232	虔州刺史	近人汪紹楹稱今本同卷令狐綯條，自「返報」二字以下，似係此條之下半云云，存疑
265	汲師	「研」附卷、「初」、「許」、「黃」、「庫」有其文，注出《御史臺記》
265	崔駢	「研」附卷、「初」、「許」、「黃」、「庫」有其文，注出《芝田錄》
265	西川人	「研」附卷、「初」、「許」、「黃」、「庫」有其文，注出《北夢瑣言》
265	河中幕客	「研」附卷、「初」、「許」、「黃」、「庫」有其文，注出《北夢瑣言》
265	崔昭符首條	「研」附卷、「初」、「許」、「黃」、「庫」有其文，注出《玉泉子》
265	崔昭符末條	「研」附卷、「初」、「許」、「黃」、「庫」有其文，注出《三水小牘》
265	溫定	「研」附卷、「初」、「許」、「黃」、「庫」有其文，注出《摭言》
△266	韓衮	
△266	侯泳	
269	胡淛	「研」、「初」、「許」、「黃」、「庫」有其文，注出《投荒雜錄》
269	韋公幹	「研」、「初」、「許」、「黃」、「庫」有其文，注出《投荒雜錄》
269	陳延美	「研」有其文，注出《王氏見聞》
269	趙思綰	「研」、「初」、「許」、「黃」、「庫」有其文，注出《玉堂閒話》
269	安道進	「研」、「初」、「許」、「黃」、「庫」有其文，注出《玉堂閒話》
270	李誕女	「研」附卷、「初」、「許」、「黃」、「庫」有其文，注出《法苑珠林》
270	義成妻	「研」附卷、「初」、「許」、「黃」、「庫」有其文，注出《黎州圖經》
270	魏知古妻	「初」、「許」、「黃」、「庫」有其文，不注出處；「研」附卷文同，注出朝野僉載
270	侯四娘	「研」附卷、「初」、「許」、「黃」、「庫」有其文，注出《獨異志》
270	鄭路女	「研」附卷、「初」、「許」、「黃」、「庫」有其文，注出《玉泉子》
270	鄒僕妻	「研」附卷、「初」、「許」、「黃」、「庫」有其文，注出《玉堂閒話》
270	歌者婦	「研」附卷、「初」、「許」、「黃」、「庫」有其文，注出《玉堂閒話》
315	飛布山廟	
350	顏濬	「孫」、「陳」、「沈」有其文，注出《傳奇》
404	浮光裘	
499	高駢	「沈」、「黃」、「庫」有其文，注出《北夢瑣言》

參考書目及論文篇目

有關《廣記》諸本及其所引書之傳本（後者包括《百川學海》、《漢魏叢書》、《寶顏堂秘笈》、《津逮秘書》、《學津討原》、《史學叢書》、《雲自在龕叢書》、《大藏經》、《道藏》等叢書所收），論文內已詳言之，茲不贅舉。

（甲）參考書目

一、正　史

1. 《史記》，（漢）司馬遷撰、（劉宋）裴駰集解、（唐）司馬貞索隱、（唐）張守節正義，鼎文書局新校本。
2. 《漢書》，（漢）班固撰、（唐）顏師古注，鼎文書局新校本。
3. 《後漢書》，（劉宋）范曄撰、（唐）李賢等注，鼎文書局新校本。
4. 《三國志》，（晉）陳壽撰、（劉宋）裴松之注，鼎文書局新校本。
5. 《晉書》，（唐）房玄齡等奉敕撰，鼎文書局新校本。
6. 《宋書》，（梁）沈約撰，鼎文書局新校本。
7. 《南齊書》，（梁）蕭子顯撰，鼎文書局新校本。
8. 《梁書》，（唐）姚思廉奉敕撰，鼎文書局新校本。
9. 《陳書》，（唐）姚思廉奉敕撰，鼎文書局新校本。
10. 《魏書》，（北齊）魏收奉敕撰，鼎文書局新校本。
11. 《北齊書》，（唐）李百藥奉敕撰，鼎文書局新校本。
12. 《隋書》，（唐）魏徵等奉敕撰，鼎文書局新校本。
13. 《南史》，（唐）李延壽撰，鼎文書局新校本。
14. 《北史》，（唐）李延壽撰，鼎文書局新校本。
15. 《舊唐書》，（後晉）劉昫等奉敕撰，鼎文書局新校本。
16. 《新唐書》，（宋）歐陽修等奉敕撰，鼎文書局新校本。

17. 《舊五代史》，（宋）薛居正等奉敕撰，鼎文書局新校本。

18. 《新五代史》，（宋）歐陽修撰，鼎文書局新校本。

19. 《宋史》，（元）脫脫等奉敕撰，鼎文書局新校本。

二、目　錄

1. 《補後漢書藝文志》，（清）侯康撰，開明書局《二十五史補編》本。

2. 《補後漢書藝文志》，（清）顧櫰三撰，開明書局《二十五史補編》本。

3. 《後漢藝文志》，（清）姚振宗撰，開明書局《二十五史補編》本。

4. 《補三國藝文志》，（清）侯康撰，開明書局《二十五史補編》本。

5. 《三國藝文志》，（清）姚振宗撰，開明書局《二十五史補編》本。

6. 《隋書經籍志考證》，（清）辛宗源撰，開明書局《二十五史補編》本。

7. 《隋書經籍志考證》，（清）姚振宗撰，開明書局《二十五史補編》本。

8. 《補晉書藝文志》，（清）丁國鈞撰，開明書局《二十五史補編》本。

9. 《補晉書藝文志》，（清）文廷式撰，開明書局《二十五史補編》本。

10. 《補晉書藝文志》，（清）秦榮光撰，開明書局《二十五史補編》本。

11. 《補晉書經籍志》，（清）吳士鑑撰，開明書局《二十五史補編》本。

12. 《補晉書藝文志》，（清）黃逢元撰，開明書局《二十五史補編》本。

13. 《補五代史藝文志》，（清）顧櫰三撰，開明書局《二十五史補編》本。

14. 《崇文總目輯釋》，（宋）王堯臣等編次、（清）錢東垣等輯釋，廣文書局《書目續編》本。

15. 《秘書省續編到四庫闕書目》，（宋）紹興中改定、（民國）葉德輝考證，成文出版社《書目類編》本。

16. 《通志略》，（宋）鄭樵撰，臺灣商務印書館《國學基本叢書》本。

17. 《郡齋讀書志》，（宋）晁公武撰，廣文書局《書目續編》本。

18. 《昭德先生郡齋讀書志》，（宋）晁公武撰，臺灣商務印書館《四部叢刊三編》本。

19. 《遂初堂書目》，宋光袞撰，廣文書局《書目續編》本。

20. 《直齋書錄解題》，（宋）陳振孫撰，廣文書局《書目續編》本。

21. 《文獻通考》，（元）馬端臨撰，新興書局影印本。

22. 《文淵閣書目》，（明）楊士奇撰，廣文書局《書目三編》本。

23. 《古今書刻》，（明）周弘祖撰，成文出版社《書目類編》本。

24. 《世善堂藏書目錄》，（明）陳第等撰，廣文書局《書目三編》本。

25. 《百川書志》，（明）高儒撰，成文出版社《書目類編》本。

26. 《欽定天祿琳琅書目》，（清）高宗敕撰，廣文書局《書目續編》本。

27. 《四庫全書總目》，（清）紀昀纂修，藝文印書館影印本。

28. 《四庫簡明目錄標注》，（清）郡懿辰撰，世界書局印本。

29. 《四庫提要辨證》，余嘉錫撰，附於藝文印書館影印本《四庫全書總目》之末。

30. 《絳雲樓書目》，（清）錢謙益撰，廣文書局書目三編本。

31. 《述古堂書目》，（清）錢曾撰，廣文書局書目三編本。

32. 《鐵琴銅劍樓藏書目錄》，（清）瞿鏞撰，廣文書局書目叢編本。

33. 《邵亭知見傳本書目》，（清）莫友芝撰，廣文書局書目五編本。

34. 《皕宋樓藏書志》，（清）陸心源撰，廣文書局書目續編本。

35. 《善本書室藏書志》，（清）丁丙撰，廣文書局書目叢編本。

36. 《藝風藏書記》，（清）繆荃孫撰，廣文書局書目叢編本。

37. 《天一閣見存書目》，（清）薛福成撰，古亭書屋影印本。

38. 《日本訪書志》，楊守敬撰，廣文書局書目叢編本。

39. 《菦圃善本書目》，張乃熊撰，廣文書局書目三編本。

40. 《藏園群書題記》，傅增湘撰，廣文書局書目叢編本。

41. 《雙鑑樓善本書目》，傅增湘撰，廣文書局書目三編本。

42. 《敦煌古籍敘錄》，王重民撰，成文出版社書目類編本。

43. 《江蘇省立圖書館圖書總目》，江蘇省立圖書館編，古亭書屋影民國二十二至二十五年江蘇省立圖書館編印本。

44. 《北京人文科學研究所藏書目錄》，北京人文科學研究所編，古亭書屋影民國二十七年印本。

45. 《北京圖書館善本書目》，北京圖書館編，成文出版社書日類編影民國四十八年印本。

46. 《國立中央圖書館善本書目》，國立中央圖書館編，民國五十六年該館增訂本。

47. 《國立故宮博物院善本書目》，國立故宮博物院編，民國五十七年該院印本。

48. 《中央研究院歷史語言研究所善本書目》，中央研究院歷史語言研究所編，民國五十七年該所印本。

49. 《國立臺灣大學善本書目》，國立臺灣大學等編，民國五十七年印本。
    《臺灣省立臺北圖書館善本書目》。
    《國防研究院善本書目》。
    《國立臺灣師範大學善本書目》。
    《私立東海大學善本書目》。

50. 《日本國見在書目錄》，（日）藤原佐世撰，廣文書局書目五編本。

51. 《靜嘉堂文庫漢籍分類目錄》，古亭書屋影日本昭和五年印本。

52. 《成簣堂善本書目》，國立故宮博物院圖書館藏日本昭和七年印本。

53. 《東方文化學院京都研究所漢籍書目》，國立故宮博物院圖書館藏日本昭和九年印本。

54. 《內閣文庫漢籍分類目錄》，古亭書屋影日本昭和三十一年印本。

三、可資參校之典籍

1. 《世說新語》，（劉宋）劉義慶撰、（梁）劉孝標注，臺灣商務印書館《四部叢刊正編》本。

2. 《文選》，（梁）蕭統撰、（唐）李善注，藝文印書館影印本。

3. 《水經注》，（後魏）酈道元撰、（清）戴震校，世界書局印本。

4. 《元和郡縣圖志》，（唐）李吉甫撰，臺灣商務印書館《國學基本叢書》本。

5. 《歲華紀麗》，（唐）韓鄂撰，《津逮秘書》本。

6. 《唐開元占經》，（唐）瞿曇悉達撰，國立故宮博物院圖書館藏《四庫全書》本。

7. 《意林》，（唐）馬總撰，臺灣商務印書館《四部叢刊正編》本。

8. 《群書治要》，（唐）魏徵等奉敕撰，臺灣商務印書館《四部叢刊正編》本。

9. 《藝文類聚》，（唐）歐陽詢撰，文光出版社《類書薈編》本。

10. 《北堂書鈔》，（唐）虞世南撰，藝文印書館《類書薈編》本。

11. 《初學記》，（唐）徐堅等奉敕撰，藝文印書館影印本。

12. 《白孔六帖》，（唐）白居易、（宋）孔傳撰，新興書局影印本。

13. 《法苑珠林》，（唐）釋道世撰，臺北觀世音佛經善書印送會印送本。

14. 《埤雅》，（宋）陸佃撰，《格致叢書》本。

15. 《資治通鑑》，（宋）司馬光撰，臺灣商務印書館《四部叢刊正編》本。

16. 《資治通鑑考異》，（宋）司馬光撰，臺灣商務印書館《四部叢刊正編》本。

17. 《路史》，（宋）羅泌撰，臺灣商務印書館《人人文庫》本。

18. 《太平寰宇記》，（宋）樂史撰，文海出版社影印本。

19. 《能改齋漫錄》，（宋）吳曾撰，《守山閣叢書》本。

20. 《容齋隨筆》，（宋）洪邁撰，臺灣商務印書館《國學基本叢書》本。

21. 《野客叢書》，（宋）王楙撰，國家圖書館藏明嘉靖四十一年王穀祥刊本。

22. 《夢溪筆談》，（宋）沈括撰，香港中華書局印行胡道靜新校正本。

23. 《避暑錄話》，（宋）葉夢得撰，《津逮秘書本》。

24. 《老學菴筆記》，（宋）陸游撰，新興書局《筆記小說大觀三編》本。

25. 《事類賦》，（宋）吳淑撰並自注，新興書局影印本。

26. 《太平御覽》，（宋）李昉等奉敕撰，臺南平平出版社發行影印本。

27. 《海錄碎事》，（宋）葉廷珪撰，新興書局影印本。

28. 《續談助》，（宋）晁載之撰，《十萬卷樓叢書》本。

29. 《類說》，（宋）曾慥撰，藝文印書館類書薈編本。

30. 《紺珠集》，（宋）不著撰人，臺灣商務印書館影印本。

31. 《錦繡萬花谷》，（宋）不著撰人，新興書局影印本。

32. 《記纂淵海》，（宋）潘自牧撰，新興書局影印本。

33. 《小學紺珠》，（宋）王應麟撰，《津逮秘書》本。

34. 《姬侍類偶》，（宋）周守忠撰，國家圖書館藏舊鈔本。

35. 《南部新書》，（宋）錢易撰，《學津討原》本。

36. 《侯鯖錄》，（宋）趙令畤撰，《知不足齋叢書》本。

37. 《唐語林》，（宋）王讜撰，世界書局印本。

38. 《綠窗新話》，（宋）皇都風月主人編，世界書局印本。

39. 《醉翁談錄》，（宋）羅燁撰，世界書局印本。

40. 《雲笈七籤》，（宋）張君房撰，臺灣商務印書館《四部叢刊正編》本。

41. 《歷世眞仙體道通鑑》，（宋）趙道一撰，藝文印書館影印《正統道藏》本。

42. 《蘇東坡全集》，（宋）蘇軾撰，世界書局印本。

43. 《紫微集》，（宋）張嵲撰，《湖北先正遺書》本。

44. 《文苑英華》，（宋）李昉等奉敕編，華文書局印本。

45. 《古今詩話》，（宋）李頎撰、（民國）郭紹虞輯，文泉閣出版社影印《宋詩話輯佚》本。

46. 《詩話總龜》，題宋阮閱撰，廣文書局《古今詩話續編》本。

47. 《唐詩紀事》，（宋）計有功撰，鼎文書局《歷代詩史長編》本。

48. 《苕溪漁隱叢話》，（宋）胡仔撰，世界書局排印本。

49. 《詩人玉屑》，（宋）魏慶之撰，臺灣商務印書館《人人文庫》本。

50. 《後村詩話》，（宋）劉克莊撰，《適園叢書》本。

51. 《書斷列傳》，不著撰人，藝文印書館影印陶氏涉園影宋刻《百川學海》本。

52. 《說郛》，（元）陶宗儀編，臺灣商務印書館影印張宗祥校本。

53. 《說郛》，（明）陶珽重編，國家圖書館藏清順治四年兩浙督學李際期刊本。

54. 《吳興掌故集》，（明）徐獻忠輯，《吳興叢書》本。

55. 《天中記》，（明）陳耀文撰，藝文印書館《類書薈編》本。

56. 《廣博物志》，（明）董斯張撰，新興書局影印本。

57. 《古今說海》，（明）陸楫輯，國家圖書館藏明嘉靖二十三年雲間陸氏儼山書院刊本。

58. 《劍俠傳》，不著編者，廣文書局《筆記三編》本。

59. 《全唐詩》，（清）聖祖敕編，明倫出版社印本。

60. 《全唐文》，（清）仁宗敕編，匯文書局影印本。

61. 《全上古三代秦漢三國六朝文》，（清）嚴可均輯，世界書局影印本。

62. 《舊小說》，吳曾祺輯，臺灣商務印書館《國學基本叢書》本。

63. 《古小說鉤沈》。

64. 《中國笑話書》，世界書局印本。

65. 《道教研究資料》，嚴一萍編，藝文印書館印本。

四、涉及《廣記》及所引書之參考資料

1. 《楓窗小牘》，題（宋）袁褧撰，新興書局《筆記小說大觀三編》本。

2. 《玉海》，（宋）王應麟撰，大化書局合璧本。

3. 《少室山房筆叢》，（明）胡應麟撰，世界書局印本。

4. 《宋會要輯本》，（清）徐松輯，世界書局影印本。

5. 《太平廣記篇目及引書引得》，鄧嗣禹編，哈佛燕京社印本。

6. 《太平廣記人名書名索引》，周次吉編，藝文印書館印本。

7. 《太平廣記校勘記》，嚴一萍撰，附於藝文印書館影印本《太平廣記》之末。

8. 《宋四大書考》，郭伯恭撰，臺灣商務印書館《人人文庫》本。

9. 《偽書通考》，張心澂撰，宏業書局印本。

10. 《水經注》等古籍引用書目彙編，馬念祖編，成文出版社書目類編本。

11. 《水經注引書考》，鄭德坤撰，藝文印書館印本。

12. 《中外史地考證》，岑仲勉撰，泰順書局印本。

13. 《宋史藝文志史部佚籍考》，劉兆祐撰，撰者自印本。

14. 《中國小說史略》，明倫出版社印本。

15. 《小說舊聞鈔》，萬年青書廊印本。

16. 《中國古典小說論》，萬年青書廊印本。

17. 《唐人傳奇小說》，汪辟疆編，世界書局印本。

18. 《唐人小說研究》，王夢鷗撰，藝文印書館印本。

19. 《說郛考》，昌彼得撰，文史哲出版社印本。

20. 《余嘉錫論學雜著》，余嘉錫撰，河洛圖書出版社印本。

21. 《胡適手稿》，胡適撰，中央研究院胡適紀念館印本。

22. 《陳寅恪先生論文集》，陳寅恪撰，九思叢書本。

23. 《管錐編》，錢鍾書撰，全國出版社印本。

24. 《山海經校注》，袁珂撰，里仁書局印本。

25. 《洛陽伽藍記附校勘記》，徐高阮重刊並校，中央研究院歷史語言研究所印本。

26. 《鄒衍遺說考》，王夢鷗撰，臺灣商務印書館印本。

27. 《淮南論文三種》，于大成撰，文史哲出版社印本。
28. 《論衡校釋》，黃暉撰，臺灣商務印書館影印木。
29. 《論衡集解》，劉盼遂撰，世界書局印本。
30. 《顏氏家訓斠注》，王叔岷撰，藝文印書館印本。
31. 《顏氏家訓彙注》，周法高彙注，中央研究院歷史語言研究所印本。
32. 《世說新語校箋》，楊勇撰，明倫出版社印本。
33. 《新校搜神記》，汪紹楹撰，里仁書局印本。
34. 《搜神後記研究》，王國良撰，文史哲出版社印本。

五、工具書

1. 《唐才子傳》，（元）辛文房撰，佚存叢書本。
2. 《萬姓統譜》，（明）凌迪知撰，正光書局影印本。
3. 《登科記考》，（清）徐松撰，驚聲文物供應公司影印本。
4. 《元和姓纂四校記》，岑仲勉撰，臺聯國風出版社。
5. 《歷代人物年里通譜》，世界書局印本。
6. 《書目叢編》、《續編、三編、四編、五編敘錄》，喬衍琯、張壽平撰，廣文書局印本。
7. 《叢書子目類編》，中國學典館復館籌備處發行。

六、博碩士論文

1. 〈先秦諸子考佚〉，阮廷卓撰，師大國文研究所博士論文。
2. 〈說苑集證〉，左松超撰，師大國文研究所博士論文。
3. 〈說苑補正〉，金嘉錫撰，臺大中國文學研究所碩士論文。
4. 〈論衡校證〉，田宗堯撰，臺大中國文學研究所碩士論文。
5. 〈風俗通義校注〉，李嘉玲撰，師大國文研究所碩論文。
6. 〈崔豹古今注疏證述例〉林慕曾撰，文化中國文學研究所碩士論文。
7. 〈六朝志怪小說研究〉，周次吉撰，政大中國文學研究所碩士論文。
8. 〈搜神記校注〉，許建新撰，師大國文研究所碩士論文。
9. 〈世說新語研究〉，馬森撰，師大國文研究所碩士論文。
10. 〈唐代小說敘錄〉，王國良撰，政大中國文學研究所碩士論文。
11. 〈馮夢龍生平及其對小說之貢獻〉，胡萬川撰，政大中國文學研究所碩士論文。
12. 〈魏晉南北朝文士與道教之關係〉，李豐楙撰，政大中國文學研究所博士論文。

（乙）參考單篇論文

1. 〈跋歷史語言研究所所藏明末談刻及道光三讓本太平廣記〉，岑仲勉撰，《史語所集刊》第十二本。

2. 〈有關太平廣記的幾個問題〉，葉慶炳撰，《現代文學雙月刊》第四十四期。

3. 〈太平廣記引書引得補正〉，葉慶炳撰，《輔仁大學文學院人文學報》第二期。

4. 〈太平廣記引用經史兩部書籍考釋〉，葉慶炳撰，《淡江學報》第十期。

5. 〈郎官石柱題名新著錄〉，岑仲勉撰，《史語所集刊》第八本。

6. 〈補唐代翰林兩記〉，岑仲勉撰，《史語所集刊》第十一本。

7. 〈翰林學士壁記注補〉，岑仲勉撰，《史語所集刊》第十五本。

8. 〈兩京新記卷三殘卷復原〉，岑仲勉撰，《史語所集刊》第九本。

9. 〈唐臨冥報記之復原〉，岑仲勉撰，《史語所集刊》第十七本。

10. 〈跋唐摭言〉，岑仲勉撰，《史語所集刊》第九本。

11. 〈唐集質疑〉，岑仲勉撰，《史語所集刊》第九本。

12. 〈張華博物志之編成及其內容〉，唐久寵撰，《中國古典小說研究專集》三。

13. 〈幽明錄研究〉，王國良撰，《中國古典小說研究事集》二。

14. 〈論西京雜記之作者及成書時代〉，勞榦撰，《史語所集刊》第三十三本。

15. 〈再說西京雜記〉，洪業撰，《史語所集刊》第三十四本下冊。

16. 〈唐人創業小說與道教圖讖傳說〉，李豐楙，《中華學苑》第二十九期。

書名索引

　　本索引於《廣記》引用書目有而書中無者，以及各條末所注出處之有字誤、同書異名、名稱繁簡並用、總名別名互見等情況，而論文中未專爲之編號分條者，亦大抵包括之，以便檢閱。又，本索引所列書名，悉準民國五十四年中國圖書館學會重印之中文目錄檢字表而採筆畫、筆順（、一丨丿乀）法排列。

十三畫　新　詩　道　瑞　塔　賈　楊　感　蜀　解　傳　會

十四畫　漢　齊　說　語　廣　需　趙　嘉　墉　甄　撫　聞　閩　蒲　夢　圖　管　簊　僧

**十五畫　窮　潭　潯　談　論　羯
　　　　鄭　歐　撒　樊　慕　蔡
　　　　劇　墨　鄝　稽　黎　儆
　　　　劉**